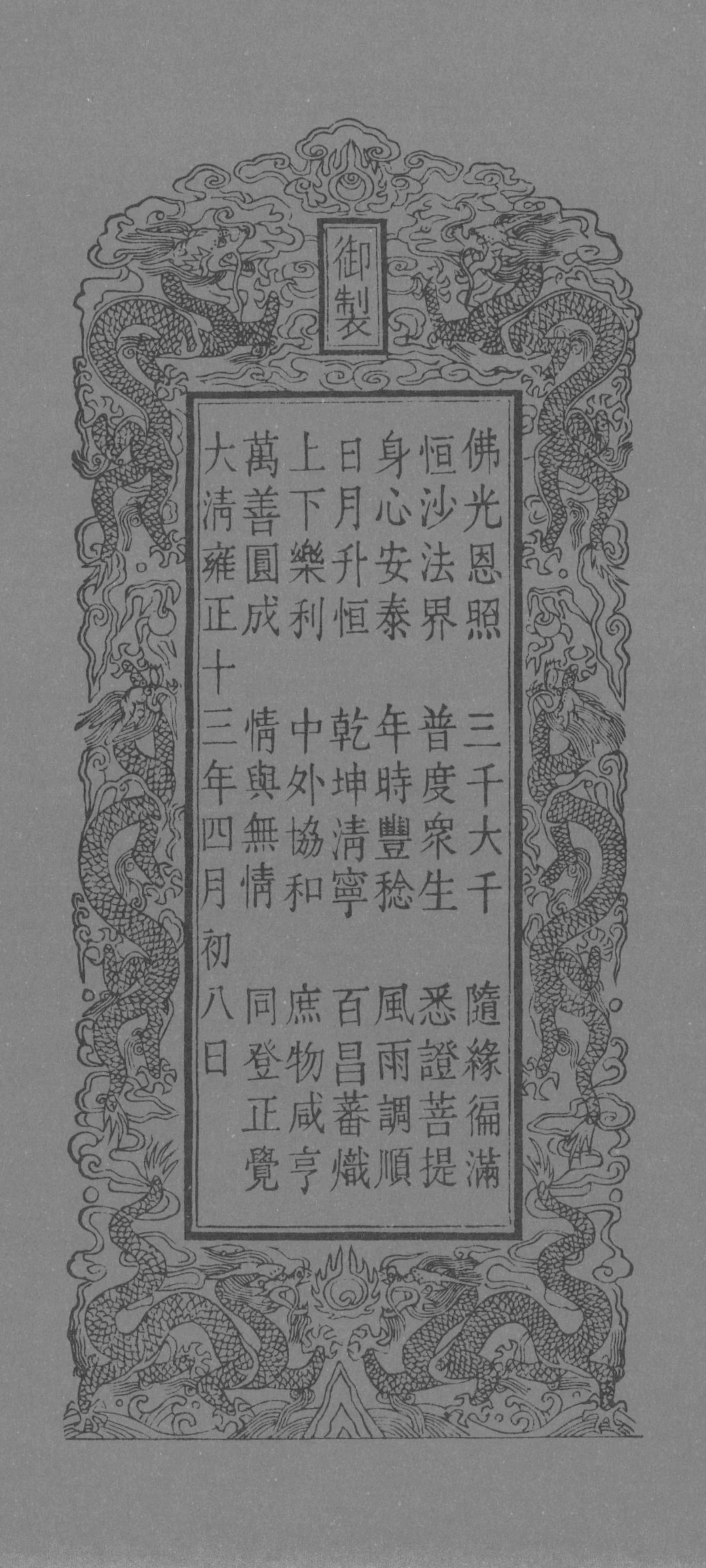
御製
佛光恩照三千大千隨緣徧滿
恒沙法界普度衆生悉證菩提
身心安泰年時豐稔風雨調順
日月升恒乾坤清寧百昌蕃熾
上下樂利中外協和庶物咸亨
萬善圓成情與無情同登正覺
大清雍正十三年四月初八日

第七二册 小乘律（六）

摩訶僧祇律
東晋三藏法師佛陀跋陀羅共沙門法顯譯

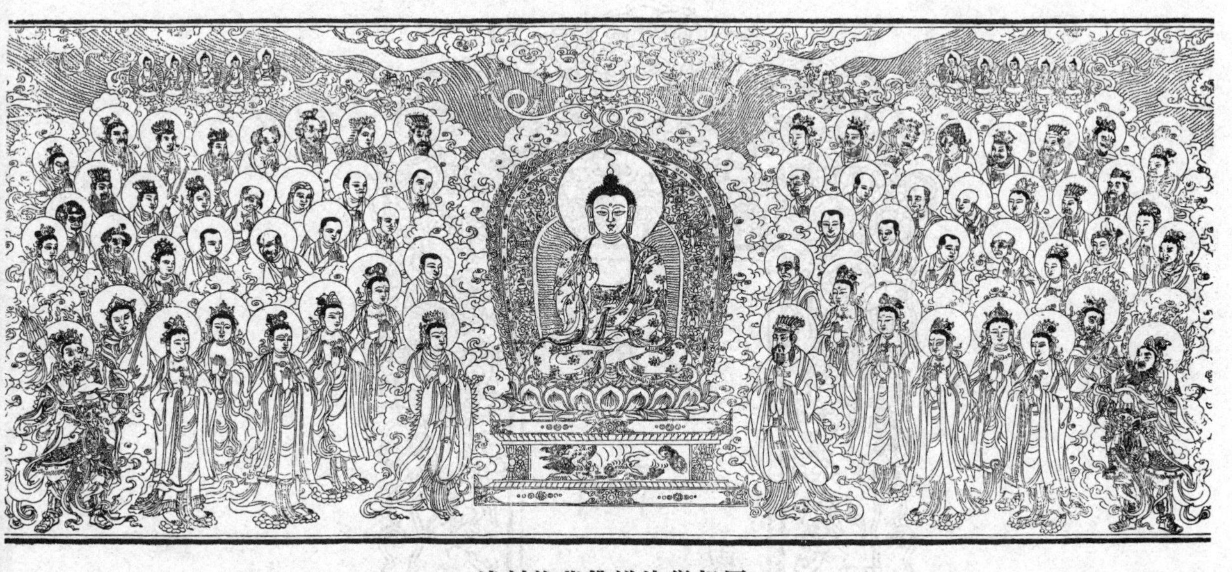

清刻龍藏佛說法變相圖

摩訶僧祇律卷第三

東晉三藏法師佛陀跋陀羅共沙門法顯譯

復次佛住王舍城廣說如上缾沙王先祖時治罪人法有作賊者以手拍頭以爲嚴教賊大慚愧與死無異後更不作至祖王時治罪人法有作賊者以灰圍之須臾放去賊大慚愧與死無異後更不作至父王時治罪人法有作賊者驅令出城賊自慚愧與死無異後更不作缾沙王法有作賊者驅令出國以是爲教時有一賊七反驅出猶故來還劫殺村城爾時有人捉得此賊縛送與王白王言此賊七反驅出猶故來還劫殺村城願王若治王告大臣將是賊去以罪治之大臣白言止止大王王自治罪莫付臣下何有捨王臣下專輒大王教令時所尊重正出於王治法久

存王言將去截其小指爾時有司速將罪人急截其指恐王有悔時王即自試齒指痛殊難忍即便遣信勑語大臣莫截彼指臣答王言已截其指王甚愁悔即自念言我今便爲法王之末非法王始夫爲王者憂念民物何有人王傷截人指爾時瓶沙王疾勑嚴駕往詣世尊頂禮佛足却坐一面白佛言世尊我曾祖先王治罪人法唯以手拍頭次第諸王及至我身惡法日滋正化漸薄謬得爲王傷截人體自惟無道愧懼實深佛告大王治國盜齊幾錢罪應至死盜齊幾錢應驅出國盜齊幾錢應用刑罰爾時瓶沙王白佛言世尊以十九錢爲一罽利沙槃分一罽利沙槃爲四分若盜一分若一分直罪應至死爾時世尊爲瓶沙王隨順說法示教利喜示教利喜

已憂憒即除禮佛而退王去不久爾時世尊往衆多比丘所敷座而坐告諸比丘向瓶沙王來至我所爲我作禮於一面坐而白我言世尊我先曾祖治罪人法以手拍頭正化相承乃至我身我即問言大王盜至幾錢罪應至死乃至應罰王言十九錢爲一罽利沙槃分一罽利沙槃爲四分若盜一分若一分直罪應至死我爲瓶沙王隨順說法歡喜而去佛告諸比丘從今當知十九古錢名一罽利沙槃分一罽利沙槃爲四分若盜一分一分直犯波羅夷時諸比丘白佛言世尊云何是瓶沙王畏罪乃爾佛告諸比丘是瓶沙王不但爾世如是畏罪過去世時亦曾畏罪諸比丘白佛言世尊已曾爾耶佛言如是過去世時有城名波羅柰國名迦尸爾時有王號曰

名稱時國人民皆工巧技術以自生活所謂妓樂歌頌或作金銀寶器華鬘瓔珞嚴飾之具或調象馬及諸道術種種工巧無不備悉以是生活若無工巧技術者謂之愚癡若有作賊者亦名愚癡時有一人作賊國人縛送與王白言大王此人愚癡事願王治之王言止止世人失財世人作賊我復何用共作惡爲王便思惟當作何方便我治王事令羣臣不知惡法不起復更思惟自昔已來始有一愚癡人是愚癡人不能滿千我便命終即持愚人付一大臣我須千愚癡人用作大會若當數滿白我令知臣即執持愚人繫在一處王尋念言是愚癡者將無飢死便告大臣將愚人來重告臣曰好看此人莫令羸瘦著我無憂園中五欲娛樂妓樂供給大臣受敎即

將愚人如王所勑爾時復有愚人聞王捕得愚人乃至安著無憂園中妓樂供給便自送身詣大臣所白言我是愚癡人大臣欲取王意來便送著無憂園中如是不久其數滿千臣白王言愚人數已滿千更須何等當速辦之王聞此言甚大愁憂昔來久遠始有一愚癡人如何今者未經幾時已有千數將是末世惡法增長王勑羣臣於無憂園中灑掃燒香懸繒幡蓋備辦種種餚饍飲食臣即如敎備王所勑時王出遊與諸羣臣十八部衆詣無憂園中王旣坐已問諸羣臣愚人今在何處可喚將來愚人盡至王見愚人久在園中衣被垢膩爪長髮亂即勑羣臣將愚人去沐浴新衣剪髮截甲然後將來來已與種種飲食賜以財寶恣其所須即勑愚人汝等還家

供養父母勤修家業莫復作賊爾時愚人聞王告勑歡喜奉行時彼國王即以王位授與太子出家入山學仙人法是時國王而說偈言

本求千愚人　作會謂難期　如何未幾時
千數忽已滿　惡法日夜增　大會於是止
欲離世惡人　宜時當出家

佛告諸比丘爾時國王名稱者豈異人乎即缾沙王是缾沙王先世已來常畏罪報今既爲王續亦畏罪諸比丘白佛言世尊云何是缾沙王教令行已尋復還悔佛告諸比丘是缾沙王不但今日教令行已尋復還悔過去世時亦曾還悔諸比丘白佛言已曾爾耶佛言如是佛告諸比丘過去世時有婆羅門無有錢財以乞自活是婆羅門有婦不生兒子家有那俱羅蟲便生一子時婆羅門以無子故念彼那俱羅子如其兒想那俱羅子於婆羅門亦如父想時婆羅門於他舍會或得乳酪及得餅肉持還歸家與那俱羅又於後時婆羅門婦忽便有娠月滿生子便作是念是那俱羅生吉祥子能使我有兒時婆羅門欲出行乞食時便勑婦言汝若出行當將兒去愼莫留後婆羅門婦與兒食已便去比舍借碓舂穀是時小兒有酥酪香時有毒蛇乘香來至張口吐毒欲殺小兒那俱羅蟲便作是念我父出行母亦不在云何毒蛇欲殺我弟如所說

毒蛇那俱羅　飛鳥及禿梟　沙門婆羅門
繫母及前子　常共相憎嫉　懷毒欲相害

時那俱羅便殺毒蛇叚爲七分復作是念我

今殺蛇令弟得活父母知者必當賞我以血塗口當門而住欲令父母見之歡喜時婆羅門始從外來遥見其婦在於舍外便嗔恚言我教行時當將兒去何以獨行父欲入門見那俱羅口中有血便作是念我夫婦不在是那俱羅於後將無殺食我兒嗔恚而言徒養此蟲爲其所害即前以杖打殺那俱羅既入門内自見其兒坐於庭中57指而戲入見毒蛇七分在地見是事已甚大憂悔時婆羅門深自苦責是那俱羅善有人情救我子命我不善觀察卒便殺之可痛可憐即便迷悶躃地時空中有天即說偈言

宜審諦觀察　勿行卒威怒　善友恩愛離　枉害傷良善　喻如婆羅門　殺彼那俱羅

佛告諸比丘爾時婆羅門者豈異人乎即瓶沙王是彼於昔時以曾輕躁作事尋悔今復如是佛告諸比丘依止王舍城比丘皆悉令集乃至已聞者當重聞若比丘於聚落空地不與取隨盜物王或捉或殺或縛或擯出言咄男子汝賊耶汝癡耶比丘如是不與取者波羅夷不應共住第二戒緣竟

比丘者比丘名受具足善受具足一白三羯磨無遮法和合十衆十衆已上年滿二十此名比丘聚落者聚落名若都墻圍遶若水渠溝壍籬柵圍遶又復聚落者放牧聚落技兒聚落營車聚落牛眠聚落巴家及一積薪亦名聚落空地者空地名垣墻院外除聚落界餘者盡名空地聚落界者去籬不遠多人所行蹤跡到處是名聚落界如是水渠溝壍籬柵外除聚落界餘者盡名空地放牧聚落者

最邊巷舍外除聚落界餘者盡名空地技兒聚落者最邊車外除聚落界餘者盡名空地營車聚落者最邊車外除聚落界餘者盡名空地牛眠聚落者最邊家外除聚落界餘者盡名空地四家及積薪聚落者最邊家外除聚落界餘者盡名空地不與者若男若女若黄門二形在家出家無有與者盜心取隨盜物者物有八種一者時藥二者夜分藥三者七日藥四者盡壽藥五者隨物六者重物七者不淨物八者淨不淨物是名爲八取者取名捉物移離本處是名爲取隨其所盜者不如十六督監盜取王家一枚小錢買瓜食之爲王所殺王無定法自隨其意或小盜便殺或盜多不死當如世尊問瓶沙王法大王治國盜齊幾錢至死幾錢驅出幾錢罰財瓶沙王答佛十九錢爲一罽利沙槃一罽利沙槃分爲四分若取一分若一分直罪應至死今隨所盜義以此爲准王者王名剎利婆羅門長者居士受職爲王王捉者王使人執或捉其手及餘身分是名捉殺者奪其命是名爲殺或縛者或以屋縛或以城縛或以材縛或著鎖絆或著杻械是名爲縛擯出者驅出聚落驅出城驅出國是名擯出咄男子汝賊汝癡汝愚者呵責之辭比丘如是者犯波羅夷不應共住波羅夷者謂於法智退沒墮落無道果分是名波羅夷如是乃至盡智無生智於彼諸智退沒墮落無道果分是名波羅夷又復波羅夷者於涅槃退沒墮落無證果分是名波羅夷又復波羅夷者離於不盜法退沒墮落是名波羅夷又復波羅夷者所可犯

罪不可發露悔過故名波羅夷

時藥者一切根一切穀一切肉根者治毒草根藕根蔸樓根芋根羅蔔根葱根是名根穀者有十七種一稻二赤米稻三小麥四麰麥五小豆六胡豆七大豆八豌豆九粟十黍十一麻子十二薑句十三闍致十四波薩陀十五莠子十六脂那句十七俱陀波是名十七種穀肉者水陸蟲肉云何水蟲水蟲者魚鼈提彌祇羅脩羅脩脩羅脩脩摩羅如是等水中諸蟲可食者是名水蟲云何陸蟲陸蟲者兩足四足無足多足如是等名陸蟲如是根食穀食肉食皆名時食何以故時得食非時不得食是名時食若比丘盜心觸時藥犯越毗尼罪動彼物偷蘭罪離本處滿者波羅夷

夜分藥者十四種漿一菴羅漿二拘梨漿三安石留漿四顛哆梨漿五蒲萄漿六波樓沙漿七捷捷漿八芭蕉漿九罽伽韄漿十劫頗羅漿十一波籠渠漿十二苷蔗漿十三呵梨陀漿十四呿波梨漿此諸漿初夜受初夜飲中夜受中夜飲後夜受後夜飲食前受至初夜飲是故名夜分藥若比丘盜心觸夜分藥犯越毗尼罪動彼物偷蘭罪離本處滿者波羅夷

七日藥者酥油蜜石蜜脂生酥酥者牛水牛酥羖羊羺羊酥駱駝酥油者胡麻油蕪菁油黃鹽油阿陀斯油蓖麻油比樓油比周縵陀油迦蘭遮油差羅油阿提目多油縵頭油大麻油及餘種種油是名爲油蜜者軍荼蜜布底蜜黃蜂蜜黑蜂蜜是名爲蜜石蜜者槃施蜜那羅蜜縵闍蜜摩訶毗梨蜜是名石蜜脂

者魚脂熊脂羆脂脩脩羅脂賭脂此諸脂無骨無肉無血無臭香無食氣頓受聽七日病比丘食是名脂生酥者牛羊等諸生酥淨漉洗無食氣頓受聽七日病比丘食此諸藥清淨無食氣一時頓受得七日服故名七日藥若比丘盜心觸七日藥越毗尼罪動彼物偷蘭罪離本處滿者波羅夷

盡壽藥者呵棃勒毗醯勒阿摩勒蓽茇胡椒薑長壽果仙人果乳果豆色果波羅悉多果般那果小五根大五根一切鹽除八種灰餘一切灰除石蜜滓地餘一切地此諸藥無食氣頓受病比丘終身服是名終身若比丘盜心觸終身藥越毗尼罪動彼物偷蘭罪離本處滿者波羅夷

隨物者三衣尼師壇覆瘡衣雨浴衣鉢大犍鎡小犍鎡鉢囊浴囊漉水囊二種腰帶刀子銅匙鉢支鍼筒軍持澡罐盛油皮瓶錫杖革屣傘蓋扇及餘種種所應畜物是名隨物復有俗人隨物軍器刀杖衣服及餘種種白衣所畜衆物亦名隨物若比丘盜心觸隨物得越毗尼罪動彼物偷蘭罪離本處滿者波羅夷重物者牀卧具及餘重物牀卧具者卧牀坐牀小褥大褥拘褺枕及餘重物者一切銅器一切木器竹器一切瓦器銅器名者銅瓶銅釜銅鑊銅杓及餘種種銅器是名銅器木器竹器者木函木瓶木盆木杓竹筐竹席乃至竹筥及餘種種一切木器竹器是名竹器木器瓦器者從大甕乃至於燈盞是名瓦器牀卧具及種種餘物是名重物若比丘盜心觸此重物等得越毗尼罪動彼物偷蘭罪離

本處滿者波羅夷
不淨物者錢金銀比丘不得觸故名不淨物
若比丘盜心觸不淨物得越毗尼罪若動彼
物偷蘭罪若離本處滿者波羅夷
淨不淨物者眞珠瑠璃珂貝珊瑚玻瓈硨磲
碼碯璧玉是諸寶物得觸不得著故名淨不
淨物若比丘盜心觸此淨不淨物得越毗尼
罪若動彼物偷蘭罪若離本處滿者波羅夷
復有十六種物地地中物水水中物船船中
物乘乘中物四足四足上物兩足兩足上物
無足無足上物虛空虛空中物云何地金鑛
銀鑛赤銅鑛鉛錫鑛白鑞鑛空青雌黃石膽
鹽石灰赤土白墠乃至瓦師取土地是名地
比丘盜心觸此諸地者得越毗尼罪若動彼
物偷蘭罪若離本處滿者波羅夷地中物者
若人藏物著地中所謂錢金銀玻瓈珂貝眞
珠硨磲碼碯酥缾油缾石蜜缾根莖枝葉果
等諸藥乃至八種物藏著地中是名地中物
若比丘盜心觸此地中物者得越毗尼罪若
動彼物偷蘭罪若離本處滿者波羅夷水者
水有十種河水池水井水龍淵水清水温泉
水不病水雨澇水空中水長流水有處水貴
有處水賤或一錢得四五缾或一切所有物
得一缾如近村城邑而有好水一錢得五六
缾有賈客遠行路遊曠遠或五由旬或十乃
至五百由旬道路無水彼諸賈客皆各負水
去或有自供或有賣者時有一賈客水少不
足爲熱渴所逼便作是念若我存者自能得
錢若我渴死錢復何用盡以財物買一缾水
時有比丘隨賈客行賈客常供給比丘水未

至所在水便欲盡時賈客語比丘言道路猶遠水復欲盡爾許水以供尊者爾許水我自當飲如賈客所施比丘應當如其量飲若盜心多飲滿者波羅夷不滿者偷蘭罪

賈客復言今供給尊者水飲願莫與他時有老病人爲熱渴所逼來從比丘乞水飲比丘慈心念彼病者作是思惟主人雖作是言彼病可愍我今以水施之主人故當不見怪責以同意故不犯有人乘船載水比丘爲渴所逼盜心觸彼船上水者得越毗尼罪若以鉢若揵鎡盛彼水未離船者偷蘭罪若持水去身衣盡離船滿者波羅夷穿彼水器得越毗尼罪若以筒就穿孔飲水滿者波羅夷若稍稍飲數數止者口口偷蘭罪若水器先有塞孔以盜心拔塞得越毗尼罪水注器中得偷蘭罪若水注斷滿者波羅夷若水連注未斷即起悔心畏犯重罪還以水倒本器中者偷蘭罪若欲合船盜者順牽船尾過船頭處波羅夷若倒牽船者船頭過船尾處若右邊傍牽左過右者波羅夷若左邊傍牽亦如是若小船易動比丘盜心觸者得越毗尼罪若動彼小船偷蘭罪若離本處滿者波羅夷若人有漑灌渠流水或一宿直一錢乃至二三四五錢若比丘若爲佛法僧自爲盜心壞彼渠者得越毗尼罪水流入田偷蘭罪滿者波羅夷若比丘不欲直壞渠方便假牽塼木令水決出牽時得越毗尼罪水流入田偷蘭罪滿者波羅夷若作方便驅牛羊駱駝壞渠者亦如是若比丘嫉妬心壞渠棄水者得越毗尼罪若比丘共賈客行曠野中有人言明後日

當至水時有賈客大擔水比丘甚渴乞水不得便嗔恚言弊惡人汝何乃慳貪多持水行亦不能自飲亦不與畜生亦不與沙門婆羅門不久當棄何用水爲比丘便壞彼水器以惡心故得越毗尼罪若人家中以器儲水若比丘親里知識被燒比丘以盗心取水救火若觸得越毗尼罪動彼水器得偷蘭罪以水澆火滿者波羅夷若憶念言當還水若與直取用不犯若彼家被燒即以彼水助澆火者不犯若時世遭旱十年二十年有人守護池水若井水比丘以盗心持器取水觸彼水者越毗尼罪盛水時偷蘭罪若擔水離池去者波羅夷若池有院閉門比丘以盗心持筒遥飲水水連續不斷滿者波羅夷口口飲息者口口偷蘭罪若井水比丘以盗心下灌時得越毗尼罪若水入器時得偷蘭罪持水離井滿者波羅夷有諸外道家以器儲水其家被火外道荒懼比丘爾時便作是念如是如是子惡邪外道常妬佛法毀呰沙門釋子今當中汝便前以杖打水器破以惡心壞他物故得越毗尼罪有諸名水所謂瞻波國有恒水王舍城有溫泉水巴連弗邑有恕奴河水波羅奈國有佛遊行池水沙祇國有玄注水舍衛城有補多梨水摩偷羅國有摇蒱那水僧伽舍國有石蜜水有諸貴人遣使取此諸水在道止息有比丘爲渴所逼以盗心觸彼水者得越毗尼罪水入器中偷蘭罪若水注斷滿者波羅夷若水注未斷中起悔心畏犯重罪以水還倒本器者得偷蘭罪有諸貴人遊戲園中作香池水有比丘以盗心取彼水而

水不直錢計其香價隨時犯罪是謂水水中物者有物在水中生所謂優鉢羅鉢曇摩俱物頭分陀利須健提藕根等及餘種種水生物若比丘以盜心觸此諸水中生物者得越毗尼罪若動彼物得偷蘭罪若離本處滿者波羅夷若一華直滿者波羅夷不滿者一一偷蘭罪但取華著地未波羅夷華束大重不能勝曳去雖遠未波羅夷舉離地波羅夷乃至一切水生物亦復如是若諸貴人於遊戲浴池中作金銀華及諸戲船鳬鴈鴛鴦異類之鳥若比丘以盜心觸彼物時得越毗尼罪若動彼物得偷蘭罪若取離本處滿者波羅夷若復持金銀瑠璃硨磲碼碯珊瑚琥珀珂貝赤寶及餘八種若有人持此衆物藏著水中比丘以盜心觸彼物者得越毗尼罪若動彼物偷蘭罪若離本處滿者波羅夷是名水中物船物者毗俱羅船俱阿吒船拔瞿棃船毗尸伽船馬面船象面船魚面船羊面船或一重乃至七重或有壁或無壁者若載象船載馬船載財物船載瓦器船載皮船載鐵器船乃至簰栰若是船栰繫著一處若比丘盜心觸彼船得越毗尼罪若動彼船偷蘭罪離本處波羅夷斷繩船未離本處者偷蘭罪雖復離本處未斷繩者亦偷蘭罪若斷繩離本處者波羅夷若本欲盜船不盜物畏人覺故合物乘去雖離本處未波羅夷若捨物已離本處波羅夷若本欲盜物不盜船畏人覺船故合船乘去未波羅夷捨船已持物去者波羅夷若欲船物合盜者船離本處波羅夷若欲水底持去者沒時波羅夷若有人繫船岸

邊於屏處坐有比丘欲盜船時有餘人語船主言有出家人欲盜汝船時船主問言何道出家答言沙門釋種子船主言無苦沙門釋子不與不取是時比丘身以觸船時異人復語船主言是比丘以取汝船船主便疑是比丘將無欲盜我船耶即起而問言尊者欲作何等時比丘默然不對便以篙擿船而去船主追喚言尊者莫乘船去是船是王船若大臣婆羅門長者居士是作福船是渡人船又復恐怖比丘言弊惡人汝若乘我船去者我後當苦治汝是比丘雖乘船去遠而船主不作失想比丘亦不作得想未波羅夷船主若作失想比丘作得想者波羅夷若船主繫船著岸邊有客比丘來語船主言長壽借我船渡船主答言我獨一人那得相渡比丘復言長壽我食時欲至莫令我失食汝今渡我者便爲與我食便爲施我樂我今與汝今世後世更互相渡船主復言汝亦無雇直云何而欲虛渡汝脚如餓烏東西不住誰當渡汝比丘又復卑辭苦求船主復言自可渡尊者今止一人何辦相渡比丘答言長壽汝但捉柂我自作力船主便許便呼大德上船彼至河中比丘捉杖便打彼船主罵言弊惡人敢毀辱沙門釋子罵訖復打船主手臂脚腨傷破勞熟已便排著水中得偷蘭罪船主若死比丘先有殺心者波羅夷若先無殺心偷蘭罪爾時比丘若盜彼船若盜行具滿者波羅夷不滿偷蘭罪若比丘惡心沉彼船若破彼船若放隨流去以壞失他物故得越毗尼罪有人爲福故常以船渡人比丘若渡應繫著岸

邊令後人得渡若比丘盜彼船若行具滿者
波羅夷若没著水中若破若放令隨流去得
越毗尼罪比丘若乘栰渡至彼岸當牽栰著
岸上現處令後人得渡莫著屏隈處是名船
物船上物者船上所有諸物謂金銀眞珠錢
財琥珀瑠璃珂貝珊瑚硨磲赤寶縷劫貝乃
至一切衣服穀食及八種物若覆藏若不覆
藏比丘以盜心觸彼船上諸物得越毗尼罪
若動彼物者偷蘭罪若離本處滿者波羅夷
乘者若車若輿若輦若步挽車乃至小兒戲
車是名爲乘若盜兩輪車順牽後過前滿者
波羅夷若逆推前後過滿者波羅夷若傍牽
左輪過右輪右輪過左輪滿者波羅夷若比
丘壞彼乘稍稍取若盜一一木滿者波羅夷
不滿者偷蘭罪若小乘可全擔去者若觸得
越毗尼罪動彼乘偷蘭罪若離本處滿者波
羅夷是名乘物乘上物者若師子皮覆虎皮
覆責欽婆羅覆及諸種種覆物一切敷具一
切莊嚴乘物乘上一切物者所謂金銀瑠璃
硨磲碼碯眞珠珂貝珊瑚琥珀及赤寶等衣
被飲食及八種物若覆藏若不覆藏比丘以
盜心觸彼物者越毗尼罪若動彼物偷蘭罪
若離本處滿者波羅夷是名乘上物四足物
者所謂象馬駝牛驢騾羊乃至鼠狼若比丘
欲盜象若牽若驅舉一脚乃至三脚偷蘭罪
四脚離本處波羅夷如是馬駝乃至羊亦如
是若小可全擔者若觸得越毗尼罪若動者
偷蘭罪若離本處滿者波羅夷是名四足物
四足上物者莊嚴象具乃至莊嚴鼠狼具及
八種物若覆藏若不覆藏若比丘以盜心觸

此諸物越毗尼罪若動彼物得偷蘭罪若離本處滿者波羅夷是名四足上物兩足物者所謂人及鳥等若比丘盜彼人若誘去若刀杖驅舉一足偷蘭罪舉兩足波羅夷若小可擔負者若觸越毗尼罪若動偷蘭罪若離本處滿者波羅夷乃至鳥亦如是是爲兩足物兩足上物者所謂女人莊嚴具男子莊嚴具乃至鸚鵡鳥莊嚴具女人莊嚴具者釵鐶衣服等男子莊嚴具者衣冠瓔珞等乃至鸚鵡鳥莊嚴具者以種種珠鈴等繫其頸脚及餘八種物若覆藏若不覆藏比丘以盜心觸彼兩足上物者得越毗尼罪若動彼物偷蘭罪若離本處滿者波羅夷是名兩足上物無足物者所謂蛇蟒食華食果食肉吸風等蛇若著瓶中若著篋中有一比丘本是禁蛇師後出家此比丘欲盜彼蛇即欲取蛇恐其主覺舉篋持去未波羅夷若出蛇離篋滿者波羅夷若本欲盜篋不盜蛇畏主覺故合蛇持去未波羅夷若棄蛇持篋去滿者波羅夷若欲蛇篋合盜者擔去離本處滿者波羅夷若盜瓶中蛇蛇尾未離瓶口者未波羅夷若頭尾都離滿者波羅夷若嗔嫌彼便罵言惡人何以籠繫衆生即開瓶令蛇得出者得越毗尼罪比丘盜心觸無足物者越毗尼罪若動彼物偷蘭罪若離本處滿者波羅夷是名無足物無足上物者所謂金銀眞珠硨磲琥珀珊瑚珂貝瑠璃赤寶乃至八種物若覆藏若不覆藏人畏是無足物故無敢取者比丘以盜心觸此無足上物者得越毗尼罪若動偷蘭罪若離本處滿者波羅夷是名無足上物虛

空物者所謂菴羅樹薝蔔樹閻浮樹椰子樹只波羅樹龍華樹吉祥果樹乃至一切諸華果樹若比丘以盜心盜此諸樹若一樹滿者波羅夷不滿者隨其拔樹樹偷蘭罪若拔樹栽積在一處未波羅夷舉離地滿者波羅夷若重不能勝曳去不離地雖遠未波羅夷若舉離地波羅夷若比丘盜心觸此虛空物得越毗尼罪若動偷蘭罪若離本處滿者波羅夷是名虛空物虛空中物者所謂菴羅果乃至吉祥果若比丘盜心食此諸果若食一果滿者波羅夷若不滿者口口偷蘭罪比丘動樹落果在地未波羅夷若取果持去滿者波羅夷二人偷果一人上樹落果一人在下拾果未波羅夷若樹上人下樹持果去滿者波羅夷取一切諸果亦如是若佛生處若得道處轉法輪處尊者阿難大會處羅睺羅大會處般闍于瑟大會處是諸處皆種行樹樹上各各以衆寶莊嚴其樹及八種物若覆藏若不覆藏若比丘以盜心觸彼衆寶者得越毗尼罪動彼物偷蘭罪若離本處滿者波羅夷是名虛空中物是謂十六種物若比丘以盜心觸彼物越毗尼罪若動彼物偷蘭罪若離本處滿者波羅夷

摩訶僧祇律卷第三

音釋

憒古對切心亂也 娠升人切妊也 碓都內切舂具也 舂詩容切擣米也 嗽音朔含吸也 柵恥格切編木爲寨也 積子智切聚也 絆博漫切繫足曰絆 鋀當侯切 䵃古猛切麥也 莠以九切草也 鞮駢迷切 龍盧功切草名也 羺奴鉤切胡羊也 舭符支切 犍鎡梵語也此云淺

鐵鉢 犍音虔 鎡音咨

漉水囊 漉盧谷切 漉水去蟲之具也

縶 陟立切

筥 居許切 箱之圓者曰筥

鑛 古猛切 樸石也

澇 郎到切 淹也

儲 陳如切 積聚也

簰 蒲街切 大桴曰簰

屏 補永切 隱僻也

擿 直炙切 振也

腨 市兖切

摩訶僧祇律卷第四

東晉三藏法師佛陀跋陀羅共沙門法顯譯

復有十三種分齊物何等十三一物分齊二處分齊三不定分齊四垣墻分齊五籠分齊六寄分齊七雜分齊八旛分齊九相因分齊十栓分齊十一園分齊十二賊分齊十三稅分齊物分齊者物有八種何等八一時藥二夜分藥三七日藥四終身藥五隨物六重物七不淨物八淨不淨物是名物分齊若比丘以盜心觸此諸物得越毗尼罪若動彼物偷蘭罪若離本處滿者波羅夷

處分齊者地地中物水水中物船船中物乘乘中物四足四足上物兩足兩足上物無足無足上物空空中物是名處分齊若比丘盜心觸此諸物得越毗尼罪若動彼物偷蘭罪若離本處滿者波羅夷

不定分齊者如所說知而妄語波逸提非知而妄語皆波逸提或知而妄語波羅夷或知而妄語僧伽婆尸沙或知而妄語偷蘭罪或知而妄語越毗尼罪或知而妄語波逸提知而妄語波羅夷者若比丘不實得過人法自言我得阿羅漢是知而妄語非波逸提是波羅夷知而妄語僧伽婆尸沙者若比丘以無根波羅夷罪謗清淨比丘是知而妄語非波逸提是僧伽婆尸沙知而妄語偷蘭罪者比丘說言我是阿羅漢是知而妄語非波逸提是偷蘭罪知而妄語越毗尼罪者比丘自作是言謂我是阿羅漢那是知而妄語非波逸提是越毗尼罪知而妄語波逸提者除上爾所事餘一切妄語者此是知而妄語波逸提

又復有傷殺草木波羅夷有傷殺草木偷蘭罪有傷殺草木波羅夷者如樹木華果有主守護比丘盜心取傷殺草木非波逸提是波羅夷傷殺草木偷蘭罪者若樹木華果有主守護比丘盜心取若不滿者非波逸提是偷蘭罪傷殺草木波逸提者傷殺一切草木波逸提又復非一切非時食波逸提有非時食波羅夷有非時食偷蘭罪有非時食波逸提非時食波羅夷者若比丘盜心取他食非時噉滿者非波逸提是波羅夷非時食偷蘭罪者若比丘盜心取他食非時噉不滿非波逸提是偷蘭罪非時食波逸提者若比丘以理得食非時噉波逸提又復飲酒非一切波逸提有飲酒波羅夷有飲酒偷蘭罪有飲酒波逸提飲酒波羅夷者若比丘盜心取他酒飲滿者波羅夷飲酒偷蘭罪者若比丘盜心取他酒飲不滿偷蘭罪飲酒波逸提者若比丘以理得酒飲者波逸提若比丘於此不定分齊物若盜心觸得越毗尼罪若動彼物偷蘭罪若離本處滿者波羅夷是名不定分齊

垣墻分齊者象廄馬廄駝廄驢牛羊欄蘆蔔園菜園瓜園甘蔗園若比丘盜心取彼象象舉一足乃至四足度廄門身分未離門者偷蘭罪身分離門波羅夷乃至驢亦如是若比丘盜心取他羊驅羊驚走瞋羊打殺者波逸提若比丘割肉擲籬外未波羅夷比丘出籬外擔肉離地滿者波羅夷若就欄中食肉滿者波羅夷若比丘二人盜羊一人籬外一人籬裏割肉擲欄外未波羅夷彼出已舉肉離

地滿者波羅夷若比丘盜心取蘆蔔根若拔一根滿者波羅夷若不滿者拔時根根偷蘭罪若拔積大聚未波羅夷持舉離園波羅夷若捘束大重不能勝曳去雖遠未波羅夷若離地滿者波羅夷一切菜乃至瓜亦如是若比丘盜心取他甘蔗時食一甘蔗滿者波羅夷若不滿者根根偷蘭罪若截著籬外時未波羅夷是波逸提若出園持去滿者波羅夷若比丘以盜心作巧詐以甘蔗繫脚曳去雖遠未波羅夷若離地滿者波羅夷若比丘一人園外一人園裏擲甘蔗園外未波羅夷若彼出巳舉離地滿者波羅夷若比丘持甘蔗去時莖葉觸園未離者未波羅夷離巳波羅夷若比丘盜心觸此諸物得越毗尼罪若動彼物偷蘭罪若離本處滿者波羅夷

籠分齊者所謂鸚鵡等種種鳥師子等種種獸若比丘盜心取彼諸鳥時若欲盜鳥不盜籠畏人覺故合籠持去者未波羅夷若捨籠持鳥去滿者波羅夷若欲盜籠不盜鳥畏人覺故合鳥持去未波羅夷若出鳥持籠去滿者波羅夷若籠鳥合盜持去離本處滿者波羅夷若比丘盜心取鳥內手籠中得越毗尼罪挽一脚出偷蘭罪兩脚出翅尾未出籠口未波羅夷離巳滿者波羅夷若比丘盜心取師子內手闌中越毗尼罪挽一脚出偷蘭罪乃至四脚出尾未離闌未波羅夷離巳波羅夷一切獸亦如是若比丘盜心觸彼籠分齊物得越毗尼罪若動彼物偷蘭罪若離本處滿者波羅夷

寄分齊者若和尚阿闍黎弟子知識寄物互

相餉致若鉢若衣及餘諸物若受寄者作是念寄者已遠所與者不知此物我自取即生盜心取從地著膝上從膝著地從左肩著右肩乃至從頭著肩一一移滿者波羅夷若比丘受寄已或渡河或渡池或渡滂水或復逢雨恐衣濕故便出看之見彼衣好作是念言彼寄者已遠前人不知此物我當自取即生盜心取從地著膝上從膝著地從左肩著右肩乃至從肩著頭一一移滿者波羅夷彼受寄比丘隨道行見異比丘從前而來便問異比丘長老何處來答言某處來問識某比丘不答言識復問某比丘平安不答言已死若泥洹此諸衣物應屬現前僧者若受寄比丘知法多詐便作是念我何爲與是比丘分默捨異比丘去離見聞處便說是言某甲比丘無常若般泥洹彼比丘有是衣鉢若餘雜物現前僧應分現前無僧我今應受受已是比丘詐心故獨受得越毗尼罪受寄比丘乘船欲渡水有異比丘從彼岸渡來此比丘即問言汝從何處來答言從某處來又問識某比丘不答言識復問某比丘平安不答言若死若般泥洹爾時此衣物應屬現前僧是比丘知法多詐乃至詐心羯磨得越毗尼罪若受寄比丘乘船渡水在於中流有異比丘從彼來渡中流相遇此比丘問言長老從何處來乃至詐心羯磨得越毗尼罪受寄比丘到彼岸下船有異比丘從彼始欲上船乃至詐心羯磨得越毗尼罪受寄比丘上岸去有異比丘從彼道來問言長老何處來答言某處來乃至詐心羯磨得越毗尼罪是比丘若思惟

當前看多有同名者竟知云何須至彼處至彼處已復問彼比丘安樂不即答言若死若般泥洹爾時衣物應屬現前僧是比丘知法多詐便作是念是衣何爲與多人共分容喚知識比丘出界外作是言某甲比丘無常若般泥洹所有衣鉢及衆雜物應現前僧分我今現前我等應受受已詐心羯磨故得越毗尼罪比丘若作是念此衣本不語我與塔與僧所與者已死已般泥洹持是物還本比丘者無罪是名寄分齊若比丘盜心觸此寄分齊物得越毗尼罪乃至離本處滿者波羅夷雜物分齊者如放牧人放雜種畜生所謂若象若馬若牛若駝若驢若羊等象者象有多種若良善好色健走者若比丘盜心取象騎已攝鉤牽向一方若欲向東方象狂趣南西北方未波羅夷若盜心取象欲向南方若象狂趣西北東方未波羅夷西北方亦如是若欲盜象向東象即向東者波羅夷南西北方亦如是若先無定方隨處而去象舉四足則波羅夷馬者馬有多種有良善好色健走者若比丘心盜欲取此馬乘馬已欲向東方馬狂趣南西北方未波羅夷如是南西北方亦如是馬隨方去如上說若無定方隨處而去者馬舉四足波羅夷若比丘盜良馬乘走而馬主即覺乘馬逐其主不作失想比丘不作得想未波羅夷若馬主作失想比丘不作得想未波羅夷若馬主作失想比丘作得想波羅夷若比丘盜心若以鹽若以草誘他馬將去離見聞處波羅夷牛者牛有多種有良善輭毛好色健走者若比丘以盜心持杖驅牛

向東方犯不犯如象中說乃至若牛主覺已追逐其主不作失想比丘不作得想未波羅夷若牛主作失想比丘作得想者波羅夷若盜心以鹽以草誘他牛將去若長繩牽去離見聞處波羅夷如牛餘駝驢羊亦如是是爲雜分齊若比丘盜心觸此雜分齊者得越毗尼罪乃至離本處滿者波羅夷

旛分齊者若佛生處得道處轉法輪處阿難大會處羅睺羅大會處般遮于瑟大會處諸大會處種種莊嚴懸繒旛蓋及衆寶鈴若比丘盜心取旛解繩一頭未波羅夷解兩頭已滿者波羅夷若比丘盜心詐分布諸旛處處間取未波羅夷取已持去滿者波羅夷若比丘盜華鬘解一頭未波羅夷解兩頭竟滿者波羅夷若二比丘闇處盜旛俱不相知各從一頭解繩收攝共合中間相問汝是誰怖畏捨旛而走得偷蘭罪此二比丘互相問時各言偷旛便共盜取滿者波羅夷若衆多色旛共一繩大重各解一頭墮地擔不能勝從地曳去雖遠未波羅夷舉離地時俱波羅夷若此比丘作是念此莊嚴塔物取者大罪我唯須一色物即取一色物滿者波羅夷若言我須半色取半色不滿偷蘭罪滿者波羅夷若二比丘闇處盜旛俱不相知各從一頭解繩收攝共合中間相問汝是誰怖畏捨旛而走得偷蘭罪有比丘晨朝繞塔見此旛在塔下便盜心持去滿者是比丘波羅夷有人供養菩提樹七寶莊嚴金銀珠鑷種種旛華金繩連綿金鎖懸鈴慱山金光以用供養若比丘以盜心取彼諸物者波羅夷又復諸外道塔

亦種種繒綵供養比丘盜心取滿者波羅夷
若風吹落地知是塔上供養具者不應取若
風吹遠處塵垢黑汙作糞掃想取者無罪若
大寺中有雜衣物比丘盜心取滿者波羅夷
若風吹遠處塵垢黑汙糞掃想取者無罪是
名牆分齊若比丘盜心觸此牆分齊物得越
毗尼罪若動彼物偷蘭罪若離本處滿者波
羅夷
相因分齊者若長者家有不收斂物在異處
所謂衣服瓔珞等是時比丘將沙彌入長者
家時此比丘盜心取長者衣物内著囊中令
沙彌擔去時得越毗尼罪沙彌持去出家界
時偷蘭罪作得想滿者波羅夷時主人覺語
比丘言長老作何等答言長壽我爲自動手
耳作是語時得越毗尼罪使俗人持去亦如

上説如因長毛羊中持物去亦如是若比丘
入長者家犢子見比丘衣色謂是其母來趣
比丘比丘應驅還若以鹽若以草誘彼犢子
得越毗尼罪將未出界得偷蘭罪出界已波
羅夷若比丘食時盜心取比坐犍鎡著自鉢
中令弟子持去得越毗尼罪弟子出界偷蘭
罪若作得想波羅夷若彼比丘覺即語長老
作何等答言我戲持取作是語得越毗尼罪
若比丘共賈客共行復有賈客從彼而來中
道相遇共宿一處比丘夜中起盜心捉他車
繫著他車捉他男繫著他男捉他女繫著他
女捉他小兒繫著他小兒欲令各各相牽而
去作是方便得越毗尼罪出住處界得偷蘭
罪作得想波羅夷是名相因分齊物若比丘
觸此相因分齊物得越毗尼罪若動彼物得

偷蘭罪若離本處滿者波羅夷
栓分齊者若佛生處得道處轉法輪處阿難大會處羅睺羅大會處般遮于瑟大會處是諸精舍內莊嚴校飾處處椽栓懸雜旛蓋種種衆寶懸於栓上若比丘盜心取此栓上諸寶以手舉寶寶雖舉繩未離栓未波羅夷離栓已波羅夷若繩堅勁舉寶時繩離栓者波羅夷合栓盜者手觸時得越毗尼罪若動彼栓者偷蘭罪若離本處滿者波羅夷若栓上懸酥瓶油瓶蜜瓶若鉢縷丸若比丘以盜取此酥瓶者以手舉時若繩輭栓直雖舉未波羅夷一切離栓波羅夷若繩堅勁栓曲雖舉未波羅夷一切離栓下已滿者波羅夷若繩輭栓曲雖舉未波羅夷一切離栓下已滿者波羅夷若繩堅勁而栓復直舉則波羅夷若穿瓶者犯越毗尼罪若以器承入器者偷蘭罪流注斷滿者波羅夷流注未斷便悔畏犯重罪還倒本器中者得偷蘭罪油瓶蜜瓶亦如是若比丘欲盜鉢者以手舉時繩輭栓直雖舉未波羅夷離栓下已波羅夷若繩堅勁而栓曲雖舉未波羅夷離栓已波羅夷繩輭栓曲者舉時未波羅夷離栓下已波羅夷若繩堅勁栓直舉則波羅夷若盜縷丸時縷丸繩栓如上說又復盜縷時若作是念我須少許縷就杙上纏取縷不斷者未波羅夷若縷斷滿者波羅夷此比丘纏縷時縷未斷尋悔畏犯重罪還著本處者得偷蘭罪是名栓分齊若比丘盜心觸此栓分齊者得越毗尼罪若動彼物得偷蘭罪若離本處滿者波羅夷
園分齊者時有長者其家大富有一比丘名

俱盧常入出其家主人兄弟父母在時共活父母終歿家内不和弟欲分財其兄不肯欲共義居弟求分不已兄不免情便即許之相與義言誰能分財答言阿闍黎俱盧是父母在時所重供養家中有無悉知皆言大善時弟詣曲即詣俱盧禮拜問訊問訊已作是言阿闍黎是父母所尊兄弟所敬家中有無皆悉知之父母平存兄弟共居今父母終歿家内不和欲共分財故來上啓我分居之後當供養阿闍黎供養之餘當以自活願阿闍黎分財之日好者見與比丘受彼語者犯越毗尼罪若留好物時偷蘭罪分物決已波羅夷欲分物時比丘問言先分何等主人言先分二足四足比丘便爲先分二足奴婢之中老病難使不可信者持作一分年少無病易使可信者作一分分四足時群牛之中羸老無力麤獷難用不産少乳有乳難搆以爲一分少齒肥壯調利易用種産多乳良善易搆復作一分若分房舍朽故弊者持作一分若新好者復作一分樓閣店肆亦復如是乃至分田薄瘠多穢持作一分肥良好者復作一分園中不如少華果者持作一分園林華果茂勝者以爲一分復欲分穀米金銀錢財爾時彼兄語比丘言阿闍黎是我父母所敬兄弟所重云何分財乃如是耶阿闍黎且還思惟佛語若比丘作如是心分他財者主雖不聽得越毗尼罪俱盧還已彼兄弟尋更論議復應有誰是父母所重者舊大德知家有無屈令分財若不速分恐王聞者或能税奪尋思大德無過俱盧宜當更請令分此財兄弟議

合即詣俱盧禮拜問訊一面坐白俱盧言阿闍黎父母所重家中有無阿闍黎所知今當爲我分此財物彼時俱盧恨其前不受分處告言汝兄弟薄義多疑少信誰當堪忍爲汝分財彼兄弟言前實倉卒有愧阿闍黎阿闍黎由來是家中多少是所諳悉令願見爲分此錢財王脫知者或能稅奪是故欲速分之比丘答言汝等必欲令我分耶答言實爾阿闍黎彼比丘言若必爾者當作言要分物之後得分便取無餘言者當爲汝分彼各答言隨教不敢復違是比丘受彼請已應當等分彼分田時牽繩量地若偏心量地覺一麥者是比丘得波羅夷以地無價故是名園分齊若比丘盜心觸此園分齊物得越毗尼罪乃至滿者波羅夷

賊分齊者有比丘在道行爲賊所劫賊少比丘多時諸比丘自相謂言今此賊少我等人多當共合力還取本物即便相與共捉塼石追逐彼賊並遥罵言弊惡罪賊我等自可剃除鬚髮汝復謂我剃去手耶時賊恐怖便放衣鉢各自散走比丘若未作失想者還取本物無罪以作失想而還取者便爲賊復劫賊滿者波羅夷有比丘在道行爲賊所劫諸比丘失衣鉢已入林中藏時賊思惟我伴黨多而此物少寧可相與更求少物即藏衣鉢覆著一處而復於道更劫餘人爾時比丘見彼藏物伺賊去後便取衣鉢是比丘若先不作失想還取物者無罪若作失想不應取若取者便爲賊復劫賊滿者波羅夷又比丘在道行爲賊所劫時賊劫諸比丘衣鉢順道而去

時諸比丘隨後遙望看彼群賊欲至何處追之不止漸近聚落賊便分物比丘便語賊言長壽我出家人仰他活命汝等可乞我衣鉢汝復何用此衣鉢爲若比丘如是得者無罪若賊罵言弊惡沙門我以乞汝命何敢復來欲得衣鉢比丘念言是賊已近聚落必不害我當恐怖之即語賊言汝等謂我無所恃耶我當白王及諸大臣知汝爲賊若恐怖得者無罪賊復嗔言終不與汝欲去任意若比丘告聚落主捉得諸賊若縛若殺不應告若語聚落主方便慰喻得衣鉢者無罪有比丘多有衣鉢大畜弟子彼諸弟子不修戒行作是念言可往和尚阿闍黎房中盜諸衣鉢自已衣鉢亦師房中便共作要汝得衣物者與我共分若我得者亦共汝分便入房中就衣架上捉和尚阿闍黎衣徙就已衣衣不離本架者犯偷蘭罪若舉師衣離架著已衣中者波羅夷若師衣帶衣角若線縷未離衣架者未波羅夷一切離已波羅夷彼和尚阿闍黎疑是弟子或能偷我衣鉢便自藏衣鉢更著餘處其弟子便入闇中誤偷自已衣鉢出外不分故是中半衣邊滿者波羅夷有一比丘摩訶羅出家不善戒行有比丘語言長老共作賊來摩訶羅言我本在家初不作賊我今出家云何作賊彼比丘言汝不欲作賊者汝但守門當與汝分摩訶羅念言我不作賊與我等分何以不去答言可爾即俱共去使摩訶羅守門彼比丘便入盜心觸物時二俱得越毗尼罪若動彼物時二俱得偷蘭罪若離本處滿者二俱得波羅夷若有客比丘來或在

食堂或在禪坊止宿晨朝便去或忘衣鉢及諸物等時舊比丘摩摩諦按行房舍欲知客比丘去未便見衣鉢即生盜心取已徙著異處覆藏得波羅夷罪更異比丘來復見是衣物亦生盜心即取復徙餘處覆藏亦波羅夷後第三人復生盜心徙覆藏餘處亦波羅夷隨人多少起盜心轉徙一切悉得波羅夷彼衣物主遠去已憶念還來取得者無罪有比丘忘衣鉢餘比丘見即生盜心不自手取便語一摩訶羅比丘令取摩訶羅比丘謂爲是其衣鉢便爲取之觸時是盜心比丘得越毗尼罪動時得偷蘭罪離本處滿者得波羅夷摩訶羅不作盜心故三時都無罪若先語摩訶羅取此衣鉢當共分之摩訶羅盜心觸時俱越毗尼罪動時俱偷蘭罪若離本處滿者俱波羅夷若摩訶羅看已作是念何爲與彼分我當獨取即便持去得波羅夷罪彼比丘得偷蘭罪若比丘作摩摩帝塔無物衆僧有物便作是念天人所以供養衆僧者皆蒙佛恩供養佛者便爲供養衆僧即持僧物修治塔者此摩摩帝得波羅夷若塔有物衆僧無物便作是念供養僧者佛亦在其中便持塔物供養衆僧摩摩帝用者得波羅夷若塔無物僧有物者得如法貸用但分明疏記言某時貸用某時得當還若僧無物塔有物者得如法貸用亦如是彼知事人若交代時應僧中讀疏分明付授若不讀疏得越毗尼罪是名貸用有二比丘共財物應分一比丘盜心獨取除自分他分滿者波羅夷若同意取者無罪若作是念我今用後當還償無罪有二

教化比丘共作制限言長老從今以後若我與汝得物當二人共分後時一人得好衣段便作是念若後更得不必及是便語伴言從今日始各任相禄若汝得者汝自取若我得者我自取先所得物還制故是中半滿者波羅夷若此比丘受施咒願已語施主言且置汝邊我後當取便還語伴言長老自今日始各任相禄若汝得者汝自取若我得者我自取作是語時得偷蘭罪若此比丘聞彼欲施衣便豫語伴言長老自今日始各任相禄若汝得者汝自取若我得者我自取作是語時得越毗尼罪有二糞掃衣比丘共要從今日始若得糞掃衣當共分時一比丘得好糞掃衣便作是念是衣甚好設後更得不必及是便語伴言長老自今日始各任相禄若汝得者汝自取若我得者我自取是比丘遠本要故是中半滿者波羅夷若此比丘得好糞掃衣不取即以草若塼石覆之便還解要如上說是比丘得偷蘭罪若此比丘見好糞掃衣已不取不覆便還解要如上說是比丘得越毗尼罪若比丘知僧物有應與有不應與云何應與若損者若益者應與云何損者有賊來詣寺索種種飲食若不與者或能燒劫寺内雖不應與畏作損事故隨多少與云何益者若治衆僧房舍若泥工木工畫工及料理衆僧物事者應與前食後食及塗身油非時漿等若王及諸大勢力者應與飲食是名益者應與有比丘失衣鉢物若未作捨想後知處應從彼索索者不犯若已作捨想後雖知處不應從索索者得越毗尼罪若先生心言

後若知處者當從索取如是索得者無罪有二比丘作制限當共受經當共誦經後不受不誦者得越毗尼罪是名賊分齊物若比丘盜心觸此賊分齊物得越毗尼罪若動彼物得偷蘭罪若離本處滿者波羅夷

稅分齊者有比丘與賈客共道行比丘有大徒衆時賈客便語一比丘言汝師大德至關稅處誰敢檢校汝爲我持此物寄著汝師衣囊中過此稅處是弟子即然許持其寄物著師囊中是弟子得越毗尼罪師不知無罪若到處弟子得偷蘭罪師不犯若過稅處已弟子得波羅夷師不犯若賈客語彼師言阿闍黎福德人徒衆共行誰當檢校惟願爲我持此少物寄著阿闍黎弟子囊中過稅處彼師即便然可取著弟子囊中時得越毗尼罪弟子不知無罪若至稅處師得偷蘭罪弟子不知無罪若過稅處師得波羅夷弟子無罪若此俱語俱然許者俱得越毗尼罪若至稅處俱得偷蘭罪若過稅處俱得波羅夷若比丘與賈客共道行至聚落邊比丘洗手賈客問言長老欲作何等答言我欲乞食去賈客言阿闍黎莫乞食我當與食便與比丘種種美食食已語比丘言阿闍黎爲我持少物過此稅處比丘言世尊制戒不聽我持應稅物過關邏處賈客念言官稅亦失比丘亦失二俱失者與比丘可得福德便語諸比丘可次第住我欲布施賈客即便次第布施各滿鉢寶物旣布施已便先出關外住待諸比丘諸比丘尋後到是賈客便禮諸比丘足白言諸尊見識不比丘答言識知我向者布施不答言

知若知者我何以布施答言汝欲作福賈客言實爾但我妻子當須衆食負債當償顧見還向物比丘應言弊惡人汝敢欺我前言作福而今還索作是語已彼猶故索比丘還者不犯若本知不實施比丘爲受過稅處還者波羅夷若比丘與賈客共行乃至言佛不聽受寄應稅物持過關賈客語比丘言不令比丘持此出關且爲我守我欲暫見守關者須臾便還比丘受寄賈客逕出關外住待比丘比丘住久此物無所付便持過關者波羅夷若比丘與賈客共道行乃至佛不聽比丘受寄應稅物持過關賈客言我不令比丘持此過關但爲我守我欲暫見守關者須臾便還比丘便爲守語言汝若不來我捨汝物去賈客復作是念比丘雖作是言終不捨我物去便出關外住待比丘比丘住久而彼不還便捨物過關而去賈客語比丘言我物在何處比丘嗔言汝敢戲弄我耶向不言汝須臾不還當捨汝物去耶汝物故在本處自可還取比丘如是者不犯比丘與賈客共道行乃至佛不聽比丘受寄應稅物持過關賈客語比丘言我不令比丘持物過關但爲我守我欲暫見守關者須臾便還比丘爲守即語言汝若不還我持汝物寄著守關人邊賈客念言比丘雖作是語何有當持我物寄守關人邊便出關外住待比丘比丘住久而彼不還即持其物寄守關人言有如是狀類如是名字賈客來者汝便取其稅直餘者還之比丘出關賈客問言我物在何處比丘嗔言汝敢戲弄我耶我向不言汝須臾不還我持汝物寄

守關人邊耶汝物今在守關人邊自可往取比丘如是者不犯比丘精舍近大道邊有比丘在道邊經行賈客語比丘言我有應稅物願長老為我持入城比丘答言世尊不聽我持應稅物過彼稅處然我今當教汝方便汝便從彼穿墻間去若籬間去若水瀆中去又可寄著已稅者車上又可寄著王家器中又可寄著婢水瓶中又可著羺羊毛中去如是指授人令入者得越毗尼罪在內指授出外亦如是若比丘知物應稅而不知過稅物得波羅夷罪過此稅物滿者波羅夷比丘知過稅物得波羅夷而不知是物應稅過此物滿者波羅夷比丘知物應稅亦知過稅物得波羅夷過此物滿者波羅夷比丘不知應稅物亦不知過稅物得波羅夷而過者不犯何等物不應稅何等物應稅世尊弟子比丘比丘尼一切外道出家人物是名不應稅買賣者應輸稅是名稅分齊若比丘盜心觸此稅分齊物得越毗尼罪乃至滿者波羅夷

若一比丘盜心觸時藥得越毗尼罪動彼物得偷蘭罪離本處滿者波羅夷若二若三乃至衆多比丘盜心觸時藥得越毗尼罪乃至滿者波羅夷若比丘遣一比丘盜心觸時藥得越毗尼罪乃至滿者波羅夷若遣二遣三乃至遣衆多比丘盜心觸時樂得越毗尼罪乃至滿者波羅夷若受遣比丘復遣一比丘如是第二第三乃至衆多比丘盜心觸時藥得越毗尼罪動時得偷蘭離本處滿者波羅夷如是夜分七日終身乃至淨不淨亦如是比丘有五法具足不與取滿者波羅夷何等

五所謂滿足有主知有主生盜心離本處復有五法具足不與取滿者波羅夷何等五於彼物不與取想非已想有主想不同意想不暫用有五法具足不犯波羅夷何等五與想自已想無主想同意想暫用想是名五比丘不與取非波羅夷

若比丘不與取至東方南西北方虛空所住處皆波羅夷若比丘不與取若遣奴若作人若知識若試作若未曾作而作若無智無羞淨想皆犯不犯者若狂心亂無罪是故說若比丘於聚落空地不與取隨盜物王或捉或殺或縛或驅出言咄男子汝賊耶汝癡耶比丘如是不與取者波羅夷不應共住

世尊於王舍城成佛六年冬分第二半月十日東向坐食後兩人半影為尾師子長者達貳伽因瓶沙王及糞掃衣比丘制此戒以制當隨順行是名隨順法

第二戒說竟

摩訶僧祇律卷第四

音釋

栓 其月切木段也　曳 以制切引也　挽 武遠切引也　餉 式亮切饋也　羯磨 梵語也此云作法羯居謁切磨莫臥切　鑷 尼輒切　椓 側角切擊也　杙 羊即切大橜也　貸 他代切借也　邏 魯果切巡也

摩訶僧祇律卷第五

東晉三藏法師佛陀跋陀羅共沙門法顯譯

四波羅夷第三戒初

佛住毗舍離時毗舍離有一病比丘嬰患經久治不時差看病比丘心生疲猒便語病比丘言長老我看病久不得奉侍和尚阿闍黎亦不得受經誦經思惟行道長老病疾既久治不可差我亦疲苦病比丘言當奈之何我亦患猒苦痛難忍汝若能殺我者善是比丘即便殺之諸比丘聞已以是因緣具白世尊佛言呼彼比丘來來已佛廣問上事比丘汝實作是事不答言實爾世尊佛言癡人汝常不聞我無量方便稱讚於梵行人所身行慈口行慈意行慈供養供給所須汝今云何自手斷人命根此非法非律非是佛教不可以是事長養善法佛告諸比丘依止毗舍離比丘皆悉令集以十利故爲諸比丘制戒乃至已聞者當重聞若比丘自手斷人命是比丘波羅夷不應共住

復次佛住毗舍離時有一病比丘得患久治不能差看病比丘心生疲猒便語病比丘言長老我看病來久不得奉事和尚阿闍黎不得受經誦經思惟行道長老疾病既久治不可差我亦疲苦病比丘言當奈之何我亦患此苦痛難忍汝若能殺我者善是比丘言世尊制戒不得自手殺人病比丘言汝若不能自手殺人者汝可爲我求持刀者來是時看病比丘便往鹿杖外道所語言長壽汝能殺其比丘者當與汝衣鉢彼便如語殺之取衣鉢諸比丘聞已以是因緣具白世尊佛言呼

看病比丘來來已佛問看病比丘汝實作是事不答言實爾佛言癡人汝常不聞我無量方便稱讚於梵行人所身行慈口行慈意行慈供養供給所須汝今云何求持刀者斷人命此非法非律非是佛教不可以是長養善法佛告諸比丘依止毗舍離比丘皆悉令集以十利故爲諸比丘制戒乃至已聞者當重聞若比丘自手斷人命求持刀者令奪人命是比丘波羅夷不應共住

復次佛住毗舍離時有長病比丘有看病比丘乃至語長病比丘言我不得受經誦經思惟行道又復從人求索隨病飲食湯藥人皆猒我我亦疲苦病比丘言當如之何我亦患此苦痛難忍汝能殺我者善是比丘言汝不聞世尊制戒不得手自殺人耶病比丘言若爾者汝爲我呼持刀者來比丘復言汝不聞世尊制不得求持刀者令殺人耶病比丘言今當奈何看病比丘言汝但求活不欲死若欲死者汝自有刀可用自殺亦可飲毒用繩自戮投坑赴火抱石沉淵自殺之法亦甚衆多作是讃已避出在外時病比丘於後自殺諸比丘以是事具白世尊佛言呼彼看病比丘來來已佛廣問上事汝實爾不答言實爾佛言汝常不聞我無量方便稱讚於梵行人所身行慈口行慈意行慈供養供給所須耶汝今云何譽死歎死此非法非律非如佛教不可以是事長養善法佛告諸比丘依止毗舍離比丘皆悉令集以十利故爲諸比丘制戒乃至已聞者當重聞若比丘自手斷人命求持刀與殺者教死譽死是比丘波羅夷不

應共住

復次佛住毗舍離廣說如上時鹿杖外道殺比丘已甚大憂惱作是念言我今云何斷梵行人命作是惡法我命終後將無墮惡道入泥犁中爾時天魔波旬常作方便增長諸惡便於空中語外道言汝莫憂惱畏墮惡道所以者何汝今所作脫人苦患未度者度功德無量時彼外道即作是念我殺比丘及獲大福能使諸天隨喜讚善作是念已復持利刀至僧房中及經行處處處唱令語諸比丘誰欲離苦誰求度者我能脫苦能令得度爾時世尊為諸比丘說不淨觀時諸比丘修不淨觀患猒身苦中有以繩自絞飲服毒藥以刀自害投坑赴火自殺者衆又為鹿杖外道前後所殺者非是一人二人三四五十人乃至六十人

爾時世尊月十五日坐於僧中前後圍繞欲作布薩世尊左右觀察見衆僧少問阿難言今比丘僧何以希何以不見某比丘等阿難白言世尊先為諸比丘說不淨觀讚歎修習不淨功德是諸比丘勤修不淨觀修不淨觀已極猒患身或有以刀自殺乃至使鹿杖外道斷其命者半月之中乃至六十人諸不來者皆悉命過唯願世尊更開餘法不令諸比丘猒身自殺令諸賢聖久存於世利益天人於是佛告阿難更有三昧使諸比丘快樂善學不極猒身何等三昧快樂善學不極猒身所謂阿那般那阿難云何比丘修阿那般那念作證成就遊安樂住若比丘依城邑聚落住時到著入聚落衣持鉢入城乞食攝身口

意善住身念心不馳亂常行正受攝持諸根入城乞食乞食已還至彼寂靜處安坐謂於空地山澗巖窟塚間敷草正坐除諸貪欲嗔恚睡眠掉悔疑蓋滅諸障礙心慧力明繫心在息息入時知息入息出時知息出息入長時知息入長息出長時知息出長息入短時知息入短息出短時知息出短息入遍身時知息入遍身出息遍身時知出息遍身入息身行捨時知入息身行捨出息身行捨時知出息身行捨入息喜時知入息喜出息喜時知出息喜入息樂時知入息樂出息樂時知出息樂入息意行時知入息意行出息意行時知出息意行入息意行捨時知入息意行捨出息意行捨時知出息意行捨入息知心時知入息知心出息知心時知出息知心入息心悅時知入息心悅出息心悅時知出息心悅入息心定時知入息心定出息心定時知出息心定入息心解脫時知入息心解脫出息心解脫時知出息心解脫入息無常時知入息無常出息無常時知出息無常入息斷時知入息斷出息斷時知出息斷入息無欲時知入息無欲出息無欲時知出息無欲入息滅時知入息滅出息滅時知出息滅如是阿難作此念者名爲快樂善學不極猒身命諸賢聖久住於世利益天人佛告諸比丘依止毗舍離比丘皆悉令集以十利故爲諸比丘制戒乃至已聞者當重聞若比丘手自奪人命求持刀與殺者教死歎死咄男子用惡活爲死勝生如是意如是想方便歎譽死快令彼死非餘者是比丘波羅夷不應共住

比丘者乃至年滿二十受具足是名比丘自手者身身分身勢自身者全身搥壓殺人波羅夷是名自身也身分者若手若脚若肘若膝及餘身分殺人者波羅夷是名身分身勢者若杖若石若塼遥擲殺人波羅夷是名身勢人者有命人趣所攝奪命者令彼命根不相續四大分散是名奪命求者求持刀人若男女大小在家出家刀者若劒戟長刀短刀鉾稍鐵輪一切利器乃至鍼等歎死者言用惡活爲死則勝生如是意者殺意也如是想者殺想也歎譽死快者令彼人死非餘者因是死是比丘波羅夷不應共住波羅夷者於法智退没墮落無道果分如是乃至盡智無生智於此諸智退没墮落無道果分是名波羅夷又復波羅夷者於泥洹退没墮落無證果分是名波羅夷又復波羅夷者離於不殺退没墮落是名波羅夷又復波羅夷者所可犯罪不可發露悔過是名波羅夷

比丘殺人者若用刀殺若毒殺若塗殺若吐殺若下殺若墮胎殺説相殺歎譽殺刀者若劒大小刀乃至鍼等殺心身動時得越毗尼罪觸彼身時偷蘭罪因是死非餘波羅夷是名刀殺

毒藥殺者有三種藥有生毒藥有作毒藥有蠱毒藥生毒藥者有國土地生毒藥如倪樓國生勝渠毒藥鬱闍尼國生伽羅毒藥是名生毒藥作毒藥者如獵師作毒藥根莖華葉合和爲藥是名作毒藥蠱毒藥者若蛇毒那俱羅毒猫子毒鼠毒狗毒羆毒人毒如是種種毒是名蠱毒若比丘以殺人心取此三種

藥得越毗尼罪到彼身偷蘭罪若因是藥死者波羅夷是名毒藥殺

塗者若比丘欲殺人故手捉毒藥時得越毗尼罪塗彼身分得偷蘭罪彼因是死波羅夷是名塗藥殺

吐者若比丘欲殺人故合吐藥作是念我持是藥與彼當令吐膿血內藏得越毗尼罪與彼藥得偷蘭罪彼因是藥吐死波羅夷

下藥者比丘欲殺人故作下藥作是念持是藥與彼令下膿血及下內藏得越毗尼罪若與彼藥得偷蘭罪若因是下藥死波羅夷是名下藥

墮胎者比丘欲殺母人而墮胎者得越毗尼罪欲墮胎而母死者得越毗尼罪欲殺母母死者得波羅夷欲墮胎者胎分乃至身根命根墮者波羅夷若人壞畜生胎墮者得越毗尼罪是名爲墮胎殺

說相者若比丘語人言我今所見汝將必死便可自殺用是苦活爲是人因是死者是比丘得波羅夷又復言如我夢所見汝今定死又復言我聞野干鵂梟烏鵲鳴我今見汝面色鼻曲汝將定死便可自殺用苦活爲是人因是死比丘得波羅夷又復問言汝幾歲答言我爾許歲又言我解一切性命汝今年必死汝不如自殺用惡活爲因是死者是比丘波羅夷又復言汝屬何星答言我屬某星便言我知彼星當知汝今必死無疑何不自殺用苦活爲是人因是事死是比丘得波羅夷復問汝名何等答言我名某甲復言我解一切名字汝必定死復問汝何姓答言我姓某

復言我解一切名姓汝今必死復問汝何所食答言食如是食便教令吐吐已說言汝食此食必死無疑復問汝何處食答言某處食復教令吐吐已語言某處有毒汝今必死何不自殺用苦活爲是人因是死是比丘波羅夷若比丘欲殺人故說相得越毗尼罪彼作方便欲自殺得偷蘭罪若自殺已波羅夷是名說相殺

歎譽殺者施戒果施者比丘問人汝布施不答言布施比丘言汝已作功德必生善處何不自殺用苦活爲是名施戒者比丘問人汝持戒不答言持戒世尊說持戒生二處天上人中用苦活爲是名讃持戒果者比丘言汝已得須陁洹果不墮惡趣極至七反天人往來便盡苦邊閉惡趣門何不自殺用苦活爲又言汝已得斯陁含一來世間便盡苦邊何不自殺用苦活爲復言汝已得阿那含不還世間便盡苦邊何不自殺用苦活爲復言汝已得阿羅漢婬怒癡盡不隨煩惱心得自在何不自殺用苦活爲若比丘欲殺人故讃歎施戒果者得越毗尼罪彼方便欲自殺時得偷蘭罪若自殺已波羅夷若行若獨癡若毗多羅呪若屑藥若烏滿吐若坑埳若阿波欽滿若示道若河若大臣若僧坊若虎若外道

行者若十人若二十人共隨道行比丘先有怨嫌欲害前人誤害中人得越毗尼罪欲害中人誤害後人得越毗尼罪欲害後人誤害中人得越毗尼罪欲害中人誤害前人得越毗尼罪欲害前人害前人者波羅夷欲害中

後人害中後人者波羅夷若都一切有殺心者隨所害人得波羅夷是名行殺

獨癡者若比丘有心作獨癡若於道中安施獨癡者得越毗尼罪彼受苦痛時得偷蘭罪若彼死者波羅夷是名獨癡殺

毗陀羅呪者若比丘欲殺人故作毗陀羅呪害心作呪時得越毗尼罪令彼生恐怖時得偷蘭罪彼死者波羅夷是名毗陀羅呪殺

屑藥殺者若比丘欲殺人故作末屑藥作是念持是藥當殺彼人者得越毗尼罪若藥著彼身者得偷蘭罪若死者波羅夷是名屑藥殺

烏滿吐者若比丘欲殺人故於道中作烏滿吐若比丘殺心作時得越毗尼罪彼受苦痛偷蘭罪若死波羅夷是名烏滿吐殺

坑埳殺者比丘欲殺人故當道中作坑安種種利槍以草土覆上令彼墮死殺心作時得越毗尼罪若受苦痛時偷蘭罪若死波羅夷是名坑埳殺

阿波欽滿者若比丘欲殺人故於道中安施阿波欽滿比丘殺心作時得越毗尼罪若受苦痛時偷蘭罪若死波羅夷是名阿波欽滿殺

示道殺者若比丘在道邊經行有人來問比丘言長老我欲至某聚落道在何處比丘與彼人先有怨嫌便作是念我今得是人便當示道令死使無一活便指示惡道若王難若師子虎狼難若毒螫難示是等惡道時得越毗尼罪若受苦痛時偷蘭罪若死波羅夷是名示道殺

河殺者若比丘在河邊經行有人來問比丘長老我欲至某處應從何處度是比丘於彼人先有怨嫌便作是念我今得是人便示比非濟處勿令一人得脫便示非濟處若洄澓處伏石機激尸牧摩羅等處若上彼岸處有王禁難有賊難有師子虎狼毒蟲難等示彼非濟處時得越毗尼罪若受苦痛時得偷蘭罪若死得波羅夷是名河殺

大臣者若有大臣暴虐無道貪取人物用自供給不畏罪罰恣意放逸作是念言寧作今日烏不作明日孔雀王聞已攝錄囚繫責之以罪彼畏死故一切資財用持贖命時有比丘出入其家便往慰勞問其家苦樂其婦答言家主有事繫閉在獄何得有樂阿闍黎當知今我家主恐罪至死故一切資財盡持贖命錢財若盡便當貧窮無由自活比丘言汝莫愁悒我當語汝夫不令用財便至獄上慰勞言無病長壽大臣見比丘來心大歡喜言阿闍黎外何所聞比丘答言聞汝當死欲盡持家財自用贖命若如是者汝後妻子當遭貧困飢寒乞匃又汝家門戶惡名流布大臣答言當如之何比丘言是王無道假使盡輸汝財會不相活慎莫與物但當任其裁量若彼大臣然可其語時是比丘得越毗尼罪若受苦痛時偷蘭罪若死波羅夷若大臣聞彼比丘語答言阿闍黎是我知識而惜錢財不用活我我死之後假使日月不出非我所憂況復餘事阿闍黎還去思惟佛語吉凶好惡無豫尊事爾時得越毗尼罪大臣尋即思惟信如比丘語是王無道設盡與財會必殺我

我旣唐死妻子飢寒無由自活門戶恥辱痛甚於死我今身自當之不與財物以不即用比丘語故是人死者比丘以先教方便故得偷蘭罪有人犯王法有伺捕得縛送與王王教將去隨法治罪時典刑者以伽毗羅華莊嚴罪人頭反縛兩手打鼓吹貝周帀唱令唱令已將出城門向刑罪人處時有摩訶羅比丘不善知戒相愍此罪人苦痛語典刑者言此人可憐莫使苦痛汝持刀爲作一瘡于時魁膾答言如教便持利刀爲作一瘡是摩訶羅比丘得波羅夷罪若魁膾答比丘言汝用知是爲如王教令我自行之汝且還去思惟佛語爾時越毗尼罪魁膾尋復思惟用比丘語爲作一瘡以不即用比丘語故是摩訶羅比丘得偷蘭罪是名大臣

僧坊者有客比丘來應次受房舍時知房舍比丘與客比丘先有嫌便作是念我今得子便當與破房令其必死便與敗房柱壁危壞近毗多羅恐怖之處富單那諸惡鬼處近蚖蛇處若示與時得越毗尼罪受苦痛時得偷蘭罪若死波羅夷彼客比丘晨朝起從舊比丘索洗手物舊比丘取蝮蠍蜈蚣蚖蛇著瓶中覆口語客比丘言是瓶中有洗手物汝恣意取用客比丘取時得越毗尼罪苦痛時得偷蘭罪若死波羅夷是名僧坊殺

虎者阿練若處常有虎害人時衆聚集一處作是議言諸長老是中阿練若住處有虎恐傷害人誰能伏此虎者爾時衆中有一比丘與一比丘有嫌語衆人言我能伏虎是比丘向暮持弓箭出彼時所嫌比丘著黃色衣頭

面黑出到大小行處是比丘爾時欲殺比丘而殺虎者得越毗尼罪若欲殺虎而殺比丘者得越毗尼罪欲殺比丘而殺比丘死者波羅夷欲殺虎而殺虎死者波逸提二處俱有殺心而害者隨其所殺得罪比丘則波羅夷虎則波逸提是名虎者

外道者有諸外道奉事日月日月蝕時諸婆羅門群黨相逐手執器杖舉聲喚呼爲救日月故過精舍邊見諸比丘便嗔恚言是沙門釋子是阿脩羅黨今當殺之時比丘聞是惡音聲即打揵槌集僧有比丘言我等今日當共作要治此惡邪外道無使一人得活作非法要故一切僧得越毗尼罪彼受苦痛一切僧得偷蘭罪若彼死者一切僧得波羅夷若共要言莫令使死但受苦痛改惡思善若作此要一切僧得越毗尼罪受苦痛時一切僧得偷蘭罪爾時諸比丘言諸長老不應害彼亦不應加痛於人如世尊說比丘若賊怨家若以鋸刀割截身體爾時不應起惡心口不應惡語加人當起慈心饒益心忍辱心諸比丘當共思惟世尊鋸刀喻經少作方便能行忍辱然後但牢閉門戸舉聲大喚恐彼外道無罪一切僧共作法要誓一切僧無罪有一比丘打婆羅門子垂死便自思惟此人若死者破沙門釋子法今當求醫治之令差更有異比丘語是比丘汝作何等是比丘言我打是婆羅門垂死我還自念若當死者破沙門釋子法今欲求醫治之令差異比丘言汝去覓醫我爲汝守之是打比丘去後異比丘於後便竟命前打比丘得偷蘭罪後殺比丘波

羅夷此名外道
若一比丘爲殺人故捉刀得越毗尼罪若觸彼身得偷蘭罪若死波羅夷若二若三共乃至衆多爲殺人故捉刀得越毗尼罪乃至死波羅夷若比丘遣一比丘爲殺人故捉刀得越毗尼罪乃至死波羅夷遣二遣三乃至衆多比丘爲殺人故捉刀得越毗尼罪乃至死波羅夷受遣比丘爲殺人故復遣一比丘捉刀得越毗尼罪乃至死波羅夷如是第二第三乃至遣衆多比丘捉刀時得越毗尼罪乃至死波羅夷如是毒殺塗殺吐下殺墮胎殺說相殺讚歎殺亦如是
有五事具足殺人波羅夷何等五一者人二者人想三者興方便四者殺心五者斷命是名五若遣奴殺若作人若知識若試作若未曾作而作無智無羞淨相皆犯不犯者狂癡心亂無罪是故說
若比丘自手奪人命求持刀與殺者教死歎死咄人用惡活爲死勝生作如是意如是想方便歎譽死快令彼人死非餘是比丘波羅夷不應共住世尊於毗舍離城成佛六年冬分第三半月九日食前北向坐一人半影爲衆多看病比丘因鹿杖外道制此戒以制當隨順是名隨順法　第三戒說竟
四波羅夷第四戒初
佛住舍衛城廣說如上爾時一聚落中有二衆安居時一衆安居訖還舍衛問訊世尊頂禮佛足在一面坐世尊知而故問比丘汝何處安居來答言某處聚落安居佛問比丘安居樂不乞食易得不行道如法不安居訖已

得安居衣不諸優婆塞數來往不諸比丘白佛言世尊夏安居樂行道如法乞食難得衣物不足諸優婆塞不數來往佛告諸比丘出家人何能恒得世利比丘當知世八法常隨世人世人亦常隨世八法何等爲八一利二不利三稱四不稱五譽六毀七樂八苦如是比丘愚癡凡夫少聞少智於正法中心不調伏於賢聖法心未開解若世利起不善觀察是世利生即是無常摩滅之法若法眞實無常摩滅者當如是利雖生速滅不住若不觀察此眞實義是爲凡夫實智慧隨順世法如是不利乃至樂苦亦不觀察是樂雖生即是無常摩滅之法若法眞實無常摩滅者當知是樂苦雖生速滅不住若不觀此眞實義是爲凡夫無實智慧隨順世法比丘當知於此世法不觀察故若世利起則生貪著若利不起則生憂患乃至樂苦亦復如是比丘如是三受增長三受既增四取熾然熾然緣故則有生緣生老病死憂悲苦惱心亂發狂如是習起苦陰增廣比丘當知賢聖弟子多聞智慧於正法中心善調伏賢聖法中心得開解世利既生當善觀察世利起者皆悉無常摩滅之法若法眞實無常摩滅者當知是利雖起速滅不住乃至樂苦皆悉如是比丘當知作是觀者若世利起不生貪著世利不起心不憂慼乃至樂苦亦復如是愛憎不生諸覺隨順離諸憂慼乃至樂苦苦陰滅盡則得涅槃爾時世尊說是法已重說偈言

利衰及毀譽　稱譏若苦樂　八法常相尋
往復若迴轉　八法不牢固　摩滅變化法

所謂聖弟子　執照無常鏡　諦觀世八法
俄頃不暫停　於彼四樂利　未甞有傾動
若遭譏毀謗　憂慼不經心　若離世八法
是名智慧士　能出欲河流　度脫生死海

是時諸比丘聞佛所說皆大歡喜俱白佛言世尊善哉善巧方便說世八法未曾有也佛告諸比丘如來應供正遍知三達無礙智慧之明如月盛滿說世八法何足爲奇我於昔時畜生道中作鸚鵡鳥能爲餘鳥說世八法此乃爲奇諸比丘白佛言已曾爾耶佛言如是過去世時有一國王養二鸚鵡一名羅大二名波羅皆解人語王甚愛念盛以金籠食輙同案時有大臣持十獼猴兒奉上大王人情樂新王即愛念飲食養育勝於鸚鵡時波羅鸚鵡子便爲羅大而說偈言

先與王同食　世間之盛饌　今爲獼猴奪
宜共凌虛逝

爾時羅大荅言斯皆亦無常今此獼猴子不久當復失此利養即爲波羅而說偈言

利衰及毀譽　稱譏若苦樂　斯皆非常法
何足致憂喜

是時波羅復說偈荅

觸目覩不懽　無有愛樂相　但聞毀呰聲
永無稱譽者　肆我飛禽志　何爲受斯苦

是獼猴子小時毛色潤澤跳踉趒躑人所戲弄漸至長大衣毛燋悴人所惡見豎耳張口恐怖小兒爾時羅大鸚鵡子便說此偈謂波羅言

豎耳蹙皺面　嚾喋怖童子　坐自生罪累
不久失利養

是獼猴轉大王愛意遂盡即勑左右令繫馬槽柱時王子年小手捉飲食到獼猴邊獼猴索食王子不與猴便嗔怒齕王子面傷壞裂衣服王子驚怖舉聲大喚王問傍人兒何以涕傍人以事答王王便大嗔勑人打殺擲著壍中令曼陀食時波羅鸚鵡子即爲羅大而說偈言

汝爲智慧者　豫覩彼未然　禽獸無智叓　爲彼曼陀食

佛告諸比丘爾時羅大鸚鵡子豈異人乎即我身是波羅鸚鵡子者即阿難是我爲鸚鵡時以能爲彼說世八法無常遷變不可久保況復今成正覺說世八法何足爲奇時彼第二衆安居竟尋即來至禮世尊足於一面坐世尊知而故問比丘何處安居來答言某處安居佛問比丘安居樂不行道疲不乞食易得不夏安居竟得安居衣不諸優婆塞數來往不諸比丘白佛言夏安居樂行道不疲乞食易得多得安居衣諸優婆塞來往者衆佛問比丘有何因緣二衆俱共依一聚落安居一衆獨多得供養一衆不得諸比丘白佛言世尊我等無量方便讃歎三寶亦常讃歎佛大弟子尊者舍利弗大目連等及自讃歎所修功德佛問比丘汝所讃歎爲實不世尊我所讃歎三寶及尊者舍利弗等是實自讃歎不實佛言比丘此是惡事云何爲身利養不實空自讃歎寧噉灰炭呑食糞土利刀破腹不以虛妄稱過人法而得供養佛言比丘我常讃歎少欲知足汝等云何多欲難滿廣求無猒此非法非律非是佛教不可以是長養

善法世尊種種呵責是比丘已諸比丘在彼聚落安居時入村乞食有自稱譽者乞食易得不自稱譽者極甚難得時有一長老比丘便作是念我何爲虛妄而自稱歎得過人法以自活命我從今日不復虛妄而自稱歎晨朝著入聚落衣持鉢乞食時有人問言長老汝於聖果有所得不是比丘便不自稱譽即時乞食處處不得日時欲過飢乏羸頓復自稱譽即有所得有異比丘聞是長老須臾妄語須臾實語便白佛言世尊云何是長老比丘志弱無恒輕躁乃爾佛告比丘是長老不但今日無恒志弱輕躁過去世時亦復如是諸比丘白佛言已曾爾耶佛言如是過去世非時連雨七日不止諸放牧者七日不出時有餓狼飢行求食遍歷聚落乃至七村都無所得便自尅責我何薄相經歷七村都無所得我今不如守齋而住便還山林自於窟穴呪願言使一切衆生皆得安隱然後攝身安坐閉目思惟天帝釋法至齋日月八日十四日十五日乘伊羅白龍象觀察世間何等衆生孝順父母供養沙門婆羅門布施持戒修梵行受八戒者時釋提桓因周行觀察至彼山窟見此狼閉目思惟便作是念咄哉狼獸甚爲奇特人尚無有此心況此狼獸而能如是便欲試之知其虛實釋即變身化爲一羊在窟前住高聲命群狼時見羊便作是念奇哉齋福報應忽至我遊七村求食無獲今暫守齋餚饍自來厨供已到但當食食已然後守齋即便出穴往趣羊所羊見狼來便驚奔走狼復尋逐羊去不住追之既遠羊化爲狗

方口耽耳反來逐狼急聲吠之狼見狗來驚怖還走狗急追之劣而得免還至窟中便作是念我欲食彼反欲噉我爾時帝釋復於狼前作跛脚羊鳴喚而住狼作是念前者是狗我飢悶眼華謂爲是羊今所見者此眞是羊復更諦觀看耳角毛尾眞實是羊便出往趣羊復驚走奔逐垂得復化作狗反還逐狼亦復如前我欲食彼反欲見噉時天帝釋復於狼前化爲羔子鳴群喚母狼便嗔言汝作肉段我尚不出況爲羔子而欲見欺還更守齋靜心思惟時天帝釋知狼心念還齋猶故作羊羔於狼前住時狼便說偈言

若眞實爲羊　猶故不能出　況復作虛妄
如前恐怖我　見我還齋已　汝復來見試
假使爲肉段　猶尚不可信　況作羊羔子
而詐喚咩咩

於是世尊而說偈言

若有出家人　持戒心輕躁　不能捨利養
猶如狼守齋

爾時世尊告諸比丘彼時狼者豈異人乎即此比丘是本爲狼時志躁無恒今雖出家心故輕躁爾時世尊告諸比丘依止舍衛城比丘皆悉令集以十利故爲諸比丘制戒乃至已聞者當重聞若比丘未知未了自稱過人法聖知見如是知如是見者是比丘波羅夷不應共住

復次佛住舍衛城廣說如上時有二比丘在阿練若處住其一比丘暫成就根力覺道貪恚不起語第二比丘言長老是我知識所敬重者今欲向長老說密事彼言欲說何等便

言長老我得阿羅漢彼即答言長老世尊在世親受法教勤修精進得成道果是其宜耳是比丘後時遊諸聚落放縱諸根廢習止觀便起煩惱覺癡愛生便語其伴我本謂有所得定自未得何以知之自覺心中煩惱猶存彼比丘言長老妄稱得過人法犯波羅夷是比丘言我非知而妄語謂爲實耳諸比丘以是事具白世尊某甲比丘妄語稱得過人法佛言呼來來已佛問比丘汝實虛妄自稱得過人法耶世尊我不虛妄自稱得過人法我想謂得如是想說耳佛問比丘汝何因緣而作是說比丘白佛言世尊我於阿練若處修習根力覺道煩惱不起我謂得羅漢便語同伴說已所得我於餘時遊行聚落不攝諸根煩惱便起即生疑悔語是比丘非是虛妄爾時世尊告諸比丘是比丘非故虛妄說得過人法當知此比丘是增上慢佛告比丘云何於正法中信家非家捨家出家起增上慢汝當方便除增上慢可得羅漢彼時比丘大自慚愧即於佛前精進方便修行止觀除增上慢得羅漢果諸比丘白佛言甚奇世尊是比丘蒙佛慈恩精勤方便修行止觀除增上慢得羅漢果佛告諸比丘是比丘不但今日蒙我恩故精勤方便修習止觀除增上慢得羅漢果過去世時亦蒙我恩精勤不懈獲大果報諸比丘白佛言已曾爾耶佛言如是佛告諸比丘過去世時有國名迦尸城名波羅柰時彼國中人民富樂三毒熾盛有一貧窮婆羅門從外聚落來入城内是節會日城中諸人有乘象者有乘馬者有乘車者有乘轝者

洗浴塗香著新衣服五欲自恣種種戲樂時婆羅門渴愛心生便問人言此諸人輩作何因緣得是快樂答言婆羅門汝不知耶答不知時人便語婆羅門是輩先世修行功德又復今世勤爲家業故得斯樂時婆羅門便作是念此諸人等手足四體與我無異我今但當勤身傭力可得財物自恣快樂與彼無異便自還家謂其婦言我欲遠行傭力求財其婦答言隨在近處乞匃趣得飲食兒子何用遠行婆羅門言事不獲已宜當遠行其婦心念彼其欲去知復如何語婆羅門去留隨意深自保重婆羅門勑婦言汝自謹慎好看兒子時婆羅門於是便去至一海邊聚落見諸商人祠祀聚會宣令里巷誰能入海共取珍寶婆羅門答言我欲入海商人問言有何錢貨答言我無錢貨唯欲從汝乞食爲汝呪願時諸商人皆爲福故語令上船即得便風至一海渚聚落時婆羅門入村乞食并役力求財得純金三十二段摩尼珠十四枚便隨伴還閻浮提船著岸渚時婆羅門便大誇說諸商人等持錢物往今得物還有何奇特我本空去今得此寶可謂爲奇不勝歡喜便捉寶物手中掉弄不止即失寶物落海水中時婆羅門甚大憂惱我極辛苦方得此寶如何一旦忽然落水我要當抒海求覓此寶即便上岸求得好材持詣木師言煩君爲我作木魁木師爲作已鏇師爲鏇之鐵師爲鍱之得木魁已持詣海次褰衣袒臂欲抒海水時有海神作是思惟是婆羅門欲作何等我當問之即化作婆羅門形往至其所以偈問言

褰衣而袒臂　怱怱似急事　我故來問汝
爲欲作何等
時婆羅門以偈答言
今此大海水　深廣衆流王　我今作方便
要欲抒令盡
時海神復說偈言
大海衆流王　於汝有何過　而汝作方便
要欲抒令盡
時婆羅門復說偈言
我經大苦難　度海得珍寶　眞金三十二
摩尼有十四　捨船欲上岸　寶囊落海中
我爲求寶故　抒盡此大海
時海神復說偈言
大海甚深廣　百川衆流王　假設百千歲
抒之不可盡

時婆羅門復說偈答
日月長謝無窮盡　木𣏾鐵鍱難可壞
勤力專精不休息　何憂此海不枯竭
時婆羅門說此偈已便抒海水抒著岸上水
還入海是時海神觀此婆羅門意爲懈怠耶
當實堅固觀已見婆羅門志意專精永無退
期時海神便作是念假使百年抒此海水終
不能減如毛髮許感其精專即還其寶是時
海神爲婆羅門而說偈言
精勤方便士　志意不休息　專精之所感
雖失復還得
佛告諸比丘時海神者豈異人乎即我身是
也婆羅門者此比丘是過去世時已曾蒙我
精勤方便得大果報今復蒙我精勤方便修
習止觀除增上慢得阿羅漢佛告諸比丘依

止舍衛城比丘皆悉令集以十利故爲諸比丘制戒乃至已聞者當重聞若比丘未知未了自稱得過人法聖智見殊勝如是知如是見彼於後時若撿校若不撿校犯罪欲求清淨故作如是言長老我不知言知不見言見虛誑不實語除增上慢是比丘得波羅夷不應共住

比丘者乃至年滿二十受具足是名比丘未知者無智故未了者未斷故自稱者稱已也過人法者人法謂五欲五下分結六趣六諍根七使八邪世八法九慢九惱十善行迹十惡行迹

復次人法者如諸天子以偈問佛

何等人趣善　何等人生天　何等人晝夜長養善功德

爾時世尊以偈答天子言

曠路作好井　種殖園果施　林木施清涼橋船度人民　布施修淨戒　智慧捨慳貪功德日夜增　常生天人中

是爲人法復次孝順父母供養沙門婆羅門及諸尊重修梵行者是爲人法

過人法者十智法智未知智等智他心智苦集滅道智盡智無生智滅盡解脫增上善心淳熟善根淨不淨解脫明法須陀洹果及所攝三昧善入出住正受作證所謂止觀三三昧三明四念處四正勤四如意足四禪四無量四無色定四聖道四聖種四聖諦四沙門果五支定五根五力五解脫處六無上法六堅法六出要界六念六通七財七無著法七三昧七漏盡力七覺支八正道八勝處八解

脱八向道迹九想九歡喜法九淨行滿足九次第定十賢聖住處十一切入十離熾然法十無學法十種漏盡力此名過人法

聖智見者所謂佛及佛弟子所有智見或自稱智非見或自稱見非智或自稱智見或非智非見智非見者言我知若集滅道不言我天眼清淨見人死此生彼善趣惡趣若賤若貴又不言我得天耳過人所聞人聲非人聲若近若遠又不言我知他人心神足淩虚自識宿命是名智而非見見非智者不言我知四眞諦自言我得天眼清淨乃至自知宿命是名見非智云何見智言我知四眞諦乃至自識宿命是名見智云何名非見非智亦不言我見四眞諦乃至自識宿命見名非見非智得殊勝者如是知如是見實不知言知不見言見後若檢校若不檢校檢校者有人問言長老汝得聖道果耶從何等法師學得此果汝何處得得時云何是名檢校不檢校者無人問若問若不問不實自言得過人法犯波羅夷罪犯者四波羅夷中若一一犯也求清淨者欲得清淨故言我不知言知不見言見虚者空也誑者不如實妄語者妄自稱説除增上慢者世尊所除波羅夷者如上説

復次波羅夷者離不妄語退没墮落是名波羅夷復次有波羅夷者所可犯罪不可發露悔過是名波羅夷若比丘自言我法智耶犯越毗尼罪若言我法智犯偷蘭罪若言我得法智波羅夷如是斷如是修如是作證如是一一廣説乃至言我漏盡力耶得越毗尼罪若言我漏盡力得偷蘭罪若言我得漏盡力

波羅夷如是斷如是修如是作證亦如是若教化比丘至檀越家語女人言優婆夷某處安居比丘盡非凡夫得越毗尼罪若言我亦在中得偷蘭罪問言長老得是法耶答言得波羅夷若比丘言優婆夷某處比丘夏安居盡得羅漢乃至言我得是法犯波羅夷又比丘言某處比丘夏安居盡得妙勝法乃至言我得是法波羅夷若言某處比丘夏安居竟亦如是若比丘語優婆夷言某處自恣比丘皆非凡夫皆是阿羅漢皆得妙勝法乃至言我得是法犯波羅夷若比丘言優婆夷某處院内住比丘皆非凡夫皆阿羅漢皆得妙勝法乃至言我得是法犯波羅夷若比丘語優婆夷言某處坐上比丘皆非凡夫皆是阿羅漢皆得勝妙法乃至問言長老得是法耶答言我亦得是法犯波羅夷大王家大臣家長者家居士家城中院中亦如是若比丘言汝家住比丘汝家食比丘爲汝家眷屬援經比丘皆非凡夫皆是羅漢得勝妙法乃至自得是法犯波羅夷若言持如是鉢著如是衣食如是食如是行如是住如是卧皆非凡夫皆是阿羅漢得勝妙法乃至自得是法犯波羅夷若言是上諸比丘皆得法智自言我法智耶得越毗尼罪我法智偷蘭罪若言我得法智證不實波羅夷如是斷如是修如是語乃至漏盡力作證亦如是若比丘以中國語向邊地説若以邊地語向中國説若中國語向中國説若邊地語向邊地説若説義不説味得偷蘭罪若説味不説義得越毗尼罪若説味説義得波羅夷若不説義不説味得

越毗尼罪說義不說味者自稱說我不稱說
羅漢說味不說義者稱說羅漢不自稱說我
說義說味者自稱說我是羅漢不說義不說
味者作羅漢相或合眼以手自掐語優婆夷
言汝愚癡人不知其尊譬如優曇鉢華時時
一出而不知貴作如是相者得越毗尼罪比
丘若遣書印若作手相現義不現味者得越
毗尼罪現味不現義者越毗尼心悔現義現
味得偷蘭罪不現義不現味無罪除根力覺
道種乃至世間善法小小威儀不應讚歎但
讚歎佛法僧大弟子舍利弗目連無罪不得
讚歎自身唯有同意問說實者無罪是故說
若比丘未知未了自稱得過人法聖智見殊
勝如是智如是見彼於後時若檢校若不檢
校犯罪欲求清淨故作如是言長老我不知
言知不見言見空誑不實語除增上慢是比
丘得波羅夷不應共住

世尊於舍衛城成佛六年冬分第四半月十
三日食後三人半影東向坐爲聚落中衆多
比丘制戒及增上慢比丘已制當隨順是名
隨順法

第四戒說竟

摩訶僧祇律卷第五

音釋

塠 丁回切聚也　肘 陟柳切臂節也　鉾矟 鉾音矛勾兵也矟音朔矛屬　蠱 果五切　羆 頻脂切豹屬　埳 苦感切險也　螫 音釋蟲毒也　洄 胡隈切　澓 房六切洄澓水漩流也　蝕 實隻切日月虧曰蝕　趒踯 他刀切越也踯直隻切投也　蹙皺 蹙子六切縮也皺側救切眉攢也　嗺喍

啀五佳切喍士佳切啀喍犬鬪皃⿰國瓜俱陌切批也跛補火切足偏廢也咩彌夜切羊鳴聲也傭餘封切雇作也匃古太切乞也抒丈呂切挹也鏇辝戀切轉軸裁器也鍱音葉褰丘乾切摳衣也

摩訶僧祇律卷第六

東晉三藏法師佛陀跋陀羅共沙門法顯譯

僧伽婆尸沙法第二

佛住舍衛城廣說如上時有比丘名尸利耶婆於舍衛城中信家非家捨家出家時到著入聚落衣持鉢入城乞食不善攝身口意放縱諸根始入一家得食飽足已復入第二家第二家有一女人露牙而坐是比丘見已還自住處念彼女人身心想馳亂憂悴發病顏色痿黃爾時諸比丘問尸利耶婆汝今何故顏色痿黃憂悴不樂欲須酥油石蜜諸湯藥不答言不須自當差耳諸比丘比丘尼優婆塞優婆夷問訊亦復如是彼比丘於晝臥覺心念形起手自觸身即失不淨失不淨已便得安隱所患即差便作是念此好方便可得除患不妨出家修梵行受人信施世尊以五事利益故五日一案行僧房何等五一者聲聞弟子不著有爲事不二者不著世俗言論不三者不著睡眠妨行道不四者觀病比丘不五者爲年少新出家比丘見如來威儀庠序起歡喜心是爲五事如來五日觀歷諸房時長老尸利耶婆晝眠覺已於自房後小行身生起世尊畏彼尸和耶婆比丘驚怖慙愧故世尊作小聲令其先覺時尸利耶婆見世尊已疾行著衣隨世尊後禮足而住爾時世尊問尸利耶婆汝先病患顏色痿黃何緣得差便白佛言世尊我於舍衛城信家非家捨家出家親里知識給我衣服牀卧醫藥不乏我於一時著衣持鉢入城乞食至一家見一女人露身而坐見已還精舍欲心馳亂遂便

不樂生病不欲飲食時諸比丘比丘尼優婆塞優婆夷來慰問我皆欲與醫藥我言不須我於一時晝日眠覺身生起手觸即失不淨失不淨已得眠安隱病得除愈我作是念是好方便可得除患不妨出家受人信施以是故世尊病得除愈身既安隱得修梵行佛言癡人此甚不可此非梵行而言梵行此非安隱而言安隱癡人云何以是手受人信施復以此手觸失不淨汝常不聞我無量方便呵責欲想讚歎斷欲耶汝今作是惡不善事此非法非律非如佛教不可以此長養善法佛告諸比丘依止舍衛城比丘皆悉令集以十利故爲諸比丘制戒乃至已聞者當重聞若比丘故出精僧伽婆尸沙

復次佛住舍衛城廣說如上是時長老尸利耶婆數數犯僧伽婆尸沙如波逸提如波羅提提舍尼如越毗尼罪懺悔諸比丘見尸利耶婆數數犯僧伽婆尸沙罪乃至如越毗尼罪悔過便語尸利耶婆言長老世尊以作制限分齊竟汝何緣爲數數犯耶尸利耶婆言諸長老我犯罪悔過常不猒倦汝等受我悔過何足爲難諸比丘以是事具白世尊佛言喚尸利耶婆來來已佛問尸利耶婆汝實數數犯僧伽婆尸沙罪乃至語比丘言我犯罪悔過常不猒倦汝等受我懺悔何足爲難答言實爾世尊佛告尸利耶婆此是惡事從今日若犯僧伽婆尸沙罪者應六日六夜比丘僧中行摩那埵行摩那埵已二十比丘僧中出罪

復次佛住舍衛城廣說如上時尸利耶婆數

數犯僧伽婆尸沙罪便作是念世尊制戒犯僧伽婆尸沙罪者應六日六夜行摩那埵行摩那埵已應二十比丘僧中出罪我今犯僧伽婆尸沙罪人不知者則無六日六夜無六日六夜者亦無二十僧中出罪我今當覆藏覆藏已便自疑悔我爲不善甚不如法善男子信心出家知佛制戒而故違覆藏設梵行人不知者諸天知他人心者豈不知耶設諸天不知者世尊豈當不知便語諸比丘與我摩那埵比丘問言何以求摩那埵答言我犯僧伽婆尸沙罪復問犯來幾時答言爾許時復問何不即語人耶答言我慚羞故不即說我復作是念犯僧伽婆尸沙罪世尊制戒應六日六夜行摩那埵乃至言諸天不知者佛豈不知耶以是事故今向長老說諸比丘以是事具白世尊佛言喚尸利耶婆來來已佛具問上事汝實爾不答言實爾世尊佛言癡人此是惡事犯戒尚不慙羞悔過何以慙羞爾時世尊即說偈言

覆蓋者則漏　開者則不漏　是故諸覆者當開令不漏

佛告諸比丘從今日犯僧伽婆尸沙罪覆藏者應與波利婆沙行波利婆沙已當與六日六夜摩那埵六日六夜摩那埵已當應二十僧中出罪二十僧中少一比丘欲出罪者是比丘不得出罪是諸比丘應可訶

復次佛住舍衞城廣說如上時有二學人二凡夫人夢中出精彼各各思惟世尊制戒故出精者犯僧伽婆尸沙罪我今將不犯僧伽婆尸沙耶當以是事白尊者舍利弗舍利弗

當問世尊若佛有教我當奉行是諸比丘便詣尊者舍利弗以是因緣白舍利弗時舍利弗將是比丘詣世尊所尊者舍利弗白佛言此四比丘夢中失精便自疑悔世尊制戒我將不犯僧伽婆尸沙罪耶故來白佛世尊是事云何佛告舍利弗夢者虛妄不實若夢眞實於我法中修梵行者無有解脫以一切夢皆不眞實是故舍利弗諸修梵行者於我法中得盡苦際佛告諸比丘依止舍衞城比丘皆悉令集以十利故爲諸比丘制戒乃至已聞者當重聞若比丘故出精除夢中僧伽婆尸沙竟一戒

故者心求方便也出精者出不淨也除夢中者世尊說夢中失精無罪僧伽婆尸沙者僧伽謂四波羅夷婆尸沙者是罪有餘應羯磨治故說僧伽婆尸沙復次是罪僧中發露悔過亦名僧伽婆尸沙夢者有五種何等五一者實夢二者不實夢三者不明了夢四者夢中夢五者先想而後夢是爲五何者實夢所謂如來爲菩薩時見五種夢如實不異是名實夢不實夢者若人見夢覺不如實是名不實夢不明了夢者如其夢不記前後中間是謂不明了夢夢中夢者如見夢即於夢中爲人說夢是名夢中夢先想而後夢者如晝所作所想夜便輒夢是名先想後夢有五事因緣起於婬欲眼見色染著愛樂生婬欲想如眼見色染著者耳鼻舌身亦如是先與女人情相娛樂後續憶念即生婬欲是名五種因緣起婬欲身生起有五事因緣欲心起大行起小行起風患起若非人觸起是爲五事因

縁起弄出精有三事有心故弄出弄出者爲取精故爲樂故若自念言久來不通脫生諸患欲令通故若戲故若自試故若未曾故或自弄出使人弄出是爲弄出精者若酥色油色乳色酪色若青黄赤白如是種種色若一一色出者僧伽婆尸沙心過者欲心起身生有出想而不弄不出是爲心過若欲心起身生有出想故弄而不出得偷蘭罪欲心起身生有出想故弄而出得僧伽婆尸沙欲心起身生無出想不故弄不出無罪如是大行小行風患非人起亦如是若欲心起身生有出想故弄精欲出而不出外者偷蘭罪若欲心起身生有出想不弄不出當責心若欲心起身生無出想弄而不出是亦責心若欲心起身生無出想不故弄出是亦責心若欲心起身生出想故弄出得僧伽婆尸沙乃至非人亦復如是出精者若身若身分若身合身者一切身動跳躑時作方便而出出者僧伽婆尸沙身分者若以手以脚若膞若以肘作方便出者僧伽婆尸沙身合者地水火風地者若牀若褥若壁孔木孔竹筒等若一一堅物觸身欲令出者僧伽婆尸沙水者諸流水逆觸身酥油等如是諸水物中濕潤物身觸欲令出出者僧伽婆尸沙火者若於諸暖處暖具身觸若向火向日欲令出出者僧伽婆尸沙風者若口風若扇風若衣風觸身欲令出出者僧伽婆尸沙若比丘語人言汝弄我身生令出精出者僧伽婆尸沙若復語人言汝莫令我數道汝常知是事而後弄出者僧伽婆尸沙若比丘在空閑處住見有禽獸交會

見已欲心起失不淨者是應責心若復爲受樂故更方便逐看禽獸欲令出出者僧伽婆尸沙若有人強力捉比丘弄令出者是應責心若爲樂故更就彼人令弄出者僧伽婆尸沙若比丘入聚落見他男女行婬見已欲心起失不淨者是應責心若復爲樂故更逐往看令失者僧伽婆尸沙若比丘見男子造婬女家便作是念此中更無餘事正當作婬欲而自欲心起失不淨者是應責心爲樂故更往看令失者僧伽婆尸沙若比丘見女人裸身洗浴見已欲心起失不淨者是應責心若爲樂故逐往看令失者僧伽婆尸沙見男子裸身亦復如是若比丘道中行婬心自起而失不淨者是應責心行時故作方便令出出者僧伽婆尸沙如行住坐卧亦如是若因塗油洗浴失者是應責心若故作方便塗油洗浴令失失者僧伽婆尸沙是故世尊說故弄失精除夢中僧伽婆尸沙

佛住王舍城迦蘭陀竹園廣說如上時優鉢羅比丘尼有沙彌尼字支梨優鉢羅比丘尼遣沙彌尼支梨持衣與優陀夷時優陀夷於自房前縫衣支梨禮優陀夷足於前而住白優陀夷言我師優鉢羅遣我持衣與長老答言好持著房中時優陀夷尋後逐入房内便手把持抱適意已須臾放去支梨行涕還師優鉢羅問言汝何以涕答言長老優陀夷隨我入房把持抱弄極惱觸我優鉢羅言汝莫涕我當白佛令罰優陀夷

復次佛住舍衛城廣說如上長老優陀夷時到著入聚落衣持鉢入城次行乞食入一家

見一女人磨豆便捉髮編舉案牽推手捉抱弄適意須臾放去彼便嫌責言此法不善優陀夷汝呼我家是婬女舍耶當以是事白諸比丘優陀夷言白與不白隨汝意便出而去

復次佛住舍衛城廣說如上時優陀夷時到著入聚落衣持鉢入城次行乞食入一家時有妊身女人舂極坐臼上息時優陀夷脚蹴臼臼轉母人倒地身形裸露優陀夷即便扶起言姊妹起我已見竟時女人嗔恚言沙門釋子此非是辭謝法我寧受汝舂杵打死不欲令此覆藏處出現於人我當以是事白諸比丘優陀夷言白與不白隨意言已便去

復次佛住舍衛城廣說如上時長老優陀夷直次守房時優陀夷先有一知識婆羅門將婦來詣優陀夷其婦端正夫語優陀夷言可開諸房示此婦人優陀夷言若汝不語者我自當示此婦人房舍況復汝請即將至閣上示諸房舍彫文刻鏤種種嚴飾地作青豆色於一屏處便捉婦人手把持抱婦人念言此優陀夷必欲作如是如是事弄已還放語婆羅門言我以示竟婆羅門言好更可示餘房舍時彼婦以優陀夷不共行欲故便嗔言用看房舍爲此是薄福黃門出家遍摩觸我身而無好事時婆羅門語優陀夷言汝實於我知識而生非知識想耶而於平地更生堆阜耶而於水中更生火想耶便繫優陀夷頸牽去優陀夷言婆羅門放我莫使須臾作破頭事婆羅門言我不放汝汝有負我事諸比丘聞鬪諍聲出看語婆羅門言置置放優陀夷婆羅門言我終不放要將詣世尊時佛見已

語婆羅門放優陀夷婆羅門白佛言世尊我今不放要當說其罪狀然後放去時優陀夷便力諍得脱走去時婆羅門以上因緣具白世尊爾時世尊爲婆羅門隨順說法示教利喜嗔恚即除得法眼淨辭還請退佛言宜知是時即禮佛足遶三帀而去婆羅門去不久佛告諸比丘喚優陀夷來即呼來已佛以上事廣問優陀夷汝實爾不答言實爾世尊佛語優陀夷此是惡事諸比丘白佛言世尊此優陀夷不但作此一惡事先時世尊在王舍城迦蘭陀竹園時優鉢羅比丘尼遣沙彌尼支黎持衣與優陀夷優陀夷便捉抱弄適意已放去佛問優陀夷有是事不答言實爾世尊佛言此是惡事復有比丘白佛言不但作此惡事世尊在舍衛城時優陀夷時到著入聚落衣持鉢次行乞食入一家家中有一女人磨豆時優陀夷便捉其髮編抱捉惱弄放去佛問優陀夷實有是事不答言實爾世尊佛言此是惡事更有比丘言世尊何但有此惡事又復一時世尊在舍衛城時優陀夷著入聚落大衣持鉢乞食入一家有一妊身女人春極坐臼上息優陀夷以脚蹴臼令其倒地觀其形體然後出去佛告優陀夷汝復有是事不答言實爾世尊佛言何以故爾答言世尊我未曾見妊身女形故試看耳佛言癡人寧觀糞廁不觀彼妊身女形我常不種種呵責欲想讚歎離欲耶汝云何作此惡不善行此罪法非律非如佛教不可以是事長養善法諸比丘白佛言世尊云何是優陀夷爲婆羅門所捉蒙世尊故得脱佛告諸比丘是

優陀夷不但今日蒙我得脱過去世時已曾被捉蒙我得脱諸比丘白佛言已曾爾耶佛言如是過去世時香山中有仙人住處去山不遠有一池水時水中有一鼈出池水食食已向日張口而睡時香山上有諸獼猴入池飲水已上岸見此鼈張口而睡時彼獼猴便欲作婬法即以身生内鼈口中鼈覺合口藏六甲裏如所説偈

愚癡人執相　猶如鼈所齒　失修摩羅捉非斧則不離

是時鼈急捉獼猴却行入水獼猴急怖便作是念若我入水必死無疑然苦痛力弱任鼈迴轉流離牽曳遇值險處鼈得仰卧是時獼猴兩手抱鼈作是念言誰當爲我脱此苦厄獼猴曾知仙人住處彼當救我便抱此鼈向彼處去仙人遥見便作是念咄哉異事今是獼猴爲作何等欲戲弄獼猴故言婆羅門是何等寶物滿鉢持來得何等信而來向我爾時獼猴即説偈言

我愚癡獼猴　無辜觸惱他　救厄者賢士命急在不久　今日婆羅門　若不救我者須臾斷身生　困厄還山林

爾時仙人以偈答言

假令汝得脱　還於山林中　恐汝獼猴法故態還復生

爾時彼仙人　爲説往昔事

鼈汝宿命時　曾號字迦葉　獼猴過去世號字憍陳如　已作婬欲事　今可斷因縁迦葉放憍陳　今還山林去

佛告諸比丘爾時仙人豈異人乎即我身是鼈者婆羅門是是時獼猴者優陀夷是本爲

獸時蒙我得脫今復蒙我重得解脫諸比丘白佛言世尊云何是優陀夷於支黎沙彌尼如女乃起欲想佛告諸比丘不但今日是優陀夷於支黎女而起欲想過去世時已曾於是女起婬欲想諸比丘白佛言世尊已曾爾耶佛言如是過去世時有婆羅門姓嵩渠氏田作生活索得一婦端正姝好共相娛樂便生一女亦復端正爲作名字以嵩渠姓故字爲嵩渠至年長大諸種姓婆羅門遣信來索時女問母此何客來答言索汝其女白母我不欲嫁樂修梵行母言不爾男女之法要有嫁娶女復白言若父母見愛念者莫嫁我時父母愛女故不能苦違答言任意時隣里知識皆悉奇之云何是女端正姝好而能守志樂修梵行皆愛念之時婆羅門入田耕作婦常送食過於一時其婦有事遣女嵩渠送食與父時婆羅門不正思惟便生欲想憶念婦至當共行欲見持食來便捨犂往迎欲心迷醉不能自覺不應觸處父輒觸之時女嵩渠便涕泣而住時婆羅門即便念言此女嵩渠常不樂欲衆人所歎今我觸之而不大喚似有欲意即便說偈

我今觸汝身　低頭長歎息　將不欲與我
共行婬欲法　汝先修梵行　衆人之所敬
而今輭相見　似有世間意

爾時嵩渠女以頌答父言

我先恐怖時　仰憑於慈父　本所依怙處
更遭斯惱亂　今在深榛中　知復何所告
喻如深水中　而更生於火　根本蔭護處
而今恐怖生　無畏處生畏　所歸反遭難

林樹諸天神　諮知此非法　不終生養恩
一朝見困辱　地不爲我開　於何逃身命
時婆羅門聞女說頌大自慙愧即便而去佛
告諸比丘爾時婆羅門者豈異人乎今優陀
夷是時婆羅門婦者今優鉢羅比丘尼是時
女嵩渠者今支梨沙彌尼是本以曾於此女
生欲想故今續復起佛告諸比丘依止舍衛
城者皆悉令集以十利故爲諸比丘制戒乃
至已聞者當重聞若比丘婬欲變心與女人
身身相觸若捉手若捉髮編及餘身分摩觸
受細滑者僧伽婆尸沙
比丘者如上說婬欲者染汙心也變心者變
名過去心滅盡變易是亦名變但此中變易
者於根力覺道種變易也心者意識也女人
者母姊妹親里非親里若大若小在家出家
手捉者若捉手捉腕乃至一指是名捉手編
者有八種何等八一者髮編二者珠編三者
線編四者華鬘編五者樹皮編六者草編七
者毛編八者韋編若合髮捉此八種編者犯
八種僧伽婆尸沙離髮捉七種編者犯七種
偷蘭罪身相觸者身身相觸也餘分者除髮
編餘身分是也摩者逆順遍摩也著細滑者
逆順摩時身觸受細滑也僧伽婆尸沙者如
上說
若比丘染汙心捉女人髮編若舉若案若牽
若推若抱若嗚若椎若拍者僧伽婆尸沙若
比丘欲捉此而觸餘欲觸餘而觸此欲觸此
而觸此欲觸餘而觸餘乃至椎拍者僧伽婆
尸沙意謂是女而是黃門捉髮乃至椎拍得
偷蘭罪謂是黃門而是女人乃至椎拍僧伽

婆尸沙謂是女人而是女人乃至椎拍僧伽
婆尸沙謂是黃門而是黃門乃至椎拍偷蘭
罪謂是女人而是男子乃至椎拍得越毗尼
罪謂是男子而是女人乃至椎拍僧伽婆尸
沙謂是女人而是女人乃至椎拍僧伽婆尸
沙謂是男子而是男子乃至椎拍得越毗尼
罪黃門男子亦如是
若比丘欲心逐女人女人走入衆女閒就中
牽此女人者僧伽婆尸沙若欲心觸衆女者
隨所觸僧伽婆尸沙而不觸者得偷蘭罪若
比丘欲心逐女人女人走入衆黃門中就中
牽女人者僧伽婆尸沙若欲心觸黃門者隨
所觸得偷蘭罪而不觸者得越毗尼罪若比
丘欲心逐女人女人走入衆男子中就中牽
女人者僧伽婆尸沙若欲心觸諸男子者隨
所觸得越毗尼罪而不觸者得越毗尼心悔
若比丘欲心逐黃門黃門走入衆黃門中就
中牽此黃門者得偷蘭罪若欲心觸餘黃門
者隨所觸亦偷蘭罪而不觸者得越毗尼罪
若比丘欲心逐黃門黃門走入衆女人中就
中牽黃門者得偷蘭罪若欲心觸餘女人者
隨所觸僧伽婆尸沙而不觸者偷蘭罪若比
丘欲心逐黃門黃門走入衆男子中就中牽
者得偷蘭罪若欲心觸餘男子隨觸得越毗
尼罪而不觸者得越毗尼心悔若比丘欲心
逐男子男子走入衆男子中就中牽此男子
者得越毗尼罪若欲心觸餘男子隨所觸得
越毗尼罪而不觸者得越毗尼心悔若比丘
欲心逐男子男子走入衆女人中就中牽此
男子者得越毗尼罪若欲心觸餘女人隨所

觸得僧伽婆尸沙而不觸者得偷蘭罪若比丘欲心逐男子男子走入衆黄門中就中牽此男子者得越毗尼罪若欲心觸餘黄門隨所觸得偷蘭罪而不觸者得越毗尼罪若比丘欲心一時觸衆多女人得一僧伽婆尸沙若一一别觸一一得僧伽婆尸沙

若比丘坐時有女人來禮比丘足比丘若起欲心當正身住應語女人言小遠作禮若女人篤信卒來接比丘足者爾時應自嚙舌令痛不令覺女人細滑

若女人從比丘索水者應語知水家與不應自捉罐澆女人手應以器盛與若無器者令淨人與若無淨人者比丘應持罐著牀上若几上授與可取水飲若比丘與女人共一牀坐非威儀若起欲心越毗尼罪動牀不相觸者偷蘭罪若共一器食若共槃食一牀卧亦如是

若比丘與女人共牀卧相觸犯僧伽婆尸沙若中間比丘坐女人卧女人坐比丘卧隨坐時卧時隨相觸一一僧伽婆尸沙若比丘知法多詐與女人相抱共卧共起竟昔不移者犯一僧伽婆尸沙

若比丘與女人共結鬘者非威儀若染汙心越毗尼罪若欲心動鬘不相觸者偷蘭罪若比丘與女人共蹈井上危木汲水者非威儀若有欲心越毗尼罪若欲心動木者偷蘭罪若不動者無罪若中間有男子者無罪

若比丘與女人共一繩汲水非威儀若起欲心越毗尼罪若欲心動繩者偷蘭罪若比丘與女人共井汲水比丘下鑵時女人欲下當

語言姊妹小住須我鑵出竟然後下若井欄動共汲水者非威儀若起欲心者越毗尼罪欲心動井欄得偷蘭罪若井欄不動無罪中間有淨人者無罪

若比丘入聚落中到信心優婆塞家時優婆塞言我欲得一宿供養佛願師佐我施供養具比丘言爾若比丘共女人舉柱欲竪者非威儀若有欲心越毗尼罪若欲心動柱者偷蘭罪若比丘與女人共張施供養具若竹木葦各捉一頭者非威儀若有欲心得越毗尼罪若欲心動竹木葦者得偷蘭罪如是帳幔衣錦羅畫像乃至華鬘諸物比丘與女人共各捉一頭非威儀若有欲心得越毗尼罪若欲心動彼物者得偷蘭罪

若比丘共女人舁石蜜瓶非威儀若有欲心得越毗尼罪若欲心動瓶得偷蘭罪乃至一切諸重器物亦如是若比丘與女人共行香華油者女人捉器比丘過華比丘捉器女人過華非威儀若有欲心得越毗尼罪若欲心動器得偷蘭罪若竟夜聽法者當各於異壁下相遠敷坐若無是處當於露地若不容受者中間當以木爲齊限聽法訖已持種種雜物布施所謂牀褥若衣服若寶器等若比丘共女人捉物呪願者非威儀若有欲心得越毗尼罪若欲心動彼物得偷蘭罪明旦比丘與女人行種種飲食乃至行鹽若比丘捉器女人行若女人捉器比丘行非威儀若有欲心得越毗尼罪若欲心動器得偷蘭罪若比丘於女人邊受器行者不犯若有女人欲擔重物不能舉上肩便倩比丘佐扶比丘不應

佐扶若有餘男子女人者比丘應教令佐扶若無餘人者比丘應自舉是物著高處令其就擔比丘與女人共於虛動地行非威儀若有欲心得越毗尼罪若欲心動地得偷蘭罪若比丘與女人共行可動輅上度水非威儀若有欲心得越毗尼罪若欲心動輅得偷蘭罪若輅不動無罪中間有男子者不犯

若比丘下閣時見女人來當反還若女人過竟比丘便下若道寬不動無罪中間有男子者不犯若比丘與女人共行長板上者非威儀若有欲心得越毗尼罪若欲心動板得偷蘭罪若板不動中間有男子者無罪若比丘與女人共行水中比丘在後脚蹴水灒女人者非威儀若有欲心得越毗尼罪若水著女人者偷蘭罪

若比丘與女人共船上行比丘當在男子所住處住若止有一處者皆當正念而住若有異心相觸者僧伽婆尸沙若船沒時女人水漂向比丘比丘作地想持出水不犯若有欲心得僧伽婆尸沙

若比丘河邊經行有女人落水作哀苦聲求比丘救者比丘作地想捉出不犯若授竹木繩索出不犯若比丘言知汝雖苦當任宿命者無罪若女人急捉比丘者比丘當正念住若心有異合麤厚衣捉者得偷蘭罪若輭薄衣被合捉者僧伽婆尸沙若比丘入城時若王出若大會日多人出入比丘當住伺人小希然後乃入若隨多人男女共入者非威儀乃至有欲心觸僧伽婆尸沙若比丘入城乞食過到婬女家婬女捉比丘者當正思惟若

比丘乞食時有端正女人持食與比丘比丘見女人起欲想者應放鉢著地令餘人授若女人持食與比丘若女人一手過食一手承鉢底者非威儀若有欲心乃至觸僧伽婆尸沙若比丘狹道巷中與女人相逢比丘應住待女人過若競行者非威儀若有欲心乃至觸僧伽婆尸沙若比丘與母姊妹親里等久別相見歡喜抱捉比丘比丘當正憶念住若有異心者僧伽婆尸沙

若比丘至檀越家時女人抱小兒著比丘膝上不犯若比丘就女人手中捉小兒者非威儀若有欲心者得越毗尼罪展轉相動者得偷蘭罪若手觸彼女人得僧伽婆尸沙

若比丘出城若王入若大會若多男女出入比丘應住須人小希比丘便出若時有狂象狂馬狂牛走車失火逼時諸恐怖事疾出者無罪

若比丘諸大會時所謂佛生處得道處轉法輪處阿難大會處羅睺羅大會處般遮于瑟大會處是諸大會時多人來看若女人持珠環瓔珞衣物寄比丘若不淨物應令淨人取若淨物應手自取女人還索時不淨物令淨人還若淨物手自還不得爲女人著著者犯越毗尼罪若觸女人身者僧伽婆尸沙若觸黃門者偷蘭罪若觸男子者得越毗尼罪若觸一切畜生女者得越毗尼罪若緊陀羅女及獼猴女偷蘭罪若女人邊僧伽婆尸沙黃門邊偷蘭罪男邊越毗尼罪若女邊偷蘭罪黃門邊越毗尼罪男子越毗尼心悔若女人邊越毗尼罪黃門邊越毗尼心悔男子不犯

若女人邊越毗尼心悔黃門男子邊不犯是故説若比丘婬欲變心與女人身相觸若捉手若捉髮編及餘身分若摩觸受細滑者僧伽婆尸沙 第二戒竟

佛住王舍城迦蘭陀竹園廣説如上時淨居天以轉輪王所應服藥價直百千授與耆舊耆舊藥師作是念今日世間誰最尊重世間第一當持此藥以奉上之尋復念言唯有如來最尊第一當以此藥奉上世尊爾時耆舊童子往詣世尊所禮世尊足却住一面白佛言淨居天與我是治轉輪王藥價直百千我作是念世間誰最尊重應與此藥尋復念言唯有如來世之尊重今以此藥奉上世尊唯願哀愍納受此藥佛告耆舊如來應供正遍知婬怒癡垢習障永盡唯有堅固平等妙身無有衆患應服此藥爾時耆舊復白佛言世尊如來應供正遍知平等妙身雖無衆患哀愍我故願受此藥當爲來世弟子開示法明病者受藥施者得福爾時世尊默然而受耆舊復念今不可令世尊如常人法服藥當取青蓮華藥熏令香與世尊齅之爾時世尊便齅青蓮華香藥勢十八行下世尊下已光相不悅時缾沙王與諸羣臣眷屬人民來詣世尊禮敬問疾時王舍城有五百婬女亦詣世尊禮拜問疾時缾沙王詣世尊問疾已羣臣侍從次入問疾時五百婬女或乘象馬車輿欲來問疾中有入者有不入者與年少入園林中遊諸浴池五欲自娛歌舞戲笑有一婬女貧窮弊衣無人共語便詣優陀夷所白言阿闍黎我欲入看優陀夷言可爾汝若不請

尚欲呼汝況汝求請即便入房時優陀夷示諸房舍種種彩畫優陀夷問言姊妹房舍好不答言實好復問姊妹能共作是事不答言阿闍黎我仰作是事活若男子者來優陀夷言汝可卧地即時卧地復言右脅卧即右脅卧復教左脅卧即左脅卧復教仰卧即便仰卧復教匍匐即便匍匐時優陀夷即便唾之脚蹴令倒便言姊起我已作竟爾時婬女便嗔恚言此非沙門辭謝之法時有坐禪比丘先入房暗處坐遥見是事語諸比丘諸比丘即以是事往白世尊佛言呼優陀夷來即便呼來來已佛問優陀夷汝實爾不答言實爾佛問優陀夷汝以何心答言欲心復問優陀夷汝欲作婬事耶答言不欲作我但戲耳佛言此是惡事優陀夷我常不種種呵責婬欲想讃歎離欲耶汝今云何作此惡行優陀夷此非法非律非是佛教不可以是長養善法佛告諸比丘依止王舍城比丘皆悉來集以十利故爲諸比丘制戒乃至已聞者當重聞若比丘婬欲變心與女人説惡醜語隨順婬欲如年少男女者僧伽婆尸沙

比丘者如上説婬欲者染汙心也變心者變名過去心滅盡變易是亦名變易作此中變易者於根力覺道種變易也心者意識也女人者親里非親里若大若小在家出家説婬欲語者向彼説惡語者呵罵形呰稱説順婬欲者説非梵行事如年少男女者如年少少年年少中年年少老年如中年少年中年中年中年老年如老年少年老年中年老年老年如年少男女法者皆僧伽婆尸沙

僧伽婆尸沙者如上説若比丘於女人起欲心説若欲作若不欲作譽毁語問求請覩罵直説作者欲捨沙門法爲婬欲事是名作不作者不欲捨沙門法雖言我當作婬欲而實不爲是名不作

譽毁者於八處若譽若毁兩脣兩腋兩乳兩脅腹齊兩髀兩道脣者言好脣赤脣齊整脣石榴華脣作是稱譽者僧伽婆尸沙若言醜脣垂脣麤脣豬脣脣如井口作是毁者僧伽婆尸沙腋者好腋平腋無毛腋香腋若言臭腋深腋多毛腋垢腋作是譽毁者僧伽婆尸沙乳者好乳圓乳石榴乳金罌乳兩乳齊出若言醜乳垂乳大乳豬乳狗乳藥囊乳如是等譽毁者僧伽婆尸沙脅者好脅平脅鹿櫨脅若言醜脅垂脅如是等譽毁者僧伽婆尸沙腹者好腹平腹若言醜腹大腹垂腹如是等譽毁者僧伽婆尸沙齊者好齊深齊水旋齊若言醜齊大齊凸齊作如是譽毁者僧伽婆尸沙髀者好髀圓髀虎髀象鼻髀若言醜髀瘦髀作如是譽毁者僧伽婆尸沙兩道者説名僧伽婆尸沙是名八事染汙心譽毁者僧伽婆尸沙語者語女人言如汝母姊妹曾從事人若夫若叔語汝者汝當隨作作是語者僧伽婆尸沙問者問女人言汝曾從事人若夫若叔在何處作夜幾時作作如是問者僧伽婆尸沙求者比丘言如人求汝母姊妹曾從事人法求汝以是事可得衣食作如是説者僧伽婆尸沙請者語女人言我已請諸天神得與汝和合當報此願作如是説者僧伽婆尸沙覩者作是言今當共比知誰脣好

我耶汝耶不好當顧物如是兩腋兩乳兩脅腹齊兩髀皆當共比知誰好我耶汝耶不好當顧物及兩道稱名僧伽婆尸沙罵者欲心罵言如驢馬等種種字名者僧伽婆尸沙直說者直言當共作是事僧伽婆尸沙比丘欲心於女人若欲作若不欲作譽毀語問求請覩罵直說僧伽婆尸沙起欲心欲向此而向餘欲向餘而向此欲向此而向此欲向餘而向餘乃至直說僧伽婆尸沙

若比丘於女人起欲心向黃門乃至直說偷蘭罪若比丘於黃門起欲心向女人乃至直說僧伽婆尸沙若比丘於女人起欲心向女人乃至直說僧伽婆尸沙若比丘於黃門起欲心向黃門乃至直說偷蘭遮若比丘於女人起欲心向男子乃至直說越毗尼罪若比丘於男子起欲心向女人乃至直說僧伽婆尸沙女人向女人亦爾若比丘於男子起欲心向男子乃至直說越毗尼罪黃門男子亦如是

若比丘欲心向女人說婬欲順婬欲隱覆傍語妊身婬欲者言姊妹共作是事是名婬欲順婬欲者比丘言女人所欲得物若男子若塗香若華鬘衣服瓔珞當作是事是名順婬欲隱覆者若比丘向女人作隱覆語言妹妹沐浴來噉果來出毒來作如是等種種謬語是名隱覆

傍語者若比丘於此一女人有欲心向傍女人說八處若此一女人知比丘欲心向已者是比丘得八僧伽婆尸沙罪此一女人不知者得六偷蘭罪二僧伽婆尸沙罪若比丘欲

心於一女人即向此女人譽毀餘女人八處若此女人知比丘欲心向已者是比丘犯八僧伽婆尸沙不知者六偷蘭罪二僧伽婆尸沙罪若比丘於女人有欲心即向此女人説黄門八處是女人知比丘有欲心向已者犯八僧伽婆尸沙不知者六偷蘭罪二僧伽婆尸沙若比丘於一女有欲心即向此女人説男子八處是女人知比丘欲心向已者犯八僧伽婆尸沙罪不知者六偷蘭罪二僧伽婆尸沙若比丘於一黄門有欲心向餘黄門譽毀八處若此黄門知比丘有欲心向已者得八偷蘭罪若不知者得六越毗尼罪二偷蘭罪若比丘於一黄門有欲心即向此黄門譽毀餘黄門八處若是黄門知比丘有欲心向已者是比丘得八偷蘭罪若不知者得六越毗尼罪二偷蘭罪若比丘於黄門有欲心即向此黄門譽毀女人八處若黄門知比丘有欲心向已是比丘犯八偷蘭罪不知者得六越毗尼罪二偷蘭罪若比丘於黄門有欲心即於黄門前譽毀男子八處若黄門知比丘有欲心向已者得八偷蘭罪若不知者六越毗尼罪二偷蘭罪若比丘於一男子有欲心向餘男子譽毀八處是男子知比丘有欲心向已者八越毗尼罪若不知者六越毗尼心悔二越毗尼罪若比丘於男子有欲心即於此男前譽毀餘男子八處是男子知比丘有欲心向已者犯八越毗尼罪若不知者得六越毗尼心悔二越毗尼罪若比丘於男子有欲心即於此人前譽毀女人八處是男子知比丘欲心向已者得八越毗尼罪若不知者

六越毗尼心悔二越毗尼罪若比丘於男子有欲心即向男子說黃門八處若是男子知比丘有欲心向已者是比丘得八越毗尼罪若不知者得六越毗尼心悔二越毗尼罪是名傍說

妊身者若妊身女人來入寺中禮比丘足語女人言咄咄奇優婆夷汝已開門已受染色汝夜都不眠作不淨業此非梵行是婬欲果耳作是語者僧伽婆尸沙是名妊身若女人前譽毀得僧伽婆尸沙黃門得偷蘭罪若男子得越毗尼罪若向緊陀羅女獼猴女得偷蘭罪向餘畜生女說得越毗尼罪若女人邊得僧伽婆尸沙黃門邊得偷蘭罪男子邊得越毗尼罪若女人邊偷蘭罪黃門邊越毗尼罪男子邊越毗尼心悔若女人邊越毗尼罪黃門邊越毗尼心悔男子邊不犯若女人邊越毗尼心悔黃門男子邊不犯是故說

若比丘婬欲變心與女人作惡口語隨順婬欲如年少男女者僧伽婆尸沙第三戒竟

佛住舍衛城廣說如上時長老優陀夷有舊知識婆羅門語優陀夷言我欲餘行長老能時時往反看我家中婦兒不優陀夷言婆羅門汝不相囑尚欲經營況復囑我婆羅門便餘行去時優陀夷著入聚落衣持鉢到婆羅門舍婆羅門婦見長老優陀夷來恭敬起迎言善來阿闍黎久不相見今乃屈顧請令入坐即便就坐優陀夷言今我希來汝能少有所與不婆羅門婦言有種種飲食隨有所勑盡當相與優陀夷言此諸飲食諸信心家處處皆得但我出家人所難得者汝得自在當

持與我婆羅門婦言不知何者是出家人之所難得物我得自在當見示語若我家有當持相與家中無者當於餘處求索相與優陀夷言汝足知是事何以不知汝多情詐如賊有四眼何所不知婆羅門婦復言我實不知當見告語家中有者當持相與家中無者當於餘處買索相與爲何所須優陀夷言汝知是事何以不知此最第一供養所謂交通如我沙門持戒行善法修梵行以此法供養所謂隨順婬欲時婆羅門諸婦中有少年者即便慚愧低頭徐行各還自房有中年者亦各慚愧低頭而住有老年者即便呵責言阿闍黎優陀夷此非善事不應作是非類此是婆羅門家而作婬女家法相待耶我當以是事白餘比丘優陀夷言白與不白當隨汝意作是語已便捨出去出是家已便入婬女舍諸婬女輩皆起迎恭敬問訊言善來阿闍黎優陀夷久不相見今乃屈意便請令就坐優陀夷言今我希來汝能少有所與不諸婬女言有種種飲食隨有所須有所約勅盡當相與優陀夷言此飲食諸信心家處處皆得但我出家人所難得者汝得自在當持與我諸婬女言我今不知何物是出家人所難得者當見示語家中有者當持相與家中無者當於餘處求索相與優陀夷言汝足知是事何以不知汝多情詐如賊有四眼何所不知如是乃至三說諸婬女輩猶言不知優陀夷言汝知是事何以不知此最第一供養所謂交通如我沙門持戒行善法修梵行以此法供養所謂隨順婬欲法時婬女中有年少者便拍

手大笑中年者便作是言我正仰是活命汝若是男子者便可來有老年者便作是言阿闍黎優陀夷我雖以是自活汝不護沙門法耶我當以是事白諸比丘優陀夷言白與不白自隨汝意作是語已便捨而去諸婬女即語諸比丘諸比丘以是事白佛佛言喚優陀夷來來已佛以上事廣問優陀夷汝實爾不答言實爾世尊佛言優陀夷此是惡事汝常不聞我種種因緣呵責婬欲種種因緣讚歎離欲汝云何作此惡不善事優陀夷此非法非律非是佛教不可以此長養善法

佛告諸比丘依止舍衛城比丘皆悉令集以十利故爲諸比丘制戒乃至已聞者當重聞

若比丘婬欲變心於女人前歎自供養身言姊妹如我沙門持戒行善法修梵行以是婬欲供養讚歎者僧伽婆尸沙

比丘者如上說婬欲者染汙心也變心者變名過去心滅盡變易亦名變易但此中變易者於根力覺道種變易也心者意識也女人者親里非親里若大若小在家出家歎自供養身者歎自已身也言姊妹如我沙門持戒行善法修梵行以婬欲法供養第一者僧伽婆尸沙

僧伽婆尸沙者如上說若比丘染汙心於女人前語女人言汝若欲得第一勝長自在大自在無比無相似得最勝處得長處得解脫處得無比處得無相似處身無病毋無病父無病宗親無病眷屬無病福德名稱多人愛多人念多人喜多人所尚得壽得色得樂得勢力得眷屬得善趣得三十三天得天后得

天眼清淨耳垂埵者如我沙門持戒行善法修梵行應以此法奉之事之恭敬尊重承望供養施與不惜舒展廣舒展隨順取隨順受是中初三十事一一犯越毗尼罪次八事一一犯偷蘭罪後十二事一一犯僧伽婆尸沙

若比丘起欲心欲向此而向餘欲向餘而向此欲向此而向此欲向餘而向餘若比丘於女人起欲心向黄門説第一乃至隨順受物三十事犯越毗尼心悔次八事犯越毗尼罪後十二事犯偷蘭罪

若比丘於黄門有欲心向女人説第一乃至隨順受初三十事犯越毗尼罪次八事犯偷蘭罪後十二事犯僧伽婆尸沙女人於女人亦如是

若比丘於黄門有欲心向黄門説第一乃至隨順受初二十事犯越毗尼心悔次八事犯越毗尼罪後十二事犯偷蘭罪

若比丘於女人有欲心向男子説第一乃至隨順受初三十事及次八事犯越毗尼心悔後十二事犯越毗尼罪若比丘於男子起欲心向女人説第一乃至隨順受初三十事犯越毗尼罪次八事犯偷蘭後十二事犯僧伽婆尸沙女人於女人亦復如是

若比丘於男子起欲心向男子説第一乃至隨順受初三十事次八事越毗尼心悔後十二事犯越毗尼罪黄門男子四句亦如是若於女人歎自供養僧伽婆尸沙於黄門得偷蘭罪於男子得越毗尼罪於緊那羅女獼猴女犯偷蘭罪畜生女犯越毗尼罪若比丘女人邊僧伽婆尸沙黄門邊得偷蘭罪男子邊

犯越毗尼罪若女人邊偷蘭罪黃門邊犯越毗尼罪男子邊越毗尼心悔若女人邊犯越毗尼黃門邊犯越毗尼心悔男子邊不犯若女人邊犯越毗尼心悔黃門男子邊無罪是故世尊說

若比丘婬亂變心於女人前歎自供養身言姊妹如我沙門持戒行善法修梵行以是婬欲法供養讚歎者僧伽婆尸沙 第四戒竟

摩訶僧祇律卷第六

音釋

瘘 於爲切痺濕病也　悴 秦醉切憂也　埵 丁果切　躑 直炙切住足也　蹴 子六切踏也　鏤 盧候切雕也　阜 房久切陵阜也　態 他代切意恣縱也　鑵 古玩切瓶屬也　蹈 徒到切踐也　葦 于鬼切葭屬　舁 以諸切對舉也　輅 魯故切車也　瀵 予旦切水濺也　齅 許救切鼻攪氣也　匍匐 蒲胡切匐蒲北切伏地貌　壚 落胡切　凸 徒結切土之高也

摩訶僧祇律卷第七

東晉三藏法師佛陀跋陀羅共沙門法顯譯

明僧殘戒法第二之餘

佛住舍衛城廣說如上爾時有長老比丘名迦羅時到著入聚落衣持鉢入城次行乞食到一田家其家母人遥見長老迦羅便起迎之恭敬問訊善來阿闍黎久不相見莫如餘家作踈外意如自家想請令入坐迦羅即坐時母人禮迦羅足於一面立其家男女皆來禮迦羅足已於一面立時有大兒後來禮足已於一面立迦羅問言是誰家兒母人答言此是我兒迦羅問言爲婚娶未答言未婚迦羅言應爲娶婦莫令在外作諸過惡迦羅復問頗有擬宜處不答言有某家有女遣信往索不得問言何故不得答言彼作是語我欲令無子有子無女有女如我一目亦爲我子亦爲女壻我當與之我今何爲爲彼女故放子令去迦羅言如汝所言彼是愚人誰當爲女放捨其子如所說女生外向雖生王家隨嫁娶法會當出去如汝本時亦從外來然我亦出入彼家當爲汝男子求索彼女答言善哉阿闍黎迦羅比丘即出是家往詣彼家彼家母人見迦羅來即出來迎恭敬問訊善來阿闍黎久不問訊莫如餘家作踈外意今於我家如自己想請令入坐坐已禮迦羅足於一面立其家男女亦前禮足於一面立時有一大女後來禮足迦羅問言此是誰女答言我女問言嫁未答言未嫁迦羅言應早處分莫令在外脫生諸過迦羅復問頗有來索者不答言有某甲田家曾索不與問何故不與

答言阿闍黎我欲令無子有子無女有女如我一目爲我女壻亦如我兒來就我家當以女與之我今何爲爲他男故捨女令去迦羅言恠哉汝是愚人何聞由來嫁男就女如汝本時云何來就他人如所言女生外向雖生王家亦隨嫁娶法會當出門然彼田家是我檀越汝嫁女與之可得富樂其母答言阿闍黎意欲爾耶答言欲爾即便許與迦羅即還田家語田家婦言已得彼女所應爲者宜及時爲時二家俱富各送禮具成其婚姻女嫡田家每執苦事遂生勞患眠至日出時姑喚言何以不起汝不知婦禮晨朝當起掃灑執作瞻視賔客如是再三語婦故不從教其姑極生苦猒而作是言坐是迦羅遺我此苦爲我求此無手足物爾時兒婦復啼泣言坐是迦羅遺我此苦云何持我蹈火坑中爾時女母聞之復瞋恚言我女在家婉樂少事今在田家多務辛苦終日啼泣云何迦羅安我女著弊惡家迦羅比丘爲二家所瞋諸比丘以是因緣廣白世尊世尊言喚迦羅比丘來即便喚來佛問迦羅汝實作是事不答言實爾世尊佛言迦羅汝常不聞我無數方便訶責和合欲法無數方便讃歎離欲法汝今云何和合欲法是爲惡事今因汝故常爲諸比丘制戒佛告諸比丘依止舍衛城比丘皆悉令集以十利故爲諸比丘制戒乃至已聞者當重聞若比丘受他使行和合男女若娶婦若私通乃至須臾頃者僧伽婆尸沙

比丘者如上說使者受使事行者往來和合者和合男女也婦者終身婦也私通者暫交

會也乃至須臾頃者乃至和合令須臾間會者亦犯僧伽婆尸沙

僧伽婆尸沙者如上說若孤女無母無父無親里若俱無若自立若依他立若依親里立若俱立孤無母者謂女無母依父生活是名無母若有男子欲求此女爲婦倩比丘往求比丘許者犯越毗尼罪往向彼說犯偷蘭罪得不得還報時犯僧伽婆尸沙罪孤女無父者有女無父依母生活是名無父孤女若有男子欲求此女爲婦倩比丘往求此女爲婦受彼使者犯越毗尼罪往向彼說犯偷蘭得不得還報時犯僧伽婆尸沙無親俱無亦復如是

自立者無父無母無親里自活若有男子欲求此女爲婦倩比丘往女所受彼使者犯越毗尼罪往向女說得偷蘭罪得不得還報時犯僧伽婆尸沙

依他立者若女無親而依他立若有男子欲得此女爲婦倩比丘往受彼使者犯越毗尼罪向彼說偷蘭罪得不得還報時犯僧伽婆尸沙依親及俱亦復如是

若孤兒無母無父無親俱無自立依他依親依俱無無母者若孤兒無母依父生活此兒欲求他女爲婦倩比丘往受彼使者犯越毗尼罪往向彼說犯偷蘭罪得不得還報時犯僧伽婆尸沙乃至依俱無亦復如是

若家内同産先要罰榛王績縷作食取水無子繼嗣家内者若有人養他小兒教習長大家中有所生女年亦長大便作是念我今此女年巳長大當出嫡他今日此兒是我所養

今已長大何不以女嫁與此兒可令此兒常如我子亦爲女壻不能自語便倩比丘語此男兒言我養育汝教學成就年已長大今我有女固當出門欲令汝爲我女壻亦如我子比丘受彼使者越毗尼罪往向彼說犯偷蘭罪得不得還報時犯僧伽婆尸沙若彼養兒先自欲得其女倩比丘往白其父亦復如是同産者若有同産兒喪欲執嫂爲婦倩比丘往語其嫂乃至得不得還報時犯僧伽婆尸沙先要者若有男子共他婦通其婦語此男子言若我夫瞋苦治我罪驅出門者汝當取我答言可爾時彼婦人便故惱其夫令其忿恚苦治驅出彼男子聞已不能自往便倩比丘往語婦人汝已爲夫苦治驅出當來就我比丘受使乃至得不得還報時犯僧伽婆尸沙若復女人欲樂男子不能自語便倩比丘往語男子我已爲夫苦治驅出今欲就汝爲我作夫比丘受使乃至得不得還報時犯僧伽婆尸沙若是女人欲還從本夫不能自語倩比丘往語其夫言還共生活更不作過比丘受使乃至得不得還報時犯僧伽婆尸沙若復夫主還欲取婦不能自語倩比丘往語本婦言今聽汝還莫更作過比丘受使乃至得不得還報時犯僧伽婆尸沙

罰者若王欲取人女不能自語倩比丘往語其家言我能罰汝家而取汝女但不欲爾汝與我女可得衣食莊嚴之具自然不乏又可饒益汝家比丘受使乃至得不得還報時犯僧伽婆尸沙

榛王者賊也若賊主欲得他女不能自語倩

比丘往語其家言我是林中王能爲汝作不利益事汝當送女與我可得衣食嚴具自恣并護汝家比丘受使乃至得不得還報時僧伽婆尸沙

績縷者若有寡婦紡績自活有男子欲得不能自語倩比丘往語寡婦言爲我作婦寡婦言我若相就不能餘作唯能績縷須者當往乃至得不得還報時僧伽婆尸沙

作食者若有寡婦有男子欲得而不能自語倩比丘往語寡婦言來共生活寡婦言我但能作食不能餘作須者當往乃至得不得還報時僧伽婆尸沙

取水者若有寡婦有男子欲取此婦不能自語倩比丘往語寡婦言來共生活寡婦答言我但能取水不能餘作須者當往乃至得不得還報時僧伽婆尸沙

無子者若有男子都無子息復有寡婦亦無兒子有男子欲得寡婦不能自語倩比丘往語寡婦言俱無子息來共合活比丘受使乃至得不得還報時僧伽婆尸沙若彼寡婦欲求男子而不能自語倩比丘往亦復如是

繼祠者若有男女俱無子息恐其死後若墮餓鬼無繼祠時有男子欲得寡婦不能自語倩比丘往語寡婦言來共生活若我先死墮餓鬼者汝當祠我若汝先死我當祠汝乃至得不得還報時僧伽婆尸沙若彼寡婦求男子亦復如是

若有女人母所護父所護兄弟姊妹護自護種姓護錢所護童女寡婦他婦母護者有女人依母住有人欲得此女遣比丘往語其母

言欲得此女爲婦乃至得不得還報時僧伽婆尸沙父護兄弟護姊妹護亦復如是
自護者有女人無父母親里自作生活持戒自護若有男子欲得此女倩比丘往語乃至得不得還報時僧伽婆尸沙
姓護者有女人無父母依同姓住若有男子欲求此女倩比丘往語其同姓乃至得不得還報時僧伽婆尸沙
錢護者若女人負人錢未滿有男子欲得此女倩比丘往語其家言與我此女我代與錢乃至還報僧伽婆尸沙童女寡婦他婦亦復如是
若女穀買得錢買得若輸錢女半輸女盡輸女若一月住若隨意住抄略與華鬘無種須臾穀買得者若女以穀買得有男子欲得此女倩比丘往語彼女言爲我作婦乃至還報僧伽婆尸沙錢買得亦復如是
輸錢者若有人養女責稅錢唯除自供餘者盡取若有男子欲求此女人倩比丘往語乃至還報僧伽婆尸沙半輸盡輸亦復如是
一月住者若寡婦有男子欲求爲婦倩比丘往語寡婦寡婦答言我不能長住爲可一月相就若須者當往乃至還報僧伽婆尸沙
隨意住者有寡婦男子欲求爲婦倩比丘往語寡婦寡婦言我不能長住隨我意幾時住須者當往乃至還報僧伽婆尸沙
抄略得者若人破他聚落抄得女人若有男子欲求此女倩比丘往語乃至還報僧伽婆尸沙
持華鬘者有國土法男子欲求女人爲婦時

直遣人持華鬘往與女家若受華鬘便知得婦若不受華鬘便知不得即遣比丘持華鬘往與女家乃至還報僧伽婆尸沙
無種者若男子無父親亦無母親又無知識彼女亦爾是男子欲求彼女倩比丘往語乃至還報僧伽婆尸沙
須史者若端正女人有男子倩比丘往求須史交會乃至還報僧伽婆尸沙
無子婦婢婦出家放婬女婬女使人外婬女外婬女使人若棄女乞女被遣女下錢女無子婦者若有家富兒小便爲取婦兒死此兒婦小依止姑住至其長大有男子欲求此女倩比丘往語言汝兒旣喪我今便如汝兒無異與我此婦我當以衣食共相供給乃至還報僧伽婆尸沙

婢婦者如諸國土有賣生口若男子欲求爲婦欲言買爲婦恐賣錢多便倩比丘往密語婢言今買汝爲婢實持作婦乃至還報僧伽婆尸沙
出家者若端正女人於諸外道出家有男子欲求此出家女爲婦倩比丘往語乃至還報僧伽婆尸沙
放者放有二種若賣若離婚賣者如頗梨國法有婦小嫌便賣離婚者有國法夫婦不相樂便詣王所輸三錢半二張劫貝而求斷當聽使離婚或有女人與他私通共作要言若我與夫離婚當爲汝婦答言可爾即持錢物求得離婚彼男子聞已便倩比丘往語女人汝已離婚來作我婦乃至還報僧伽婆尸沙
若彼女人倩比丘往語彼男子言我已離婚

當爲汝作婦乃至還報僧伽婆尸沙婬女者有男子倩比丘語婬女與我交通乃至還報僧伽婆尸沙婬女使人者婬女婢也亦如上說外婬女者有婬女恒在田野求人有男子倩比丘往語外婬女與我交通乃至還報僧伽婆尸沙外婬女使人亦復如是棄女者若女人他行妊身然後於諸外道中出家月滿生女棄著四衢道中有人取養至年長大有男子欲得此女倩比丘往語乃至還報僧伽婆尸沙乞女者若有人多男無女從他乞女養至年長大有男子欲求爲婦倩比丘往語乃至還報僧伽婆尸沙被遣女者若有女人未出嫁時共他私通然後出嫡壻知非童女便遣還家索本財物先共通男子聞女被遣便作是念此女由我令其被遣我當取之倩比丘往語其父母乃至還報僧伽婆尸沙下錢女者若人取婦輸錢未畢此女父母多索其錢不能令滿而不得婦女亦不得更嫁有異男子欲求此女倩比丘往語其父母與我此女當與錢還本夫家并復與汝乃至還報僧伽婆尸沙

若男子男子使語彼比丘是比丘若從男子及男子使聞已往語彼者偷蘭罪若自往若遣使得不得還報者僧伽婆尸沙

若孤女依外祖母依外祖父依外曾祖依外舅依外姨母依祖父依祖母依曾祖依父舅依父姨亦如上說直曲相堪能出入病王說法師伴黨共雜直者有男子欲求他女不能自語倩比丘往語受語者犯越毗尼向彼說偷蘭罪若女家說言彼是刹利我婆羅門彼

毗舍我婆羅門彼首陀羅我婆羅門或言我剎利彼婆羅門我毗舍彼婆羅門我首陀羅彼婆羅門或復言彼是剎利我毗舍彼剎利我首陀羅或言彼婆羅門我亦婆羅門彼剎利我亦剎利彼毗舍我亦毗舍彼首陀羅我亦首陀羅若得不得還報僧伽婆尸沙

曲者若男子欲求他女不得自語倩比丘往比丘言世尊制戒不得使行口雖不許心然可者犯越毗尼罪往語彼偷蘭罪得不得還報犯僧伽婆尸沙

相者若男子欲求他女不能自語倩比丘往比丘言佛制戒不得使行然我當爲汝作相汝若見我著垢膩衣持破空鉢坐卑牀上口說奴婢語當知不得若復見我著鮮淨衣執持好鉢坐大牀上口說夫婦兒女共汝言語當知得相如是作相得不得還報者僧伽婆尸沙

堪能者若比丘多衆詣檀越家食食已優婆夷白比丘言我欲取某家女作兒婦當爲我語之諸比丘言優婆夷世尊制戒不得使行媒中有一二比丘堪能行者得越毗尼罪往語彼得偷蘭罪還報犯僧伽婆尸沙

出入者若比丘入出他家受供養時主人語言我欲索某家女作兒婦尊者爲我求之比丘言汝爲我作飲食當爲汝求主人言爲我兒得婦竟當爲尊者作飲食比丘言我若動口無不得理但當作食即爲作食者犯越毗尼罪往語彼家言汝知不問言何等比丘言我欲有所道隨我語者當道主人言但說比丘言人欲索汝女問言是誰答言某家子主

人瞋曰我寧持女著水火中闇冥之處終不與彼比丘怖畏便走去犯偷蘭罪若女人存在未嫁是比丘以先誇說食他飲食慚羞便還報言不得僧伽婆尸沙若彼女或嫁或死還報者犯偷蘭罪病者若比丘常出入一家其家語比丘言我欲索彼家女爲婦爲我求之比丘受語得越毗尼罪往語彼得偷蘭罪彼家言我女病知當死活若男病者彼言彼家兒病知當死活而女與之彼脱死者令我女寡比丘復言夫人得病皆當死耶或自當差但當與之作是語時偷蘭罪得不得還報僧伽婆尸沙

王者若王欲得他女語比丘僧我今欲得索某家女當爲我求一切僧許者一切得越毗尼罪一切僧往求一切僧得偷蘭罪得不得還報者一切僧僧伽婆尸沙若衆僧遣使語彼家者一切僧得越毗尼罪語時一切僧得偷蘭罪得不得還報時一切僧得僧伽婆尸沙若受使者作是思惟我若還衆中俱使我白王我不如即往白王王當識我如是者是比丘得不得還報時僧伽婆尸沙一切僧故得先偷蘭罪法師者有優婆塞家欲索一優婆塞家女彼不欲與彼言我寧嫁與邪見外道勝與優婆塞家男家便作是念誰能爲我和合唯有沙門多諸方便能說法者當能爲我和合之便詣精舍白法師言我索彼家女不欲與我法師問言彼何所道答言彼作是語寧與邪見外道不與是家法師爲我說同道之義令彼與我比丘許者越毗尼罪若通請法師徒衆令去去者舉衆得越毗尼罪若

月八日十四日十五日說法時男家女家二家盡來聽法爾時法師方便爲說如佛契經告諸比丘諸衆生隨性相得不信不信者共爲親好如是犯戒犯戒相親無威儀無威儀相親無愧無愧相親懈怠懈怠相親亂心亂心相親無智無智相親各隨其類共相親好過去當來及現在諸衆生類皆悉如是譬如臭穢不淨自相和合如是比丘諸衆生類各隨其性篤信篤信自相親好如是持戒持戒相好有威儀有威儀相好有愧有愧相好精進精進相好定意定意相好智慧智慧自相親好過去當來及現在諸衆生類皆悉如是譬如白淨香熏之物自相和合法師作是說法已語女家言我聞彼兒欲索汝女報彼言寧與邪見外道不與彼家汝不聞世尊說若有殺賊及以怨家手執利劒常伺人便欲得殺人彼怨家子寧入其家不入邪見外道之家汝今云何欲嫁子女與邪見家與優婆塞者時時可得見諸比丘受齋持戒時女家言阿闍黎欲令爾耶答言欲爾彼言當與法師爾時默然不語者得偷蘭罪若法師不能忍即坐上語彼得者僧伽婆尸沙若復法師徒衆於衆中唱言得者亦僧伽婆尸沙共者共受別說別受共說共受共說別受別說共受別說者若比丘各各夏安居竟遊諸聚落與知識主人別向餘國行爾時聚落中諸優婆夷言爲我見索婦爲我兒弟索婦爲我叔索婦如是諸優婆夷各各說比丘一過答言可者犯一越毗尼罪詣彼處各別爲求各犯偷蘭罪來還各別報者各犯僧伽婆尸

沙別受共説者若比丘各各夏安居竟人間遊行與諸檀越別欲詣他國爾時諸優婆夷有語比丘言爲我兒求婦有言爲我兒弟求婦爲我叔求婦若比丘各各許者各各犯越毗尼罪若詣彼各別爲求婦各各別犯偷蘭罪來還已一語通報言得犯一僧伽婆尸沙共受共説者若比丘各各夏安居竟遊行人間與諸檀越別欲詣他國時諸優婆夷語比丘言爲我兒求婦爲我兒弟求婦爲我叔求婦者通答言可犯一越毗尼罪若詣彼各別爲求各別偷蘭罪來還已通答言得一僧伽婆尸沙別受別説者若比丘各各夏安居竟人間遊行與諸檀越別諸優婆夷言爲我兒求婦爲我兒弟求婦爲我叔求婦比丘各別答言可爾各各犯越毗尼罪往詣彼各別爲求各各犯偷蘭罪來還已各各別報各各得僧伽婆尸沙

雜者有一比丘多知識將諸比丘徒衆詣一家請食食已時家母人白上座言我欲爲兒求某家女爲婦上座當爲我語時上座不善知律即便許之得越毗尼罪時諸徒衆少知戒律恐壞人心不敢諫之出彼家已白上座言何以作是問言何等事答言上座不知世尊制戒不得和合男女耶上座言不知中有比丘言上座莫求我當爲求彼求者得偷蘭罪得不得還報僧伽婆尸沙上座犯越毗尼罪若先優婆夷語彼徒衆言我爲兒求某家女當爲我求時徒衆不知戒律便答言可爾犯越毗尼罪爾時上座少知戒律恐壞人心不時訶止出彼家已語徒衆言汝等不善而

作是事問言作何等事上座言汝不知世尊制戒不得使行耶答言不知上座復言汝且莫求我當爲求上座求時得偷蘭罪得不得還報犯僧伽婆尸沙徒衆得越毗尼罪若先優婆夷通白大衆大衆皆可一切得越毗尼罪一切共求一切偷蘭罪得不得還報一切僧伽婆尸沙若男子有衆多婦有念者不念者有比丘出入其家時有婦人禮比丘足恭敬問訊已比丘問言安隱樂不彼即答言何處得樂問何以故婦人言是男子常與一人共起共眠我獨爲彼薄賤譬如穿器無用那得不苦比丘答言且莫愁憂我當爲汝語令平均便語其夫汝無所知云何効人多畜妻婦不能平均偏與一人共起共卧答言當如之何比丘言當等看視務令均平答言當如師教比丘爾時得偷蘭罪若人有多婦由復更求他童女不能自語倩比丘往語乃至得不得還報僧伽婆尸沙若人夫婦鬪諍比丘便勸喻和合得偷蘭罪若彼夫婦不和或於佛事僧事有閡爲福事故勸令和合無罪若有婦女還家比丘往到其舍其家男子皆爲作禮比丘見彼婦女便言汝故往此耶不應久住汝夫故錢取汝持作何等汝應還彼作是語時得偷蘭罪有人多畜馬而無好種生者倩比丘語某家有生馬爲我求之比丘爲求得偷蘭罪

佛住舍衛城有二摩訶羅一摩訶羅捨妻子出家一摩訶羅捨婦女出家久於人間遊行來還舍衛城共一房住彼捨婦女者便自念言我當還家看本婦女著入聚落衣往到本

家其婦遥見摩訶羅來即瞋恚言汝摩訶羅薄德無相不能養活妻子又避官役捨家遠走女年長大不得嫁娶今用來爲汝急還去若不去者當雙折汝脚誰喜見汝時摩訶羅還本住處如賈客失財愁憂苦住時捨兒出家者還家亦復如是共在一房住捨兒出家者少有智慧語第二摩訶羅言長老何以愁憂苦住答言長老何須問是事又言必欲得知云何我等二人共在一房好惡之事而不相知不向我説更應語誰彼摩訶羅即廣説上事捨兒摩訶羅言汝何足愁我家亦爾汝今知作方便不汝可以女作我兒婦彼答言好爾時二摩訶羅俱得越毗尼罪是摩訶羅明日時到著入聚落衣各歸本家時捨女者謂其婦言我爲汝求得女壻婦即問言是誰家兒答言其家子捨男出家者語其婦言我已爲汝求得兒婦問言誰家女答言其家女作是語時俱得偷蘭罪時彼男子遊戲里巷一摩訶羅語其女言此是汝壻第二摩訶羅語其兒言此是汝婦作是語時俱得僧伽婆尸沙時二摩訶羅展轉作婚姻已各各歡喜如貧得寶更相愛敬如兄若弟諸比丘聞已以是事具白世尊云何世尊此二摩訶羅共結婚姻已歡喜相敬乃如是耶佛告諸比丘此二摩訶羅不但今日作如是事過去世時已曾爾佛告諸比丘過去世時有城名波羅柰國名伽尸有一婆羅門有磨沙豆陳久薲不可熟持著肆上欲賣與人都無人買時有一人家有一態驢市賣難售時陳豆主便作是念我當以豆買此驢用便往語言汝能持

驢貿此豆耶驢主復念用是態驢爲當取彼
豆即便答言可爾得驢已歡喜爾時豆主便
作念即令得子便即説頌曰
婆羅門法巧販賣　陳久氷豆十六年
唐盡汝薪煮不熟　足折汝家大小齒
爾時驢主亦作頌曰
汝婆羅門何所喜　雖有四脚毛衣好
負重著道令汝知　錐刺火燒終不動
爾時豆主復説偈言
獨生鞦千杖　頭著四寸鍼　能治敗態驢
何憂不可伏
時驢主復瞋即説頌曰
安立前二足　雙飛後兩蹄　折汝前板齒
然後自當知
豆主謂驢頌曰
蚊虻毒蟲螫　唯仰尾自防　當截汝尾却
令汝知辛苦
驢復答曰
從先祖已來　行此態候法　今我承習此
死死終不捨
爾時豆主知此弊惡畜生不可以苦語便更
稱譽頌曰
音聲鳴徹好　面白如珂雪　當爲汝取婦
共遊林澤中
驢聞輭愛語即復説頌曰
我能負八斛　日行六百里　婆羅門當知
聞婦歡喜故
佛告諸比丘爾時二人者今二摩訶羅是爾
時驢者今摩訶羅兒是爾時已曾更相欺誑
和合已然後歡喜今亦如是更相欺誑和合

已然後歡喜若比丘和合女人得僧伽婆尸沙罪和合黃門得偷蘭罪和合男子及畜生得越毗尼罪和合緊那羅女及獼猴女得偷蘭罪是故說

佛住曠野精舍廣說如上爾時諸比丘於曠野中作五百私房皆人人自乞索而作有比丘晨朝著入聚落衣持鉢入曠野聚落爲乞作房故有一估客手執戶鉤來向市肆開自店舍遥見比丘疾行而來估客念言是比丘來必爲乞作房故我晨朝至此市賣未售誰能乞是物者便閉肆戶還家去比丘念言是估客見我便閉戶還家去知我來乞不欲與故便於餘道往截其前問言長壽汝何處去不得相置我依阿誰而起房舍正依汝等信佛法者知有罪福業行果報而不欲與誰當與者長壽當知世尊說當起慈心不樂聞者方便使聞諸不信者教令立信乃至手捉其頭强勸令施所以然者彼於此終當生天上色力壽命眷屬自然來生人中亦受快樂色力壽命眷屬成就修習佛法增益功德逮甘露果是故長壽如世尊說

爲福受樂報　所欲皆自然　超踰生死流
上寂之涅槃　若人爲福者　天神自然護
所願皆疾成　衆魔莫能壞　薄德多諸惱
福能消衆患　福德既牢强　速成堅固定
生天受快樂　人中亦自在　斯由功德故
所往皆自然　因斯福方便　永離生死苦
得道至泥洹　不没不復生

爾時比丘說此偈已復言長壽助我起房舍其福最大是時估客聞說法已便少多布施

爾時估客作是思惟若入市肆多諸乞索更不得利折減錢本寧坐家住可全其本故勝市中子本俱失作是念已便還家坐時估客婦瞋其夫言何以詣市速疾來歸如是懶惰當何由養活男女充官賦役估客答言莫瞋且聽我今晨朝詣市店肆廣說乃至畏失錢本故還家住其婦知已黙然不言尊者舍利弗來入聚落次行乞食至其門住爾時估客婦篤信恭敬見舍利弗即持淨器盛食出著鉢中識舍利弗頭面禮足恭敬問訊時舍利弗亦慰勞之家中何如生活好不其婦答言家内悉佳但生活頓弊問何以故爾即以上因緣廣白舍利弗居家生活飲食衣服供王賦役正仰市肆而今夫主在家中住畏人乞索實在言行實覺言眠阿闍黎是我家所供養恭敬尊重無所藏隱故白此意時舍利弗爲估客婦種種說法得歡喜心即還精舍即以上事具白世尊佛言喚是營事比丘來即便呼來佛問營事比丘汝實乞作房舍惱諸檀越令向舍利弗嫌說汝不答言實爾世尊佛言比丘此是惡法私乞作房惱諸檀越佛告諸比丘汝等莫復爲房舍故惱亂檀越錢財難得布施亦難婆羅門居士割損財物供養沙門衣被飲食牀卧病瘦醫藥此亦甚難佛告營事比丘過去世時有比丘名跋�止住林中時有釋軍多鳥亦栖集此林晨暮亂鳴惱彼比丘爾時跋慺比丘詣世尊所頂禮佛足於一面立爾時世尊慰問林中比丘言云何少病少惱樂住林耶林中比丘白世尊言少病少惱樂住林中但晨暮時爲諸釋軍

多鳥鳴喚惱亂不得思惟佛告比丘汝欲令釋軍多鳥一切不來耶答言願爾世尊佛言比丘汝於日暮釋軍多鳥來時便從衆鳥各乞一毛晨朝去時亦如是乞比丘白佛善哉世尊即還林中正坐思惟至日向暮鳥集亂鳴便作如是言汝釋軍多鳥各惠一毛我今須用爾時衆鳥少時無聲寂然不得已後各拔一毛著地晨朝復乞爾時衆鳥即便移去異處一宿不樂彼處尋復來還爾時比丘復從索毛一一復與衆鳥念言今此沙門奇異喜乞恐我不久毛衣都盡段肉在地不能復飛當如之何便共議言此比丘常住林中我等當去更求餘栖不復宜還佛告諸比丘飛鳥畜生尚嫌多求況復世人汝等比丘莫爲營事多欲多求令彼信心婆羅門居士苦捨財物供給沙門衣被飲食牀卧病瘦醫藥諸比丘白佛言世尊云何此林中比丘怯劣喜亂畏惡鳥聲佛告比丘是林中比丘不但今日怯劣昔已曾畏諸比丘言已曾爾耶佛告諸比丘過去世時有一龍象住在林中空閑之處大風卒起吹折樹木象聞樹木折聲驚怖奔走怖心小止住一樹下彼樹復折即復奔走爾時有天見象驚走念言云何此象横自狂走即說偈言

暴風卒起林樹折　龍象驚怖狂奔走
假使大風普天下　爾時龍象何處避

佛告比丘爾時象者今林中比丘是佛復告營事比丘過去世時有五百仙人住雪山中有一仙人於別處住有好泉水華果茂盛去是不遠有薩羅水中有龍住見是仙人威儀

庠序心生愛念時此水龍來詣仙人正值仙人結跏趺坐龍即以巳身遶仙人七帀以頭覆其頂上而住日日如是惟有食時不來仙人以龍遶身故日夜端坐不得休息身體萎羸便生疥瘡爾時近處有人居止有供養仙人者彷徉遊行詣仙人所見是仙人羸劣疥瘡即問仙人何故如是仙人具爲廣說上事彼語仙人言欲令此龍不復來耶答言欲爾復問仙人是龍有所著不答言唯有咽上瓔珞寶珠彼人教言但從索珠龍性極慳終不與汝可使不來言巳便去須臾龍來便從索珠龍聞乞珠聲心即不喜徐捨而去明日龍來未至之間仙人見巳遥說偈言

光耀摩尼寶　瓔珞莊嚴身　若龍能施我
乃爲善親友

時龍即說偈答言

畏失摩尼珠　猶執杖呼狗　寶珠不可得
更不來看汝　上饌及衆寶　由此摩尼尊
是終不可得　何足慇懃求　多求親愛離
由是更不來

爾時有天於虛空中而說偈言

猒薄所以生　皆由多求故　梵志貪相現
龍則潛于淵

佛告營事比丘龍是畜生尚惡多求豈況於人汝等比丘莫爲多營事務廣索無猒令彼信心婆羅門居士苦捨財物供給沙門衣被飲食牀卧病瘦醫藥佛告諸比丘有十事法爲人所不愛何等十不相習近輕數習近爲利習近愛者不愛不愛者愛諦言不愛好豫他事實無威德而欲凌物好屏私語多所求

欲是爲十事起他不愛佛告諸比丘依止曠野比丘皆悉令集以十利故爲諸比丘制戒乃至已聞者當重聞若比丘自乞作房無主爲身當如量作應長十二修伽陀搩手内廣七搩手應將諸比丘示作房處無難處無妨處若比丘於難處妨處自乞作房無主爲身亦不將諸比丘示作房處而過量作者僧伽婆尸沙比丘者如上説自乞者自行乞求若一錢二錢家家行乞乃至百千錢房舍者佛所聽也作者自作若教他作無主者無有主若男若女在家出家人爲主也自身者自已也當如量者應法量也長者縱量也廣者横量也十二修伽陀搩手者修伽陀者名善逝也搩手者一尺四寸也内七搩手者作屋法有内外量今縱横量壁内也屋高下量者邊

壁一丈二尺將諸比丘示作房處者示地諸比丘者若僧若僧使僧者作房比丘入僧中先作求聽羯磨然後聽乞羯磨羯磨者作是説大德僧聽某甲比丘自乞作房無主爲身欲於僧中乞指授處若僧時到僧爲某甲比丘欲從僧乞指授處諸大德僧聽某甲比丘乞指授處僧忍默然故是事如是持是比丘入僧中胡跪合掌作是言大德僧憶念我某甲比丘自乞作房無主爲身今從僧乞指授房處唯願僧與我指授處如是三乞羯磨人應作是説大德僧聽某甲比丘自乞作房無主爲身已於僧中乞指授房處若僧時到僧爲某甲比丘指授房處如是白大德僧聽某甲比丘自乞作房無主爲身已從僧中乞指授房處僧今爲某甲比丘指授房處諸大德

忍爲某甲比丘指授房處忍者僧默然若不忍便說僧已忍爲某甲比丘指授作房處竟僧忍默然故是事如是持若一切僧中都無有說羯磨者一切僧往就作房處一比丘僧中唱一切僧爲某甲比丘指授房處如是三說僧使者若作房處遠或隔水若大寒時大熱時大雨時或大雪時若僧中多老病不能一切往者彼比丘於僧中乞指授竟僧應差一比丘二比丘三比丘不得衆羯磨衆故極至三人羯磨者應作是說大德僧聽某甲比丘自乞作房無主爲身已於僧中乞指授房處若僧時到僧差某甲某甲等比丘爲某比丘指授作房處如是白大德僧聽某甲比丘自乞作房無主爲身已於僧中乞指授房處僧今差某甲某甲等比丘爲某甲比丘指授作房處諸大德忍差某甲某甲比丘指授房處者默然若不忍便說僧已忍差某甲某甲比丘指授房處竟僧忍默然故是事如是持時使比丘往作房處觀察處所若彼房處多有諸蟲及生華果樹不應語除若無是事觀察已亦如前說一比丘唱言僧已示作房處如是三說無難處者若彼處無生華草木無諸蟲蛇非妨處者四邊各容十二桄梯桄間各一拳肘令作事者周帀來往塗治覆苫若比丘於難處者有生華草木及諸蟲蛇妨處者周帀不得容十二桄梯合作事者不得周旋往反覆苫塗治也自乞作房無主爲身亦不將諸比丘指授處所過量作者僧伽婆尸沙僧伽婆尸沙者如上說若比丘自乞作房有難處妨處不將諸比丘指授處所若減量

作教他作乃至作竟時得僧伽婆尸沙罪受用時得越毗尼罪如是二比丘衆多比丘亦如是若一比丘自乞作房無主爲身難處妨處不將諸比丘指授處所如量作若教他作乃至作房竟時得僧伽婆尸沙罪受用時得越毗尼罪若二若多亦復如是

若比丘自乞作房無主爲身難處妨處亦不將諸比丘指授處所過量作教他作房竟時得僧伽婆尸沙罪受用時得越毗尼罪若二若多亦復如是若比丘是處不名指授若異界僧指授若先年豫指授若水中非沙地非碎石地非石上非被燒地若僧中一人不作房者二人三人不作房者盡不應指授若僧中不作房者多聽作指授若比丘作淨房即欲持當住房者不應作若作淨房即持當積薪屋者不應作若作淨房即持當井屋者不應作若作淨房即持當浴室者不應作若比丘難處妨處不指授作過量作房時若授塼泥團者盡得越毗尼罪壘塼安行行作房比丘一一得越毗尼罪乃至若戶牖成已得偷蘭罪乃至屋成若塼壘者最後一塼時得僧伽婆尸沙罪若瓦覆若木覆若板覆若石灰覆若泥團覆若草覆乃至最後一把草覆時得僧伽婆尸沙罪作房未成中止者得偷蘭罪後更成時僧伽婆尸沙作房者若房主安處房已令餘人作乃至房成時作房者比丘得僧伽婆尸沙若房主安處房已後他人成者偷蘭罪若比丘於難處妨處不將諸比丘指授處過量作房是房主比丘不捨戒不死不與僧若有比丘於此房中若熏鉢作衣若

受誦若思惟一切受用者得越毗尼罪二人多人作房亦如是若比丘自乞作房無難處無妨處將諸比丘指授處減量作若教他作至房竟時是比丘無罪受用者亦無罪二人多人亦如是若比丘自乞作房無難處非妨處將諸比丘指授如量作若教他作乃至房成是比丘無罪受用者無罪若二若多亦復如是若比丘將諸比丘指授房處非他界僧指授非先年指授不水中若沙地若碎石地若盤石上若被燒地非僧中一人不作房者非僧中二人三人不作房者若不作房者多聽作定作住止房定作淨房定作井屋定作浴室者聽作是比丘作房無難處非妨處不過量作將諸比丘示作房處是諸比丘若助治泥團若治塼授與時一一是助比丘無罪若累一行二行三行乃至安戶牖時是比丘無罪若塼覆者最後一塼時是比丘無罪若瓦覆木覆板覆草覆石灰覆泥團覆最後泥團覆時無罪作半止者是比丘無罪後還成者是比丘無罪自作方便令他成者是比丘無罪自作後他人成者是比丘無罪若比丘自乞作房無難處非妨處將諸比丘指授不過量作是比丘不捨戒不死不與僧諸比丘於中若熏鉢作衣誦經思惟一切受用盡無罪若比丘於佛生處得道處轉法輪處五年大會處是諸尊處爲供養作草菴樹華菴帳幔氈菴暫住者聽作是故說若比丘自乞作房無主爲身乃至過量作者僧伽婆尸沙佛住俱舍彌國廣說如上爾時俱舍彌五百比丘各作私房爾時闡陀比丘無人爲作房時

闡陀比丘主人名阿跋吒時闡陀比丘著入聚落衣往詣其家時主人見比丘來恭敬禮足共相問訊時主人言阿闍黎我聞俱舍彌作五百間私房頗有與阿闍黎作房者不答言實如所聞有主人者皆作房舍我薄福德譬如禿梟無有主人誰當與我作主人答言阿闍黎莫恨我當爲作爾時即與五百金錢白言阿闍黎持去作房爾時闡陀即持錢去尋便安處欲作大房盡五百金錢正得起基起少墻壁錢物已盡復詣其家主人禮足共相慰勞問言阿闍黎作房竟未答言始起屋基作少墻壁錢物已盡爾時主人復與五百金錢闡陀持五百金錢作墻壁竟安施戶牖錢物復盡更詣主人主人禮足復問阿闍黎房舍竟耶答言墻壁戶牖始竟錢物已盡爾時主人生不信心語闡陀言阿闍黎是出家人用作大房舍爲用千金錢可起樓閣而作一房云何不足尊者且還不能復與爾時闡陀即便愁憂云何方便得成此房舍後有薩羅林樹便伐之持用成房爾時林中有鬼神依止此林語闡陀言莫斫是林令我弱小兒女曝露風雨無所依止闡陀答言死鬼促去莫住此中誰喜見汝即便伐之時此鬼神即大啼哭將諸兒子詣世尊所佛知而故問汝何以啼哭答言世尊尊者闡陀伐我林樹持用作房世尊我男女幼小風雨漂露當何依止爾時世尊爲此鬼神隨順說法示教利喜憂苦即除去佛不遠更有林樹世尊指授令得住止佛告諸比丘喚闡陀來即便呼來廣問上事汝實爾不答言實爾世尊佛言癡人

此是惡事汝不知耶如來應供正遍知一宿住止是處左右有樹木與人等者便爲塔廟是故神祇樂來依止云何比丘惡口罵之闡陀是非法非律非是佛教不可以是長養善法諸比丘白佛言世尊云何是闡陀比丘巧作方便營事得彼主人千舊金錢佛告諸比丘是比丘是非巧便若巧便者應當更得何但齊千諸比丘白佛言實如世尊説善知此闡陀比丘不善方便佛告比丘不但今日知此比丘不善方便過去世時已知闡陀不善方便佛告諸比丘過去有城名波羅㮈國名伽尸時國有王以法治化人民安樂無諸患難時王無子夫人忽然懷妊十月生子而無眼鼻生子七日施設大會集諸羣臣相師道士爲子立字時王土法或因福相或因星宿

或因父母而立名字婆羅門問言王子身體有何異相傍人答言今此王子其面正平都無眼鼻之處婆羅門言今此王子應名鏡面以四乳母供給抱養一人摩拭洗浴一人除棄不淨一人懷抱一人乳哺此四乳母晝夜給侍譬如蓮華日日增長至年長大父王命終即拜鏡面紹尊王位然此太子宿植德本雖生無目而有天眼堪爲國王福德力大國中人民聞鏡面太子爲王無不奇怪時有大臣便欲試之不能得便遇王出令勑諸羣臣更立新殿彫文刻鏤種種彩畫大臣念言恒欲試王今正是時將一獮猴與著衣服作巧作具華囊盛之串其肩上將到王前白言大王被勑立殿巧匠已至願王指授殿舍方法王即心念彼將試我便説偈言

觀此衆生類　睒睒面皺縮　趦厥性輕躁
成事彼能壞　受分法如是　何能起宮殿
殘害華果樹　不中親近人　況能造宮殿
催送歸野林

佛告諸比丘爾時鏡面王者今我身是時獼猴者今闡陀比丘是我於爾時生無兩目已曾知彼無所堪施況復今日佛告諸比丘依止俱舍彌城住者皆悉令集乃至已聞者當重聞若比丘作大房舍有主爲身應將諸比丘指授處所無難處非妨處是比丘於難處妨處有主爲身亦不將諸比丘指授處所者僧伽婆尸沙比丘者如上說大者過量是名大也房者世尊所聽作者若自作若教他作有主者若有男子女人在家出家爲作主也爲身者爲已不爲僧也將諸比丘指授處者謂僧若僧使如上小房中說無難處非妨處者亦如上說若比丘於難處妨處不將諸比丘指授作房處者僧伽婆尸沙若一比丘於難處妨處作大房若自作教他作乃至房成時得僧伽婆尸沙受用者得越毗尼罪若二若多亦復如是除其過量一切有罪無罪皆如上小房中說是故說若比丘作大房舍有主爲身乃至不將諸比丘指授處者僧伽婆尸沙佛住舍衛城廣說如上爾時有比丘名陀驃摩羅子衆僧拜典知九事九事者典次付牀坐典次差請會典次分房典次分衣物典次分華香典次分果蓏典次知煖水人典次分雜餅食典知隨意與堪事人是名僧拜典知九事付牀坐時是長老右手小指出燈明隨品次付若阿練若阿練若共乞食乞食

者共糞掃衣糞掃衣者共一坐食一坐食者共常坐常坐者共露坐露坐者共敷草坐敷草坐者共經唄經唄者共法師法師者共學律學律者共須陀洹須陀洹者共斯陀含斯陀含者共阿那含阿那含者共阿羅漢阿羅漢者共三明三明者共六通六通者共無威儀無威儀者共爾時慈地比丘及六羣比丘等來索房舍時尊者陀驃摩羅子答言小住待汝等下座房次當與汝房到下座牀次如其次第付房與之得不好房是六羣比丘等見房舍卧牀坐被褥諸物皆悉朽故又别房食亦復麤惡共相謂言長老陀驃摩羅子如我生怨與我弊房飲食麤澀若是長老久在梵行者令我等常受衆苦今當以波羅夷法謗之即語言長老汝犯波羅夷罪我當舉之

答言我無是罪彼言誰復作賊言我是賊但汝今日犯波羅夷至衆多人中謗復到僧中謗尊者陀驃摩羅子犯波羅夷

陀驃摩羅子往白世尊慈地比丘以無根波羅夷法見謗佛言汝有是事耶答言無也世尊佛言比丘如來知汝清淨他人謗汝當如之何陀驃言世尊雖知我清淨無罪唯願世尊哀愍語彼令生信心莫令長夜得不饒益佛言呼六羣比丘來即喚來已佛問六羣比丘汝等實以無根波羅夷罪謗陀驃摩羅子比丘耶答言實爾世尊佛言何以故答言是長老與我故壞房舍乃至若是長老久在梵行者我恒得苦惱便以波羅夷法謗佛告六羣比丘此是惡事我常不說於梵行人當起恭敬慈身口意行耶汝今云何於梵行無罪

比丘無根波羅夷法誹謗此非法非律非是
佛教不可以是長養善法佛告諸比丘依止
舍衛城比丘悉令集以十利故爲諸比丘制
戒乃至已聞者當重聞若比丘瞋恨不喜故
於清淨無罪比丘以無根波羅夷法謗欲破
彼比丘淨行彼於後時若檢校若不檢校便
作是言是事無根我住瞋恨故作是語僧伽
婆尸沙比丘者如上說瞋者九惱及非處起
瞋第十恨者凡夫及學人有不喜者乃至阿
羅漢有無根者事俱不現又不見彼事不聞
彼事不疑彼事波羅夷者四波羅夷中一一
也謗者無事橫說過也欲破彼淨行者欲令
彼非比丘非沙門非釋種子欲令作沙彌作
俗人作園民作外道彼於後時若檢校若不
檢校檢校者問言汝見何事婬耶盜五錢耶
故殺人耶不實稱過人法耶云何見何因見
何處見是名檢校若不如是問者是名不檢
校也是事無根住瞋恨故說作是語者僧伽
婆尸沙僧伽婆尸沙者如上說若比丘瞋恨
謗二相似者淨者不淨者清淨者言見我犯
何罪四事中若一若二耶十三事中若一若
二耶若不見不聞不疑不決了便謗若屏處
若衆多若衆僧中我見彼犯波羅夷我聞彼
犯波羅夷我疑彼犯波羅夷不見不實見根
本不實聞不實聞根本不實疑不實疑根本
不實本曾見妄聞妄疑妄見不爾聞不爾疑
不爾對面四目謗語語僧伽婆尸沙是比丘
於四波羅夷中一一語犯僧伽婆尸沙十三
僧伽婆尸沙中一一謗犯波夜提以波夜提
罪一一謗得越毗尼罪波羅提提舍尼衆學

法及威儀法謗者犯越毗尼罪心悔若謗比丘尼八波羅夷十九僧伽婆尸沙若一一謗波夜提三十尼薩耆百四十一波夜提若一一謗犯越毗尼罪八波羅提提舍尼衆學及威儀一一謗犯越毗尼心悔學戒尼十八事若一一謗言當更與學戒犯偷蘭罪沙彌沙彌尼十戒若一一謗言當更與出家犯越毗尼罪下至俗人五戒若一一謗犯越毗尼心悔是故說若比丘瞋恨不喜故乃至作是語者僧伽婆尸沙

摩訶僧祇律卷第七

音釋

嫡施隻切女人謂嫁曰嫡　婉於阮切美也　績縷績資昔切緝也縷力主切綫也茸　膩女利切　售承咒切賣物去手也　㦕悷㦕力董切悷郎計切㦕悷謂多惡不調也　懅其據切　搩陟格切手度物　桄古曠切梯桄横木也　苫失廉切草覆屋也　趌極乙切怒走也　驃毗召切　唄蒲拜切梵音也

摩訶僧祇律卷第八

東晋三藏法師佛陀跋陀羅共沙門法顯譯

佛住舍衛城廣說如上時尊者陀驃摩羅子衆僧拜典知九事如上說乃至六羣比丘受得下房麤食心常憂苦乃至念言是長老陀驃摩羅子久在梵行者我等常得苦惱又世尊制戒不聽以無根波羅夷法謗今當求其罪過根原作是語已常隨逐尊者陀驃摩羅子若行若住若坐若卧常隨左右至月八日十四日十五日諸比丘尼來禮佛是時尊者陀驃摩羅子去佛不遠於一面坐諸比丘尼禮佛足已次來禮尊者陀驃摩羅子陀驃摩羅子時有姊妹比丘尼禮拜時風吹衣角墮陀驃摩羅子膝上即以手舉去時六羣比丘便作是言長老陀驃汝犯波羅夷陀驃言我無是事六羣比丘復言我已見事何所復疑誰復作賊自言是賊便於屏處及多人中乃至僧中說是事爾時陀驃以是因緣白世尊佛言呼六羣比丘來即便呼來佛問六羣比丘汝實以無根波羅夷謗陀驃摩羅子耶答言不也世尊實有根本佛言有何根本六羣比丘白佛言一時齋日有諸比丘尼來禮世尊次往禮長老陀驃爾時風吹尼衣拂陀驃膝上爾時陀驃手捉彼衣是爲根本佛言癡人此非波羅夷根本此是異分中小小事佛語六羣比丘汝常不聞世尊種種因緣於梵行人所起恭敬慈身口意耶汝今云何於清淨無罪比丘欲破彼淨行故以異分中小小事非波羅夷比丘以波羅夷法謗此非法非律非是佛教不可以是長養善法佛告諸比

丘依止舍衛城比丘皆悉令集以十利故爲諸比丘制戒乃至已聞者當重聞

若比丘瞋恨不喜故以異分中小小事非波羅夷比丘以波羅夷法謗欲破彼梵行彼於後時若檢校若不檢校以異分中小小事是比丘住瞋恨故説僧伽婆尸沙比丘瞋恨不喜者如上説異分者除四波羅夷十三僧伽婆尸沙是名異分小小事者衆學法及威儀也非波羅夷比丘以波羅夷法謗者四波羅夷中若一一事謗者無事説過欲破梵行者欲令彼非比丘非沙門非釋種子欲令作沙彌作俗人作園民作外道後時若檢校若不檢校檢校者汝見何事婬耶偷耶故殺人耶不實稱過人法耶云何見何因緣見何處見是名爲檢校若不如是問者是名不檢校清淨無罪比丘以異分中小小事住瞋恨故説者僧伽婆尸沙僧伽婆尸沙如上説若比丘瞋恨謗二相似者淨不淨清淨者言見我犯何罪一切如上無根中説乃至謗俗人越毗尼心悔是故説若比丘瞋恨不喜故以異分中小小事乃至住瞋恨故説僧伽婆尸沙

佛住王舍城廣説如上是時提婆達多欲破和合僧故勤方便執持破僧事於十二修多羅戒序四波羅夷十三僧伽婆尸沙二不定三十尼薩耆波夜提九十二波夜提四波羅提提舍尼衆學法七滅諍法隨順法不制者制已制者開乃至在家出家共行法所謂九部經修多羅祇夜受記伽陀優波那如是諸經本生經方廣未曾有法於此九部經更作異句異字異味異義各各異文辭説自誦習

亦持教他誦持時諸比丘語提婆達多汝莫作方便壞和合僧莫執持破僧事汝莫爲破和合僧故勤方便莫受破僧事故共諍長老當與僧同事何以故僧和合歡喜不諍共一學如水乳合法照明安樂住如是一諫不止第二第三諫亦復不止諸比丘以是因緣白佛言世尊提婆達多欲破和合僧故勤方便執持破僧事從戒序乃至九部法異句異字異味異義各各異文辭說自誦習亦教他誦習時諸比丘一諫不止二諫三諫猶故不止佛告諸比丘若是提婆達多愚癡人欲破和合僧故勤方便執持破僧事乃至九部法作異句異字異味異義各各異文辭說三諫不止者汝去應當屏處三諫多人中三諫僧中三諫令捨是事比丘屏處諫者應作是說汝提婆達多實欲破和合僧執持破僧事乃至九部法異句異字異味異義異文辭說自誦習亦復教他不答言實爾復應語提婆達多汝莫破和合僧故勤方便莫執持破僧事長老提婆達多破和合僧最是大惡重罪當墮惡道入泥犂中經劫受罪提婆達多我今慈心饒益故當受我語一諫已過二諫在捨此事不不捨者第二第三諫亦如是復於多人中三諫亦如是猶不止者將詣僧中應作求聽羯磨羯磨者作如是說大德僧聽是長老提婆達多欲破和合僧故勤方便執持破僧事住於十二事乃至九部經異句異字異味異義異文辭說自誦亦教他已屏處三諫多人中三諫猶故不止若僧時到僧今於僧中當三諫令止僧中應問提婆達多汝實於十

二法乃至九部經異句異字異味異義異文辭說自誦復持教他諸比丘已屏處三諫多人中三諫猶故不止耶答言實爾僧中應諫言汝提婆達多莫爲破和合僧故勤方便莫執持破僧事乃至於九部經中異句異字異味異義異文辭說汝莫破和合僧破和合僧者是大惡事是重罪墮惡道泥犂中經劫受罪今日衆僧中慈心諫汝欲饒益故受僧語一諫已過二諫在當捨此事若不捨如是第二第三諫猶故不止諸比丘復以是事往白世尊是提婆達多以於屏處三諫多人中三諫僧中三諫此事猶故不捨佛語諸比丘是提婆達多癡人破和合僧勤方便執持破僧事以屏處三諫多人中三諫僧中三諫此事猶故不捨者僧應與作舉羯磨諸比丘白佛言世尊云何是提婆達多不受諸比丘諫自受苦惱佛告諸比丘不但今日不信他語自受苦惱過去世時已曾如是諸比丘白佛言已曾爾耶佛言如是過去世時有城名波羅柰國名伽尸時有一婆羅門於曠野中造立義井爲放牧取薪草人行來者皆就井飲弁洗浴時日向暮有羣野干來趣井飲地殘水有野干主不飲地水便內頭罐中飲水飲水已戴罐高舉撲破瓦罐罐口猶貫其頸諸野干輩語主野干若濕樹葉可用者常當護之況復此罐利益行人野干主言我作是事樂且當快心那知他事時行人語婆羅門汝井上罐已破復更著之猶如前法爲野干所破如是非一乃至破十四罐諸野干輩數數諫之猶不受語時婆羅門便自念言是誰於我

福德義井作障礙者今當往觀知其所以即持鑵往著井上於屛處微伺見諸行人飲水而去無破鑵者至日向暮見羣野干來飲地殘水惟野干主飲鑵中水然後撲破見已便作是念正是野干於我福德井而作留難便作木鑵堅固難破令入頭易出頭難持著井邊捉杖屛處伺之行人飲訖向暮野干羣集如前飲地殘水唯野干主飲鑵中水訖便撲地不能令破時婆羅門捉杖來出打殺野干空中有天說此偈言

知識慈心語　很戾不受教　守頑招此禍
自喪其身命　是故癡野干　遭斯木鑵苦

佛告諸比丘爾時野干主者今提婆達多是時羣野干者今諸比丘諫提婆達多者是比丘當知於過去時已曾不受知識輭語自喪身命今復不受諸比丘諫當墮惡道長夜受苦佛告諸比丘依止王舍城比丘皆悉令集以十利故爲諸比丘制戒乃至已聞者當重聞若比丘欲破和合僧故勤方便執持破僧事共諍諸比丘語是比丘言長老莫破和合僧故勤方便執持破僧事故共諍當與僧同事何以故和合僧歡喜不諍共一學如水乳合法照明安樂住長老捨此破僧因緣事是比丘諸比丘如是諫時堅持是事不捨諸比丘應第二第三諫爲捨是事故第二第三諫時捨是事好若不捨者僧伽婆尸沙比丘者如上說和合僧者不別衆諸比丘雖復鬪諍更相道說但一界一處住一布薩自恣故名爲和合僧齊幾許當言破和合僧勤方便執持破僧事若比丘於十二事戒序四波羅夷

十三僧伽婆尸沙二不定三十尼薩耆波夜提九十二波夜提四波羅提提舍尼衆學法七滅諍法隨順法不制者制制者便開是名破和合僧事復次四衆罪不制者制制者便開是名和合僧事復次四衆罪不制者制制者便開是名破和合僧事復次三衆罪二衆罪一衆罪四波羅夷不制者制制者便開是名破和合僧事復次六作捨法折伏羯磨不語羯磨發喜羯磨擯出羯磨舉羯磨别住羯磨於此六作捨法不制者制制者便開是名破和合僧事破和合僧比丘者如提婆達多諸比丘者若一若衆多若衆僧三諫者屏處三諫多人中三諫衆僧中三諫屏處諫者問言長老汝實欲破和合僧故勤方便執持破僧事乃至十二法不制者制制者便開耶答言實爾是比丘即便諫言長老汝莫爲破和合僧故勤方便執持破僧事於十二事不制者制制者便開破僧者此是大罪墮惡道入泥犁中長夜受苦我今慈心諫汝饒益故受我語一諫已過餘二諫在捨此事不若不捨第二第三亦如是多人前三諫亦如是復不止者將至僧中應作求聽羯磨大德僧聽是某甲比丘爲破和合僧故勤方便執持破僧事已於屏處三諫多人中三諫猶故不止若僧時到今於僧中三諫令止僧中復問言長老汝實爲破和合僧故勤方便執持破僧事乃至不制者制制者便開耶答言實爾即應諫言令衆僧語汝長老莫爲破和合僧故勤方便執持破僧事乃至不制者制制者便開破僧者最大惡深重當於惡道中長夜受苦

今日衆僧慈心訶汝當止此事若不捨者復第二第三諫亦如上說如是諫時若捨者善若不捨者僧伽婆尸沙僧伽婆尸沙者如上說是比丘於屏處諫時一諫不止犯越毗尼罪第二第三亦如是多人中諫時一諫不止越毗尼罪第二第三諫時亦如是至僧中初諫時說未竟越毗尼罪說竟偷蘭罪第二諫說未竟越毗尼罪說竟偷蘭罪第三諫說未竟偷蘭罪說竟得僧伽婆尸沙僧伽婆尸沙罪起已屏處諫多人中諫及僧中諫諸越毗尼罪諸偷蘭罪一切盡合成一僧伽婆尸沙若中間止者隨所止處治罪是故說若比丘欲破和合僧故勤方便執持破僧事乃至三諫不捨者僧伽婆尸沙

佛住王舍城廣說如上爾時諸比丘爲提婆達多作舉羯磨時初羯磨竟無有遮者第二羯磨竟亦無有遮者第三羯磨時提婆達多看六羣比丘面而作是言六羣比丘汝等長夜承事我共我從事今衆僧爲我作舉羯磨已至再說而皆默然汝等今日持我住於衆人如酪塗麨與烏如酥塗餅與那鳩羅如油和飯與野干修梵行者爲人所困而坐觀之六羣比丘即起作是言如是如是長老是法語比丘律語比丘是比丘所說皆是我等欲忍可是比丘所見欲忍可事我等亦欲忍可是比丘知說非不知說是時有多人遮羯磨不成時諸比丘語六羣比丘長老莫助提婆達多作破和合僧同語同見當與僧同事一切僧和合歡喜不諍共一學如水乳合如法說法照明安樂住如是一諫不止第二第三

諫故不止諸比丘以是因緣具白世尊佛告諸比丘是六羣比丘與愚癡提婆達多破和合僧同語同見已一諫二諫三諫不止者汝去屛處三諫多人中三諫應僧中三諫令捨是事比丘受教即於屛處問六羣比丘汝等實與提婆達多破和合僧同語同見爲黨諸比丘以再三諫故不止耶答言實爾即便諫之汝等六羣比丘莫與提婆達多破和合僧同語同見汝等當與僧同事一切僧和合歡喜無諍同一學如水乳合如法照明安樂住諸長老破和合僧是最大罪墮惡道泥犂中長夜受苦我今慈心諫汝饒益故當受我語一諫已過二諫在捨是事若不止第二第三亦如是說復於多人中三諫亦如是復不止者僧中應作求聽羯磨大德僧聽是六羣比

丘與提婆達多破和合僧同語同見以於屛處三諫多人中三諫猶故不止若僧時到當於僧中三諫令止即於僧中問六羣比丘汝等實與提婆達多破和合僧同語同見已屛處三諫多人中三諫猶不止耶答言實爾即復諫言六羣比丘汝等莫與提婆達多共破和合僧同語同見破和合僧最是惡事墮惡道泥犂中長夜受苦今僧慈心諫汝饒益故當受僧語一諫已過二諫在汝捨是事若不止者第二第三亦如是諫猶故不捨諸比丘復以是事具白世尊佛言呼六羣比丘來即呼來已佛問六羣比丘汝等實與愚癡提婆達多同語同見破和合僧諸比丘屛處三諫多人中三諫僧中三諫猶故不捨耶答言實爾世尊佛言比丘此是惡事汝常不聞我種

種因緣訶責憹悷難諫種種因緣讃歎柔輭易諫耶汝等云何憹悷難諫此非法非律非是佛教不可以是長養善法諸比丘白世尊云何是六羣比丘共提婆達多同語同見徒自受苦佛告諸比丘是六羣比丘不但今日同語同見徒自受苦過去世時已曾如是諸比丘白佛言已曾爾耶唯願說之佛告諸比丘過去時世有城名波羅柰國名伽尸於空閑處有五百獼猴遊行林中到一尼俱律樹下樹下有井井中有月影現時獼猴主見是月影語諸伴言月今死落在井中當共出之莫令世間長夜闇冥共作議言云何能出時獼猴主言我知出法我捉樹枝汝捉我尾展轉相連乃可出之時諸獼猴即如主語展轉相捉少未至水連獼猴重樹弱枝折一切獼猴墮井水中爾時樹神便說偈言

是等騃榛獸　癡衆共相隨
坐自生苦惱　何能救世月

佛告諸比丘爾時獼猴主者今提婆達多是爾時餘獼猴者今六羣比丘是爾時已曾更相隨順受諸苦惱今復如是佛告諸比丘依止王舍城比丘皆悉令集以十利故爲諸比丘制戒乃至已聞者當重聞

若比丘同意相助若一若二若衆多同語同見欲破和合僧是比丘諸比丘諫時是同意比丘言長老莫說是比丘好惡事何以故是法語比丘律語比丘是比丘所說皆是我等欲忍可是比丘所見欲忍可事我等亦忍可是比丘知說非不知說諸比丘諫是同意比丘長老莫作是語是法語比丘律語比丘何

以故是非法語比丘非律語比丘諸長老莫助破僧事當樂助和合僧何以故僧和合歡喜不諍共一學如水乳合如法說法照明安樂住諸長老當捨此破僧事是同意比丘諸比丘如是諫時堅持不捨諸比丘應第二第三諫捨是事故第二第三諫時捨是事好若不捨者僧伽婆尸沙比丘者提婆達多同語同見比丘者六羣比丘也若一若二若衆多同語同見者或有同語不同見或有同見不同語或有同語亦同見或非同語非同見同語非同見者言語相助不同彼見是名同語非同見同見不同語者同彼所見而不助說是名同見不同語同語同見者助彼言語同其所見是名同語同見非同語非同見者不助彼說亦不同見是名非同語非同見是中

同語非同見及同語同見者當訶諫云何名爲同語同見法於十二法不制者制制者便開是同語同見法復次五衆罪不制者制制者便開四衆三衆二衆一衆罪亦如是不制者制制者便開復次六種作捨法不制者制制者便開是名同語同見法諸比丘當諫是比丘言長老莫與破和合僧勤方便同語同見諸比丘諫比丘時執是事堅持者謂六羣比丘也諸比丘者若僧若多人若一人也三諫者屏處三諫多人中三諫僧中三諫也屏處諫者汝諸長老實與破和合僧勤方便同語同見耶答言實爾復言長老汝莫與破和合僧勤方便同語同見破僧者最大惡事當於惡道長夜受苦我今慈心諫汝當捨此事一諫已過二諫在捨此事若不捨者第二第

三亦如是說多人中三諫亦復如是復於僧中三諫猶不止者僧伽婆尸沙僧伽婆尸沙者如上說是比丘屏處一諫不止越毗尼罪第二第三亦如是說多人中三諫亦如是僧中初諫未竟不止越毗尼罪說竟偷蘭罪第二諫未竟不止越毗尼罪說竟偷蘭罪第三諫未竟偷蘭罪說竟僧伽婆尸沙僧伽婆尸沙罪起已屏處三諫越毗尼罪多人中三諫越毗尼罪及僧中偷蘭罪一切盡共成一僧伽婆尸沙中間止者隨止處治罪是故世尊說若比丘同意相助若一若二若衆多同語同見乃至三諫不捨者僧伽婆尸沙

佛住俱舍彌國廣說如上爾時長老闡陀惡性難共語諸比丘如法如律教作不可共語如是言諸長老莫語我若好若惡我亦不語諸長老若好若惡何以故汝等皆是雜姓我家民吏譬如烏鳥銜雜類骨聚在一處何能教我佛法僧事皆是我許從菩薩出家我常隨侍至于今日唯佛教我我當受持時諸比丘語闡陀言長老諸比丘善說所犯波羅提木叉中事汝莫自身作不可共語汝身當作可共語長老汝當爲諸比丘說如法如律教諸比丘亦當爲汝說如法如律教何以故如來衆得如是增長所謂共語共說共諫共罪中出故長老捨自身作不可共語一諫不捨第二第三諫猶故不止諸比丘以是因緣往白世尊長老闡陀自身作不可共語乃至三諫不止佛告諸比丘是闡陀自用不可共語乃至三諫不止者汝去屏處三諫不止者復於多人中三諫復不止者乃至到僧中作求

聽羯磨應作是說大德僧聽是長老闡陀惡性難共語諸比丘如法善說所犯波羅提木叉中事自用作不可共語乃至已於屏處三諫多人中三諫猶故不止若僧時到今於僧中三諫令止此事即於僧中問長老闡陀汝實惡性難共語諸比丘如法如律說法自作不可共語乃至已屏處三諫多人中三諫猶故不止耶答言實爾僧應諫言長老汝莫惡性難共語諸比丘如法善說所犯波羅提木叉中事莫自身作不可共語乃至如來衆得如是增長所謂共語共說共諫共罪中出故僧今慈心諫汝饒益故一諫已過二諫在當止此事若不捨者更第二第三亦如是諫猶故不止諸比丘復以是事往白世尊佛言呼闡陀來即便呼來佛問闡陀汝實惡性難共語乃至僧中三諫不止耶答言實爾佛問闡陀此是惡事汝常不聞我種種因緣訶責自用讚歎不自用汝今云何自用反戾此非法非律非是佛教不可以是長養善法諸比丘白佛言世尊云何是闡陀比丘而自用意作是言唯有佛語我當受佛語諸比丘是闡陀比丘不但今日不受餘人說但信我語過去世時已曾如是諸比丘白佛言已曾爾耶唯願樂聞佛言如是過去世時有城名波羅柰國名伽尸爾時有一長者有奴字阿摩由爲性兇惡爾時長者與諸婆羅門子遊戲園林諸從人輩皆在園門外住時阿摩由在園門外打諸從人時諸從人被打者各告其主時諸婆羅門子盡出訶之時阿摩由不受其語答諸婆羅門子言不隨汝語我大家來訶我

者當受其語遂打不止即來告阿摩由主阿摩由主生得天眼觀是鬪處下有金銀伏藏其地凶故使其鬪耳即往訶之時奴即止佛告諸比丘爾時長者豈異人乎即我身是爾時阿摩由者今闡陀比丘是諸比丘白佛言世尊云何是闡陀恃怙世尊陵於他人佛言比丘是闡陀比丘不但今日恃我輕人過去世時已曾恃我輕於他人諸比丘白佛言已曾爾耶佛言如是過去世時有城名波羅㮈國名伽尸時有弗盧醯大學婆羅門為國王師常教學五百童子時婆羅門家生一奴名迦羅呵常使供給諸童子等婆羅門法餘姓不得望聞以奴親近供養故奴得在其邊諸童子說婆羅門法是奴利根聞說法言盡能憶持此奴一時共諸童子小有嫌恨便走他國詐自稱言我是弗盧醯婆羅門子字耶若達多語此國王師婆羅門言我是波羅㮈國王師弗盧醯子故來至此欲投大師學婆羅門法師答言可爾是奴聰明本已曾聞今復重聞悉能持其師大喜即令教授門徒五百童子言汝代我教我當往來王家是師婆羅門無有男兒唯有一女便作是念今可以女妻之耶若達多當在我家便如我子即告之曰耶若達多當用我語答言從教復告之言汝莫還波羅㮈常住此國我今以女妻汝答言從教即與其女在家如兒共作生活家漸豐富是耶若達多為人難可婦為作食恒懷瞋恚甜酢鹹淡生熟不能適口婦常念言脫有行人從波羅㮈來者當從彼受作飲食法然從法作供養夫主彼弗盧醯婆羅門具

聞是事便作是念我奴迦羅呵逃在他國當往捉來或可得奴直便詣彼國時耶若達多與諸門徒詣園林遊戲在於中路逢其本主即便驚怖密告門徒諸童子汝等還去各自誦習門徒去已便到主所頭面禮足白其主言我來此國言大家是我父便投此國師大學婆羅門爲師以大學經典故師婆羅門與女爲婦顒尊今日勿彰我事當與奴直奉上大家主婆羅門善解世事即便答言汝實我兒何所復言但作方便早見發遣即將歸家告家中言我所親來其婦歡喜辦種種飲食奉食已訖小空閑時密禮客婆羅門足而問之曰我奉事夫耶若達多飲食供養常不可意願今指授本在家時何所食噉當如先法爲作飲食客婆羅門即便瞋恚而作是念如是如是子困苦他子女語此女言汝但速發遣我我臨去時當教汝一偈汝誦是偈時當使汝夫無言是女即語夫言尊婆羅門故從遠來宜早發遣夫即念言如婦所說宜應早遣莫令久住言語漏失損我不少便大與財物教婦作食自行爲主求伴婦於後奉食訖已禮足辭別請求先偈即教說偈言

無親遊他方　欺誑天下人　麤食是常法
但食復何嫌

今與汝此偈若彼瞋恚嫌食惡時便在其邊背面微誦令其得聞作是教已便還大國是耶若達多送主去已每至食時還復瞋恚婦於夫邊試誦其偈時夫聞是偈已心即不喜便作是念咄是老物發我臭穢事從是已後常作輭語恐婦向人說其陰私佛告諸比丘

時波羅柰國弗盧醯婆羅門者豈異人乎即我身是時奴迦羅呵者今闡陀比丘是彼於爾時已曾恃我陵易他人今復如是恃我勢力陵易他人佛告諸比丘依止俱舍彌比丘皆盡令集乃至已聞者當重聞

摩訶僧祇律卷第八

音釋

很戾（很下懇切不聽從也戾郎計切乖也）騃（五駭切）榛（緇詵切）

銜（乎監切口含物也）酢（倉故切酸也）噉（徒濫切食也）

摩訶僧祇律卷第九上

東晉三藏法師佛陀跋陀羅共沙門法顯譯

若比丘自用戾語諸比丘如法如律教時便自用意作是言汝莫語我若好若惡我亦不語汝若好若惡諸比丘諫彼比丘言長老諸比丘如法如律教汝汝莫自用意諸比丘教汝應當信受汝亦應如法如律教諸比丘何以故如來弟子衆展轉相教展轉相諫出罪故善法增長諸比丘諫是比丘時應捨是事若不捨者復第二第三諫捨者善若不捨者僧伽婆尸沙比丘自用戾語者闡陀比丘也諸比丘如法如律教者謂戒序四波羅夷十三僧伽婆尸沙二不定三十尼薩耆波夜提九十二波夜提四波羅提提舍尼衆學法七滅諍法隨順法以此法律展轉相教復次五衆罪法四衆罪法三衆罪法二衆罪法一衆罪法復次六作捨法展轉相教復次波羅夷法僧伽婆尸沙波夜提乃至越毗尼罪實非不實時非不時饒益非不饒益輭語非麤言慈心故不求過是名如法如律展轉相教也是比丘者闡陀是也

諸比丘者謂一人多人僧中三諫者屏處三諫多人中三諫僧中三諫也屏處者問言長老汝實自用戾語諸比丘如法如律教汝自身不可共語耶答言實爾即復諫言長老汝莫自用戾語諸比丘如法如律教汝應當受莫自身作不可共語乃至展轉相教得善法增長故我今慈心教汝當捨此事一諫已過二諫在若不捨者第二第三亦復如是諫多人中復三諫亦如是猶不止者僧中作求聽

羯磨白言大德僧聽是某甲比丘自用戾語諸比丘如法如律教不受其語已於屏處三諫多人中三諫猶故不止若僧時到當於僧中三諫令止此事即僧中問言長老實自用戾語諸比丘如法如律教不受其語屏處三諫多人中三諫猶故不受耶答言實爾即復僧中諫言長老莫自用意諸比丘如法如律教乃至展轉相教得善法增長故今僧慈心諫汝饒益故當受語捨此事僧一諫已過二諫在若不止者至第二第三諫捨者善不捨者僧伽婆尸沙僧伽婆尸沙如上說若比丘於屏處若多人中三諫時不止者諫諫犯越毗尼罪僧中諫時初諫未竟越毗尼罪初諫說竟偷蘭罪第二諫未竟越毗尼罪說竟偷蘭罪第三諫未竟偷蘭罪說竟僧伽婆尸沙僧伽婆尸沙罪起已屏處諫乃至僧中一切越毗尼罪一切偷蘭罪皆合成一僧伽婆尸沙中間止者隨止處治罪是故世尊說

若比丘自用戾語乃至三諫不捨者僧伽婆尸沙

佛住舍衛城廣說如上時六羣比丘於迦尸黑山聚落作諸非威儀事身非威儀口非威儀身口非威儀身非威儀者若走來走去跳行跳躑倒行匍匐扣瓫戲笑遞相擔負作如是比種種身戲口非威儀者作象鳴駝鳴牛鳴羊鳴長聲短聲或相唰耳作如是比種種聲響戲笑身口非威儀者令身斑駁半邊白塗面令黑染髮令白拍鼓彈琴擊節儛戲時諸優婆塞來詣比丘欲禮拜聽法見如是事心生不喜便作是言阿闍黎沙門之法所爲

所行當令不信者信信者增信而令所爲悉皆非法更令不信增長信者心壞六羣比丘即瞋恚言汝爲我師爲我和尚此是逆理我當教汝汝反教我瞋恚增盛作身害口害身口害身害者入其家中牽曳小兒打拍推撲破損器物打擯子脚刺壞羊眼至市肆上種種穀米小麥大麥鹽麨酥油乳酪悉皆和雜令不可分別田中生苗其須水者決水令去不須水者開渠令滿刈殺生苗焚燒熟穀是名身暴害口暴害者詣王讒人加誣良善是名口害身口暴害者屏處藏身恐怖其人牽挽無辜是身口暴害諸優婆塞皆瞋恚言沙門釋子作是非法我等從今莫送供養時彼比丘遂持鉢乞食其家見已猶故與食不至大苦諸優婆塞復作是要沙門釋子作是暴害我等從今莫令入門然後是比丘便到諸不信家乞食初時與食後續聞優婆塞斷食不與定是惡人我何以與食復不聽入然後便作身邪命口邪命身口邪命身邪命者作水瓶瓦器賣作盛酥革囊索繩結網縫衣學作餅學賣醫藥爲人傳信如是種種求食是名身邪命口邪命者誦呪行術呪蛇呪龍呪鬼呪病呪水呪火如是種種求食是名口邪命身口邪命者手自然火口説呪術手灌酥油灑散芥子如是種種求食是名身口邪命時黒山聚落諸優婆塞來詣舍衞城料理官事官事訖已往詣世尊頂禮足已却住一面白世尊言我是黒山聚落優婆塞六羣比丘在彼間住於彼聚落作諸非法廣説如上唯願世尊當約勑之令不在彼住者善爾時世

尊爲優婆塞隨順說法示教利喜已禮足而去爾時世尊告阿難言汝往黑山聚落爲六羣比丘作驅出羯磨爾時阿難白佛言我不敢去佛言何故阿難答言世尊六羣比丘躁性强暴我若往者譬如甘蔗田人乘車載甘蔗歸諸童子輩逆出村外縱横亂取就外噉食彼六羣比丘亦復如是聞我往者逆來道邊作非法事或能爲我作驅出羯磨是故難去佛告阿難汝與三十人衆俱去足能伏彼是時阿難與三十人前後圍遶往到黑山聚落復有三十比丘聞尊者阿難往到黑山聚落自相謂言我未曾聞作驅出羯磨當隨阿難到彼聚落聽作驅出羯磨并前三十人合六十比丘大衆而去時六羣比丘聞尊者阿難與六十人俱眷屬而來爲我作驅出羯磨

即生恐怖時三文陀達多摩醯沙達多走到王道聚落長老闡陀迦留陀夷便一由旬迎尊者阿難即懺悔言長老我所作非善犯諸過惡從今已去不敢復作爾時衆僧聽其懺悔尊者阿難前到聚落彼二人已懺悔二人已走餘有殘住者爲作驅出羯磨世尊不聽衆羯磨羯磨衆故二人三人爲作羯磨羯磨者應作是說大德僧聽是某甲比丘等於此聚落身非威儀數作不止道俗悉知若僧時到僧當爲某甲比丘等身非威儀故作驅出羯磨如是白大德僧聽是長老某甲比丘等身非威儀數數不止道俗悉知僧令爲某甲比丘等作驅出羯磨諸大德忍某甲比丘等身非威儀作驅出羯磨忍者默然若不忍便說是初羯磨說竟第二第三亦如是說僧已

與其甲比丘等身非威儀作驅出羯磨竟僧忍默然故是事如是持如是口非威儀身口非威儀亦如是身害口害身口害亦如是身邪命口邪命身口邪命亦如是說白三羯磨羯磨已是六羣比丘被驅出者語諸比丘言闡陀比丘迦留陀夷比丘亦行非法何故獨驅我出而不驅彼衆僧語言是二比丘於一由旬迎僧懺悔僧已聽悔三文陀達多摩醯沙達多走到王道聚落汝等現在旣不迎僧懺悔又復不走故作羯磨驅出彼復作是言長老僧今隨愛隨瞋隨怖隨癡俱共同罪有驅出者有不驅者諸比丘復諫長老莫以非理謗僧僧不隨愛不隨瞋不隨怖不隨癡不於同罪有驅出者有不驅者諸比丘如是諫時彼故不止復第二第三諫堅持不止尊者阿難爲諸優婆塞隨順說法令其歡喜供養衆僧還復如前尊者阿難及諸大衆欲還舍衛時諸比丘白尊者阿難今僧悉還是僧伽藍與誰典知阿難言誰應住知諸比丘言長老闡陀應住阿難復言闡陀先已有過令他生不信何可留住便更安餘比丘已尊者阿難還舍衛城禮世尊足於一面立世尊知而故問阿難汝等已於黒山聚落作驅出羯磨耶答言已作世尊闡陀比丘迦留陀夷比丘於一由旬迎僧懺悔三文陀達多摩醯如達多即便走到王道聚落餘諸比丘不來懺悔復不走去衆僧爲作驅出羯磨彼見闡陀迦留陀夷不被驅出便以非理謗僧言僧隨愛隨瞋隨怖隨癡同共犯罪有驅出者有不驅者佛告比丘是六羣比丘以非理謗僧言隨

愛隨瞋隨怖隨癡同共犯罪有驅者有不驅者作是語者汝當去屏處三諫多人中三諫僧中三諫令止此事屏處問言汝等實以闡陀比丘迦留陀夷故非理謗僧言隨愛隨瞋隨怖隨癡俱共犯罪有驅出者有不驅出者耶答言實爾即屏處諫言長老莫以非理謗僧何以故衆僧不隨愛不隨瞋不隨怖不隨癡不於同罪有驅出者有不驅出者汝當捨是隨愛隨瞋隨怖隨癡語長老我今慈心諫汝饒益故當捨此事一諫已過餘二諫在若不捨者第二第三亦如是諫及多人中三諫猶復不止者僧中作求聽羯磨羯磨人應作是說大德僧聽是六羣比丘以非理謗僧已於屏處三諫多人中三諫不止若僧時到當於僧中三諫令止此事即於僧中問是比丘汝實非理謗僧已屏處三諫多人中三諫不止耶答言實爾僧應諫言長老莫以非理謗僧何以故僧不隨愛不隨瞋不隨怖不隨癡不同犯罪有驅者有不驅者今僧慈心諫汝饒益故當捨此事一諫已過二諫在若不止者第二第三亦如是諫猶故不止諸比丘以是因緣具白世尊六羣比丘以屏處三諫乃至僧中三諫猶故不止佛言呼六羣比丘來來已佛問六羣比丘汝實非理謗僧已屏處三諫乃至僧中三諫故不止耶答言實爾世尊佛告六羣比丘此是惡事汝不聞世尊常讚歎易諫訶責難諫耶汝今云何難諫執持不捨六羣比丘此非法非律非如佛教不可以是長養善法諸比丘白佛言世尊云何此六羣比丘以闡陀迦留陀夷不驅出故非理

謗僧佛言此六羣比丘不但今日以非理謗僧過去世時已曾非理謗僧比丘言已曾爾耶佛言曾爾唯願欲聞佛言過去世時有城名波羅奈國名伽尸時王家畜養二狗以金銀鎖繫食用寶器夜則解放令守備門戶時王得頭痛病經十二年療治不差後漸得差時王於眠中聞狗吠聲王即驚覺頭痛更增王問侍者向何等聲答言狗吠王即瞋怒敎勑侍者見狗驅出即如敎驅出時有一狗問驅者言何故驅我驅者答言王病小差眠中聞狗吠聲驚覺增病是故驅汝狗復問言一切狗盡被驅出耶答言盡驅又問王家二狗亦被驅耶答言王家二狗不驅餘者盡驅狗便瞋恚言是王無道隨愛隨瞋隨怖隨癡狗即說頌

若以狗爲患　一切應驅出　而今不盡驅

知是王無道　家自養二狗　不遣獨驅我

當知是惡王　隨愛瞋怖癡

佛告諸比丘時王家狗者今闡陀迦留陀夷比丘是餘狗者今餘六羣比丘是爾時被驅以二狗不驅故非理非謗今日被驅亦復如是以闡陀迦留陀夷比丘不被驅故非理謗僧諸比丘白佛言世尊云何是闡陀比丘衆人欲安處知事而阿難不聽佛告諸比丘是闡陀比丘不但今日欲還知事阿難不聽過去世時已曾欲舉爲王阿難不聽諸比丘白佛已曾爾耶唯願欲聞佛言如是過去世時雪山根底曲山壍中有向陽暖處有衆鳥類雲集其中便共議言我等今日當推舉一鳥爲王令衆畏難不作非法衆鳥言善誰應爲

王有一鳥言當推鶬鴿有一鳥言不可何以故高脚頸長衆鳥脱犯啄我等腦衆咸言爾復有一鳥言當推䳁爲王其色絶白衆鳥所敬衆鳥復言此亦不可顏貌雖白頸長且曲自頸不直安能正他又復言正有孔雀毛衣彩飾觀者悦目可應爲王復言不可所以者何衣毛雖好而無慚愧每至儛時醜形出現是故不可有一鳥言秃梟應王所以者何晝則安靜夜則勤伺守護我等堪爲王者衆咸言可爾時有一鸚䳇鳥在一處住有智慧作是念衆鳥之法夜應眠息是秃梟法夜則不眠而諸衆鳥圍侍左右晝夜警宿不得眠睡甚爲苦事我今設語彼當瞋恚拔我毛羽正欲不言衆鳥之類長夜困苦寧使拔毛不越正理便到衆鳥前舉翅恭敬白衆鳥言願聽我説一偈時衆鳥即説偈答言

黠慧廣知義　不必以年耆　汝年雖幼小
知者宜時説

時鸚䳇聞衆鳥聽已即説偈言

若從我意者　不用秃梟王　歡喜時覩面
常令衆鳥怖　況復瞋恚時　其面何可觀

時衆鳥咸言實如所説即共集議此鸚䳇鳥聰明黠慧堪應爲王便拜爲王佛告諸比丘彼時秃梟今闡陀比丘是鸚䳇鳥者今阿難是彼於爾時已曾遮不聽爲王今復遮彼不聽知事佛告諸比丘依止舍衛城比丘皆悉令集乃至已聞者當重聞有諸比丘依止城若聚落住汙他家行惡行汙他家亦見亦聞行惡行亦見亦聞諸比丘應語是比丘長老汝等汙他家行惡行汙他家亦見亦聞行惡

行亦見亦聞長老汝等出去不應是中住是比丘語諸比丘言大德僧隨愛隨瞋隨怖隨癡何以故有如是同罪比丘有驅者有不驅者諸比丘應語是比丘言長老汝等莫作是語僧隨愛隨瞋隨怖隨癡有如是同罪比丘有驅者有不驅者何以故僧不隨愛不隨瞋不隨怖不隨癡諸長老汝等汙他家行惡行汙他家亦見亦聞行惡行亦見亦聞汝出去莫此中住是比丘諸比丘如是諫時若堅持是事不捨諸比丘應第二第三諫捨是事故第二第三諫時捨者善若不捨者僧伽婆尸沙諸比丘者若僧若多人若一人依止城若聚落住者云何依止聚落住若比丘於彼聚落中得衣被飲食床卧病瘦湯藥等是名依止住若復不得衣食床卧病瘦湯藥等但依

止聚落得免諸難亦名依止住若復比丘不依聚落免難但依聚落界住者亦名依止住汙他家者他家名若刹利家婆羅門家若毗舍家首陀羅家是名他家汙者若比丘於聚落中作非梵行飲酒非時食是不名汙他家若聚落中人先有信心供養衆僧興立塔寺令彼退減是名汙他家行惡身非威儀口非威儀身口非威儀身暴害口暴害身口暴害身邪命口邪命身口邪命汙他家行惡行亦見亦聞者作諸惡行聚落中人亦見亦聞諸比丘語是比丘言長老汝等汙他家行惡行汙他家亦見亦聞行惡行亦見亦聞莫此中住是比丘作是言諸長老僧隨愛隨瞋隨怖隨癡有同罪比丘有驅者有不驅者諸比丘復語是比丘言長老莫作是語僧不隨愛不

隨瞋不隨怖不隨癡汝捨是事是比丘故堅持不捨非理謗僧者六羣比丘也諸比丘者若僧若衆多人若一人三諫者屏處三諫多人中三諫僧中三諫也屏處諫者屏處問言汝長老實以非理謗僧言隨愛隨瞋隨怖隨癡有同比丘有驅者有不驅者耶答言實爾即復訶言長老莫作是語非理謗僧何以故僧不隨愛不隨瞋不隨怖不隨癡不於同罪中有驅者不驅者我今慈心諫汝饒益故當止此事一諫已過二諫在若不止者復第二第三諫多人中三諫猶故不止僧中作求聽羯磨唱言大德僧聽某比丘非理謗僧已於屏處三諫多人中三諫猶故不止若僧時到今於僧中三諫令止是事僧中應問長老汝實非理謗僧作是語僧隨愛隨瞋隨怖隨癡乃至屏處三諫多人中三諫猶故不止耶答言實爾僧應諫言長老汝莫非理謗僧何以故僧不隨愛不隨瞋不隨怖不隨癡不於同罪有驅者有不驅者今衆僧慈心諫汝饒益故一諫已過二諫在當捨此事若不捨者應第二第三諫捨者善若不捨僧伽婆尸沙僧伽婆尸沙者如上說是比丘屏處諫時三諫不止諫諫越毗尼罪多人中三諫亦復如是僧中初說未竟越毗尼罪說竟偷蘭罪第二說未竟越毗尼罪說竟偷蘭罪第三說未竟偷蘭罪說竟僧伽婆尸沙僧伽婆尸沙罪起已除四偷蘭罪非理謗僧諸餘屏處三諫多人中三諫僧中三諫一切越毗尼罪一切偷蘭罪都合成一僧伽婆尸沙中間止者隨止處治罪是故說

有諸比丘依止城若聚落住乃至第二第三諫時捨者善若不捨僧伽婆尸沙

二不定法第三

佛住舍衛城廣說如上爾時長老優陀夷同聚落舊知識婆羅門有一女新到夫家愁憂不樂遣信白父願來看我若不能得來者語阿闍黎優陀夷來看我其父聞已詣優陀夷所語言我女新到夫家愁憂不樂遣信喚我并喚阿闍黎我今俗人多事不能得往願阿闍黎數數往看優陀夷言可爾汝不囑我尚欲往看何況相囑長老優陀夷明日晨朝著入聚落衣往到其家時彼女掩戶而坐優陀夷在外喚言某甲在不女言是誰答言我是優陀夷女言阿闍黎可入阿闍黎來入即入其房於房內坐與共語言時姑毗舍佉鹿母有三十二子亦有三十二兒婦皆悉福德吉相成就是時毗舍佉鹿母常教誡兒子諸婦勸導父母親屬次到是女房前是毗舍佉鹿母善解時宜不卒入房跡蹋戶外戶孔中見房內有人剃髮著染衣睒瞬細語知是出家人但不知是比丘爲是比丘尼便喚此婦婦應曰是誰答言是我白言大家來前問汝邊是誰婦答言阿闍黎優陀夷優陀夷言優婆夷何以不前鹿母即入而作是言阿闍黎優陀夷此間坐耶答言如是白言阿闍黎此坐非明白處設有善惡誰當證知當以此事語諸比丘優陀夷言汝說何等毗舍佉鹿母言見優陀夷與女共坐優陀夷言我亦當向佛說汝毗舍佉鹿母言欲說何等優陀夷言我見毗舍佉鹿母與他男子共坐毗舍佉鹿母

言何等男子優陀夷言我非男子耶毗舍佉鹿母言阿闍黎佛不制我不與男子共坐然阿闍黎是出家人應護沙門法優陀夷言咄哉汝惱我不少便起出去復存一露處與衆多女人共坐毗舍佉鹿母教戒兒婦已出復見優陀夷與衆多女人露處共坐語往到其邊語優陀夷言此是不善非沙門云何與女人露處共坐當以是事語比丘優陀夷言何所說毗舍佉鹿母言見優陀夷與諸女人露處共坐語優陀夷言我亦當向佛亦說汝事毗舍佉鹿母言爲何所說優陀夷言我見鹿母與男子露處共坐毗舍佉母言何等男子答言我非男子耶毗舍佉母言我是俗人共男子坐佛法所聽尊是沙門應自防護云何爾耶優陀夷言汝處處惱我作是語已即便起去時毗舍佉母即以是事白諸比丘諸比丘以是事具白世尊佛言喚優陀夷來即便呼來佛問優陀夷汝實爾不答言實爾世尊佛告優陀夷此是惡事汝愚癡人俗人尚知出家宜法應行不應行汝出家人而更不知坐起言語應不應汝常不聞世尊種種因緣呵責隨順婬欲讚歎離欲耶汝云何作此惡事此非法非律非如佛教不可以是長養善法佛告比丘依止舍衛城比丘皆悉令集集已爾時世尊以是因緣向諸比丘廣說過患事起種種因緣呵責過患起已爲諸比丘隨順說法有十事利益如來應供正遍知爲諸弟子制戒立說波羅提木叉法何等十一者攝僧故二者極攝僧故三者令僧安樂故四者折伏無羞人故五者有慚愧得安樂住故

六者不信者令得信故七者已信者增益信故八者於現法中得漏盡故九者未生諸漏令不生故十者正法得久住爲諸天人開甘露門故是名十如來應供正遍知爲諸弟子制戒未聞者當聞已聞者當重聞若比丘與女人獨屏覆可婬處坐可信優婆夷於三法中一一法說若波羅夷若僧伽婆尸沙若波夜提比丘自言我坐是處三法中一一如法治若波羅夷若僧伽婆尸沙若波夜提應隨可信優婆夷所說如法治彼比丘是初不定法若比丘與女人獨露現處不可婬處坐可信優婆夷於二法中一一法說若僧伽婆尸沙若波夜提比丘自言我坐是處二法中一一如法治若僧伽婆尸沙若波夜提應隨可信優婆夷所說如法治彼比丘是二不定法

比丘者受具足善受具足一白三羯磨無遮法和合非不和合十衆十衆已上年滿二十非不滿二十是名比丘女人者若母姊妹親里非親里若老若少在家出家屏覆者若闇處若覆障處可婬處者男女共事無可羞處者一男一女更無餘人設有餘人若眠若狂若嬰兒非人畜生亦名獨共坐者相近坐可信優婆夷者成就十六法名可信優婆夷何等十六歸佛歸法歸僧於佛不壞淨於法不壞淨於僧不壞淨僧未得利能令得已得利能令增僧未有名稱能令名聞遠著僧有惡名能令速滅不隨愛不隨瞋不隨怖不隨癡離欲向成就聖戒是十六法成就者是名可信是比丘自言知事不知坐應治是事若言知坐不知事應治坐若言知事知坐應二俱

治若言不知事亦不知坐者應如優婆夷所說應作覓罪相羯磨治比丘者如上說女人者若母姊妹若大若小在家出家獨者一男一女更無餘人設有人者若眠若狂嬰兒非人畜生是亦名獨露現處者明中露地無諸屏障是名露現處不可婬處者若男女共事可羞恥處坐者相近坐也可信優婆夷者成就十六法如此說是名可信也是比丘自言知事不知坐應治是事若言知坐不知事應治彼坐若言知事知坐應二俱治若言不知事亦不知坐者應如可信優婆夷所說應作覓罪相羯磨治是故說

若比丘與一女人獨屏覆處可婬處坐乃至可信優婆夷所說如法治彼比丘是初不定法若比丘與女人獨露現不可婬處坐乃至可信優婆夷所說如法治彼比丘是二不定法

摩訶僧祇律卷第九上

音釋

瓫 蒲奔切益也 唃 古祿切鳥鳴也 駮 北角切色不純也 犢 徒谷切牛子也 刈 牛猘切割也 讒 鋤銜切傷良曰讒 鶬鵠 鶬千羊切鵠胡沃切並鳥名 啄 竹角切馬食也 黠 胡八切聰慧也 踟躕 踟直離切躕直諸切行不進也 ⿰耳鹿⿰耳舜 ⿰耳鹿力谷切視明也⿰耳舜舒閏切日動也

摩訶僧祇律卷第九下

東晉三藏法師佛陀跋陀羅共沙門法顯譯

三十尼薩耆波夜提法第四

佛在毗舍離大林重閣精舍廣説如上爾時長老難陀優波難陀遊諸聚落多得衣物滿車載來爾時世尊晨朝時聞重車聲知而故問諸比丘何等車聲諸比丘白佛言世尊是長老難陀優波難陀遊諸聚落多得衣物滿車載來是彼車聲世尊即時便作是念我諸弟子乃爾多求衣物於後一時冬中八夜大寒雨雪時世尊初夜著一衣在有覺有觀三昧至中夜時覺身小冷復著第二衣至後夜時復覺身冷著第三衣便作是念我諸弟子齊是三衣足遮大寒大熱防蠅蚊䖟覆障慚愧不壞聖種若性不堪寒者聽故弊衣隨意重納於是世尊夜過晨朝詣諸多比丘所敷尼師壇坐語諸比丘我一時晨朝聞重車聲問諸比丘何等車聲諸比丘言長老難陀優波難陀遊諸聚落多得衣物是彼車聲我作是念我諸弟子多求衣物廣生樂著我復一時冬中八夜乃至重著三衣便作是念我諸弟子齊此三衣足止大寒大熱防諸蚊䖟覆障慙愧不壞聖種我從今日聽諸比丘齊畜三衣若得新者兩重作僧伽梨一重作欝多羅僧一重作安陀會若性不堪寒者聽弊故衣隨意重納

復次佛在毗舍離廣説如上時一聚落中有三摩訶羅比丘共住一摩訶羅死有多衣物而不知分一比丘言我須僧伽梨第二復言我亦須之如是一一物皆競欲得不能斷當

爾時優波難陀遊諸聚落過彼住處是摩訶羅等遥見彼來便作是念是釋種子端正殊好佛種出家當爲我等止此諍事即便白言我住處有諸衣物各競欲取不能得分尊者今日爲我止此諍事得分衣物優波難陀答言我何爲爲汝分物多起怨嫌摩訶羅言不爲我分者誰當分之我等寧可詣諸外道求分物耶優波難陀復言當先作要隨我語者我當爲分答言從教語言盡出物來即便出之隨輩分作三分時摩訶羅作是念我正有二人而作三分彼故當欲取一分耶寧使取一分且止我諍分爲三分已復問摩訶羅言物盡出來莫使後復致諍有不欲出者第二人復持來出答言已盡時優波難陀在二分中間立二摩訶羅中間著一分作是言汝等聽我說偈磨答言爾便作是言是二分并我如是我有三汝二共一如是汝有三是三彼三二三平等不是摩訶羅已先作要又復畏難釋家子故不敢復言是二摩訶羅共得一分故不知分復白言長老我今此分當云何分爾時優波難陀即與分作二分摩訶羅便各持去爾時諸比丘以是因緣往白佛言云何世尊是優波難陀欺彼摩訶羅比丘佛語諸比丘是優波難陀不但今日欺彼比丘過去世時已曾欺彼諸比丘白佛言已曾爾耶答言曾爾過去世時南方國土有無垢河河中有二水獺一者能入深二者入淺時入深水者捕得一鯉魚如生經中廣說

佛在毗舍離廣說如上有五事利益故如來五日一行諸比丘房爾時世尊遍行諸房至

難陀房中見其房內多畜衣物有竿𥤮衣物者有縫衣者染衣者打衣者作淨者難陀如是分處諭如欲作大會布施一切僧物時世尊知而故問難陀是誰衣物答言我許佛言比丘此衣太多難陀白言世尊先聽兩重僧伽梨一重鬱多羅僧一重安陀會佛言此衣故多答言世尊我有共行弟子依止弟子等衣物各作兩重僧伽梨一重鬱多羅僧一重安陀會及作沙彌等衣佛言此衣猶多又白佛言我出家人臨時難得是故此諸衣物浣染作竟舉著器中若衣壞時當取易代佛告難陀此是惡事汝出家人云何計常貪著汝常不聞世尊訶責多求多欲難滿讃歎少欲知足耶汝今多欲難滿廣求衣物積畜餘長此非法非律非如佛教不可以是長養善法云何畜長衣受用從今已去若有長衣聽一宿諸比丘白佛言世尊云何是難陀多畜諸衣不知猒足佛告諸比丘是難陀不但今日多畜諸衣不知猒足過去世時已曾多畜不知猒足如鳥生經中廣說

復次佛在俱舍彌爲諸天世人恭敬供養世尊時到著入聚落衣持鉢入俱舍彌城次行乞食爾時國王夫人名舍彌以千五百張㲲奉上世尊佛告阿難持是㲲衣與諸比丘長老阿難即持與諸比丘諸比丘不受語阿難言用劫貝爲浣染未竟已不如法時阿難以是因緣往白世尊佛告阿難從今已去若得長衣聽至十日有諸比丘長衣滿十日持是諸衣往白世尊此衣滿十日今當云何佛告比丘若知諸比丘邊作淨施法若復捨故受

新十日一易

復次佛在毗舍離毗舍離人年年飯僧食已布施衣物諸比丘不受諸檀越詣佛所禮足已白佛言頗有方便聽諸比丘取衣受用令施者得福受者得利不佛言得如上廣説爾時世尊告諸比丘依止毗舍離比丘皆悉令集以十利故爲諸比丘制戒乃至已聞者當重聞若比丘衣已竟迦絺那衣已捨若得長衣得至十日畜過十日者尼薩耆波夜提衣已竟者比丘三衣已成是名衣竟不受迦絺那衣亦名衣竟已捨迦絺那衣亦名衣竟浣染衣訖亦名衣竟衣者欽婆羅衣劫貝衣芻摩衣俱舍耶衣舍那衣麻衣軀牟提衣復有衣名僧伽梨鬱多羅僧安陀會尼師壇雨浴衣覆瘡衣衲衣居士衣糞掃衣若作若不作如法衣不如法衣知識衣迦絺那衣已捨者捨迦絺那衣有十事捨受衣捨衣竟捨時竟捨聞捨出去捨壞捨送失去捨送衣捨時過捨究竟捨齊十日者數極至十日也長衣者除所受持衣餘衣是過十日尼薩耆波夜提尼薩耆波夜提者是長衣應僧中捨波夜提罪懺悔不捨而悔者得越毗尼罪波夜提者能墮惡道閩罪見罪舉罪施設罪名也若比丘一日得一領衣乃至十日不作淨過十日一切尼薩耆波夜提若比丘一日得十領衣半作淨半不作淨若作淨者是應淨法半不作淨者過十日尼薩耆波夜提若比丘一日得衣二日作淨二日復得衣三日作淨三日復得衣四日作淨四日復得衣五日作淨五日復得衣六日作淨六日復得衣七日作淨

七日復得衣八日作淨八日復得衣九日作淨九日復得衣十日作淨十日復得衣至十一日一切盡尼薩耆波夜提以相續不斷故若比丘一日得衣即日作淨乃至十日得衣十日作淨十一日得衣十一日作淨犯越毗尼罪以無間故間者比丘一日得衣得更停九日二日得衣更停八日三日得衣更停七日四日得衣更停六日五日得衣更停五日六日得衣更停四日七日得衣更停三日八日得衣更停二日九日得衣更停一日十日得衣即十日作淨十一日得衣不應受是名間若比丘前得衣多後得衣少以前衣力故得尼薩耆波夜提

若比丘前得衣少後得衣多以前衣力故尼薩耆波夜提若比丘前衣有中間無若有者尼薩耆波夜提若比丘前衣無中間有若有者尼薩耆波夜提比丘不受迦絺那衣謂受想捨迦絺那衣不捨想不受衣謂受想不作淨謂淨想不與謂與衣想不記識謂記識想愚內心非處作淨不受迦絺那衣謂受想者比丘不受迦絺那衣自謂已受長衣過十日尼薩耆波夜提捨迦絺那衣不捨想者比丘已捨迦絺那衣而自謂未捨長衣過十日犯尼薩耆波夜提不受衣謂受想者若比丘三衣自不受便謂已受想不作淨過十日尼薩耆波夜提不作淨謂淨想者比丘畜長衣不作淨施而謂已作淨施過十日尼薩耆波夜提不與謂與想者是衣不與塔不與僧不與人而謂呼與過十日尼薩耆波夜提不記識不記識想者若比丘不記識言此是尼師壇

此是覆瘡衣此是雨浴衣而謂記識不作淨過十日尼薩耆波夜提愚者若比丘得衣愚闇故不作淨過十日尼薩耆波夜提内心者内心説淨而口不言是名非法淨犯越毗尼罪若口説者無罪非處者若俗人若畜生若無心邊作淨是不名作淨過十日尼薩耆波夜提優波離白佛言世尊比丘長衣應作淨何等人邊作淨佛告優波離當於比丘比丘尼式叉摩尼沙彌沙彌尼邊作淨又問相離近遠得從彼作淨佛言齊三由旬知其存亡優波離白佛言世尊長衣沙彌邊作淨是沙彌受具足當云何佛言稱無歲比丘名作淨優波離復問是無歲比丘若死者云何佛言得停十日於餘知識邊作淨復問齊幾許應作淨幾許不作淨佛言廣一肘長二肘應作

淨若比丘二人共物未分不犯若分得已應作淨不作淨過十日者尼薩耆波夜提若比丘婆羅門舍請僧食并施衣物有病比丘囑人取衣分是比丘持衣分來雖久未與不犯若得已應作淨不作淨者過十日尼薩耆波夜提若比丘聞若師若弟子送衣與未得雖久不犯若得已應作淨若不作淨過十日尼薩耆波夜提若比丘令織師織衣衣竟雖久未與比丘不犯得衣已應作淨若不作淨過十日尼薩耆波夜提若比丘買衣雖價決了未得不犯得已應作淨若不作淨過十日尼薩耆波夜提若比丘爲佛爲僧供養故求物集在一處雖久未用不犯若比丘於佛生處得道處轉法輪處阿難設會處羅云設會處五歲會處大得布施諸衣物是物入僧未分

者雖久不犯是物已分多人共得一分中有善毗尼人能爲衆人同意作淨者無罪若不作淨者過十日犯若比丘道路行恐畏處藏衣而去過十日取者尼薩耆波夜提若有人取是衣物持來與比丘者亦尼薩耆波夜提若比丘爲賊所逐遂便捨衣走過十日已有人得衣來還比丘者無罪不失失想失不失想若失失想皆不犯過十日罪不失不失想過十日犯尼薩耆波夜提若比丘長衣過十日欲捨衣者當求持律比丘能羯磨人請諸知識比丘出界外若無界場應結小界羯磨者應作是説大德僧聽若僧時到僧於此地齊僧坐處外一尋已内於其中作羯磨諸大德聽於此處齊僧坐處外一尋已内於其中作羯磨僧忍默然故是事如是持不羯磨地

者不得作僧事若作者得越毗尼罪律師應語是比丘言汝捨此衣是比丘應胡跪合掌作如是言大德僧憶念我某甲比丘是長衣過十日犯尼薩耆我今於僧中捨持律復問汝是衣曾受用不若言受用應語汝得波夜提罪受用不淨衣故隨用得越毗尼罪若言不受用者語言汝得波夜提罪是比丘於持律前胡跪合掌白言長老憶念我某甲長衣過十日已於僧中捨此中犯波夜提罪今於長老前悔過不敢覆藏持律問言汝自見罪不答言見應教更莫復作答言爾如是第二第三説若受用者長老憶我某甲比丘長衣過十日已於僧中捨此中犯波夜提罪及受用不淨衣隨用得越毗尼罪是一切罪今向長老誠心悔過不敢覆藏持律問言汝自見

罪不答言見汝更莫作答言頂戴持如是第二第三說律師問此衆中誰是汝知識答言某甲即語隨次坐應說羯磨大德僧聽某甲比丘長衣過十日已於僧中捨已如法作若僧時到僧持此衣與某甲知識比丘如是白大德僧聽是某甲比丘長衣過十日已於僧中捨已如法作僧今持此衣與某甲知識比丘諸大德忍持此衣與某甲知識比丘者默然若不忍者便說是初羯磨如是第二第三說僧已忍持此衣與某甲知識比丘竟僧忍默然故是事如是持是知識比丘應即日若明日還彼衣若不得於衆前還亦不得停久過半月還也是比丘得衣已若受持若作淨若不知受持及不知作淨者當教言我某甲此僧伽梨此鬱多羅僧此安陀會盡受不離宿受持如是三說若作淨者應教言我某甲比丘是長衣淨施與某甲某甲於我邊不計意若浣染縫有因緣事當隨意用如是三說是故說

若比丘衣已竟迦絺那衣已捨長衣齊十日畜過十日者尼薩耆波夜提是故說

佛住舍衛城廣說如上有一婆羅門請衆僧經宿供養并施衣物諸比丘聞彼請僧各作是念今時和適不寒不熱我等但著上下衣往若彼得施衣當作三衣受持即便著上下衣去

爾時世尊以五事利益故五日一行諸比丘房開一房見架上多衣世尊知而故問架上多衣者爲是誰許有病比丘白世尊言有婆羅門請諸比丘經宿供養布施衣物是諸比

丘以天時暖留此諸衣著上下衣去若彼得施衣當受作三衣佛告諸比丘當知如來應供第一樂人出家離第二樂而隨所住處常三衣俱持鉢乞食譬如鳥之兩翼恒與身俱汝等比丘云何捨本族姓以信出家應當如是所至到處法衣隨身不應離宿

復次佛在舍衛城安居訖詣王舍城時有一比丘王舍城中以信出家於餘聚落安居訖聞世尊安居訖詣王舍城我今當往問訊世尊弁從佛去過看親里天時不寒不熱我當留一衣但著上下衣去乃至世尊種種訶責比丘之法法衣應器常與身俱譬如鳥飛毛羽自隨不應離宿

復次佛住王舍城迦蘭陀竹園精舍長老舍利弗作是念我今當爲饒益親里故往詣那羅聚落安居意復不欲遠離世尊以恭敬故難往白佛諸比丘聞已即以是事廣白世尊佛告諸比丘從今日聽王舍城竹園精舍僧那羅聚落僧共作一布薩界令舍利弗安樂住羯磨者應作是說大德僧聽從今日王舍城竹園精舍那羅陀聚落作一布薩界若僧時到今後王舍城竹園精舍那羅聚落共作一布薩界如是白白一羯磨乃至僧忍默然故是事如是持爾時尊者舍利弗於那羅聚落結安居日日詣竹園精舍禮世尊足值天七日連雨便作是念我今體羸是僧伽梨重正欲持去被雨遂重若不持去脫不得還便應捨墮且住待雨晴已往詣世尊道逢諸外道即共論議如沙門果經中說然後往詣世尊禮拜問訊佛知而故問舍利弗何以多日

不見即向世尊廣說上事爾時世尊告諸比丘從今日後王舍城竹園精舍那羅聚落作不離衣宿界令諸比丘得安樂住羯磨者應作是說大德僧聽從今日是王舍城竹園精舍那羅聚落作不離衣宿界若僧時到僧從王舍城竹園精舍那羅聚落作不離衣宿界如是白大德僧聽是王舍城竹園精舍那羅聚落僧今作不離衣宿界諸大德僧忍是王舍城竹園精舍那羅聚落作不離衣宿界者默然若不忍便說僧已忍王舍城竹園精舍那羅聚落作不離衣宿界竟僧忍默然故是事如是持羯磨者當作是說大德僧聽今從王舍城竹園精舍至那羅陀聚落除聚落及聚落界作不失衣法若僧時到僧從王舍城至那羅陀聚落除聚落及聚落界作不失衣法如是白大德僧聽從王舍城竹園精舍至那羅陀聚落除聚落及聚落界僧今於是中作不失衣法諸大德忍從王舍城至那羅陀聚落除聚落及聚落界是中作不失衣法者默然若不忍者便說僧已忍王舍城至那羅陀聚落除聚落及聚落界作不失衣法竟僧忍默然故是事如是持作不失衣法已此王舍城趣那羅聚落地道兩邊各二十五肘名爲界若衣在道中得道左右各二十五肘置衣王舍城得至那羅陀聚落無罪置衣那羅陀聚落亦如是王舍城竹園精舍那羅聚落亦復如是如舍利弗因緣目揵連因緣亦復如是

復次世尊住舍衛城祇桓精舍有一比丘食後欲詣開眼林坐禪便作是念我或於彼中

宿便失僧伽梨即持三衣去過見世尊佛知而故問比丘何以多持衣行答言世尊我欲往開眼林坐禪暮脫不還恐失僧伽梨故持三衣去

佛告諸比丘從今日後從祇桓林至開眼林東坊精舍西坊精舍東林精舍西林精舍王園精舍受籌塔婆羅林精舍盡同作不失衣法令諸比丘得安樂住羯磨者應作是說大德僧聽今從祇桓林至開眼林東林精舍乃至受籌塔是中除聚落及聚落界若僧時到僧從祇桓林乃至受籌塔羯磨作不失衣法如是白大德僧聽從祇桓林乃至受籌塔是中除聚落及聚落界僧今作不失衣法諸大德忍從祇桓林至開眼林乃至受籌塔作不失衣法忍者僧默然若不忍便說僧已忍從祇桓林至開眼林乃至受籌塔作不失衣法竟僧忍默然故是事如是持

復次佛住舍衛城祇桓精舍爾時舍衛城中失火時城中諸人象馬車乘男女擔負衣物出城諸比丘多於城中寄衣畏火燒衣故急走向城城中諸人不信佛者皆訶責言我等火逼出城避難是沙門等向城而走如蛾趣火有何急事時有人言汝莫謂此沙門輩不順正理欲取人物譬如賊伺人慢藏如醫治病以自給活是沙門輩亦復如是伺人災患向城而走是壞敗人有何道哉諸比丘聞已以是因緣具白世尊佛言呼是比丘來即呼來已佛問諸比丘汝等何故向城而走爲世人所嫌答言我等衣物先在城中城中失火畏火燒故走往取之佛問比丘汝等云何僧

不作羯磨而離衣宿答言作羯磨復問云何作答言通結舍衛城佛告比丘汝等云何阿練若處通結聚落從今已後不聽阿練若處通結聚落應阿練若處通結阿練若處聚落處通結聚落處若阿練若通結聚落處聚落處通結阿練若處者得越毗尼罪佛告諸比丘依止舍衛城比丘皆悉令集以十利故爲諸比丘制戒乃至已聞者當重聞若比丘衣已竟迦絺那衣已捨若三衣中離一一衣餘處一宿除僧羯磨尼薩耆波夜提衣竟者三衣已成是名衣竟不受迦絺那衣亦名衣竟捨迦絺那衣亦名衣竟浣染竟亦名衣竟衣者劫貝衣欽婆羅衣芻摩衣憍奢耶衣舍那衣麻衣軀牟提衣捨迦絺那衣者有十事從受衣捨乃至究竟捨一宿者從日未没至明相出時三衣者僧伽梨鬱多僧安陀會除僧羯磨者僧不作羯磨不聽離衣宿設作羯磨白不成就羯磨不成就衆不成就若羯磨一一不如法是名不作羯磨作者白成就羯磨成就衆成就一一羯磨如法是名僧作羯磨世尊説無罪尼薩耆波夜提者此衣應僧中捨波夜提應悔過不捨而悔者得越毗尼罪波夜提者如上説界者羯磨界遊行界依止界七菴婆羅界羯磨界者廣略聚落稱名標識隨曲避難諸方廣者如磨頭羅國有叢林精舍磨頭羅東有遥扶那河河東有仙人聚落精舍時仙人聚落精舍比丘遣使白叢林精舍僧言我欲共結一布薩界問言何以故答言彼間多好飲食得别房衣得安居衣是故欲同應報言爲衣食來者此非所宜但彼

聞住若言我所住處多年少比丘不善契經毗尼阿毗曇不善觀陰界入十二因緣是故欲來就諸長老學契經毗尼阿毗曇陰界入觀十二因緣彼應語言汝後僧作羯磨法事時不作障礙者當共汝同應語一切比丘盡來若不來者一切盡出界去若來若出界去已當作羯磨羯磨者應作是說大德僧聽從今叢林精舍仙人聚落精舍是中内界外界内外界中間界若僧時到僧是叢林精舍仙人聚落精舍是中共作一布薩界如是白大德僧聽是叢林精舍仙人聚落精舍是内界外界内外界中間界僧今共作一布薩界諸大德忍從叢林精舍仙人聚落精舍是二處共作一布薩界者默然若不忍便説僧已結摩頭羅叢林精舍仙人聚落精舍是二界共

作一布薩界竟僧忍默然故是事如是持若中間無河水者應一處作羯磨中有河水者應三處作羯磨一摩頭羅精舍二水中三仙人聚落若河水中有洲者應五處作羯磨一摩頭羅精舍二水中三洲上四水中五仙人聚落如陸地道兩邊各二十五肘水中亦爾一時夏水漲比丘受欲來應羯磨爲水所漂出界去殆死得出白諸比丘我向持欲來爲水所漂殆死得出今可廣結界不諸比丘言得汝去上下水三由旬作識若樹若石若塠如是等作識來説羯磨者應作是言大德僧聽從摩頭羅精舍至仙人聚落精舍從分齊以來内界外界内外界中間界上下水中若僧時到僧從摩頭羅精舍至仙人聚落精舍河水上下從分齊已來作一羯磨布薩界如

是白白一羯磨乃至僧忍默然故是事如是持復有一時持欲來赴羯磨就船欲渡船師挽船上流然後當渡諸比丘言船重難牽汝可步去至應渡處便上是比丘以持欲故不應上岸出界失欲故便於岸底涉水而進船去疾遂出界分比丘即於界內直浮趣船水復漂船下過三由旬比丘復應捨船直浮趣岸到彼已涉水尋岸而上到道口入界內然後上岸是名廣說略說者羯磨人應作是說大德僧聽今從摩頭羅精舍至仙人聚落精舍內界外界內外界中間界若僧時到僧今從摩頭羅精舍仙人聚落精舍共一布薩界如是白白一羯磨乃至僧忍默然故是事如是持是名略說聚落界者如摩頭羅西諸聚落精舍共作一布薩界者應稱名齊三由旬內諸精舍作一羯磨羯磨者應如是說大德僧聽從今日恬精舍東精舍勝精舍不亂精舍賢精舍戒次第精舍螺精舍酪村精舍黃精舍等是諸精舍內界外界內外界中間界若僧時到僧是諸精舍共作一布薩界如是白白一羯磨乃至僧忍默然故是事如是持是名聚落界稱名界者說羯磨比丘不知諸精舍名令舊比丘知名字者僧中唱諸精舍名字已羯磨者應作是說大德僧聽從今日是某甲比丘所說諸精舍名字內界外界內外界中間界是諸精舍共作一布薩界若僧時到僧某甲比丘說諸精舍名字共作一布薩界如是白白一羯磨乃至僧忍默然故是事如是持是謂稱名界標識界者作如是言大德僧聽從今日齊標識若石若山若井若

墠若樹内界外界内外界中間界作一布薩界若僧時到僧齊標識若石若山若井若樹共作一布薩界如是白白一羯磨乃至僧忍默然故是事如是持若羯磨人不知標識者先令舊比丘僧中唱如上稱名界說隨曲界者有聚落邊精舍故壞多有供養衆僧敷具欲與諸精舍比丘共一布薩界修治精舍共用此物諸處比丘有欲共者有不欲共者諸欲共者應盡來集若出界去其不欲者自當精舍界作標識住諸欲共者來集一處已羯磨者應作是言大德僧聽從今日此一處某甲住處齊標識内界外界内外界中間界共作一布薩若僧時到僧此住處某甲比丘住處齊標識以來共作一布薩界如是白白一羯磨乃至僧忍默然故是事如是持是名隨曲界避難界者一住處諸比丘前安居後安居日已過有事難起若賊難王難若奪命若破戒若水多蟲漉不能淨欲至餘精舍避此諸難去三由旬内若彼有比丘若呼來若出界去羯磨者作是說大德僧聽今日是住處彼某甲聚落精舍内界外界内外界中間界共作一布薩界若僧時到僧從今日是中住處彼某甲聚落精舍共作一布薩界如是白白一羯磨乃至僧忍默然故是事如是持若到彼處復欲就餘精舍者當捨先界應作是說大德僧聽是住處先住處作別說戒若僧時到僧是住處先某住處作別說戒如是白白一羯磨乃至僧忍默然故是事如是持僧復欲進前精舍者復取三由旬内共作一布薩界復欲進前者當捨後結前乃至前求適

意住處如是隨意結隨意捨是名避難界諸方界者若比丘夏安居中若諸難起若王難若賊難若奪命難若破戒若水多蟲漉不可淨隨四方各三由旬內自在結界亦如上說若難卒至不得作羯磨出去無罪是名諸方是謂羯磨界遊行界者六十家聚落界隔界障界樓閣界兩道界井界樹界園界連蔓界暫宿界船界舍內界並界六十家聚落界者如釋迦梨國大聚落蘇彌國大聚落摩頭羅國大聚落巴連弗邑大聚落是諸聚落各別起屋若比丘置衣在一屋人在第三屋宿日光未滅去至明相出時還尼薩耆日光滅去至明相未出還無罪日光未滅去明相未出還無罪一切屋中盡有比丘住者無罪若結界者無罪周帀有園墻者無罪周帀有塹者無罪周帀有渠水者無罪共一門者無罪若道於聚落中過若比丘衣在道左身慶道右日光未滅去至明相出亦如上說若比丘道中卧持三衣枕頭衣離頭者尼薩耆以不可截衣故一切應捨若聚落周帀墻圍繞若塹若籬若一門有閉者皆無罪是名六十家聚落界隔障界者亦如是樓閣界者若梯閣道外各二十五肘為界若比丘置衣閣上過二十五肘日光未滅去至明相出還尼薩耆日光滅去明相出還無罪日光未滅去明相未出還無罪若比丘樓閣上住畏賊來攻樓閣故持衣出樓閣二十五肘外藏還樓上宿日光未滅去至明相出還尼薩耆亦如上說若比丘夜中大小行離衣二十五肘內與衣合無罪是名樓閣界兩道界者步道車道步道

者有比丘畏寒故至諸暖國或畏熱故詣諸涼國道行時師與諸伴共行並論議而去弟子持衣鉢從後來不及師師至日沒時畏離衣宿故出道外待弟子弟子持衣直過不見師至天曉相待若是師待衣處離道二十五肘内與衣合者不犯過二十五肘外者尼薩耆若弟子持衣在前行日沒時作是念莫令我師離衣宿即住道外待師行極眠不覺師過至曉相問亦如上說是爲步道車道者比丘與乘車估客共行置衣車上畏塵坌故在前去至日沒時畏離衣宿故應住道外二十五肘内令車盡過與衣合故不犯若比丘置衣車上隨車後行至日沒時不識何者是已衣車比丘爾時應去車二十五肘内繞車營一帀與衣合故不犯若高大車一蹬兩蹬三蹬梯上者比丘衣置車上在下住從日光未滅至明相出時尼薩耆亦如上說若於夜中暫内手車上者不犯若比丘在車上宿置衣車下若在車前置衣車後若在車後置衣車前若在車左置衣車右若在車右置衣車左日光未滅至明相出時皆尼薩耆若比丘置衣車上離車二十五肘外靜處宿者日光未滅至明相出時尼薩耆亦如上說若比丘畏賊故於車外過二十五肘藏衣還車上宿日光未滅至明相出時尼薩耆亦如上說若夜中起大小行離衣二十五肘内與衣合無罪若車營内以長繩橫斷爲繫牛故比丘於繩一邊住置衣繩一邊日光未滅至明相出時尼薩耆亦如上說是名兩道界井界者比丘與估客共行於井邊宿井欄外二十五肘内

名爲井界衣著井欄上比丘去井過二十五肘日光未滅去至明相出時尼薩耆亦如上說若畏賊故藏衣井外過二十五肘來井邊宿日光未滅去至明相出時還尼薩耆若藏衣井半堪中於井上宿日光未滅去至明相出時尼薩耆若繩連衣著身宿者不犯置衣井底於井上宿置衣井上井底宿亦復如是若夜暫垂手脚井中與衣合者無罪是名井界樹界者於樹一切枝葉外二十五肘爲樹界若比丘置衣樹下過二十五肘内日光未滅去至明相出應如上說若比丘樹下畏賊藏衣樹外過二十五肘日光未滅去至明相出時尼薩耆日光未滅去至明相未出還不犯日光滅去至明相出還不犯若夜中暫到衣所與衣合不犯若置衣樹上樹下宿若置衣樹下樹上宿日光未滅去至明相出時尼薩耆若繩連著身者無罪是名樹界園界亦如是連蔓界者若蒲萄蔓架不破蔓架下樓藤蔓架瓠蔓架解脱華蔓架如是一切蔓架外各二十五肘名爲連蔓界比丘與估客共道行至此蔓下宿比丘求靜處置衣蔓架底出二十五肘外日光未滅去至明相出時還尼薩耆日光滅去明相出還無罪日光未滅去至明相未出還無罪若畏賊故藏衣二十五肘外於蔓架底宿日光未滅去至明相出時如上說若夜中小行暫到衣所與衣合無罪若著衣蔓架上在下宿著衣蔓下在上宿亦復如是若繩連身者無罪是名連蔓界暫宿界者客舍中種種雜人比丘於中止宿客舍主言此中畏賊各自警備比丘問客舍主

人長壽何處牢固客舍主答或言閣上牢固或言閣下牢固比丘藏衣閣下於閣上宿或置衣閣上於閣下宿日光未滅去至明相出時還皆尼薩耆如上說若是巾梯橙道通者不犯若比丘道行至天寺中宿天寺主言此中畏賊盜各自守備比丘問天寺主何處牢固天寺主言若舍裏牢固若舍外牢固比丘便置衣舍內自於舍外頭首向戶而卧日光未滅至明相出時尼薩耆如上說若戶鉤在比丘邊者不犯比丘道行於空聚落中宿置衣第一房自於第三房宿者日光未滅去至明相出如上說若一切房盡有比丘者不犯若羯磨作界若籬墻溝渠圍繞若水圍繞者不犯是名暫宿界船界者若比丘載船上水下水船上有衆多住處若比丘住處若外道住處比丘住處不牢密故持衣寄外道住處日光未滅去至明相出時還尼薩耆亦如上若外道聽自在置衣物者不犯若船著岸者比丘置衣船上離船過二十五肘外日光未滅至明相出時如上說若船上畏賊持衣上岸二十五肘外藏還船上宿日光未滅至明相出時尼薩耆夜中大小行暫詣衣所者與衣合不犯若比丘浣衣於船上曬風鼓衣盡向外經宿者尼薩耆若夜中風吹衣暫入船內者不犯若曬衣時半在船內半在船外者尼薩耆不可截故盡捨是名船界家內界者若兄弟二人共一家於家中別作分齊若兄不聽弟入弟不聽兄入若比丘在兄分齊內衣在弟分齊內日光未没至明相出者如上說若兄弟語比丘言俗人自相違於法不礙

任意住止者爾時隨意置衣無罪若比丘至白衣家宿畏賊故問白衣何處牢固答言舍內牢固比丘置衣舍內於舍外宿日光未滅至明相出時如上說若夜於孔中暫一內手屋內者不犯是名家內界並界者若四聚落界相接比丘衣枕頭卧比丘頭在一界兩手各在一界脚在一界衣在頭底衣離頭者尼薩耆若夜中手脚暫到衣所者不犯若車於此四界上住車梔在一界車後在一界左輪在一界右輪在一界若置衣車前車後宿置衣車後車前宿置衣車右車左宿置衣車左車右宿日光未滅去至明相出時尼薩耆日光滅已去至明相出時還不犯日光未滅去至明相未出還不犯是名並界聚落界者若比丘著上下衣入聚落有女人語比丘言我今夜欲供養形像作福德比丘當助我料理之是比丘即助莊嚴形像懸繒華蓋敷置牀座至日沒時比丘報主人言日暮還精舍是主人慇懃留比丘宿若彼住處諸比丘有長衣者應暫借受持若無者隨近有諸比丘住處者應從彼借若無比丘有比丘尼住處者亦從彼借若無者是處俗人若有被衣者應從借作淨安施紐然後受持若無是事後夜分城門開者當疾還寺莫踰城出到精舍門猶未開者當索開門若不得開者應住門屋底若門無屋者應內手著孔中孔有二種若門孔若水瀆孔若門無孔者於水瀆孔中若內手若內脚莫先內手脚脫有蛇蝮應先以杖驚之然後內手與衣合若無水瀆者應踰垣墻入應作相令內人識莫令內人疑是賊

相驚動也若不得入者當疾捨衣寧無衣犯越毗尼罪以輕易重故若比丘於精舍內浣衣懸當垣墻上曬若夜風吹出垂著垣墻外者犯尼薩耆在內者不犯以不可截故盡應捨若比丘於精舍外脫衣執作忘衣在外夜憶即出求之不見晨朝出看見衣去夜行跡二十五肘內者不犯二十五肘外者尼薩耆是名聚落界七菴婆羅樹界者佛在舍衛城時有一婆羅門能種菴婆羅樹是婆羅門聞沙門瞿曇在舍衛具足一切知見有所問者皆能記說作是思惟我今當往問種菴婆羅樹法云何種菴婆羅樹能使根莖堅固枝葉茂盛華果成就扶踈生長不相妨礙作是念已詣世尊所共相問訊已於一面坐白世尊言沙門瞿曇云何方便種菴婆羅樹能使根莖堅固枝葉茂盛華果成就扶踈生長不相妨礙時世尊告婆羅門言以五肘弓量七弓種一樹如是種者能令彼樹根莖堅固枝葉茂盛華果成就扶踈生長各各不相妨礙時婆羅門歡喜便作是言善哉沙門瞿曇知種植法眞一切智從座起而去婆羅門去不久佛告諸比丘是婆羅門今大有所失應問者不問不應問者問若彼問若集義者可得道迹雖然彼婆羅門今於我所發歡喜心亦爲大有所得爾時優波離知時而白佛言世尊已聞菴婆羅樹分齊今復請問若有處所城邑聚落界分不可知若欲羯磨應齊幾許名爲善作羯磨使令異衆僧各各相見而得成就羯磨不犯別衆耶佛告優波離五肘弓量七弓種一菴婆羅樹齊七菴婆羅樹相去爾

所作羯磨者名善作羯磨雖異衆相見而無別衆之罪是名爲七菴婆羅樹界若比丘離衣宿已應白持律能羯磨者言長老我與是衣別宿應捨長老爲我作羯磨羯磨法如上過十日衣中說是故說若比丘衣已竟迦絺那衣已捨若三衣中若離一一衣宿處除僧羯磨尼薩耆波夜提佛住舍衛城廣說如上爾時尊者阿那律於阿耆羅河邊住得一小段衣與衆多比丘俱詣阿耆羅河邊水灑引令長廣爾時世尊於自住處没當阿耆羅河邊現知而故問阿那律汝作何等答言世尊得一小段衣尺量不足欲引令長廣佛語阿那律汝頗有更得衣望處不答言有世尊問何時可得答言一月佛言從今日聽不足衣有衣望處者停一月爲滿足故佛告諸比丘依止舍衛城比丘盡集乃至已聞者當重聞若比丘衣已竟迦絺那衣已捨若得非時衣比丘須衣應取疾作衣受若不足者有望處爲滿故聽一月畜若過畜者足不足尼薩耆波夜提衣竟者三衣已成亦名衣竟不受迦絺那衣亦名衣竟以捨迦絺那衣亦名衣竟染浣竟亦名衣竟已捨迦絺那衣者有十事捨如上說得者若男若女在家出家人邊得衣也非時者若受迦絺那衣有七月名非時若不受迦絺那衣者有十一月是名非時於此非時中得衣是名非時衣衣者如上說須者是比丘實須衣也即取疾成受持作而少不足者停至一月一月者三十日齊是應畜爲求滿足故有望者是比丘實聞有得衣處待令滿足得至一月畜過是一月畜者尼薩

耆波夜提尼薩耆波夜提者是衣應僧中捨波夜提懺悔不捨而悔犯越毗尼罪波夜提者如上説若比丘前十日得者望衣無望衣微小望衣無力望羸望因生望斷望更起餘望此皆無事停若得此衣滿足已半作淨半不作淨是中作淨是名善作淨不作淨者過十日尼薩耆若比丘於前十日中若得居士衣若糞掃衣不自作不教作不受持不作淨彼衣若作若不作衣及衣餘前十日過尼薩耆若比丘前十日中得衣若故衣若納衣是比丘得已不自作不教作乃至過前十日者尼薩耆若比丘中十日中得衣若已淨若未淨是比丘得是衣不自作不教作不受持不作淨彼若作衣若不作衣及衣餘中十日過尼薩耆若比丘中十日得衣若得應法衣不應法衣取已不自作不教作乃至過中十日尼薩耆若比丘後十日中得衣應作一衣而欲作二衣餘比丘語是比丘言長老是先欲作一衣今何故作二衣今應如先作一衣是比丘得衣已不自作不教作乃至過後十日尼薩耆若比丘後十日中得衣欲作小割截衣而作大割截衣餘比丘語是比丘言長老本欲作小割截衣今何以作大割截衣應如本作是比丘得衣不自作不教作不受持不作淨若作若不作衣及衣餘過後十日尼薩耆若比丘前十日得衣應即前十日作中十日得衣應即中十日作後十日得衣應即後十日作若比丘前十日五日已過得望衣前十日中後五日中十日前五日此十日應作衣若比丘中十日前五日已過得望衣應中

十日後五日後十日前五日此十日應作衣若比丘後十日前五日已過得望衣即應此五日中應作衣若比丘後十日中六日已過得望衣應四日中作七日已過得衣三日應作八日已過得衣二日應作九日已過得衣一日應作十日得衣即日應作作衣時應餘人相助浣染牽截縫簝却刺刺橫刺長刺緣施紐煮染染衣作淨已受持若一日恐不竟麤行隱令竟受持後更細刺是故世尊說若比丘衣已竟迦絺那衣已捨乃至足不足尼薩耆波夜提

佛在舍衛城廣說如上優鉢羅比丘尼因緣應廣說時優鉢羅比丘尼以僧祇支與尊者阿難陀是衣垢膩不淨阿難陀持是衣泥塗日中曬佛知而故問阿難陀汝作何等答言世尊是優鉢羅比丘尼與我此僧祇支垢膩不淨泥塗故曬佛問阿難陀汝與直貿易不答言不與世尊佛告阿難陀應當與貿易毋人少利阿難陀不欲與佛語阿難陀何以不與阿難陀白佛與何物佛語阿難陀王波斯匿所施劫貝長十六肘廣八肘者與之阿難陀猶故不與如劫貝契經廣說

復次佛在舍衛城廣說如上時善生比丘尼將徒衆皆著弊壞衣禮世尊足佛知而故問諸比丘此何等比丘尼著弊壞衣而來詣我諸比丘白佛言世尊此是善生比丘尼佛問諸比丘是善生比丘尼爲得衣故不著爲無衣耶諸比丘言但得已持與優陀夷

復次佛住舍衛城廣說如上時偷蘭難陀比丘尼將徒衆皆著弊壞衣故來詣世尊頭面

禮足佛知而故問諸比丘此何等比丘尼著弊壞衣而來詣我諸比丘白佛言世尊此是偷蘭難陀比丘尼佛問諸比丘是偷蘭難陀比丘尼爲得衣故不著爲不得衣不著諸比丘言但得已持施阿難陀

復次佛在舍衛城廣說如上時蘇毗提比丘尼將徒衆皆著弊壞衣來詣世尊頭面禮足佛知而故問諸比丘此何等比丘尼著弊壞衣而來詣我諸比丘白佛言世尊此是蘇毗提比丘尼佛問諸比丘是蘇毗提比丘尼爲得衣不著爲不得衣耶諸比丘言但得已持與善解比丘

復次佛住舍衛城廣說如上有失利摩比丘尼將徒衆皆著弊壞衣來詣世尊頭面禮足佛知而故問諸比丘此何等比丘尼著弊壞衣而來詣我所諸比丘白佛言世尊此是失利摩比丘尼佛問諸比丘是失利摩比丘尼爲得衣不著爲不得衣耶諸比丘言但得已持施僧佛問諸比丘若親里比丘尼著如是弊壞衣者是親里比丘應取彼衣不答言不耶世尊復問若親里比丘尼自衣弊壞持衣物與親里比丘不答言不耶世尊佛言是故比丘不應從非親里比丘尼邊取衣除貿易佛告諸比丘依止舍衛城比丘皆悉令集以十利故爲諸比丘制戒乃至已聞者當重聞若比丘從非親里比丘尼取衣除貿易尼薩耆波夜提比丘者如上說非親里比丘尼者非父親相續非母親相續是名非親里一比丘尼親里多非親里多親里一非親里沙彌尼親里比丘尼非親里沙彌尼非親里比丘

尼親里是中得衣犯離此二衆無罪衣者欽婆羅衣劫貝衣憍舍耶衣芻摩衣舍那衣麻衣軀牟提衣取者受彼施也除貿易者佛説若貿易無罪尼薩耆波夜提者是衣應僧中捨波夜提懺悔不捨衣而悔者得越毗尼罪波夜提者如上説非親里比丘尼自與使受使與自受自與自受使與使受自與使受者比丘尼自手與衣比丘遣使受使與自受者比丘尼遣使持衣與比丘比丘自受自與自受者比丘尼自與衣比丘自受使與使受者比丘尼遣使持衣與比丘比丘遣使受若比丘從非親里比丘尼取衣許貿易不與不教與不自語不教人語還本衣截本衣減與與異物離見聞處離界是比丘得波夜提罪不與者自不與不教與者不教他人與不自語者不自語比丘尼言後爾許時當與汝衣不教語者不使他人語比丘尼言後爾許時當與汝衣還本衣者還比丘尼先衣是不應與應與餘衣截者截本衣還彼是不名貿減與者得彼全衣已與減小衣是不名與應與全足衣與異物者取彼衣已與鉢若小鉢若鍵鎡若以飲食及餘物與是不名貿應與衣也離見聞處者若比丘取非親里比丘尼衣已不與直不教與不自語不教語捨去離見聞處波夜提罪離界者若比丘取非親里比丘尼衣已不與直不自與不教與不自語不教語捨去出界二十五肘波夜提若比丘取非親里比丘尼衣已不與直不自與不教與不自語不教語若坐若卧若入定皆得波夜提罪若非親里比丘尼與知識沙彌衣作是言

沙彌我與汝是衣汝持是衣與某甲比丘可得福德比丘取者無罪如是沙彌尼式叉摩尼優婆塞乃至語優婆夷言我與汝此衣汝持此衣施與尊者某甲比丘可得功德比丘取者無罪若比丘尼語比丘言借尊者此衣隨意著比丘得著乃至破還無罪若衆多比丘尼與一比丘衣是一比丘應各各與衆多比丘尼貿衣亦得以一衣與衆多比丘尼語言姊妹通貿衣一比丘尼各別與衆多比丘衣衆多比丘應各各別與一比丘尼貿衣亦得共爲與一衣語姊妹此衣通貿衣若衆多比丘尼與衆多比丘衣衆多比丘應還與衆多比丘尼貿衣若一比丘尼與一比丘衣一比丘應還與一比丘尼貿衣若比丘尼與比丘若比丘尼與比丘若鉢若小鉢若鍵鎡若飲食及餘小小物盡得取無罪是故說

若比丘從非親里比丘尼取衣除貿易尼薩耆波夜提

摩訶僧祇律卷第九下

音釋

笐（下浪切竹竿也）獺（他達切水狗也）坌（蒲悶切塵坌也）蹬（丁鄧切登陟之道也）梯（土雞切）橙（都鄧切）枙（於華切轅前橫木也）蝮（方六切蟲也）繃篸（繃博耕切以繩直物也 篸作勒切以針篸物也）

摩訶僧祇律卷第十上

東晉三藏法師佛陀跋陀羅共沙門法顯譯

佛住舍衛城爾時尊者優陀夷持衣與大愛道比丘尼作是言善哉瞿曇彌此衣爲我浣染打時大愛道即爲浣染打已送還語優陀夷言此衣已浣染打訖今故送還優陀夷即呪願得樂無病送置房裏時大愛道持衣與優陀夷已往詣佛所頭面禮足却住一面佛知而故問瞿曇彌汝手上何以有染色答言世尊我爲優陀夷浣染衣故手有染色瞿曇彌去不久佛告諸比丘云何優陀夷乃使行道比丘尼浣染衣妨廢比丘尼業復次佛住舍衛城爾時長老阿難陀是偷蘭難陀比丘尼本二不善觀察與不淨衣浣作是言姊爲我浣染打此衣時偷蘭難陀即持此衣到精舍舒看見不淨著衣即以此衣示諸比丘尼作是言汝等看此衣上是丈夫丈夫相時諸比丘尼語偷蘭難陀言如是應覆藏之物云何示人若欲浣者應浣若不浣者應舉時偷蘭難陀比丘尼語諸比丘尼言此有何可耻使我藏之此是丈夫丈夫之相更復舉示諸比丘尼時六羣比丘去比丘尼不遠聞是語已拍手大笑奇事奇事時諸比丘聞已即以是事往白世尊佛言呼阿難陀來即呼來已佛問阿難陀汝實爾不答言實爾不善看故與佛告諸比丘設使親里比丘有此不淨衣當與親里比丘尼浣不答言不與世尊佛言設使親里比丘尼見親里比丘有此可覆藏之事當出示人不答言不示世尊佛告諸比丘親里比丘尼尚不應使浣不淨衣云何使

非親里比丘尼浣故衣從今以後不聽佛告諸比丘依止舍衛城比丘皆悉令集以十利故爲諸比丘制戒乃至已聞者當重聞若比丘使非親里比丘尼浣故衣若染若打尼薩耆波夜提比丘者如上說非親者非父親相續非母親相續故衣者乃至經一更枕頭名爲故衣者如上說浣者除垢膩染者根染皮染葉染華染菓染如是等種種染打者乃至手打一下尼薩耆者是衣應僧中捨波夜提罪應悔過不捨而悔越毗尼罪波夜提者如上說自與使受使與自受自與自受使與使受自與使受者比丘自與比丘尼遣使受比丘尼自浣使與自受者比丘遣使持衣與比丘尼自受浣自與自受者比丘手自與比丘尼自受浣使與使受者比丘遣使與比丘尼使受自浣染打尼薩耆波夜提若比丘語浣即浣語染便染語打即打尼薩耆若比丘使非親里比丘尼浣衣便染教染便打教打便浣教作而不作不教作便作越毗尼罪若比丘語非親里比丘尼浣衣便染打教染便浣打教打便浣染教作而不作不教作便作越毗尼罪若與親里衣非親里浣若與非親里親里浣若與親里親里浣若與非親里非親里浣與親里非親里浣者若比丘母姊妹出家比丘持衣與令浣彼比丘尼持衣還精舍是尼有弟子尼語言阿闍棃有作事我當作便取衣浣染打是比丘無罪是名與親里非親里浣與非親里親里浣者若比丘與非親里比丘尼衣令浣染打是比丘尼持衣還精舍是比丘有母姊妹出家識是衣便問是比

丘尼言此是誰衣答言某比丘衣是親里尼便作是言某甲不知毗尼無令此比丘得尼薩耆罪即取衣浣是比丘犯越毗尼罪是名與非親里親里浣與親里親里浣者若比丘母姊妹出家是比丘持衣與浣彼比丘尼言我羸病比丘言汝有弟子强健者應使浣便教浣教浣巳自持來是比丘尼薩耆罪若不教而自使浣者無罪是名與親里親里浣若比丘與非親里比丘尼非親里比丘尼浣染打者尼薩耆波夜提若比丘持衣及浣具寄比丘尼精舍去餘閑靖處安居是比丘尼夏後月自浣染衣過爲比丘浣染衣比丘安居竟還索衣欲浣染比丘尼言我巳浣染竟是比丘不犯若比丘寄衣時作是念彼當爲我浣染打後浣染打者尼薩耆波夜提若比丘著垢膩衣詣比丘尼精舍非親里比丘尼禮比丘足問言衣被何以垢膩無人浣染耶答言無人浣是比丘尼信心即便入房取衣與比丘著留此衣與浣染打無罪是比丘於餘時作意故著垢膩衣去作是念比丘尼見巳自當爲我浣作是意浣者尼薩耆波夜提若比丘入聚落中若值狂象車馬濺泥汙比丘衣即往到比丘尼精舍令比丘尼湔者尼薩耆以不可截故都捨若比丘尼灌水比丘自浣者無罪若比丘於一處浣染衣時齋日比丘尼遊行禮諸精舍過禮諸比丘足見比丘浣衣語比丘言阿闍棃無人浣衣耶答言無人是比丘尼信心語比丘言止我當爲浣比丘聽隨意浣者無罪若是比丘於齋日故浣衣作是念言比丘尼必來當爲我浣若與浣

者尼薩耆波夜提若比丘有多尼弟子雖不得令浣染打得令拾薪取水煑染取食行水持扇扇食竟收鉢一切事得作若教令浣染打尼薩耆波夜提若爲和尚阿闍梨持衣使比丘尼浣越毗尼罪爲塔僧使比丘尼浣染打無罪是故説若比丘使非親里比丘尼浣故衣若染打尼薩耆波夜提

佛住舍衛城廣説如上八日十四日十五日城中衆人皆出禮世尊足時有一人名阿跋吒著兩張白氎來入祇洹精舍禮世尊足已次到長老優波難陀住處和南阿闍梨答言無病長壽阿跋吒言我欲看諸房舍時優波難陀答言可爾汝等不欲看尚當示汝況復欲見即將至兩重閣上語言看是長壽雕文刻鏤五種彩畫紺瑠璃地牀褥卧具看已答言實好阿闍梨優波難陀言長壽汝是氎衣亦好長廣細緻時阿跋吒白言我欲更看餘房舍時優波難陀將至第三重看廣説如上乃至汝衣亦好長廣細緻時彼作是念是沙門讃歎我衣必當欲得是比丘是王及諸大臣所識有大力勢若不與者或嫌恨我阿跋吒言阿闍梨欲得此衣耶答言欲得阿跋吒言阿闍梨隨我歸去當更與餘衣優波難陀言嗚呼長壽汝何以言更與我餘衣我亦更有種種好氎但不相似所以欲得汝此氎者欲令相似作一種衣耳復言汝意若欲施者正以此衣與我其餘好者非我所須阿跋吒言我著此衣詣國王長者禮覲世尊事不可廢優波難陀復言實汝何以言更與我餘衣汝謂我更無好氎汝欲施者正以此與我其

餘好者非本所須阿跋吒言必須此衣者隨我歸去到舍當與優波難陀言汝不曉方便不知家中諸難若父母兄弟姊妹或當慳惜不聽汝施者我不得此衣汝不成施福二俱失利以此難故正應此間施我時阿跋吒苦辭不勉即脫上衣與已便去著下衣向舍衛城時城中人多出禮世尊時阿跋吒問衆人言汝等今欲那去答言欲詣祇洹語言莫去問言何故答言沙門劫人復問强奪人耶答言何所復問汝但看我著兩張㲲去今止有一張在其中不信佛者即還入城中聞者生疑爲爾不爾沉吟而住信佛法者即作是念終無是事沙門釋子不與不取何有劫人或能方便說法取耳以是故少人詣祇洹禮覲世尊世尊知而故問阿難今日何故少人來入祇洹時尊者阿難即以上事具白世尊佛言呼優波難陀來即便呼來佛問優波難陀實爾不答言實爾世尊佛言比丘此是惡事云何比丘强乞人衣汝常不聞世尊讚歎少欲呵責多欲無厭耶從今日不聽從非親里居士居士婦乞衣復次佛住舍衛城廣說如上爾時北方有六十比丘來詣舍衛禮覲世尊中道被賊失衣裸形入祇洹精舍禮諸比丘諸比丘問言汝是何人答言出家人又問何道出家答言釋種出家又問汝衣所在而裸形耶答言我道中遇賊失衣爾時諸比丘各各與衣有與僧伽梨者欝多羅僧者安陀會者尼師壇者是比丘著衣已往到佛所頭面禮足却住一面佛知而故問諸比丘汝等何處來答言世尊我等從北方來佛問諸比

丘汝忍苦乞食不難道路不疲極耶答言世尊我忍苦乞食不難道路不疲但道中遇賊失衣裸形入祇洹佛問比丘汝等道中爲無聚落城邑耶答言有佛言何以不乞諸比丘白佛言我聞世尊制戒不得從非親里乞衣復無親里亦無檀越施者以是故我等不敢乞衣裸形而來佛讚持戒言善哉善哉諸比丘汝等正隨順直信出家乃至失命因緣不應故犯戒從今日聽失衣時得乞佛告諸比丘依止舍衛城比丘皆悉令集以十利故與諸比丘制戒乃至已聞者當重聞若比丘從非親里居士居士婦乞衣尼薩耆波夜提除餘時餘時者失衣時是名餘時比丘者如上說非親里者非父親相續非母親相續無親因緣一親里多非親里多親里一非親里離此二衆得罪居士者家主也衣者欽婆羅衣劫貝衣芻摩衣憍舍耶衣舍那衣麻衣軀牟提衣乞者若自乞若使人乞除餘時乞衣無罪餘時者失衣時失衣有十因緣若王奪若賊奪若火燒若水漂若風飄若女人起欲心奪若父母親里欲令罷道故奪若自藏後忘不知處若藏衣腐爛若歲久朽壞不可承案是名十除餘時世尊說無罪尼薩耆波夜提者是衣僧中捨波夜提罪應懺悔不捨而悔越毗尼罪波夜提者如上說若比丘三由延內有衣者若失僧伽梨鬱多羅僧在不應乞若失僧伽梨鬱多羅僧安陀會在不應乞若失三衣若覆瘡衣在不應乞若失三衣覆瘡衣若雨浴衣在不應乞若比丘失三衣覆瘡衣雨浴衣若覆卧褥具在不應乞若比丘失

三衣覆瘡衣雨浴衣覆卧褥具若任衣在長兩肘廣一肘不應乞何以故是比丘應者是下衣往三由延受先衣若是道中有諸難事不得往趣衣者得乞雨衣無罪若比丘從非親里乞衣若自乞若使人乞若作相乞若説法乞自乞者自身往乞使乞者遣人往乞作相乞者作寒相熱相云何寒相若比丘冬分夜雨雪時著弊故衣詣檀越家現寒戰相爾時檀越禮比丘足問言阿闍梨無有時衣耶何以寒凍乃爾答言無有汝父母在時恒爲我作時衣今汝父母去世誰當爲我作者非但汝父母死亦是我父母無常檀越即言阿闍梨莫怨恨我當爲作時衣是名寒相乞若得衣者尼薩耆波夜提云何熱相若比丘五六月大熱時著厚衲衣流汗詣檀越家現熱相爾時檀越禮比丘足問言阿闍梨無時衣耶何以熱乏流汗乃爾答言無有汝父母在時恒爲我作時衣今汝父母去世誰當爲我作者非但汝父母死亦是我父母無常檀越即言阿闍梨莫怨恨我當爲作時衣是名熱相乞若得衣者尼薩耆波夜提云何説法乞是比丘爲衣故與檀越説偈言

人天受福報　生天得好色　天寶冠莊嚴
得生最勝處　若人以衣施　以樂布施者
衣施比丘故　生生自然衣

是名説法乞若得者尼薩耆波夜提若乞漉水囊若乞小補衣物若繫頭物若裹瘡物若衣襟若乞衣中一條如是等物不犯若乞是物時檀越施全物及衣裁取者不犯若比丘作是念我但索小小物檀越自當與我全衣

得者尼薩耆波夜提若爲和尚阿闍梨乞越毗尼罪若爲塔僧乞不犯是故說若比丘從非親里居士居士婦乞衣尼薩耆波夜提除餘時除餘者失衣時

佛住舍衛城六十比丘從北方來向舍衛城路中被賊失衣入祇洹精舍時優波難陀見已語是失衣比丘言諸長老世尊聽比丘失衣時得從非親里乞何以不乞答言諸梵行人已與我衣足是故不乞時優波難陀言若今不乞者徒失此利答言我已得衣失利不失復何在耶優波難陀語失衣比丘言汝若不能乞者我當爲汝乞彼言汝自知優波難陀晨朝著入聚落衣持紙筆入舍衛城語諸優婆塞言汝等助我乞衣優婆塞問言何以故乞答言有比丘從北方來道中遇賊都失衣物爲彼故乞衣優婆塞言可爾即將至市種種店肆上爲勸化時人多有敬信者或得一張或得兩張如是漸漸多得衣物重擔而行於諸信心家四分始從一分家乞方欲更乞優婆塞言阿闍梨可足還去優波難陀言嗚呼長壽何乃淺促我乞始有次不應還去何以故多人布施多人得福我等出家人食有時限猶未欲去汝等在家人遇食便食不畏失時有何急事忽忽欲去如是復更行乞優婆塞復言可足阿闍梨優波難陀復言猶故未足優婆塞言有幾人答言多人復問爲有幾人長引聲言乃有六十比丘優婆塞言阿闍梨此諸衣可供五百比丘何況六十何以爲乞欲坐氍肆耶即擲紙筆放地而瞋恚言何處生是多求無猒不知止足人是中有

少欲知足比丘聞是語已往白世尊佛言呼優波難陀來即便呼來佛廣問上事汝實爾不答言實爾世尊佛問優波難陀何以故乞答言我爲失衣比丘故乞佛即呼失衣比丘來來已佛語汝等比丘實使優波難陀乞衣耶答言不也世尊佛復問失衣比丘優波難陀何因緣故作如是言失衣比丘即以上事具白世尊佛告優波難陀此是惡事癡人不應乞者便乞應乞者不乞佛語優波難陀汝常不聞我無數方便讚歎少欲毀呰多欲此非法非律非如佛教不可以是長養善法佛種種呵已告諸比丘依止舍衛城比丘皆悉令集以十利故爲諸比丘制戒乃至已聞者當重聞若比丘失衣時得從非親里居士居士婦乞衣若非親里居士居士婦自恣多與衣是比丘得受上下衣過是受者尼薩耆波夜提比丘者如上説失衣有十事如上説衣者欽婆羅衣㲲衣芻摩衣憍舍耶衣舍那衣麻衣軀牟提衣非親里者非父母親相續是名非親里居士者家主也乞者若自乞若使人乞若勸化檀越欲自恣施得取上下衣自恣者隨意與上下衣者廣三肘長五肘得取二衣若過是取者尼薩耆波夜提尼薩耆者是衣應僧中捨波夜提罪應悔過若不捨而悔越毗尼罪波夜提者如上説若比丘三由延内有衣者若失僧伽梨鬱多羅僧在不應乞乃至任衣在不應乞何以故是比丘應著是下衣往三由延受先衣若道中有諸難事不得往取衣者得乞雨衣無罪寒相熱相説法相如上説是比丘共賈客著道行若賊從

一方二方三方來隨便遠賊走若四方俱來不應走應當正身住不得格若賊言取僧伽梨來答言與長壽如是一一衣物隨索與之不得高聲大喚瞋罵賊與物已當徐徐去入林草中藏遥望看若賊去後餘有不受持衣在者應受持若無餘衣者是中有比丘若外道出家爲賊所殺者應取是衣受持若無出家人死有俗人死者應取俗人衣裁縷作淨然後受持若無人死衣賈客有遺棄好衣物者不應取若棄弊衣物者應取受持若賈客還來喚比丘與是好衣者應取取已裁縷牛屎染作淨受持若是賈客語比丘言我借汝此衣著到前住處還我莫令損減是比丘應取是衣攝縷在内篸縫令縷不現作淨受持到住處應還若無是事應篸樹葉遮前後而去若無是事不得如尼揵子掉臂當道行當以手遮前障形體在道側行莫入深榛中行令賊謂是伺捕者應近道邊淺草中行行時若逢人來當即於淺草中小現處坐令行人見之若人問言汝是何人答言出家人何道出家答言釋種出家何以裸形答言被賊若不乞而自多與衣者取無罪若不自與者應從乞乞時多與衣者應取二領廣三肘長五肘衣若無是事當詣阿練若住處彼知識邊得衣者應受若無阿練若住處應至塚間若有守墓人應語言我欲拾弊衣若守墓人教取取已示我當取示之若取死女人衣時女身未壞者應往頭邊而取若身已壞得隨意取若死男子衣亦隨意取若死人衣有寶者應足躡却寶持衣而去若不覺有寶持衣還

乃知有實者應付淨人持作湯藥若守墓者語比丘言聽汝取不好衣好者勿取是比丘到塚間不見弊者多有好衣即持還語守墓人言正有是好衣耳守墓人聽取便取若言是好不聽汝取比丘應還更求餘者若彼語比丘取在地者即取在地者若言取空中者即取空中者若是好衣半在地半在空中應裁半取若無是事者當到聚落中間比丘住處不應晝日入聚落應待闇放牧還時俱入聚落不應依特牛邊當在羸小牛中行若見人時跏趺坐若人問言汝是何人答言出家人何道出家釋種出家汝衣何處答言被賊失盡若不求自與者得隨意多取若不與者應從乞乞時多與者應取二領衣廣三肘長五肘若復無是事者應到精舍中應問舊比丘此中誰是維那知牀褥人答言某甲是爾時是比丘應到是知事比丘所問言爾所歲比丘應得何等牀褥卧具答言爾所歲比丘應得如是牀褥卧具是比丘得是褥取摘開以毛舉著一處取表裏作泥洹僧若得枕亦摘開以毛舉著一處取表裏作僧祇支得卧具取著已應禮塔禮上座問訊下座應語言我道中被賊失衣當助我乞衣若舊比丘言汝如餓烏脚不能住誰當助汝正是沽酒家博掩家劫汝或用易食而言被劫索人助乞若爾應往至優婆塞所言長壽我道中被賊失衣汝等當助我乞衣答可爾阿闍梨即時爲乞得多衣者比丘應取兩衣廣三肘長五肘爾時優婆塞語比丘言可得方便爲我盡取是衣不答言汝可轉易兩張細緻者持來

若優婆塞巧作方便將比丘出界外語言阿闍梨此衣布施現前阿闍梨現前應受爾時比丘受無罪若優婆塞與大張氎當裁取兩衣段問言何故答言世尊制戒正得取兩衣優婆塞言阿闍梨但且取染比丘取染已送還優婆塞言未染時是俗人衣我尚不欲況今染壞色是出家人衣我不復取比丘爾時得取作衣隨意用是比丘先所摘褥枕表裏作泥洹僧祇支者浣已還復本褥枕卧具付知事人然後便去若欲即住此處者隨意更請不得即留是故說若比丘失衣得從非親里居士居士婦乞非親里居士居士婦自恣多與衣比丘得取上下衣過是受者尼薩耆波夜提

佛住舍衛城爾時有乞食比丘時到著入聚落衣持鉢入城次行乞食到一家其家婦人語比丘言我某日當飯僧施衣比丘言善哉姊妹作三堅法身命財中間莫有留難言已便去比丘乞食還已至温室中語諸比丘言我語長老好事答言有何好事我聞某甲優婆夷某日欲請僧食布施衣時難陀優波難陀聞已即問言長老其家門巷在何處姓字何等聞知已明日清旦著入聚落衣到其家言無病優婆夷優婆夷言和南阿闍梨比丘我言聞好消息問言聞何等答言聞汝欲請僧設供施衣答言有是心但恐中間諸難不成比丘言汝請僧設供施衣欲與長老比丘好惡衣若與麤者正當與沙彌園民及著衣架上若與好者我當著入王家貴勝邊當禮佛有人問者我當語言某甲信心優婆夷與

我汝可得名稱受用功德答言更無正有是已許僧若有者亦當別施比丘言與不與任汝意言已便去檀越作是念若與彼不與僧者僧是良福田若不與彼與僧者彼有王力能作不饒益事畏彼故不與僧因彼發不喜心故二俱不與諸比丘問乞食比丘汝前所聞絕無消息乞食比丘言我知定尅明日乞食比丘明旦著入聚落衣到其家即問優婆夷言何故不見供辦作諸飯食答言阿闍梨因難陀優波難陀破我善心問言何故即具說上事乞食比丘聞已語諸比丘諸比丘以是因緣往白世尊佛言呼難陀優波難陀來來已佛問比丘汝實爾不答言實爾佛言癡人此是惡事汝作二不饒益施者失福受者失利佛言汝常不聞我無量方便毀呰多欲

讃歎少欲汝云何先不自恣請而爲好故往勸此非法非律非如佛教不可以是長養善法佛告諸比丘依止舍衛城比丘皆悉令集以十利故爲諸比丘制戒乃至已聞者當重聞爲比丘故若居士居士婦爲辦衣價如是言我辦如是如是衣價買如是如是衣與某甲比丘是比丘先不自恣請爲好故便到居士所作如是言爲我作如是衣爲好故若得衣者尼薩耆波夜提爲比丘者若僧若衆多若人居士者如上說衣者欽婆羅衣劫貝衣芻摩衣憍舍耶衣舍那衣麻衣軀牟提衣衣價者金銀寶物等辦身今日若明日若半月若一月我辦如是如是衣價買如是如是衣與某甲比丘是名辦先不自恣請者先知不自恣請便謂自恣請知自恣請餘比丘便謂

自恣請我知自恣請與餘物便謂自恣請與我衣往者若到居士田上若到家若入屋裏索者我須青若黃若赤若黑種種茜色等若長若廣若長廣隨所索者與若更與餘者尼薩耆波夜提爲好者知足好不知足好麤足好云何知足好若與細衣時便言我須麤者是名知足好得者尼薩耆不知足好者若與麤衣時便作是言若與我麤衣者不中觸我脚我是貴人應與我好衣是名不知足好得者尼薩耆麤足好者若與細衣時便言我不用是好衣我是阿練若如鹿在林中住在空地與我麤者足障寒熱風雨是名麤足好若得尼薩耆波夜提尼薩耆波夜提者是衣應僧中捨波夜提罪應悔過若不捨而悔越毗尼罪波夜提者如上說是故說爲比丘故若居士居士婦乃至爲好故若得衣者尼薩耆波夜提

佛住舍衛城有乞食比丘時到著入聚落衣持鉢次行乞食有居士婦語比丘言如上一居士中說此中但二居士爲異耳乃至巳聞者當重聞爲比丘故若二居士居士婦各各辦衣價如是言我等辦如是如是衣價買如是如是衣與某甲比丘是比丘先不自恣請爲好衣故便到居士所言爲我各各辦如是如是衣價共作一衣與我爲好故若得是衣尼薩耆波夜提此中如上一居士中廣說但二居士爲異

佛住舍衛城瓶沙王二大臣一名居士二名婆利沙秋時人民收穫訖運致入城天時寒雨時二大臣作是念我常年年請師難陀優

波難陀施食并施衣今日當在何處有人語言在舍衛國時大臣遣使賫書持舊錢八百餉難陀優波難陀勑使言汝當還得報書使向祇洹精舍到已問言優波難陀房在何處時諸比丘示言此房是使即入房中禮已問言是優波難陀不答言是汝何以問答言瓶沙王大臣居士婆利沙遣我賫書持舊錢八百餉師并索答書時有優婆塞名法豫優波難陀即語優婆塞言汝知利數此衣直與書相應不即料計取與書相應即與答書遣使令去時法豫優婆塞欲去白言尊者此衣直當置何處答言當置汝邊即便持去到家已待一日二日三日不來取優波難陀多緣多事忘不往取是優婆塞家中小儉即便貸用後當還償用已即日難陀語優波難陀往取衣直即往索優婆塞言我持來已停待尊者一日二日三日不來取我家中小儉即便貸用須得當還優波難陀即瞋恚言汝不可寄付此是我物云何輙用難陀謂優波難陀此物不可直爾索得即語官人牽挽將去時衆人見已種種呵責沙門釋子自言善好是其檀越常相供給而能苦困如是況復餘人失沙門法行惡如此何道之有優波難陀聞已羞愧即便放去諸比丘聞已往白世尊佛言呼優波難陀來來已佛問優波難陀汝實爾不答言實爾世尊佛語優波難陀此是惡事汝常不聞我無數方便呵責多欲讚歎少欲此非法非律不如佛教不可以是長養善法從今已後不聽往索

摩訶僧祇律卷第十上

音釋

浣合管切濯衣垢也灒則旰切灑也鏤郎豆切雕刻也緻直利切密也裸郎果切赤體也褋達協切襌衣曰褋縿緦本切與簪同犍渠焉切茜倉甸切絳色也穫黃郭切刈穀也餉時亮切饋也

摩訶僧祇律卷第十下

東晉三藏法師佛陀跋陀羅共沙門法顯譯

復次佛住舍衛城法豫優婆塞常僧中次第請比丘食時次食比丘到其家已法豫問言優波難陀何以不來取錢我未得時乃衆人中若從我索我今得直而不來取諸比丘言佛制戒不得來索法豫言若不聽索者何不來此默然我自知意是比丘食已還語諸比丘諸比丘聞已即以是事往白世尊佛告諸比丘是法豫優婆塞聰明黠慧乃有是方便從今日聽諸比丘三反往索六反默然住佛告諸比丘依止舍衛城比丘皆悉令集以十利故諸比丘制戒乃至已聞者當重聞爲比丘故若王若大臣遣使送衣直與比丘使到比丘所白言尊者是衣直若王若大臣所送尊者受是衣價是比丘應語使如是言諸比丘法不應受衣價我須衣時得清淨衣者得自手受作比丘衣畜使語比丘尊者有執事人常爲諸比丘執事不是比丘應示使執事人若園民若優婆塞應語使言是人等能爲諸比丘執事使到執事人所語言善哉執事如是如是衣價買如是如是衣與某甲比丘是比丘須衣時當來當與衣是使若自勸喻若使人勸喻已還到比丘所白言尊者所示執事人我以勸喻作衣尊者須衣時往取當與尊者衣須衣比丘應到執事人所索衣應作是言我須衣我須衣第二第三亦如是索若得衣者好若不得第四第五第六應在執事前默然立得衣者好若不得爲得衣故過是求若得是衣尼薩耆波夜提若不得衣隨

衣價來處若自去若遣使往應作是言汝爲某甲比丘送衣價某比丘竟不得汝自知財莫使失是事法爾比丘者若僧若衆多若一人王者如盜戒中說王臣者乃至小吏帥知任官事者皆名爲臣使者若男若女若大若小若在家若出家衣者如上說衣價者錢金銀眞珠瑠璃珂貝珊瑚碼碯赤寶銅鐵白鑞鉛錫等是名衣價園民者供養衆僧淨人是名園民優婆塞者三歸一行少分行多分行滿行隨順行此法是名優婆塞三語者非一往反中三語乃至三往索是名三語若四五六反默然者非一往默然乃至六反往默然一自往索一遣使默然住一自往索二遣使默然住一自往索三遣使默然住一自往索四遣使默然住一自往索五遣使默然住一自往索六遣使默然住二自往索問三自往索問亦如是一遣使索一自往默然住一遣使索二自往默然住一遣使索三自往默然住一遣使索四自往默然住一遣使索五自往默然住一遣使索六自往默然住二遣使索問三遣使索問亦如是自往索自往默然住三問亦如是遣使索遣使默然住三問亦如是三反往索六默然住時或緩期或急期云何緩急若比丘至檀越所索衣時語言長壽與我衣直答言尊者更一月來比丘滿一月往索若檀越復言更一月來比丘滿一月復往索若檀越復言尊者更一月來比丘滿一月復往索過三月已不得復索若言半月來過三半月不得復索若言十日若言五日四日三日二日一日須臾過三須臾不得復

索是比丘六反往時檀越言我知尊者往意更一月來是比丘滿一月復往默然住如是滿六月往默然已不得復往若言半月若言十日五日四日三日二日一日須臾過六須臾已不得復往默然齊幾名默然住時如人入庫取物著店上頃又如裹襆物頃即應去若比丘作方便現行相持衣鉢錫杖水瓶過寄物人前若彼人問言尊者欲那去答言欲去先送物主邊語令自知此物莫使失受寄者言久已辦物不須復往即時與物比丘取者尼薩耆若不作方便道由彼前若彼人問尊者那去答言欲至先送物主邊語令自知此物莫使失受寄者言久已辦物不須復往即時與物取者無罪受寄者若言任意去設能破我如破多羅樹亦不與汝一錢比丘爾時應到物主邊語令自知此物莫使失若是物主言我先施比丘隨方便更索比丘爾時得如前三反語索六反默然住是故世尊說若王若大臣送衣直乃至莫使失是事應當爾是初跋渠竟

佛住毗舍離大林重閣精舍廣說如上爾時諸比丘一切作氈衣僧伽梨鬱多羅僧安陀會尼師壇唯除漉水囊及絡囊一切氈作諸比丘處處乞羊毛作氈衣如是衆多爲世人所厭時有一比丘晨朝起著入聚落衣入毗舍離爲乞毛故有一賈客手執戶鉤來向市肆開自店舍遥見比丘疾行而來賈客念言是比丘來必爲乞毛故晨朝至此市賣未售誰能先乞是毛便閉肆戶還自家去比丘念言是賈客見我便閉肆戶還去不欲乞我毛

故便於餘道往截至前問言長壽汝何處去不得相置我從阿誰乞毛正欲從汝乞汝等信佛法者知有罪福行業果報而不與我誰當與我長壽當知如世尊說當起慈心不樂聞者方便使聞諸不信者教令立信乃至手攬其頭強勸令施所以然者彼於此終當生天上色力壽命眷屬自然來生人中亦受快樂色力長壽眷屬成就修習佛法增益功德速甘露果是故長壽世尊說言

爲福受樂報　所欲皆自然　超踰生死流
上寂之涅槃　若人爲福者　天神自然護
所願皆疾成　衆魔莫能壞　薄福多諸惱
福能消諸患　福德既牢強　速成堅固定
生天受快樂　人中亦自在　斯由功德故
所往皆自然　因斯福方便　永離生死苦
得道至涅槃　不沒不復生

爾時比丘說此偈已復言長壽施我羊毛其福最大是時賈客聞說法已即施少毛爾時賈客作是思惟若入市肆便多乞毛更不得利折減錢本寧坐家住可全其本故勝市中子本俱失作是念已便還家坐時賈客婦瞋其夫何以詣市速疾來歸如是嬾惰何由得活男女充官賦役賈客答言莫瞋且聽我今朝詣市店肆廣說上事乃至不如還家坐住其婦聞已默然而止時尊者舍利弗次第乞食至賈客舍於門中住爾時賈客婦篤信恭敬識舍利弗即持器盛食出門著舍利弗鉢中頭面禮足恭敬問訊時舍利弗亦慰勞之家中何如生活好不其婦答言家內悉佳但生理頓弊問何以故即以上因緣具白舍利

弗居家生活飲食衣服供官賦役正仰市肆而今夫主在家中住畏人乞羊毛實在言行實覺言眼師今是我家所供養恭敬尊重無所隱藏又毛大貴或一錢得一兩乃至二三四金錢得一兩然此毛極細軟觸眼睛不淚出甚爲難得尊者此羊毛出四大國毗舍離國弗迦羅國得刹尸邏國難提跋陀國尊者我夫主及諸親屬爲求是毛故或時得還或死不還以毛難得是故極貴而諸比丘人人來乞破我家業唯至窮乏爾時尊者舍利弗廣爲說法令發歡喜即還精舍食後以上因緣具白世尊佛言呼是比丘來來已佛問比丘汝實作氎衣乞羊毛乃至賈客婦向舍利弗說不答言實爾世尊佛言比丘汝常不聞我以無數方便呵責多欲讚歎少欲此非法非律不如佛教不可以是長養善法佛告諸比丘依止毗舍離者盡集以十利故與諸比丘制戒乃至已聞者當重聞若比丘純黑羊毛作新敷具者尼薩耆波夜提比丘者如上說純者不雜羊者有十種相續羊散羊不具色羊山羊遊行羊羺羊箒羊鳴羊衆多耳羊木蓮羊新者初成也敷具者氎也作者自作若使人作尼薩耆波夜提者是敷具應衆僧中捨波夜提罪應悔過若不捨而悔越毗尼罪波夜提者如上說相續羊者有六種毛生青染青生黑染黑生青黑染青黑若自作若使人作作成尼薩耆波夜提受用越毗尼罪乃至木蓮羊亦如是此敷具僧中捨衆僧不應還亦不得餘用正得敷地及作遮向簾帳幔是故說若比丘純黑羊毛作新敷具者尼

薩耆波夜提

佛住毗舍離大林重閣精舍廣説如上爾時比丘作一切氈衣僧伽棃鬱多羅僧安陀會尼師壇唯除灑水囊及絡囊餘一切氈作佛未制戒前爾時諸比丘著氈衣露地如菴幔安隱住制戒已不復著氈衣故多病不安隱住即以是事語尊者阿難佛未制戒時我等著氈衣猶如屋下得安隱住佛制戒已不復得氈衣故多病不安隱善哉阿難當爲我等白世尊還聽持氈衣爾時尊者阿難往至佛所頭面禮足即以上事具白世尊唯願世尊聽諸比丘還得著氈佛言聽諸比丘雜作佛告諸比丘依止毗舍離者盡集以十利故乃至已聞者當重聞若比丘欲作新敷具應用二分純黑羺羊毛第三分白第四分下若比丘不用二分純黑羺羊毛第三分白第四分下作雜敷具者尼薩耆波夜提比丘者如上說新者初成敷具者氈作者自作若使人作純者不雜羊毛者十種如上說二分者多用黑毛而作等想等用作減想而更益第三分白者多用白毛而作等想等用作減想而更益第四分下者少用下毛而作等想如是作新敷具若自作若使人作作成尼薩耆波夜提受用犯越毗尼罪尼薩耆波夜提者是衣應僧中捨波夜提罪應悔過不捨而悔者越毗尼罪波夜提者如上說前四種羊毛衆僧中捨僧不得還亦不得餘用正得敷地及作遮向簾帳幔後六種亦衆僧中捨僧不應還僧得用不得襯身著是故說

佛住毗舍離大林重閣精舍爾時有比丘欲

作氈羊毛少諸比丘問言作氈竟未答言未竟問何以故答言羊毛少諸比丘語言汝欲得使作氈細輭暖不答言欲爾諸比丘語言汝去到曠野聚落乞憍舍耶合羊毛作即如其言到曠野聚落往作憍舍耶家語言長壽施我憍舍耶答言小住待取憍舍耶還當與是比丘在外須臾復來問還未答言始還待我小息頃煮竟當與某家有机讓比丘坐即坐小待復起以指内釜中看湯熱不即語言湯已熱可著繭主人欲嗤弄比丘故問言尊者湯實熱可著不答言實熱可與主人即持繭内釜中啾啾作聲主人嫌言我聞沙門瞿曇無數方便讚歎不殺毀呰殺者云何沙門釋子故殺衆生失沙門法何道之有主人無歡喜心正施少許比丘得已即合作敷具諸比丘復問汝作敷具竟未答言已竟但於作中少利多過諸比丘問言云何少利多過即具說上事諸比丘聞已往白世尊佛言呼此比丘來來已佛問比丘汝實爾不答言實爾世尊佛言此是惡事汝常不聞我無數方便呵責殺生讚歎不殺汝今云何乃作此惡事此非法非律不如佛教不可以是長養善法佛告諸比丘依止毗舍離者盡集以十利故與諸比丘制戒乃至已聞者當重聞若比丘憍舍耶雜純黒羊毛作新敷具尼薩耆波夜提比丘者如上說憍舍耶者憍舍耶有二種一者生二者作生者細絲作者紡絲羊者十種如上說新者初成敷具者氈作者若自作若使人作作成尼薩耆波夜提受用越毗尼罪尼薩耆波夜提者是衣應僧中捨波夜提

罪應悔過若不捨而悔越毗尼罪若比丘用憍舍耶作僧伽棃羊毛作欝多羅僧若羊毛作僧伽棃憍舍耶作欝多羅僧若自作若使人作作成尼薩耆波夜提受用越毗尼罪若比丘用憍舍耶作僧伽棃羊毛作安陀會若用羊毛作僧伽棃憍舍耶作安陀會若自作若使人作作成尼薩耆波夜提受用越毗尼罪若經是憍舍耶緯是羊毛若經是羊毛緯是憍舍耶若自作若使人作作成尼薩耆波夜提受用越毗尼罪若邊是羊毛中是憍舍耶若中是羊毛邊是憍舍耶若自作若使人作作成尼薩耆波夜提受用越毗尼罪若憍舍耶間紃羊毛中羊毛間紃憍舍耶中亦如上若衣是羊毛線是憍舍耶若衣是羊毛細裸是憍舍耶若衣是羊毛補是憍舍耶若自作若使人作皆如上說此氈衣衆僧中捨僧不得用亦不應還得敷地及作遮向簾帳幔是故說

佛住毗舍離大林重閣精舍廣說如上以五事利益故世尊五日一行諸比丘房爾時世尊行房見故氈處處在地糞掃中故屋中屋簷下烏鳥銜作巢鼠曳入穴佛知而故問諸比丘此是何等故氈處處狼藉比丘言世尊此是諸比丘捨棄故氈爲好故更作新敷具佛告諸比丘從今日作新敷具應至六年持復次佛住舍衛城廣說如上爾時有一比丘老病持重氈僧伽棃諸比丘語言汝持是重氈僧伽棃當乏死可捨是氈持輕僧伽棃是比丘答言未滿六年復言汝不捨此衣當乏死答言我寧死不敢違戒諸比丘即以是事

具白世尊佛告諸比丘是老病比丘爲著重氎衣增病者僧應當與作氎衣羯磨是比丘應乞僧與作求聽羯磨羯磨者應如是說大德僧聽比丘某甲老病氎衣重故增病羸瘦若僧時到僧忍聽某甲比丘欲從僧乞氎衣羯磨諸大德聽某甲比丘欲從僧乞氎衣羯磨僧時默然故是事如是持此比丘應從僧乞偏袒右肩右膝著地作如是言我某甲比丘老病氎衣重羸瘦增病我今僧中乞氎衣羯磨願僧與我氎衣羯磨如是第二第三乞羯磨人應作是說大德僧聽某甲比丘老病氎衣重已從僧中乞氎衣羯磨若僧時到僧與某甲比丘氎衣羯磨白如是如是白三羯磨佛問諸比丘汝已與老病比丘氎衣羯磨未答言已與佛告諸比丘依止舍衛城者盡

集以十利故與諸比丘制戒乃至已聞者當重聞若比丘作新敷具應至六年持若減六年故敷具若捨若不捨作新敷具除僧羯磨尼薩耆波夜提比丘者如上說新者初成敷具者氎作者若自作若使人作六年者六夏夏四月當屋下住爲氎故夜應三出不得初夜幷三出初夜出中夜後夜不出二越毗尼罪中夜出初夜後夜不出亦二越毗尼罪後夜出初夜中夜不出亦二越毗尼罪初中後夜都不出者三越毗尼罪初中後夜三出者無罪減六年者不滿六夏故敷具者於六年内畜持若捨若不捨者故氎現前若捨更作犯故氎現前不捨作亦犯故氎不現前若捨作亦犯故氎不現前不捨作新敷具若自作若使人作作成皆尼薩耆波夜提受用越毗

尼罪爲好故者嫌太小太大太輕太重穿破太冷太熱我有檀越有人作我有羊毛當更作新敷具爲好故尼薩耆除僧羯磨者世尊聞故無罪羯磨或成或不成不成者若是比丘身不羸顔色不惡筋力不減麤食能飽若白不成就羯磨不成就衆不成就如是此事事不成是名羯磨不成就若是老病比丘身羸顔色惡筋力減少細食不能飽何況麤白不成羯磨不成衆不成如是此事有失是亦名羯磨不成成者若是比丘羸痩顔色惡筋力減少細食不能飽白成就羯磨成就衆成就如是此事事無失是名羯磨成就是老病比丘僧羯磨已應當自疏記失受持故氈年月日數病差已還受持此故氈促前滿六年若是比丘病差不還補六年尼薩耆波夜提

尼薩耆波夜提者如上說衆僧中捨已僧不應還僧得受用但不得襯身是故說

佛住毗舍離大林重閣精舍廣說如上世尊以五事利益故五日一行諸比丘房見故氈處處在地若糞掃中故屋中屋簷下烏鳥銜作巢鼠曳入穴佛知而故問諸比丘此是何等故氈處處狼藉諸比丘白佛言世尊有諸比丘或罷道或死者或現在棄捨故氈狼藉佛語諸比丘若施者不知籌量受者應籌量比丘受施應當用不應棄從今日若比丘作新敷氈尼師壇當著故敷具氈辟方一修伽陀搩手爲壞好色故佛告諸比丘依止毗舍離比丘皆盡令集以十利故與諸比丘制戒乃至已聞者當重聞若比丘作新敷氈尼師壇當著故敷具氈辟方一修伽陀搩手爲壞

好色故若比丘作新敷氈尼師壇不著故敷具氈辟方一搩手尼薩耆波夜提比丘者如上說新者初成敷具者氈尼師壇者如佛所聽作者若自作若使人作故敷具者先六年所持者是修伽陀者等正覺一搩手者長一牀脚半取故氈時不得從少聞者犯戒者無聞者住房壞不補治者惡名人斷滅見人遠離和尚阿闍棃不喜諂悶者不能破魔人不分別魔事者如是人邊不應取應從多聞乃至能分別魔事人邊取著修伽陀辟方一磔手故氈時不得缺角麥形如杵車形垂亂舉下缺角者無角麥形者中央廣兩頭狹杵者兩頭廣中央狹車形者一頭廣一頭狹垂者撥著亂者不周正舉者凸起下者凹四邊縫處高中央下如是不得著著時方圓令周正若穿壞者補若垢膩當浣擣雜餘毛作是比丘作新尼師壇若不著故者是尼師壇應衆僧中捨僧不應還僧得受用不得襯身是故說

佛住毗舍離大林重閣精舍廣說如上爾時尊者優陀夷擔重羊毛僂身而行從城裏出爲世人所嫌看沙門優陀夷如駱駝如驢如客負人如是負羊毛去失沙門法何道之有諸比丘往白世尊佛言呼優陀夷來來已佛問優陀夷汝實擔重羊毛爲世人所譏耶答言實爾世尊佛言此是惡事從今日後不聽擔復次佛住舍衞城廣說如上有諸比丘到北方讃歎佛讃歎舍利弗目連諸長者比丘及須達居士毗舍佉鹿母祇洹精舍開眼林種種讃歎諸比丘聞已有六十比丘欲來禮

拜即問來比丘我欲往彼少供養梵行人賣何等物當得適彼所須答言長老彼諸比丘一切皆著氎衣唯除漉水囊及絡囊可持羊毛往彼爾時有六十比丘各各持羊毛重擔而行從聚落至聚落從城至城時世人譏嫌汝等看是沙門釋子持重擔而行如駝如驢如客作人如商人如是擔重擔復有人言汝不知耶此閒賤買欲彼閒貴賣失沙門法何道之有諸比丘漸向舍衛城到已禮世尊足却住一面佛知而故問諸比丘汝等從何處來答言世尊從北方來佛問諸比丘道路不疲乞食不難耶答言世尊道路不疲乞食不苦但於道中爲世人所譏佛問諸比丘世人爲識何等答言世尊我等六十人皆擔羊毛如上廣說佛言諸比丘汝等正應爲世人所嫌從今日後不聽比丘自擔羊毛佛告諸比丘依止舍衛城者盡集以十利故爲諸比丘制戒乃至已聞者當重聞若比丘行道中得羊毛欲取是比丘自手取至三由延若過擔者尼薩耆波夜提比丘者若一人若衆多若僧行道者三由延二由延一由延半由延一拘盧舍得者若男若女若大若小若在家若出家人邊得羊者十種如上說欲取者實所須自擔三由延者五肘弓二千弓名一拘盧舍四千弓半由延八千弓一由延十六千弓二由延二十四千弓爲三由延三由延者自擔齊三由延若過尼薩耆波夜提尼薩耆波夜提者是毛應衆僧中捨波夜提罪應悔過若不捨而悔越毗尼罪若比丘持羊毛著道行至一由延有所忘還取取已還至本處即

滿三由延不得復過過者尼薩耆波夜提若一由延半忘物得還還已不得復去者尼薩耆波夜提若直行齊三由延過一脚越毗尼罪過兩脚尼薩耆波夜提若二人各有擔齊三由延已轉易各復得三由延三人九由延四人十二由延若如是衆多人隨人爲限唯不得更重擔曾擔者若貿易若更得得更至三由延若比丘持羊毛著衣囊中從一家至一家計滿三由延不得復去若持羊毛著鉢囊中乞食從聚落至一聚落亦如是若持羊毛著囊中經行亦如是若持遶塔亦如是若未成作物乃至齊塞針筒毛亦犯若已成物若作氎若枕若褥等不犯若擔駱駝毛羖毛得偷蘭遮若擔犛牛尾越毗尼罪若施柄無罪若擔師子毛猪毛越毗尼心悔若成器無罪是故說

佛住毗舍離大林重閣精舍廣說如上時尊者優陀夷是善生比丘尼本二時尊者優陀夷持羊毛與善生比丘尼作是言善哉妹與我浣染擗治比丘尼即持去至自住處與浣染擗盛著箱中以掖下麤毛屏處麤毛覆上即遣使持去與優陀夷優陀夷得已開箱見是麤毛歡喜示諸比丘言看此長老非親里比丘尼與少毛得多毛來時諸比丘見已語言此是覆藏之物云何出示人即答言此有何覆藏物我與少毛得多毛來時六羣比丘遥聞已拍手大笑怪哉怪哉諸比丘聞已往白世尊佛言呼優陀夷來來已佛問優陀夷汝實爾不答言實爾佛言此是惡事乃至佛問比丘設使親里比丘尼應藏之物當出示

親里比丘不答言不也世尊設使親里比丘得親里比丘尼應藏之物當示出人不不也世尊佛說諸比丘從今日不得使非親里比丘尼浣染擗羊毛

復次佛住舍衛城廣說如上時尊者優陀夷持羊毛與大愛道比丘尼善哉姊與我浣染擗治時大愛道比丘尼即爲染治訖還送與優陀夷已往至世尊所頭面禮足却住一面佛知而故問手上何故有染色答言我與尊者優陀夷浣染擗羊毛佛語諸比丘云何優陀夷使非親里比丘尼浣染擗羊毛佛言呼優陀夷來來已佛問優陀夷汝實使大愛道比丘尼浣染擗羊毛耶答言實爾世尊佛言優陀夷汝云何令行道比丘尼作從今日後不聽使非親里比丘尼浣染擗羊毛佛告諸比丘依止舍衛城者皆悉令集以十利故爲諸比丘制戒乃至已聞者當重聞若比丘使非親里比丘尼浣染擗羊毛尼薩耆波夜提比丘非親里及羊毛如上說浣染如上第五戒中說擗者分析尼薩耆波夜提者此毛應衆僧中捨波夜提罪應悔過不捨而悔越毗尼罪波夜提者如上說此中增擗一事除打著泥汙衣著垢膩衣往尼寺餘如上第五戒中廣說

摩訶僧祇律卷第十下

音釋

黠胡八切慧也襆逢王切帊包也售承咒切賣物去手也擻子紅切揀也獳奴侯切胡羊也襯初覲切近身衣也嗤充之切笑也繭吉典切內諾合切與納同緯于貴切經緯也紃松倫切紃紡纑也揲陟格切手度物掇都活切拾也凸徒結切高起也凹烏交切不平也擗匹辟切擘開也犎方容切犎牛也犛莫交切長髦牛也

摩訶僧祇律卷第十一

東晋三藏法師佛陀跋陀羅共沙門法顯譯

佛住王舍城迦蘭陀竹園廣説如上爾時周羅聚落主到世尊所頭面禮足却住一面白佛言世尊前日衆多大臣婆羅門居士長者集王殿上作如是論有言沙門釋子應畜金銀有言不應畜何者實語法語隨順法於現法中不逆論佛言沙門釋子不應畜金銀若有人言應畜金銀是誹謗我非實非法非隨順於現法中是爲逆論何以故若得畜金銀者亦應得畜五欲何等五一者眼分別色愛染著乃至身受觸愛染著當知是非沙門釋種法聚落主言甚奇世尊未曾有也世尊如世尊説沙門釋子不畜金銀若畜金銀者非沙門法非釋種法是故我今歸依佛歸依法歸依僧我是佛優婆塞離殺生世尊當證知如是三説乃至不飲酒我先時有是念沙門釋子不應畜金銀若畜者無異受五欲人爾時世尊即爲聚落主隨順説法示教利喜如染淨氎易爲受色即於座上見四聖諦見四聖諦已白佛言世尊俗人多務當還請辭佛言宜知是時起禮佛足右遶而去去不久佛往衆多比丘所敷尼師壇坐已語諸比丘向周羅聚落主來到我所如上廣説乃至右遶而去佛告諸比丘汝等當如是學不得畜金銀我無有方便得畜金銀

復次佛住舍衛城廣説如上世尊以五事利益故五日一行諸比丘房見難陀優波難陀住處時難陀優波難陀數錢手著土往詣世尊頭面禮足却住一面佛知而故問手上何

以故著土答言世尊我數錢故手上有土佛語難陀汝等云何自手捉生色似色從今日不聽手自持生色似色
復次佛住毗舍離大林重閣精舍廣說如上時優陀夷時到著入聚落衣持鉢至一泥師家其家始作節會訖其婦出迎作禮問言尊者昨日何以不來若來者當得好飲食答言昨日今日復何在耶若有好食便可持來白言好食已盡今與尊者錢可於店上易好食答言世尊制戒不聽我自手捉錢汝可以錢繫我衣角即如其言繫錢而去至市肆上語言長壽與我餅來答言尊者示我錢來優陀夷言但與我餅我不動此處當與汝錢白言持錢來即與鉢盛滿種種餅食與已語言與我錢來答言汝自衣角頭解取肆上人欲調弄故不與解語言汝自解與我答言佛不聽我捉生色似色汝自解取解取已即呵責言云何沙門釋子以少方便謂此爲淨我等亦不常以手捉及著口中我亦不繫衣角頭及囊器中此失沙門法何道之有時優陀夷持餅到自房中喚餘比丘共食諸比丘即問此餅甚好爲何處得此非家中作餅答言諸長老此中少利多過諸比丘問言何以多過答言我如是如是因緣是故多過諸比丘以是事具白世尊佛言呼優陀夷來佛問優陀夷汝實爾不答言實爾世尊佛言此是惡事從今日衣繫亦不聽
復次佛住迦維羅衛城廣說如上世尊以五事利益故五日一行諸比丘房見一比丘痿黄羸瘦佛知而故問比丘忍不安隱住不答

言世尊我不安隱疾病苦惱佛語比丘汝不能索隨病食隨病藥耶答言我聞世尊制戒不得自手捉生色似色復無人與我是故受苦惱佛言從今日後聽病人得使淨人畜莫貪著佛告諸比丘依止迦維羅衞城比丘皆悉令集以十利故與諸比丘制戒乃至已聞者當重聞若比丘自手捉生色似色若使人捉舉貪著者尼薩耆波夜提比丘者如上說自手者若身若身分若身相續身者一切身身分者若手若脚若肘若膝身相續者若繫僧伽黎欝多羅僧安陀會覆瘡衣僧祇支雨浴衣若鉢小鉢鍵鎡銅鉢中如是此是名身相續生色者是金似色者是銀生色似色者錢等市用物捉者若自捉若語人捉舉者若自舉若使人舉貪著者作是念我當用此物

得五欲謂色聲香味觸等是名貪著不貪著者如清淨持戒比丘自擔粮食麨麵米麪等時作是念我無有方便欲食此物但於此不淨物中生清淨物我當受用尼薩耆波夜提尼薩耆波夜提者是金銀錢應僧中捨波夜提罪應悔過若不捨而悔得越毗尼罪此金銀若錢若作不作若多若少若純若雜若成器不成器等僧中捨已不得還彼比丘僧亦不得分若多者應著無盡物中於此無盡物中若生息利得作房舍中衣不得食用比丘凡得錢及安居訖得衣直時不得自手取當使淨人知若無淨人指示脚邊地語言是中知著地已自得用草葉塼瓦等物遥擲覆上待淨人來令知若淨人來知已持去若不可信者教使在前行便知置一處若可信淨人

者從意使知置一處若比丘知佛事僧事多有金銀錢當舉時若是生地教使淨人知若是覆處死土若自掘若使少年比丘掘若淨人不可信者裹眼三旋然後使知地知地已使知内錢坑中猶復裹眼使去若錢墮坑岸上者得捉塼瓦擲錢使入坑中得自塡坑後欲取時若是生地使淨人知若是死地得自掘抒土到錢淨人不可信者復裹眼三旋將來取之若襆裹中有金銀錢在橛上不得自捉當使淨人知若淨人小不及者得抱舉使知取抱時應作是言我舉淨人我舉淨人得下物已當使解若不知解者得捉淨人手教使解解已教知數若不知數者得捉淨人手數數已餘者還教著囊中若不著囊中者得捉淨人手教著囊中著囊中已教淨人繫若不知繫者使淨人手捉囊底比丘得自繫繫已還置橛上若淨人短不及者得抱舉若函櫃箱篋等在架上橛上取時舉時覆時亦復如上若行道時淨人擔金銀淨人若小得手牽去若渡水時得抱渡應作是言我渡淨人我渡淨人若比丘將淨人行若淨人小不能上船得抱上應作是言我舉淨人我舉淨人下船時亦如是是比丘若行道食息時若河若井若池上食食已淨人忘囊去有長老比丘在後看諸人不忘物耶見有遺物作是念此必是比丘許即便持去行及伴已問伴言是誰許有人言此是淨人囊即速放地淨人爾時應即取去不得字名若比丘行道共淨人一處宿夜發去時淨人捉比丘襆比丘捉淨人襆到地了見襆是淨人襆即應放地淨

人應取不得字名若比丘多有金銀錢失去若疑在牀間欲求覓故出牀時越毗尼罪若得尼薩耆若比丘多有錢物疑在氈褥中欲求故出氈時越毗尼罪得已尼薩耆若比丘多有錢物疑在地欲求故掃地時越毗尼罪若得尼薩耆若比丘多有錢物疑在糞掃中欲求故出糞掃時越毗尼罪得者尼薩耆若病比丘有人與藥直錢病故得著敷褥底眼暗求時手摩觸在不無罪若檀越新作金銀牀几信心故欲令比丘最初受用比丘言我出家人法不得用檀越復言尊者爲我故願有開通得受用不比丘應語言厚敷一人自重坐具者得坐比丘坐已不得動牀亦不得讚歎若檀越新作金銀承足几信心故欲令比丘最初受用比丘言我出家人法不得受用復言尊者爲我故可得方便開通受用不應語言几上若著樹葉若氎覆上者得安脚安脚已不得動足亦不得讚歎有檀越作金銀盤信心故欲令比丘最初受用比丘言我出家人法不得受用復言尊者爲我故願有方便開通得受用不應語若草葉若氎覆盤上者得不得手捉應指示著地若檀越新作金銀器信心故欲令比丘最初受用比丘言我出家人法不得受用復言尊者爲我故願有方便開通得受用不應語汝當淨洗置盤上持食來來時應舒手指器應作是言受受如是三說名爲受受已在器中食不得觸器四邊若四月八日及大會供養時金銀塔菩薩像及幢旛蓋供養具一切有金銀塗者比丘不得自手捉使淨人捉若倒地者當捉無

金銀處若遍有金銀塗者當以衣物等裹手捉若無物裹手若像上隨有未塗處得捉若金銀香爐燈𧂐拂柄如是比一切有金銀若塗者不得捉及浴金銀菩薩形像不得自洗當使淨人若大會時有金銀像使淨人持出比丘得佐不得捉有金銀處比丘不得先捉後放若比丘隨國土若有銅錢若鐵錢若胡膠錢竹籌皮錢如是一切隨國土中所用比丘不得捉或有國土所用相不成就捉者越毗尼罪國土不用相成就捉者越毗尼罪國土所用相成就捉者尼薩耆波夜提國土所不用相不成就作銅鐵捉無罪是故說

佛住舍衛城廣說如上時六羣比丘在市中買酥油蜜石蜜乳酪魚肉種種買食爲世人所嫌云何沙門釋子不能乞食到諸市中買食而食失沙門法何道之有諸比丘以是因緣往白世尊佛言呼六羣比丘來來已佛問六羣比丘汝實市中種種買食爲世人所嫌耶答言實爾世尊佛言此是惡事正應爲世人所嫌汝常不聞我讚歎少欲呵責多欲耶此非法非律不如佛教不可以是長養善法佛告諸比丘依止舍衛城比丘皆悉令集以十利故爲諸比丘制戒乃至已聞者當重聞若比丘種種賣買尼薩耆波夜提比丘者如上說種種者若自問價若使人問價若自上價若使人上價若自下價若使人下價問價者此物直幾許答言爾許與汝爾所取不作不淨問故越毗尼罪得者尼薩耆使人問者語言汝往問彼物索幾許若言索爾所者汝便與爾所作不淨語遣人問故越毗尼罪得

者尼薩耆上價者此價直幾許答言爾許與汝爾所欲取故諍上價作不淨語故越毗尼罪得者尼薩耆使人上者語前人言汝往上爾所爾所得者取是不淨語越毗尼罪得者尼薩耆下者此價直幾答曰一千我與汝八百若言九百語言我與汝七百如是至十下求他物不淨語故越毗尼罪得者尼薩耆使人下者亦如是若以時物還買時物買夜分物買七日物買終身物買隨身物買重物買不淨物買淨不淨物語時犯越毗尼罪得者尼薩耆如是夜分七日終身隨身物重物不淨物淨不淨物各各作問亦如是尼薩耆波夜提者如上說肆上衣先已有定價比丘持直來買衣置地時應語物主言此直知是衣若不語默然持去者犯越毗尼罪買傘蓋箱

革屣扇篋甘蔗魚脯酥酪油蜜種種亦如是有國土市買有常法賣直來著物邊賣物主搖頭當知相與比丘亦應語言此直知是前人若解不解要應作是語若不作是語默然持物去者犯越毗尼罪若估客賣物應直五十而索百錢比丘言我以五十知是如是求者不名爲下若比丘知前人欲買物不得抄市應問言汝止未若言未我方堅價比丘爾時不得中間抄買買者犯越毗尼罪若言休當語物主言我以此價如是物若比丘共展轉貿易衣鉢時不得中間抄抄者犯越毗尼罪若前人放已取者無罪若衆僧中賣物得上價取無罪若和尚阿闍黎欲取者不得抄若比丘還共比丘市買博易作不淨語買者無罪一切九十六種出家人邊作淨不淨語

買者無罪若比丘見賣鉢時作是念此鉢好至某方當得利買時犯越毗尼罪若作是念我有是物無有淨人此是淨物得買去無罪到某方或和尚阿闍黎所須或自爲病或作功德買去本不爲利臨時得貴價賣無罪如是一切物若比丘糴穀時作是念此後當貴糶時犯越毗尼罪糶時尼薩耆若作是念恐某時穀貴我今糴此穀我當依是得誦經坐禪行道到時穀大貴若食長若與和尚阿闍黎若作功德餘者糶得利無罪若比丘儲藥草時作是念此後貴買時犯越毗尼罪後賣者得尼薩耆若比丘買藥時作是念爲後病時藥草貴難得故買後若不病或服殘賣得利者無罪若營事比丘雇陶師木師作作不淨語犯越毗尼罪若泥師畫師一切作師亦如是若僦賃車馬牛驢駝人船等亦如是若比丘爲僧作直月行市買酥油糴米豆麥麨麱麨求一切物時作不淨語者犯越毗尼罪若自爲買酥油等一切不作淨語得者犯尼薩耆若比丘市買時得呵嫌說實前人物此好此惡若麤若細斗秤大小香臭等無罪若前人言當與滿量平斗應當語言以此價知是若乞食比丘有長麨麩持到肆上買酥油乳酪時作不淨語越毗尼罪得者尼薩耆波夜提比丘不得至人鬧處店肆上市買得到邊傍少人肆上言以此買知是如是一切盡皆應言知若乞食比丘有殘麨雇治革屣作不淨語犯越毗尼罪若前與麨後治若前治後與麨無罪若比丘以鉢中殘食雇人使治經行處作不淨語犯越毗尼罪應語知是若

先與食後使作若先使作後與食無罪有檀越爲比丘故與店上錢語言若其比丘日日來有所索從意與彼比丘後來索時作淨不淨語無罪是比丘所索物店上無即與比丘錢餘處買比丘徃至餘處求物時作不淨語得者尼薩耆波夜提若比丘店肆上不淨語分別買淨語取淨語分別價不淨語取不淨語分別價不淨語取淨語分別價淨語取不淨語分別價淨語取者問前人此物買索幾許我欲知此物淨語分別價不淨語取者知是分別價我欲買不淨語分別價不淨語取者如是分別實索幾我如是價淨語分別價淨語取者如是價知如是知取不淨分別淨語取者犯越毗尼罪淨語分別不淨語取者犯越毗尼罪不淨語分別價不淨語取者尼薩耆波夜提淨語分別價淨語取者無罪是故說

佛住毗舍離大林重閣精舍廣說如上時難陀優波難陀從王家買金使王家金銀師作瓔珞嚴飾之具作成已瑩治發光盛著箱中青疊蓮華覆上與沙彌先教言我將汝到貴勝家若語汝開時汝但開現一角頭即將至貴家貴家婦女見來頭面禮足却坐一面即問言此箱中是何等答言用問此爲非汝所問以不示故復更慇懃語沙彌言出示與看沙彌即是一角青助發色日光照金晃昱耀目問言尊者此是誰許答言用問此爲有金有作者即是其主復問金價直幾作功用幾即如實答金直爾所功夫爾所即言太貴汝云何嫌貴我與汝爾所直汝能作不中有直

信者作是言誠如師教作亦甚難非可卒得中有婦人或自有財或父母財或姑嫜財或伯叔財或夫壻財或家中密取財持買瓔珞時人不復肆上買金亦不雇金銀師作時諸肆上人及金師皆嫌言云何沙門釋子奪人息利諸比丘即以是事往白世尊佛言呼難陀優波難陀來來已佛問難陀優波難陀汝實從王家買金使金師作不答言實爾世尊佛言優波難陀此是惡事汝常不聞我無數方便呵責多欲讚歎少欲此非法非律不如佛教不可以是長養善法佛告諸比丘依止毗舍離比丘盡集以十利故與諸比丘制戒乃至已聞者當重聞若比丘種種販賣生色似色尼薩耆波夜提比丘者如上說生色者金似色者銀若以金買金金買銀金買金銀若以銀買銀銀買金銀買金銀若以金銀買金金銀買銀金銀買金銀以不作金買不作金以不作金買作金以不作金買作不作金以不作金買作金不作金及作不作金以作金買作金四句作金不作金四句作金不作金及作不作金四句皆如上若以不作金買不作銀以不作金買作銀以不作金買作不作銀以不作金買作銀不作銀及作不作銀作金四句作不作金四句作金不作金及作不作金四句亦如上若以不作金買不作金銀以不作金買作金銀以不作金買作不作金銀以不作金買作不作及作不作金銀餘作金門作不作金門作金不作金及作不作金門四句亦如上銀門十二四句金銀合作門十二四句廣說如上是故說第二跋渠竟

佛住舍衛城廣說如上時有瓦師字法豫有比丘時到著入聚落衣往到其家法豫見巳頭面禮足却住一面比丘言我須鉢即作鉢持與不大不小適得其中燒熟滑澤即持還到祇洹諸比丘問長老何處得此鉢不大不小適得其中燒熟滑澤答言瓦師法豫施我諸比丘聞巳復往索盡得如是衆多法豫作是念諸比丘多有須鉢我不如請衆僧與鉢衆僧者是良福田果報無量即往至祇洹精舍上座前頭面禮足胡跪合掌白言我瓦師法豫請大德衆僧施鉢須者來取時比丘或取一或二三四乃至十法豫作不供時尊者舍利弗時到著入聚落衣持鉢入舍衛城次行乞食往到其家婦人信心歡喜淨洗銅器盛食出倒著鉢中其婦先識尊者舍利弗頭面禮足却住一面尊者舍利弗問言家中生業何似答言家中生業不舉問言何以故答言我家夫主請僧與鉢諸比丘或取一二乃至十作鉢不供家業不辦何以故我家仰是瓦作生活大小飲食衣服供王賦稅阿闍黎是我家供養尊重故說是語耳時舍利弗廣爲說法生歡喜心巳而去時尊者舍利弗以是因緣往白世尊佛言呼是比丘來即呼來巳佛問比丘汝實爾不答言實爾世尊佛語比丘施主不知籌量受者應籌量佛言從今日比丘長鉢聽一日畜

復次佛住毗舍離大林重閣精舍廣說如上毗舍離人年年請僧食食巳施鉢時比丘不受用此鉢爲世尊聽我長鉢止得一日畜未得受用便成不淨時施主言我當從世尊乞

是願施主到世尊所頭面禮足却住一面白佛言我等年年請僧食食已施鉢諸比丘不受作是言我用此鉢爲未得受用便成不淨善哉世尊頗有因緣得開通令施者得功德受受者得利不佛言聽先一日更九日時諸比丘畜鉢滿十日持鉢往至世尊所白言此鉢滿十日今當云何佛語比丘此鉢應知識比丘邊作淨若十日裏捨故受新十日一易佛告諸比丘依止毗舍離比丘皆悉令集以十利故爲諸比丘制戒乃至已聞者當重聞

若比丘長鉢得畜十日若過者尼薩耆波夜提

比丘者如上說十日者得畜齊十日長鉢者受持外鉢也鉢者一叅婆鉢二烏迦斯魔鉢三優迦吒耶鉢四多祇耶鉢五鐵鉢六緻葉尼鉢七畢茘偷鉢上鉢中鉢下鉢過鉢非鉢隨鉢上者摩竭提國一阿羅米作飯及受羹菜一阿羅者可此間斗六升中者半阿羅及受羹菜下者一鉢他米作飯及受羹菜三分飯一分羹菜過鉢者責一阿羅米飯幷羹菜不滿是名過鉢非鉢者不受一鉢他米飯幷羹菜是名非鉢隨鉢者隨鉢中所用器此中上鉢中鉢下鉢畜過十日尼薩耆波夜提餘者不犯尼薩耆波夜提者是鉢應僧中捨波夜提罪應悔過若不捨而悔得越毗尼罪波夜提者如上說若比丘月生一日得十鉢畜不作淨過十日一切尼薩耆波夜提乃至不曉受持不曉作淨當教如是受持如是作淨皆如第一長衣戒中說此中但以鉢爲異是故說

佛住舍衛城廣說如上時舍衛城中瓦師法

豫請僧施鉢諸比丘爲好故持故鉢來易新者如是衆多遂不相供爾時尊者舍利弗到時著入聚落衣持鉢入城次行乞食到法豫門前住法豫婦與尊者舍利弗舊相識信心歡喜乃至言尊者我家夫主請僧與鉢諸比丘爲好故持故鉢來易新者我家中積聚故鉢成聚如山我俗人家新鉢尚不用何況故者尊者我家中仰瓦作生活乃至舍利弗爲隨順説法發歡喜心已禮足而退舍利弗還到精舍以是因緣具白世尊佛言呼此比丘來來已佛問比丘汝實爾不答言實爾世尊佛言從今已後不聽索鉢

復次佛住舍衛城廣説如上北方有六十比丘來欲禮拜世尊於道中被賊失鉢無鉢入祇洹精舍爾時諸梵行者各各與鉢得鉢已往到世尊所頭面禮足却住一面佛知而故問諸比丘汝從何處來答言北方來佛問比丘道路安隱不答言不安隱道路被賊失鉢無鉢入祇洹諸梵行者各各與我鉢佛問諸比丘道中無有聚落城邑答言有問言何故不乞答言我聞世尊制戒不聽乞鉢復無施者佛言善哉善哉比丘汝等信心出家正應爾乃至失命不故犯戒從今日聽失鉢時乞

復次佛住舍衛城廣説如上時北方六十失鉢比丘來尊者難陀優波難陀語言長老世尊聽失鉢得乞何故不乞答言諸梵行者已與我鉢復言汝若不乞所應得者便失此利答言我已得鉢失以不失無在難陀言我當爲汝乞答言汝自當知乃至優婆塞言尊者欲作瓦肆如乞衣中廣説諸比丘聞已往向

世尊佛言呼難陀優波難陀來來已佛問難陀優波難陀汝實爾不答言實爾世尊佛言何故乞耶答言我爲失鉢比丘乞佛言呼失鉢比丘來來已佛問比丘使難陀優波難陀乞鉢耶答言不也世尊佛言何因緣乞答言如是如是佛語諸比丘是難陀優波難陀不應乞者便乞應乞者不乞佛語難陀優波難陀此是惡事汝常不聞我以無數方便讚歎少欲毀呰多欲此非法非律不如佛教不可以是長養善法佛告諸比丘依止舍衛城者盡集以十利故與諸比丘制戒乃至已聞者當重聞

若比丘所用鉢減五綴更乞新鉢爲好故尼薩耆波夜提是鉢應僧中捨比丘衆中取下鉢應與應如是教汝比丘受是鉢乃至破是事法爾比丘者如上說減五綴者若有一綴量減五是名減若有二綴乃至有五綴量減五是名減滿五綴者已有五綴量亦滿是名滿若四三二一綴若無綴量滿五是名滿五綴量者破處綴間相去足一大指鉢者如上說新者初成更求者若乞若勸化爲好故者嫌太大太小太重太輕若麤澀我有檀越有泥有子手力當更作好鉢是比丘應持是新鉢衆僧中捨衆僧中選下鉢應與是比丘應如是教汝長老受此鉢乃至破不得故打破波夜提悔過是新鉢應衆僧中捨波夜提罪應悔過若不捨而悔犯越毗尼罪波夜提者如上說是比丘減五綴爲好故更求新者尼薩耆是比丘應請持律知羯磨者乃至五法成就僧當羯磨作行鉢人何等五不愛不瞋

不怖不癡與不與知是名五羯磨人應作是說大德僧聽某甲比丘五法成就若僧時到僧差某甲比丘作行鉢人如是白大德僧聽某甲比丘五法成就僧今差某甲比丘作行鉢人諸大德忍某甲比丘作行鉢人忍者僧默然若不忍便說僧已使某甲比丘作行鉢人竟僧忍默然故是事如是持作羯磨說應僧中唱大德僧所受持鉢一切持來若不唱者犯越毗尼罪諸比丘應各各賫已所受持鉢來若有比丘捨先所受鉢更受下鉢持來者得越毗尼罪羯磨人應當語此比丘捨此鉢偏袒右肩右膝著地言我某甲比丘鉢減五綴爲好故更求新鉢我今僧中捨律師應問汝受用未若言受用應語言此中用不淨鉢得無量越毗尼罪應懺悔應言長老我某

甲鉢減五綴更乞新鉢已僧中捨此中犯波夜提受用不淨鉢犯無量越毗尼罪一切悔過問汝見罪不答言見謹愼莫復犯答言頂戴持行鉢人應持此鉢與僧上座上座若取應持上座鉢與第二上座如是次第乃至無歲比丘若都無人取者應還本主若是鉢大貴者應賫取十鉢直九鉢直入僧淨廚一鉢還本主應語言汝持此鉢乃至破是持綴鉢比丘應入聚落乞食食已應解綴若灰若土淨洗洗時不得堅物刺孔中令破當以鳥翮刺中洗鉢時不得以沙灰洗令脫色當用無沙巨摩根汁葉汁華汁草汁洗洗時不得臨坑上岸上危險處不得熟果樹下若石上塼上當平地洗鉢若地泥汙若糞掃若無坐處常僂身去地一搩手洗已曬令燥還持繩綴

已舉著一處不得著臨坑岸上危險處熟鞸勸果樹下耶子樹下石上塼上行來處開戶處若著鉢囊中若安置壁上龕中以物遮口若有事怱怱不得好洗者當以根汁葉汁等塗拭事訖當洗明日洗已持入聚落乞食設綴鉢難用一日乃了要當淨洗若故打破得波夜提罪若和尚阿闍黎知識作是念此賢善比丘以洗鉢故妨坐禪受經誦經若打破若藏去不見已更乞無罪無鉢乞得一鉢應受持若乞得兩鉢一鉢應受持一鉢應入衆僧淨廚如是乃至得十鉢一鉢自受持九鉢應入衆僧淨廚若比丘無鉢求鉢得一鉢直者是名有鉢若乞得兩鉢直一鉢直入衆僧淨廚如是乃至十鉢直九鉢直應入衆僧淨廚是故說

佛住舍衛城祇洹精舍廣說如上世尊以五事利益故五日一歷諸比丘房見難陀優波難陀住處滿瓶酥油蜜石蜜流出根藥莖藥葉藥華藥果藥佛知而故問諸比丘此誰住處有此滿瓶酥油蜜等處處溢流如是諸比丘答言世尊此是難陀優波難陀住處爾時世尊言待來當問

復次佛住毗舍離大林重閣精舍廣說如上世尊時到著衣持鉢共衆多比丘入毗舍離城見優波難陀持滿鉢蜜出城見已知而故問此鉢中何等答言世尊是蜜復問欲作何等答言難陀病須佛言太多答言竟日須服佛言云何畜藥竟日服耶從今日不得畜藥竟日服

復次佛住迦維羅衛尼拘律樹釋氏精舍世

尊以五事利益故五日一行諸比丘房何等五一者我聲聞弟子不著有爲事二者不著世俗戲論三者不著睡眠妨行道四者爲看病比丘五者爲年少比丘新出家見如來威儀起歡喜心是爲五事如來五日觀歷諸房見一病比丘顏色痿黃羸瘦佛知而故問比丘汝調和不答言世尊我病苦不調和佛言比丘汝不能索隨病食及隨病藥治耶答言世尊制戒畜藥時服不得久停是故我苦佛告諸比丘從今日聽病比丘停藥一日爾時佛問難陀汝舍衛時多畜酥油蜜石蜜耶答言實爾世尊佛言汝云何多欲無猒種種呵責自今已後不得多畜

復次佛住波羅柰仙人鹿野苑廣說如上時有六十病比丘有一醫師出家爲道療治諸病比丘是醫比丘來問訊世尊頭面禮足却住一面佛知而故問醫師比丘諸病比丘和調不答言世尊諸病比丘安隱但我疲苦佛言何故疲苦答言世尊波羅柰城去此半由旬爲求所須日日往反以是疲苦又世尊聽病比丘停藥一日病疾已過佛問醫師比丘欲使畜藥幾日得安隱耶答言世尊藥勢相接七日可知佛言從今日聽先一日更與六日七日畜佛告比丘依止波羅柰住者盡集以十利故爲諸比丘制戒乃至已聞者當重聞若病比丘所應服藥酥油蜜石蜜生酥脂如是病比丘聽畜七日服若過七日殘不捨而服者尼薩耆波夜提比丘者如上說病應服藥者酥油蜜石蜜生酥如上盜戒中說病者有四百四病風病有百一火病有百一水

病有百一雜病有百一若風病者當用油脂治熱病者當用酥治水病者當用蜜治雜病者當盡用上三種藥治七日者數極齊七日畜者自受七日服過七日服者尼薩耆波夜提尼薩耆波夜提者是藥應衆僧中捨波夜提悔過若不捨而悔得越毗尼罪波夜提者如上說若比丘一日得十種藥酥油蜜石蜜生酥五種脂一切服不作淨過七日一切尼薩耆若比丘一日得十種藥半作淨半不作淨是中作淨者應法不作淨者過七日尼薩者若比丘一日得十種藥如前長衣戒中廣說但此中以藥七日爲異乃至不記識作記識想此不言作然燈油塗足油塗身油不記識不作淨過七日尼薩耆不如法作淨者若無心意邊作淨過七日尼薩耆應比丘比丘

尼式叉摩尼沙彌沙彌尼俗人畜生邊作淨畜藥利畜藥利相汙畜藥利不畜藥利相汙不畜藥利畜藥利不相汙不畜藥利不畜藥利不相汙俗人藥利汙比丘藥利比丘藥利汙俗人藥利俗人藥利汙俗人藥利比丘藥利汙比丘藥利客比丘利汙舊比丘利舊比丘利汙客比丘利客比丘利汙客比丘利舊比丘利汙舊比丘利僧利汙比丘利比丘利汙僧利僧利汙僧利比丘利汙比丘利有食間非受間有受間非食間有食間有受間有非食間非受間石蜜坑然燈酪坑脂畜藥利畜藥利相汙者若比丘食前得石蜜雜食殘不作淨食後更得石蜜復不作淨而取畜者是名畜藥利畜藥利相汙畜藥利不畜藥利相汙者是比丘食前得石蜜雜食噉不作淨

食後更得石蜜作淨而受畜是名畜藥利不畜藥利相汙不畜藥利畜藥利不相汙者若比丘食前得石蜜不雜食作淨食後更得餘石蜜不作淨而受是名不畜藥利畜藥利不相汙不畜藥利不畜藥利不相汙者若比丘食前得石蜜不雜食即作淨食後更得石蜜作淨而受是名不畜藥利不畜藥利不相汙云何俗人利汙比丘利時有優婆塞來禮比丘足比丘有第七日石蜜語優婆塞言汝欲飲石蜜漿不答言欲飲時優婆塞即持此石蜜去禮餘比丘足即語比丘言尊者欲飲蜜漿不答言欲飲是比丘即日得石蜜不作淨而取是名俗人利汙比丘利云何比丘利汙俗人利有一優婆塞持石蜜來過禮比丘足比丘有第七日石蜜語優婆塞言欲飲石蜜漿不答言欲飲即取合瓶中而去更有優婆塞持石蜜來於道中逢先優婆塞問後優婆塞言汝欲那去答言我欲持此石蜜與某甲比丘即語言汝可過持此石蜜去亦與某甲比丘即受持去是名比丘利汙俗人利云何俗人利汙俗人利正以二俱爲異云何比丘利汙比丘利比丘有第七日石蜜語比丘言欲飲石蜜漿不答言欲飲是比丘即日得石蜜不作淨而受是名比丘利汙比丘利云何客比丘利汙舊比丘利客比丘有第七日石蜜語舊比丘言汝欲飲石蜜漿不答言欲飲舊比丘即日得石蜜不作淨而受是名客比丘利汙舊比丘利云何舊比丘利汙客比丘利有客比丘來舊比丘有第七日石蜜語客比丘言欲飲石蜜漿不答言欲飲此客比丘

即日受石蜜不作淨而取是名舊比丘利汙客比丘利云何客比丘利汙客比丘利有二客比丘衆來一衆中有第七日石蜜客比丘語第二衆比丘言欲飲石蜜漿不答言欲飲此一衆客比丘即日得石蜜不作淨而受是名客比丘利汙客比丘利云何舊比丘利汙舊比丘利舊比丘有第七日石蜜語一舊比丘言欲飲石蜜漿不答言欲飲此舊比丘即日受石蜜不作淨而受是名舊比丘利汙舊比丘利云何僧利汙比丘利僧有第七日石蜜分作分是比丘即日得石蜜不作淨而受是名僧利汙比丘利云何比丘利汙僧利比丘有第七日石蜜即持施僧僧即日得石蜜不作淨而取是名比丘利汙僧利云何僧利汙僧利僧有第七日石蜜持與彼僧彼僧即日得石蜜不作淨而受者是名僧利汙僧利云何比丘利汙比丘利比丘有第七日石蜜語比丘言汝欲飲石蜜漿不答言須是比丘即日得石蜜不作淨而取者是名比丘利汙比丘利云何有食間非受間若比丘七日噉石蜜八日復食者以不作間得越毗尼罪當作一日間是名食間非受間云何受間非食間若比丘七日受石蜜不食八日更受石蜜無間受得越毗尼罪當作一日間是名受間非食間云何受間食間若比丘七日受石蜜食以八日更受更食得二越毗尼罪云何非受間非食間若比丘多誦經胷痛吐血藥師言此病當長服石蜜食前得食石蜜食後水淨已得食是非受間非食間云何石蜜瓶如武羅國欲受具足人在戒場上受具足已布

施僧石蜜各一瓶諸比丘信心喜作功德即持石蜜施僧上座上座有信心言僧者是良福田即復施僧諸比丘有第七日石蜜即取此石蜜是名相汙若比丘食上大得甘蔗食殘笮作汁得夜分受若飲不盡得煎作石蜜七日受石蜜不盡燒作灰終身受若有事不得笮即中前應以水作淨當作是言此中有淨物生我當受若食上多得果食不盡得笮作漿作夜分受若有事不得笮即時應當作是言此中淨物生我當受若時過不應作然燈者若篤信女人施衆僧食并作餅盛然燈施僧僧不應合明受當使淨人取若無淨人者當語使放地滅燈已然後受若女人信心故不欲滅慇懃故得受受已持刀去膩然後得食是名然燈酪瓶者食時得多酪食不盡得即煎作生酥七日受若生酥長煎作熟酥七日受若比丘乞食時多得酥少知識比丘即以細緻疊淨漉取酥得七日受若有事緣不得中前作當作是言此中淨物生我當作七日藥受若設忘不受不作淨時過是名不淨若乞食時得多油如上酥中說若食上得多胡麻食殘不盡得即笮作油七日受若事緣不得作如上酥中說是名酪瓶脂者僧中行魚脂熊脂羆脂猪脂失修摩羅脂少知識比丘得持細緻疊漉取得七日受若事緣不得作如上酥中說若衆僧中分油時或欲持作淨油或作七日油或作然燈油或作塗足油或作塗身油若分不足還斂著一處者一切不淨若淨油還著淨油一處洗盛令淨與淨人如是七日油還著七日油一處洗盛令

淨與淨人如是然燈油塗足油得已應受若比丘欲服灰飲油灰者是終身藥油是七日藥不得先服灰後服油當先服油洗口澡手令淨已然後服灰若比丘下分有病者應先服酥酥者七日藥澡手洗口令淨然後乃食若比丘上分有病者欲食上服酥者酥是七日藥食竟洗口澡手令淨然後服藥若比丘飲油訖有殘油欲作然燈油若塗足油和尚阿闍黎來見已嫌多若更飲者得越毗尼罪若比丘食石蜜欲飲夜分漿者當洗口令淨然後飲漿若飲漿已欲食石蜜亦如是若比丘欲煮石蜜當使淨人煮若比丘自受酥如以酥觸酥酥觸油酥觸蜜酥觸石蜜酥觸生酥酥觸脂如是油蜜石蜜生酥乃至脂觸酥脂觸油脂觸蜜脂觸石蜜脂觸脂亦復如是時食夜分七日終身共雜者得時服夜分七日終身共雜者得夜分服七日終身共合者得七日服若少知識比丘乞食時赤鹽紫鹽等應淨洗鹽終身受若得胡椒蓽茇亦復如是若少知識比丘乞食時得黑石蜜白石蜜淨洗除食氣作七日藥受是故說

摩訶僧祇律卷第十一

音釋

痿邑危切痺濕病也　鍵鎡梵語也此云淺鐵鉢今之鐼子也鍵音虔鎡音咨鐼音訓　麨尺小切乾糧也　麱芳無切麥皮也　麪莫見切　抒丈呂切除也　橛其月切杙也　𡑞食正切　屣所綺切皮屐也　貿莫候切易也　糴亭歷切市穀也　糶他弔切賣米也　僦即就切雇賃也　賃女禁切傭僦也　荔郎計切　綴株衛切連綴也　僂隴主切　鞞頻眉切　堍徒古切瓶也　笮陟格切壓也　蓽茇蓽補密切茇蒲撥也

摩訶僧祇律卷第十二

東晉三藏法師佛陀跋陀羅共沙門法顯譯

佛住舍衛城廣說如上爾時長老難陀優波難陀冬盛寒時著厚納衣敷㷉牀褥頭上著帽脚著富羅前然爐火有二外道黒色碧眼寒戰而來在前立住外道見已心生樂著即語比丘言汝等出家得如是樂時外道心樂佛法便作是言我等亦名出家而值弗蘭迦葉教我等裸形拔髮投巖赴淵五熱炙身而行乞食徒受辛苦而無樂事比丘報言汝若樂此法者便來出家亦復如我得是樂住外道答言我無沙門僧伽棃比丘報言但來我當與汝外道即來便與出家受具足已語言我今度汝出家受具足汝當作如是供給我晨當早起問訊安眠出唾壺及小便器著常處淨洗手授澡水齒木持鉢迎粥小食已洗鉢令燥安著常處若有請處當迎食我欲入聚落時當持入聚落衣授我取我常著衣料理捲疊安著常處我從聚落還時汝當敷小牀坐與我水并授樹葉食時以扇扇食已洗鉢令乾擧著常處脫入聚落衣捲擧復授我常所著衣汝食已當取薪草浣衣煮染淨掃房内巨磨塗地我欲入林坐禪時汝當持坐具隨後還時隨還當與我水洗手授香華供養訖當敷牀與我洗足水復以油摩敷置卧具内唾壺及小便器然燈如是種種供給安隱我已然後自事時彼比丘答師言此非出家法便是婢作師言汝若不能作者當還我僧伽棃彼即脫衣著地而去復次佛住舍衛城廣說如上爾時尊者難陀是優波難陀兄

時優波難陀語兄共行弟子言我共汝入聚落當與汝物我若作非威儀事汝勿語他人我是汝叔父答言若我見父作非法亦當向人說況復叔父優波難陀復言若汝如此當使汝知即將至貴家檀越留食欲不與彼食故作是思惟相望日時使此不得乞食還復失時即便告言汝還精舍即便還畏失時故疾疾看日而行至精舍見諸比丘皆悉食已門前經行遥見疾行疑必有以即問汝今日共多知識比丘處處教化得何等好食膌臓如是答言我今失食況得好者優波難陀遣彼還已於後種種飲食食已恐事情露疾還見諸比丘叢聚而論便作是思惟衆人集論必彼比丘向諸梵行人說我過惡即語難陀言長老汝弟子向諸梵行人說我過惡彼即瞋恚語弟子言汝今云何說我弟過汝可還我僧伽梨來諸比丘聞已共相謂言此比丘今日遭二苦惱一者失食二者失衣佛聞是已知而故問諸比丘此何比丘高聲大語諸比丘白佛言世尊此難陀奪共行弟子衣是故大聲佛言呼難陀來來已佛廣問難陀汝實爲自供給故度人與衣令弟子瞋不能作婢作乃至奪共行弟子衣耶答言實爾時佛語難陀汝云何度人出家不教法律令執作供給自已佛種種因緣呵已語諸比丘從今日不得立心爲供給自已故度人出家度者得越毗尼罪應作如是念當使彼人因我度故修諸善法得成道果佛告諸比丘依止舍衞城者盡集以十利故與諸比丘制戒乃至已聞者當重聞若比丘與比丘衣後瞋恚不

喜若自奪若使人奪作是言比丘還我衣來不與汝得者尼薩耆波夜提比丘者如上說衣者七種如上說瞋恚不喜者九惱如上說奪者若自奪若使人奪作如是言還我衣來不與汝得者尼薩耆波夜提尼薩耆波夜提者如上說或自與使人奪或使人與自奪或自與自奪或使與使奪合與別奪別與合奪合與合奪別與別奪合與別奪者比丘一時與衣已別奪言還我僧伽梨還我鬱多羅僧還我安陀會如是奪者得衆多波夜提是名合與別奪別與合奪者比丘非一時與僧伽梨與鬱多羅僧與安陀會還一時盡奪汝還我衣來如是奪者得一波夜提罪是名別與合奪合與合奪者比丘一時與衣後言盡還我衣來如是奪者得一波夜提別與別奪者比丘非一時與僧伽梨與鬱多羅僧與安陀會比丘漸奪還我僧伽梨還我鬱多羅僧還我安陀會如是索得者衆多波夜提若比丘與比丘衣時作是言汝住我邊者當與汝衣若不住者奪者無罪若比丘與比丘衣時作是言汝此處住可當與汝若不住者奪無罪若比丘與比丘衣汝適我意者與不適意還奪無罪爲受經者與不受經者還奪無罪若比丘賣衣未取直若錢直未畢若還取衣者無罪若比丘與共行弟子依止弟子衣已不可教誡爲折伏故奪後折伏已還與無罪奪比丘衣者尼薩耆波夜提奪比丘尼衣者偷蘭罪奪式叉摩那沙彌沙彌尼衣者越毗尼罪乃至奪俗人衣者越毗尼心悔是故說

佛住舍衛城四方各十二由旬内施僧雨浴

衣如毗舍佉鹿母因緣廣説復次佛在憍薩羅國遊行時有一摩訶羅比丘下著雨衣上著安陀會捉長柄掃彗掃地佛見已語諸比丘汝見是摩訶羅不云何顛倒著衣是摩訶羅見佛已往到佛所頭面禮足却住一面佛知而故問摩訶羅汝下著何衣答言雨衣上著何衣答言安陀會佛言比丘汝云何應在上衣而反在下下衣在上汝今云何一切時受用雨衣佛語諸比丘汝等待如來從憍薩羅國遊行還舍衛城時汝當語我當爲諸比丘制雨浴衣佛從憍薩羅國遊行還已諸比丘白佛言世尊在憍薩羅國遊行時作是言如來從憍薩羅國遊行還舍衛時汝便語我當爲諸比丘制雨浴衣今正是時願制雨衣佛告諸比丘依止舍衛城者盡集以十利故爲諸比丘制戒乃至已聞者當重聞若比丘春殘一月在比丘當求雨衣半月當作成受用若比丘未至春殘一月求雨衣半月作成受用者尼薩耆波夜提春殘一月者三月後十五日四月初十五日是名春殘一月雨衣者如世尊所聽衣者有七種如上説求者乞索勸化求時不應從小家處處求一尺二尺應從殷有大家中求若一人邊若衆多人邊得是名殘求半月者從三月十六日應作浣染縫至四月一日應受用若比丘未至求者未至三月十六日前求作成受用者尼薩耆波夜提尼薩耆波夜提者如上説比丘有五法成就僧應羯磨作分雨衣人何等五不隨愛不隨瞋不隨怖不隨癡得不得知是名五羯磨人應作是説大德僧聽某甲比丘五法

成就若僧時到僧拜某甲比丘作分雨衣人白如是大德僧聽某甲比丘五法成就僧今拜某甲比丘作分雨衣諸大德忍某甲比丘分雨衣忍者僧默然若不忍便說僧已忍拜某甲比丘分雨衣竟僧忍默然故是事如是持作羯磨已應衆中唱言大德僧聽若衣有大小降四指八指不等不計者我當分若不唱者得越毗尼罪此人作羯磨已當爲僧求求時不應從小家處處求一尺二尺應從殷有大家中若一人邊得若衆多人邊得下至得一雨衣是名求若三月十六日已後送衣來者應分應語僧上座言爲欲今取爲欲待後後或有勝者上座若言今取便與若言後取待後應與若有客比丘者應問汝欲何處夏安居若言此處應與若言欲餘處安居欲此處取雨衣者亦應與應語汝於餘處更莫取若言我不此間取待安居處當取隨其意若多得雨衣者一人應與兩沙彌得與一若少不周接者安居訖分衣時應徧與雨衣直此衣不得受當三衣不得作淨施不得著雨衣入河中池中浴不得小小雨時著浴亦不得裸身浴當著舍勒若餘故衣不得著雨衣種種作事當須大雨時被浴若雨卒止垢液者得著入餘水中浴無罪若比丘食時欲以油塗身若病時若多人行處得繫兩頭作障此雨浴衣得四月半受用至八月十五日應當捨捨法者一比丘應衆中作是唱大德僧聽今日僧捨雨浴衣如是三說若至十六日捨者得越毗尼罪捨已得用作三衣亦得知識比丘邊作淨亦得入餘水中浴種種著作

無罪是故說

佛住舍衞城廣說如上爾時尊者難陀優波難陀持縷入居士家語優婆夷言施我縷諸居士婦女作是念此比丘欲買縷各持縷出比丘見已即取比巳縷而作是言我正欲求此縷比今得相似若見好者便作是言我欲求此比而更得勝者若見麤者便作是言此縷雖麤可作好者因如是賫縷來者都無得脫重負而來去祇洹精舍不遠有一窮巷在中起織坊度縷師出家使織衣尊者阿難到時著入聚落衣持鉢次行乞食到其門前見難陀優波難陀捉綖丸共張氎經見已共相問訊阿難問言長老作何等答言欲織衣彼即念言我今日見侍者阿難必語世尊當作方便即持綖丸與尊者阿難可持縫衣阿難不取食後以上因緣廣白世尊佛言呼難陀優波難陀來來已佛問優波難陀上事乃至阿難不受綖丸汝實爾不答言實爾佛言此是惡事汝不聞我無數方便讚歎少欲毀呰多欲此非法非律不如佛教不可以是長養善法佛告諸比丘依止舍衞城者盡集以十利故與諸比丘制戒乃至已聞者當重聞若比丘自行乞縷使織師織者尼薩耆波夜提比丘者如上說自乞者勸化索或一兩二兩縷者七種縷師者令毗提婆晝俱利織師織作衣者尼薩耆波夜提尼薩耆波夜提者如上說若比丘自行乞縷越毗尼心悔得者越毗尼罪織成者尼薩耆波夜提迦尸國土法比丘安居竟與綖與織直比丘欲織氎時應語織師作是言與汝此縷爲我知織氎織師

答言尊者我不解此語應問言汝家作何等業答言織氈便語言汝可爲我知織氈若復不解此語者應持綖與淨人令知織一切不得作雇織語若比丘知織腰帶欲使比丘織者應持縷與作是言長老爲我作帶是故說

佛住舍衛城祇洹精舍爾時毗舍佉鹿母常日日衆中請僧食時有比丘次到其家食見毗舍佉鹿母持縷與織師語言汝爲我織氈欲施尊者難陀優波難陀彼人難可汝當爲好織比丘食已還精舍語難陀言長老我欲語汝好事問言有何好事答言我見毗舍佉鹿母欲施汝衣答言此不施我衣何以故此優婆夷常施賢聖復言不爾我眼見毗舍佉鹿母以縷與織師作是言與汝此縷爲我好織作氈欲施難陀彼人難可問言汝知織師家處不答言知處即復問言彼家在何處何巷門戶那向示我標相具問知處已明日著入聚落衣往到其家見織師張經見已問織師言長壽爲誰張經答言我爲鹿母毗舍佉張經復問言汝知不此爲誰作答言我知爲難陀優波難陀復問汝識難陀不答言我不識即便語言難陀優波難陀正我等是汝當好作長廣細緻織織師答言縷自有限量亦已定我能無緯織耶即復言汝但如我語好作彼家大富自當更與汝縷織師復言彼家與我縷作直誰當與我即言汝但好織織作直我當與汝織師言若尊者與我織作直彼復足我縷者當如教織織師即爲好織織縷盡復往索如是三索毗舍佉鹿母念言此人但來索縷不求作直我何以不足與縷與縷

織成廣長細好送與鹿母鹿母見已作是言此是好氎不應與是重供養雖然本爲其作即便送與難陀氎未成時日日到織師家旣得氎已遠離其舍異巷而行譬如老烏遠於射方織師作務多不得來索作直後織師營署率會來到舍衛城織師爾時便作是念衆人未集我今可爲索織直故可往祇洹到已問諸比丘難陀優波難陀在何處住比丘語言是處房中即入房中見已禮足問訊彼佯不識如未曾相見即問言尊者得氎未反問言何等氎答言我爲鹿母織者答言得問言氎爲稱尊者意不答言爲復可耳便言阿闍梨當與我織價問言何等織價答言乃至優婆夷足縷許與我織作直彼即瞋恚言如是如是子賜轂物汝識難陀優波難陀不欲拔汝眼睞取虛空中烟我欲五指撮取淨洗釜已欲望割得多食裸形外道猶欲剥取兩張氎乾死烏足上望剥得五百兩肉以一把穅散恒水旋淵中欲收斂取如是等處求物況復汝望得我物即語弟子言汝取我僧伽棃來我欲著詣王家喚人來縛取此人付官織師作是念此沙門有大身力又出入王家必能爲我作不饒益事用是作直爲但得活命去怖畏却行出戶走到率會人中彼衆人慊言我等各各廢家事到此間共料理官事汝今云何妨廢衆人彼即答言汝聽鹿母與我縷織氎難陀優波難陀乃至氎未成時日日來得氎已如老烏遠於射方乃至思惟但得活命廣說上事是故來晚耳衆人即瞋恚言此比丘輕易我等不與作直而反欲使王力

縛人我等今日當作制限後更不復爲沙門織氎有人言我等當在隱處共作制限莫使人知我知沙門衣量長五肘廣三肘長五肘廣二肘如是衣量不得織若彼人知者此沙門有力能使王家以力使人乃至能爲人作不饒益事莫使人知到受歲時衆人擔縷來詣織師欲雇織師織織師問言汝欲作何等量衣答言長五肘廣三肘長五肘廣二肘織師念言此是沙門衣量即答言我已爲人織不復得作如是遍問都無織者爾時諸富貴家即取家中成織氎施僧諸貧人等先無成織者無衣施僧爾時僧得布施衣少佛知而故問阿難僧何以得布施衣少阿難即以上事乃至織師發不喜心共作要令具白世尊佛言呼難陀優波難陀來來已佛具問難陀汝等實爾不答言實爾世尊佛言此是惡事汝常不聞我讚歎少欲毀呰欲耶佛言諸比丘依止舍衛城者皆悉令集以十利故與諸比丘制戒乃至已聞者當重聞若居士居士婦使織師爲比丘織作衣是比丘先不請便往勸織師言汝知不此衣爲我作汝當好織令緻長廣當與汝錢錢直食食直是比丘如是勸與錢錢直食食直得衣者尼薩耆波夜提居士者家主婦者家主婦爲比丘者若僧若衆多若一人織師者如上說衣者十種如上說先不請者本不請謂請想請餘人謂已想請與餘物謂衣想便往者往田中家中勸者語令細緻若長廣錢者種種錢錢直者餘物直食者麨飯麥飯魚肉食直者錢物得衣者尼薩耆波夜提尼薩耆波夜提者如上說

若比丘語織師言與我好織堅織緻打作是語時越毗尼罪織師下手打織時下下波夜提作是得者尼薩耆波夜提若比丘與織師說法織師手支頰住聽比丘語織師言此應耳聽不應手聽手可並作作是語時得越毗尼罪若比丘聞爲作衣往勸不許價得衣越毗尼罪聞而往勸亦許直得衣者尼薩耆波夜提不聞而往勸自與得衣者越毗尼罪不聞不勸亦不與直得衣無罪若寡婦施衆僧衣比丘若僧中次第應得此衣婦人語比丘言我家無人尊者可到織師所經營此衣尊者若自能往料理者可得疾成亦可得好比丘爾時得往織師所作如是言長壽汝知疾織知緻織作是語者無罪是故說

佛住舍衛城廣說如上時六羣比丘在一聚落夏安居初安居時晨朝著入聚落衣捉紙筆入聚落中語諸優婆塞言汝等和義與我夏安居衣諸優婆塞言非索安居衣時待至秋穀熟爾時諸人多有歡喜心當施衣六羣比丘言汝不知世間多有諸難若王水火盜賊難或爲汝父母所遮不得布施汝便不成功德我則失利優婆塞言尊者但示我諸難而自不見諸難尊者得安居錢已欲罷道欲餘行去耶何以多欲貪求如是何道之有諸比丘聞已即以上事具白世尊佛言呼六羣比丘來來已佛問六羣比丘汝實初安居時從諸優婆塞索安居衣爲諸優婆塞呵責耶答言實爾佛言比丘此是惡事安居未訖而先求衣從今日安居未訖不得先求安居衣

復次佛住舍衛城爾時波斯匿王大臣名彌

尼刹利叛逆王遣一大臣名仙人達多往討伐之此大臣臨欲行時往到尊者阿難所白言尊者波斯匿王大臣叛逆王今遣我往伐方向强敵身命難保我常年年安居竟飯僧施衣我今爲官所使不得待時欲先施衣得安隱還者後當施食尊者阿難即以上事具白世尊佛知而故問阿難汝安居餘有幾日在答言十日佛言從今日聽未至自恣十日得受急施衣佛告諸比丘依止舍衛城者皆悉令集以十利故與諸比丘制戒乃至已聞者當重聞若十日未滿夏三月得急施衣比丘須者得自手取畜至衣時若過時畜者尼薩耆波夜提十日者從七月六日至七月十五日是名十日得急施衣者若男若女若大若小若在家出家若欲軍征行時與征還時與死時與女人還歸時與女人去時與施主語比丘言若今日不取明日無是名急施衣衣者十種如上說欲取者若須此物應取畜至衣時者無迦絺那衣得至八月十五日有迦絺那衣得至臘月十五日若過時畜者尼薩耆波夜提尼薩耆波夜提者如上說比丘有五法成就僧應拜作勸化分衣人何等五不隨愛不隨恚不隨怖不隨癡得不得知是名五法作羯磨法者應作是說大德僧聽某甲比丘五法成就若僧時到僧拜某甲比丘作勸化分衣人白如是大德僧聽某甲比丘五法成就僧今拜某甲比丘爲勸化分衣人諸大德忍某甲比丘爲僧作勸化分衣人者僧默然若不忍便說僧已忍拜某甲比丘作勸化分衣人竟僧忍默然故是事如是持受

羯磨已應白僧作是言諸大德衣相降四指八指不等若通此者我當分若不白而分越毗尼罪如上白已當分是比丘從三月十六日應語諸檀越投紙筆條房舍講堂溫室禪坊門屋食廚淨水屋廁屋薪屋浴室樹下坐處經行處盡疏名應僧中唱大德僧聽某甲住處有爾許牀褥爾許安居衣爾許食爾許齋日飲食爾許呪願物某住處有爾許物阿練若住處若左右諸精舍遠者十二日十三日時應分房舍若是住處不相容受者得餘處去若近聚落中有精舍者十四日十五日當分條疏此房舍牀褥與上座上座當白僧某甲住處有爾許房舍牀褥與上座隨意取取已次與第二第三乃至無歲比丘上座應作是言房舍次第住布施物應平等與爾時應隨上座處分上座取已應次第與第二第三亦如是乃至無歲比丘若房多者應一人與二房與二房時若不肯取者應語言此爲治事故與不爲受用故不得與沙彌房若房舍少者二人共房如是房猶不足者當三人共若四人五人乃至十人共與一房若有大堂若溫室若禪房若講堂一切共入中若不受者上座與卧牀年少與坐牀若復不受者上座與坐牀年少敷地牀若復不受者與上座草褥年少結加趺坐若復不受者上座應坐年少應立住若復不受者上座當立年少出去若樹下若餘處是比丘六月十五日已後應當語諸檀越長壽各各辦衣䞋時檀越若與者應語言且著汝邊須待時與若欲軍征去與若征還與若死時與賣人去時與女人歸

家與若今日不取明日無爾時應取七月五日巳後有此衣來取著一處若樹葉樹皮當取數記爾許時衣爾許非時衣爾許急施衣時衣時分非時衣非時分急施衣時分若分衣人若罷道若死不得分衣時若過應如是貿衣分比丘尼衣應與比丘比丘衣應與比丘尼若如是不得者沙彌衣應與比丘比丘衣應與沙彌若復不得者應衆僧中白言諸大德衣時已過衆僧和合作四方僧卧具若聽者得作四方僧卧具若有人言我等夏安居住得此衣分何以作四方僧用應語此人待來年衣時當與汝是故說

佛住舍衛城爾時諸比丘阿練若處夏安居諸比丘到時入聚落乞食後放牛羊人取薪草人持戸鉤來開諸比丘房戸偷衣物時諸比丘畏偷故盡持衣物入聚落佛知而故問此何等比丘運致來此諸比丘白佛言世尊是諸比丘在阿練若處安居乞食後有人持戸鉤於後開戸偷諸衣物是以運致來此佛言從今日後恐畏時聽三衣中若一一衣得寄著聚落內復次佛住舍衛城祇洹精舍沙祇園夏安居中衆僧有諍事起佛語優波離汝往沙祇園與衆僧如法滅此諍事時長老優波離辭不去佛問優波離汝何以不去答言世尊我僧伽梨重若被雨者不可勝而今半安居中若留衣者犯薩耆佛問優波離汝幾日可得往還優波離白佛言世尊計去二日停二日來二日都計六宿可得往返佛言從今日後留衣得齊六宿優波離到彼已見此諍事難可卒滅即便來還還巳禮世尊足

却住一面佛知而故問優波離汝來還何以速僧中諍事竟得滅不答言未滅世尊佛言何以故答言諍事難滅非可卒斷復畏日過失衣犯尼薩耆是故來還佛言從今日聽一月不失衣宿作羯磨僧應與求聽作一月不失衣宿羯磨羯磨者應作是說大德僧聽長老優波離今向沙祇園爲僧滅諍事若僧時到僧優波離欲從僧乞一月不失衣宿羯磨諸大德僧聽優波離欲從僧乞一月不失衣宿羯磨僧忍默然故是事如是持應從僧中乞作是言大德僧聽我優波離比丘欲向沙祇園爲僧滅諍事唯願大德僧與我一月不失衣宿羯磨如是第二第三乞羯磨人當作是說大德僧聽長老優波離欲往沙祇園爲僧滅諍事已從僧中乞一月不失衣宿若僧時到僧與優波離一月不失衣宿羯磨白如是大德僧聽長老優波離欲向沙祇園爲僧滅諍事已從僧乞一月不失衣宿僧今已與長老優波離一月不失衣宿羯磨諸大德忍優波離一月不失衣宿羯磨者默然若不忍便說是初羯磨第二第三亦如是說僧已與優波離一月不失衣宿竟僧忍默然故是事如是持佛問諸比丘已與優波離一月不失衣宿羯磨未答言已與佛告諸比丘依止舍衛城者盡集十利故與諸比丘制戒乃至已聞者當重聞夏三月未滿比丘在阿練若處住有恐怖疑比丘三衣中若一一衣得寄著家内比丘有因緣事得齊六宿若過者除僧羯磨尼薩耆波夜提安居三月者從四月十六日至七月十五日未滿者未至夏末月比

丘未至滿月中在阿練若處住阿練若者長五肘弓五百弓中間無有放牧人屋是名阿練若恐怖者若殺劫奪疑者雖無殺劫奪有疑心畏須臾間當殺人奪人衣若比丘知如是恐怖處三衣中若一一衣者僧伽梨鬱多羅僧安陀會不得寄僧伽梨安陀會得寄鬱多羅僧著聚落中家内者俗人家不得寄可信人家當還寄可疑家疑家作是念諸比丘等不可復得皆悉防備諸比丘等若有因緣爲塔爲僧事得齋六夜六夜者限齋六宿除僧羯磨者世尊説無罪若僧羯磨不成就不名羯磨羯磨不成就者衆不成就白不成就羯磨不成就若白成就羯磨成就衆成就是名僧作羯磨若僧中受羯磨已不得爲待供養故住應當疾去若食前作羯磨食後應去食後受者明日晨朝應去去時不得迴道逐檀越當直道去若直道有難者若師子難虎狼難毒蟲難失命難爾時迴道去無罪到彼已不得停待供養客比丘飲食若食前到食後便集僧滅諍事若食後到清旦便集僧滅諍事若食後斷事訖便清旦還若食前斷事訖食後便還不得住待客比丘供養還時不得從迴道來當從直道還若有難者如上説初往到彼時不得誦經熏鉢染衣若斷事訖有長功夫得誦經作餘事若事難斷者中間得誦經熏鉢亦得受客比丘供養飯食無罪滅諍事時不得趣爾取人當於衆中差堪能有威德力勢者若阿練若住處寄衣得著家内六夜過六夜者尼薩耆波夜提是比丘欲捨衣法當請持律如上第一戒中説是故説

佛住舍衛城有一乞食比丘時到著入聚落衣持鉢入城次行乞食到一家有一女人語比丘言尊者其日我當供養僧并施僧衣比丘言善哉姊妹以三不堅法易三堅法身命財也應疾爲之財物無常多有諸難作是語已便還精舍語諸比丘言我欲語汝好事諸比丘言有何等事答言我聞某甲優婆夷欲供僧飯食布施僧衣時六羣比丘聞此語已更問言汝說何等答言我聞某甲優婆夷欲供僧飯食并布施衣問言汝知某甲處不爲在何巷門戶那向具問已晨朝著入聚落衣往到某家見已問言長壽安隱不答言安隱語優婆夷言我聞汝欲供僧飯食布施僧衣爲實爾不答言尊者我有是心但恐中間多有難事知得成不即語言如我先出家長宿比丘汝若施衣者我當著入王家禮敬世尊若貴勝家若人問我汝何處得我當答其信心優婆夷邊得如是汝得好名稱爲衆所識優婆夷言我家更無有物我正欲與僧者若與阿闍梨我已許僧我若有者亦當別與阿闍梨亦與僧比丘言與不與自從汝意作是語已便出去去已優婆夷作是思惟我若當與是比丘不與僧者僧是良福田若不與是比丘者是比丘於王邊有力能爲我作不饒益事以是故不與僧䐜比丘故亦復不與諸比丘聞已以是事往白世尊佛言呼難陀優婆難陀來來已廣問上事汝實爾不答言實爾佛言此是惡事有二不可令施者失福受者失衣佛語難陀優婆難陀汝常不聞我以無數方便讚歎少欲毀呰多欲此非法非律

非如佛教不可以是長養善法佛告諸比丘依止舍衛城者皆悉令集以十利故與諸比丘制戒乃至已聞者當重聞若比丘知物向僧自迴向已尼薩耆波夜提比丘者如上說知者若自知若從他聞物者八種物時分夜分七日終身隨物重物不淨物淨不淨物向者意趣選物向僧僧者八種比丘僧比丘尼僧客僧去僧舊住僧安居僧和合僧不和合僧自向者自畜自用自入尼薩耆波夜提此物應僧中捨波夜提罪應悔過若不捨而悔者得越毗尼罪波夜提者如上說若有人來欲有布施問比丘言尊者我欲布施應施何處耶比丘應答言隨汝心所敬處便與施主復問何處果報多答言施僧果報多施主復問何等清淨持戒有功德僧比丘應答言僧無有犯戒不清淨若人持物來施比丘應語言施僧者得大果報若言我已曾施僧今正欲施尊者比丘受者無罪若有人問比丘言我欲以此物布施爲置何處使我此物長見受用爾時應語某比丘是坐禪誦經持戒若施彼者長得受用見若知物向僧迴向已尼薩耆波夜提迴與餘人波夜提知物向此僧迴與餘僧者越毗尼罪知向此衆多人迴與彼衆多人越毗尼罪知物向此畜生迴向餘畜生越毗尼心悔知物向僧自迴向已尼薩耆波夜提是物衆僧不應與衆僧應受用是故說三十事竟

摩訶僧祇律卷第十二

音釋

彗徐醉切帚也　綖先箭切與線同　歛力錦切　睫即涉切目旁毛也　慊賢兼切不平於心也　迦絺那梵語也此云功德　絺丑脂切　肘陟酉切

摩訶僧祇律卷第十三上

東晉三藏法師佛陀跋陀羅共沙門法顯譯

次說九十二事第五

佛住舍衛城廣說如上爾時衆僧集在一處欲作羯磨長老尸利耶婆不來即遣使往呼言長老衆僧集欲作法事尸利耶婆念言正當爲我故作羯磨耳即心生畏怖不得止而來來已諸比丘問言長老汝犯僧伽婆尸沙耶答言犯彼心生歡喜作是念梵行人於我邊舉可懺悔事非不可持事白衆言聽我少出諸比丘於後作是言此比丘多端不定出去已須臾當作妄語應三過定實問之是尸利耶婆出已作是念我何故無事而受是罪此諸比丘恒數數治我罪我今不應受是罪今寧妄語衆僧當治我妄語罪雖治故輕諸比丘即呼尸利耶婆入入已問言汝犯僧伽婆尸沙罪耶答言不犯諸比丘問言汝向者何故言犯答言衆僧向者欲使我犯是故我答言犯耳我今不憶有罪諸比丘以是因緣具白世尊佛言呼尸利耶婆來來已具問上事汝實爾不答言實爾世尊佛言此是惡事汝常不聞我無量方便呵責妄語讚歎實語耶汝今云何知而妄語此非法非律非如佛教不可以是長養善法佛告諸比丘依止舍衛城比丘盡集以十利敬與諸比丘制戒乃至已聞者當重聞若比丘知而妄語波夜提比丘者如上說知者先念知妄者事不爾異口說波夜提者分別制罪名也賢聖語八事直說妄不妄疑不疑決定非決定一向說賢聖諸八事者見言見聞言聞妄言妄識言識

不見言不見不聞言不聞不妄言不妄不識言不識是名八事賢聖語無罪八事非賢聖語者見言不見聞言不聞妄言不妄識言不識不見言見不聞言聞不妄言妄不識言識是名八事非賢聖語得波夜提罪直說者見聞知識不見不聞不知不識是名直說得波夜提罪妄者見妄言不妄聞妄言不妄知妄言不妄識妄言不妄不見不聞不知不識妄巳言不妄得波夜提罪不妄者見聞知識不妄言妄不見不聞不知不識不妄言妄得波夜提罪疑者見聞知識疑言不疑不見不聞不知不識疑言不疑得波夜提罪不疑者見聞知識不疑言疑言不見不聞不知不識不疑言疑得波夜提罪決定者見聞知識決定言不決定不見不聞不知不識決定言不決定得波夜提罪不決定者見聞知識不決定言決定不見不聞不知不識不決定言決定得波夜提罪一向說者見聞知識言不見不聞不知不識得波夜提罪知有而言無知而妄語得波夜提罪知無言有知而妄語得波夜提罪實有謂無而言有知而妄語波夜提罪實無謂有而言無知而妄語得波夜提罪實有有想而言無知而妄語得波夜提罪實無無想而言有知而妄語得波夜提罪實有無想而言有知而妄語得波夜提罪實無有想而言無知而妄語波夜提罪有五法成就知而妄語得波夜提罪何等五實有有想轉心背想異口說是爲五事知而妄語波夜提有四法成就知而妄語波夜提何等四有想轉心背想異口說是爲四知而妄語波夜提

有三法成就知而妄語波夜提何等三轉心背想異口說知而妄語波夜提有二法成就知而妄語波夜提何等二背想異口說知而妄語波夜提有一法成就知而妄語波夜提何等一異口說知而妄語波夜提是故說

佛住舍衛城廣說如上爾時六羣比丘輙語誘問諸年少比丘言汝名何等汝家姓何等父母名字何等汝家本作何生業年少比丘其性質直以實而答我家如是如是姓名如是生業彼六羣比丘於後嫌恨時便作是言汝是極下賤種汝是旃陀羅剃髮師織師瓦師皮師年少比丘聞此語已極懷慚羞諸比丘聞已往白世尊佛言呼六羣比丘來來已佛問六羣比丘汝實輙語誘問諸年少比丘後嫌恨便說乃至瓦師皮師耶答言實爾佛言此是惡事六羣比丘汝云何於梵行人邊作種類形相語如難提本生經中廣說乃至佛告比丘畜生尚汙毀呰況復人乎佛告諸比丘依止舍衛城住者盡集以十利故與諸比丘制戒乃至已聞者當重聞若比丘種類形相語波夜提比丘者如上說種類毀呰有七事種姓業相貌病罪罵結使種姓者下中上下者汝是旃陀羅剃毛師織師瓦師皮師種姓若作此語使彼慙羞得波夜提汝父母旃陀羅乃至皮師作是語使彼慙羞波夜提若言汝和尚阿闍梨是旃陀羅乃至皮師使彼慙羞得偷蘭遮若言汝同友知識是旃陀羅乃至皮師作是語使彼慙羞越毗尼罪是名下中者汝等中間種姓作是語欲使彼人慙羞者得偷蘭罪若言汝父母是中間種姓

得偷蘭罪若言汝和尚阿闍梨是中間種姓欲使彼慚羞者越毗尼罪若言汝同友知識是中間種姓欲使彼慚羞者得越毗尼心悔是名中間上者語其人言汝是刹利婆羅門種作是語欲使彼慚羞者越毗尼罪若言汝父母是刹利婆羅門種作是語欲使彼慚羞者得越毗尼罪若言汝和尚阿闍梨是刹利婆羅門種作是語欲使彼慚羞者得越毗尼罪若言汝同友知識是刹利婆羅門王種欲使彼羞慚者得越毗尼心悔是名種姓業者下中上下者汝是屠兒賣豬人魚獵人捕鳥人張樞人守城人魁膾人作是語欲使彼人慚羞者得波夜提父母亦如是若言汝和尚阿闍梨是屠兒乃至魁膾得偷蘭罪若同友知識是屠兒乃至魁膾得越毗尼罪是名下業中者汝是賣香人坐店肆人田作人種菜人汝是通使人作是語使彼慚羞者得偷蘭罪父母亦如是若言汝和尚阿闍梨者得越毗尼罪若言汝同友知識欲使彼慚羞者得越毗尼心悔是名中業上業者若言汝是居金銀摩尼銅店肆人作是語欲令彼人慚羞者得越毗尼罪父母和尚阿闍梨亦如是同友知識得越毗尼心悔是名上業相貌者下中上下者汝是瞎眼曲脊跛脚臂如鳥翅榼頭鋸齒作是語使彼慚羞者得波夜提父母亦爾和尚阿闍梨偷蘭罪同友知識越毗尼罪是名下相貌中者汝是大黑大白大黃大赤作是語使彼慚羞者得偷蘭罪父母亦爾和尚阿闍梨得越毗尼罪同友知識得越毗尼心悔是名中相貌上者汝有三十二相圓

光金色作是語欲使彼慙羞者得越毗尼罪父母和尚阿闍梨亦爾同友知識得越毗尼心悔是名上相貌病者無有下中上一切病盡名下汝等癬疥黃爛癩病瘫疽痔病不禁黃病瘧病痟羸病顛狂如是等種種病作是語欲使彼慙羞者得波夜提父母亦爾和尚阿闍梨偷蘭遮罪同友知識越毗尼罪是名病罪者無上中下一切罪盡名下汝犯波羅夷僧伽婆尸沙波夜提波羅提提舍尼越毗尼罪作是語使彼慙羞者波夜提父母亦爾和尚阿闍梨偷蘭罪同友知識越毗尼是名罪罵者無有下中上一切罵盡名下作世間罵婬逸汙穢一切惡罵作是語欲使彼慙羞者得波夜提罪父母亦爾和尚阿闍梨偷蘭遮罪同友知識得越毗尼罪是名罵結使者無下中上一切結使盡名下汝是愚癡闇鈍無知猶如泥團如羊白鵠角鵄作如是種種語使彼慙羞者得波夜提父母亦爾和尚阿闍梨偷蘭遮同友知識得越毗尼罪若比丘作如上七事種類毀呰者得波夜提罪種類毀呰比丘尼者偷蘭遮式叉摩尼沙彌沙彌尼得越毗尼罪種類俗人得越毗尼心悔是故說

佛住舍衛城廣說如上時六羣比丘方便誘問諸年少比丘汝識某甲比丘父母種姓事業不彼年少比丘其性質直隨事而說六羣比丘於後瞋恚時作是言汝是旃陀羅剃毛師織師瓦師皮師種姓作是語已復言我自不知是某甲說汝耳比丘聞是語已極生慙羞諸比丘以是因緣往白世尊佛言呼六羣

比丘來來已佛問六羣比丘汝實誘問諸年少比丘乃至比丘慙羞不答言實爾世尊佛言汝何故如是耶答言我作是事用以快意佛言癡人此是惡事方言爲樂佛無數方便呵責已爲説是苦事方言爲樂佛無數方便呵責已爲説因縁如三獸本生經中廣説佛告諸比丘依止舍衞城者盡集以十利故與諸比丘制戒乃至已聞者當重聞若比丘兩舌者波夜提比丘者如上説兩舌者有七事何等七種姓業相貌病罪駡結使種姓者下中上下者汝是旃陀羅乃至皮師復言誰知汝是某甲説作是念欲離彼令與已合若彼離不離得波夜提若言汝父母是旃陀羅乃至皮師復言誰知汝是某甲説作是念欲别離彼令與已合若彼離不離皆波夜提若言和尚阿闍梨是旃陀羅乃至皮師亦波夜提同友知識亦如是是名下中者言長老汝是中間姓吏兵姓伎兒姓復言我不知汝是某甲説耳若作是念欲離彼令與已合若離不離波夜提若父母和尚阿闍梨同友知識皆波夜提是名中上者若言長老汝是刹利婆羅門種復言我不知汝是某甲説若作是念欲别離彼令向已若彼離不離波夜提若父母和尚阿闍梨同友知識皆波夜提是名上是謂種姓業者下中上下者汝是屠兒乃至魁膾復言我不知汝是某甲説耳若作是念欲别離彼令向已彼若離不離波夜提若父母和尚阿闍梨同友知識皆波夜提是名下中者汝是賣香肆上人乃至復通使人復言我不知汝是某甲説耳若作是念欲别離彼令向已若離

不離波夜提若父母和尚阿闍梨同友知識皆波夜提是名中上者汝是金銀肆乃至銅肆上人復言我不知汝是某甲說耳若作是念欲别離彼令向已若彼離不離波夜提若父母和尚阿闍梨同友知識皆波夜提是名上是謂業相貌者下中上下者若言汝瞎眼乃至鋸齒復言我不知汝是某甲說耳若作是念欲别離彼令向已彼若離不離波夜提若父母和尚阿闍梨同友知識皆波夜提是名下中者若言汝大黑大白大黃大赤復言我不知汝是某甲說耳若作是念欲别離彼令向已若離不離波夜提父母和尚阿闍梨同友知識皆波夜提是名中上者若言汝有三十二相圓光金色復言我不知汝是某甲說耳若作是念欲别離彼令向已若彼離不離波夜提父母和尚阿闍梨同友知識皆波夜提是名上病者無下中上一切病皆名下若言汝有癬疥乃至顛狂復言我不知汝是某甲說耳若作是念欲别離彼令向已若彼離不離波夜提若父母和尚阿闍梨同友知識皆波夜提是名病罪者無有下中上一切罪皆名下若言汝犯波羅夷乃至越毗尼罪復言我不知汝是某甲說耳作是念欲别離彼與已合若彼離不離波夜提若父母和尚阿闍梨同友知識皆波夜提罵者無下中上一切罵皆名下作世間惡罵婬穢醜惡語若作如是罵乃至離不離波夜提若言汝父母和尚阿闍梨同友知識皆波夜提是名罵結使者無有下中上一切結使皆名下汝是愚癡人闇鈍無知猶如泥聚亦如羊白鵠角鵄

作如是種種語復言我不知汝是某甲說耳若作是念欲別離彼令向已若彼離不離波夜提若父母和尚阿闍梨同友知識皆波夜提是名結使於比丘所兩舌波夜提於比丘尼兩舌偷蘭遮於式叉摩尼沙彌沙彌尼越毗尼於俗人越毗尼心悔是故說

佛住舍衛城廣說如上時六羣比丘知衆僧如法如律滅諍事已作是言此事不了當更斷六羣比丘作此語已還諍事起不和合住諸比丘以是事往白世尊佛言呼六羣比丘來來已佛問六羣比丘汝實知衆僧如法如律滅諍已更發起耶答言實爾佛言何故如是答言我作如是方便以爲樂佛言癡人惱亂梵行人此是惡事云何爲樂佛語六羣比丘汝常不聞我以無數方便讚歎於梵行人所身常行慈口心行慈耶常應恭敬汝今云何作是惡事此非法非律非如佛教不可以是長養善法佛告諸比丘依止舍衛城者盡集以十利故與諸比丘制戒乃至已聞者當重聞若比丘知僧如法如律滅諍事已還更發起作是言此羯磨不了當更作如是因緣不異者波夜提比丘者如上說知者若自知若從他聞僧者八種如上說諍事者有四種相言諍誹謗諍罪諍常所行事諍如法如律滅諍事者七滅諍事中一一如法如律滅已更發舉如是因緣不異者波夜提波夜提者如上說四諍者相言諍誹謗諍罪諍常所行事諍相言諍事用三毗尼一一滅何等三現前毗尼滅多覓毗尼滅布草毗尼滅現前毗尼者

佛住舍衛城時拘睒彌比丘鬬諍相言同止不和合法言非法律言非律罪言非罪重罪輕罪可治不可治法羯磨非法羯磨和合羯磨不和合羯磨應作不應作爾時坐中一比丘作是語諸大德此非法非律與修多羅不相應毗尼不相應優波提舍不相應與修多羅毗尼優波提舍相違起諸染漏如我所説是法是律是佛教與修多羅毗尼優波提舍相應不生染漏是比丘言諸大德我不能滅此諍我詣舍衛城到世尊所當問滅此諍事是比丘到已頭面禮佛足却住一面白佛言世尊拘睒彌諸比丘鬬諍相言同止不和合所謂法非法乃至我不能滅此諍事當往世尊所滅此諍事唯願世尊爲諸比丘滅此諍事爾時世尊告優波離汝往詣拘睒彌國如法如律滅此諍事所謂現前毗尼滅優波離諍事有三處起若一人若衆多若僧亦應三處捨三處取三處滅優波離汝往詣拘睒彌比丘所如法如律滅此諍事所謂現前毗尼滅尊者優波離白佛言世尊比丘成就幾法能滅此諍事佛告優波離比丘成就五法能滅諍事何等五知是實非是不實是利益非不利益得伴非不得伴得平等伴非不得平等伴得時非不得時優波離若非時斷事或破僧或僧諍或僧離散若得時滅諍者僧不破不諍不分散是爲五法成就比丘能滅諍事盡爲諸梵行者愛念稱讚令汝去至拘睒彌比丘所如法如律如佛教斷事所謂現前毗尼滅爾時尊者優波離禮世尊足已往拘睒彌比丘所言長老還去到彼諍事起處當

彼間滅莫此間斷事何以故此間衆僧和合歡喜不諍共一學住不應嬈亂爾時拘睒彌比丘白尊者優波離言大德我若能於彼滅諍事者不來詣此唯願尊者爲我至彼滅此諍事優波離言我若往到彼應作羯磨者作羯磨應治罰者當罰之應作折伏羯磨不語羯磨發喜羯磨擯出羯磨舉羯磨別住羯磨摩那埵羯磨阿浮呵那羯磨有如是如是過我當作如是羯磨治汝等爾時心莫不悅彼使比丘白尊者優波離言我等若有如是過當受如是治心無不悅時尊者優波離復至佛所白佛言世尊欲滅彼比丘諍事當云何用心佛告優波離欲滅諍事者當先自籌量身力福德力辯才力無畏力知事緣起比丘先自思量有如是等力又此諍事起來未久此人心輭諍事易可滅此比丘爾時應往滅諍事若自思量無上諸力諍事起已久其人剛强非可卒滅當求大德比丘共滅此事若無大德比丘者當求多聞比丘若無多聞者當求阿練若比丘若無阿練若比丘者當求大勢力優婆塞彼諍比丘見優婆塞已心生慙愧諍事易滅若復無此優婆塞者當求於王若大臣有勢力者彼諍比丘見此豪勢心生敬畏諍事易滅若在冬時滅此事者當於無風寒煴燸屏處治客比丘來當與爐火若是春時當於涼處若樹下敷床坐行冷水漿飲當以扇扇若是夏時當於高涼處隨時所須事事供給爾時當舉一堪能比丘有黠慧知事因緣不怯弱不求他過不畏衆人若優婆塞來當爲讚歎和合僧功德復語優婆塞

如世尊說一法出世令天人苦惱天人失利所謂一法者壞亂衆僧身壞命終直入泥犂又優婆塞如世尊說一法出世天人安樂天人得利所謂一法者和合衆僧身壞命終得生善處天上人中如是優婆塞欲得大功德者當和合衆僧二衆語時是比丘應諦觀其事取其語字句義味時坐中有比丘非闥賴吒比丘作闥賴吒相作是語聽諸大德本作如是語今作如是語不相應時此人若性輭可折伏者應僧中語令羞愧汝不善作不和合事作不和合見衆僧今日爲是事故於此中集若是惡人執性剛暴能增長諍事應作輭語語言長老衆僧今日聚集爲滅此事故我當共長老作伴和合滅此諍事若是比丘心意輭已爾時僧斷事人語有事比丘汝今出此事此比丘作如是言我今出此事願僧與我如法如律斷爾時應呵責此人令慚羞應語汝不善何有衆僧非法非律斷事彼比丘若言我未曾僧中語願衆教我宜法爾時應教作是言我今出此諍事因緣隨僧教勑我當奉行彼比丘若不隨僧語復應語言汝若不受僧教者我當僧中拔籌驅汝出衆是比丘若不隨者爾時復應遣優婆塞問是比丘言汝當隨僧教不若不隨者我當與汝白衣法驅汝出聚落城邑知是比丘所諍事若是諍事者僧即優婆塞前滅若是鄙穢事喻優婆塞令出已僧如法如律如修多羅隨其事實用現前毗尼除滅爾時尊者阿難往到佛所頭面禮足白世尊曰所謂現前毗尼滅云何名爲現前毗尼滅佛告阿難比丘諍事

法非法律非律罪非罪輕罪重罪可治罪不可治罪法羯磨非法羯磨和合羯磨不和合羯磨應作不應作羯磨阿難若有如是事起應疾集僧疾集僧已檢挍此事如法如律如修多羅隨其事實用現前毗尼除滅若成就五非法不成與現前毗尼何等五不現前與不問不受過不如法不和合與是名五非法不成與現前毗尼成就五法成與現前毗尼何等五現前與問受過如法和合與是名五法成就與現前毗尼如是阿難如法如律如佛教用現前毗尼滅諍事已若有客比丘若去比丘若與欲比丘若見不欲比丘若新受戒比丘若在坐睡比丘是諸比丘作是言如是不好羯磨別佛別法別僧如牛羊僧不善羯磨羯磨不成就阿難如是更發起者得波夜提罪是名相言諍以現前毗尼滅誹謗諍者若比丘不見不聞不疑比丘犯波羅夷僧伽婆尸沙波夜提波羅提提舍尼越毗尼以是五篇罪謗是名誹謗諍用二毗尼滅所謂憶念毗尼不癡毗尼滅憶念毗尼者

佛住王舍城慈地比丘尼作非梵行遂便姙身到六羣比丘所作是言我作非梵行事今者有娠尊者與誰有嫌我能謗之六羣報言善哉姊妹乃欲爲我作饒益事陀驃摩羅子是我生怨與我破房舍不好牀褥麤惡飲食若此人久在梵行者我等長夜受苦汝看此比丘齋日大衆說法時汝當往彼衆中以非梵行謗答言當如尊教是比丘尼若月八日十四日十五日大衆說法時往到衆前而作是言尊者爲我辦酥油粳米諸飲食具修治

房舍并求佐産人我産時至是長老答言姊妹汝自知之我無此事比丘尼復言奇怪奇怪汝是丈夫晨去夜來共我從事而今説言我無此事勿復多言但當與我辦酥油等我今産時至長老復言姊妹汝自知我無是事如是三説而去是時衆中諸不信者便作是念此等二人皆是年少必有此事中信之人皆生疑惑爲有爲無諸上信者便作是言此尊者已滅三毒惡法永盡無有此事爾時尊者陀驃摩羅子非梵行惡名流布屏處亦聞衆多亦聞僧中亦聞諸比丘以上因緣具白世尊佛言比丘是陀驃摩羅子非梵行事惡名流布汝等當於屏處三問衆多人中三問僧中三問屏處問者應作是問陀驃摩羅子長老慈地比丘尼作是語是事知不時長老

言我知不作不憶作如是第二第三問衆多人中三問亦如是衆僧中問言陀驃摩羅子長老慈地比丘尼作是言是事知不答言我知不作不憶作第二第三問亦如是諸比丘以是事往白世尊長老陀驃摩羅子已屏處三問多人中三問僧中三問自言我知不作不憶作佛告諸比丘此陀驃摩羅子清淨無罪是慈地比丘尼自言犯應驅出時王舍城比丘尼嫌世尊作如是言看是事二人俱犯罪云何置比丘驅比丘尼若有罪當俱出若無罪當俱置云何世尊驅一置一諸比丘以是因緣具白世尊佛告阿難汝往呼王舍城比丘尼僧來唯然世尊爾時阿難至比丘尼所作是言諸姊妹世尊呼汝等時比丘尼語尊者阿難言我於世尊所無有事緣何故呼

我若有事緣不呼自往尊者還去我無緣事不能往時阿難作是念此是奇異蒙世尊恩得出家爲道云何於佛不起敬心不從教命爾時阿難還到世尊所頭面禮足以是因緣具白世尊佛告阿難汝往語王舍城比丘尼言汝有過世尊勑汝令去不得住此阿難受教即往比丘尼所作是言姊妹汝有過世尊勑汝令去不得住此比丘尼答尊者阿難言我於城外無諸緣事不能去若有緣者不勑自去爾時阿難作是念奇異蒙世尊恩得出家爲道云何於佛不生敬心呼來不來遣去不去阿難即還佛所頭面禮足以是因緣具白世尊佛語阿難如來應供正遍知若於城邑聚落比丘比丘尼僧呼來不來遣去不去者如來自當避去阿難汝取我僧伽梨來時尊者阿難即授僧伽梨世尊於中時不語比丘僧唯將阿難經過五通居士聚落向舍衞城爾時韋提希子阿闍世王殺父王已深懷愁毒常日三詣世尊懺悔清旦日中晡時晨朝懺悔已中時復來不見世尊即問諸比丘世尊所在諸比丘答言世尊已去王作是言世尊每行時一月半月常語我今何因緣默然而去時諸比丘聞佛向所說即答言大王王舍城諸比丘尼不從世尊教命呼來不來遣去不去如是大王當知如來應供正遍知若於城邑聚落比丘比丘尼僧語來不來遣去不去如來便自避去今王舍城比丘尼僧不從佛教是故世尊默然而去王聞是言極大瞋恚勑語諸臣現我境內比丘尼僧一切驅出時有智臣即諫王言非境內諸比丘尼

一切有過但王舍城比丘尼違世尊教王即用臣言勑諸有司驅王舍城比丘尼出爾時諸司皆捉杖木土塊瓦石打擲諸比丘尼驅令出作是責言汝弊惡人蒙世尊恩得出家爲道而不恭敬違背佛教速出去坐汝弊惡老嫗使我不見世尊不聞正法汝等速出不得住此爾特里巷諸人見是事已皆遥罵言乃至使我不見世尊不聞正法汝等速出不得住此爾時優陀夷亦捉杖驅出諸比丘尼呵責亦如上説王勑諸臣汝等觀此比丘尼若隨世尊後去者汝等當爲作法護令得安隱若向餘處去者便隨其意不須作護時諸比丘尼出城已各作是言若我等向餘方者在在處處皆見驅逐無得住處我等今當隨世尊後去世尊朝所發處諸比丘尼暮到如是在道恒降一日爾時世尊欲化度故過五通居士聚落向舍衛城五通居士常法聞比丘比丘尼僧來至一由延迎設種種供養爾時五通居士聞此諸比丘尼來即入正受觀之諸比丘尼爲何因緣故來觀已見彼諸比丘尼一切有過皆被驅罰未得解過非是淨器無聖法分作是觀已都不往迎設諸供養諸比丘尼展轉借問來至其門語言王舍城諸比丘尼今在門外令居士知居士即勑使人與破屋弊牀褥不供給煖水洗足及塗足油亦不與非時漿亦不問訊安慰夜不然燈明旦復不供給齒木淨水與麤飲食食已遣令速去諸比丘尼出外已自相謂言我聞此居士常有信心恭敬供養衆僧如今觀之無有信敬中有比丘尼謂諸人言止止阿姨當

自觀察我等違世尊教得此供給已自過分諸比丘尼漸漸前行到舍衛城詣阿難所頭面禮足却住一面白阿難言我等欲見世尊禮覲問訊願爲比丘尼僧白世尊唯哀聽許阿難答言善哉諸姊即詣佛所頭面禮足却住一面白佛言王舍城比丘尼僧欲來奉覲世尊聽者當命使前佛告阿難汝莫令王舍城比丘尼僧來見世尊阿難言善哉禮佛即還至比丘尼所告言諸姊世尊有教不聽汝前第二第三亦如是佛告阿難汝何故爲王舍城比丘尼慇懃乃爾阿難白佛言世尊我不作比丘尼想何以故世尊呼來不來遣去不去故但世尊語有餘理言王舍城比丘尼僧以僧故是故慇懃佛言聽王舍城比丘尼僧前阿難即還比丘尼所語言諸姊大得善利世尊聽汝等前諸比丘尼聞已皆稱善哉善哉阿難即前佛所頭面禮足却住一面白佛言世尊我等不善如小兒愚癡不識福田不知恩養不受世尊教我今自知見罪唯願世尊受我悔過佛告王舍城比丘尼汝等不善如小兒愚癡不識福田不知恩養世尊呼來不來遣去不去汝今自見罪聽汝悔過於聖法中能悔過者增長善根自今已去勿復更作若比丘僧如法喚比丘尼僧比丘尼僧法應即來若不來者得越毗尼罪比丘僧應遮此比丘尼僧布薩自恣若來時不聽入門若比丘僧如法呼衆多比丘尼呼一比丘尼亦如是若衆多比丘如法喚比丘尼僧法應即來若不來者得越毗尼罪應遮此比丘尼布薩自恣若來時不聽入門若衆多比丘如

法喚衆多比丘尼呼一比丘尼亦如是若一比丘如法喚比丘尼僧喚衆多比丘尼喚一比丘尼比丘尼法應即來若不來得越毗尼罪應遮此比丘尼布薩自恣若來時不聽入門若尼僧若衆多尼若一比丘尼向比丘僧向衆多比丘向一比丘悔過法如前向佛悔過法中廣說爾時世尊爲王舍城比丘尼隨順說法示教利喜時一比丘尼得法眼淨佛告諸比丘尼汝等可去還案來道若五通居士若有所說汝當受行爾時王舍城諸比丘尼即還越五通聚落時五通居士即入定觀見此諸比丘尼已向佛懺悔悉皆清淨成就法器時五通居士案如常法乘白驛馬車一由延迎遙見諸比丘尼僧便下車步進偏袒右肩右膝著地合掌白言善來阿姨行道不疲極耶居士即請諸比丘尼在前行從後而歸到家中已與好新房牀褥卧具與煖水洗足塗足油與非時飲暮然燈火安慰視之言阿姨安隱住明旦供給齒木澡水與種種粥至時與隨適飲食食已偏袒右肩右膝著地合掌白言我今請阿姨夏安居我當供給所須衣食牀卧病瘦醫藥當教學受誦經偈唯除布薩自恣爾時諸比丘尼作是念今已四月十二日夏坐已逼又世尊復勑當受五通居士語思惟是已即便受請夏安居居士日日爲比丘尼說四念處諸比丘尼聞此法已初夜後夜精勤不懈修習聖道成就得證諸比丘尼受自恣竟我等當詣世尊禮敬問訊自說果證時諸比丘尼向舍衛城到阿難所頭面禮足却住一面白尊者阿難言如來應

供正遍知爲諸聲聞說四念處我等初夜後夜精進不懈修習聖道成就得證作是語已便還所住諸比丘尼衆去不久時尊者阿難詣世尊所頭面禮足却住一面以王舍城諸比丘尼所說具白世尊乃至修道得證尊者阿難說是語已復白佛言是事云何唯願解說佛告阿難如諸比丘尼所說眞實無異何以故若比丘比丘尼優婆塞優婆夷其有能於四念處精勤修習一切皆得成就得證如四念處經中廣說時諸比丘白佛言世尊有何因緣王舍城比丘尼於世尊不識恩分來舍衛城詣阿難不覲世尊先優陀夷捉杖驅逐尊者阿難慇懃請救唯願解說佛告諸比丘此諸比丘尼不但今日於我不識恩分優陀夷捉杖驅逐阿難慇懃請救過去世時已曾如是如鴈王本生經中廣說

摩訶僧祇律卷第十三上

音釋

弶其亮切施罟於道也　瞎許轄切目盲也　[足匡]曲王切足[足匡]也　榼克盍切酒器也　鵄丑知切怪鳥也　睒失冉切　姙汝鴆切孕也　驃毗召切　嫗乞句切老婦也

摩訶僧祇律卷第十三下

東晉三藏法師佛陀跋陀羅共沙門法顯譯

佛住舍衛城廣說如上時城中有大富婬女家多饒財寶種種成就庫藏盈溢守備牢固外賊伺求無能得者時有一賊主善作方便遣使語婬女言我等欲詣某池上多請婬女設種種飲食自恣娛樂汝便可好自莊嚴詣彼池上勿令不如爲彼所嗤女人之心以妬勝爲先名衣上服珠璣瓔珞盡以嚴身種種莊飾光焰曜目往赴彼請時此賊主方便誘導將詣避隱深邃之處婬女問言向請諸女今何所在答言須臾當至且作歡樂彼時婬女便作是念今觀此人是賊無疑何以知之此非本期處又諸女悉皆不來日遂向暮婬女便言我欲還家賊主報言且相娛樂何乃忽忽時女思惟此定作賊必爲彼所困我有妙術六十四種今正是時若不用者何以勉濟爾時此女僞現姿媚愛相與賊交杯似自飲酒勸賊令盡外現慇懃妖媚親附內心與隔使彼賊心耽惑悅樂不復有疑時賊主獨將婬女至一屛處酒勢遂發醉無所覺此女徐自檢身離賊收襆嚴飾向舍衛城城門已閉迴向祇洹寺門亦閉爾時門外有一長老比丘字迦盧去門不遠在一屛處敷繩牀而坐衣四垂下此婬女於恐怖中來趣安隱處即入長老牀下迦盧爾時入三昧不察牀下賊夜半後醉醒欲剥婬女覓而不見賊帥問諸伴言汝等見此女人不皆言不見各各把火求覓都不知處復相謂言若如是不得者當求脚跡即尋跡到舍衛城門門閉復尋跡

遂至祇洹門下便失其跡不知所向賊雖見是比丘無有疑心爾時天遂向曉舍衛城中巳打明鼓復聞象馬雞狗之聲爾時賊帥便相謂言今失此女不知所在天復欲曉不宜久停當還林中避隱之處作是念已即還林中天曉城中人民象馬車乘出城又諸優婆塞亦皆出城禮覲世尊已過禮迦盧比丘見此婬女於牀下而出衆人見已皆譏嫌言此阿練若云何納衣乞食通夜與婬女從事曉乃放去失沙門法何道之有爾時長老陀驃摩羅子迦盧比丘醜名流布諸比丘聞已具白世尊佛言比丘是陀驃迦盧比丘非梵行惡名流布汝等當於屏處三問多人中三問僧中三問屏處問者應作是問長老陀驃迦盧諸梵行人作是語是事知不答言不知作

不憶作如是第二第三多人中三問衆僧中三問亦如是諸比丘白佛言世尊是陀驃迦盧比丘巳於屏處三問多人中三問衆僧中三問自言不知作不憶作佛告諸比丘是陀驃迦盧比丘清淨無罪僧應與憶念毗尼滅清淨共住求聽羯磨應作是說大德僧聽是長老陀驃迦盧諸梵行人作是語自言不知作不憶作若僧時到僧長老陀驃迦盧欲從僧乞憶念毗尼滅清淨住諸大德聽是陀驃迦盧比丘欲從僧乞憶念毗尼滅清淨住僧忍默然故是事如是持乞法者是陀驃迦盧比丘偏袒右肩脫革屣右膝著地作是言我陀驃迦盧比丘諸梵行人作是語我不知作不憶作我陀驃迦盧今從僧乞憶念毗尼滅清淨住唯願僧與我憶念毗尼滅清淨住如

是第二第三乞羯磨人當作是說大德僧聽長老陀驃迦盧諸梵行人作是語自言不知作不憶作已從僧乞憶念毗尼滅清淨住若僧時到僧與長老陀驃迦盧憶念毗尼滅清淨住白如是大德僧聽是長老陀驃迦盧諸梵行人作是語自言不知作不憶作已從僧乞憶念毗尼滅清淨住僧今與長老陀驃迦盧憶念毗尼滅清淨住諸大德忍與長老陀驃迦盧憶念毗尼滅清淨住者默然若不忍便說是初羯磨如是第二第三說僧已與長老陀驃迦盧憶念毗尼滅清淨住竟僧忍默然故是事如是持佛問諸比丘已與陀驃迦盧憶念毗尼未答言已與佛言比丘五法成就非法與憶念毗尼何等五不清淨清淨想與清淨不清淨想與不先檢校非法不和合

是名五非法與憶念毗尼五如法與憶念毗尼何等五清淨清淨想與不清淨不清淨想先檢校如法和合是名五如法與憶念毗尼時諸比丘白佛云何世尊是婬女人爲賊所逐佛言不但今日爲賊所逐過去世時已曾爲彼所逐如怨家本生經中廣說爾時尊者阿難往至佛所頭面禮足却住一面白佛言世尊云何名爲憶念毗尼佛語阿難若比丘謗比丘若波羅夷僧伽婆尸沙波夜提波羅提提舍尼越毗尼當疾集僧疾集僧已問是比丘和尚阿闍梨同友知識作是言長老汝知某比丘先來爲人戒行何似與誰爲知識彼知識爲善惡若言某甲比丘先來持行清淨與善知識同友犯小小罪心懷慙愧速疾除悔如是人僧應與憶念毗尼若言我知彼

比丘先來戒行不清淨又與惡知識從事犯罪不能如法悔過阿難如是比丘僧不應與憶念毗尼滅如是阿難如法如律憶念毗尼滅誹謗諍已若客比丘若去比丘若與欲比丘若見不欲比丘若在坐睡比丘新受戒比丘是諸比丘言作如是羯磨不成就不如法愚癡無智別佛別法別僧猶如牛羊不善羯磨不成就作如是更發起者波夜提罪是名誹謗諍憶念毗尼滅云何誹謗諍不癡毗尼滅

佛住舍衛城廣說如上尊者劫賓那有二共行弟子一名難提二名鉢遮難提是二比丘本狂癡病病時作種種非法今已差諸梵行人猶故說其癡狂時所作是二比丘聞是語時用爲羞愧以是因緣語諸比丘諸比丘以是事具白世尊佛言是難提鉢遮難提本癡狂病時作種種非法今癡已差諸梵行人猶故說其本癡狂時所作佛告諸比丘汝等當於屏處三問多人中三問僧中三問屏處問者應作是言長老諸梵行人作是語汝知不答言不知作不憶作如是第二第三多人中三問衆僧中三問亦如是諸比丘以是事往白世尊以屏處三問多人中三問衆僧中三問自言不知作不憶作佛告諸比丘是二比丘本癡今不癡諸梵行人說前癡時所行自言不知作不憶作僧應與作不癡毗尼滅作法者應作求聽羯磨唱言大德僧聽是長老難提鉢遮難提本癡今不癡諸梵行人說前癡行自言不知作不憶作若僧時到僧是難提鉢遮難提比丘欲從僧乞不癡毗尼滅諸

大德聽是難提鉢遮難提欲從僧乞不癡毗尼滅僧忍默然故是事如是持乞法者是難提鉢遮難提偏袒右肩胡跪合掌作是言我某甲本癡今不癡諸梵行人說前癡行我不知作不憶作今從僧乞不癡毗尼滅唯願僧與我不癡毗尼滅如是第二第三乞僧應語彼比丘言僧無有說汝事者說汝事者汝當往語使勿復說此比丘應往彼比丘所言長老我先狂癡時所作我今不知作不憶作願長老勿復說我癡時所作彼比丘若止善若不止應語彼和尚阿闍梨及同友知識作是言長老汝弟子若同友人說我本癡時所作我不知作不憶作願長老爲我呵語彼勿復更說彼和尚阿闍梨應當呵語汝不善不知戒相不聞世尊說癡狂心亂作無罪耶彼說

事人若受者善爾時僧應作羯磨羯磨人如是唱大德僧聽長老難提鉢遮難提本癡今不癡諸梵行人說前癡行自言不知作不憶作巳從僧乞不癡毗尼滅若僧時到僧與難提鉢遮難提作不癡毗尼滅白如是大德僧聽是難提鉢遮難提本癡今不癡諸梵行人說前癡行自言不知作不憶作巳從僧乞不癡毗尼滅僧今與某甲作不癡毗尼滅諸大德忍難提鉢遮難提不癡毗尼滅者默然若不忍便說是初羯磨如是第二第三說僧巳與某甲某甲不癡毗尼滅竟僧忍默然故是事如是持佛問諸比丘巳與難提鉢遮難提不癡毗尼未答言巳與世尊佛言五法成就非法與不癡毗尼何等五不癡想與不請求舉事人使心柔輭不從僧乞不癡毗尼非法

不和合是名成就五非法與不癡毗尼成就五如法與不癡毗尼何等五不癡不癡想與求請舉事人使心柔輭從僧乞不癡毗尼如法和合是名成就五如法與不癡毗尼時尊者阿難往詣佛所頭面禮足白佛言世尊所謂不癡毗尼云何名不癡毗尼佛告阿難有比丘本癡今不癡諸梵行人說前癡行爾時應疾疾集僧集僧已如修多羅如毗尼隨此比丘事實與不癡毗尼如是阿難如法如律如世尊教以不癡毗尼滅誹謗事已若客比丘乃至愚癡無智猶如牛羊更發起者得波夜提罪是名不癡毗尼滅誹謗諍罪諍者若比丘比丘相說罪過若波羅夷乃至越毗尼此罪諍用二毗尼滅所謂自言毗尼覓罪相毗尼自言毗尼者

佛住舍衛城時慧命羅睺羅到時著入聚落衣持鉢入舍衛城次行乞食得還精舍食已執衣鉢著常處持尼師壇向得眼林欲坐禪中路見一比丘與女人作非梵行見已此惡比丘作是念佛子羅睺羅見我作非梵行必語世尊及其未語間我當詣世尊所先說其過時惡比丘詣佛所頭面禮足白言世尊我見尊者羅睺羅趣得眼林中路共女人作非法爾時世尊默然不答時尊者羅睺羅在一樹下正受三昧從禪定起來詣世尊所不憶惡比丘事如常法頭面禮足却住一面爾時世尊欲使羅睺羅憶向事故即化作惡比丘在其前羅睺羅見已即發本識白世尊言我向林中中路見此比丘共女人作非梵行佛言羅睺羅若彼比丘亦作是語我見羅睺羅

中路作非梵行是事云何尊者羅睺羅白佛言世尊我無是法佛告羅睺羅若彼比丘亦作是言我無是法是事云何羅睺羅復白佛言世尊若如是者唯世尊知我佛言彼復作如是言世尊知我此事云何羅睺羅復白佛言願世尊與我自言治佛復告羅睺羅若彼比丘亦如是言願世尊與我自言治者復當云何羅睺羅白佛言若爾者願世尊俱與我二人自言治爾時世尊詣衆多比丘所敷尼師壇坐已爲諸比丘廣說上事說已告諸比丘與此比丘自言毗尼滅何以故未來世或有惡比丘誹謗清淨比丘不得自言治便驅出故佛告諸比丘有八非法與自言毗尼何等八問重而說輕輕事不實是名非法與自言治問輕說重問殘說無殘問無殘說殘問輕說輕問重說重問殘說殘問無殘說無殘如是一一皆不說實罪是名非法與自言治有八如法與自言治何等八問重說輕實有輕罪而說是名如法與自言治問輕說重問殘說無殘問無殘說殘問重說重問輕說輕問殘說殘問無殘說無殘如是一一皆說實是名八如法與自言治爾時尊者阿難往詣佛所頭面禮足白佛言世尊所謂自言毗尼滅云何名自言毗尼滅佛告阿難若比丘比丘相說罪過若波羅夷乃至越毗尼罪阿難爾時應疾疾集僧集僧已如修多羅如毗尼如世尊教隨此比丘事實與自言毗尼滅如是阿難如法如律如世尊教用自言毗尼滅諍事已若客比丘乃至更發起者得波夜提罪是名自言毗尼滅罪諍覓罪相毗尼者

佛住舍衛城時長老尸利耶婆數數犯僧伽婆尸沙罪衆僧集欲作羯磨事時尸利耶婆不來即遣使往喚長老衆僧集欲作法事尸利耶婆念言正當爲我故作羯磨耳即心生恐怖不得已而來諸比丘問言長老犯僧伽婆尸沙罪耶答言犯彼生歡喜心作是念梵行人於我邊舉可懺悔事非不可治事白衆言聽我小出諸比丘於後作是言此比丘輕躁是不定人出去已須臾當作妄語應當三過定實問已然後作羯磨尸利耶婆出已作是念我何故受是罪諸比丘數數治我罪我今不應受是罪諸比丘即呼尸利耶婆入入已問言汝實犯僧伽婆尸沙罪耶答言不犯諸比丘問言汝何故僧中說有是罪復言不犯尸利耶婆言我不憶是事諸比丘以是事白佛佛言呼尸利耶婆來來已佛以是事廣問尸利耶婆汝實爾不答言實爾佛告諸比丘尸利耶婆衆僧中見罪言不見不見言見作是語我不憶僧當與覓罪相毗尼滅羯磨者應作是說大德僧聽尸利耶婆比丘僧中見罪言不見不見復言見自言不憶若僧時到僧與尸利耶婆比丘覓罪相毗尼滅白如是大德僧聽尸利耶婆比丘僧中見罪言不見不見言見自言不憶僧今與尸利耶婆比丘覓罪相毗尼滅諸大德忍尸利耶婆比丘覓罪相毗尼滅忍者默然若不忍便説是第一羯磨第二第三亦如是説僧已忍尸利耶婆比丘覓罪相毗尼滅竟僧忍默然故是事如是持佛告諸比丘是比丘僧爲作覓罪相毗尼羯磨已是比丘應盡形壽行八法何等

八不得度人不得與人受具足戒不得受人依止不得受僧次請不得作僧使行不得與僧作説法人不得與僧作説毗尼人僧作羯磨已是比丘盡壽不聽捨是名八法爾時尊者阿難往詣佛所頭面禮足白佛言所謂覓罪相毗尼云何名爲覓罪相毗尼佛告阿難若比丘僧中見罪言不見不見復言見自言不憶作觝慢爾時應疾疾集僧集僧已如修多羅如毗尼如法隨此比丘與覓罪相毗尼已僧應語是比丘言長老汝不得善利云何僧中見罪言不見不見復言見自言我不憶以汝僧中作是語故僧與汝作覓罪相羯磨如是阿難如法如毗尼如世尊教與覓罪相毗尼滅諍已若客比丘乃至更發起得波夜提是名罪諍用覓罪相毗尼滅竟相言諍用

二毗尼滅前已説現前毗尼竟多覓毗尼滅相言諍者

佛住舍衛城拘睒彌時有二部大衆各有大師一名清論二名善釋清論有一共行弟子名雹口善釋有一共行弟子名坫雹第一依止弟子名頭頭伽第二依止弟子名吒伽弟一有優婆塞弟子名頭磨第二優婆塞弟子名無烟第一有檀越名優陀耶王第二檀越名渠師羅居士第一優婆夷弟子名舍彌夫人第二優婆夷弟子磨揵提女名阿㝹波磨第一後宫青衣弟子名頻頭摩羅第二後宫青衣弟子名披駄磨邏人各有五百比丘五百比丘尼五百優婆塞五百優婆夷第一衆主入厠行訖欲用水見水中有蟲以草横器上爲相第二衆主依止弟子後來入厠見水

器上有草便作是言是何無羞人持草著水器上第一衆主共行弟子聞此語已語其人言汝云何乃持我和尚名無羞人因此事故二部四衆還生大諍時拘睒彌國舉城内外諍鬬之聲内外嬈動猶如金翅鳥王入海取龍水大波涌如是大諍唯政共諍草非草是故諸比丘鬪諍同止不和説法非法律非律重罪輕罪可治不可治法羯磨非法羯磨和合羯磨不和合羯磨應作不應作一比丘作是語諸大德此非法非律與修多羅不相應與毗尼不相應與優波提舍不相應與修多羅毗尼優波提舍相違但起諸染漏如我所知是法是律是佛教與修多羅毗尼優波提舍相應如是不生染漏是比丘言諸大德我不能滅此諍當詣舍衛城到世尊所當問滅此諍事是比丘到已頭面禮佛足却住一面白世尊拘睒彌諸比丘鬪諍更相言説同止不和乃至我不能滅諍事我當往白世尊滅此諍事唯願世尊爲諸比丘滅此諍法爾時佛告優波離汝往與拘睒彌比丘如法如律如佛教所謂多覔毗尼滅此諍事如是諸釋種及諸離車等斷事時不可即了者亦與多覔毗尼滅優波離諍事有三處起若一人若衆多若僧亦應三處捨三處取三處滅優波離汝往詣拘睒彌比丘如法如律滅此諍事所謂多覔毗尼如上現前毗尼中廣説乃至是比丘心輭已比丘有五法成就僧應羯磨作行舍羅人何等五不隨愛不隨瞋不隨怖不隨癡知取不取羯磨者應作是説大德僧聽某甲比丘五法成就能爲衆僧作行籌人

若僧時到僧立某甲比丘作行籌人白如是大德僧聽某甲比丘五法成就僧今立某甲比丘作行籌人諸大德忍某甲比丘作行籌人者默然若不忍便説僧已忍某甲比丘作行籌人竟僧忍默然故是事如是持羯磨已此比丘應作二種色籌一者黑二者白不應唱言非法者捉黑籌如法者捉白籌應如是唱如是語者取黑籌如是語者取白籌行籌人行籌時當立心在五法内然後行籌不應作不如法伴當作如法伴行籌訖數若非法籌乃至多一者不應唱非法人多如法人少當作方便解坐若前食時欲至者應唱令前食若後食時至應唱令後食若欲浴時至當唱令洗浴若説法欲至當唱令説法時到若説毗尼時至當唱説毗尼時到若非法者覺

言我等得勝爲我故解坐我等今不起要即此坐決斷是事爾時精舍邊若有小屋無蟲者應使淨人放火已唱言火起火起即便散起救火知近住處有如法者應往喚言長老向行籌説非法人多如法人少長老當爲法故往彼使如法者籌多得佛法增長亦得自益功德若彼聞此語不來者得越毗尼罪來已當更行籌行籌已數看若白籌多一不應唱言多一應作是唱如是語人多如是語人少作是唱已應從多者更有五法成就不如法行籌何等五如法語人少非法語人多説法語人不同見説非法語人同見非法説法法説非法因是行籌當破僧乃至僧别異是名五非法翻上名成就五如法行籌爾時尊者阿難往到佛所頭面禮足白佛言世尊所

謂多覓毗尼滅云何名爲多覓毗尼滅佛告阿難諸比丘於修多羅中毗尼中威儀中言此是罪非罪是輕是重是可治是不可治是殘罪是無殘罪鬪諍相言爾時應疾疾集僧如法如律如佛教隨其事實如法如律斷滅若復不能了者聞某方住處有長老比丘誦修多羅誦毗尼誦摩帝利伽如是若中年若少年比丘誦修多羅誦毗尼誦摩帝利伽者應疾往問若請來隨彼比丘所說與多覓毗尼滅諍事滅已如是阿難若客比丘乃至新受戒比丘更發起者波夜提是名相言諍用多覓毗尼滅如草布地毗尼滅相言諍者佛住舍衞城時拘睒彌比丘共諍同止不和說法非法律非律乃至尊者優波離語彼比丘言長老我往彼已應作羯磨當作種種羯磨治擯汝等爾時莫心不悅是使比丘言我欲小出出已作是念我若隨尊者優波離去者或能若治我罪我等今當獨還拘睒彌自共滅此諍事到拘睒彌已復不能滅諍事復言長老我自不能得滅此諍事今當還到舍衞城滅此諍事作是語已即往舍衞城徑至尊者優波離所作如是言善哉尊者爲我拘睒彌比丘滅此諍事優波離語彼比丘言故如我先語汝隨彼有事當種種如法治汝爾時莫心不悅當隨汝去彼比丘答言不敢復違優波離言去還至彼滅莫亂此閙僧爾時拘睒彌比丘往到佛所頭面禮足白言世尊拘睒彌比丘同止不和更相言說唯願世尊滅此諍事佛告拘睒彌比丘汝莫鬪諍更相言說同止不和何以故過去久遠世時有城

名迦毗羅王名婆羅門達多如長壽王生經中廣說佛告拘睒彌比丘彼有如是破國亡家乃至太子長生不報父讎猶更和合不生惡心汝等云何於正法中以信出家而更忿諍同止不和佛告優波離汝往爲拘睒彌比丘如法如律如草布地毗尼滅此諍事佛復告優波離諍事三處起三處取三處捨三處滅乃至是諍事淨者常共優婆塞斷若是不淨事當喻優婆塞出隨是比丘事實如法如律爲作如草布地毗尼滅佛告優波離若是下座有過失應詣上座所頭面禮足作是言長老我所作非法侵犯過罪我今懺悔不敢復作上座應以手摩其頭扶起手抱語言慧命我亦有過於汝當見恕若上座有過應至下座所捉手言我所作非法有過於汝我懺悔不復作下座應起禮上座足亦如上懺悔爾時尊者阿難往至佛所頭面禮足白佛言世尊所謂布草毗尼云何名布草毗尼佛語阿難若比丘諍事起同止不和二部衆不忍生惡心共相言各各說不隨順法不忍事起阿難爾時疾疾集僧如法如律應一部衆中有宿德知事因緣辯才明了說法不怯讚歎和合衆功德應從座起偏袒右肩胡跪合掌向第二部衆作是言諸大德我等云何同一法中以信出家而起諍事同止不和二部衆不忍各各生惡心共相言說不隨順法不忍事起一切皆是不善思惟所致令世苦住後墮惡道諸大德當各各棄此諍事如草布地我今向諸長老懺悔各各下意和合共住阿難若第二部衆一切默然住者第二衆中宿

德聰明辯才者應起懺悔懺悔法亦如上說阿難僧中有如是諍事起應疾疾集僧如法如律如草布地滅此諍事佛告阿難此一切諍事如相打相搏牽出房種類兩舌無根謗如是等罪皆應如草布地毗尼中滅如是如草布地滅已客比丘乃至新受戒比丘更發起者波夜提常所行事者若僧所作事如法辦如法結集如法出如法捨如法與如是世尊弟子比丘衆所行無量事皆於七滅諍止一一事滅是名常所行事是故說

摩訶僧祇律卷第十三下

音釋

躁（則到切不安靜也）䑛（典禮切觸也）坫（都念切）㝹（奴侯切）讎（時流切仇讎也）

摩訶僧祇律卷第十四

東晋三藏法師佛陀跋陀羅共沙門法顯譯

佛住舍衛城廣說如上爾時尊者優陀夷到時著入聚落衣持鉢入城次行乞食到一家爲衆多女人說法時尊者阿難次行乞食到其家見已問言長老作何等答言我爲此諸女說法尊者阿難語優陀夷言云何名比丘無有男子而獨爲女人說法阿難乞食食已往世尊所頭面禮足以上因緣具白世尊佛言呼優陀夷來來已佛問優陀夷汝實作是事不答實爾世尊佛言此是惡事汝云何無男子爲女人說法從今以後不聽無男子爲女人說法

復次佛住舍衛城廣說如上爾時尊者優陀夷到時著入聚落衣持鉢入城次行乞食到一家爲衆多女人說法時尊者阿難行乞食到其家見已問言長老作何等答言爲女人說法阿難言長老不聞世尊言無男子不得爲女人說法耶即答言阿難汝不見此石人木人草人畫人耶一人便足況復衆多尊者阿難乞食食已以此因緣具白世尊佛言呼優陀夷來來已世尊問優陀夷汝實爾不答言實爾佛言優陀夷汝云何以無心男子當淨人而爲女人說法佛言從今日不聽以無心男子當淨人而爲女人說法

復次佛住舍衛城廣說如上爾時優陀夷時到著入聚落衣持鉢入舍衛城乃至答尊者阿難言汝不見此抱上小兒飲乳小兒卧小兒耶一人便足何況多尊者阿難乞食食已以上因緣具白世尊佛言呼優陀夷來來已

佛問優陀夷汝實爾不答言實爾佛言優陀夷汝云何以嬰兒當淨人而爲女人說法從今日不應以乳下嬰兒當男子而爲女人說法復次佛住舍衞城廣說如上爾時毗舍佉鹿母病尊者阿難晨起著入聚落衣往問疾言優婆夷所患何似不大苦惱不答言所病不差不可堪忍願尊者爲我說法阿難答言世尊不聽無淨人爲女人說法優婆夷言若不得多說者得爲我說五六語不阿難答言我不知得不未敢便說優婆夷言和南阿闍梨阿難言疾患速除言已便去尊者阿難還至佛所頭面禮足却住一面佛知而故問阿難汝從何來阿難即以上因緣具白世尊佛告阿難毗舍佉鹿母是智慧人阿難汝若爲說五六語彼病便差得安樂住從今日後聽無男子得爲女人說五六語佛告諸比丘依止舍衞城住者皆悉令集以十利故與諸比丘制戒乃至已聞者當重聞若比丘無淨人爲女人說法過五六語波夜提除可知男子比丘者如上說無男子者若盲若聾亦名無淨人若一盲一聾有此二人者得當一淨人雖有淨人眠亦名無男子女人者若母若姊妹若大若小在家出家法者佛所說佛印可佛所說者佛口自說佛印可者佛弟子餘人所說佛所印可說者教誦解說五六語者有二種長句短句長句者一切惡莫作短句者眼無常除有知男子者若減七歲不解好惡語義味不名爲可知男子雖過七歲不解好惡語義味亦名無知男子若七歲若過七歲解好惡語義味是名有知男子復次有女人

清旦來禮塔禮塔已來禮比丘足白言尊者我欲聞法願爲我說比丘爾時得爲說一偈半是比丘入聚落若更爲先女人說五六語者波夜提世尊所以制五六語者一日中得說若比丘在阿練若處住有女人來禮塔禮塔已次來禮比丘足白言尊者願爲我說法比丘應語彼女人言世尊制戒無淨人不得爲女人說法女人白比丘言我知佛法如世尊所聽願爲我說比丘爾時得爲此女說一偈半若二女人得三偈無罪若比丘入聚落教化有衆多女人來欲聽法各各得爲說六句應語第一女言我爲汝說六句說已復語第二女言爲汝說六句如是衆多無罪比丘出語諸女送出禮比丘足與別比丘若呪願言使汝速盡苦際得波夜提若言使汝得無病安樂住者無罪出已復詣餘家說法先女人復隨來在外遙聽比丘見已語言汝復來聽耶答言爾比丘言汝深樂法可聽是比丘得波夜提罪雖見此女人不共語直爲餘女人說法先女人雖聞無罪若比丘爲女人說法時雖無淨人在坐聽有作人行來作息向外向内或閣上閣下遙相見聞者無罪若俗人家向道比丘在内爲女人說法雖無淨人但路上行人不斷得見聞者亦無罪若路上行人斷無見聞者不得爲說若有女人來禮塔禮塔已白比丘言尊者此是何等塔願語我名處比丘爾時得語言此生處塔得道處塔轉法輪處塔涅槃處塔隨所問事事得答無罪淨人有四種或見非聞或聞非見或見亦聞或非見非聞見非聞者眼遥見比丘女

人而不聞語聲廣說如是四句見而不聞者得越毗尼罪聞而不見亦如是非見非聞波夜提亦見亦聞無罪是故說

佛住曠野城廣說如上爾時有營事比丘教衆多童子句句說波羅耶那時一婆羅門作是念何處有勝善法我當於彼出家作是念已便往曠野精舍欲求出家見比丘教諸童子學誦如似童子在學堂中受誦之聲時婆羅門作是念我今欲求勝法從彼出家而此中嘩嘩似如童子在學堂中學誦聲亦復不知何者是師誰是弟子彼人見已生不敬信心竟不見佛便還歸不復出家諸比丘以是因緣往白世尊佛言呼營事比丘來來已佛問營事比丘汝實爾不答言實爾世尊佛言此是惡事汝云何教未受具戒人誦句法從今日後不聽爲未受具戒人說句法佛告諸比丘依止曠野城者皆悉令集以十利故爲諸比丘制戒乃至已聞者當重聞若比丘教未受具戒人說句法波夜提比丘者如上說未受具戒者除比丘比丘尼雖比丘尼受具戒亦不得教句者若句味字句味字共誦法者佛所說佛所印可佛說者佛自說佛所印可者聲聞弟子及餘人說佛印可之諸善法乃至涅槃是名爲法教者爲說示語波夜提者如上說若比丘教未受具戒人言眼無常聲一時擧一時下一時斷聲合爲樂不遮波夜提耳鼻舌身意十八界五陰六界乃至諸法苦空無常非我亦如是若比丘受共行弟子依止弟子八羣經波羅耶那經論難經阿耨達池經緣覺經如是等種種經若共擧上

共下共斷應如是教弟子言汝待我誦斷汝當誦若如是教不受語者不復得教若彼弟子作是言願阿闍梨更授我經師爾時應語言若汝不復俱誦者我當授汝如是等乃至優婆塞優婆夷不得授若比丘共誦經上座應誦下座心中默逐若上座誦不利者下座應誦上座應心默誦逐乃至優婆夷亦如是若僧中唱說偈時不得同說一偈得同時各各別說餘偈是故說

佛住舍衛城廣說如上如第四戒妄語中事事因緣廣說但此中以說實爲異乃至佛語比丘此是惡事譬如婬女賣色自活汝等亦爾乃以微妙實法向人說爲口腹故賣色活命佛告諸比丘依止舍衛城者盡集以十利故與諸比丘制戒乃至已聞者當重聞若比丘自稱得過人法我如是知如是見說實者波夜提比丘者如上說自稱過人法人法過人法如上說若自言我法智耶越毗尼心悔若言我法智越毗尼罪若言我得法智作證波夜提句句如上廣說乃至十無學法實者波夜提若比丘語女人言某處夏安居比丘盡非凡夫得越毗尼心悔問言尊者亦在中耶答言亦在中得越毗尼罪若優婆夷問言尊者亦得此法不答言得說實者波夜提若比丘語優婆夷言某處自恣比丘非凡夫皆是阿羅漢得越毗尼心悔優婆夷言尊者亦彼間自恣耶答言如是得越毗尼復問尊者亦得阿羅漢耶答言得說實得波夜提罪若復言某甲處繩里比丘王家大臣家長者家居士家汝家爲汝家眷屬授經比丘及如是

去比丘住坐卧著如是衣捉如是鉢食如是食亦如是若中國語向邊地說若邊地語向中國說若中國語向中國說若邊地語向邊地說若說義不說味越毗尼罪若說味不說義越毗尼心悔若說義說味得波夜提非說義非說味無罪若作書手相印現義不現味得越毗尼罪若現味不現義越毗尼心悔現義現味偷蘭遮不現義不現味無罪下至現阿羅漢相越毗尼心悔是故說

佛住舍衛城廣說如上爾時有居士請衆多知識比丘是諸比丘中有一長老比丘行摩那埵在下行坐檀越優婆夷見已問言尊者坐處先在上今何故乃坐此中耶答言得坐處便坐何須問也優婆夷言我知尊者坐處正應在此我亦悉知諸尊者坐處時難陀語優婆夷言汝何故為呼汝阿闍梨在上座坐汝阿闍梨小兒時戲猶故未除優婆夷聞已心不歡喜作是念我阿闍梨故當犯小小戒故在此下坐即捉飯筐飲食擲地而去作是言尊者自於此中取食作是語已入房裏掩戶一扇而說偈言

出家已經久　修習於梵行　童子戲不止
云何受信施

諸比丘以是因緣往白世尊佛言呼難陀來來已佛問難陀汝實爾不答言實爾世尊佛語難陀此是惡事梵行人中間放逸已還作如法云何嗤弄向未受具戒人說其麤罪從今日後不聽向未受具戒人說他麤罪

復次佛住舍衛城廣說如上時有乞食比丘到時著入聚落衣持鉢入城次行乞食到一

家舍時男子即語女人言汝施出家人食女人問言何道出家答言釋種出家女人言我不與食問言何故不與答言此非梵行人是故不與比丘語女人言姊妹我非是非梵行人女人言尊者迦盧比丘大名德人猶尚不能修梵行汝今云何自言我是梵行人比丘聞是惡語心懷愁惱更不乞食即還精舍一日斷食斷食故四大羸弱往世尊所頭面禮足却住一面佛知而故問汝今何故四大羸弱以上因緣具白世尊佛言比丘汝何不語彼縱令迦盧比丘非是梵行何妨我修梵行答言世尊我能向彼說但世尊制戒不得向未受具戒人說他麤罪是故不說佛言善哉善哉善男子乃能不爲命故違佛教戒佛告諸比丘是迦盧比丘在家出家人皆知非梵行僧應作非梵行羯磨作法者應作是說大德僧聽是迦盧比丘在家出家人悉知非是梵行若僧時到僧忍聽說迦盧比丘非梵行白如是如是白三羯磨佛問諸比丘已與迦盧比丘作說非梵行羯磨未答言已作佛告諸比丘依止舍衛城者皆悉令集以十利故與諸比丘制戒乃至已聞者當重聞若比丘知他比丘麤罪向未受具戒人說除僧羯磨波夜提比丘者如上說知者若自知若從他聞麤罪者四事十三事未受具足者除比丘比丘尼雖比丘尼受具足亦不得向說說者語前人令知除僧羯磨羯磨者若白不成就衆不成就羯磨不成就是不名羯磨若白成就衆成就羯磨成就是名羯磨世尊說無罪波夜提者如上說若比丘知他麤罪僧未作

羯磨者不得説彼麤罪若有人問某甲比丘犯婬飲酒者應答言彼自當知若僧已作羯磨者不得順巷唱説若有問言彼比丘犯婬飲酒者比丘應問彼言汝何處聞答言我某處某處聞比丘應答言我亦如是處聞若比丘向未受具戒人説比丘四事十三事得波夜提説三十尼薩耆九十二波夜提越毗尼罪説四波羅提提舍尼法衆學威儀越毗尼心悔説比丘尼八波羅夷十九僧殘得偷蘭罪百四十一波夜提八波羅提提舍尼衆學威儀得越毗尼心悔説沙彌沙彌尼十戒得越毗尼罪下至俗人五戒得越毗尼心悔是故説

佛住舍衛城廣説如上爾時尊者陀驃摩羅子僧羯磨與知九事如十三事中廣説爾時有舍那糞掃衣不可分是陀驃白僧作是言是舍那糞掃衣不可分可與長老摩訶迦葉不諸比丘咸言可與是陀驃恐後有諍言故即更於僧中唱言是糞掃舍那衣與長老摩訶迦葉如是三唱唱已六羣比丘從坐起作是言阿誰言與六羣比丘爲與不汝作是唱非平等心汝私相親愛故迴僧物與諸比丘以是因縁往白世尊佛言呼六羣比丘來來已佛問六羣比丘汝實爾不答言實爾世尊佛語比丘此是惡事如是梵行人須汝皮肉血髓猶尚當與況是糞掃衣不可分僧中唱與而復還遮汝先默然與時似貴人相今還更遮似賤人相此非法非律非如佛教不可以是長養善法佛告諸比丘依止舍衛城者盡集以十利故與諸比丘制戒乃至已聞者

當重閫若比丘僧應分物先和合聽與後還遮者波夜提比丘者如上說僧者八種如上說物者八種時藥乃至淨不淨先聽者先僧中分物共和合與後遮者作如是言長老隨親厚以僧物與波夜提波夜提者如上說若僧中分物僧伽梨鬱多羅僧安陀會尼師壇覆瘡衣雨浴衣腰帶編繩鉢小鉢銅釪扇繖蓋盛油革囊刀子革屣澡瓶如是等一切應分物來當次應取若意不欲者聽過不取若人問言汝何以不取應答言此非我所須欲取餘物後來須者應取無罪若行物者唱言隨意恣取比丘爾時隨所須者得自恣取無罪遮者有三種或與已遮與時遮未與遮與已遮者得波夜提與時遮得越毗尼未與時遮得越毗尼心悔是故說

佛住舍衛城廣說如上爾時六羣比丘半月誦波羅提木叉經時誦四事時默然聽十三事時瞋三十事時便語九十二事時便起作如是言諸長老誰能持是戒用是誦爲諸天當能持此戒不使諸比丘生疑悔爾時誦波羅提木叉者慚愧諸比丘以是因緣往白世尊佛言呼六羣比丘來來已佛問六羣比丘汝實爾不答言實爾世尊佛言此是惡事如來欲饒益故爲諸弟子制半月說波羅提木叉汝云何於中輕呵遮說佛語比丘此非法非律不如佛教不可以是長養善法佛告諸比丘依止舍衛城者盡集以十利故與諸比丘制戒乃至已聞者當重閫若比丘半月誦波羅提木叉經時作如是言長老用半月誦雜碎戒爲使諸比丘生疑悔作如是輕呵戒

者波夜提比丘者如上說半月者若十四日十五日波羅提木叉者十修多羅也說者和合僧半月半月說雜碎戒者除四事十三事餘者是也使諸比丘生疑悔者得波夜提波夜提者如上說輕呵有三種有未說時呵有說時呵有說已呵未說呵者先說如是言長老莫爲說是雜碎戒我欲疾疾竟故是名未說呵說時呵者說戒時作如是言長老用說是雜碎戒爲使諸比丘生疑悔是名說時呵說已呵者說已作如是言汝向說是雜碎戒汝何故廣說使我坐久疲極欲死是名說已呵未說時呵越毗尼罪說時呵波夜提說已呵越毗尼心悔是故說

妄語及種類　兩舌以更舉　無淨及句法

過人說麤罪　親厚輕呵戒　是初跋渠竟

佛住曠野精舍廣說如上爾時營事比丘自手斫樹折枝葉自摘華果爲世人所嫌作是言汝等看是沙門瞿曇無量方便毀訾殺生讃歎不殺生而今自手斫樹採華傷殺物命失沙門果何道之有諸比丘以是因緣往白世尊佛言呼營事比丘來來已佛問比丘汝實爾不答言實爾世尊佛告比丘此是惡事是中雖無命不應使人生惡心汝等亦可少事棄捨諸緣務從今日不聽自手斫斷種子傷破鬼村佛告諸比丘依止曠野住者盡集以十利故與諸比丘制戒乃至已聞者當重聞若比丘壞種子破鬼村者波夜提比丘者如上說種子者有五種莖種根種心種節種子種是爲五種鬼村者樹木草壞者斫伐毀傷者波夜提波夜提者如上說根種者毒根

藕根芋根蘿蔔根葱根如是等根種用火淨若刀中拆淨是名根種莖種者尼拘律秘鉢羅優曇鉢羅楊柳如是比莖種應火淨若刀中拆淨是名莖種節種者竹葦甘蔗如是等當火淨若刀中拆淨若甲擿却牙目是名節種心種者蘿勒蓼藍如是比心生者當火淨若手挼修淨是名心種子種者十七種穀如第二戒中說當作火淨若脫皮淨是名種子裹核種膚裹種穀裹種檜裹種角裹種鸚鵡啄完出火燒時種非時種水種陸種先作更生種裹核種者呵梨勒鞞醯勒阿摩勒佉殊羅酸棗如是比應爪甲淨去核而食若欲合食核者當火淨是名裹核種膚裹種者秘鉢羅破求優曇波羅梨㮈如是等膚裹種應作火淨若熟時爛從樹上自落下時觸木石等傷皮如蚤脚者即名爲淨不得合食子若欲食者當火淨是名膚裹種穀裹種者椰子胡桃石榴如是等穀裹種者當作火淨若破是名穀裹種檜裹種者香菜蘇荏如是等若未有子手挼淨若有子火淨是名檜裹種角裹種者大小豆摩沙豆如是等若未成子手挼修淨若子成火淨是名角裹種鸚鵡啄者若鳥啄破落地傷如蚤脚即名爲淨去核得食若欲食子者當火淨是名鸚鵡淨完出者噉食已從糞中出如牛馬獼猴糞中出者是名完出即名爲淨火燒者若樹果爲野火所燒落地即名爲淨是名火燒淨時種者穀時種穀麥時種麥此種當用火淨若脫皮淨如拘睒彌國土作穀聚畏非人偷以灰火燒上作識此即爲淨如摩摩帝有倉穀未淨畏年少

比丘不知法使淨人火淨至倉穀盡比丘恒得語言春去不犯罪是名時種非時種者穀至麥時麥至穀時應火淨若剥皮淨是名非時種水種者優鉢羅拘物頭華香亭華如是等根當火淨若刀中擘是名水種先作後生者有粳米若蘿蔔根當火淨刀中擘是名先作後生陸種者十七種穀當脫淨皮淨若火淨是名陸種若自截若使人截自破使人破自碎使人碎自燒使人燒自剥皮使人剥皮自截者若自方便截五種生竟日不止得一波夜提若中間息已更截隨息一一波夜提使人截者一方便語使人一日截得一波夜提若中間語言疾疾截隨一一語波夜提如是一切破碎燒剥皮四事自作若使人作亦如是若爲僧作知事人一切不得語淨人言截是破是碎是燒是剥是若爾者有罪皆應言知是淨是無罪以五種生擲池水中若井中若大小便中糞掃中得越毗尼罪若種爛壞者得波夜提罪若比丘欲使草不生故在中經行行時得越毗尼罪若傷草如蚕脚許得波夜提如是立坐卧亦如是若以錐畫樹傷如蚕脚得波夜提若石上生衣比丘欲浣衣者不得自除却應使淨人知然後浣衣若日炙乾燥得自剥却無罪若雨後材木著地比丘不得自舉舉者得越毗尼罪若傷草如蚕脚許得波夜提若淨人先舉比丘後佐無罪若比丘僧伽梨欝多羅僧安陀會尼師壇枕褥葦㞘衣上生湄使淨人知著日中燥已得自挼修去若餅上生湄當使淨人知已然後得食若僧中行豆胡麻瓜果甘蔗如是等

上座應問作淨未若言未作應使作淨若言已作應食若在一器中有衆多果若一果處作淨餘者亦通得爲淨若在異器者當别一一器作淨若甘蔗著葉者當莖莖别作淨若無無葉者得合束如果得總作淨若比丘在阿練若處住夏安居中草生覆道畏失道故攬兩草相結得越毗尼罪若以餘物結作識而去還已解者無罪若比丘在山中住泥雨滑行欲倒地時捉草挽斷復更捉如是比丘無罪若爲水所漂若捉草隨斷斷亦無罪若泥作時渴欲飲者若手有泥得樹葉中飲若無淨人取葉者得就樹上生葉中飲但不得挽令斷高不可得者得摇樹取乾落葉取水飲若比丘斷新生青輭葉波夜提若斷長足堅强葉波夜提若葉已衰黄斷者越毗尼若風吹三種葉落取用無罪若比丘擿生華波夜提半熟者得越毗尼罪熟取者無罪若比丘道行夜宿時挽生草枯草想得越毗尼罪乾草生想得越毗尼罪生草生想波夜提乾草乾想無罪若城若聚落中有人祠樹枝葉雖燥濕皆不得折取折者得越毗尼罪樹木四句亦如上生草中說若比丘大小行須水者當詣池水水中若有浮萍遍滿水上欲取水用者不得以手撥開取水用當覓牛馬行處若蛇若蝦蟇行處若無諸行處者捉上塊打擲作如是言至梵天上去若塊石下時打水開處得用無罪若翻覆水中浮萍草得越毗尼罪若捉擲岸上得波夜提入水浴時水草著身者當以水澆令下入水若斷朝菌得越毗尼罪若捨乾牛屎時合生草者波夜提

罪是故說佛住拘睒彌廣說如上爾時僧集欲作羯磨事尊者闡陀不來僧遣人語闡陀言僧集欲作羯磨事長老來闡陀作是念今喚我者正當欲治罰我罪更無餘事復作是思惟我今當擾亂阿誰能使一切僧皆共擾亂不得作羯磨正當擾亂尊者大目揵連可辦此事然目連有大神力知我不可或能捉我擲他方世界此事不可復更思惟若擾亂大迦葉者可辦此事然大迦葉有大威德或能於衆中折辱我此事不小復作是念尊者舍利弗心柔輭質直易共語若擾亂彼者可使一切僧擾亂不得與我作羯磨闡陀來入僧中已作如是言尊者舍利弗我欲問義舍利弗言今爲餘事集僧此非問義時闡陀復語尊者舍利弗言如佛正法無有非時得現法中善果除煩惱熱諸賢聖悅可盡不擇時尊者舍利弗言聽所問闡陀言世尊說四念處何等是四念處時尊者舍利弗爲說四念處闡陀復言我不問四念處我問四正勤長老但答我四正勤舍利弗言汝欲聞四正勤者聽即爲說四正勤闡陀復言我問四如意足如是五根五力七覺分八聖道分如四念處反覆三問時諸比丘坐久疲乏各各散出僧不和合遂不成羯磨諸比丘以是因緣往白世尊佛言呼闡陀來來已佛問闡陀汝實爾不答言實爾佛言闡陀此是惡事我已爲汝無量方便呵責擾亂語讚歎隨順語耶汝今云何作擾亂事此非法非律不如佛教不可以是長養善法佛告諸比丘依止拘睒彌者皆悉令集以十利故與諸比丘制戒乃至

已聞者當重聞若比丘異語惱他波夜提比丘者如上說異語惱他有八事何等八一者作羯磨時二者如法論時三者論阿毗曇時四者論毗尼時五者不異論六者不異人七者停論八者異語惱他作羯磨者比丘和集作折伏羯磨乃至別住羯磨是名作羯磨如法論者說非常非斷是名如法論阿毗曇者九部修多羅是名阿毗曇毗尼者廣略波羅提木叉是名毗尼不異論者不得離本所論更論餘事是名不異論不異人者不得離先問人更問餘人是名不異人停論者當說法時語言住後當更論是名停論異語惱他者如尊者闡陀異語惱他是名八事於中異語惱他者波夜提離此八事非波夜提若人問比丘言從何處來答言過去中來何處去答言向未來中去何處眠八木上眠汝今日何處食答言五指食如是問不正答者越毗尼罪若賊來入寺中問比丘言示我僧物比丘爾時不得示珍寶等諸物復不得妄語應示房舍牀座等賊若言示我塔物亦不得示塔寶物復不得妄語應示塔邊供養具諸器物等賊若言示我淨廚比丘不得妄語復不得示錢物處應示釜鑊瓮器等若屠家畜生走問比丘見不比丘不得妄語復不得示處應言看指甲看指甲梵音與不見同若比丘在阿練若處住有四逃走問比丘如上畜生中答若比丘僧中問異答異得波夜提眾多人中和尚阿闍梨前諸長老比丘前問異答異得越毗尼罪是故說

佛住舍衛城廣說如上爾時世人信敬深厚

多持飲食供養世尊并奉衆僧尊者舍利弗目連供佛者侍者收攝與衆僧及舍利弗目連者或行或不行無人料理停置臭穢爾時尊者陀驃在學地作是念若我得無學者當營理僧事使得安樂作是念已初夜後夜精勤行道即成阿羅漢得三明六通已作是念我何須作有爲事我應當修習樂於少欲無事佛語陀驃汝本在學地時作如是言我若得無學者當料理僧事汝作如是語不答言實爾世尊佛言陀驃如汝先願今者應作答言當如世尊教爾時僧即拜知九事如先說爾時隨宜差食若是長老上座與上食中座與中間食下座與麤食六羣比丘怨情嫌恨以是事往白世尊佛語陀驃凡出家人法應平等與食汝當知得少不足得多者亦無猒得好得惡俱不周悉於是長老陀驃即作三品食精麤次第周而復始爾時難陀優波難陀晨起著入聚落衣持鉢往至食家語優婆夷言與我食優婆夷言尊者食時來至我未得洗面及洗器物未得作出家人食時檀越婦女弱小方起澡浴裸露形體者時難陀比丘不攝諸根縱著女色優婆夷作是念此比丘非毗尼人或生過惡不中久停但與作人麤食速遣令去作是念已即與作使人麤食是比丘得食已即還精舍爾時有長老比丘時到著入聚落衣持鉢威儀庠序往至食家檀越施種種美食滿鉢而還時難陀優波難陀見已作如是言長老陀驃世尊說平等分食觀此二食爲平等不陀驃言汝往太早非是食時明日難陀著入聚落衣持鉢入城路

中看象鬭馬鬭聽俗人言論時優婆夷念言阿闍梨昨日來不得食今應早辦檀越家作食久辦至時不來優婆夷復作是念尊者昨日來早今日何故不來祇洹精舍中或有供僧是故不來即共夫主小兒食盡時難陀遍中方來語優婆夷言與我食優婆夷言我作食早辦待尊者不來謂祇洹中有人供僧謂受彼請此所供養我已噉盡難陀語言今欲斷我食耶爾時優婆夷即以家中作人殘宿食與之得已還精舍廣說如上陀驃言汝去太晚時尊者陀驃以是因緣往白世尊佛言呼難陀來來已佛問難陀汝實爾不答言實爾世尊佛言此是惡事汝常不聞我以無數方便毀呰多欲讚歎少欲此非法非律非如佛教不可以是長養善法佛告諸比丘依止

舍衛城住者皆悉令集以十利故與諸比丘制戒乃至已聞者當重聞若比丘嫌責者波夜提比丘者如上說嫌責者若拜人拜囑人拜囑囑人拜人者如尊者陀驃是名拜人拜囑人者如陀驃摩羅子倩餘人料理僧事是名拜囑人拜囑囑人者所倩人復轉倩人料理僧事是名拜囑囑人嫌責是人者得波夜提波夜提者如上說若僧中行種種餅當次第來應取若意中不欲者令過去若淨人問何以不取答言我不用是欲更取餘者無罪若行乳粥酪粥胡麻粥魚粥肉粥行如是種種粥時若滿杓與上座上座不應便受上座應言平等與若行肉時偏與上座多者上座應問一切盡爾耶答言止與上座多耳上座應語平等與若不須多者少取少取已語餘

人平等與如是好食應平等與若沙彌行食時偏與師者知事人應言平等與若沙彌言汝何以不自行是知事人應推此沙彌出更使餘人行若行食人見僧中大德人便多與餘人便少與知事人應語行食人言僧中無高下汝平等與或有嫌而非呵責或有呵責非嫌或亦嫌亦呵責或非嫌非呵責嫌而非呵責者持巳器中食比毗坐器中食作如是言此平等不是名嫌而非呵責如是四句廣說嫌而不呵責得越毗尼罪呵責而不嫌者得越毗尼罪亦嫌亦呵責者得波夜提罪不嫌不呵責無罪是故說

佛在跋祇國人間遊行與比丘衆俱至一故河邊時諸捕魚人捉網捕魚諸比丘見巳白佛言世尊是捕魚人不應作是事而勤作世尊因諸比丘問巳即說此偈

巳得難得身　云何作諸惡　染愛著身故　命終入惡道

時捕魚者捉大網沉石浮瓠順水而上邊各二百五十人噭喚挽網向岸諸比丘見巳白佛言世尊此人若於佛法中如是精進者大得法利爾時世尊因事說偈言

所謂勤精進　非名一切欲　謂能離衆惡　以法自活命

如迦毗羅本生經中廣說其經說爾時衆魚墮網中有一大魚有百頭頭頭各異世尊見之便喚其字即應世尊世尊問言汝母在何處答言某圊廁中作蟲佛言此大魚迦葉佛時作三藏比丘惡口故受雜類頭報毋受其利養故作廁中蟲佛說此因緣時五百人即

止網出家修道皆得羅漢住跋渠河邊佛告阿難爲此諸客比丘敷牀座乃至阿難白佛願佛安慰客比丘佛告阿難汝自不知我已入四禪中安慰客比丘爾時各在露地敷牀褥欲乞食時至此諸比丘各以神力有至北鬱單越者三十三天者龍王宮乞食者牀褥在露地日炙風飄塵坌汙穢佛知而故問諸比丘以上因緣具白世尊佛言待此諸比丘來來已佛問諸比丘汝實爾不答言實爾佛言從今日因汝爲諸比丘制戒佛告諸比丘依止跋渠河者皆悉令集以十利故與諸比丘制戒乃至已聞者當重聞若比丘僧住處露地卧牀坐牀褥枕若自敷若使人敷去時不自舉不使人舉波夜提比丘者如上說僧住處者若阿練若住處若聚落住處卧牀坐牀者有十四種團脚卧牀團脚坐牀卧褥牀坐褥牀闌藤卧牀闌藤坐牀烏那陀卧牀烏那陀坐牀陀彌卧牀陀彌坐牀褥者劫貝褥毛毳褥氈褥迦尸褥草褥枕者劫貝枕毛毳枕梅枕迦尸枕敷者若自敷若使人敷去者餘行不舉者不自舉不使人舉波夜提波夜提者如上說若欲露地說法者知牀褥人敷牀褥已若去離二十五肘不囑者波夜提罪若二人共知者一人欲行時應囑第二人第二人欲行者應待第一人還付囑已然後當去若敷牀褥訖有後人來坐知敷人得捨去無罪若春月露地敷置年少比丘坐上眠上即囑彼比丘若牀上無比丘者若比丘夜起大小行觸僧牀一一觸已捨去隨所觸一一得波夜提若是牀上有比丘者即囑彼人無

罪若僧知事人欲付牀褥故出著露地捨離二十五肘得波夜提若受得僧牀褥曝曬時捨離二十五肘亦波夜提若比丘病在露處眠弟子來禮師若師起去弟子應舉覆處有二人共坐一牀若上座欲去時應囑下座下座欲去時應白上座言我欲去此牀當舉何處上座若言汝自去此牀我自當舉爾時去無罪若比丘爲和尚阿闍梨敷牀褥已而去者越毗尼罪若和尚阿闍梨知爲我敷去時應囑若不屬去者越毗尼罪二十五肘者得極大麤雨時不徹兩重衣故若比丘衆僧牀上安形像餘比丘來禮拜手觸而不舉者波夜提若衆多比丘次第禮拜手觸屬最後者或囑授非是屬或屬非是囑授或亦囑亦屬或非囑非屬囑而非屬者沙彌是屬而非囑者上座比丘是亦囑亦屬者下座比丘是非囑非屬者俗人是若大德比丘多有弟子爲敷牀褥若師知爲已敷去時應囑人舉不囑者得越毗尼罪若衆僧牀褥在衆僧住處露地敷去時不舉者得波夜提衆僧牀褥在私住處露地敷去時不舉越毗尼罪若私牀褥在僧露地敷不舉得越毗尼罪若私牀褥在私露地敷去時不舉越毗尼罪僧牀褥在俗人家敷去時不舉者越毗尼罪若俗人牀褥在露地敷去應語令知是故說

佛住舍衛城廣說如上時有婆羅門宿請衆僧供食施衣諸比丘僧房內敷僧坐具不收斂便徑去世尊以五事利益故五日一行諸比丘房見諸比丘房內敷具上有蟲鼠糞穢塵土不淨佛知而故問諸比丘以是因緣具

白世尊佛語諸比丘汝等出家人更無給使爲汝料理後事去時何故不舉此非法非律不如佛教不可以是長養善法佛告諸比丘依止舍衛城者盡集以十利故與諸比丘制戒乃至已聞者當重聞若比丘内覆處自敷牀褥若使人敷去時不自舉不使人舉波夜提比丘者如上說内者是覆處牀座者十四種如上說枕褥者亦如上說敷者若自敷若使人敷去者餘處去不自舉者不自舉不使人舉者不使他人舉波夜提波夜提者如上說若比丘欲餘行去時房舍内水灑掃地令淨以巨磨塗地褥枕曬令燥語知牀褥人作如是言長老是牀褥枕一切應付囑示語若知牀褥人是下座者應語言當攝此牀褥答言爾若上座者付囑此牀褥答言爾去不白

者波夜提若不白去時有比丘即入住房不空故得越毗尼罪若已去忘衣鉢還來取而白者無罪若比丘隨道行天陰欲雨年少比丘先去往至精舍爲和尚阿闍梨取牀褥已天晴欲去者當白若不白去者波夜提若衆多比丘在聚落精舍中宿共受僧牀褥各各作是念某甲故當付囑去已道中展轉相問都無囑者諸比丘當差遣二人還付囑若比丘在路行至精舍中宿去不囑牀褥行遠已展轉相問盡無付囑道逢比丘即問言長老欲何處去答言我欲到某處是比丘即白言我昨夜彼宿來時忘不囑牀褥長老到彼當爲我付囑是比丘復言我來時亦忘不付囑長老往彼精舍爲我付囑如是二人展轉相囑已乃至齊入精舍界得名囑授若比丘在

俗人家宿得牀褥卧具去時應示語去若得草敷者去時應語言此草欲安何處隨主人語應安之若檀越言但去我自當料理比丘應小斂一角而去若比丘行路撓亂草敷坐去時聚已當去是故說

佛住舍衛城廣說如上時有客比丘來到六羣比丘房裏六羣比丘言善來長老作是語已與洗脚水塗足油非時漿止息已語客比丘言長老汝欲何處住答言此房中住六羣比丘言汝知此是誰房答言我知是衆僧房六羣比丘言此雖僧房我等六羣比丘已先在此住客比丘言此是四方僧房縱使十六羣比丘先在中住我亦當依次而住何況六羣比丘六羣比丘語比丘言若長老欲住便住客比丘住已六羣比丘即各各捉其手脚或捉頭高舉欲出之時世尊以神足在虛空中來六羣比丘見世尊已即撲地而去佛語客比丘汝但在房中住復次尊者難陀是優波難陀兄難陀共行弟子乃至驅出房出房已弟子大喚諸比丘聞聲已皆驚出看作如是言此比丘今日失二種利斷食失房如是諸比丘以是因緣往白世尊佛言呼六羣比丘來來已佛問難陀優波難陀汝實爾不答言實爾佛言汝等云何於四方僧房中住牽出客比丘此是惡事汝常不聞我無量方便讚說於梵行人所應修慈身行修慈口意行修慈常供養供給耶此非法非律非如佛教不可以是長養善法佛告諸比丘依止舍衛城者皆悉令集以十利故與諸比丘制戒乃至已聞者當重聞若比丘在僧房内若自牽

出若使人牽出乃至言比丘汝出去作是語者波夜提比丘者如上說若比丘牽比丘出時彼比丘若抱柱若捉戶若倚壁如是牽離一一處一一波夜提若口呵叱遣彼比丘隨語離一一處者一一波夜提若方便驅直出門者得一波夜提若比丘瞋恚蛇鼠驅出越毗尼罪若作是言此是無益之物驅出無罪若駱駝牛馬在塔寺中畏汙壞塔寺驅出者無罪若比丘驅比丘出波夜提若驅比丘尼出偷蘭遮若驅式叉摩尼沙彌沙彌尼得越毗尼罪下至驅俗人出越毗尼心悔是故說

摩訶僧祇律卷第十四

音釋

嘽于鬼切 鈃雲俱切與盂同 繖蘇旱切蓋也 擿陟革切手取也 揉而由切以手挺也 觳克角切 𥢶苦會切穅也 喙許穢切觜也 醯馨夷切 椰余遮切木名 驎離真切 擘博厄切 菌巨隕切地蕈也 鑊黄郭切鼎屬 盆蒲奔切 噭吉弔切與叫同 撲弼角切踣也

摩訶僧祇律卷第十五

東晉三藏法師佛陀跋陀羅共沙門法顯譯

佛在拘睒彌人間遊行爾時世尊初夜爲諸聲聞說法說法已諸比丘各各還住房時六羣比丘於餘處談話經久乃還扣房戸房內人問誰答言我是六羣比丘欲此閒宿房內比丘言此房已滿六羣比丘復更輭語苦求與我少許容一坐處如是苦求不得復至餘房亦復不得復到諸下座比丘宿處若溫室若禪坊若講堂扣戸堂內比丘問誰六羣比丘言我欲來此宿堂內比丘言此堂已滿六羣比丘復重苦求不止堂內比丘即爲開戸得入房已趣縱橫身牀上而卧或以手肘膝扠築邊人又作是言諸長老作一色去作是語已即吹燈滅更喚外伴比丘言諸梵行人可來入來入已在前者膝頭蹴在後者肘頭築放氣調戲諸比丘作是念誰能共此非威儀人共在一處即持尼師壇即出去諸比丘以是因緣往白世尊佛言待我從憍薩羅行還舍衛城時更白此事當爲諸比丘制戒復次佛住舍衛城廣說如上先客比丘次得六羣比丘房宿夜閉戸六羣比丘恊先嫌故盜以滑泥塗戸棖上當行處著滑泥及塼石此比丘夜出脚蹈滑處倒塼石上作如是言諸長老六羣比丘殺我折我項故作如是事欲撓亂我誰能共此住諸比丘以是因緣往白世尊佛言呼六羣比丘來來已佛問六羣比丘汝實爾不答言實爾世尊佛言此是惡事諸比丘白佛言六羣比丘非但此一惡事世尊在憍薩羅國遊行時擾亂諸比丘乃至各

各持尼師壇出去佛問六羣比丘汝實爾不答言實爾佛言汝云何知他先敷置後來擾亂欲使他去此是惡事非法非律非如佛教不可以是長養善法佛告諸比丘依止舍衛城者皆悉令集以十利故與諸比丘制戒乃至已聞者當重聞若比丘知他比丘先敷置牀褥後來欲擾亂故敷置不樂者自當出去作如是因緣不異者波夜提比丘者如上說知者自知若從他聞先敷者是初敷也牀褥者如前說後來敷置者欲擾亂使他出故作如是因緣不異者波夜提波夜提者如上說若住處少一比丘當一柱間敷牀褥尼師壇覆上已向和尚阿闍梨或禮拜問訊或受誦去後比丘來却先尼師壇自敷尼師壇坐已作細聲唄先住比丘來見已作是念誰能斷他法即自持尼師壇去是比丘波夜提罪坐禪病亦如是若復來眠他牀上若是上座者應語言長老不知世尊制戒那若眠比丘是下座者應呵責汝不善不知戒相汝不知世尊制戒云何後來眠他牀上若比丘在他處經行者見先比丘來應當避去若比丘夜眠時雖振動竊語不作擾亂意無罪擾亂比丘波夜提比丘尼偷蘭遮式叉摩尼沙彌沙彌尼得越毗尼罪俗人得越毗尼心悔是故說

佛住曠野精舍有二比丘共住上座閣下下座閣上上座坐禪下座誦經上座時到著衣持鉢入曠野聚落乞食疾得速還下座方去上座食已澡鉢舉置常處洗足結跏趺坐下座晚得食乃還還已上重閣上置鉢常處並作是言噓極即縱身而坐牀脚下脫即傷上

座頭頭血流出上座作如是言殺我殺我諸比丘聞聲已即來聚問何故如是上座具說其事諸比丘以是因緣往白世尊佛言呼彼比丘來來已佛問比丘汝實爾不答言實爾佛問比丘汝云何閣上敷尖脚牀用力坐從今日後不聽閣上敷尖脚牀坐佛告諸比丘依止曠野住者皆悉令集以十利故爲諸比丘制戒乃至已聞者當重聞若比丘在閣屋上敷尖脚牀若坐若卧波夜提比丘者如上說閣者第二重屋者如世尊所聽尖脚者如栓牀者有十四種如上說若坐若卧波夜提波夜提者如上說若以泥土作地堅牢若板作密若團脚若邊閣閣下無人坐皆無罪若踈作尖脚卧牀坐牀若坐若卧者波夜提若板牀而坐者得越毗尼罪若著橫椅越毗尼罪若一脚尖三脚圓得波夜提如是若二若三四脚尖波夜提四脚圓無罪是故說佛住曠野精舍時營事比丘以蟲水澆草泥爲世人所譏沙門瞿曇無量方便毀呰殺生讚歎離殺而今沙門以蟲水澆草泥此是敗壞人何道之有諸比丘聞已以是因緣往白世尊佛言呼營事比丘來來已佛具問上事汝實爾不答言實爾世尊佛言此是惡事正應爲世人所嫌此非法非律非如佛教不可以是長養善法從今日不聽蟲水澆草泥佛告諸比丘依止曠野住者皆悉令集以十利故爲諸比丘制戒乃至已聞者當重聞若比丘知蟲水澆草泥若使人澆波夜提比丘者如上說知者若自知若從他聞蟲者乃至微細有命水者有十種如上說草者茆芒等泥者草

泥苦泥象屎泥牛屎泥等澆者自澆使人澆波夜提者如上說若比丘知水有蟲方便澆一息一波夜提隨息多少一一波夜提使人澆者一方便語一波夜提若更語疾疾澆語語波夜提若比丘營作房舍温室者須水若池若河若井漉取滿器看無蟲然後用若故有蟲者當重囊漉諦觀之若故有蟲者至三重若故有蟲當更作井如前諦觀若故有蟲者當捨所營事至餘處去漉水法當交竪三杖縛上頭以漉囊繫之以器承下漉囊中恒渟水數到著井中蟲生無常或先無今有或今有後無是故比丘日日諦觀無蟲便用若比丘知蟲水澆草澆泥若自澆若教人澆得波夜提若蟲水與和尚阿闍梨洗浴得波夜提若洗器水瀡一切漿若酒諸有蟲者用澆泥得波夜提是故說

佛住拘睒彌廣說如上爾時尊者闡陀勸化作房時闡陀集覆屋具草木竹等辦已往語覆屋師言我衆事已辦與我覆屋覆屋人言阿闍梨與我食直作價爾時闡陀隨其價直而斷與之時作人即往詣屋所闡陀語作人此是覆屋具覆屋人言覆屋有三種厚薄不同欲作何等覆闡陀言汝用問三種厚薄爲現所有草盡當用覆覆屋人言當有齊限那得盡用如是至三屋師覆言一切世間皆有法限如法限者世所稱讚闡陀言但盡用覆何須多言即如其言盡用覆之草多厚故結縛不禁始得時雨悉皆斷解如華敷開竟夜被雨衣鉢盡濕闡陀清旦往到屋師所作如是言汝云何爲我覆屋乃至如是覆屋人言

何以故闡陀言竟夜被雨衣鉢盡濕覆屋人言我先不語阿闍梨覆屋有三種厚薄不同乃至隨語一切盡與闡陀言汝當更爲我覆覆屋人言更與我食直作價闡陀言價直汝先已得先已得者先已作訖若欲更作者價三倍於先乃至闡陀自恃王力强使更覆而不與直闡陀復自遶其房苦言呵責時有行人屋師語言諸人看是沙門釋子恃王力勢强使我作而不與直行人即嫌云何釋子恃王勢力强使人作而不與價甚爲不可自遶其屋猶如槃馬傷殺生草此敗壞人何道之有諸比丘以是因緣具白世尊佛言呼闡陀來即呼來已佛問闡陀汝實爾不答言實爾佛告闡陀此是惡事非法非律不如佛教不可以是長養善法佛告諸比丘依止拘睒彌住者盡悉令集以十利故爲諸比丘制戒乃至已聞者當重聞若比丘作大房施戶牖經營齊再三覆當於少草地中住若過者波夜提比丘者如上說作者若自作若使人作大者過量房者世尊所聽作戶者通人出入處牖者通明處經營者教語指授覆者有十種若草若泥若板若石灰若阿槃頭國覆摩竭提國拘睒彌國山國恭敬國覆藏語國覆再三者非五六極齊三少草地者少生草處波夜提者如上說雇覆屋人斷價時當如實價不得高下應語作人言汝若如是知覆當與汝如是價若不如是知覆不與如是價如是要令分明一三處分已比丘作是念當作方便持草木竹往彼彼當見我當疾好覆屋師見已好不好得波夜提如是作方便欲使屋

師見故往禮拜和尚阿闍梨受經讀誦若經行若入聚落屋師見我已當疾好覆見已好不好俱得波夜提如是一切作方便得波夜提若不作方便往見已爲好疾覆無罪是故說

種子及異語　嫌責覆敷地　内敷并牽出
先敷置重閣　蟲水作大房　第二跋渠竟

佛住舍衛城廣說如上爾時長老比丘次第教誡比丘尼時難陀優波難陀不得次第教誡自相謂言諸長老比丘悉次第教誡比丘尼我等不得次第教誡我等今當自先往教誡即作是念我當依誰次第而去當依大目揵連次第而去彼尊者有大神力脫不可者或捉我等遠擲他方當依尊者大迦葉次第而去彼尊者有大威德若不合理或能在大衆中摧辱我等尊者舍利弗柔輭和雅當依其次作是念已即依其次清旦著衣往詣比丘尼精舍作如是言諸姊妹和集我等來相教誡時諸比丘尼即集衆彼難陀比丘多聞辯才善能說法即爲比丘尼衆隨宜說法時尊者舍利弗教誡時到著衣詣比丘尼門屋下住聞說法聲時諸比丘尼遥見尊者舍利弗以恭敬法故不起迎逆時尊者舍利弗見是事已即作是念我今爲不斷法故即還往詣佛所頭面禮足却住一面佛知而故問舍利弗汝已教誡比丘尼耶答言不教誡世尊佛言何故舍利弗以上因緣具白世尊佛言呼難陀優波難陀來即呼來已佛問難陀優波難陀汝實爾不答言實爾世尊佛言汝云何僧不差而教誡比丘尼此非法非律不如

佛教不可以是長養善法佛告諸比丘依止舍衛城住者皆悉令集以十利故爲諸比丘制戒乃至已聞者當重聞若比丘僧不差而教誡比丘尼波夜提比丘者如上說不差者僧不作羯磨名不差十二事不成就者不名爲差衆不成就白不成就作羯磨不成就亦名不差教誡者若阿毗曇若毗尼波夜提者如上說若比丘僧不差教誡比丘尼者波夜提是故說

佛住舍衛城廣說如上時長老比丘次第教誡比丘尼時尊者難陀次第教誡比丘尼而不肯去爾時大愛道憍曇彌比丘尼往至佛所頭面禮足白佛言世尊尊者難陀次應教誡比丘尼而不肯誰當應去作是語已頭面禮佛足而去佛語比丘呼難陀來來已佛問難陀汝次應教誡比丘尼何故不去難陀白佛言世尊未被僧羯磨是以不去佛語諸比丘有十二事成就僧當拜作教誡比丘尼人何等十二一持戒清淨多聞阿毗曇毗尼學戒學定學慧能爲人除惡邪能自毗尼毗尼他有辭辯不汙梵行不壞比丘尼重禁二十臘若二十臘是爲十二法羯磨人應作是說大德僧聽尊者難陀十二法成就若僧時到僧拜難陀教誡比丘尼人如是白大德僧聽尊者難陀十二法成就僧今差某甲教誡比丘尼諸大德忍難陀教誡比丘尼者默然若不忍便說僧已忍難陀教誡比丘尼竟僧忍默然故是事如是持爾時尊者難陀爲諸比丘尼廣說法遂至日沒諸比丘尼逼暮還入城爲世人所嫌作是言沙門釋子將是比丘

尼竟日自娛樂日沒乃還女人可愍不得自在乃至於是此壞敗人何道之有諸比丘聞已以是因緣往白世尊佛言呼難陀來來已佛問難陀汝實爾不答言實爾佛語難陀此是惡事非法非律非如佛教不可以是長養善法佛告諸比丘依止舍衛城住者皆悉令集以十利故與諸比丘制戒乃至已聞者當重聞若比丘僧差教誡比丘尼從日沒乃至明相未出者波夜提比丘者如上說僧差者十二法成就衆成就白成就羯磨成就教誡者若阿毗曇若毗尼冥者從日沒至明相未出波夜提波夜提者如上說日沒作未沒想教誡者越毗尼日未沒作沒想得越毗尼日沒作沒想波夜提日未沒作未沒想無罪明相四句亦如是比丘尼式叉摩尼想教誡得波夜提試叉摩尼作比丘尼想得越毗尼罪式叉摩尼作式叉摩尼想教誡無罪比丘尼作比丘尼想教誡波夜提沙彌尼外道出家尼優婆夷四句亦如是若比丘尼夜禮比丘足比丘言善盡解脫者波夜提若言善來者無罪共一切四部衆會竟夜說法時比丘作方便欲爲比丘尼說大愛道出家經黑瞿曇彌經法豫比丘尼經者得波夜提罪若正誦此經更不知餘經次第誦者無罪若夜比丘在高座上說法時作如是言一切衆座明聽者得波夜提若不作是言爲說者無罪是故說佛住舍衛城廣說如上時諸長老比丘次第教誡比丘尼時六羣比丘作是念諸長老比丘次第教誡比丘尼我等不得我等當先在前去教誡比丘尼有言世尊制戒僧不差

不得教誡比丘尼六羣比丘言我等知作羯磨事即便出界作羯磨展轉相拜已即往比丘尼精舍作如是言姊妹汝等和合僧我當教誡時六羣比丘尼疾疾集時衆中如法者作如是言誰能受此非毗尼人教誡時六羣比丘尼即自聚集論說俗事已便去時尊者難陀到時著衣往比丘尼精舍作如是言諸比丘尼盡集我當教誡時諸善比丘尼即和合六羣比丘尼不來難陀問言比丘尼僧和合未答言未復問誰不來答言六羣比丘尼不來即遣使往喚復不來作如是言我等先已從六羣比丘受教誡難陀言尼僧不和合者不得教誡言已便還到世尊所頭面禮足却住一面佛知而故問汝已教誡比丘尼耶難陀即以上因緣具白世尊佛言呼六羣比丘來來已佛具問上事汝實爾不答言實爾佛言六羣比丘汝云何僧不差而教誡比丘尼答言我等已受差竟佛言癡人誰差汝等答言我等出界自展轉相差佛言從今已去不聽界外展轉相差往比丘尼精舍

復次佛住舍衛城大愛道瞿曇彌病時尊者阿難往問訊如是言體力何如所患損不不至增耶答言尊者苦患無損善哉尊者爲我說法阿難言世尊制戒不白界内比丘不得爲比丘尼說法比丘尼言和南尊者答言安隱住作是言已便還往世尊所頭面禮足却住一面佛知而故問阿難即以上事具白世尊佛言汝若爲說法者彼病即差身得安樂從今日後聽爲病比丘尼說法佛告諸比丘依止舍衛城者皆悉令集以十利故與諸比

丘制戒乃至已聞者當重聞若比丘往比丘尼住處欲教有比丘不白除餘時波夜提餘時者病時比丘者如上説教者教誡也有比丘者界内現前非眷屬現前不白者若言我非時入聚落若言離同食是不名爲白白者當作如是言長老憶念白入比丘尼精舍教誡彼應言莫放逸除餘時者比丘尼病時世尊説無罪波夜提者如上説若二人在阿練若住處若一人欲入比丘尼精舍當白第二人作是言長老憶念白入比丘尼精舍教誡彼應言莫放逸答言頂戴受若二人俱欲往者當展轉相白若一人已往一人後復欲往者當作如是念我若道中見比丘當白若聚落中見者當白若到比丘尼精舍門不得即入應問有比丘在内不若言有喚來出白白

已當入若不白一脚入門得越毗尼若二脚入得波夜提若比丘尼請比丘食衆僧上座應作如是白入比丘尼住處教誡去若第一上座不能答對者第二上座應白若僧已入坐比丘尼問事衆中年少比丘有辯才現前答對説法者無罪若比丘尼比丘住處隔墻相接比丘作細妙聲唄比丘尼遥問言尊者誰能作如是唄答言我唄比丘尼言尊者能作如是好唄比丘言汝欲更聞耶答言欲聞比丘即更唄者波夜提罪若比丘尼病比丘爲唄者無罪若此比丘尼已死比丘尼弟子語比丘言師已死比丘應即止若爲作無常唄者得波夜提若比丘尼禮比丘足時比丘作如是呪願使汝一切苦盡得解脱波夜提應語言善來是故説

佛住舍衛城廣說如上爾時六羣比丘晨朝著衣在祇洹門下住時有教誡尼比丘出門六羣比丘見已作如是言汝等今入城得放恣諸根不爲餘爲好飲食故去時教誡比丘慙愧諸比丘聞已以是因緣往白世尊佛言呼六羣比丘來即呼來已佛問六羣比丘汝實爾不答言實爾佛言此是惡事非法非律不如佛教不可以是長養善法佛告諸比丘依止舍衛城比丘皆悉令集以十利故與諸比丘制戒乃至已聞者當重聞若比丘語比丘言長老爲食故教誡比丘尼波夜提比丘者如上說食者麨麵飯魚肉復次有食名色聲香味觸教誡者若阿毗曇若毗尼波夜提者如上說若比丘語比丘作如是言爲飲食故教誡比丘尼者波夜提若言爲醫藥者得越毗尼罪若比丘語比丘尼作如是語彼比丘爲飲食故教誡汝等得越毗尼罪若比丘語比丘尼作如是語彼比丘爲醫藥故教誡汝等得越毗尼心悔若比丘語比丘言汝爲飲食教誡式叉摩尼沙彌尼得越毗尼罪若言爲醫藥者得越毗尼心悔如是廣說乃至優婆塞優婆夷爲飲食故教誡汝等得越毗尼罪若言爲醫藥故教誡汝等得越毗尼心悔是故說

佛住舍衛城廣說如上爾時尊者優陀夷善生比丘尼是本二善生比丘尼語尊者優陀夷言我明日當次守房可來共語明日諸比丘尼各各入聚落乞食時優陀夷往善生比丘尼所在屏處蹲相向展轉生欲心身生起相看而住爾時有老病比丘尼出行遇見已

心生慙愧即便却還病比丘尼即以是事向諸比丘尼説諸比丘尼語善生比丘尼言汝出家人云何乃作此非法非律甚爲可恥善生比丘尼即瞋恚言奇哉奇哉是我親里比丘時時來看若我不與共相娛樂者誰復應爾是我家法有何可怪如是諸比丘一一難詰是善生比丘尼辯才能一一答諸比丘尼即以是事白大愛道大愛道即白世尊佛言呼優陀夷來即便呼來佛問優陀夷汝實爾不答言實爾佛言此是惡事汝常不聞我無量方便讚歎梵行毁呰婬欲耶汝云何作惡不善法此非法非律不如佛教不可以是長養善法佛告諸比丘依止舍衞城者盡集以十利故與諸比丘制戒乃至已聞者當重聞若比丘與一比丘尼共空屏處坐者波夜提

比丘者如上説一者一比丘一比丘尼雖有人若狂癡心亂眠非人畜生雖有如此比人故名無第三人空屏者僻靜處坐者共坐波夜提者如上説若比丘尼請一比丘食一比丘尼共比丘坐一比丘尼來往益食益食比丘尼去時比丘隨一一時得波夜提若比丘尼坐者比丘爾時應起不得默然而起使比丘尼疑欲作非法事應當語言我欲起若比丘尼問言何以故起應答言世尊制戒不得與比丘尼共坐若比丘尼言尊者但坐我當起比丘爾時坐者無罪乃至沙彌尼若在閣道板蹬上坐移一一踏上坐比丘爾時隨一一移坐波夜提若沙彌尼乃至滅七歲亦犯波夜提比丘與比丘尼獨屏處坐波夜提若精舍户向道若行人不斷一切如與女人説

法中廣說是罪是覆處非是露處亦是夜亦是晝是一人非衆多是近非是遠是故說

佛住舍衛城廣說如上爾時六羣比丘與六羣比丘尼共道行日冥欲到聚落在池水邊止息欲求宿處時比丘尼白六羣比丘言尊者住此我當入聚落覓宿處即入聚落求宿處得主人唱從所安得宿處已便出迎六羣比丘白言尊者我已得住處可共入安隱比丘住已白言尊者我欲入村勸化明日飲食到諸女人所作如是言比丘比丘尼二衆梵行僧俱到汝當辦明日食非時漿塗足油諸女人聞尼或有辦一人供二人供者如是人人悉供養具飲食飽滿餘者持去在道行時並共語笑調戲爲世人所嫌汝看沙門釋子皆是年少同共剃髮似如婬女迭相調戲是輩敗人何道之有諸比丘聞已往白世尊佛言呼六羣比丘來即呼來已佛問六羣比丘汝實爾不答言實爾佛言此是惡事不可以是長養善法從今已去不聽與比丘尼期共道行

復次佛住舍衛城毗舍離諸比丘夏安居訖欲來禮覲世尊諸比丘尼聞已即問比丘言諸大德欲往禮覲世尊何日當發諸比丘即語去日女人長情計日即先往道次住待諸比丘諸比丘見已問言姊妹欲何所至答言欲往祇洹禮覲世尊諸比丘聞已恐畏犯戒故即疾疾捨去諸比丘尼中有年少者即騫衣隨後疾行而逐諸尼中有羸老者行不及伴爲賊所剥諸比丘尼以上因緣白大愛道大愛道即往世尊所頭面禮足却住一面以

上因緣具白世尊乃至諸比丘不將接比丘尼者誰當將接佛言從今日聽恐怖時得共道行佛告諸比丘依止舍衛城者盡集以十利故與諸比丘制戒乃至已聞者當重聞若比丘與比丘尼期共道行除餘時波夜提餘時者恐怖時比丘者如上說共期者若今日若明日若半月若一月道者若三由延二由延一由延若一拘盧舍除餘時者恐畏怖時世尊說無罪恐怖者須臾畏奪命若失物毀梵行雖無是事若有疑是中須臾奪命失物毀梵行波夜提者如上說若比丘共比丘尼共一道行一聚落中間一波夜提若空地無聚落一拘盧舍波夜提若比丘共母姊妹出家共隨車伴行車伴止息發去時比丘喚比丘尼來勿使不及伴作是語者波夜提若言去去姊妹勿使失伴無罪若比丘尼下道止息比丘喚言來來姊妹已名爲期若舉一足得越毗尼舉二足波夜提語言去去勿使不及伴者無罪比丘共商人隨道行商人先入聚落比丘不知道行法問見比丘尼問言姊妹示我道來即名共期若比丘尼來舉一足得越毗尼舉二足波夜提得言去示我道者不犯若聚落中請比丘食比丘不知檀越家處見比丘尼即問言知某甲檀越家處不示我處來即名爲期若舉一足越毗尼罪二足得波夜提若言去姊妹示我家處無罪若比丘尼期而不去者越毗尼罪不期默然而去者無罪共期共去波夜提不期不去者無罪共發別入越毗尼罪別發同入越毗尼罪共發共入波夜提罪別發別入無罪是故說

佛住舍衛城廣說如上爾時是吉祥事日清旦男女集在阿耆羅河上飲食伎樂遊觀時六羣比丘晨起著入聚落衣往六羣比丘尼所問言今是吉祥日汝有飲食不當共詣河上遊觀六羣比丘尼言正爾當辦大德可並覓船乘六羣比丘即往至王家船官上請取好船及種種莊嚴即持飲食具置船上共比丘尼載順流上下嘲語戲笑爲世人所譏汝等看此沙門釋種子放逸無道猶如俗人本共交通此壞敗之人何道之有諸比丘聞已以是因緣往白世尊佛言呼六羣比丘來即便呼來來已佛問六羣比丘汝實爾不答言實爾佛言此是惡事從今日不得與比丘尼共期載船

復次佛住舍衛城爾時阿耆羅河彼岸請二部僧比丘比丘尼當受請渡時不聽比丘尼上船而比丘或一人一船或二人一船如是三四船力極軀而不載比丘尼諸比丘渡已方渡比丘尼比丘尼渡已至其食處次第歲數如是中間日時已過悉皆斷食大愛道瞿曇彌失食即往至佛所頭面禮足却住一面佛知而故問瞿曇彌何故羸極大愛道即以上因緣具白世尊佛言從今日去聽直渡佛告諸比丘依止舍衛城住者皆悉令集以十利故與諸比丘制戒乃至已聞者當重聞若比丘與比丘尼期共載船上水下水除直渡波夜提比丘者如上說期者若今日若明日若半月若一月除直渡者世尊說無罪波夜提者如上說若比丘共比丘尼共期同載逕一聚落間得一波夜提若無聚落空地者一

拘盧舍一波夜提若比丘與比丘尼共載船岸邊住比丘尼下船大小行時船欲去比丘喚比丘尼言姊妹來以名爲期若舉一足越毗尼罪二足得波夜提若共期而不去者得越毗尼罪若不期而去者無罪共期共去者波夜提不期不去者無罪後四句亦如上是故說

佛住舍衛城廣說如上爾時有無歲比丘著新好染衣來至佛所頭面禮足而去乃經七年著弊故衣來至世尊所頭面禮足却住一面佛知而故問比丘汝先無歲時著新好染衣今何故著弊故衣答言我從七年以來得好衣與比丘尼佛告諸比丘設使親里比丘著如是弊故衣以好衣與親里尼者當取不答言不取設使親里比丘著如是弊故衣能以好衣與親里比丘尼不答言不與佛言從今日不聽與非親里尼衣

復次佛住舍衛城爾時南方有比丘來多有衣鉢是比丘姊妹佛法中出家即語尊者阿難送我往看姊尼去尊者阿難易倩即送到比丘尼精舍門住問某甲比丘尼在不比丘尼問言喚者是誰答言我是阿難及某甲比丘比丘尼言尊者小住即爲敷牀褥已入內開半户喚言尊者來入坐即入坐已共相問訊須臾便出時彼比丘語尊者阿難言我故遠來看姊妹不出看我爲何以故尊者阿難善知相法語此比丘言汝不知汝姊不出意耶答言不知阿難言汝姊衣裳弊壞羞故不出汝多有衣何故不與是比丘言世尊制戒不得與比丘尼衣阿難言汝但與我當爲汝

從佛乞聽阿難即往佛所頭面禮足却住一面以上因緣具白世尊聽與親里比丘尼衣不佛言從今日聽與親里尼衣佛告諸比丘依止舍衛城者皆悉令集以十利故與諸比丘制戒乃至已聞者當重聞若比丘與非親里比丘尼衣除貿易波夜提比丘親里衣者皆如上說除貿易者世尊說無罪波夜提者如上說如上三十事取比丘尼衣廣說是故說佛住舍衛城廣說如上爾時善生比丘尼是尊者優陀夷本二持衣財與優陀夷言尊者爲我作衣優陀夷即受爲作衣竟作男女和合像作已襞疊置箱中與比丘尼比丘尼得已持還精舍開看見已歡喜示諸比丘尼言諸阿姨看此尊者優陀夷作事巧妙諸比丘尼嫌言此是覆藏之物云何出現示人諸

比丘尼見已往白大愛道大愛道即以是因緣往白世尊佛言呼優陀夷來即呼來已佛問優陀夷汝實爾不答言實爾佛言此是惡事非法非律不如佛教不可以是長養善法佛告諸比丘依止舍衛城者盡集以十利故與諸比丘制戒乃至已聞者當重聞若比丘與非親里比丘尼作衣波夜提比丘非親里尼如上說作衣者若自刺若使人刺波夜提波夜提者如上說不得與非親里比丘尼刺衣鍼筒越毗尼罪線盡脫鍼波夜提若使人刺亦如是是故說

佛住舍衛城廣說如上爾時有檀越宿請尊者舍利弗大目連離婆多劫賓那阿若憍陳如等唯尊者大迦葉不受宿請明日時到著入聚落衣持鉢次行乞食到其門時檀越婦

女見已歡喜即前頭面禮足却住一面白言諸大德比丘今日盡集受我家請惟願尊者亦受我請時尊者大迦葉作是念此是現前即受其請更不餘行食即先入内坐時偷蘭難陀比丘尼乞食到其家中於庭見檀越婦灑掃蕩器辦諸供具即問言優婆夷汝作何等時婦人營事忙遽不得應如是第二第三問不答偷蘭難陀即言汝今奇事大自憍重喚而不應婦人答言我今日請諸大德聲聞舍利弗目連等以是怱務不容得應偷蘭難陀言汝今所請於大象羣中不取大象而取小象大鳥羣中不取孔雀而取老烏所謂大象者闡陀迦留陀夷三文達多摩醯沙達多馬師滿宿及侍者大德阿難汝若使我請者我當爲汝請如是大德時尊者大迦葉聞已

大聲欬作聲偷蘭難陀聞已問言此是誰聲婦人答言是長老大迦葉比丘尼即讚歎言汝大得善利乃請如是大龍象我若當請者亦請是長老時尊者大迦葉聞此語已心不喜悦即問言姊妹汝向言是小象老烏今復言是龍象大德若前言實者後言虛若後言實者前言虛二言之中何者爲實尊者大迦葉威德尊重以此二句詰責比丘尼比丘尼恐懼便走倒地傷破身體闡陀見已即問尼言汝觸擾誰乃如是傷破身體答言我惱亂大迦葉即語言汝不可觸者便觸諸比丘聞已以是因緣往白世尊佛語諸比丘此中不讚歎猶有過患況復讚歎從今日不聽比丘受比丘尼讃歎食復次尊者阿難於舍衛城有福德名稱世尊說三事具足姓字眷屬成

就於學地中多聞第一給侍第一令舍衞城有福德里作新舍處盡請阿難若入舍時剃髮時貫耳時一切盡諸阿難時有長者請尊者阿難設新會云何新新屋新牀新器新飯新酥油新兒婦著新衣持新扇阿難食時有一乞食比丘在外阿難即語檀越可與外乞食比丘食檀越聞阿難教已歡喜盛滿鉢種種美食持與乞食比丘乞食比丘得已立待阿難阿難食訖呪願已便出乞食比丘見阿難已問言尊者食未答言已食復問阿難食適意好不阿難問言汝何故不食乃問我食適不適耶乞食比丘言尊者所食食是比丘尼所讃歎阿難言實爾耶答言如是阿難即以鳥翮擿吐是日失食四大飢羸往至佛所頭面禮足却住一面佛知而故問阿難汝何故四大飢羸阿難即以上因緣具白世尊佛問阿難汝知不答言不知佛言此罪是知非是不知諸比丘白佛言世尊云何是乞食比丘使阿難不樂佛言不但今日使阿難不樂如賢鳥生經中廣說

復次佛住舍衞城爾時長老比丘時到著入聚落衣持鉢入城次行乞食來去屈伸威儀庠序時有一長者作如是言善哉大得善利施如是出家人衣服飯食病瘦醫藥者又作是念我若有人力者亦當供養如是等出家人時有比丘尼聞已語長者言長壽汝但出食直我當相爲料理是檀越信心歡喜即與食直比丘尼言長壽汝當請比丘答言我不知願爲我請比丘尼即辦種種飲食已語檀越言長壽食具以辦汝往至比丘所白言時

至檀越言我不知尼但爲我往白時至比丘尼即往白時至比丘來入檀越家坐坐訖比丘尼語檀越言此種種供養汝可自行檀越言阿夷爲我行諸比丘作是念此是比丘尼所讚歎不疑疑已即出如是一人二人乃至一切衆都出檀越問比丘尼言諸尊者何故盡出不復來還尼答我不知汝往世尊所廣問斯事當爲汝說是檀越即往佛所頭面禮足却住一面以上因縁廣白世尊佛言呼諸比丘來呼來已佛具問上事汝實爾不答言實爾世尊佛言從今日聽除舊檀越佛言諸比丘依止舍衛城者皆悉令集以十利故與諸比丘制戒乃至已聞者當重聞若比丘知比丘尼讚歎食除舊檀越波夜提比丘者如上說知者若自知若從他聞讚歎者稱美其德食者五種麨麵飯魚肉除舊檀越者世尊說無罪波夜提者如上說唱等共時歎始下時歎有初作食時歎作食辦已歎有請時歎等共時歎者下食都訖唱等共更有餘比丘來比丘尼語優婆夷言更有比丘來優婆夷言善哉我歡喜故遣使請尚不能得何況自來是不名讚歎若比丘尼言此是阿練若乞食糞掃衣露坐草褥如是歎得食食者波夜提下食時者初下食更有餘比丘來亦如上說作時者初作時更有餘比丘來亦如是作竟者一切作供辦訖更有餘比丘來比丘尼語優婆夷言更有比丘來優婆夷言善哉我故遣請不能得何況自來不名讚歎優婆夷言當多與麨飯飲食平等與不名讚歎若飲食少更語檀越爲作一掬麨者波夜提請者

稱名請比丘尼語檀越言某甲徒衆多聞精進當通請一切名讃歎食若言某甲衆至多聞精進爲是比丘故通請二十人是一人名爲讃歎餘者不犯若有如是讃歎食當展轉貿食不得捨食而去若比坐垢穢不淨不喜與貿者當作是念此鉢中食是某甲比丘許我當食無罪若比丘尼語優婆塞言尊者某甲可長請供養此即名爲讃歎若言尊者某甲可常乞食不名爲讃歎是故說

僧不差　日冥不白　爲食故共坐　同道
行船上及與衣　作衣讃歎食

第三跋渠竟

摩訶僧祇律卷第十五

音釋

臬 户簡切與限同門閾也　唄 蒲邁切梵音也　寱 倪制切寱言也　栓 其月切與橛同　菩 古黠切藁也　潘 孚袁切米汁也　襞 必益切摺衣也　遽 其據切急也

摩訶僧祇律卷第十六

東晉三藏法師佛陀跋陀羅共沙門法顯譯

佛住舍衛城廣說如上時有比丘在聚落中安居竟來向舍衛城欲禮覲世尊時有居士在聚落中作福舍施四方僧一食此比丘來居士見已歡喜言善來大德即敷牀褥與水洗脚給塗足油及非時飲夜然燈明敷置卧具安隱令寢晨起又給楊枝淨水施以適身美食比丘食已便作是念我遠來飢乏今日得如是適身飲食且可小停消息四大然後當往奉覲世尊如是念已晝在阿練若處住暮則還舍衛檀越見之如前歡喜如是乃至三日檀越問言大德今日在何處食答言此間又問昨日何處亦言此間又問先日何處又言此間檀越嫌言我家窮儉自力於此爲四方僧作一食施處大德不應久停若我家豐饒當自恣施一切僧比丘念言檀越出此恨聲我自當去於是漸行前至佛所稽首禮足却住一面佛知而故問汝在何處安居答言在某聚落發來幾時答言爾許時佛問比丘有何因緣道里不遠來日經久比丘即以上事具白世尊佛言此事不可汝云何以身口故爲檀越所嫌從今日施一食處比丘不得過一食

復次佛住舍衛城爾時有比丘在聚落中夏安居訖來詣舍衛欲禮覲世尊時有檀越在聚落中作福舍施四方僧一食是比丘行過此舍供給所須如前所說比丘食已而出風病發動自念我不能行世尊制戒施一食處不聽過一食我今且住但不受其食念已即

還入舍檀越如初供給所須比丘不受至明日復與前食亦復不受於是即去心念我到某村當乞食比丘至聚落日時已過即便失食四大飢羸至世尊所稽首禮足却住一面佛知而故問即以上事具白世尊佛言善哉善哉比丘汝隨順正法信心出家少欲順行不爲命故世尊制戒護而不犯佛言從今已後福德舍中若病比丘聽過一食佛告諸比丘依止舍衛城者盡集以十利故與諸比丘制戒乃至已聞者當重聞若比丘施一食處不病比丘應一食過者波夜提比丘者如上說施一食處者世尊所聽食者五種食如上說不病者身無疾患身有疾患不能進路住食無罪若不病過一食者波夜提波夜提者如上說若十六間屋一間中一家施一食處若在我屋中宿者我當與食若比丘爲僧事爲塔事自爲事到一間中宿食已欲料理事事不了者應到第二間中宿食已當去若事復不了乃至十六間中宿食已事訖當去若復不了不得更食當乞食乞食時當餘處不得還從其家乞若復本作會時同村相助者亦不得從乞當往餘村中乞食已當即彼村中宿宿已更來料理事若事不了復得如上十六間中食若不了者復離去隔一宿已復得來食料理事若彼家遣女迎婦入新舍作如是言我遣使往請師猶恐難得何況今見而欲去比丘爾時受請食者無罪是故說

佛住舍衛城廣說如上爾時僧園民年年穀麥新熟時供僧食云何年年新熟稻熟時麥熟時豆熟時酥油石蜜時各取少分置一處

擬供衆僧時園民語比丘言我常年年新穀熟時施僧食若祇洹無人供日唯願見語我當設供令僧自恣飽滿爾時諸居士信心供養種種飲食前食後食少有缺日中間遇有一空日便往語言長壽明日祇洹無供汝先欲設供今可及時園民聞已即詣祇洹頭面禮僧足右膝著地合掌白言我園民某甲明日設供請一切僧唯願受請僧即受請爾時長者用舊錢五百買得二牛得已欲試看駕著車中打走往返一由延車鞅急故一牛即死彼大憂惱苦住不樂云何責價買牛未用便死有知識居士語言汝何故不樂如是居士具說上事即語言汝何以不作堅法問云何堅法堅法者汝往詣祇洹請僧持此肉供飯衆僧彼人聞已即到祇洹入僧中頭面禮足胡跪合掌如是言我某甲明日請僧薄設微供願受我請有舊知識比丘即往語言汝不解請法何不先語我我當教汝請彼即答言阿闍梨我五百舊錢買得二牛一牛死我今欲以此牛肉作堅法比丘言僧已受人請檀越言我已作食今當云何知識比丘言我今教汝更往白衆僧我請僧明日前食若問汝作何等前食汝當答言作麥飯肉段教已即往到僧所頭面禮足胡跪合掌如是言我某甲請僧明日設前食願受我請比丘問言汝作何等前食答言作麥飯肉段語言長壽汝明日清旦早辦答言爾願請尊者明旦早來即便還家通夜煑肉作種種飯食清旦敷置牀褥漉淨水已往白僧時到僧著衣持鉢來到其家次第坐已檀越自下種種美食自

恣飽滿即還精舍園民作是念阿闍梨是一食人當須早食通夜辦具種種飲食敷置牀褥漉淨水已往到祇洹頭面禮僧足胡跪合掌白言時到爾時諸比丘以前食飽滿故雖見請至猶如不聞時園民念言甚奇甚奇諸阿闍梨是一食人法應飢想今聞請食猶如不聞若外道聞請食者便捉三奇杖軍持在前而去如是第二第三讚歎已諸比丘方起彷徉大小行頻申緩帶威儀安詳往到其舍次第坐已園民手自下食滿杓而與上座舉手現少著相園民復作是言諸阿闍梨是一食人於此種種食中都無貪想園民作是念若上座食少下座應食多如是第二第三乃至年少復作是言阿闍梨是一食人於此飲食都無貪想爾時下座中有一晚學摩呵羅如是言我等今日不爲食來爲汝意故來我等已於餘處飽食汝若不信者看我脚上肉汙園民聞已心中不悅即棄食器置地而嫌恨言諸阿闍梨先受我請云何復於餘處而食心嫌不止即往佛所頭面禮足却住一面白佛言云何諸比丘先受我請而於餘處食佛即爲園民隨順說法示教利喜已即白佛言世尊我供僧餘食當置何處佛言汝到某甲池上淨掃治地持食置彼波斯匿王與彌尼刹利共闘不如軍今退還當於彼住汝可以此食上之王來入池洗浴更著新衣即持向者種種飲食奉獻大王并及將士於飢渴中來得是種種飲食皆大歡喜勑令賞賜種種珍寶園民現得善利喜慶無量佛言呼彼食比丘來即呼來已佛問比丘汝云何先受

人請而於餘處食比丘汝不知耶如人所事
宅神樹神若欲餘行先當食主人食已然後
餘行汝等不隨順行先受人請而於餘處食
從今以後不聽處處食
復次佛住舍衛城廣說如上世尊五事利益
故五日一行諸比丘房見有病比丘佛知而
故問比丘汝所患何等今爲增損答言我患
苦無損我先得數數食時身得安樂世尊制
戒不得數數食故我病不損佛言從今日聽
病時數數食復次佛住舍衛城毗舍佉鹿母
年年請僧飲食施衣時祇洹精舍有六十病
比丘來到其家毗舍佉鹿母言阿闍梨祇洹
精舍有五百衆今有何因緣正有六十比丘
來諸比丘語優婆夷言世尊制戒不得處處
食唯聽病者是故諸病比丘來毗舍佉鹿母
言阿闍梨世人正以請食爲限若食我食者
我當施衣若不食者我不施衣阿闍梨此是
衣時可往白佛或有開聽諸比丘以是因緣
往白世尊佛告諸比丘毗舍佉鹿母是黠慧
聰明從今日聽衣時
復次佛住舍衛城爾時衆人勸化欲設大會
供養飲食九十六種出家人有至優婆塞所
勸化索物者優婆塞言我欲作要若使我諸
師作上座者當與汝物勸化人言汝聽若有
信向外道者亦作是言若使我諸師作上座
者當與物我當云何得人人許其上座汝但
與我物我當某月某日在阿耆河岸上莊嚴
其處地豎幢旛行列寶樹間敷妙座細輭設
供饍作斯大會諸出家人中有先至者即
爲上座諸優婆塞以佛僧是良福田故即便

與物與物已往尊者阿難所頭面禮足具白上事尊者當以何方便令諸比丘得爲上座使外道恥辱尊者阿難即往佛所頭面禮足却住一面以上因緣具白世尊諸勸化人辦具食已請九十六種諸出家人復請波斯匿王及羣臣太子諸聚落主宿舊長者并薩薄主至於某時皆詣阿耆河上大會處受我供食先前一日佛告目連宜知是時尊者目連即以神足使河水暴漲泡沫彌岸諸外道各作是言我當先渡取第一坐處諸外道各各通夜競縛箄栰皆欲先渡而水激急適欲渡岸迴復漂還竟夜疲苦箄栰散破没溺寒凍在於岸邊向日而蹲乃至食時無能渡者爾時祇洹精舍有人供僧佛住待時諸比丘中有年少者皆作是言世尊今出何乃太晚恐諸外道得上座處爾時世尊時到著衣持鉢威儀庠序與大衆俱詣河上諸外道見已各相謂言我等竟夜造諸方便如是苦惱無能渡者此剃髮沙門當云何渡爾時佛告目連汝自知時使諸比丘得安隱渡爾時目連即以神力造作寶橋種種雜寶以爲欄楯上施寶縵七寶交絡羅覆其上雨衆名華作衆伎樂燒衆名香香烟如雲諸外道見是橋已皆大歡喜各作是言此諸沙門徐徐而來我等當先渡取第一坐處即皆奔走競抄趣橋各欲先渡足蹈橋上皆悉墮水諸外道服飾三奇杖軍持等物皆落水中隨流而去佛神力故令無死者於是世尊與諸比丘威儀庠序儼然而進佛最在前諸比丘次第而行目連最後隨進步處寶橋即滅佛與諸比丘渡已

佛告目連汝可使河還復如故諸外道等各各方便乘箄栰渡佛既渡已一切迴身而説偈言

先渡此岸衆　已渡生死海　不爲世流漂　正智渡彼岸

佛説偈已安庠就座坐諸比丘亦次第坐諸外道後渡在比丘下行而坐爾時檀越手自斟酌種種飲食供養世尊及弟子衆爾時諸比丘心疑世尊制戒不得處處食我等云何當復得食即起白佛佛言聽作施食法應作如是言我今日得食施與某甲比丘乃至沙彌尼彼於我不計我當食如是三説爾時檀越各各念言誰應呪願或有言尼乾子或言不蘭迦葉如是外道等各云應呪願爾時有多人言沙門瞿曇上座法應呪願爾時世尊在九十六種道中不自高顯不輕他人隨順呪願如生經中廣説爾時世尊復廣爲衆人隨順説法示教利喜歡喜而去佛還祇洹告諸比丘依止舍衛城者皆悉令集以十利故與諸比丘制戒乃至已聞者當重聞若比丘處處食除餘時波夜提餘時者病時作衣時是名餘時比丘者如上説處處食者數數食除餘時者病時病者熱病風冷如是等病若食已更食身得安隱食者無罪衣時者無迦絺那衣壹月有迦絺那衣五月彼衣中間得捨五戒無罪所謂别衆食處處食不白離食處畜長衣離衣宿餘時者世尊説無罪波夜提者如上説比丘要當知日數應施食知臘數憶所受持衣别衆食病不病若人問今日幾不得逆問昨日是幾日當知月一日二日

乃至十四十五日月大月小悉應知比丘清旦當作施食今日得食施某甲某甲於我不我不計我當食如是三說日日自憶若干臘數當憶受持三衣及不受作淨施者念別衆食若病不病齋幾名爲比丘食若麥飯三鉢他邏若麨二鉢他邏若一鉢他邏米作飯魚肉若一鉢若半鉢是中若得一一是名比丘食若僧伽藍中作食食未熟若比丘受麨作麨漿飲犯處處食得波夜提若作施食法若病不犯若外有請家者即名比丘食比丘爾時倩人迎食迎食未至比丘受麨作麨漿迎食至迎食比丘若知戒相者應小住待彼比丘作施食法已然後授食若迎食比丘不知戒相便疾授食不容作施食法者比丘爾時口中有食應含食說施食法以輕罪重故若比丘到一家檀越語言阿闍梨今日當我家食此即名食處比丘作是念此食未熟我今欲到餘家爾時應白已去若不白去波夜提若彼間得五正食五雜正食食者二波夜提處處食離食處不白若病若作施食法食者無罪衣時者二俱無罪若檀越作如是言阿闍梨若無食時來我家食比丘往到其家作是言長壽我今日當此間食優婆夷言善正爾當辦若食未熟此比丘欲往餘家者當白去若不白者如上說得罪若比丘次行乞食到一家檀越言今日此間請諸比丘食願阿闍梨亦受我請勿復餘處食若比丘受請者即名食處若乞食比丘受請已作是念誰能受是重信施食若欲捨去者應白已去若不白去者如上說得罪若比丘有大功德名稱

有衆多人送食來欲取諸檀越意一切受食者處處食波夜提若作施食法若病無罪若衣時者二俱無罪有二比丘各各别受一家長請若一比丘語第二比丘言長老今日共到我檀越家食去第二比丘應白已去若不白去者如上説若第二比丘請者亦如是比丘食處者麥飯三鉢他麨兩鉢他米一鉢他作飯魚肉若一鉢半鉢是中一一是比丘食若一家或得三升或二升一升半升如是衆多乞得無罪若一家得三鉢他麥飯麨兩鉢他若一鉢他米作飯魚肉若一鉢半鉢餘處更不得取此中何等是犯何等不犯若粥初出金畫成字者犯若不成字者不犯一切菜一切麨一切果非處處食非别衆食非足食多積舍囊不犯是故説

佛住舍衛城廣説如上爾時有婆羅門請僧施食時辦種種飲食訖漉淨水敷牀褥已作如是念阿闍梨是一食人當須早食即往到祇洹頭面禮僧足胡跪合掌作如是言我某甲請僧食具已辦願僧知時爾時比丘到時著衣持鉢往到其家次第坐已時婆羅門自手下種種飲食自恣飽滿婆羅門復自持食順行强勸諸比丘皆言不用飽滿諸比丘食訖無緣者徑還精舍有緣者過諸檀越檀越見已歡喜禮拜問訊作是言阿闍梨須前食不須果蓏不須粥不若阿闍梨所須者我當作比丘言我於其甲婆羅門家食已飽滿時檀越知比丘食時未過作是言阿闍梨日故早可持此餅還精舍食比丘即授鉢與盛滿鉢餅還到祇洹門間坐食此餅復喚餘比丘

共食時婆羅門自食訖語其婦言以餘食餉諸隣近我欲往詣世尊所禮覲問訊遥見比丘在祇洹門間坐共食餅見已往一經行比丘所問言此是客比丘耶非也是欲行比丘耶答言非也又問是我家食比丘耶答言是復問言作何等比丘言婆羅門汝不知耶答言不知此比丘食少更從令滿時婆羅門心即不悅作是言沙門釋子是實語人而今不實不足言足用言不用不滿言滿此壞敗人有何道哉以嫌故竟不詣佛於是便還諸比丘聞已往白世尊佛言呼是比丘來來已佛問比丘汝實爾不答言實爾世尊佛言比丘汝云何食足已起離坐而更食從今以後不聽食足已離坐更食

復次佛住舍衞城廣說如上爾時諸比丘噉菜言足噉鹽言足飲水已皆名爲足離坐處更不敢食身體羸瘦諸比丘以是因緣往白世尊佛言從今以後聽食五正食五雜正食是名爲足爾時諸比丘在坐處得少食已名作足更不復食猶故羸劣諸比丘以是因緣往白世尊佛言一坐食五正食五雜正食自恣與是名足

復次佛住舍衞城爾時祇洹精舍有六十病比丘迊六十分食病比丘食殘不盡棄著墻邊烏鳥共噉鬪諍作聲佛知而故問比丘此衆鳥何以聲大諸比丘白佛有六十病比丘爲迎食分食不能盡棄著墻邊衆鳥諍此殘食故出大聲佛語諸比丘若病比丘食不盡者聽看病比丘作殘食法已得食復次佛住舍衞城爾時看病比丘作殘食法食已猶故

不盡衆鳥共諍如上説佛知而故問比丘衆鳥何以鬪諍諸比丘白佛言看病比丘作殘食法食已猶不能盡棄著墻邊以是故衆鳥諍食作聲佛言從今日聽一人作殘食餘人盡得食佛告諸比丘依止舍衛城者皆悉令集以十利故與諸比丘制戒乃至已聞者當重聞若比丘食已足起離座不作殘食食波夜提比丘者如上説食者有五種麨飯麥飯魚肉復有五雜食是名食足有八種一者自恣足二者少欲足三者穢汙足四者雜足五者不便足六者諂足七者停住足八者自已足自恣足者檀越自恣與麨飯麥飯魚肉及雜正食自恣勸食比丘言我已滿足如是起離坐不作殘食食波夜提是名自恣足少欲足者檀越自恣與五正食及雜正食比丘動手現少取相如是離坐已不作殘食食波夜提是名少欲足穢汙足者行食時淨人手爪瘡諸不淨比丘見汙之言不用過去起離坐處不作殘食食波夜提是名穢汙足雜足者淨人持乳酪器盛麨飯行比丘見已惡之言不用過去起離坐不作殘食食波夜提是名雜足不便足者淨人行食比丘問言是何等答言麨比丘言此動我風病我不便過去如是起離坐不作殘食食者波夜提若行飯時比丘問言爲堅輭答言堅比丘言比硬米難消我不便過去若言輭比丘言此爛難食我不便過去若行肉時比丘問言是何等肉答言牛肉比丘言牛肉性熱我不便下過若言水牛肉比丘言冷性難消下過若言鹿肉比丘言此風性下過是名不便足如是起離坐

已不作殘食食波夜提是名不便足諂足者淨人行五正食五雜食比丘畏口言足現手作相若搖頭若縮鉢作相起離坐不作殘食食波夜提是名諂足停住足者淨人行五正食五雜正食比丘言長壽莫先行飯摶恐人當先下菜鹽冷水如是起離坐已不作殘食食波夜提若作直月維那等指示現相不名足是名停住足自已足者比丘乞食至一家放麨囊置一處從檀越乞水欲飲檀越作是念此比丘必當須麨即問言須麨不比丘作是念此檀越必欲家中取麨與我答言須時檀越即捉比丘麨囊授比丘比丘以惜已麨故便言置置如是語已起離坐不作殘食食波夜提是名自已足起離坐者離有八處行住坐卧長牀坐牀船乘住者比丘立食自恣與食應立足中間若行若坐若卧皆名離本處不作殘食食者波夜提行坐卧亦如是若比丘在長牀上坐自恣與食若見上座若和尚阿闍梨來不得起離坐避得曳身不離牀移避若牀脚折者即名離本處若不作殘食食者波夜提是名長牀坐牀者若比丘在獨坐牀上坐自恣與食若覺背後有塔若僧若和尚阿闍梨應不離牀迴身若雨者當持傘蓋覆上若無蓋者得合牀舁著覆處若舁時到地即名離本處若不作殘食食者波夜提是名坐牀船者若比丘在船上自恣與食若船築岸若觸木石若迴波比丘身離本處不作殘食食者波夜提乘者若比丘在乘上自恣與食若乘上坂下坂若乘旛身離本處不作殘食食者波夜提是名乘有五非法不名

作殘食何等五離處離食離境界離伸手離語離處者若爲作殘食比丘行時與噉食住時坐時卧時說殘食法是不名作如是住坐卧時與噉食行時住時坐時說殘食法是名離處離食者不與噉作殘即便說與不名作是名離食離境界者食放地作殘非手中不名作是名離境界離伸手者舒手外作殘食非伸手内不名作是名離伸手離語者口不作是言我手中鉢中食我今一切不須是殘食與長老是名離語不名作是名五非法不成作殘食有五法名如法作殘食何等五不離處不離食不離境界不離伸手内不離語不離處者若爲作殘食比丘行時與噉即行時說殘食法是名作如是住時坐卧時亦如是是名不離處不離食者噉食已即說殘食法與是名不離食不離境界者在手中作殘食非在地是名不離境界不離伸手者伸手内作殘食非伸手外是名不離伸手不離語者爲噉已作是言我手鉢中所有飲食我今一切不須是殘食與長老是名不離語是名五如法作殘食若成就五非法盡命不得作殘食食何等五於處不善於食不善於境界不善於伸手不善於遮不善若不善者不知行時食行足住時食住足坐時食坐足卧時食卧足是名處不善食不善者不知五正食五雜正食是足餘者非足是名食不善境界不善者不知在手中者是足在地者不足是名境界不善伸手不善者不知在伸手内是足伸手外是不足是名伸手不善遮不善者不知遮是足不遮是不足是名遮不善如是

成就此五非法盡命不聽作殘食食若成就五如法聽盡壽作殘食食何等五善處善食善境界善伸手善遮善處者知行時食行足立時食立足知坐時食坐足知卧時食卧足是名善處善食者知五正食五雜正食是足餘者非足是名善食善境界者知食在手中手內是足伸手外非足是名善伸手善遮者知遮是足不遮非足是名善遮成就此五法盡命聽作殘食食若比丘持食來欲作殘食時即於鉢上椀中作殘者正得椀中名作殘食鉢中食不名作若椀中食汁流入鉢中得俱名殘食若比丘並兩鉢索作殘若前人正食一鉢中食者正一鉢得作殘食若二鉢上若餅若菜通覆橫上者二俱得名作殘食餘

種種器亦如是若比丘食足已往檀越家主人言阿闍梨能食餅不答言我食已足知法優婆塞作是言某甲家有比丘未足若須食者我當往作殘食法比丘若須者應答言可爾檀越淨洗器盛滿中種種美食比丘受取持好細氎裹莫使外塵得入著淨人手中作是言汝去作殘食已持來淨人持食到彼比丘所作如是言尊者我家中有食未足食比丘願尊者爲我作殘食彼比丘應淨洗手受此食已語淨人言汝近我邊在伸手內立比丘於彼鉢中食一口已作如是言我手中器中所有食一切不須作殘食與汝淨人持來授與比丘比丘得食若更有餘已足比丘須者亦得共食若國土少比丘處比丘食已有大檀越持種種飲食至比丘已起去當云何

若彼問有直月維那諸知事人未食足者當從彼人邊作殘食若彼已食足若上座未足者當於上座邊作殘食若上座羞不能人中作者當合坐舉上座至屏處作殘食若上座已足者有客比丘來者當問長老今日自恣足未若客比丘言我未得夏安居云何得自恣足當知是人不知律相更應問汝食未若言已食復問檀越自恣與不若言長老何處得自恣食水菜不足況復餘食當知是不足應從彼比丘作殘食若言我檀越家自恣與食當知已足僧應作方便不應破檀越善心若衆中有大沙彌將至戒場與受具足教作殘食法已然後當食若比丘食五雜正食離五雜正食作殘食是不名作若不足更食者無罪若足起離坐更食者得越毗尼罪若比丘離正食五雜正食作殘食不名作若不足食無罪若食足離坐更食者波夜提若比丘離五正食離五雜正食作殘食者不名作殘食不足更食無罪若足起離坐更食者得越毗尼罪若比丘五正食五雜正食作殘食是名如法作殘食若食未足更食無罪若足起離坐更食犯罪此中何者犯何者非犯若一切粥新出釜畫不成字一切果一切菜非別衆食非處處食非足食多積屋裏不犯是故說佛住舍衛城廣說如上爾時阿難有二共行弟子一名滿茶二名阿毗者共尊者大目連二共行弟子一名阿闍靚二名舍舍靚各各作如是言誰多聞誰辯才時阿難共行弟子辯才利根目連弟子論義不如行住坐卧常隨逐伺求其短或時二人同受一請時尊

者目連弟子得餅食半持半出外語阿難弟子如是言長老汝欲食餅不問言汝何處得餅答言我於彼食處持來即便取食食已彼作是言長老汝犯罪問言何等罪答言世尊制戒不聽比丘食足已離坐不作殘食法更食阿難弟子言汝云何欲故中我不作殘食法而教我食目連弟子言汝前論義時何故以辯才强折辱我遂共諍競往世尊所頭面禮足却住一面以上因緣具白世尊佛語諸比丘於意云何我爲諸聲聞說九部法所謂修多羅祇夜受記伽陀優陀那如是諸本生方廣未曾有諸聲聞聞說此九部法已爲欲使諸弟子論義諍勝負耶答言不也世尊佛語諸比丘不爾耶我爲諸聲聞說此九部法欲使諸聲聞如說修行不答言如是世尊時二比丘即於世尊前相向悔過佛言不得自恃知法輕他亦不聽知比丘食已足不作殘食法强勸令食佛告諸比丘依止舍衛城住者皆悉令集以十利故爲諸比丘制戒乃至已聞者當重聞若比丘知彼食已足離坐不作殘食欲惱故勸食者波夜提比丘者如上說知者若自知若從他聞食者五正食五雜正食足者有八種如上說離本處者八種如上說惱者觸擾前人欲使不樂不作殘食者五非法成就不名作殘食五法成就名如法作殘食强勸食食者波夜提波夜提者如上說五非法成就比丘盡命不得作殘食食五法成就盡命聽作殘食食中間廣說如上乃至足不足想勸食越毗尼罪不足足想勸食越毗尼罪足作足想勸食波夜提不足不足

想勸食無罪此中不犯者一切粥初出釜晝不成字一切果菜是不犯是故說

佛住舍衛城廣說如上爾時尊者阿那律一切糞掃糞掃鉢糞掃衣糞掃食糞掃革屣云何糞掃鉢比丘破鉢滿五綴擲棄者阿那律取已更綴受持是名糞掃鉢糞掃衣者里巷中棄弊故衣取淨浣補染受持是名糞掃衣糞掃食者若他棄祠祀鬼神食是長老自取食是名糞掃食糞掃革屣者諸比丘所著革屣斷壞棄者拾取更補治著是名糞掃革屣是長老時到著衣持鉢入城欲求食初入城門見一婦人挾篋持飯持草牛屎并火祭祠之具而出是尊者見已作是念此中可有得食理於我爲樂當更求即便捨去從巷至巷遍無所得到池水邊還見前婦人灑掃塗地敷淨草安置祭具祭祀已訖以飯灑散四邊作如是言賢烏來賢烏來爾時尊者在一樹下立尊者威神力故衆鳥無來食者時此婦人見尊者已作如是言汝如瞎眼烏常隨逐人婦人駡已即還時尊者收拾祭食還向精舍諸比丘見已更相謂言是尊者求食極苦難得諸比丘問言尊者得食不答言得但彼中有多過不甘即問有何過答言如是如是諸比丘聞已往白世尊此駡女人爲得幾罪佛言得多罪比丘復問齊幾爲多佛語比丘此女人五百世中常作瞎眼烏一切受身皆當餓死佛言呼阿那律來即呼來已佛問阿那律汝實爾不答言實爾佛語阿那律汝雖欲少事從今日不聽不與自手取

復次佛住舍衛城爾時世尊制不授不得取

諸比丘聞已水及齒木亦從人受有淨人者便得無淨人者苦不能得爾時世尊爲大衆說法有比丘自聞口邊臭在衆人下風而坐不欲令口臭氣熏諸梵行人佛知而故問比丘何故在彼坐如瞋恨人諸比丘白佛言世尊制戒不授不得取諸比丘水及齒木皆從人受有淨人者得無淨人者苦不能得口中臭氣恐熏諸梵行人故在下風而住佛言從今日聽除水及齒木佛告諸比丘依止舍衛城者皆悉令集十利故與諸比丘制戒乃至已聞者當重聞若比丘不與取著口中除水及齒木波夜提比丘者如上說不與者他不與不從前人受著口中食者除水及齒木水有十種如前說若水濁者應受若水性黃色者飲無罪齒木者有二種一擗二團若比丘口中有熱氣生瘡醫言應嚼齒木因汁者應當受除水及齒木世尊說無罪波夜提者如上說食上樹上井中屋上淨廚器受非器受牀船乘心念受道路食上者若食時敷牀若長板若甘蔗束若蘿蔔束若穀豆囊上敷種種坐褥覆上比丘坐時不應問若問此是何等是名不淨若比丘食時風吹塵來坌鉢下草不坌食者得食草葉當受若坌草葉及食者一切更受比丘食時若牛若駱駝等行脚下塵來坌不汙食者得食坌受草葉者當受若坌草葉及食者一切更受若畜生振身塵來若作意受者得名爲受若衆鳥塵來亦如是若比丘食時女人行衣曳地塵起來坌亦復如是若淨人行草葉時比丘應語言懸放若行鹽果菜應語懸放若淨人行果墮草上

即轉去者不名爲受小停者得名爲受果墮者得取洗噉爛者不應取若淨人行麨抖擻麨器麨坌墮器中若作意受者即名爲受若不作意者當更受若淨人持器行麨器墮比丘鉢中即墮時以手撥去者器故名淨若停須臾即名不淨若是銅器者當淨洗用若是木器膩入中當棄若膩不入者得削用若行飯時抖擻器飯迸空中來比丘作受意者即名爲受若不作受心者當更受行酥乳酪肉菜醬等亦復如是若作五年大會時佛生日得道日轉法輪日阿難大會時羅睺羅大會時若淨人難得比丘應到菜聚邊受菜行鹽麨飯亦如是若淨人舉不離地亦得名爲受但非威儀比丘應語淨人汝舉離地授我若淨人小不能舉者應言汝稍稍分授我受羹餅飲食時亦復如是若受酥瓨時繩著地者應語合是繩舉若淨人小不能舉者應教稍稍減授我如是一切若鐺鑊熱不得受者當以兩木橫置地比丘脚躡上當作是言受受是名食上樹上者淨人樹上食果比丘言與我果淨人即搖樹落果墮比丘器中者得名爲受但非威儀如是若以脚若以手若以口下果時果觸枝葉比丘當更生心言受受得名受若繩繫懸下若脚若手放繩下時若觸枝葉者亦當言受受是名爲受若淨人食麨豆時比丘欲得即從索作是言與我麨豆淨人不欲與比丘擲淨人手寫著衣裓中言受受得名爲受但非威儀獼猴樹上噉果比丘欲得果語獼猴言與我果獼猴動樹下果比丘以器承墮器中者得名爲受但非威儀如

是若手脚口下果時若𣫍枝葉當更生心言受受得名爲受是名樹上井者若比丘在阿練若處住井水滿無淨人比丘自抒井有比丘言時到可出食井中比丘言我若出者水更還滿我欲此間食可下食來淨人應盛飲食著一器中以繩紐繫下食時井底比丘應語淨人言下繩手捉若井腹邊有生草木者應教令避之下至井底已比丘應一手挽繩一手承作是言受受是名受若井水清者自得取飲若濁者語淨人持新淨瓶紐繫下水如上說是名井屋上者若比丘在阿練若處住無淨人比丘自覆屋有比丘語屋上比丘言食時至可下食比丘言廢作下亦復難欲此間食可上食來語淨人持食著器中比丘上下長竿鉤語淨人著是鉤上作是言受受是名受下繩亦如是是名屋上淨廚者若新作僧伽藍不應在東廂北廂作廚屋應在南廂西廂作廚屋應開風道通利水道出蕩滌潘水廚屋中當作食棧作食時若淨人小者比丘得自淨洗銅釜鑊著水已應語淨人汝知洗米若淨人小不能作者得捉手教洗教寫抒飯若食器不覆者語令覆若無淨人者若有淨席淨氍淨板得自覆但懸放覆上若曬穀時比丘在穀上行者當脚處使淨人挑去若師子虎狼逐女人欲心逐比丘捨走不著雖蹈無罪若穀聚天雨者當使淨人覆若無淨人者淨席得遥擲覆上得捉淨塼石擲鎮上若新作僧伽藍淨廚裏有種種物有淨油有七日油或麨瓨石灰瓨鹽瓨草屑瓨石蜜瓨塗瓨甘蔗束竹束脯束染樹皮束淨屋

中在一處比丘語比丘言汝取七日油來比丘誤捉淨油來比丘雖遥見知是淨油不得即語恐其驚懼破器物故待來至已問言長老是何等油答言七日油當語置置不得名字得作七日受持若言長老汝取淨油來比丘誤持七日油來不得即語應待來至已問言長老是何等答言淨油當語置置故名七日油如是語取石灰瓨誤持麨瓨語取草末瓨誤持鹽瓨語取墀瓨誤取石蜜瓨語取竹束誤取甘蔗束語取染樹皮束誤持脯束來廣說如上比丘語比丘言長老汝往審悉看灰瓨已持來此比丘往內手瓨中把麨看此瓨故是淨若把麨還著瓨中者即名不淨如是草末瓨墀亦如是若言汝審悉看竹已持來比丘往拔甘蔗看時故是淨若還刺束中

舉束不淨如是脯束亦爾若淨廚屋破穿漏語淨人出廚裏一切物出已當塞鼠孔掃地用拒磨塗之壁底作塼埵以次大者在下小者著上比丘得在中央立指示安置乳酪酥油蜜石蜜鹽不得見廚屋壞而不治當隨治事是名廚屋器受者一切葉若捲者是器舒者非器若槃有緣深没麴麥者名爲器若牀若坐牀繩緻織者是器若希織者非器船在水中非器在岸上者是器若車駕牛時非器無牛時是器若比丘乞食時店肆家以斗盛麨與比丘斗鎖連諸升或五升四升三升二升一升相連比丘爾時應語施主解後升令相離已授我若鎖不可得解者比丘當從索葉已令寫葉上受是名器受非器受牀受者若比丘牀上坐若禪若眠淨人持食來著抱

中若覺者即是受若不覺者覺時欲食者當從淨人更受若不欲食者當自捉已授與淨人如是著牀上懸牀邊亦如是若比丘棧閣上有淨食若衣鉢取衣鉢時動淨物一切盡不淨若堅不動無罪若比丘衣架上有酥油瓶比丘取衣時動者亦如是是名牀船者船上載十七種穀穀上敷籧篨若席覆上比丘得在上坐不應名字若名字者是不淨若此船卒爲風吹若下流若迴波漂船上岸者一切皆不淨若繩若竹篙不離水者是淨是名船乘者若大車上載十七種穀穀上敷籧篨席覆上比丘在上坐不應是名是名者即不淨若小車上有淨物若衣鉢若比丘取衣鉢時動淨物者一切不淨應語淨人與我取衣鉢不得以牛作淨上時應使淨人先上然後

比丘上下時比丘先下淨人後下若載下坂時車翻離地離牛一切皆不淨若下坂若車翻牛身及繩尾不離車者一切是淨是名乘心念受者有登瞿國是邊地邪見人惡比丘故不授食爾時當滿荼邏規地作相若葉弊鉢下遥作是言受受下時覺墮鉢中時不覺得名爲受但非威儀墮時覺初下時不覺得名爲受但非威儀下時墮鉢中時盡覺是名善受若比丘乞食時若烏鳥墮肉段比丘鉢中下時覺非墮時是名爲受但非威儀墮時覺非下時是名受但非威儀下時覺墮時覺是名善受是名心念受道路者比丘欲共商人行語商人言借我淨人答言可爾臨發時便言我無淨人有牛尊者須者當取使淨人長囊盛種種粮食計日日食分作一齊已紐

結著牛上至食時當使淨人取若無淨人者一人挽紐一人承取口言受受是名爲受若囊中粮食盡道里未至所在者當解囊淨浣已更求粮食著囊中紐結如前所在道行時當隨時與牛食著涼處不得使苦惱到已牛還本主若比丘隨道行過甘蔗園邊從守甘蔗人乞作是言長壽施我甘蔗答言尊者自取比丘言長壽我不得自取又復言若欲食者便自取若不飲食者便去比丘爾時以繩紐繫好甘蔗著牛頭作如是言知是衆生甘蔗園邊有火聚即驅牛行過火不使燒牛使甘蔗得作淨已一人扶舉牛頭一人解紐作是言受受是名爲受蔗精根亦如是若牛食蔗精根時比丘捉牛頭頓遜受受得名爲受但非威儀比丘隨道行時淨人邊合囊受麨繩未離地得名爲受但非威儀當教合繩授是故說

摩訶僧祇律卷第十六

音釋

鞅倚兩切羈也　簰栰簰蒲街切栰房越切簰栰編竹木爲桴也　舁羊諸切兩手共舉也　坌蒲悶切塵坋也　抖擻抖當口切擻蘇后切抖擻振舉貌　瓨胡江切長頸甖也　鐺楚耕切鼎屬　敞宅耕切觸也　挄所臻切擇取物也　棧仕諫切棚也　籧篨籧求於切篨陳如切

摩訶僧祇律卷第十七

東晉三藏法師佛陀跋陀羅共沙門法顯譯

佛住舍衛城廣說如上爾時佛告諸比丘如來以一食故身體輕便得安樂住汝等亦應一食一食故身體輕便得安樂住爾時尊者跋陀利白佛言世尊我不堪一食何以故我朝暮食者乃得安樂佛告跋陀利汝不能一食者晨起持二鉢入村乞食一鉢朝食一鉢中食故是二食如是第二第三教猶言不堪爾時諸弟子盡受世尊教唯除跋陀利跋陀利慚愧故三月不到佛所如跋陀利綖經中廣說

復次佛住舍衛城爾時諸比丘非時乞食爲世人所譏云何沙門釋子非時乞食忘失道果何道之有諸比丘聞已以是因緣往白世尊佛語諸比丘汝等出家人非時乞食正應爲世人所譏從今日後不聽非時乞食此中亦應如優陀夷綖經中廣說

復次佛住舍衛城廣說如上爾時比丘日冥食爲世人所譏云何沙門釋子夜食我等在家人尚不夜食此輩失沙門法何道之有諸比丘聞已以是因緣往白世尊佛告諸比丘汝等夜食正應爲世人所嫌從今日後前半日聽食當取時若作脚影若作刻漏

復次佛住舍衛城廣說如上爾時諸比丘食前入聚落乞食食後詣諸園池水上世人聚集遊戲處乞食爲世人所譏汝等看是沙門釋子於我等家中乞今來池上復從我乞壞失道法何道之有諸比丘聞已以是因緣往白世尊佛言呼是比丘來即呼來已佛問上

事汝實爾不答言實爾世尊佛問比丘汝晨朝乞食用作何等答言時食復問汝食後乞者復作何等答言舉作明日食佛告比丘汝云何停宿食食從今日不聽非時食不聽停食食

復次佛住王舍城廣說如上爾時尊者跋陀利慙愧得意故入聚落時如入軍陣爾時捉兩鉢入聚落乞食得已一鉢作今日食一鉢明日食時諸比丘欲入聚落乞食呼跋陀利言長老共入聚落乞食來答言汝等自去我不能去諸比丘言長老大得善利汝能一食得二日安隱答言我不一食得二日安隱我入聚落時如入軍陣故便持兩鉢并乞二日食諸比丘聞已以是因緣往白世尊佛言呼跋陀利來即呼來已佛問跋陀利汝實爾不答言實爾佛言汝雖欲省衆緣事從今日後不聽汝非時食不聽停食食如跋陀利綖經中廣說

復次佛住舍衛城廣說如上爾時阿那律在仙人山歧黑方石上曬穢爛麥飯佛即以神力往至其所知而故問汝作何等答言世尊聲聞弟子有信心歡喜明日欲依是故不入聚落乞食佛言汝雖欲省衆因緣從今日後不聽汝非時食停食食佛以神力即還舍衛城告諸比丘依止舍衛城住者皆悉令集以十利故與諸比丘制戒乃至已聞者當重聞若比丘非時食波夜提若比丘停食食波夜提比丘者如上說非時者若時過如髮瞬若草葉過是名非時食者麨飯麥飯魚肉若雜食者波夜提波夜提者如上說比丘者如上

說停食者名過時須臾須臾者二十念名一瞬頃二十瞬名一彈指二十彈指名一羅豫二十羅豫名一須臾日極長時有十八須臾夜極短時有十二須臾夜極長時有十八須臾日極短時有十二須臾食者五正食五雜正食若一一停食者波夜提波夜提者如上說時受非時受故受不故受少受多受疾疾受徐徐受雪冰受時受者時受時食無罪若時過髮瞬若草葉過此時食者一波夜提停置過須臾食者犯二波夜提犯非時食停食食非時食者非時受非時食得一波夜提停過須臾食得二波夜提非時食停食食如是故受不故受多受少受疾疾受徐徐受如是種種差別受雪者比丘欲食雪當從淨人受若無淨人者當洗手令淨自取食冰雹亦如是是名冰雪比丘晨起應淨洗手不得直麤洗五指頭復不得齊掖當齊腕以前令淨不得粗嗇洗不得揩令血出當以巨磨草末若灰土淨洗手揩令作聲淨洗手已若更相揩者便名不淨應更洗鉢若洗鉢已濕時重摩拭者已名不淨當停使燥比丘食前時當護淨手若摩頭若捉泥洹僧華屣若捉盛酥油革囊當更淨洗如前若捉僧伽梨鬱多羅僧當更以水洗比丘欲出乞食時應淨洗手著入聚落衣著入聚落衣已復洗手持鉢入聚落若冬寒時内鉢著囊中欲到聚落邊若池水若流水上應淨洗手若無水者當入聚落中到比丘住處乞水洗手若復無者往比丘尼精舍中求水若復無者當到信心優婆塞家求淨水若復無者當開鉢囊出鉢捉一處

乞食得食已還出聚落到池水若泉流水當
置鉢淨草上然後淨洗手洗淨石若草葉洗
已鉢中指所觸飯當抆棄已瀉飯置石上若
草葉上瀉時不得於不淨手捉處瀉瀉已當
更淨洗鉢還盛著鉢中而食食已若有殘食
當瀉聚石上捨去比丘明日復入聚落乞食
都無所得空鉢而出不作意還從本道來見
本石上飯聚故在若有淨人當使淨人授已
得食若無淨人者有烏鳥食處當洗抆却得
自取食若淨人持不淨手行麨飯僧上座得
不淨餘者得名爲淨若淨人持淨麨瀉不淨
麨上得抆取上若持不淨麨瀉淨麨上一切
不淨若持淨麨瀉置不淨器中得抆取中央
若抖擻筐一切不淨若比丘食麨時以手摩
口即名不淨當更洗手若兩手相揩摩者即
名不淨當更洗若比丘病須粥當使淨人煑
若阿練若處淨人難得者得自淨洗不受瓶
鐺銚著水得自然火令沸使淨人知著米著
米已比丘不得復然當使淨人然沸已若淨
人欲去得受取自然煑熟熟已與病人若比
丘服吐下藥醫言應與清粥若不得者便死
當云何爾時應以洮米瀋汁槽盛漬病比丘
若病人不堪者取不破稻穬漬七過淨洗盛
著囊中繫頭淨洗器煑之不得令稻頭破若
破者不得與病比丘若阿練若處淨人病還
使淨人煑粥與若無淨人者得淨穀已比丘
得自舂作粥與淨人淨人若食不盡比丘不
得自食亦不得與餘比丘是故說
佛住舍衛城廣說如上時有居士生一女端
正無雙父母歡喜滿月已爲作吉祥會父母

作是念此女端正世之希有若國王聞者或能强取我當爲作不吉之字即字爲瞎眼此女漸漸長大王相師見之即問言此誰家女有人答言某甲居士女王相師作是念此女人相應爲王大夫人相師即白王言某甲有女貴相應爲皇后便可納之王即遣人往問此女名字何等即答言字瞎眼即還報王王言此字不吉非我所須後有人娶已父母呼歸家中夫主遣使呼婦婦家答言當送即辦送女之具作種種餅比丘次行乞食到其家女母見比丘信心歡喜言尊者須餅不答言須即與種種餅滿鉢持去是比丘得是餅已還精舍喚諸知識比丘共食諸比丘言長老此餅甚好汝何處得答言瞎眼女家得諸比丘聞已復往其家復得如前如是一一往索送女之具都盡如是第二第三日夫復遣人喚復言小待作送禮具諸比丘日日往乞都盡以婦不時還故其夫大瞋作是言我遣信往喚但言禮具不辦而遂不來必有外心即便遣去更求他女瞎眼母聞女被遣即大悲泣女亦愁惱坐母不時送故便見被遣諸比舍人問言汝等何故愁憂涕泣即以上事具答隣里隣里人責言汝何不先送女已別作飲食施諸比丘諸比丘聞已以是因緣往白世尊佛言呼此諸比丘來來已佛問比丘汝實爾不答言實爾佛言從今日後不聽受送女食

復次佛住王舍城廣說如上時城中有估客主名無畏與諸估客欲共遠行時估客婦家中爲辦種種行粮諸比丘次行乞食往到其

家估客婦見已信心歡喜問言尊者須麨不答言須即分行粮盛滿鉢施與比丘比丘得已持還入迦蘭陀竹園精舍喚諸知識比丘共食諸比丘問言汝何處得是好食答言某甲估客家得諸比丘聞已即往其家如是人人往乞行粮都盡如是第二第三日辦粮諸比丘隨來乞盡乃至第四日辦粮已行不及伴爲賊所刼財物都盡估客婦聞已憂惱悲泣隣人問言汝何故如是即具以上事答隣人隣人言汝何不先辦粮發遣行人然後別作施諸比丘諸比丘聞已以是因緣具白世尊佛言呼是諸比丘來來已佛問諸比丘汝等實爾不答言實爾佛言此是惡事施者不知量受者應知量此非法非律非如佛教不可以是長養善法從今日後不聽乞行粮佛告諸比丘依止王舍城住者皆悉令集以十利故與諸比丘制戒乃至已聞者當重聞若比丘住白衣家自恣與餅麨得受兩三鉢出外共不病比丘食若過受出外不共不病比丘食者波夜提比丘者若一若二若衆多白衣家者刹利婆羅門毗舍首陀羅家自恣與若餅若麨餅者所謂大小麥米豆如是等種種餅麨者大小麥米豆如是等種種麨三鉢者極得受三鉢持出外者從意所向不病比丘者有力能往其家不病比丘共食者所賫食來應共食若不共食者波夜提波夜提者如上說送餉行粮餅麨不爲比丘爲送粮自恣與送餉者如送瞎眼女等行粮者如無畏估客主等餅麨者如上說不爲比丘者本爲餘人作爲送粮自恣與者如瞎眼女瞎眼母

自恣與如估客估客婦自恣與比丘得受三鉢持出外應共不病比丘食若比丘作是念誰能作多事爲語優婆夷言盛一鉢著器中復盛一鉢著餘器中自受一鉢已語女人言若有比丘來者與是一鉢復有來者與是第二鉢後若復有來者更莫與若與者汝少福德比丘持食出已道中若逢比丘者應作如是言某甲家有食汝當自取分第二比丘亦復如是非送女餅非行道粮爲比丘作不爲送粮不自恣與非送女餅者非如前瞎眼女非道粮者非如無畏估客等爲比丘者爲比丘作不爲餘人不爲送粮者除此二事爲餘人作得取不犯不自恣與隨得持去若瞎眼女去後母與得取無罪若女至壻家已與得取無罪若估客發去已估客婦後與得取無罪若估客到所在已與得取無罪若彼家婦女娶婦飲食節會日比丘往到其家主人作如是言尊者我欲遣信請恐不可得何況自來如是得自恣取無罪是故說

佛住舍衛城廣說如上爾時六羣比丘到酥處乞酥油家乞油乳家乞乳酪家乞酪蜜處乞蜜石蜜處乞石蜜魚處乞魚肉處乞肉爲世人所譏作如是言瞿曇沙門無量方便讚歎少欲知足易養易滿毀呰多欲無猒難養難滿而今是沙門不能乞麤食而從酥家乞酥乃至肉家乞肉此壞敗人何道之有諸比丘以是因緣往白世尊佛言呼六羣比丘來來已佛問六羣比丘汝實爾不答言實爾佛語六羣比丘此是惡事汝常不聞我無量方便讚歎少欲毀呰多欲此非法非律非如佛

教不可以是長養善法從今日後不聽乞美
食食
復次佛住迦維羅衛國釋氏尼拘律樹精舍
佛以五事饒益故五日一行諸比丘房見病
比丘佛知而故問汝病何似爲有損不答言
不損佛言汝不能索隨病食隨病藥耶答言
能乞但世尊制戒不聽乞美食是故不敢乞
我無檀越無人與者佛言從今日後聽病比
丘乞美食佛告諸比丘依止迦維羅衛者皆
悉令集以十利故與諸比丘制戒乃至已聞
者當重聞若諸家有如是美食食酥油蜜石
蜜乳酪魚肉如是美食不病比丘爲身索者
波夜提家者如上說酥油蜜石蜜乳酪魚肉
如上第二盜戒中說如是名爲美食病者世
尊說無罪病者黃爛癰痤痔病不禁黃病瘧
病咳嗽消羸風腫水腫如是種種是名爲病
爲病身者爲己索若自索若使人索食者波
夜提波夜提者如上說若比丘熱病醫言此
病應服酥得乞酥不得往不信家索何以故
索時譏比丘但貪美味故索酥譏嫌比丘長
短者不得往索當到信心優婆塞家索得時
當自籌量若比丘風病醫言應服油爾時得
乞油不得從榨油家乞亦不得到不信家如
酥中說若比丘水病醫言此應服蜜爾時復
得乞蜜不得到採蜜家乞亦不得到不信家
索如酥中說若比丘乾消病醫言此應服石
蜜不得到榨甘蔗家索不得到不信家索如
酥中說若比丘中冷醫言應用石蜜酪二種
合服不得到不信家索如酥中說若比丘下
病醫言此應服乳爾時得從放牛人邊乞乳

得時當籌量取若比丘欲使吐下服吐下藥醫言當先服魚汁爾時得乞魚汁不得從捕魚家乞不得到不信家乞如上說若比丘欲刺頭出血若服吐下藥醫言此應服肉汁爾時得乞肉汁不得至屠家不信家乞如上說若比丘乞食行到量酥人邊量酥人言尊者欲求何等答言欲乞食白言無食正有此酥若須當與比丘爾時須者得受滿鉢無罪若有伴者得勸與無罪如是量油蜜石蜜乳酪亦如是若比丘乞食得麨飯滿鉢鍵鎡中無所得得從索漿若檀越言無漿正有肉汁須者當與爾時得取若復問言亦有肉須者當與爾時得滿器取無罪亦得從榨甘蔗家索甘蔗漿若言無甘蔗漿正有石蜜須者當與比丘須者得取滿鉢無罪亦得勸與伴亦得到榨油家乞麻滓若主人言我無麻滓須油者當與須者得取滿鉢無罪亦得勸與伴得乞酪底清汁若言我無酪下清汁正有乳酪須者當與比丘須者得取滿鉢無罪亦得勸與伴得乞甘蔗得為客比丘遠行比丘乞美食若自在道行時亦得乞若比丘一處乞得八種美食各各別食得衆多波夜提若比丘八種食異處乞一處食得一波夜提衆多處乞各各別食得衆多波夜提一處并索得種種食合一時食得一波夜提不病時乞病時食得越毗尼罪病時乞不病時食無罪疾時乞病時食無罪不病時乞不病時食波夜提不隨病索隨病食無罪隨病索不隨病食得越毗尼罪隨病索隨病食無罪不隨病索不隨病食無罪何以故出家人因他活命故是

說
施一食處處　食足强勸彼　不受食而食
非時停食食　兩三鉢美食　衆食最在後
第四跋渠竟（祇洹精舍中梵本蟲噉闕無此衆食戒矣）

佛住舍衛城祇樹給孤獨園爾時世人篤信恭敬尊重供養衣食牀卧病瘦醫藥爾時出家外道亦在舍衛城世人不供養恭敬尊重衣食牀卧病瘦醫藥時有衆多出家外道集論議堂作如是論是沙門瞿曇住舍衛城祇樹給孤獨園世人深信恭敬尊重供養衣食牀卧病瘦醫藥我等不得尊重供養衣食牀卧病瘦醫藥誰能往沙門瞿曇法中出家修梵行誦習彼法已還我法中我等展轉相教亦當還得供養與彼無異時外道作如是論已皆言須深摩者於我衆中最爲第一可遣到沙門瞿曇法中出家受彼律儀還來入此時外道語須深摩作如是言沙門瞿曇在祇洹精舍多人供養尊重我等不得此利汝今可往沙門瞿曇法中出家修梵行受誦彼經已還我法中展轉相教亦當還得供養與彼無異須深摩聞是語已出舍衛城往祇洹精舍精舍門間見有諸比丘經行坐禪須深摩即往諸比丘所共相問訊在一面坐作是言我本是外道今欲於如來法中出家受具足此中應作何等諸比丘答言若本是外道欲於如來法中出家者當試之四月四月過已得諸比丘意者當與出家時須深摩即受教行四月過已得諸比丘意便與受具足受具足已往世尊所頭面禮足却住一面爾時有衆多比丘來到佛所頭面禮足却住一面作

是言我已得證我生已盡梵行已立更不受後有說是語已頭面禮佛足而退是諸比丘去未久須深摩頭面禮佛足已詣彼比丘所共相問訊問訊已在一面坐問諸比丘言長老向在佛所自言我已得證我生已盡梵行已立更不受後有答言如是時須深摩復問言長老如是知如是見得清淨天眼見衆生死此生彼好色惡色善趣惡趣見衆生身行惡口行惡意行惡誹謗賢聖自行邪見教人行邪見身壞命終墮三惡道又見衆生身行善口行善意行善自行正見教人行正見身壞命終生於善處天上人中如是過人清淨天眼長老得不答言不得復問尊者如是知如是見得宿命智知過去一生二生三生四生五生十生百生千生乃至劫成劫壞名姓種族死此生彼死彼生此如是無數劫事長老知不答言不知復問離色過色無色寂滅解脱身證具足住是諸解脱長老得不答言不得須深摩言向者所問諸法皆言不得云何於世尊前自言我已得證我生已盡梵行已立更不受後有誰當信者諸比丘答言長老我是慧解脱人須深摩言所說簡略義相未現可更廣說比丘言雖義相未現我自了知慧解脱人時須深摩聞諸比丘語已作是念我當往詣世尊所問如是事世尊有所解說我當受持作是念已從座起往詣佛所頭面禮足却住一面具以上事廣白世尊是事云何佛告須深摩先法智後比智須深摩又白佛言世尊所說隱略我猶未解佛告須深摩汝雖未解故先法智後比智須深摩白佛

言善哉世尊我猶未解唯願世尊廣爲我説佛告須深摩我還問汝隨汝所解答我須深摩於意云何緣生故有老死不答言如是世尊佛言善哉須深摩於意云何無明緣故生諸行不答言如是佛言善哉須深摩於意云何生緣滅故老死滅不乃至無明滅故諸行滅不答言如是善哉須深摩佛告須深摩若比丘於此法中正觀正知所應得者盡皆得不答言如是又問須深摩汝知緣生故有老死不答言如是緣無明故有諸行不答言如是又問生緣滅故老病死憂悲苦惱盛陰滅不答言如是無明滅故諸行滅不答言如是佛告須深摩汝知如是法者汝得天眼宿命智諸解脱不答言不得世尊佛告須深摩汝自言知如是諸法而復言不得是諸功德誰

當信者須深摩白佛言世尊我爲無明惡邪所纏縛故生如是邪見我從世尊所廣聞正法滅惡邪見得法眼淨須深摩即頭面禮佛足胡跪合掌白佛言世尊我於如來正法中賊心出家爲偷法故世尊大慈唯願受我悔過佛告須深摩汝癡如小兒於佛正法中爲偷法故賊心出家我受汝悔過佛告須深摩譬如有人犯罪於王王使人裂解支節刖耵劓鼻鋸解刀析段段斫截象蹈馬蹹如是種種苦毒斷命汝於佛法中賊心出家爲偷法故罪過於是我受汝悔過於賢聖法中得增長故從今日後勿復更作以世尊度須深摩故毗舍離栴檀鉢降伏外道目連作神足故人民倍生敬信得利養因是故諸外道横作誹謗世尊如孫陀利經中廣説佛未出世時

外道得種種供養佛旣出世一切外道皆失利養何以故知佛法深妙故如孔雀鳥本生經中廣說爾時世尊厭世供養還向舍衛城到時著入聚落衣持鉢入舍衛城次行乞食食已彷徉經行自收牀褥不語衆及侍者佛獨遊行憍薩羅國爾時諸比丘往阿難所語阿難言長老世尊食後彷徉經行已自收牀褥不語衆僧及侍者佛獨遊行憍薩羅國阿難答言長老若如來應供正遍知食後彷徉經行自收牀褥不語諸比丘及侍者獨遊行者欲求靜寂故諸比丘不應隨從爾時世尊從憍薩羅國遊行到彼波利耶婁羅林賢樹下住時五百羣象遊行象王恒在後得濁水践草厭患羣衆故亦復獨來詣此樹下象王旣到樹下見佛已即以鼻拔草蹈地令平以鼻盛水灑地奄塵又取輭草敷以爲座屈膝請佛令坐見佛坐已即便請佛三月供養佛知象意即受其請佛因是事而說頌曰

獨善無憂　如空野象　樂戒學行　奚用伴爲

爾時象王取好藕根淨洗已授與世尊佛住三月受象王供養爾時五百比丘三月不見佛故往詣尊者阿難所白言長老我等久不見佛又不聞法我等今欲往禮覲世尊聽受法教阿難答言諸長老可小停此須待我還答言善哉阿難即往尊者大目連所作如是言長老五百比丘來詣我所言久不見佛不聞正法欲往詣佛禮覲供養聽受法教長老觀佛爲在何處目連即入三昧觀一切世間見佛在波利耶婁羅林賢樹下受象王供養見已即向阿難說此偈言

捨離蓮華池　身體鮮滿足　身無垢清淨
樂獨靜林中　得甘露深法　相好身具足
心清淨無垢　捨衆樂靜林

目連說此偈已語尊者阿難世尊今在波利耶婆羅林賢樹下受象王供養汝欲往者今正是時尊者阿難還到諸比丘所作如是言世尊今在波利耶婆羅林賢樹下受象王供養我等今共往世尊所禮覲問訊諸比丘聞阿難語已即便共去往波利耶婆羅林賢樹下去世尊不遠阿難語諸比丘言長老如來應供正遍知在阿練若處不應徑往長老等可小住此我當先往答言善哉阿難即往詣佛佛遥見阿難來作如是言善來阿難久不見汝尊者阿難頭面禮佛足已作如是言世尊少病少惱安樂住不佛言如來少病少惱安樂住受象王供養問阿難言比丘僧少病少惱安樂住不乞食不疲行道如法不答言世尊比丘僧少病少惱安樂住乞食不疲行道如法即復白言五百比丘今在林外欲來奉覲唯願聽許佛言聽入阿難即往諸比丘所語言長老得大善利世尊聽入諸比丘即隨阿難俱到佛所頭面禮足却住一面時坐中有一比丘作如是念云何比丘如是知如是見次第得漏盡作是默念不敢問佛世尊知彼比丘心之所念即告阿難言此坐中有一比丘作如是念云何比丘如是知如是見次第得漏盡默作是念而不敢問佛告阿難我先已爲諸比丘說陰界入十二因緣觀若比丘如是知如是見得盡諸漏是比丘聞世尊語已即作是念色是我爾時世尊知是比

丘心之所念復告阿難是比丘作如是念色是我阿難當知若有比丘作如是觀色是一切諸行無明觸受生愛阿難愛何因何緣何生何轉阿難當知愛者受因受緣受生受轉阿難當知受者觸因觸緣觸生觸轉阿難當知觸者六入因六入緣六入生六入轉阿難當知六入是有爲法因緣和合生無常摩滅法觸是有爲法因緣和合生無常摩滅法受是有爲法因緣和合生無常摩滅法受是有爲法因緣和合生無常摩滅法行是有爲法因緣和合生無常摩滅法無明是有爲法因緣和合生無常摩滅法如是阿難若比丘如是知如是觀次第得盡有漏是比丘聞是語已作如是念色非我色是我所有佛知彼比丘心中所念復告阿難言是比丘作如是念色非我色是我所有阿難當知若比丘作如是觀色一切諸行無明觸受生愛愛何因何緣何生何轉阿難當知愛是受因受緣受生受轉乃至無明有爲行因緣和合生無常摩滅法是比丘聞是語已作如是念色非是我亦非是我所有我中有色佛知是比丘心中所念乃至無明有爲行因緣和合生無常摩滅法是比丘聞是語已作如是念色非是我非是我所有亦非我中有色色中有我佛知是比丘心中所念已乃至無明有爲行因緣和合生無常摩滅法是比丘聞是語已作是念若色非是我非是我所有非我中有色非色中有我者受是我想行識亦如是若五陰非是我非我所有非我中有五陰非五陰中有我者云何而有我佛告阿難若如是觀五

陰一切諸行無明觸受生愛阿難愛何因何緣何生何轉愛受因受緣受生受轉阿難當知受觸因觸緣觸生觸轉阿難當知觸六入因六入緣六入生六入轉阿難當知六入是有爲行因緣和合生無常磨滅法乃至無明有爲行因緣和合生無常磨滅法如是阿難若比丘如是知如是觀次第得盡有漏是比丘聞是語已得法眼淨比丘復重思惟一切諸法皆悉空寂無我無我所有佛語阿難是比丘作是思惟時不受一切法得盡諸漏心得解脱佛爲比丘説是法時五百比丘心得解脱皆成羅漢爾時世尊與諸比丘共住秋月非時寒雨比丘持空中大木然火木中先有大蛇蛇得火熱即出擊頭逐諸比丘諸比丘展轉相語高聲大聲蛇出蛇出佛知而故問諸比丘何故高聲大聲答言非時寒雨諸年少比丘持空中木然火木中有蛇得熱故出逐諸比丘諸比丘見已展轉相語是故大聲佛言呼是比丘來來已佛告諸比丘然火有七事無利益何等七一者壞眼二者壞色三者身羸四者衣垢壞五者壞牀褥六者生犯戒因緣七者增世俗言論有此七過故從今日後不聽然火

復次佛住舍衛城廣説如上世尊五事利益五日一行諸比丘房見一比丘患疥瘙佛知而故問比丘調適不不苦不答言我病疥瘙故不樂火炙身得安隱世尊制戒不得然火是故不樂佛言從今日後聽病比丘得然火

復次佛住舍衛城廣説如上爾時尊者難提金毗虜跋提在塔山安居竟至舍衛城禮覲

世尊著被雨衣染色脫壞佛知而故問比丘何故著被雨衣答言世尊制戒不得然火是故不得煑染更染佛言從今日後除因緣佛告諸比丘依止舍衛城比丘皆悉令集以十利故爲諸比丘制戒乃至已聞者當重聞若比丘無病自爲然火若草木牛屎若自然若使人然波夜提除因緣比丘者如上說病者無罪病者若癬疥瘙黃爛風病如是種種病須火得樂者聽然草者一切草及蘆荻竹等木者一切木若破若完牛屎者若自然若使人然除因緣世尊說無罪因緣者若直月若監知食事若次直然火然燈温室中然火若爲和尚阿闍梨然火者煖水若熏鉢染衣然火無罪除因緣波夜提波夜提者如上說若持薪火著薪上著草上牛屎上木札上糞掃上波夜提如是乃至持糞掃火著薪上草上牛屎上木札上亦如是比丘向草木火中有已然者有未然者比丘撥聚者波夜提若撥火落未燒地越毗尼罪得持鐵塼瓦撥火聚無罪若旋火作輪波夜提若比丘向火火上截草著火中隨截一一波夜提若然草木火波夜提若然莖種得二波夜提犯然火殺種若破若水淨若有因緣事然無罪若秙有穀若穰有穀然得二波夜提然火殺種應水作淨有因緣然無罪若然髮馬尾駱駝毛等得越毗尼罪若然皮得越毗尼罪若燒餅越毗尼罪若燒毒藥及炭越毗尼罪若食不消得燒鐵鑠脚案腹無罪若華屣撥火越毗尼罪是故說

佛住曠野精舍廣說如上爾時營事比丘雇

人作塼作泥是作人或宿僧食堂中禪坊中温室中涕唾不淨大小便處處穢汙妨諸比丘坐禪行道諸比丘以是因縁往白世尊佛言呼營事比丘來來已佛問比丘汝實雇作人處處穢汙妨諸比丘坐禪行道不答言實爾佛言何故爾答言我欲使作人早作晩止得盡錢直佛言雖爾從今日後不得與未受具足人同室宿復次佛爲菩薩時在家父王愛惜恐轉輪王種滅愁憂泣淚不聽出家以懷姙羅睺羅故便捨出家佛告諸比丘如來柔輭樂人無有能過父王爲作三時殿春夏冬如柔輭綖經中廣説乃至如來得成等正覺諸比丘白佛言世尊何故乃六年苦行如是佛言非但今日如烏本生經中廣説諸比丘白佛言云何魔波旬恒欲壞亂世尊佛言不但今日如鼈本生經中廣説迦維羅衛國父子相見應此中廣説乃至大愛道耶輸陀羅云何出家應此中廣説佛爲親里故還迦維羅衛國諸清信人爲佛作厠屋佛雖不須順世人故受時尊者羅睺羅露地眠時夜風雨即往尊者舍利弗房前扣戸問汝是誰答言和尚我是羅睺羅語言汝但彼住復到尊者大目連房前扣戸問言汝是誰答言阿闍梨我是羅睺羅語言汝但彼住如是復至餘房皆言彼間住即往到世尊厠屋中枕厠板而卧夜有黒蛇亦畏風雨故欲來入厠屋中佛常觀衆生見此黒蛇欲入厠屋畏蛇惱羅睺羅故即放光明自至厠上作是言汝是誰世尊我是羅睺羅佛言羅睺羅汝乃在此耶答言世尊我得是處已爲過多佛即以金色

細滑手扶令起拂拭身上塵土已將入自房指示牀前言汝此中住時如來以與諸弟子制戒是故順行此戒是故世尊跏趺坐到地了已告諸比丘如來慈心故因羅睺羅使諸弟子得安樂住從今日後聽未受具戒人得三夜同室宿四夜時應别住諸比丘白佛言世尊有何因緣羅睺羅六年在胎佛告諸比丘往昔有仙人名梨波都詣王求相見王報仙人汝且住無憂園中須臾當與相見作是教已乃至六日不與相見爾時王者羅睺羅是以是因緣故六年在胎如生經中廣說佛告諸比丘依止迦維羅衛者皆悉令集以十利故與諸比丘制戒乃至已聞者當重聞若比丘與未受具戒人同屋過三宿者波夜提比丘者如上說未受具足者除比丘比丘尼比丘尼雖受具足亦不聽共三宿三宿者限齊三宿同屋者共一覆一障宿者波夜提波夜提者如上說一房别戸有隔無罪異房共戸波夜提一房一戸波夜提異房異戸無罪有障有覆波夜提有障半覆越毗尼罪有障無覆無罪有覆有障波夜提有覆半障越毗尼罪有覆無障無罪比丘房内宿未受具戒人房内宿波夜提比丘房内宿未受具戒人半身在内越毗尼罪若盡出外無罪未受具戒人房内宿比丘房内宿波夜提未受具戒人房内宿比丘半身在内越毗尼罪若盡出外無罪若比丘在房内先卧未受具足人後來入卧一一波夜提若比丘若未受具足人夜中若起大小行若起已還眠如是一一波夜提若衆多未受具足人先入眠比丘後來

眠犯一一波夜提夜中間若起大小行已還卧隨起一一波夜提若三宿與未受具足人同屋宿第四宿時當異房若露地露地天大風雨雪寒時當還入房坐至地了若比丘老病不堪坐者當以縵障若齊項若齊掖縵下至地當用緻物作不得容猫子過若比丘在道行時得共未受具足人同屋三宿第四夜當别宿若露地宿若天風雨雪寒時當入屋如是如上張縵作障若無障縵坐至地了若老病不能坐者若未受具足人可信者應語言汝眠我當坐比丘欲眠時當喚使覺我眠時汝坐若眠者汝無福德此同室宿戒罪未悔過復共宿者罪轉增長悔過已當别房宿更得共宿是故説

佛住舍衛城廣説如上爾時比丘僧集欲作羯磨時優波難陀不來即遣使往喚言長老僧集欲作羯磨喚長老優波難陀知戒律相與羯磨欲與羯磨欲已取欲比丘言汝與欲後勿復有餘言時優波難陀共行弟子僧中作舉羯磨作舉羯磨已來到和尚邊作是言和尚何以與是欲師言何以故弟子言衆僧爲我作舉羯磨師言我不知聞是語已便作是言長老我不與欲不好不好與羯磨不成就我不與此羯磨欲時諸比丘聞已慙愧不樂以是因緣往白世尊佛言呼優波難陀來來已乃至佛言此是惡事汝云何與欲已復言不與羯磨不成就我不與是欲汝云何不問便與欲從今日後不聽不問事與欲佛告諸比丘依止舍衛城者皆悉令集以十利故與諸比丘制戒乃至已聞者當重聞若比丘

與欲已後瞋恚不喜作如是言我不與欲不好與羯磨不成就我不與此欲波夜提比丘者如上說與欲有二種問與不問與問與者問取欲人作何等事荅言作折伏羯磨與折伏羯磨欲乃至舉羯磨與舉羯磨欲如是一一羯磨問已與欲是名問與不問與者我與羯磨欲如是三說如是得通名與一切羯磨欲唯除布薩自恣是名不問與欲後者作羯磨竟瞋恚不喜者瞋名九惱及非處起瞋第十恚名學人凡夫有乃至羅漢亦有不喜作如是語我不與欲不好與羯磨不成就我不與是欲波夜提波夜提者如上說若比丘僧集欲作羯磨一切盡應來若有緣事若薰鉢染衣若病塔事僧事有緣事爾時當與欲不得與欲已後作是言我若彼聞者此事不應如是作若先已與欲羯磨者後當隨喜若僧中與欲已後更違者波夜提若衆多人中若長老比丘前若和尚阿闍梨前與欲已後更違越毗尼罪是故說

佛住舍衛城廣說如上爾時優波難陀是難陀弟語難陀共行弟子作如是言共汝入聚落到彼當與汝美飲食我若作非威儀事汝勿向人說我是汝叔父此中應如三十事中廣說乃至語難陀言汝弟子云何在梵行人前說我過難陀即嫌弟子汝是弊物云何在梵行人前說我弟過諸比丘以是因緣往白世尊佛言喚優波難陀來來已佛問汝實爾不荅言實爾佛語優波難陀此是惡事汝云何語比丘作是言共汝入聚落到彼當與汝美食到已發遣令還從今日後不聽遣還佛

告諸比丘依止舍衛城者皆悉令集以十利故與諸比丘制戒乃至已聞者當重聞若比丘語比丘作如是言共入聚落到彼當與汝食若自與若使人與後欲驅去作是言汝去我共住共語不樂我獨住獨語樂作是因緣不異驅者波夜提比丘者如上說聚落者如上盜戒中說後不與者自不與又不使人與作是言長老汝去我共汝住共語不樂我獨住獨語樂驅者波夜提波夜提者如上說欲道中作非威儀事即精舍中留者越毗尼罪欲道中作非威儀道中遣還者越毗尼罪欲聚落中作非威儀事聚落中遣者波夜提不得將去已驅還若力不能得二人食得遣還無罪若能得二人食應共食若爲取藥呼醫師遣者無罪若不能得者應時發遣若有請食處應遣請食處食若無請食處精舍中有食者遣還精舍中食若無請食無精舍中食得語言長老汝自行求食若作非威儀事視瞻不端發遣者無罪若作薰鉢染衣事發遣者無罪驅比丘者波夜提驅比丘尼者偷蘭遮學戒尼沙彌沙彌尼者越毗尼罪不至俗人越毗尼心悔是故說

佛住舍衛城廣說如上時尊者阿利吒謗契經作是言如來所說法我知世尊說障道法習此法不能障道時諸比丘作是言長老阿利吒莫謗契經此是惡見不善見墮惡道入泥犂中一諫二諫三諫不止諸比丘以是因緣往白世尊阿利吒謗契經作是言如來說法我知世尊說障道法習此法不能障道一諫二諫三諫不止佛告諸比丘是阿利吒謗

契經作是言如來說法我解知世尊說障道法習此法不能障道一諫二諫三諫不止者汝等當於屏處三諫多人中三諫衆僧中三諫屏處諫者應當問作是言長老阿利吒汝謗契經作是言如來說法我知世尊說障道法習此法不能障道已三諫不止耶答言實爾時屏處應諫作是言阿利吒汝謗契經此是惡見不善見當墮惡道入泥犂中長老我慈心諫汝饒益故汝當捨此事一諫已過二諫在汝當捨此事阿利吒言是好見善見我相承以來父母知識常用此見我今不能不問父母知識而捨此見若如是第二第三諫猶故不止者乃至衆多人中三諫若不止者應衆僧中作求聽羯磨大德僧聽阿利吒謗契經作是言如來說法我知世尊說障道法

習此法不能障道已屏處三諫多人中三諫不捨此事若僧時到僧今亦復於僧中三諫令捨此事衆僧中應問長老阿利吒汝實謗契經作是言如來說法我知世尊說障道法習此法不能障道已屏處三諫多人中三諫不捨此事耶答言實爾僧中應諫諫法者作是言阿利吒汝莫謗契經謗契經者墮惡道入泥犂中長老僧欲饒益汝汝當受僧語一諫已過餘二諫在汝當捨此事阿利吒言此是好見善見我父母以來相承用此見我不能不問父母而捨此見如是第二第三諫猶故不止諸比丘以是因緣往白世尊佛語諸比丘阿利吒比丘謗契經作是言如來說法我知世尊說障道法習此法不能障道已屏處三諫多人中三諫僧中三諫不捨此事汝

等應與阿利吒比丘作舉羯磨佛告諸比丘依止舍衛城比丘皆悉令集以十利故與諸比丘制戒乃至已聞者當重聞若比丘作是語長老世尊說法我知世尊說障道法習此法不能障道諸比丘應諫是比丘作是言長老汝莫謗世尊謗世尊者不善世尊不作是語世尊說障道法實能障道汝捨此惡事諸比丘諫是比丘故堅持不捨如是第二第三諫捨者善若不捨僧應與作舉羯磨已得波夜提比丘者如上說世尊者是一切智人一切見人法者世尊所說世尊所印可世尊說者世尊自說印可者諸弟子說世尊印可說者句句分別說知者是智等智知障道法者五欲眼見色愛念心悅生欲著如是耳鼻舌身細滑亦如是習者行是事不能障道者不障初禪二禪三禪四禪須陀洹斯陀含阿那含阿羅漢果諸比丘者若一人若衆多人若僧是比丘者如阿利吒比丘莫謗世尊者不實取不好取三諫者若一人若衆多人若僧波夜提者如上說乃至三諫若捨者好若不捨者僧應作舉羯磨波夜提悔過是故說

摩訶僧祇律卷第十七

音釋

瞬 輸閏切目動也　銚 徒弔切燒器也　洮 徒刀切澄汰也　穬 古猛切麥也　癰 於容切腫也　痤 昨禾切癤也　痔 直里切後病也　榨 側嫁切打油具　刖 魚厥切斷足也　刵 仍吏切斷耳也　劓 魚器切截鼻也　蹹 達合切踐也　疥瘙 疥居拜切瘙新到切疥瘙皮上小痒瘡也　稭 訖黠切禾藁也　穰 如陽切禾莖也

摩訶僧祇律卷第十八上

東晋三藏法師佛陀跋陀羅共沙門法顯譯

佛住舍衛城廣說如上時阿利吒比丘不捨惡見衆僧作舉羯磨已往尊者難陀優波難陀所見已讚言善來即起迎與小牀坐洗足水與塗足油非時漿與房舍牀褥卧具共法食味食阿利吒比丘到祇洹精舍門前語諸比丘言長老汝等與阿利吒比丘作舉羯磨謂更無住處耶我乃更得諸梵行比丘共住與我房舍牀褥卧具共我法食味食汝等早舉我者當早得如是好住諸比丘聞是語已慚愧不樂即以是因緣往白世尊佛言呼難陀等來來已佛問難陀汝等實爾不答言實爾世尊佛言此是惡事汝云何知衆僧作舉羯磨已復共法食味食此非法非律非如佛教不可以是長養善法

佛告諸比丘依止舍衛城住者皆悉令集以十利故與諸比丘制戒乃至已聞者當重聞若比丘知比丘作惡見不捨僧作舉羯磨未作如法共食共同室住波夜提

比丘者如上說知者若自知若從他人聞惡見者如阿利吒等謗契經未作如法者僧未與解舉擯羯磨共食者共法食味食共住者同界同室者共同一覆一障波夜提者如上說若有比丘爲和尚阿闍梨所嫌比丘不得誘引言我與汝衣鉢疾病醫藥牀褥卧具汝當在我邊住受經誦經若觀彼比丘因緣若是必當捨戒就俗者得誘取誘取已當教言汝當知和尚阿闍梨其恩甚重難報汝應還彼目下住無罪舉不舉想共住共食無罪不

舉舉想共住共食越毗尼罪舉舉想波夜提不舉不舉想無罪是故說
佛住舍衛城廣說如上爾時阿利吒有沙彌字法與作是言長老如來說法我解知世尊說婬欲障道習婬法不能障道時諸比丘作是言沙彌汝莫謗世尊謗世尊者不善汝不善取世尊說習婬法實障道一諫二諫三諫不止諸比丘以是因緣往白世尊佛語諸比丘是法與沙彌作是語如來說法我解知世尊說婬法障道習婬不能障道汝等當屏處三諫多人中三諫僧中三諫令捨此事屏處應問言汝沙彌實作是語如來說法我解知世尊說習婬欲障道法習婬法不能障道汝已三諫不止耶答言實爾爾時屏處應諫沙彌汝莫謗世尊謗世尊者不善汝不善取世尊說習婬欲實障道我今慈心諫汝欲饒益故汝取我語一諫已過餘二諫在汝捨此事不若不捨應第二第三諫亦復如是多人中三諫亦復如是若不捨者僧中應作求聽羯磨大德僧聽是法與沙彌作是言如來說法我解知世尊說婬欲障道法習婬欲不能障道已屏處三諫多人中三諫而不捨若僧時到僧令亦應三諫令捨此事僧中應問沙彌汝實作是語如來說法我解知世尊說婬欲障道習婬不能障道已屏處三諫多人中三諫而不捨耶答言實爾僧中應作是諫汝沙彌莫謗世尊謗世尊者不善汝不善取習婬欲實障道衆僧慈心諫汝爲饒益故汝當取僧語一諫已過餘二諫在汝當捨此事若不捨第二第三亦如是諫猶故不捨諸比丘以

是因緣往白世尊佛告諸比丘是法與沙彌作如是言世尊說婬欲障道法我解知習婬欲不能障道法已屏處三諫多人中三諫僧中三諫不捨者應驅令出衆驅出已往至六群比丘所見已讚言善來與非時漿與房舍與牀褥卧具與衣鉢病瘦醫藥沙彌得是種種供給已到祇洹門前語諸比丘言長老等驅我出衆謂我更不能得住處我今乃更得梵行人共住與我房舍牀褥卧具共我法食味食與我衣鉢病瘦醫藥諸長老若早驅我者我當早得如是樂住諸比丘聞是語已心不悅即以是事往白世尊佛言呼六群比丘來來已佛問六群比丘汝實爾不答言實爾佛告六群比丘此是惡事汝云何知沙彌惡見不捨衆僧如法驅出汝云何共住法食味食此非法非律非如佛教不可以是長養善法佛告諸比丘依止舍衞城住者皆悉令集十利故與諸比丘制戒乃至已聞者當重聞若沙彌作如是言如來說婬欲障道法我解知習婬欲不能障道諸比丘應諫沙彌作是言汝沙彌莫謗世尊謗世尊者不善世尊說習婬欲實障道汝捨此惡見諸比丘諫是沙彌故不捨者應如是第二第三諫若捨者善若不捨諸比丘應作是言從今日汝沙彌不應言佛是我師亦不得共比丘三宿汝去不得此中住若比丘知沙彌惡見不捨驅出未作如法誘畜養共食共同室住波夜提沙彌者如法與沙彌等世尊者一切良福田一切智人一切見人法者佛所說佛所印可佛說者佛自說印可者諸弟子說佛印可說者句

句分別解說知者是等智知障道法者五欲眼見色愛念心悅生欲著如是耳鼻舌身細滑亦如是者行此事不障道者不障初禪二禪三禪四禪四無色定不障須陀洹果斯陀含果阿那含果阿羅漢果諸比丘者若一人若多人若僧是沙彌者如法與沙彌等謗世尊者不實取不善取三諫者若一人若衆多若僧諫捨者善若不捨者應驅出比丘者如上說知者若自知若從他聞驅出者驅出僧伽藍沙彌者如法與沙彌等未作如法者未捨惡見僧未聽入畜者與依止養者與衣鉢疾病醫藥共食者法食味食共住者共一僧伽藍住同室者一覆一障波夜提者如上說若沙彌爲和尚阿闍梨所嫌比丘不得誘呼共住我當與汝衣鉢醫藥當教汝經若彼知是沙彌因此還俗者得輭語誘取誘取已應語沙彌言和尚阿闍梨恩重難報汝當還彼目下若驅不驅想無罪不驅驅想越毗尼罪驅驅想波夜提不驅不驅想無罪是故說

佛住王舍城廣說如上爾時諸比丘著未截縷氎衣外道亦著未截縷衣時優婆塞欲禮比丘而禮外道聞呪願已乃知是外道優婆塞心懷慚愧外道弟子欲禮外道而禮比丘聞呪願已乃知是比丘外道弟子心懷慚愧諸比丘以是因緣往白世尊佛言從今日後當作異衣截縷染色比丘即截縷染作異色時外道持赤石染衣作色留周羅持三奇杖作異

復次佛住舍衛城廣說如上爾時曠野比丘得憍舍耶衣煮染汁欲染世尊乘神足空中

往比丘所知而故問比丘欲作何等答言煮染汁欲染憍舍耶佛言憍舍耶輭細染汁麤澀損壞此衣佛言從今日後憍舍耶作二種淨截縷淨青淨

佛住舍衛城廣説如上爾時毗舍離比丘得輭欽婆羅衣煮染汁欲染佛以神足往到其所知而故問比丘汝作何等答言煮染汁欲染欽婆羅佛言欽婆羅輭細染汁麤澀損壞破衣佛言從今日後聽欽婆羅衣作二種淨截縷淨青淨

復次佛住舍衛城廣説如上爾時尊者孫陀羅難陀佛姨母子大愛道所生有三十相少白豪相耳垂腫相乞食已從舍衛城中出時尊者阿難在後諸比丘食已在祇洹精舍門間經行坐禪遥見其來謂是世尊即皆起迎叉手合掌言世尊世尊孫陀羅難陀亦叉手合掌作是言諸長老我是孫陀羅難陀孫陀羅難陀諸比丘聞其語已各懷慚愧以是因緣往白世尊佛言從今日後當作點壞色衣

佛告諸比丘依止舍衛城者皆悉令集以十利故與諸比丘制戒乃至已聞者當重聞若比丘得新衣當三種壞色若一一壞色青黑木蘭若不作三種一一壞色受用者波夜提

比丘者如上説得者若男若女若在家出家人邊得新者最初衣者欽婆羅衣氎衣芻摩衣憍奢耶衣舍那衣麻衣軀牟提衣三種壞色若一一壞色者青黑木蘭青者銅青長養青石青銅青者持銅器覆苦酒甕上著器者是名銅青長養青者是藍澱青石青者是空青持是等作點淨黑者名字泥不名字泥名

字泥者呵梨勒醒醯勒阿摩勒合鐵一器中是名字泥不名字泥者實泥若池泥井泥如是一切泥木蘭者若呵梨勒醒醯勒阿摩勒如是比生鐵上磨持作點淨是名木蘭比丘得新衣不作淨受用者波夜提波夜提者如上說若得新僧伽梨作淨者善不作淨者波夜提如是鬱多羅僧安陀會雨浴衣覆瘡衣尼師壇作淨者善不作淨者波夜提欽婆羅衣作二種淨截縷淨青點淨作截縷淨不作青淨波夜提作青淨不作截縷淨越毗尼罪不作青淨不作截縷淨得一波夜提一越毗尼罪作截縷淨作青淨者無罪㲲衣作三種淨截縷淨染淨青淨作截縷淨作染淨不作青淨得一波夜提作青淨不作截縷淨不作染淨得二越毗尼罪不作截縷淨不染淨不作青淨犯一波夜提二越毗尼罪作上三種淨無罪芻麻衣三種淨同㲲衣憍奢耶二種淨同欽婆羅舍那衣麻衣軀牟提衣三種淨同㲲衣黑木蘭作淨亦復如是作淨時不得大不得小極大齊四指極小者如豌豆若持呵梨勒醒醯勒阿摩勒鐵上研取汁作點淨不淨並作或一或三或五或七或九不得如華形作淨若浣㲲時有泥墮上若烏鳥泥足蹈上即名爲淨若得衆多雜碎新物若合補一處者一處作淨若各各別補者一一作淨若新作僧伽梨趣一角作淨若一條若半條補者亦作淨鬱多羅僧安陀會及一切衣乃至新細補亦作淨是故說

佛住王舍城廣說如上爾時韋提希子阿闍世王十五日月滿時洗浴塗身著新淨衣與

諸群臣在正殿上時王語一大臣言今是月盛滿日我等當詣何處沙門婆羅門能得長養善根處大臣答言不蘭迦葉在王舍城中是大沙門亦有大衆王應往彼能長養善根王默然不答復有一臣言是薩遮尼乾子在王舍城中是大沙門可往詣彼能長養善根如是一一大臣外道弟子者各各稱讚其師皆言應往詣彼能長養善根爾時耆舊童子在阿闍世王後執蓋而侍王告童子衆人皆語汝何故默然不言今月盛滿應詣何處得長養善根童子白王世尊今在我菴波羅園中與千二百五十比丘共在彼住若往彼者可長養善根王即可其所言便告耆舊童子汝速嚴駕五百牸象一一象上載一夫人時耆舊童子即如教嚴駕嚴駕訖往白王言嚴駕以辦宜知是時時阿闍世王與五百夫人夜半時執炬燈明前後圍遶出王舍城詣菴波羅園欲到園門時諸比丘皆悉坐禪王即悚然顧謂童子汝云有千二百五十比丘在汝園中云何如是大衆寂然無聲汝將無欺誑我耶童子報言實不欺王但當直前童子即指示言此大堂中燈明處世尊當中坐威德特尊巍巍無上猶如牛王在牛群中如師子王在衆獸中如雪山六牙象王在象群中猶如恒河深淵澄靜無聲大衆默然亦復如是又如大海無量水歸世尊大衆功德無量亦復如是爾時阿闍世王小復前行下乘步進至佛所遶佛大衆三帀而住語童子言世尊大衆寂然清淨功德成就願使我子優陀夷跋陀功德成就亦得如是佛告大王隨所

求願皆當得之時王敷座請佛令坐佛語大王自坐佛已有座時王頭面禮佛足禮佛足已却坐一面白佛言世尊欲有所問唯願聽許佛告大王恣所欲問當爲汝說王白佛言世尊此中種種工師於佛法中出家可現世得沙門果不如現法沙門果經中廣說爾時說法經久諸夫人著寶瓔珞重故各各解置坐前時阿闍世王有殺父罪故心常驚怖聞城中鼓聲吹貝聲象聲馬聲王大驚怖卽告諸夫人可還入城可還入城夫人去速忘取瓔珞還宮中已到明清旦王大夫人欲著瓔珞求覓不得著衣人言昨來倉卒恐忘在彼如是諸夫人皆云忘瓔珞如是衆多若白王者王或嫌責爾時有青衣白王言諸夫人昨夜還速多忘瓔珞時有外道婆羅門是王師共王在坐卽語王言若忘在彼諸沙門皆當藏去假令往求會不可得時王遣可信人試往推求見佛大衆儼然而坐及見諸夫人瓔珞悉在本處日光照曜光餤赫然卽收持還具以白王王大歡喜言佛諸沙門眞良福田無貪無欲特可信者無過是衆願常在我國中我當盡形供養王卽告諸夫人是汝瓔珞各各還取不得雜亂競取好者諸比丘聞王外道師作是語以是因緣往白世尊佛告諸比丘寶悉現在不取已生人謗況復取者從今日後不聽取寶

復次佛住毗舍離廣說如上爾時梨車童子著雜寶腰帶價直千萬乘駟馬車出城遊戲寶帶重滑不覺墮地時有比丘從後而來見寶帶在地卽呼言童子童子取汝寶帶車聲

響故童子不聞是比丘恐後人得故在邊立住童子前行乃覺失帶即馳車還遥見比丘即便問言汝於後來叵見帶不比丘答言我見有帶向遥喚汝汝自不聞童子即復問言爲在何處答言在此童子即前取帶帶腰已便捉比丘痛打手脚令熟種種嫌罵言若我不還者汝持帶去諸比丘以是因緣往白世尊佛言不取已生過患況當取者

復次佛住毗舍離廣説如上爾時比丘在蘇河上脱衣洗浴時有梨車童子亦詣河浴即脱耳環以衣覆上入水而浴浴已上岸著衣忘環而去比丘後出見此耳環即遥呼言童子童子耳環在地童子去疾不聞其喚行漸漸遠覺耳無環即便還覓遥問比丘見我耳環不比丘答言耳環在此我向見已即遥喚汝但汝去疾不聞喚聲時童子言今在何處答言在此童子即取耳環著已捉比丘反覆熟打罵言如是如是我若不來汝當持我環去諸比丘以是因緣往白世尊佛告諸比丘不取寶已生過患況復取者

復次佛住迦維羅衛國釋氏尼俱律樹園廣説如上時有釋子飯諸比丘與諸宗親共行食著金釧重行食不便即脱釧置比丘脚邊而作是言此釧置阿闍梨足邊比丘食已捨起後人見之即便持去是釋子行食訖已即便還歸忘不取釧還家已乃覺無釧便還本處求索不見即便復覓所寄比丘見已白言阿闍梨還我向所寄釧比丘答言我憶汝寄釧故在本處我不取來釋子言我寄不得所而失此釧心中不悅即往佛所頭面禮足即

白佛言我向以釧寄其比丘不為掌視而令失之佛為釋子隨順說法示教利喜發歡喜心而去去不久佛言呼彼比丘來即呼來已佛問比丘汝實爾不答言實爾佛言比丘汝若受人寄者當為掌視若不為受者當言不受汝云何受人寄物而不為掌從今日後聽園內若寶若名寶若自取若使人取舉佛告諸比丘依止迦維羅衛國住者皆悉令集十利故與諸比丘制戒乃至已聞者當重聞若比丘若寶若名寶園內若自取若使人取除餘時波夜提餘時者比丘若寶若名寶若自取若使人取作是念有主求者與是名餘時比丘者如上說園內者塔園內僧園內寶者已成器所謂天冠寶蓋瓔珞拂柄寶屐如是等寶所成器也名寶者錢金銀真珠瑠璃珂貝珊瑚琥珀玻瓈赤寶銅赤銅鉛錫白鑞鐵等取者淨者得自手取若不淨者使淨人取波夜提者如上說餘時者若塔園內若僧園內若見有寶若名寶若淨者自取若不淨者使人取舉作是念有主求當與作如是念不異若佛生時大會得道時轉法輪時阿難羅睺羅大會時爾時諸人若忘衣及嚴身具種種諸物比丘忘衣鉢等物若比丘見者當取取應唱令問此是誰物若是主者與若無識者應懸著柱上顯現處令人見之若有人言此是我物應問言汝何處失答相應者應與若無人識者應停至三月已若塔園中得者即作塔用若僧園中得者當作四方僧用若是貴重物寶瓔珞金銀者爾時不得露現唱令得寶比丘應審諦數看有何相貌然後乃

舉若有人來問我忘寶物有見者不比丘爾時應問汝何處忘汝寶有何相貌若不相應者應語言此僧伽藍廣大汝爲可廣求若相應者應出寶示言長壽此是汝物不若言是比丘不得於一人前與應集衆多人教言汝歸依佛法僧若世尊不制戒者汝眼看猶不可得若言我此寶邊更有餘物應言長壽我止得此更不見餘物應語言汝是惡人汝但得此已爲過多云何方欲更索餘物謗人若世尊不制戒者汝不見此物若如是猶復不了者應將至優婆塞邊應作是言我本止得此物盡以還歸而今方見誣謗爾時優婆塞應罵言如是如是子汝得此物已爲過多而今反謗比丘汝但去我當與汝作對斷理此事若無有人來者至三年如上隨所得處當界用之若比丘入聚落見地遺物不應取若有人取與比丘得受與者即是施主故無罪若比丘入聚落見有遺衣物或風吹來者不得便作糞掃想取若曠路無人見有衣物應取若見衣上有寶應以脚蹋斷棄之持去去時不得隱藏應露捉使人見之若衣上有穢汙爲人所賤者得覆以持去若取時不覺衣裹有物者還至住處見已應與淨人知掌作醫藥直若出聚落時若道中見衣衣上有久�土當取取已不得覆藏當露現持去若有主逐比丘應語長壽何故走答言我失衣應言此是汝衣不若言是者應還應作是教言汝當歸佛法僧若世尊不制戒者汝設見此衣亦不可得若故壞僧房欲更治掘地起基得寶藏者若淨人不可信者應當白王王言

此物應入我我今施比丘作功德即名施主若已用半半在王言汝何以用我物若已用者止在者送來比丘應送在者還王若言何以用我物盡送來比丘已用物者應用僧物還若僧無者應乞物還若言已用者止功德屬我即名彼用若治故塔得金銀寶藏若淨人不可信者當白王淨人可信者得取停至三年三年已應用作塔事種種用若王家覺問比丘言汝此中得寶藏不應答言得若已用者應答言得已用作此塔王言已作者止此功德屬我若已用半半在者王言已用者止在者歸我在者應與王若王言汝不知地中寶藏應屬我耶汝何以用盡還我來比丘爾時應以塔物還若塔無物者應爲塔乞物還若王問言佛法戒律中云何比丘應答言佛法中若塔地中得物即作塔用若僧地中得物即作僧用王若言從佛法用者無罪若寶藏上有鐵券姓名若彼王問諸大德見寶上有如是姓名不比丘應答言見已用作塔成若彼言此是我家先人物汝何以用用者應還若言已作塔成者功德屬我無罪若已用半半在者還我比丘爾時應還在者若言汝何以用我家先人物一切盡還我來爾時應盡還若塔有物應用還若無者乞還若言此先人物先人已死此功德即屬彼者無罪作新僧伽藍作新塔得物亦復如是是故説

佛住王舍城廣説如上王舍城有三温泉王温泉比丘温泉象温泉王温泉者王與後宫夫人及佛諸比丘浴比丘温泉者佛比丘僧浴象温泉者象及一切人浴爾時諸比丘入

王温泉浴時王以油塗身欲入温泉浴問泉監言温泉空不泉監答言泉中不空有諸比丘浴王言聽諸比丘浴訖我先詣世尊還當浴到世尊所頭面禮足已還復問監言池中空未答言未空如是至三猶有比丘洗浴不止王言聽浴勿喚令出我當還宫中浴諸人聞已皆嫌責言沙門釋子自言善好有德而固池中不令大王得浴諸比丘聞已以是因緣往白世尊佛語諸比丘何處有王盡能忍是從今日後不聽浴

摩訶僧祇律卷第十八上

音釋

甕烏貢切甖也名　悚息拱切懼也　淀徒練切　䤚醯䤚蒲計切醯呼雞切　豌豆丸切也

摩訶僧祇律卷第十八下

東晉三藏法師佛陀跋陀羅共沙門法顯譯

復次佛住舍衛城廣說如上爾時世尊制戒不聽浴諸比丘不得浴故身垢汗臭爾時世尊爲大衆說法諸比丘在下風處坐恐汗臭熏諸梵行人故佛知而故問諸比丘何故獨一處坐似如恨人諸比丘白佛言世尊制戒不聽浴故身垢汗臭恐熏梵行人故在下風而住佛言從今日後聽半月一浴

復次佛住舍衛城廣說如上爾時諸比丘春月熱不得洗故身體痒悶諸比丘以是因緣往白世尊佛言從今日後聽熱時二月半得浴春後一月半夏初一月是名二月半

復次佛住舍衛城安居竟與諸比丘往憍薩羅國人間遊行道中草木深邃下則熱氣所吸上爲日炙大生苦惱馳走向水如鹿赴池佛知而故問諸比丘具說上事以如是苦故諸比丘競走赴水佛言從今日聽行時得浴

復次佛住舍衛城廣說如上有五事利益故世尊五日一行諸比丘房有比丘病疥瘙佛知而故問比丘汝調適不答言不調適我病疥瘙痒得數數浴便樂世尊制戒不得浴是故不樂佛言從今日後聽病比丘浴

復次佛住曠野精舍廣說如上爾時營事比丘墼泥墼塼作種種作事不敢浴故即便持卧明日清旦脚上有泥土處佛知而故問比丘汝脚上何故泥處答言世尊我營事泥汙身畏犯戒故不敢浴是故脚有泥土佛言從今日後聽作時浴

復次佛住舍衛城廣說如上爾時諸比丘值

大風起塵土坌身復值天雨諸比丘不敢浴故即便持臥明日清旦問訊世尊佛知而故問比丘汝身上何以垢汙如是答言世尊昨日風吹塵土坌身復值天雨不敢浴故身上有垢汙佛言從今日聽大風時浴

復次佛住舍衛城廣說如上爾時天晴有少雲起須臾大雨佛告諸比丘此是閻浮提最初吉雨汝等應雨中洗浴能除身中諸病瘡癬諸比丘心疑世尊制戒不得浴我等云何當浴佛言從今日後聽雨時浴

佛告諸比丘依止舍衛城比丘盡集以十利故與諸比丘制戒乃至已聞者當重聞若比丘半月浴除餘時波夜提餘時者春後一月半夏初一月是二月半是熱時病時作時風時雨時行時是名餘時比丘者如上說半月者若十五日浴數滿十五日復應浴若十四日十三日十二十一十九八七六五四三二一日浴應從浴日數要滿十五日乃應更浴除餘時者世尊說無罪熱時者春後一月半夏初一月是二月半名熱時不得取前後當取現在病時者若比丘癬疥瘙癰痤如是種種病須浴得適意聽浴是名病時不得取前後當取現在作時者若僧一切作時比丘作泥作治房舍若通水溝若抒井若泥房舍若掃地若洗浴和尚阿闍梨乃至掃塔院僧院下至五六動掃帚得名作時浴無罪不得取前後當取現在風時者若比丘風吹塵土坌身得洗浴無罪不得取前後當取現在雨時者若天雨洗浴無罪不得取前後當取現在行時者三由延二由延下至一拘盧舍若來

若去是名行時洗浴無罪不得取前後當取現在波夜提者如上說若比丘無上諸時當作陶家浴法先洗兩脞兩脚後洗頭面腰背臂肘胷腋是故說

然火過三宿　與欲入聚落　謗誣擯同止沙彌三色衣　取寶半月浴　第五跋渠竟

佛住毗舍離廣說如上爾時尊者優陀夷行道渴極入聚落從女人索水姊妹施我水女人即以水與之水中有蟲優陀夷見已作是念我但飲此無蟲處飲時蟲隨水入口飲已心生疑即以是因緣往白世尊佛言汝云何知水有蟲而飲此非法非律非如佛教不可以是長養善法從今日後知水有蟲不得飲

復次佛住舍衛城廣說如上時南方波羅脂國有二比丘共伴來詣舍衛問訊世尊中路渴乏無水前到一井一比丘汲水便飲一比丘看水見蟲不飲飲水比丘問伴比丘言汝何不飲答言世尊制戒不得飲蟲水此水有蟲是故不飲飲水比丘復重勸言長老汝但飲水勿令渴死不得見佛答言我寧喪身不毀佛戒作是語已遂便渴死飲水比丘漸漸往到佛所頭面禮足却住一面佛知而故問比丘汝從何來答言我從波羅脂國來佛言比丘汝有伴不答言有二人爲伴道中渴乏無水到一井井水有蟲我即飲之因水氣力得奉見世尊彼守戒不飲即便渴死佛言癡人汝不見我謂得見我彼死比丘已先見我若比丘放逸懈怠不攝諸根如是比丘雖共我一處彼離我遠彼雖見我我不見彼若有比丘在海彼岸能不放逸精進不懈斂攝諸

根雖去我遠我常見彼彼常近我佛告比丘
此是惡事非法非律不如佛教不可以是長
養善法從今日後知水有蟲不得飲
佛告諸比丘依止舍衛城比丘盡集以十利
故與諸比丘制戒乃至已聞者當重聞若比
丘知水有蟲飲者波夜提比丘者如上說知
者若自知若從他聞蟲者非魚鱉失收魔羅
等謂小小倒孑諸蟲乃至極細微形眼所見
者水者十種如上說飲者齊入腹波夜提者
如上說比丘受具足已要當畜漉水囊應法
澡灌比丘行時應持漉水囊若無者下至受
持鬱多羅僧一角頭看水時不應以天眼看
亦不得使闇眼人看下至能見掌中細文者
得使看水看水時不得厭課當志心看不得
太速不得太久當如大象一迴頃若載竹車
一迴頃無蟲應用若有蟲者應漉用水有三
階下中上若下分無蟲中分上分有蟲者應
取下分無蟲水用若中分無蟲上分下分有
蟲者應取中分水用若上分無蟲應取上分
水用若上分有蟲者應以手拍水令蟲入水
底已取用若三分盡有蟲者爾時應漉水用
若水中蟲極細微者不得就用洗手面及大
小行若檀越家請比丘食爾時應問汝漉水
未若言未漉應看前人是可信者應教漉水
若不可信者不得語令漉莫傷殺蟲比丘應
自漉用蟲水應著自器中應問從何處取水
隨來處還送蟲水瀉中若先取水處遠者若
見有池水七日內不消盡者得以蟲水著中
若無池水者當器中盛水持來養之若天大
雨有暴流水以蟲瀉中作是言汝入大海去

若比丘道中行渴須水到井取水時當細看無蟲得用若有蟲者當如上法淨漉得用若知水有蟲不得持汲水灌器繩借人若池水汪水當看已用若見有蟲者不得唱言長老此水有蟲有蟲令前人生疑不樂若前人問言此水有蟲不應答言長老自看若知識同和尚阿闍梨者應語此水有蟲當漉水用若有蟲無蟲想用無罪若無蟲有蟲想越毗尼若有蟲有蟲想用波夜提若無蟲無蟲想用無罪是故說

佛住舍衛城廣說如上爾時尊者阿難名字吉具足性吉具足家吉具足此三事故爲世人所重每至吉日若入新舍嫁娶穿耳時恒先請阿難時有一家請尊者阿難食有一外道出家人黑色青眼大腹來阿難所索食阿難即與手探噉已以手拭身而去復有一外道來問言汝何處得食答言我從此剃髮居士邊得阿難聞此語已心不悅後來乞者不與阿難以是因緣往白世尊佛語阿難此人不識恩分從今日不聽自手與無衣外道出家人食

佛住舍衛城廣說如上爾時世尊四月一剃鬚髮世人聞佛剃髮故送種種供養時世飢儉有五百人常隨世尊乞殘食佛問阿難有食不答言有餅佛言分與乞食人阿難即付人人與一番中有外道出家女阿難捉餅與時兩番相著去彼得已共在一處食作是言此餅乃極美好但恨少止得一番耳得兩番者作是言我得兩番得一番者言阿難故當是汝壻何故獨與汝兩番阿難聞已不悅以

上因緣具白世尊佛言從今日後不聽自手與無衣外道出家男女食諸比丘白佛言云何是外道不知恩分佛言不但今日不知恩分過去世時已曾如是如仙人獼猴本生經中廣說佛告諸比丘依止舍衛城者盡集以十利故與諸比丘制戒乃至已聞者當重聞若比丘無衣外道出家男女自手與食波夜提比丘者如上說無衣者若無衣入有衣出有衣入無衣出有衣入有衣出無衣入無衣出出家者外道出家不蘭迦葉乃至尼揵子自手者若手與手受器與器受食者五正食五雜正食與者波夜提波夜提者如上說若比丘父母兄弟姊妹在外道中出家來者亦不得自手與食當使淨人與食若無淨人者語令自取食若恐外道噉盡者應語言授與我來得已應隨意減取已若著牀机地上應語言汝自取食若是親里外道作是嫌言汝今便作旃陀羅遇我比丘應答言汝出家不得處世尊制戒如是汝若食者便食若不食者隨意若比丘使外道作時亦不得自手與食當使淨人與若無淨人如上法與若外道來索米粉汁飯汁漿亦不得自手與若外道從衆僧中乞食不得自手與當放地與若外道有信心欲供給比丘爾時亦不得自手與飲食得使外道作飲食使得授食食已殘者與與法如上說是故說

佛住舍衛城廣說如上爾時尊者優陀夷與知識婆羅門同村住此婆羅門女出嫁在異村住遣信白父言時時來看我若尊不得來者願令阿闍梨優陀夷時時來看我如前二

不定中廣說乃至佛語優陀夷此是惡事在家人尚知沙門儀法汝等出家人云何不知應不應坐處此非法非律非如佛教不可以是長養善法佛告諸比丘依止舍衛城住者皆悉令集以十利故與諸比丘制戒乃至已聞者當重聞若比丘知食家婬處坐者波夜提若比丘知食家屏處坐者波夜提比丘者如上說知者若自知若從他聞食者麨飯麥飯魚肉如是種種名爲食復有食名眼識見色起愛念生欲著耳鼻舌身亦如是復有食名釜以蓋爲食臼以杵爲食斛以斗爲食如是比皆名爲食復有食名男子是女人食女人是男子食家者婆羅門刹利毗舍首陀羅家婬處者夫婦行欲處坐者共一處坐波夜提比丘者如上說知者若自知若從他人聞食家者如上說屏處者男女可行婬不羞處復有名屏處若闇中若閉戶皆名屏處坐者共一處坐波夜提波夜提者如上說若比丘與彼夫婦一處坐者一波夜提外比丘遥不見者二波夜提婬處坐屏處坐開戶扇坐外比丘遥不見者二波夜提若外比丘見一波夜提共門屋中坐亦如是中庭若甘蔗聚障若穀聚若墻障亦如是若有比丘伴不犯雖有衆多白衣伴亦犯一切是男無罪一切是女無罪是故說

佛住舍衛城廣說如上爾時憍薩羅大臣名彌尼刹利反叛時波斯匿王集四種兵選擇良日與諸大臣椎鐘擊鼓欲往討伐爾時尊者難陀優波難陀往到軍前而立王見已即却蓋曲躬遥敬時諸臣見已即嫌言看沙門

釋子不知時今大王欲討伐逆寇當軍前立又嫌大王將士衆如是吉日求利見一剃髮沙門而便却蓋曲躬遥敬諸比丘聞已以是因縁往白世尊佛言呼難陀優波難陀來來已佛問汝實爾不答言實爾佛告諸比丘何有一切諸王皆得信心如是從今日後不聽入軍中與相見

佛告諸比丘依止舍衛城者皆悉令集以十利故與諸比丘制戒乃至已聞者當重聞若比丘觀軍發行波夜提比丘者如上說軍發行者執持戎器詣他國軍有四種象軍馬軍車軍步軍象軍者四人護象足是名象軍馬軍者八人護馬足是名馬軍車軍者十六人護車是名車軍步軍者三十二人執持兵仗是名步軍是名四種軍若比丘於此四種軍若觀一一軍波夜提若比丘欲觀軍從聚落中往阿練若處阿練若處往聚落中下處至高高處至下覆處至露處露處至覆處往觀見者波夜提若比丘入聚落城邑道中逢軍陣不作意見無罪若作心舉頭下頭窺望欲見者波夜提若王出若大象出時街巷中窄滿比丘爾時在一處住不作意看無罪若作意欲看者得越毗尼罪若比丘看象馬牛等鬬乃至雞鬬得越毗尼罪若軍來詣精舍不作意看無罪若作意看得越毗尼罪下至人口諍看者越毗尼罪是故說

佛住舍衛城廣說如上爾時憍薩羅國有剎利大臣名曰彌尼叛逆不順時波斯匿王遣大臣征人達多領四種兵欲往討伐爾時征人達多遣信白世尊言我今征行願遣諸比

丘爲我說妙法於是世尊告阿難汝往軍中
爲征人達多說法阿難到已大臣即爲設種
種供養爾時六群比丘知爲阿難設種種供
養復往軍中食已又觀試兵處見不能者因
毀呰言汝等教人乘象如似騎豬費王飲食
以此入陣必自喪身又失王象若見能者因
讚歎言善能乘象捉鉤甚工左右迴轉明曉
鬭法應食官禄以此入陣能自濟身又不失
象若觀乘馬見不能者毀呰言汝教人乘馬
如似騎驢費王飲食以此入陣必自喪身又
失王馬若見能者讚歎言汝善能乘馬執轡
甚工左右迴轉皆有方便應受王禄以此入
陣必能濟身又不失馬若觀乘車見不能者
毀呰言汝教人乘車如上牀法費王飲食以
此入陣必自喪身又失王車若見能者讚歎
言工能執御善於進退左右迴轉甚有方便
應受王禄以此入陣必能濟身又不失車若
觀步軍見不能射者毀呰言教人執弓似如
拼毳徒食官禄以此入陣必自喪命又失官
弓見好射者讚歎言平正美滿實爲工射應
受官禄以此入陣必自濟身又不失弓觀持
刀楯見不能者毀呰言教人持楯如捉布刀
以此入陣必自喪命又失官杖若見能者又
讚歎言善用刀楯至爲巧能以此入陣必自
全身又不失杖如是毀呰讚歎四種兵已得
毀呰者各各怒曰何但彌尼剎利是我等怨
今此沙門亦復是賊毀辱我等當共殺之得
稱讚者語得毀者言此諸沙門皆是王種或
大臣種或剎利種皆本習兵法明曉戰陣如
彼所言汝等宜學而反怨彼甚爲大賊諸得

毀者聞此語已深自慚愧尊者阿難見此事已念曰我今宜去若久住此或生過患即還精舍佛知而故問阿難汝已為征人達多説法訖耶阿難即以上事具白世尊佛言呼六群比丘來來已佛問六群比丘汝實爾不答言實爾佛言此是惡事非法非律非如佛教不可以是長養善法從今日後有因緣聽軍中三宿佛告諸比丘依止舍衛城者皆悉令集以十利故與諸比丘制戒乃至已聞者當重聞若比丘有因緣得到軍中三宿若過者波夜提比丘者如上説因緣者若僧事塔事私已事軍者如上説三宿者極齊三宿若過者波夜提波夜提者如上説若比丘一夜時在步軍二夜在象軍三夜在馬軍四夜在車軍中宿者波夜提若一夜在象軍二夜在馬軍三夜在車軍四夜在步軍中宿者波夜提若一夜在馬軍二夜在車軍三夜在弓軍四夜在楯軍中宿者波夜提若一夜在車軍二夜在弓軍三夜在矛軍四夜在刀軍中宿者波夜提若一夜在弓軍二夜在楯軍三夜在刀軍四夜外邏軍中宿者波夜提若一夜在矛軍二夜刀軍三夜外邏軍四夜離見聞處無罪若爲塔爲僧營事不訖應離軍一宿已得更宿若城邑遠不能往者應離軍見聞處宿宿時應語軍外邏人言我暮欲在其處宿勿謂是異人若軍人來到僧伽藍中住不應捨去雖多宿無罪是故説

佛住舍衛城廣説如上爾時六群比丘再三軍中宿已到試兵處見不能乘象者即形呰言此人乘象似如乘豬若入軍陣者必自喪

身復失官象費王廩禄見能乘象者如是讚言此人善能乘象提鉤牽挽左旋右旋皆悉巧便若入陣者必能破賊又全身命如是人者應食王禄見不能乘馬乘車捉弓刀楯矟乃至一一毀呰讚歎已即便教言汝應作如是如是乘象乘馬御車捉弓捉楯捉矟諸不能者聞是語已即瞋恚言何處更覓怨賊此即是賊我等當共殺之彼得讚者作如是言此諸比丘皆是王種大臣刹利種皆知兵法汝等何不善學而反怨他諸被毀者聞是語已瞋心即滅內自慚愧諸比丘聞是語已往白世尊佛言呼六群比丘來來已佛問上事汝實爾不答言實爾佛言此是惡事非法非律非如佛教不可以是長養善法佛告諸比丘依止舍衛城住者皆悉令集以十利故為諸比丘制戒乃至已聞者當重聞若比丘有事緣得軍中三宿若觀軍發行牙旗諍鬬勢力者波夜提比丘者如上說三宿者極齊三宿觀者方便故往若高處至下下處至高軍者四種軍如上說牙旗者若師子形若半月形諍者口諍鬬者兩衆交刃勢力者强弱相傾觀其事勢是名勢力波夜提者如上說若比丘道路行逢軍不故看見者無罪若作方便看見者波夜提若抄賊從村中來比丘道中相逢不故看無罪作方便看見者波夜提若比丘林野中經行時群賊來不故看見無罪作方便看見者波夜提若比丘於林野經行時群賊劫村已從比丘邊過後逐賊人尋賊至比丘所問比丘見賊不比丘不得妄語復不得語處得語言看指甲若比丘城里住

有賊來圍城王語比丘盡出上城現多人相不故看見者無罪作方便看見者波夜提是故說

佛住舍衛城廣說如上爾時六群比丘於禪坊中起以拳觸十六群比丘頭即便大啼佛聞啼聲知而故問是中何等小兒啼聲答言是六群比丘於禪坊起以拳觸十六群比丘頭是故啼聲佛言呼六群比丘來來已佛具問上事汝實爾不答言實爾佛言何以故爾答言爲戲樂故佛言癡人此是惡事惱諸梵行人而反言樂佛語六群比丘莫輕彼人彼人若入定者以神足力擲汝著他方世界汝常不聞我以無量方便於梵行人所應起身口意行慈供養恭敬云何作是惡不善事此非法非律非如佛教不可以是長養善法佛告諸比丘依止舍衛城住者皆悉令集以十利故與諸比丘制戒乃至已聞者當重聞若比丘打比丘者波夜提比丘者如上說打者若身身分身方便身者一切身是名身身分者若手若脚若肘若膝若齒若爪甲是名身分身方便者若捉杖木瓦石等打若遥擲是名身方便波夜提者如上說若比丘打比丘波夜提打比丘尼偷蘭遮打式叉摩尼沙彌沙彌尼越毗尼罪下至俗人越毗尼心悔若惡象馬牛羊狗如是種種惡獸來不得打得捉杖木瓦石等打地作恐怖相若畜生來入塔寺中觸突形像壞華果樹亦得以杖木瓦石打地恐怖令去是故說

佛住舍衛城廣說如上世尊制戒不聽比丘相打爾時六群比丘於禪坊中起以側掌刀

擬十六群比丘作如是言斫墮汝面恐怖故即便大啼佛聞啼聲知而故問諸比丘是何等小兒啼聲答言是六群比丘於禪坊起以側掌刀擬十六群比丘作是言我以掌刀斫墮汝面而彼恐怖故即便大啼佛言呼六群比丘來來已佛具問上事汝實爾不答言實爾佛言何故如是答言以戲故佛言癡人此是惡事惱諸梵行人而言戲樂佛言汝莫輕彼人彼若入定能以神足力擲汝著他方世界汝常不聞我以無量方便於梵行人所應起身口意行慈恭敬供養此非法非律非如佛教不可以是長養善法從今日後不聽以掌刀相擬佛告諸比丘依止舍衛城者皆悉令集以十利故與諸比丘制戒乃至已聞者當重聞若比丘以掌刀擬比丘者波夜提比丘者如上說掌者手掌刀者手指擬者現打相波夜提波夜提者如上說舉一指擬波夜提乃至五指亦如是一切手擬波夜提拳擬偷蘭遮掌刀擬比丘波夜提比丘尼偷蘭遮擬式叉摩尼沙彌沙彌尼越毗尼罪下至人越毗尼心悔過若惡象馬牛羊狗如是等種種惡獸來者不得以掌刀擬得以杖木瓦石打地恐怖令去若是諸獸來入塔寺壞諸形像及華果樹亦得打地恐怖令去是故說

摩訶僧祇律卷第十八下

音釋

邃 雖遂切深遠也 炙 之石切猶曝也 瘙 蘇到切瘙痒瘡也 坌 蒲問切塵埍也 癬 息淺切乾瘍也 扞 抻與切挹也 漉 盧谷切濾也 麨 尺小切乾粮也 窄 側革切狹也 拼 悲萌切彈也 毳 充芮切細毛也 楯 食尹切干櫓之屬 矟 色角切矛屬

摩訶僧祇律卷第十九

東晉三藏法師佛陀跋陀羅共沙門法顯譯

佛住舍衛城廣說如上爾時優波難陀語兄難陀共行弟子作如是言阿浮婆共汝入聚落彼間當與汝飲食我若彼作非威儀事汝當覆藏莫向人說我是汝叔父我亦覆汝和尚罪答言正使我父祖公及和尚有罪尚不覆藏況復叔父汝自可覆藏我和尚罪我終不能覆藏汝罪優波難陀聞是語已即作是念今日當令汝得苦惱事即共入城到長者家檀越見已歡喜問訊即請留食優波難陀復作是念我當觀望日時欲至遣還精舍令不及衆食復失此供進退失時足得苦惱作是念已時至即遣彼還恐失食故並看日時中還衆食已訖出祇桓門門間彷徉經行遥見彼來口脣乾燥似未得食即戲調言汝朝隨他比丘入城得何等種種美食答言唯有苦惱何處得食諸比丘聞已以是因緣往白世尊佛言呼優波難陀來來已佛具問上事汝實爾不答言實爾佛言此是惡事非法非律非如佛教不可以是長養善法從今日後知比丘麤罪不得覆藏佛告諸比丘依止舍衛城住者皆悉令集十利故爲諸比丘制戒乃至已聞者當重聞若比丘知比丘麤罪覆藏者波夜提比丘者如上說知者若自知若從他聞麤罪者四波羅夷十三僧伽婆尸沙是名麤罪覆藏者不欲令他知波夜提者如上說比丘見他犯麤惡罪不得覆藏覆藏者波夜提應向人說說時不得趣向人說當向善比丘說若同和尚阿闍梨若彼罪比丘兇

暴若依王力大臣力兇惡人力或起奪命因緣傷梵行者應作是念彼罪行業必自有報彼自應知喻如失火但自救身焉知餘事爾時但護根相應無罪若比丘知他比丘犯四事十三僧伽婆尸沙若一一覆藏者波夜提三十尼薩耆九十二波夜提若一一覆藏者越毗尼罪四波羅提提舍尼衆學法一一覆藏者越毗尼心悔若覆藏比丘尼八波羅夷十九僧伽婆尸沙一一覆藏者偷蘭遮三十尼薩耆百四十一波夜提若一一覆藏者越毗尼罪八波羅提提舍尼衆學法若一一覆藏者越毗尼心悔式叉摩尼十八行法更受學法法若一一覆藏者越毗尼罪沙彌沙彌尼十戒若一一覆藏更與出家法越毗尼罪下至俗人五戒若一一覆藏者越毗尼心悔是故說

蟲水及無衣　婬坐屏處坐　往觀三軍陣打掌刀覆藏　第六跋渠竟

佛住毗舍離廣說如上爾時有人著鎧持弓箭入精舍中脫鎧放杖止息樹下精舍中庭前沙地有衆鴿鳥在中戲食時尊者優陀夷見鳥已即語長壽借我弓箭試我手看答言可爾即捉弓并注五箭挽弓放發射殺五鴿即取摵毛以木貫之持授世尊此是鳥肉佛言何處得答言有人著鎧持弓箭至精舍庭前止息樹下從借弓箭試手射鳥本習射法猶故不失佛言癡人此是惡法應早捨棄何言本習手準故在汝常不聞我以無量方便毀呰殺生讚歎不殺而今作是惡不善法此非法非律非如佛教不可以是長養善法諸

比丘白佛言世尊衆生應起慈心救護云何優陀夷反奪其命而無慈心佛言不但今日不起慈心過去世時已曾如是如釋提桓因本生經中廣說佛告諸比丘依止毗舍離城住者皆悉令集十利故與諸比丘制戒乃至已聞者當重聞若比丘故奪畜生命波夜提比丘者如上說故者先作方便奪畜生命者若身身分身方便身者一切身於衆生身上跳蹋若推壓欲令彼死死者波夜提身分者欲害衆生故若手若脚若膝若肘若齒若爪等一一用殺是名身分身方便者若手捉杖木瓦石等若就打若遥擲欲令死死者波夜提波夜提者如上說若比丘欲斷畜生命若刀藥塗吐下胎刀者大小刀乃至鋮若比丘殺心捉刀時越毗尼心悔觸彼身越毗尼罪命根斷者波夜提是名刀藥者有三種生合毒生者如尼樓國土鬱闍尼國土有毒草名迦羅是名生合者如獵師合藥若根若莖若葉若華若果衆草和合是名合毒者蛇毒鼠毒狼毒猫毒狗毒熊羆毒人毒如是種種若生若合若毒如是一切是名藥若比丘殺心欲殺畜生合藥時越毗尼心悔觸彼身越毗尼罪命根斷波夜提是名藥殺塗者若比丘殺心以藥欲塗畜生時作是念若塗頭脚身令枯乾死捉藥時越毗尼心悔觸彼身者越毗尼罪因是死波夜提是名塗吐者若比丘殺心合吐藥欲令吐膿血吐腸死合藥時越毗尼心悔觸彼身者越毗尼罪因是死波夜提是名吐下者若比丘殺心作下藥欲令彼下膿血腸肚死作藥時越毗尼心悔觸彼身

越毗尼罪因是死波夜提胎者若比丘殺心欲墮畜生胎作方便時越毗尼心悔觸彼身越毗尼罪欲殺毋而墮胎者越毗尼罪欲殺胎而毋死者越毗尼罪欲殺毋毋死者波夜提欲殺胎胎死者亦波夜提若畜生懷人胎越毗尼罪是名胎行毗陀羅呪屑末鞊橀埳道河行者有畜生若五若十若二十作行列行時若欲殺前誤殺中欲殺中誤殺後欲殺後誤殺中欲殺中誤殺前皆越毗尼罪若欲殺前前死欲殺中中死欲殺後後死皆波夜提若一切無當死者波夜提是名行毗陀羅呪者若比丘爲殺畜生讀毗陀羅呪起死人讀呪時越毗尼心悔心驚毛竪越毗尼罪因是死波夜提是名毗陀羅呪屑末者若比丘爲殺畜生故作屑末坌衆生身欲令乾枯死作方便時越毗尼心悔觸彼身越毗尼罪因是死波夜提鞊者若比丘殺心於畜生常行處食處飲水處施鞊時越毗尼心悔觸彼身者越毗尼罪因是死波夜提是名鞊橀者若比丘殺心於畜生常行處食處飲水處施橀時越毗尼心悔觸身者越毗尼罪因是死者波夜提是名橀坑埳者若比丘殺心於畜生常行食處飲水處作坑以草土覆上作時越毗尼心悔墮中時越毗尼罪因是死者波夜提是名坑埳道者若比丘於道頭經行見畜生來見已作是念今當令此無一得脫者殺心驅向師子虎狼恐怖處若國王獵處驅時越毗尼心悔受苦痛時越毗尼罪因是死波夜提是名道河者若僧伽藍近河邊比丘在岸上經行有畜生來比丘見已作是念今當

令此畜生無一得活者殺心驅向非濟處若迴波旋洑處尸収摩羅處渡彼岸復有師子虎狼處及王遊獵處驅時越毗尼心悔受苦痛時越毗尼罪因是死者波夜提是名河一比丘殺心捉刀時越毗尼心悔受苦痛時越毗尼罪因是死波夜提如是二比丘衆多比丘亦如是若比丘爲殺故與刀遣使若一人二人乃至衆多人亦如是使復轉遣使乃至衆多人與刀時越毗尼心悔受苦痛越毗尼罪因是死者波夜提如是藥毒塗吐下墮胎如刀中廣說若比丘成就五法斷畜生命波夜提何等五畜生畜生想殺心起身業命根斷是名五法是故說

佛住舍衛城廣說如上爾時六群比丘欲令十六群比丘疑悔故作如是言世尊制戒年滿二十聽受具足汝未滿二十而受具足不名受具足聞是語已即便大啼佛聞啼聲知而故問是何等小兒啼聲比丘答言是六群比丘欲令十六群比丘疑悔故作如是言世尊制戒年滿二十聽受具足汝等未滿二十而受具足非受具足聞是語已是故啼耳佛言呼六群比丘來來已佛具問上事汝實爾不答言實爾佛言何故如是答言我戲樂故佛言癡人此是惡事惱梵行人而言戲樂佛言汝莫輕彼彼若入定以神足力能擲汝著他方世界此非法非律非如佛教不可以是長養善法從今日後不聽令他比丘疑悔佛告諸比丘依止舍衛城住者皆悉令集以十利故爲諸比丘制戒乃至已聞者當重聞若比丘故令比丘起疑悔須臾不樂波夜提比

丘者如上說故者先作方便疑悔者有七事生羯磨形相病罪罵詈結使波夜提者如上說生者作是言長老世尊制戒年滿二十受具足汝不滿二十而受具足不名受具足作是語欲令生疑前人若疑若不疑皆波夜提是名生羯磨者作如是言長老世尊制戒一白三羯磨無遮法汝白不成就羯磨不成就衆不成就如是一一不成就非受具足不名受具足作是語欲令他疑悔前人若疑悔若不疑悔皆波夜提是名羯磨形相者作如是言長老世尊制戒身體成就聽受具足汝曲脊跛蹇眼瞎跜脚榼頭鋸齒身不具足而受具足不名受具足作是語欲令他疑悔前人若疑悔若不疑悔皆波夜提是名形相病者作是言長老世尊制戒無病聽受具足汝癬疥黃爛癰痤痔病如是種種病而受具足不名受具足作是語欲令起疑悔彼若疑悔若不疑悔皆波夜提是名病罪者作是言長老世尊制戒清淨者聽受具足汝犯波羅夷僧伽婆尸沙波夜提波羅提提舍尼越毗尼罪而受具足不名受具足作是語欲令疑悔彼若疑悔若不疑悔皆波夜提是名罪罵者作是言長老世尊制戒歡喜者聽受具足汝不歡喜瞋恚罵詈而受具足不名受具足作是語時欲令疑悔彼若疑悔若不疑悔皆波夜提是名罵結使者作是言長老世尊制戒黠慧人聽受具足汝癡不黠如泥團如羊角鵄白鵠受具足不名受具足作是語時欲令疑悔彼若疑悔若不疑悔皆波夜提是名結使若有人來欲受具足若滿二十與受具足若

不滿者語言且住待滿二十若彼便於餘處受具足來者不得語令疑悔語者越毗尼罪若比丘臨受具足時若羯磨不成就應彈指語長者汝羯磨不成就若臨時不語者後不得語令起疑悔言汝受具足時白不成就羯磨不成就衆不成就語者越毗尼罪若瞎眼瘻脊脚跛身體不成就來受具足者應語言但爾住彼若於餘處受具足來者不得語令疑悔語者越毗尼罪若病人來欲受具足應語但爾住若彼便於餘處受具足來者不得語令疑悔語者越毗尼罪若疑悔比丘者波夜提比丘尼偷蘭遮式叉摩尼沙彌沙彌尼者越毗尼罪若俗人越毗尼心悔是故說

佛住舍衛城廣說如上爾時六群比丘數數易著衣食前著一衣食後著餘衣佛知而故問是何等衣答言是我淨施衣佛言汝云何淨施衣與他不捨而作三衣受用從今日後不聽淨施衣不捨而受用佛告諸比丘依止舍衛城住者皆悉令集以十利故與諸比丘制戒乃至已聞者當重聞若比丘與比丘比丘尼式叉摩尼沙彌沙彌尼衣後不捨而受用者波夜提比丘者如上說與者淨施與五種人不捨者後不捨受用者作三衣受用波夜提波夜提者如上說若比丘有多衣忘不識應取一切衣集著一處當捨作是言此衣淨施與某甲某甲於我不計意今還捨若是三衣者應别捨是我三衣數此僧伽梨先受持今捨此僧伽梨是我三衣數今受持此鬱多羅僧是我三衣數先受持今捨此鬱多羅僧是我三衣數今受持此安陀會是我三衣

數先受持今捨此安陀會是我三衣數今受此是我三衣不離宿受持餘衣長二肘廣一肘以上盡應淨施淨施法者作是言長老此長衣施與某甲某甲於我不計意若浣時縫時有因緣事我當用受持已淨施已著衣架上日日當憶念記識若忘者當語共行弟子依止弟子此是我三衣汝當日日助我憶識若無弟子者應衣角頭書作字若自身對面淨施不捨而受用者波夜提若不對面而自說淨施不捨而受用者越毗尼罪若對他面淨施不捨而受用者波夜提復對餘人不捨受用者波夜提不識衣越毗尼罪無衣越毗尼罪一時捨一時受越毗尼罪不捨作三衣受用波夜提不捨作塔用僧用與人越毗尼罪不得對面前說淨施當餘人邊說淨施是故說

佛住舍衛城廣說如上爾時六群比丘食前取他僧伽梨取他鉢藏著異處是比丘乞食時到欲入聚落求僧伽梨不得復有比丘求鉢不得是比丘問諸比丘長老誰持我僧伽梨去復問誰持我鉢去時六群比丘便笑言長老此僧伽藍大但求之即求經久不得復言長老雇我何物當助汝求聞是語已知是彼藏食後復藏尼師壇及鍼筩諸比丘食已欲林中坐禪求尼師壇不得即言長老誰持我尼師壇去復有比丘言誰持我鍼筩去六群笑言長老此僧伽藍大但遍求即求經久不得復語言汝雇我何物當助汝求聞是語已知是彼藏諸比丘以是因緣往白世尊佛言呼六群比丘來來已佛具問上事汝實爾

不答言實爾佛言何以故爾答言戲樂故佛言癡人此是惡事惱諸梵行人而言戲樂此非法非律非如佛教不可以是長養善法佛言從今以後不聽戲笑藏他衣鉢尼師壇鍼筩佛告諸比丘依止舍衛城住者皆悉令集以十利故與諸比丘制戒乃至已聞者當重聞若比丘藏他衣鉢尼師壇鍼筩乃至戲笑波夜提比丘者如上說衣者七種衣也鉢者瓦鉢鐵鉢鉢有三種上中下尼師壇者如世尊所聽鍼筩中有鍼藏者若自藏若使人藏乃至戲笑波夜提波夜提者如上說三衣中若藏一一衣者波夜提若僧祇支及餘衣等越毗尼罪三種鉢中若一一藏波夜提若鍵鎡及餘器越毗尼罪藏尼師壇者波夜提藏餘敷具越毗尼罪鍼筩者有鍼合藏波夜提無鍼越毗尼罪藏有縷鍼波夜提無縷鍼越毗尼罪有縷鍼但脫取縷藏越毗尼罪戲笑藏比丘衣波夜提比丘尼偷蘭遮式叉摩尼沙彌沙彌尼越毗尼罪下至俗人越毗尼心悔是故說

佛住舍衛城廣說如上爾時六群比丘從禪坊中起在屏處闇地立悚耳皺面反眼吐舌作喂喂聲恐怖十六群比丘比丘聞已即心恐怖舉聲啼哭佛知而故問是何等小兒啼聲諸比丘以是因緣具白世尊佛言呼六群比丘來來已佛問六群比丘汝實爾不答言實爾佛言何以故爾答言戲樂故佛言癡人此是惡事惱梵行人而言戲樂佛言汝莫輕彼彼若入定能以神力擲汝著他方世界此非法非律非如佛教不可以是長養善法佛

告諸比丘依止舍衛城住者皆悉令集以十利故與諸比丘制戒乃至已聞者當重聞若比丘恐怖比丘者波夜提比丘者如上說恐怖者色聲香味觸波夜提波夜提者如上說色者在闇地悚耳皺面反眼吐舌乃至曲一指喂喂作恐怖相彼若畏若不畏波夜提是名色聲者象聲馬聲驢聲如是等種種聲或長聲或止卒聲長引乃至悚耳作恐怖相彼若畏若不畏波夜提是名聲香者作是言長老是中有蛇香富單那惡鬼香蠍香作是種種恐怖相彼若畏若不畏波夜提是名香觸者熱冷輕重滑澀熱者若以火若以日炙衣鉢鍵鎡指戶鑰使熱觸彼身作是言長老火起火起作如是恐怖相彼若畏若不畏波夜提是名熱冷者若以扇風衣風若水灑作是言長老雨雪雨雪作如是恐怖相彼若畏若不畏波夜提是名冷重者持重拘攝重氍壓上作是言長老壁倒壁倒作如是恐怖相彼若畏若不畏波夜提是名重輕者以諸輕細衣覆上作是言長老雲墮雲墮作如是恐怖相彼若畏若不畏波夜提是名輕滑者若優鉢羅華莖拘牟頭華莖須犍提華莖若尸鉤觸彼身作是言長老是蛇是蛇作如是恐怖相彼若畏若不畏波夜提是名滑澀者鉢頭摩華莖分陀利華莖觸彼身作是言長老此是百足蟲作如是恐怖相彼若畏若不畏波夜提是名澀恐比丘者波夜提比丘尼偷蘭遮式叉摩尼沙彌沙彌尼越毗尼罪下至俗人越毗尼心悔是故說

佛住舍衛城爲諸天世人之所供養多所利

益爾時舍衛城中有姊妹二人姙身未産在家有信出家爲道諸比丘尼見其腹相即便驅出以是因緣往白世尊佛言在家姙身無罪此比丘尼後生男兒字童子迦葉至年八歲出家爲道成阿羅漢共十六群比丘各持澡盥到阿耆羅河邊澡洗入水仰覆浮戲渡河來往拍水沐沒爾時波斯匿王在重樓閣上四望觀看王未信佛法見是事已倍生不信即語末利夫人言看汝家所事福田夫人深信無疑不迴顧看即答言大王或是年少出家始受具足未知戒律或世尊未制此戒是故爾耳王語夫人言喻如家長語時眷屬隨從如和尚阿闍梨語時弟子隨從沙門瞿曇語時弟子皆言如是世尊如是修伽陀我共汝語而汝不迴顧看爾時尊者童子迦葉於其中入頂四禪以天耳聞王語聲即語諸伴比丘作是言長老王倍生不信末利夫人心生不悅令當令彼發歡喜心皆言善哉各各即捉澡盥盛滿中水以著於前結跏趺坐次第行列凌虛而逝於王殿上空中而過時末利夫人在露處坐見其坐影已即便仰觀見次第行列結跏趺坐前皆有澡盥乘虛而去似如鴈王見是事已心大歡喜即白王言看我家福田神德如是王見已心大歡喜作如是言善哉我得善利願世尊及比丘僧盡壽在我國內爲良福田諸比丘聞王嫌故以是因緣往白世尊佛言呼十六群比丘來來已佛具問上事汝實爾不答言實爾佛言我令罰汝因汝當爲諸比丘制戒佛告諸比丘依止舍衛城住者皆悉令集以十利故爲諸

比丘制戒乃至已聞者當重聞若比丘水中戲波夜提比丘者如上說水者有十種戲者跳渡還渡沒出撥拍澆濺波夜提波夜提者如上說跳者戲故跳入水中波夜提若行岸崩墮水若船行衝岸木石撥墮水中者無罪是名跳渡者以戲故渡水波夜提若行欲渡若渡物若河彼岸有僧事塔事宜數數經理若欲學浮渡者無罪還者以戲故還渡水波夜提若有所忘失爲物故還渡取無罪沒者以戲故沐沒波夜提若鉢小鉢銅釪器物墮水沒沒取無罪爲澡洗故沒無罪出者以戲入水出水波夜提爲取物故無罪撥者以戲故撥水波夜提若水上熱爲取冷水故撥取下水無罪拍者以戲故拍水波夜提若水上有倒子蟲拍令入下取無蟲水無罪澆濺者以戲故在水中澆濺岸上越毗尼罪岸上澆濺其水中者越毗尼罪水中澆濺水中者波夜提陸地澆濺陸地者越毗尼罪若比丘病剃頭出血迷悶若熱病迷悶以冷水灑無罪若比丘誦經時眼睡以冷水灑無罪若比丘食上沙彌撓亂恐俗人不信故知事者以水澆濺無罪是名澆濺若爲和尚阿闍梨洗以水畫背越毗尼罪若比丘食上戲故以水畫鉢鍵鎡器上作字越毗尼罪若洗脚時以水畫木上及畫瓮甕瓶一一越毗尼罪以指彈水作聲越毗尼罪以水跳空中接取越毗尼罪是故說

佛住舍衛城廣說如上爾時八日十四十五日齋日比丘尼來詣佛所頭面禮拜問訊時十六群比丘去佛不遠在一處坐優鉢羅比

丘尼脂梨沙彌尼亦來禮拜問訊禮拜問訊已往十六群比丘所以同年少相好樂故至彼中坐坐不正故彼見已更相指示而笑時有婆羅門極醜陋瘻脊距脚將一年少端正婦來見諸比丘笑已作是念此諸比丘見我醜陋將端正婦必當笑我即瞋恚言沙門釋子不知儀則而形笑我諸比丘即答言我不笑汝婆羅門言不爾正笑我耳作是語已往至佛所作是言奇異瞿曇沙門釋子不知儀則見我醜陋將端正婦而形笑我佛即爲婆羅門隨順說法示教利喜歡喜而去去已佛言呼十六群比丘來來已佛問比丘有婆羅門極醜陋將端正婦汝見已實笑不答言不笑婆羅門汝笑誰答言世尊齋日優鉢羅比丘尼脂梨沙彌尼來到我所坐不正故我見已互相指示是故笑耳佛言梵行尼坐不正汝當方便令起云何笑之今當罰汝因是爲諸弟子制戒佛告諸比丘依止舍衛城住者皆悉令集以十利故爲諸比丘制戒乃至已聞者當重聞若比丘以指相指波夜提比丘者如上說以一指指波夜提乃至五指亦如是一切手指波夜提以拳指偷蘭遮若木若竹指越毗尼罪若比丘共諍以指相指波夜提若直月若知事人差次食以指指言某甲去波夜提若捉竹木指越毗尼罪應語言某甲當次食去若沙彌眠欲喚起者應彈指若不覺者不得以指挃當牽衣挽令覺若諸比丘在俗人家坐摩訶羅比丘坐不正者應語汝正坐若不覺者應語正汝衣復不覺者應語言摩訶羅覆汝形體若比丘至比丘尼精

舍中坐比丘尼禮比丘足已在比丘前坐若坐不正者不得語令慚愧應作方便令起取物若檀越家坐婦女來禮比丘足在前坐不正者不得語令慚愧當作方便發遣取物若姧婬女來試弄比丘故不正坐者不得語但當避去是故說

佛住毗舍離廣說如上時有一人其婦不可意瞋恚極打便出婦作是念彼瞋未息若更打者定死無疑今當走避即便出門見有比丘乞食還欲出城婦人即問言阿闍梨欲何處去答言欲出城去婦人言我欲隨尊去比丘言姊妹此是王道何爲見問即隨後去其夫後作是念我婦得打或能走去即入不見其婦即問餘人言何處去答言適出隨是道去即從後逐見其婦隨比丘後即生瞋恚作是罵言弊惡沙門誘我婦去便捉比丘熟打將詣斷事官所作是言此比丘誘我婦去斷事人言一一將來驗問事實即問比丘汝出家人何將他婦走答言不爾何因相隨答言我乞食還欲出城婦人問我欲何處去我答言欲出城去婦人言我欲隨出我答言姊妹此是王道何用見問事實如是斷事人言將比丘出喚婦人來問言是沙門偷汝去耶答言不爾何因相隨答言夫主見打以夫瞋未息復恐重打因懼失命故是故避走遇見比丘即問言尊何處去答我欲出城我言欲隨尊去比丘言此是王道何用見問事實如是實非彼所偷即遣婦人出復呼比丘問言汝出家人偷他婦去云何妄語望得脫耶向者女人言汝實偷汝何言不比丘答言不爾復

更重問答辭如初遣比丘出復喚女人問言弊死女人棄夫逃走妄語欺官望得脫耶向者比丘言實偷汝汝何言不答言實不爾如是三問答辭如初即留女人喚比丘來對驗情狀觀望顔色知其虛實答辭如初官問比丘汝鉢何以破答言破耳衣何故裂壞答言裂耳肘膝何以傷破答言傷耳婦瞋夫未息憐彼比丘受苦如是而不語官即向官說官聞是已極大瞋恚作如是言弊惡罪人汝便是王便無餘人即勑官人料理比丘給其湯藥與其衣鉢即取是人繫著獄中籍家財物沒入官庫諸比丘以是因緣往白世尊佛語諸比丘何處一切王家得是信心此不與共期過患如是況復共期從今日後不聽與女人共期行佛告諸比丘依止毗舍離城住者皆悉令集以十利故爲諸比丘制戒乃至已聞者當重聞若比丘與女人共期道行乃至聚落中間波夜提比丘者如上說女人者若母姊妹若大若小在家出家共期者若今日明日半月一月道者三由延兩由延一由延半由延一拘盧舍半拘盧舍乃至聚落中間者波夜提波夜提者如上說若比丘與女人共期道行經一一聚落中間一一波夜提若還來者亦一一波夜提餘如九十二第二跋渠中與比丘尼共期著道行中廣說此中以女爲異耳是故說

佛住舍衛城廣說如上爾時尊者阿那律在塔山夏安居竟還舍衛城禮覲問訊世尊行路中間日冥欲入聚落求宿止處時聚落中有一母人將一女欲出村取水道路相逢女

見比丘顏貌端正威儀庠序即生欲想比丘入聚落遍求宿處不得作是念當還出外於樹下宿即便還出復逢彼母子時女問母言此沙門向冥欲何處去答言不知女言阿母可問母即問言沙門向冥出聚落欲至何所答言我入聚落求宿處不得還欲出外樹下止宿女語母言可將歸家借其宿處母即語言沙門隨我還家當借宿處比丘即隨還至家與一房語言沙門此中可宿比丘即敷草蓐結跏趺坐母子食訖還自眠處是比丘道行疲極偃息而卧女伺母眠熟已徐徐竊起至比丘所牽其草蓐比丘覺已起正身坐女人性弱即便却去去已比丘還復卧此女須臾復來如世尊所說有五種人夜多不眠何等五女人起欲想憶男子故夜多不眠男子起欲憶女人故夜多不眠賊有盜心夜多不眠王憂念國事故夜多不眠精進比丘修習道業夜多不眠此女人不得眠復徑竊起來牽其草蓐比丘覺已復正身坐乃至地了明日至佛所佛遥見已知而故問誰嬈觸汝顏色不悦即以上事具白世尊佛告諸比丘依止舍衛城住者皆悉令集以十利故爲諸比丘制戒乃至已聞者當重聞若比丘與女人同室宿波夜提比丘者如上說女人者若母姊妹若大若小在家出家室者同障同覆宿者俱眠波夜提波夜提者如上說共一房有隔別戸無罪異房無隔波夜提共房共隔波夜提別房異戸無罪有覆有障波夜提有覆半障越毗尼罪有覆無障無罪有障有覆波夜提有障半覆越毗尼罪有障無覆無罪比

丘女人俱室内波夜提比丘室内女人半身在屋内越毗尼罪比丘屋内女人屋外無罪女人比丘俱屋内波夜提女人屋内比丘半身在屋内越毗尼罪女人屋内比丘在屋外無罪若佛生日大會得道日大會轉法輪日大會羅云大會阿難大會般遮于瑟大會若通夜說法者當在露地若風若雨若雪隋寒者當入屋裏正身坐若老若病不能坐者當施障隔障隔不得用踈物高齊肩掖若比丘道路行入聚落宿時當别房别隔若無屋者當露地宿若風雨寒雪當入屋内正身坐若老病劣弱不能坐者當作障隔若無障者女人可信應語言優婆夷汝先眠我坐比丘欲眠時語令起我欲眠汝莫眠眠者汝無福若雌象乃至雞若駱駝牛驢搫頭時未得罪委頭眠者波夜提若雌狗舒頭時無罪屈頭眠時波夜提鵝孔雀鷄舒頭無罪屈頭著翅下波夜提象正立時無罪猗眠時波夜提若衆多比丘在房内眠毋人抱眠女兒入者一切眠比丘波夜提若維那知事人應語毋人汝正豎兒抱入是故說

佛住舍衛城廣說如上爾時尊者優陀夷與一知識同聚落婆羅門婆羅門女出嫁至異聚落遣信語父若阿闍梨時時來看我如二不定法中因縁廣說乃至佛告優陀夷癡人在家俗人知出家人所應行法不應行法汝信心出家而不知出家所應行法此非法非律非如佛教不可以是長養善法從今日後不聽共女人獨空靖處坐佛告諸比丘依止舍衛城住者皆悉令集以十利故爲諸比丘

制戒乃至已聞者當重聞若比丘與女人獨空靖處坐波夜提比丘者如上說女人者若母姊妹若大若小在家出家獨者獨一女人更無餘人設有餘人若眠癡狂心亂苦痛嬰兒非人畜生雖有是人故名獨空靖者寂靖處坐者共坐波夜提波夜提者如上說若比丘與女人共坐竟日坐者一波夜提若比丘女人中間起更坐一一波夜提若比丘受請到檀越家坐女人下食已坐比丘前復起益食如是隨起復坐一一波夜提一女人比丘邊坐一女人來往益食女人出時比丘應起起時不得趣起恐彼女疑謂呼比丘有異想應先語姊妹我欲起何故起答言世尊制戒不聽共女人獨空靖處坐是故起耳女言尊者莫起我自起起者無罪減七歲女在階道板上坐坐已復第二板上坐坐復起第三板上坐如是一一徙處坐一一波夜提若家中作務淨人來往不斷者無罪若門向道道中行人如乞比丘食頃不斷彼即當淨人無罪若比丘女人於閣上共坐閣下淨人遥見比丘比丘亦見淨人無罪比丘女人在閣下坐閣上人亦如是或見而非聞或聞而非見亦見亦聞非見非聞見而非聞者淨人遥見比丘女人共坐不聞語聲越毗尼罪聞而非見者聞語聲不見其人越毗尼罪亦見亦聞者見共坐聞語聲無罪非見非聞者波夜提盲淨人者越毗尼罪聾淨人越毗尼罪盲聾淨人者波夜提一盲一聾淨人者無罪若淨人眠者當動令覺此罪亦是聚落亦阿蘭若處亦是時亦非時亦是晝亦是夜是屏處非露

處是空靖非衆多是近非遠是故説故奪及疑悔 不捨藏畏怖 水戲指相擬共行同室宿 空靖處亦然 第七跋渠竟

佛住舍衛城廣説如上爾時毗舍佉鹿母長請祇洹僧次第到其舍食時毗舍佉鹿母頭面禮僧足次第而下到十六群比丘所見其年少身色柔輭而能捨家女人多慈起兒子想亦敬法故即便問言祇洹衆僧無供時尊者何處得食答言時到著衣持鉢家家乞食即語尊者若無供時來我家食我目今以後若無人供日我當施食年少比丘聞是語已即便受請至無供日到其家食鹿母長請佛時尊者阿難日日到彼爲請食故見十六群比丘在其家食此諸年少起憍恣言毋此食太多答言子減之復言太少答言兒當益如是或嫌冷熱堅輭甜酢鹹淡如是種種難可稱適鹿母信心多慈答言子隨索隨與阿難見已作是念若此是不信家便起惡心以是因緣白佛言善哉世尊願從今日勿與小兒受具足戒佛言從今日後年未滿二十不得與受具足

復次佛住舍衛城廣説如上爾時摩訶羅父子二人在家有信捨家修道其子沙彌供給五百比丘諸比丘或索楊枝或索樹葉如是衆多不能得供時摩訶羅念曰我正有一子供給五百比丘所索衆多不能得供如是不久必當生病然世尊制戒年未滿二十不與受戒雖知不應且與受之令其免苦彼即將比丘出到戒場與受具足受具足已諸比丘猶如前法喚言沙彌與我知淨楊枝及草樹

葉彼即答言我以受具足云何故喚沙彌諸比丘言誰與汝受答言我婆樓醯諸比丘以是因緣具白世尊佛言呼摩訶羅來來已佛具問上事汝實爾不答言實爾佛言此是惡事摩訶羅汝云何知人年未滿二十而與受具足佛言從今日後不聽年未滿二十而受具足佛告諸比丘依止舍衛城住者皆悉令集以十利故爲諸比丘制戒乃至已聞者當重聞若比丘知人年不滿二十與受具足波夜提諸比丘應訶責是人不名受具足比丘者如上說知者若自知若從他人聞不滿者不滿二十雨減二十年是名不滿二十雨減二十雨滿二十年是名不滿減二十雨過二十年是不名滿冬時生還冬時受未經安居竟是名不滿春時生還春時受未經安居竟是名不滿前安居生還前安居受未經前安居竟是名不滿後安居生還後安居受未經後安居竟是名不滿此人減二十時人年謂減半謂滿半謂減者波夜提謂滿者無罪此人名受具足此人年減二十時人一切謂不滿與受具足一切波夜提此人不名受具足此人年減二十時人一切謂滿與受具足一切無罪此人名受具足滿二十雨減二十年是名滿二十滿二十雨滿二十年是名滿二十滿二十雨過二十年是名滿二十冬時生受具足是名滿二十前安居時生前安居竟受具足是名滿二十後安居時生後安居竟安居竟受具足是名滿二十春時生安居竟受具足是名滿二十滿二十雨時人半謂滿半謂不滿謂不滿者越毗尼罪謂滿者無罪

是名受具足滿二十雨時人一切謂不滿一切越毗尼罪是不名受具足滿二十雨一切謂滿一切無罪是人善受具足若比丘知人不滿二十與受具足此諸比丘應訶責已波夜提悔過波夜提者如上說若有人來欲受具足日滿者應與受具足不滿者應語令待滿若前人不知者當問其父母親里若復不知者當看生年板若復無是者當觀其顏狀觀時不得直觀形體或貴樂家子形大年小當觀其手足成就不若如是復不知者當問何王何歲國土豐儉旱澇時節是故說

佛住舍衛城廣說如上爾時舍衛毗舍離二國有嫌互相抄伐時毗舍離人來舍衛抄劫人民得物去還入本界生安隱想解仗止息舍衛王作是念我爲國王應却敵安民云何使賊劫掠人物即勑將士仰汝追捕必使擒獲若不得者不足空還將士念言王教嚴重事應宜速即集兵衆尋蹤掩捕時舍衛比丘安居竟欲詣毗舍離諸比丘失道墮彼賊中賊便驚愕問比丘比丘汝是何人答言我出家人何道出家答言釋種出家問言大德汝欲那去答言欲向毗舍離失道到此即示其道時比丘問賊長壽汝欲何去答言向毗舍離比丘復言當共作伴彼即答言我等是賊劫奪他物經涉榛木行不擇路汝是善人云何隨我此是直道可從是去比丘復請願將我去勿復令我重遭失道賊答如初如是至三語言未竟追捕尋至王合捉比丘將至王所作如是言大王此是群賊王言先將比丘來來已王言汝出家人云何作賊比丘答言我

非是賊何故相隨比丘以上事具向王說王言遣比丘去將此賊來問賊言此出家人是汝伴不答言非伴何故相隨賊以上事具向王說王言將賊去更喚比丘來來已王問比丘汝出家人云何作賊妄語欺官望得脫耶賊道汝是伴何以言非比丘答如初王即教勑禁官放比丘去賊如法治罪便取五百群賊著迦毗羅華鬘打鼓巡令四交道頭唱喚而出欲將殺之賊大啼喚佛知而故問比丘是何等衆多人聲比丘答言世尊是五百群賊被王教令將欲殺之是其聲耳佛告阿難汝往語王汝是人王當愍民如子云何一時殺五百人阿難受教即詣王所具說佛語王言尊者阿難我知是事殺一人罪報甚多況復五百人但是賊數數來壞我聚落抄掠人民若世尊能使是人不復作賊者可放令活阿難還以王所說具白佛佛語阿難更往語王王但放去我能令此人從今日後更不作賊阿難受教已先到刑處語監殺者言是諸罪人世尊已救未可便殺復語賊言汝能出家不賊言尊者我本若出家不遭此苦今甚願樂何由可得阿難即至王所作是言世尊語王我能令此人從今日後更不作賊王即勑監官可原生命且未解縛送詣世尊佛自放之爾時世尊欲度彼人故在露地坐賊遥見佛結縛自解頭面禮足却住一面佛觀其宿緣隨順說法布施持戒行業報應苦集盡道四眞諦法即於是時得須陀洹道問言汝等樂出家不答言世尊我等先若出家不遭此苦唯願今者度我出家佛言善來比丘作

是語時五百群賊舉身被服變爲三衣自然鉢器威儀庠序如似百歲舊比丘皆成羅漢諸比丘白佛言世尊云何五百群賊蒙世尊恩自然解脫佛言不但今日蒙我解脫過去世時已曾蒙我如獼猴本生經中廣說佛告諸比丘依止舍衞城住者皆悉令集以十利故爲諸比丘制戒乃至已聞者當重聞若比丘與賊期共道行乃至聚落間波夜提比丘者如上說賊者劫盜期者若今日明日一月半月道者三由延二由延一由延一拘盧舍半拘盧舍乃至聚落波夜提波夜提者如上說不得與賊共期道行若比丘欲行時當求車伴人伴賊相貌有三事可知香色莊嚴香者在曠野中食熟肉生肉氣色者常恐怖色莊嚴者終日結束面黑髮黃凶惡似閻羅人是三種名爲賊相不應共行若賊詐稱作好人著好衣服到空迥處展轉相語今日當入是聚落破牆壁劫奪財物不問沙門婆羅門一切盡取當知是賊是時不得即便捨離且隨順去若近聚落方便捨去若賊覺者應語長壽我正到此耳若與賊共期道行波夜提與女賊共行亦如是與偷金賊共行波夜提與叛負債人共行越毗尼罪是故說

佛住曠野精舍廣說如上爾時營事比丘自掘地作基作墫作泥爲世人所譏沙門瞿曇無量方便毀呰殺生讚歎不殺而今自手掘地作基作墫作泥故傷一根命此是敗人何道之有諸比丘以是因緣往白世尊佛言呼營事比丘來來已佛問比丘汝實爾不答言實爾佛語比丘此中雖無命根出家之人所

不應作當少事少務莫爲世人所識失他善福從今日後不得自手掘地佛告諸比丘依止曠野比丘皆悉令集以十利故與諸比丘制戒乃至已聞者當重聞若比丘自手掘地若使人掘指語掘波夜提比丘者如上說自手者若身身分身方便身者舉身跳躑走來走去欲令壞地者波夜提是名身身分者若手若脚若膝若肘若指爪是名身分身方便者若鍬钁斧鑿竹木自手掘若遥擲欲令壞壞者波夜提地者生作生者大地是名生作者基作上作基作者露地牆壁上作者重閣屋上覆土是名上作自掘者自掘使人掘乃至言掘是地波夜提波夜提者如上說若旨方便多掘一波夜提若中間止住一一波夜提使人者若使他人掘前人多掘一波夜提

若重語使掘疾掘語語波夜提若比丘欲使地平作方便掃地越毗尼罪若傷如蚊脚波夜提不作方便無罪若方便牽曳木欲使破地牽時越毗尼罪若傷如蚊脚波夜提不作方便無罪若驅牛馬欲使破地亦如是不作方便無罪若欲使地平故經行行時越毗尼罪傷如蚊脚波夜提住坐卧亦如是不故者無罪若比丘河邊坎上以脚蹹墮蹹波夜提坎岸邊行土崩無罪若土塊一人不勝破者波夜提破減一人重者無罪若比丘捉木石塼瓦鍬钁擲地不故雖傷無罪若營事比丘多有塔物僧物欲藏地中若在露處生地不得自掘當使淨人知若在露處死地得自掘藏若地打拴越毗尼罪傷如蚊脚波夜提拔拴時越毗尼罪傷如蚊脚波夜提若比丘

欲張氍氀須釘四角若覆處死地自釘無罪若露處生地當使淨人知拔時當使淨人知若比丘房内釘壁毀損成功越毗尼罪若先有故孔無罪若比丘外被雨地傷如蚊脚波夜提若欲畫地越毗尼罪傷如蚊脚波夜提畫末土無罪若營事比丘欲作摸拭當畫板木塼上若泥覆朽故房舍欲撤時不得自撤當使淨人若欲壞壁時當使淨人却泥然後自得擿塼至基際使淨人擿若壁不泥者以曾被雨使淨人擿兩三行然後自擿至地際復使人擿若塼坏聚被雨已不得自取使淨人取上兩三重然後自取至地際復使淨人若覆上者得自取到地際應使淨人取塼取亦如是若死土被雨已比丘不得取使淨人取盡雨所洽際然後自取無罪若鼠壤被雨不得取應使淨人若新雨後比丘不得自抒井應使淨人抒若淨人小不能者當先下淨人擾令濁然後自抒若池水洗水新雨後比丘不得自抒若牛馬先涉得自抒若泥被雨後不得自取使淨人取若池泥洗泥新雨後比丘不得自取使淨人若水瀆若屋流水道新雨後比丘不得自抒使淨人抒若大小行用水時手摩地波夜提當用灰土巨磨若雨澇推土聚一處比丘不得取使淨人取若瓦瓶器物在露地經雨已比丘不得自取使淨人取若洗脚木經雨後不得取若木石塼瓦種種諸物在露地雨後比丘不得取使淨人知掘地波夜提半沙越毗尼罪純沙無罪石薑石糞灰亦如是是故說

摩訶僧祇律卷第十九

音釋

摵 莫結切手拔也
⿰革玄 户犬切
⿰木強 其兩切
埳 苦感切小阱也
澓 房六切洄流也
瞎 許轄切目盲也
⿰足匡 音匡
榼 克盍切
瘻 盧候切止當作僂朧主切背曲病也
跛 布火切足偏廢也
鍼筒 鍼諸深切與針同筩徒東切
鍵鎡 梵語也此云淺鐵鉢今呼為鑕子鍵音虔鎡音咨鑕音訓
皺 側救切皮縮也
喂 於韋王貴二切
鑰 以灼切鍉鑰也
盥 古玩切
濺 子賤切灒灑也
釬 羽俱切器名
鍬鑁 鍬七遙切臿也居縛切大鉏也
鑁
栓 其月切與橛同
擿 直隻切投也
坏 鋪杯切未燒塼也

摩訶僧祇律卷第二十上

東晉三藏法師佛陀跋陀羅共沙門法顯　譯

佛住舍衛城廣說如上爾時梨車摩訶男請僧施藥時六群比丘聞摩訶男請僧施藥當試惱之明日晨起著入聚落衣到其家共相問訊我聞檀越請僧施藥爲實爾不答言實爾尊者有所須耶答言須藥須何等藥答言須爾所酥爾所油爾所蜜爾所石蜜爾所根藥葉藥華藥果藥彼言即日未具須辦當與比丘言汝當備藥然後請僧供一比丘藥如給一大象我今一人索藥尚不能得況復衆多汝但求名譽無有實心彼言尊者王家庫藏尚無爾所藥況復我家須辦當與比丘言與已不與當任汝意言已便出檀越於後即辦衆藥自往白言先所索藥今者已辦便可來取比丘聞已並笑而言我前試汝實不須藥彼曰何故相試我家中所有於佛比丘僧無有匱惜比丘言檀越瞋耶答言實瞋若瞋者我當悔過彼曰我不受悔過自可向佛悔過比丘即向佛悔過佛言何故即以上事具白世尊佛言癡人梨車摩訶男家所有愛重於佛比丘無所匱惜何故擾亂從今日後聽四月別請應受除更請除長請佛告諸比丘依止舍衛城比丘皆悉令集以十利故與諸比丘制戒乃至已聞者當重聞若比丘四月別自恣請應受若過受波夜提除更請長請自恣請比丘者如上說四月者或夏四月或冬四月或春四月別請者私請過者過四月除更請者世尊說無罪除長請者盡形壽請波夜提者如上說若檀越語比丘言尊者受

我夏四月請比丘若受不應過至八月十六日受者波夜提若受冬請春請亦如是檀越請不必定或四月或一月或半月若期滿已不得更受若檀越言尊者常此間住者我長施食若比丘離一宿行者不得復食若檀越言尊者何以不來答言汝先言常此住者當施食我以離宿是故不來檀越言離不離從今日但來如是受者無罪檀越言尊者受我請食盡此倉穀比丘受之應數數問典倉者若言噉盡不得復食若檀越言尊者何以不來答言我先受請盡此倉穀穀今已盡是故不來若言尊者我非謂一倉更有餘倉從今日但來如是受者無罪請食酥瓨甘蔗亦復如是若檀越言尊者受我請食盡此牛乳比丘受之應數數問犛乳者若言犛休不得復受若言何以不來答言我先受請盡此牛乳乳今已盡是故不來若言我非謂一牛更有餘牛從今日但來如是受者無罪若檀越言尊者受我請食齊女夫住此比丘應受若女夫去者不得復食若言何故不來答言我先受請齊女夫住女夫今去是故不來若言更受我請如是受者無罪若言尊者受我前食不得索後食若請後食不得索前食若請與非時漿不得索藥及餘物若請與塗足油不得索非時漿若請與藥者應從索藥若言尊者盡壽受我請衣食臥具醫藥爾特得隨意索無罪是故說

佛住拘睒彌國廣說如上爾時諸比丘語闡陀言長老當學莫犯五衆罪答言我今不隨汝語我若見餘長老寂根多聞持法深解我

當從諸問彼若有所說我當受行諸比丘以是因緣往白世尊佛言呼此闡陀比丘來來已佛具問上事汝實爾不答言實爾佛語闡陀此是惡事汝常不聞我無量方便稱歎隨順毀呰違逆汝云何儱悷自用此非法非律非如佛教不可以是長養善法佛告諸比丘依止拘睒彌國住者皆悉令集以十利故爲諸比丘制戒乃至已聞者當重聞若諸比丘教語當學莫犯五衆罪若作是言我今不隨汝語若見餘長老宿根多聞持法深解當從諸問彼有所說我當受行作是語者波夜提比丘欲得法利者應學亦應問餘比丘比丘者如上說五衆罪者波羅夷僧伽婆尸沙波夜提波羅提提舍尼越毗尼罪莫犯者教令學十二事十二事者所謂戒序四波羅夷十三僧伽婆尸沙二不定三十尼薩耆波夜提九十二波夜提四波羅提提舍尼衆學法七滅諍法隨順法當學莫犯作是語時答言我不隨汝語若見餘長老宿根多聞持法深解當從諸問彼有所說我當受行作是語者波夜提若言長老五衆罪中波羅夷僧伽婆尸沙波夜提波羅提提舍尼越毗尼罪當學莫犯作是語時答言不隨汝語若見餘長老宿根多聞持法深解當從諸問彼有所說我當受行作是語者波夜提如是四衆罪三衆罪二衆罪一衆罪四波羅夷應當學莫犯作是語時答言我不隨汝語若見餘長老宿根多聞持法深解當從諸問彼有所說我當受行作是語者波夜提若作是語長老作六捨法所謂作折伏羯磨不語羯磨驅出羯磨發喜

羯磨舉羯磨別住羯磨當學莫犯作是語時答言我不隨汝語若見餘長老寂根多聞持法深解當從諮問彼有所說我當受行作是語者波夜提若作是語長老此六作捨法已作折伏羯磨隨順行法折伏柔輭如是應捨乃至別住羯磨亦復如是當學莫犯作是語時答言我不隨汝語若見餘長老寂根多聞持法深解當從諮問彼有所說我當受行作是語者波夜提若言長老汝當學賢善持戒受誦經法當得須陀洹斯陀含阿那含阿羅漢果作是教時不得答言有常當學應答言我爲是故出家是故說

佛住拘睒彌國廣說如上爾時拘睒彌界有惡龍名菴婆羅能使亢旱不雨苗稼不收人民饑饉如是種種災患時尊者善來比丘往降惡龍如善來比丘經中廣說降伏惡龍已乃至國土豐樂人民感德知恩報恩有五百大家爲善來故各立常施設幢施設牀座請僧供養別請善來比丘其所造家則設種種美食時有一家施食之後因渴施酒色味似水得而飲之還向精舍爾時世尊大會說法酒勢發盛昏悶躃地當世尊前舒脚而卧佛知而故問是何比丘在如來前舒脚而卧比丘答言善來比丘飲酒過多是故醉卧佛問諸比丘此善來比丘先曾晝寢不不也世尊復問比丘善來未醉之前頗曾佛前舒脚卧不不也世尊復問比丘多飲酒已欲使不醉可得爾不不也世尊復問諸比丘設使善來比丘不飲酒時聞說微妙不死之法當欲失是善利不聽受不不也世尊佛語諸比丘是

善來比丘本能降伏惡龍今者能降蝦蟆不答言不能佛言設使菴婆羅龍聞者生其不樂從今日後不聽飲酒

復次佛住舍衛城廣說如上爾時尊者那夷翅飲石蜜酒過多來還釋精舍爾時世尊大會說法酒勢發盛昏悶躄地在世尊前舒脚而卧佛知而故問是何比丘在如來前舒脚而卧答言世尊是那夷翅比丘飲石蜜酒過多是故醉卧佛問諸比丘那夷翅比丘先曾晝寢不不也世尊復問比丘那夷翅未醉之前頗曾舒脚佛前卧不不也世尊復問比丘若多飲酒已欲使不醉可得爾不不也世尊復問比丘那夷翅不飲酒時聞說如是微妙不死之法當欲失是善利不聽受不不也世尊佛言從今日後不聽飲石蜜酒佛告諸比丘依止舍衛城住者皆悉令集以十利故爲諸比丘制戒乃至已聞者當重聞若比丘飲酒石蜜酒波夜提比丘者如上說酒者十種和甜成動酢漬黃屑澱清和者飯屑麴屑水和著器中如是不得草滴髮滴入口況復器飲波夜提是名和甜者和釀已訖如變生甜乃至飲者波夜提是名甜成者氣味成就乃至飲者波夜提是名成動者酒勢已壞乃至飲者波夜提是名動酢者酒味小壞勢變成酢乃至飲者波夜提是名酢漬者淨浣白氎漬著酒中數數出曬曬已復漬遠行曠野時漬氎中絞取乃至飲者波夜提是名漬黃者澄黃未清乃至飲者波夜提是名黃澱者酒下濁滓乃至飲者波夜提是名澱清者上澄清如油色如是不得草滴髮滴入口況復器

飲波夜提是名清石蜜酒者十種和甜成動酢漬屑黃㵶清和者石蜜蘖水和著器中如是不得草滴髮滴入口況復器飲波夜提餘九事亦如上說波夜提者如上說麴麥人酘米飯酘麥飯酘木麥酘麨酘麵麥人酘者麵麥人蘖水於器中釀如是不得草滴髮滴入口況復器飲波夜提米飯酘者米飯蘖水於器中釀乃至飲者波夜提麥飯酘者麥飯蘖水於器中釀乃至飲者波夜提木麥酘者木麥飯蘖水於器中釀乃至飲者波夜提麨酘者麨蘖水於器中釀如是不得草滴髮滴入口況復器飲波夜提食後飲水無罪食麵越毗尼罪飯麵合和飲者波夜提食石蜜飲水無罪食蘖越毗尼罪三種合和飲者波夜提飲穀酒石蜜酒波夜提飲蒲萄酒越毗尼罪

飲修樓飲難提嗷糟皆越毗尼罪食墟邏果迦毗哆果毗邏婆果拘陀邏果此諸果食者令人醉食者越毗尼罪除十四種漿奄婆邏漿乃至耶婆果漿澄清一切聽飲若變酒色酒味酒香一切不聽飲酢漿令人醉者亦不聽飲除甘蔗苦酒蒲萄苦酒及酢漿是故說

佛住拘睒彌國廣說如上爾時僧和合欲作羯磨時尊者闡陀不來遣使往喚語闡陀比丘僧和合欲作羯磨長老來而不肯來諸比丘語闡陀很戾若喚來必不來若語莫來脫有來理即遣使語長老莫來彼言住住汝等盡往語我莫來即便來入僧中比丘語令坐而不肯坐諸比丘復語長老莫坐即言汝等盡坐語我莫坐便坐比丘復語長老汝何論是事答言我不語比丘復語長老莫語即言

汝等盡語語我莫語便語既語不止妨廢餘人諸比丘復語長老可小出而不肯出比丘復言長老莫出即便出出故僧不和合各各起去不得作羯磨諸比丘以是因緣往白世尊佛言呼闡陀比丘來來已佛具問上事汝實爾不答言實爾佛言此是惡事闡陀汝常不聞我無量方便歎說隨順輭語毀呰很戾汝云何很戾自用此非法非律非如佛教不可以是長養善法佛告諸比丘依止拘睒彌住者皆悉令集以十利故與諸比丘制戒乃至已聞者當重聞若比丘輕他波夜提比丘者如上說輕他者有八事語來而不來莫來而來坐而不坐莫坐而坐語而不語莫語而語去而不去莫去而去波夜提波夜提者如上說若比丘僧集欲作折伏羯磨不語擯出

發喜舉別住羯磨一切盡應來若輕他不來者波夜提若比丘作衣鉢事若病因緣不得來者與欲無罪若語莫來輕他來者波夜提若已僧中有事欲須見僧白僧聽來無罪若言長老坐輕他不坐者波夜提若坐處有瘡應白僧聽者不坐無罪若語莫坐輕他坐者波夜提若老病羸弱久立悶極白僧聽者坐無罪若語令語輕他不語者波夜提若才劣言輕人不敬用設語羯磨不成就不和合白僧聽者不語無罪若語莫語輕他語者波夜提若作是念設不語者羯磨不成就僧不和合事須我語白僧聽語者無罪若語令去輕他不去者波夜提若作是念若我去者此中羯磨不成就事不斷當白僧聽者不去無罪若語莫去輕他去者波夜提若作是念若我

不去者羯磨不成就事不斷當白僧聽者去無罪若僧中語來不來莫來而來語坐而不坐莫坐而坐語而不語莫語而語去而不去莫去而去一一得波夜提罪若衆多人中師徒中語來而不來乃至去而不去一一得越毗尼罪若和尚阿闍梨語來而不來乃至去而不去一一得越毗尼罪是故說

佛住舍衛城廣說如上爾時諸比丘諍訟同住不和時六群比丘屛處盜聽聞此語已向彼人說聞彼語已向此人說於是彼此更生諍訟同住不和云是法非法是律非律乃至是應羯磨是不應羯磨諸比丘以是因緣往白世尊佛言呼是六群比丘來來已佛具問上事汝實爾不答言實爾佛語六群比丘此是惡事非法非律非如佛教不可以是長養

善法佛告諸比丘依止舍衛城住者皆悉令集以十利故爲諸比丘制戒乃至已聞者當重聞若比丘諸比丘諍訟時默然立聽彼有說者我當憶持作是因緣不異者波夜提比丘者如上說諍訟者是法非法是毗尼非毗尼乃至是應羯磨是不應羯磨立聽者若隔壁若隔籬若戶邊若隔幔若隔石若隔草立聽彼有說者我當憶持作是因緣不異者波夜提波夜提者如上說若二比丘在堂裏私語若比丘欲入者應彈指動脚作聲若前人默然者應還出若前人故語不止者入無罪若一比丘先在堂內坐二比丘私語從外來入堂內比丘不得默然應彈指動脚作聲若默然者堂內比丘應出若比丘共餘比丘鬬諍結恨作是罵詈我要當殺此惡人然後捨

去比丘聞已得語彼人長老好自警備我聞有惡聲有諸客比丘來若在講堂温室禪坊中住若摩摩帝若知事人往看客比丘聞客比丘作是言長老我等當盜其庫藏其塔物其僧淨厨其比丘衣鉢聞是語已默然應還還已應衆僧中唱言諸大德某庫藏某塔物某僧淨厨某比丘衣鉢當警備我聞惡聲應使前人知若比丘多有弟子日暮竊來案行諸房知如法不若聞說世俗談諍若說王說賊如是種種言說不得便入訶責待自來已然後誨責曰汝等信心出家食人信施應坐禪誦經云何論說世俗非法之事此非出家隨順善法若聞論經說義問難答對不得便入讚歎待自來已然後讚美汝等能共論經說義講佛法事如世尊說比丘集時當行二法一者賢聖默然二者講論法義若比丘入聚落行語而去後比丘來不得默然應謦欬動脚作聲若前人故語者隨進無罪若比丘前去後比丘行語而來前比丘不得默然應謦欬動脚作聲若比丘遶塔時食後欲入林中坐禪時亦復如是是故說

佛住舍衛城廣說如上爾時比丘僧集欲與優波難陀共行弟子依止弟子作舉羯磨時優波難陀聞與弟子作舉羯磨即便起去後比丘見坐處空檢校誰來誰不來是誰坐處比丘言是優波難陀坐處如是僧不和合各各起去不得作羯磨諸比丘以是因緣往白世尊佛言呼優波難陀來來已佛具問上事汝實爾不答言實爾佛語優波難陀此是惡事汝云何僧欲斷事默然起去不白比丘此

非法非律非如佛教不可以是長養善法佛告諸比丘依止舍衛城住者皆悉令集以十利故與諸比丘制戒乃至已聞者當重聞若比丘僧欲斷事默然起去不白比丘波夜提比丘者如上說僧欲斷事者有二種一者說法毗尼二者作折伏羯磨乃至别住羯磨默然起去者起離坐去不白者若白非時入聚落不名爲白白往尼精舍教誡不名爲白白離食家不名爲白若僧集說法毗尼者應白言離說法坐去答言爾若僧集作折伏羯磨乃至别住羯磨者應白并與欲比丘者現前僧中不白去者波夜提波夜提者如上說若僧集欲作折伏乃至别住羯磨比丘欲去者應白并與欲不白與欲者波夜提白而不與欲越毗尼罪不白不與欲一波夜提一越毗尼白并與欲無罪若欲大小便須臾還不廢僧事無罪若作是念設晚來者應白并與欲若說法說毗尼者應白去不白去者越毗尼罪若比丘聽衆多比丘誦經應白去不白去者越毗尼罪若誦經者止誦作餘語去者無罪若比丘聽他比丘受經應白去不白去者越毗尼罪若比丘聽他誦經應白去不白去者越毗尼罪是故說

佛住舍衛城廣說如上爾時諸比丘阿練若處住非時入聚落爲世人所嫌云何沙門釋子阿練若處住非時入聚落何所求欲諸比丘以是因緣往白世尊佛言呼是比丘來來已佛具問上事汝實爾不答言實爾佛語比丘汝云何阿練若處住非時入聚落應爲世人所譏從今日後不聽阿練若處住不白比

丘非時入聚落
復次佛住舍衞城廣說如上爾時有二比丘阿練若處住時一比丘泥房爲蛇所螫語伴言長老我爲蛇所螫答言待我取僧伽梨當往呼耆域醫王取衣中間即便失音彼取衣已白言長老我非時入聚落時比丘不能言如是至三白言長老我非時入聚落猶故不言彼作是念世尊制戒不聽阿練若處不白比丘非時入聚落是比丘而不報我當任其行業知復如何即便命終諸比丘以是因緣往白世尊佛言呼是比丘來來已佛具問上事汝實爾不答言實爾佛語比丘彼若慈心稱四大龍王名者應致不死何等四持國龍王伊羅國龍王善子龍王黑白龍王我有慈無足衆生我有慈兩足無足衆生我有慈四足衆生我有慈多足衆生我有慈無足衆生莫害我兩足衆生莫害我四足衆生莫害我多足衆生莫害我一切衆生應得無漏一切賢善慈心相視莫興惡意設使比丘稱是四大龍王名者應不致死從今日後聽除急時佛告諸比丘依止舍衞城住者皆悉令集以十利故與諸比丘制戒乃至已聞者當重聞若比丘阿練若處住非時入聚落不白比丘除餘時波夜提比丘者如上說阿練若處住者若離城邑聚落五百弓弓長五肘於其中間無人住是名阿練若處非時者後食已竟時雖早猶是非時聚落者垣墻障乃至亂居聚落白者若言白離食家不名爲白若言白往尼精舍教誡不名爲白若言白離說法處不名爲白應白言長老我非時入聚落前人

言可爾比丘者界内現前非徒衆現前除餘時者若比丘種種疾病爲蛇所螫爲喚醫故世尊説無罪若二比丘在阿練若處住若欲俱行展轉相白若一人説已行後人復欲行者應白餘比丘若無餘比丘者應作是念若道中若門若聚落若尼精舍見比丘當白白已然後非時入聚落若比丘道路行從聚落中過聚落中路邊有塔若天祠當順道直過若下道左旋右旋去者波夜提若火起若種種惡畜來逐人者隨意去無罪若比丘遠行道路日暮欲入聚落宿不得荷負囊襆而入若村外有水應林中止息先令二比丘淨洗浴著僧伽梨施紐展轉相白遣入聚落求宿止處若得宿處應從檀越索隨所安還出聚落語諸比丘已得宿處爾時諸比丘應淨洗手足欲飲非時漿者即於此飲之若入聚落勿令人譏沙門夜食衣囊襆器分張持去著僧伽梨安紐捉杖持蓰展轉相白然後當入已到宿處復欲出取薪草水者若從本道出者無罪若更從餘道應白不白去者波夜提若欲求塗足油非時漿勸化明日食者白已當去不白去者波夜提若聚落中有僧伽藍道上有屋連接覆去者無罪餘道去者應白不白去者波夜提是故説

不滿二十　共賊伴　請掘地　四月請未學　飲酒　輕他　默聽默起　非時　八跋渠竟

佛住舍衛城廣説如上爾時尊者優波難陀晨起著入聚落衣到檀越家語白優婆夷凡夫人若命終多墮惡道汝當聽我説法時優

婆夷料理家業衆事悤務無暇聽法便嫌比丘言置令凡夫人若死墮惡道阿闍梨但自憂已莫憂他人後食竟令弟子蕩鉢復入其家如前語曰優婆夷凡夫人若死墮惡道汝當聽我說法時優婆夷飯食夫主兒子竟後自食不容得聽復嫌比丘言置令凡夫人若死墮惡道阿闍梨但自憂已莫憂他人諸比丘聞已以是因緣往白世尊佛言呼優波難陀來來已佛具問上事汝實爾不答言實爾佛問比丘汝食後去作何等事答言多事世尊我欲作醫療治衆病佛言汝云何同食處食前食後不白比丘行至餘處從今日後不聽同食處食前食後不白比丘行至餘處

摩訶僧祇律卷第二十上

音釋

鼛古候切取牛乳也　㦤悷㦤力董切悷郎計切㦤悷多惡不調也　睒失冉切　漬疾智切浸也　澱堂練切滓垽也　滓側氏切澱也　蘖魚列切　⿰麥廣古猛切　螫施隻切蟲行毒也

摩訶僧祇律卷第二十下

東晉三藏法師佛陀跋陀羅共沙門法顯 譯

復次佛住舍衛城廣說如上爾時佛告阿難汝語諸比丘安居已訖語檀越施安居衣阿難即語諸比丘諸比丘言世尊制戒不聽同食處食前食後不白比丘行至餘家我等與諸梵行人同食共住敬難故不敢數白阿難以是因緣往白世尊佛言從今日後聽衣時佛告諸比丘依止舍衛城住者皆悉令集以十利故與諸比丘制戒乃至已聞者當重聞若比丘同食處食前食後不白比丘行至餘家除餘時波夜提餘時者衣時是名餘時比丘者如上說同食者或米一鉢他作飯或麨兩鉢他或麥飯三鉢他魚肉若半鉢若一鉢是名同食食前者未食食後者食已日雖早故名食後行至餘家者剎利家婆羅門家毗舍家首陀羅家白者若白非時入聚落若白往比丘尼精舍若白離說法處不名爲白應白言長老憶念我某甲離同食行至餘家答言爾除餘時者世尊說無罪餘時者衣時衣時者無迦絺那衣一月有迦絺那衣五月衣時中間捨五罪別衆食處處食離同食不白畜長衣離衣宿無罪波夜提者如上說若比丘離同食欲餘行者應白不白去者波夜提若於他處食五正食五雜正食二波夜提不白離同食處處食若作施食法若衣時者二俱無罪若比丘住處無食者有人請食即彼處名爲同食若於彼欲餘行者應白去不白去者如上說若比丘受聚落中請即彼處名同食日早欲餘行經過應白去不白去者如

上說若聚落中請僧食有比丘過到其家檀越言尊者我今日飯僧尊者亦受我請比丘受者即名同食日時尚早比丘復欲餘行應當白不白去者波夜提餘如上說若檀越請僧食比丘乞食過到其家檀越言我今請僧食尊者亦受我請若比丘受者亦名同食比丘尋自思惟檀越信施心重我不能消不如行乞趣得支命欲捨去者應白不白去者波夜提餘如上說若二比丘各有食處俱向聚落道中議言我等今日先一家食然後次第共餘家食後食一比丘應白不白去者波夜提若至先食家得五正食五雜正食二波夜提離同食處處食若作施食法若衣時二俱無罪第二人亦如是若比丘乞食家家得一升二升乃至一斛取無罪若一家或得一鉢他米飯或麨兩鉢他或麥飯三鉢他若魚肉半鉢一鉢更不得餘處求是中何者犯何者不犯一切粥除魚肉粥粥者取新出釜畫不成字一切菜一切麨一切果非別衆食非處處食非滿足食是故說

佛住舍衛城廣說如上是中應說末利夫人因緣如中阿含經中說乃至長老比丘次第入宮教誡爾時尊者優陀夷次入教誡時末利夫人著細塗施衣金銀珠璣莊校衣上在宮內坐時優陀夷入宮夫人見已敬心卒起金銀珠璣重塗施衣滑墮地夫人慚愧即便蹲住諸侍人以身障之時優陀夷見已却行而出還到精舍語諸比丘長老波斯匿王覆藏寶器我今已見諸比丘問言汝見何等答言見末利夫人諸比丘言長老汝出家人若

入聚落當作阿練若意莫戀著衆色見如不見聞如不聞答言我實見可言不見耶諸比丘以是因緣往白世尊佛言從今日後不聽比丘入王宮諸比丘不入宮故諸夫人語末利夫人坐汝使諸比丘不復來入我等不得聞法禮僧末利夫人言何故怨我汝自求王諸夫人即白王言大王諸比丘何故不復入宮教誡時波斯匿王聞此語已往詣佛所稽首禮足却坐一面白佛言世尊諸比丘何故不復入宮教誡佛言大王是中有過如來見已不聽復入波斯匿王白佛言是中有何過患可得聞不佛告大王有十事過患比丘不得入王宮十事者如中阿含經中說比丘不得入王宮王白佛言世尊佛見過患制比丘不得入王宮我本未生信時自身右手猶尚不信況復比丘佛已制戒但當隨順佛告諸比丘依止舍衛城住者皆悉令集以十利故爲諸比丘制戒乃至已聞者當重聞若比丘入刹利灌頂王宮王夫人寶未藏入過門限波夜提比丘者如上說王者刹利種婆羅門種優伽羅王種捨迦耶王種婆那王種如是等比或是王非刹利入者無罪是王是刹利非灌頂入無罪是王是刹利是灌頂無國土入無罪是王是刹利是灌頂有國土不得入入宮者入内宮王夫人未藏寶者王夫人未出寶未藏者王寶未出至過門限者波夜提波夜提者如上說若王新作宮殿信心歡喜請比丘言尊者爲我故願先受用比丘應語世尊制戒不得入宮王復言尊者頗有方便得開通不應答言王夫人寶盡出然後得入

若以出者應入比丘入已王夫人寶物從後次第入比丘不得捨出爾時坐無罪若比丘中間爲大小行出不得復入入者波夜提若王常遊觀池林於中作王行宮王夫人寶物盡出在中有七重門若入一門二三乃至六門無罪第七門一脚入越毗尼罪兩脚過門限者波夜提若王遊觀已夫人寶物盡出行宮已空衆人入者比丘入無罪若王信心愛敬手牽比丘入無罪是故說

佛住舍衛城廣說如上舍衛城内有作象牙師字法與時有比丘到其家語檀越爲我作鍼筩即便爲作不大不小光色滑澤持來還房諸比丘見已問言長老何處得是不大不小光色滑澤答言象牙師字法與爲我作之諸比丘聞已各各往索牙師念曰諸比丘皆當須用又念衆僧是良福田我當請僧布施鍼筩即詣祇洹頭面禮僧足已白言我法與請僧欲施鍼筩諸比丘聞已各各往取或取一去或取二三乃至取十象牙遂盡檀越言牙已盡今唯有骨須者當作答言皆須骨盡復白骨亦盡今唯有角須者當作答言皆須索者衆多無以供命爾時尊者舍利弗時至著入聚落衣持鉢入舍衛城乞食次至其家時法與婦信心歡喜持食出施先識舍利弗即頭面禮足在前而立舍利弗問言姊妹家内何似事業增不答言家内粗可但事業不增問言何故答言尊者我家夫主請諸比丘施與鍼筩諸比丘或取一去或取二三乃至取十牙盡取骨骨盡取角索者衆多無以供命尊者我家仰是生活衣食兒子充官賦調

尊者是我敬重作是言耳以是故夫主在言不在覺而言眠爾時尊者舍利弗爲是女人隨順說法發歡喜已來還精舍以是因緣具白世尊佛言呼諸比丘來來已佛具問上事汝實爾不答言實爾佛言從今日後不聽象牙骨角作鍼筩佛告諸比丘依止舍衛城住者皆悉令集以十利故爲諸比丘制戒乃至已聞者當重聞若比丘牙骨角作鍼筩破已波夜提比丘者如上說牙者象牙魚牙摩伽羅牙豬牙如是諸餘牙等骨者象骨馬骨牛骨駝骨龍骨如是諸餘骨等角者牛角水牛角犀角鹿角羊角如是諸角等作者若自作若使人作破已波夜提悔過不破悔過者越毗尼罪波夜提者如上說爾時世尊制戒不聽牙骨角作鍼筩時諸比丘便持金銀瑠璃玻瓈玉寶作之佛言不聽金銀寶等作鍼筩應用銅鐵白鑞鉛錫鍮石白銅竹木欽婆羅氍氀鳥翮乃至鉢囊帶是故說

佛住舍衛城廣說如上爾時齋日月八日十四日十五日城內人民出城禮拜世尊時波斯匿王子亦來禮拜次第至難陀優波難陀所頭面禮足已白言我欲觀看願示我處答言甚善即將至閣上語言童子看是柱梁榱棟櫨枓枅衡雕文刻鏤種種彩畫次至難陀住處見青色地敷高大牀施置重氍氀拘攝褥兩頭施枕見已即問尊者是誰牀褥答言我許王子言此大嚴麗非比丘所宜即復問言若非我所宜誰應畜者答言若王王子所應服飾比丘言我非王子耶若世尊不出家者應作轉輪聖王居四天下汝等一切是我

人民然世尊不樂是處出家成佛作法輪王我是法輪王子設復服飾過此猶尚是宜況此麤物王子聞已慚愧無言諸比丘以是因緣往白世尊佛言呼難陀優波難陀來來已佛具問上事汝實爾不答言實爾佛言汝等云何嚴飾牀褥爲世人所譏從今日後不聽過量作牀

復次佛住舍衛城廣說如上世尊制戒不聽過量作牀諸比丘如量截已即以斷頭還支牀腳爾時齋日八日十四日十五日城内人民出禮拜世尊波斯匿王子亦來禮拜次至難陀優波難陀所語曰尊者示我觀看處乃至到難陀房中見已即問何故截此牀腳答言齊截以上世尊所聽王子言若世尊聽齊截以上而今還以支牀與本何異諸比丘以是因緣往白世尊佛言從今日後牀腳應量不聽復支佛告諸比丘依止舍衛城住者皆悉令集以十利故爲諸比丘制戒乃至已聞者當重聞若比丘作牀腳應量作高修伽陀八指除入陛若高過量作截已波夜提比丘者如上說卧牀坐牀者各十四種如上說是中過量者犯作者若自作若使人作修伽陀者如來應供正遍知八指者佛八指過者過量入陛者齊孔以下截已波夜提悔過不截悔者越毗尼罪波夜提者如上說若自作終日坐上一波夜提若起已還坐隨坐一一波夜提他牀而坐上者越毗尼罪支牀腳亦應量量當使堅牢若客比丘來次第付牀得過量牀應語知事者言借我鋸來問作何等答言此牀過量欲截令如法若知事者言莫截檀

越見者或能不喜若不久住者鑿地埋脚齊量止若久住者應齊埋處木筩盛脚勿使爛壞若比丘入聚落至檀越家坐若牀脚高者不得懸脚坐若是知舊應索承足机若非知舊應索塼木承足而坐若福德舍中牀高坐者無罪是故説

佛住舍衛城廣説如上爾時齋日月八日十四日十五日城内人民出禮覲世尊波斯匿王子亦出禮拜次至難陀優波難陀所語言比丘示我觀看處答言甚善即將至閣上示言王子看是柱梁榱棟櫨枓栿衡雕文刻鏤種種彩畫次至巳房見青色地敷好坐牀敷兜羅褥兩頭赤枕以白氎覆上見巳即問是誰所有答言我許王子言此大嚴麗非尊者所宜答言若非我所宜誰復應畜王子答言王王子大臣所應服飾復言我法王子耶世尊若不出家應作轉輪聖王居四天下汝等一切是我人民然世尊不樂是處出家成佛作法輪王我是法輪王子服飾設復過此猶尚是宜況此麤物王子聞巳慚愧無言諸比丘以是因緣往白世尊佛言呼難陀優波難陀來來巳佛具問上事汝實爾不答言實爾佛言汝云何以兜羅綿紵褥爲世人所譏從今日後不聽兜羅綿紵褥佛告諸比丘依止舍衛城住者皆悉令集以十利故爲諸比丘制戒乃至巳聞者當重聞若比丘兜羅綿紵褥若坐若卧捥出巳波夜提比丘者如上説兜羅者阿迦兜羅婆迦兜羅鳩吒闍兜羅角兜羅草兜羅綿尸兜羅華兜羅諸餘兜羅等是名兜羅是中兜羅紵褥捥出巳波夜提悔

過挽出時抖擻令盡若不盡者以水霑手摩捋令淨然後波夜提悔波夜提者如上說若自作終日坐一波夜提起已還坐隨坐一一波夜提他許坐上者越毗尼罪若紵枕枕頭支足越毗尼罪若病枕頭支足無罪若以兜羅紵皮枕得二越毗尼罪皮及兜羅若比丘入聚落兜羅風吹著比丘衣合衣坐者越毗尼罪應拂去而坐若車載兜羅若擔若負風吹著比丘衣合衣坐者越毗尼罪應拂去而坐若敷草兜羅比丘不得坐若比丘角兜羅田中行著衣不得坐應拂去若草兜羅華兜羅田中行著衣不得坐應拂却若敷草華兜羅坐上越毗尼罪斂草華兜羅坐越毗尼罪作田中亦越毗尼罪若爲律師法師敷尼師壇及坐具散華著上不得坐拂却而坐無罪

是故說

佛住舍衛城廣說如上有五事饒益故如來應供正遍知五日一行諸比丘房見諸比丘牀褥臥具垢穢不淨處處霑汙如曼陀羅著日中曝曬佛問諸比丘是誰牀褥臥具垢穢不淨答言是諸比丘臥具不以物覆是故汙爾佛言從今日後聽作尼師壇復次佛聽作尼師壇已諸比丘合縷作五事饒益故如來應供正遍知五日一行諸房舍見合縷氎垢穢不淨處處霑汙如曼陀羅著日中曝曬佛知而故問是誰合縷作尼師壇垢穢不淨答言世尊聽作尼師壇諸比丘合縷作佛告諸比丘汝等云何合縷作尼師壇從今日後當應量作長二修伽陀搩手廣一搩手半

復次佛住舍衛城廣說如上爾時衆多比丘

在講堂上論議作是言長老世尊制尼師壇大小若敷坐處兩膝則無若敷兩膝坐處復無諸比丘以是因緣往白世尊佛問比丘僧中上座是誰答言舍利弗佛語舍利弗衆多梵行人作是論汝云何默然而聽今當罰汝在日中立舍利弗受罰即立日中時諸比丘各前懺悔白言世尊尊者舍利弗身體輭弱願恕其愆勿令不樂佛語諸比丘非爲不樂彼身風冷病得日乃適然日月星宿在虛空中猶可迴轉舍利弗以受如來罰心不可迴轉諸比丘白佛言世尊云何尊者舍利弗心不可迴轉佛言不但今日心不迴轉過去世時以曾如此如蛇本生經中廣說爾時蛇者即舍利弗是彼時心堅不可迴轉

復次佛住舍衛城廣說如上五事饒益故如來應供正遍知五日一行諸比丘房見僧褥具中央鮮好兩邊垢汙佛知而故問比丘是何等卧具中央鮮好兩邊垢汙答言世尊制尼師壇小不得盡覆故齊覆處淨不覆處汙佛言從今日後聽兩重作不得趣爾厭課持小故氎覆當兩重作若用欽婆羅一重作劫貝二重作

復次佛住舍衛城廣說如上爾時尊者阿那律持尼師壇著肩上禮世尊足佛知而故問汝肩上是何等答言小尼師壇世尊是尼師壇太小唯願更益佛言更益幾許可足答言一搩手佛言聽一搩手佛告諸比丘依止舍衛城住者皆悉令集以十利故與諸比丘制戒乃至已聞者當重聞若比丘作尼師壇應量作長二修伽陀磔手廣一搩手半更益一

搩手若過作截已波夜提比丘者如上說作者若自作若使人作尼師壇者世尊所聽應量者長二修伽陀搩手廣一搩手半長者縱廣者橫修伽陀者如來應供正遍知搩手者如來搩手長二尺四寸益搩手者二重三重對頭却刺若過量者截已波夜提悔過不截而悔越毗尼罪波夜提者如上說長應量廣過量若自作若使人作成波夜提受用越毗尼罪廣應量長過量中央應量邊過量邊應量中央過量若自作若使人作作成波夜提受用越毗尼罪麤量縮量水灑量欲令乾已長大若作成波夜提受用越毗尼罪作時當應量作不得量過尼師壇是隨坐衣不得作三衣不得淨施及取薪草盛巨磨唯得敷坐若道路行得長疊著衣囊上肩上擔是故說

佛住舍衛城廣說如上世尊五事饒益故五日一行諸比丘房見膿血瘡痂著衣在日中曝佛知而故問是何等衣不淨若此答言世尊諸比丘病疥瘡故是以汙衣佛言從今日後聽作覆瘡衣

復次佛住舍衛城廣說如上爾時世尊聽作覆瘡衣已諸比丘不截縷合縷作世尊以五事饒益故五日一行諸比丘房見合縷作覆瘡衣膿血垢汙日中曬佛知而故問是何等衣合縷作不淨若此答言世尊聽作覆瘡衣諸比丘合縷作膿血垢汙佛語諸比丘汝云何合縷作覆瘡衣從今日後應量作覆瘡衣佛告諸比丘依止舍衛城住者皆悉令集以十利故與諸比丘制戒乃至已聞者當重聞若比丘作覆瘡衣應量作長四修伽陀搩手

廣兩搩手半若過作截已波夜提比丘者如上說覆瘡衣者世尊所聽應量長廣修伽陀搩手者如上說若過量者截已波夜提悔過不截而悔越毗尼罪波夜提者如上說長應量廣過量廣應量長過量中央應量邊過量邊應量中央過量若自作若使人作成波夜提受用者越毗尼罪屈量縮量水灑量欲令乾已長大作成波夜提受用越毗尼罪當作應量是覆瘡衣隨身衣不得作三衣不得淨施不得取薪草盛巨磨欲入聚落時當先前著然後著僧伽梨施紐出聚落已脫僧伽梨抖擻襞疊舉著常處覆瘡衣勿令燥脫剥瘡血出當合著入水不得入僧常所浴處當在屏處浸漬令釋然後脫之浣濯令淨浴已得持拭身後日用時亦復如是乃至瘡瘥瘥已得作三衣及淨施餘用是故說

佛住舍衛城廣說如上如三十事中毗舍佉鹿母廣說乃至十二由延内布施比丘雨浴衣

復次佛住舍衛城廣說如上爾時世尊聽比丘作雨浴衣時諸比丘不截縷合縷作世尊以五事利故五日一行諸比丘房見合縷氎垢汙不淨日中曬佛知而故問是何等衣合縷作不淨若此答言世尊如來聽作雨浴衣諸比丘合縷作垢汙不淨佛語諸比丘汝等云何合縷作雨浴衣從今日後應量作長六修伽陀搩手廣二搩手半佛告諸比丘依止舍衛城住者皆悉令集以十利故爲諸比丘制戒乃至已聞者當重聞若比丘作雨浴衣應量作長六修伽陀搩手廣二搩手半若過

量截已波夜提比丘者如上説雨浴衣者世尊所聽應量者長六修伽陀搩手廣二搩手半長廣修伽陀搩手者如上説若過量者截已波夜提悔過不截悔過者越毗尼罪波夜提者如上説長應量廣過量廣應量長過量中應量邊過量邊應量中過量若自作若使人作成波夜提受用越毗尼罪屈量縮量水灑量欲令乾已長大若自作若使人作作成波夜提受用越毗尼罪比丘五法成就僧應拜作分雨浴衣何等五不隨愛不隨瞋不隨怖不隨癡知得不得羯磨者應作是説大德僧聽某甲比丘五法成就若僧時到僧拜某甲比丘分雨浴衣白如是大德僧聽某甲比丘五法成就僧今拜某甲比丘分雨浴衣諸大德忍某甲比丘分雨浴衣忍者僧默然若不忍者便説僧以忍拜某甲比丘分雨浴衣竟僧忍默然故是事如是持作羯磨已應衆僧中唱言諸大德是中分物參差不同相降四指八指理不得計若不唱者得越毗尼罪從四月一日得雨浴衣從上座次第付得已不聽裸浴又不得著雨浴衣應著餘故衣若在屏處若深水裸浴無罪不得著雨浴衣作衆僧治堂舍作及白灰作泥作覆屋作通水溝抒井作當著餘故衣是雨浴衣不得作三衣不得淨施不得餘用持取薪草及盛巨磨不得著入池水潢水中浴大雨時得著小小雨不得著若大雨卒止垢穢未淨著入池水潢水中浴若比丘病服藥吐下刺頭出血及露地食時得持作幔障此雨浴衣四月半受用至八月十五日應僧中唱言諸大德今日

僧捨兩浴衣如是三唱捨已得受持作三衣若淨施得作餘用是故說

佛住王舍城廣說如上爾時諸比丘著留縷衣諸外道亦著留縷衣時優婆塞欲禮比丘誤禮外道闍呪頗異知非比丘即便慚愧時外道弟子欲禮外道誤禮比丘如是參錯諸比丘以是因緣往白世尊佛言從今已後比丘衣應截縷作淨涂作淨外道欲與比丘作異故留朱羅赤石染衣捉三奇杖持軍持

復次佛住舍衛城曠野比丘得拘舍耶衣欲染著煑染汁如上三種染衣色中說佛住舍衛城毗舍離比丘得欽婆羅亦如上說

復次佛住舍衛城時尊者孫陀羅難陀是佛姨母子有三十相食後從舍衛城出阿難隨後亦如上三色衣中說

復次佛住舍衛城爾時尊者阿羅軍荼倣佛衣量作衣著入舍衛城是比丘身短衣長曳地而行爲世人所譏沙門釋子曳衣而行又人訶言汝不知耶瞿曇沙門衣非已父母作敗復更得是故如是諸比丘以是因緣往白世尊佛言呼阿羅軍荼來來已佛具問上事汝實爾不答言實爾佛言從今日後當隨自身量作衣佛告諸比丘依止舍衛城住者皆悉令集以十利故與諸比丘制戒乃至已聞者當重聞若比丘倣如來衣量作衣若過量截已波夜提如來衣量長九修伽陀搩手廣六搩手是名如來衣量比丘者如上說如來衣量者長九修伽陀搩手廣六修伽陀搩手長者縱廣者横修伽陀者如來應供正遍知搩手者如來搩手長二尺四寸若過者截已

波夜提悔過不截悔者越毗尼罪波夜提者如上說長應量廣過量若自作若使人作作成波夜提受用越毗尼罪廣應量長過量中應量邊過量邊應量中過量若屈量縮量水灑量欲令乾已長大若自作若使人作作成波夜提受用越毗尼罪作時當減量不得過量當隨自身量是僧伽梨有三種上中下上者長五肘廣三肘中者長五肘一不舒手廣三肘一不舒手下者長四肘半廣三肘一不舒手著衣時緣相降二指作欝多羅僧有三種上中下上者長五肘廣三肘中者長五肘一不舒手廣三肘一不舒手下者長四肘半廣三肘一不舒手作安陀會亦有三種上中下上者長五肘廣三肘中者長五肘一不舒手廣三肘一不舒手下者長四肘半廣二肘一不舒手下至覆三曼陀羅作泥洹僧是故說

摩訶僧祇律卷第二十下

音釋

絺丑知切　鍮託侯切鍮銅屬　翮下革切鳥之勁羽也　榱棟榱所追切棟多貢切　櫨落胡切　枓枅枓當口切枅結奚切　曝曬曝蒲木切曬所戒切曝曬日乾也　擽陟革切手度物也　痂音加乾瘍也　襞必益切摺疊也

摩訶僧祇律卷第二十一

東晉三藏法師佛陀跋陀羅共沙門法顯　譯

佛住舍衛城廣說如上爾時尊者陀驃摩羅子僧拜典知九事如上說乃至陀驃摩羅子右手小指放光作明隨次付房阿蘭若阿蘭若共乞食乞食共糞掃衣糞掃衣共一坐食一坐食共常坐常坐共露坐露坐共草蓐草蓐共經唄經唄共法師法師共學律學律共阿羅漢阿羅漢共三明三明共六通六通共無威儀無威儀共爾時六群比丘語陀驃言長老與我等六人共一處住答言待汝伴中最下坐次得房隨意共住時是伴下坐次得弊房卧牀坐牀褥枕諸物皆悉弊故又別房食亦復麤惡自相謂言長老陀驃如我生怨與我弊房麤食是長老若久住梵行者方令我等得大苦惱然世尊制戒不得無根波羅夷法謗今當以僧伽婆尸沙法謗即往到其所作是言長老汝犯僧伽婆尸沙罪答言我無是罪彼言誰復作賊言我是賊但汝犯僧伽婆尸沙罪即屏處謗衆多人中謗僧中謗陀驃比丘犯僧伽婆尸沙罪時陀驃比丘以是因緣往白世尊佛言汝有是事不答言無也佛言汝無此罪世尊知汝清淨陀驃言世尊雖知我無罪惟願世尊當語彼人令生信心莫令長夜誹謗得不饒益佛言呼六群比丘來來已佛具問上事汝實爾不答言實爾佛語六群比丘此是惡事汝常不聞我無量方便說於梵行人應起恭敬身行慈口行慈意行慈汝今云何以無根僧伽婆尸沙法謗此非法非律非如佛教不可以是長養善法

佛告諸比丘依止舍衛城住者皆悉令集以十利故與諸比丘制戒乃至已聞者當重聞若比丘瞋恨不喜以無根僧伽婆尸沙法謗波夜提比丘者如上說瞋者九惱事及非處起瞋第十恨者凡夫及學人有不喜者乃至阿羅漢有無根者事原不現又不見彼事不聞彼事不疑彼事僧伽婆尸沙者十三事中若一一謗波夜提波夜提者如上說若比丘瞋恨有二相似清淨不清淨清淨者言汝見我犯何罪十三事中若一若二彼不見不聞不疑不決了若屏處若衆多若僧中作是言我見汝犯僧伽婆尸沙我聞汝犯僧伽婆尸沙我疑汝犯僧伽婆尸沙聞不實聞根不實疑不實疑根不實本曾見忘聞忘疑忘見不爾聞不爾疑不爾對面四目謗語語波夜提清淨不清淨想謗偷蘭遮欲驅出波夜提不清淨清淨想謗越毗尼罪欲驅出偷蘭遮清淨清淨想誹謗偷蘭遮欲驅出波夜提不清淨不清淨想毀訾波夜提謗比丘波夜提謗比丘尼偷蘭遮謗式叉摩尼沙彌沙彌尼越毗尼罪謗俗人越毗尼心悔是故說

佛住舍衛城廣說如上說有比丘乞食時到著衣持鉢入城次行乞食到一家婦人言尊者至某日當飯僧并施衣比丘答言善哉優婆夷當及時爲於身命財修三堅法常修習行勿令留難乞食比丘還精舍已語諸比丘長老我語汝善事問何等善事答言某甲家到彼日當飯僧并施衣時難陀優波難陀去不遠聞語聲即問彼家在何處住姓字何等門戶那向具問知已明日晨朝往到其家謂

優婆夷言我聞好聲尊者聞何等聲開汝欲飯僧幷施衣爲實爾不答言始有是心但恐中間有留難知當果不優波難陀語優婆夷言汝可持是衣施與難陀答言我家更無餘物止有是衣本欲施僧今不可轉優波難陀即毀呰言何等是僧老烏亦僧老鷄亦僧如穿臼漏槽不可滿足僧於汝有何利益能爲汝活男活女能至王家料理官事耶難陀能爲汝作多利益事但持是衣施與難陀優婆夷答辭如初時難陀復勸與優波難陀如上說優婆夷猶言我家更無餘物適欲迴施尊者然先已許僧不可迴轉優波難陀言與以不與任汝意作是語已即便捨去時優婆夷作是念此衣適欲與難陀然僧是良福田適欲施僧然難陀有大力勢恐與我作不饒益事思惟是已遂不復施諸比丘聞已以是因緣往白世尊佛言喚優波難陀來來已佛具問上事汝實爾不答言實爾佛言癡人作此三惡事施者失福受者失利輕毀衆僧佛語優波難陀汝常不聞我以無量方便讚歎少欲毀呰多欲耶此非法非律非如佛教不可以是長養善法佛告諸比丘依止舍衛城住者皆悉令集以十利故與諸比丘制戒乃至已聞者當重聞若比丘知物向僧迴向餘人波夜提比丘者如上說知者若自知若從他聞物者八種乃至淨不淨向者物分處已定僧者八種如上說迴者轉與餘人波夜提波夜提者如上說若人持物來問比丘言尊者我欲以此物施當施何處應語隨汝心樂處便可施之若復問何處得大果報應語施僧

得大果報復問何處僧持戒我欲施之應語無有犯戒僧若復問何處比丘精進修業能愛護物恒住於此使我常見得語某甲比丘精勤修業能愛護物常住於此施彼比丘恒可得見若言我欲持是物施與尊者應語施僧若言我已施僧意欲施尊者願爲受之取無罪若比丘知物向僧迴向已者尼薩耆波夜提迴向餘人者波夜提若比丘知向僧物迴向餘僧越毗尼罪衆多人物迴向衆多人越毗尼罪乃至畜生迴與彼畜生越毗尼罪心悔是故說

佛住舍衛城廣說如上爾時六群比丘半月說波羅提木叉時說四事時默然說十三事時瞋三十事時語九十二波夜提時便起作是言長老此是世尊說耶世尊在何處說若我久在世者如是事比所聞轉多此便是法毋更生禁戒遂兹諸比丘聞是語慙愧以是因緣往白世尊佛言呼六群比丘來來已佛具問上事汝實爾不答言實爾佛語六群比丘此是惡事如來欲饒益故爲諸弟子制戒半月說波羅提木叉汝云何嫌遮此非法非律非如佛教不可以是長養善法佛告諸比丘依止舍衛城住者皆悉令集以十利故與諸比丘制戒乃至已聞者當重聞若比丘半月說波羅提木叉時作是言我今始知是法入修多羅半月波羅提木叉中說諸比丘知彼比丘本若二若三說波羅提木叉中坐況復多彼比丘不以不知故得脫隨所犯罪如法治應訶言長老汝失善利半月說波羅提木叉時汝不尊重不一心念不攝耳聽法訶

已波夜提悔過比丘者如上說半月者若十四日十五日波羅提木叉者十二修多羅說者謂作是語我今始知是法半月波羅提木叉中攝是比丘知彼若二若三說波羅提木人中坐況復多彼比丘不以不知故無罪隨所犯罪如法如毗尼治應訶言長老汝失善利半月說波羅提木叉時汝不尊重不一心念不攝耳聽法訶已波夜提悔過波夜提者如上說受具足已應誦二部毗尼若不能誦二部毗尼當誦一部若不能誦一部當廣誦五衆戒若不能者當廣誦四衆戒若復不能者當廣誦三衆戒若復不能者當廣誦二衆戒若復不能者當廣誦一衆戒及偈若布薩時廣說五衆戒若復不能者當廣誦四衆戒若復不能者當廣誦三衆戒若復不能者當廣誦二衆戒若復不能者當廣誦一衆戒及偈餘者僧常聞不誦者越毗尼罪僧中應使誦利者說餘人專心聽佛言誦波羅提木叉時餘比丘不得坐禪及作餘業皆應專心共聽若四事聽十三事不聽越毗尼罪十三事聽二不定法不聽越毗尼罪二不定聽三十事不聽越毗尼罪三十事聽九十二事不聽越毗尼罪九十二事聽四波羅提提舍尼不聽越毗尼罪四波羅提提舍尼聽衆學不聽越毗尼罪衆學聽七滅諍不聽越毗尼罪若中間隨不聽隨得越毗尼罪一切不聽波夜提此罪不得趣向人悔過當衆中持戒有威德人所敬難者於前悔前人應訶言長老汝失善利半月說波羅提木叉時汝不尊重不一心念不攝耳聽法訶已波夜提

悔過是故說
食家入王宮　鍼筩牀二褥　坐具覆瘡衣
雨衣如來衣　無根謗第十　迴向遮布薩
第九跋渠竟
四提舍尼初
佛住迦維羅衛釋氏精舍廣說如上爾時諸
比丘在阿蘭若處時諸釋種父毋姊妹親里
家遣使齎飲食送與比丘所齎食人於道中
食半或食三分中一分或都食盡是諸比丘
有歸家看者親里問言我先送種種飲食爲
悉達不其中到者言到半到者言半到三分
中一分到者言一分到不到者言不到親里
聞已即瞋恚言弊惡死人使汝送食何敢取
食即便鞭於此使人得苦痛大啼呼言坐是
沙門令我得打諸比丘以是因緣往白世尊
佛言喚是諸比丘來來已佛具問上事汝實
爾不答言實爾佛語諸比丘汝云何阿蘭若
處住先不語外外不受内自手取而食從今
自後不聽阿蘭若處住先不語外外不受内
自手取
復次佛住迦維羅衛釋氏精舍廣說如上如
來應供正遍知五事利益故五日一行諸比
丘房見比丘羸瘦顔色痿黄知而故問比丘
氣力足不答言病苦世尊佛問比丘汝不能
服隨病藥隨病食耶白言世尊制戒不聽阿
蘭若處住先不語外外不受内自手取世尊
我病不能出外是故羸瘦病苦佛言從今日
聽病比丘内取佛告諸比丘依止迦維羅衛
住者皆悉令集以十利故與諸比丘制戒乃
至已聞者當重聞若比丘阿蘭若處住先不

語不病比丘外不受內自手取若噉若食是
比丘應餘比丘邊悔過如是言長老我墮可
訶法此法悔過初波羅提提舍尼法比丘者
如上說阿蘭若處者如上說先不語者語有
二種分數不分數分數者先語當送爾許爾
許種飲食不分數者直言當送食不列種數
外不受者不精舍外受內者精舍內病者下
病冷病風病如是此病不堪出外取食是故
世尊說無罪自手受者手從手受器從器受
噉者餅果等食者五正食若噉若食是比丘
應向餘比丘悔過言長老我墮可訶法此法
悔過前人應問汝見罪不答言見慎莫更作
答言頂戴持波羅提提舍尼者是罪向人發
露不覆藏若爲是比丘送食語餘比丘餘比
丘受無罪若爲是比丘送食語是比丘餘比

丘受無罪若爲是比丘送食語是比丘是比
丘受無罪若爲餘比丘送食語餘比丘餘比
丘受無罪若送食先語有分數者無分數者
分數者比丘得在內當憶種數相應者取不
相應者語令還若有疏來者看疏相應取不
相應遣還若印封來者看封印完者取不完
者遣還若先語無分數來者當出精舍門外
受若卒來入門者不得受若有淨人應語與
淨人若無淨人語令放地待淨人來應語淨
人持此食出外出外已比丘應受若比丘病
不能出外內受無罪若比丘親里持飲食到
園若池林中遊觀處持食與比丘者隨意受
無罪若比丘道行時作是念至某精舍當食
過餘處食者應悔過若至某精舍值彼僧受
請隨去無罪是故說

明四提舍尼法第六

佛住毗舍離廣說如上尸利摩比丘尼因緣應廣說乃至佛語諸比丘我聲聞尼中福德第一尸利摩比丘尼是時世饑饉乞食難得爾時尸利摩比丘尼時到著入聚落衣持鉢入毗舍離城次行乞食見比丘即問言尊者得食不比丘即以空鉢示之比丘尼見已作是念是我所尊而乞食不得便持已鉢中食與比丘比丘得食還到精舍喚餘比丘共食諸比丘問言長老何處得是好食答言尸利摩比丘尼邊得諸比丘聞已各各往索如是次第乃至五百比丘盡皆得食然後自求日時已過失食還到精舍明日晨朝諸比丘復著衣持鉢至比丘尼精舍門立比丘尼見已即入語尸利摩比丘尼言諸比丘今在門外相待尸利摩聞已語弟子言取衣鉢來我爲諸上尊乞食如是次第供給五百人已然後自求日時復過失食而還至第三日亦復如是乃至次第供給五百人唯一人未得此比丘隨尸利摩後入一家以先三日失食故身體虛羸迷悶倒地時諸婦人見已驚起欲扶比丘尼言住住待我思惟何故倒地即便憶念爲諸上尊乞食自失食故悶極倒地起已自拂拭塵土正衣服已作是思惟能布施者有無上利憶念布施生歡喜心因歡喜故心得清淨三昧以三昧觀見五陰生滅布施莊嚴心調伏諸根即入金剛三昧盡一切漏於佛法中三明作證尸利摩比丘尼得證已爾時婦人將入洗浴已敷牀令坐然後與食彼比丘故在門外立婦人見已恐復索食故當

戶而立比丘尼見遮戶立心生疑何故遮戶傾頭看是比丘衣角言是我上尊乞食不得即語言尊者可入取食婦人言阿尼且食我當更求與之比丘尼言今世飢儉何處更得復持食與婦人嫌言沙門釋子無有慈心云何三日失食飢極垂命而復從索食諸比丘以是因緣往白世尊佛言呼是諸比丘來來已佛具問上事汝實爾不答言實爾佛言從今日後不聽白衣家內非親里比丘尼邊自手取食

復次佛住毗舍離廣說如上爾時尊者阿利吒身有瘡痍爲人惡賤人不與食每行乞食時若未入門閉門不前若已入門驅出不與如來應供正遍知五事利益故五日一行諸比丘房見阿利吒身有瘡痍佛知而故問比丘汝身力調和不答言世尊但患飢苦佛問比丘汝不能乞食耶答言世尊我能乞食但身體瘡痍人所惡賤每行乞食若未入門閉門不前若得入門驅出不與佛言汝不能往尸利摩比丘尼邊乞食耶答言世尊制戒白衣家內非親里比丘尼邊不得自手受食彼非我親里是故不往佛言從今日後聽病比丘往佛告諸比丘依止毗舍離住者皆悉令集以十利故與諸比丘制戒乃至已聞者當重聞若比丘不病白衣家內非親里比丘尼邊自手受食若噉若食是比丘應餘比丘邊悔過言長老我墮可訶法此法悔過是名波羅提提舍尼法比丘者如上說非親里者非父親非母親病者世尊說無罪不謂小小病謂疥癩黃爛瘡痍癰痤人所惡賤是名爲病

白衣家内者俗人家内比丘尼者二部衆中受具足自手受者手從手受器從器受噉者餅果等食者五正食是比丘應向餘比丘悔過長老我墮可訶法此法悔過前人應問汝見罪不答言見應語慎莫更作答言頂戴持波羅提提舍尼者如上說若比丘不病在俗人家内非親里比丘尼邊自手受飲食受時越毗尼罪食時犯悔過法非親里非親里想受食者犯悔過非親里疑想受食者犯悔過非親里親里想受食者越毗尼罪親里非親里想受食犯越毗尼罪親里疑想受食者越毗尼罪親里親里想無罪爲餘人受者越毗尼罪病人無罪爲病人受無罪食病人殘無罪若式叉摩尼沙彌沙彌尼持食來施語令放地然後餘人邊受無罪比丘尼自持來放地已作是言尊者爲我故受受者無罪比丘尼住處受無罪是故說

佛住王舍城迦蘭陀竹園精舍廣說如上爾時偷蘭難陀比丘尼知識家請僧食偷蘭難陀比丘尼六群比丘前立指示語檀越言與是比丘飯與是比丘羹與是比丘魚肉檀越聞已偏益六群比丘諸比丘嫌言云何六群比丘受比丘尼偏教益食而不訶諸比丘以是因緣往白世尊佛言呼是六群比丘來來已佛具問上事汝實爾不答言實爾佛言汝云何受比丘尼偏教益食而不訶佛告諸比丘依止王舍城住者皆悉令集以十利故爲諸比丘制戒乃至已聞者當重聞若比丘白衣家内請食比丘尼立指示言與是飯與是羹魚肉諸比丘應語是比丘尼言姊妹小住

待諸比丘食竟若諸比丘中乃至無一比丘語是比丘尼言姊妹小住待諸比丘食竟者是諸比丘應向餘比丘邊悔過如是言長老我墮可訶法此法悔過是名波羅提提舍尼法比丘者如上說白衣家者俗人家請者若今日若明日食者五正食五雜正食比丘尼者二部衆中受具足與者益是飯與是羹與是魚肉應語比丘尼者齊見聞知應教作是言姊妹小住待諸比丘食竟若止者善若不止者第二第三語若不語受者越毗尼罪食者犯悔過法是比丘應向餘比丘邊悔過如是言長老我墮可訶法此法悔過前人應問汝見是罪不答言見應語慎莫更作答言頂戴持波羅提提舍尼者如上說不滿三訶而食者越毗尼罪滿三訶不止食者無罪一人訶已一切食無罪不見不聞者食無罪尼自作檀越無罪若檀越未曾請僧不知儀法爾時比丘尼得教安置形像教益食法然後應坐若不請若非五正食教無罪是故說

佛住舍衛城廣說如上大臣毗闍因緣此中應廣說乃至仙彌尼刹利佛告諸比丘大臣毗闍布施太過錢財竭盡僧應為作學家羯磨羯磨法者應作是說大德僧聽大臣毗闍布施太過錢財竭盡若僧時到僧為大臣毗闍作學家羯磨白如是大德僧聽大臣毗闍布施太過錢財竭盡僧今為大臣毗闍作學家羯磨諸大德忍與大臣毗闍作學家羯磨者默然若不忍者便說是第一羯磨第二第三亦如是僧已與大臣毗闍作學家羯磨竟僧忍默然故是事如是持大臣毗闍乃至仙

彌尼刹利還疲極身蒙塵土先問家中諸阿闍梨頗數來不答言來但有所施時一切不受毗闍聞已心生不樂竟不洗浴往詣世尊頭面禮足却住一面白佛言世尊諸比丘何故不受我家供養佛告毗闍汝布施太過錢財竭盡如來欲饒益故爲汝作學家羯磨以是因緣諸比丘不受汝施毗闍即白佛言世尊我家今者富於往昔三倍惟願世尊從今日以後聽諸比丘受我家施佛告毗闍今是十五日汝且還家沐浴身體著新淨衣與諸眷屬來詣衆僧乞汝所願毗闍如教還後佛告諸比丘毗闍本以布施太過僧欲饒益故作學家羯磨毗闍今自說居業富足三倍於先今欲從僧乞捨學家羯磨僧應與捨毗闍歸家洗浴身體易著新衣與諸眷屬來入僧坊具說上事爾時僧與作捨學家羯磨應作求聽羯磨如是說大德僧聽大臣毗闍布施太過錢財竭盡僧欲饒益故與作學家羯磨而今財業富足若僧時到僧爲大臣毗闍欲於僧中乞捨學家羯磨諸大德聽大臣毗闍乞捨學家羯磨僧忍默然故是事如是持爾時大臣毗闍來入僧中頭面禮足胡跪合掌如是白言大德僧聽我毗闍先富後貧僧憐愍故與我作學家羯磨我今生業具足三倍於前今從僧乞捨學家羯磨惟願僧與我捨學家羯磨如是三乞爾時應置毗闍著眼見不聞處羯磨者應作是說大德僧聽是大臣毗闍布施太過錢財竭盡僧欲饒益故與作學家羯磨是毗闍自說家業具足三倍於先已於僧中乞捨學家羯磨若僧時到僧今與

毗闍捨學家羯磨白如是大德僧聽大臣毗闍布施太過錢財竭盡僧欲饒益故與作學家羯磨毗闍今自說家業具足三倍於前已於僧中乞捨學家羯磨僧今與毗闍捨學家羯磨諸大德忍僧與毗闍捨學家羯磨忍者僧默然若不忍者說是第一羯磨第二第三亦如是說僧已與毗闍捨學家羯磨竟僧忍默然故是事如是持是捨學家羯磨衆現前非徒衆現前佛告諸比丘依止舍衛城住者皆悉令集以十利故與諸比丘制戒乃至已聞者當重聞若比丘僧作學家羯磨比丘先不請而往自手受食若噉若食是比丘應向餘比丘邊悔過言長老我墮可訶法此法悔過是波羅提提舍尼法學家者婦須陀洹夫斯陀含婦須陀洹夫阿那舍婦斯陀含夫須陀洹婦斯陀含夫阿那舍婦阿那含夫須陀洹婦阿那含夫斯陀含夫須陀洹婦斯陀含夫須陀洹婦阿那含夫斯陀含婦須陀洹夫斯陀含婦阿那含夫阿那舍婦須陀洹夫阿那含婦斯陀含二俱須陀洹二俱斯陀含二俱阿那含家者四姓家刹利家婆羅門家毗舍家首陀家比丘先不請者先不請謂請想請餘人謂已想而往者若家中若園裏若田中自手取者手從手受器從器受噉者餅果等食者五正食是比丘應向餘比丘邊悔過如是言長老我墮可訶法此法悔過前人應問汝自見罪不答言見應語莫更犯答言頂戴持波羅提提舍尼者如上說若僧以作學家羯磨者不得如鳥鳥避射方絶不往應時時往看爲說法論法事若學家欲布施者應

語且置汝邊我自知時若先請僧後作羯磨不得取大價重物得取小小輕物若學家言尊者何故不受是施謂我貧耶爾時應語汝不貧如世尊所說須陀洹人成就四法於聲聞中爲最大富何等四一者於如來應正遍知生堅固信根沙門婆羅門諸天世人所不能壞二者於法生堅固信根三者於僧中生堅固信根四者於戒生堅固信根沙門婆羅門諸天世人所不能壞是名四法成就如來聲聞中不貧最爲大富若來精舍中飯僧作衆供養及非時漿者不得捨去當佐敷牀褥施供養具應爲受用已廣爲說法是故說

阿蘭若住處　無病受尼食　比丘尼指授

衆學家食　四悔過法竟

衆學法第七

佛住舍衛城廣說如上爾時六群比丘下著内衣高著内衣參差著内衣百𧞣著内衣石榴華著内衣麥飯團著内衣魚尾著内衣多羅樹葉著内衣象鼻著内衣下者齊踝高者齊膝參差者不齊正百𧞣衣者多作𧞣石榴華者一邊華奄麥飯團者或頭如麥飯團魚尾者垂兩角似魚尾多羅樹葉者攏起如多羅樹葉象鼻者一角偏垂如是過故爲世人所譏看沙門釋子著衣如王子大臣婬欲人如是高下參差乃至象鼻此壞敗人何道之有諸比丘聞已以是因緣往白世尊佛言呼六群比丘來來已佛問比丘汝實爾不答言實爾佛言汝云何高下乃至象鼻著内衣爲世俗人所譏從今日後不聽如是著内衣佛告諸比丘依止舍衛城住者皆悉令集集已

佛於僧前自著内衣告諸比丘汝等當如是著内衣如淨居天法屈右邊攝左邊著内衣以十利故與諸比丘制戒乃至已聞者當重聞齊整著内衣應當學齊整著内衣時不得如纏軸當反執右邊執左邊上角屈著内應齊整著不得如婬女法賣色左右顧視爲好不好應看令如法齊整著若放恣諸根不欲學齊整著内衣者越學法狂癡心亂無罪是故説齊整著内衣應當學

佛住舍衛城廣説如上爾時六群比丘下被衣高被衣婆羅天被衣婆藪天被衣下被衣者齊踝高被衣者齊膝婆羅天被衣者衣加項上從兩腋下外出是名婆羅天被衣婆藪天被衣者衣加背上從兩腋下入挑著兩肩上是名婆藪天被衣如是過故爲世人所嫌云何沙門釋子如王大臣童子貴樂人如是高被衣下被衣此壞敗人爲有何道諸比丘聞已以是因緣往白世尊佛言呼六群比丘來來已佛問比丘汝實爾不答言實爾佛言從今日後不聽高下被衣乃至婆藪天被衣當齊整被衣佛告諸比丘依止舍衛城住者皆悉令集以十利故爲諸比丘制戒乃至已聞者當重聞齊整被衣應當學齊整被衣時不得如纏軸應當通肩被著細齊兩角左手捉捉時不得手中出角頭如羊耳不得如婬女賣色法左右顧視爲好不好應看如法齊整不高不下若泥時作時手得抄舉若放恣諸根不如法被衣者越學法狂癡心亂無罪是故説齊整被衣應當學

佛住舍衛城廣説如上爾時難陀優波難陀

著細生疎衣形體露現又復六群比丘著垢膩破衣髆脇背肘露現共入檀越家爲世人所嫌看沙門釋子如王大臣著細生疎衣形體露現見著弊衣者作是言看沙門釋子著如是衣服形體露現似如奴僕客作賤人入家内此壞敗人爲有何道諸比丘聞已以是因縁往白世尊佛言呼六群比丘來來已佛問比丘汝實爾不答言實爾佛言從今日後當好覆身入家内佛告諸比丘依止舍衛城住者皆悉令集以十利故與諸比丘制戒乃至已聞者當重聞好覆身入家内應當學若作安陀會當用緻物作若疎者當二重三重作若安陀會疎者欝多羅僧當用緻物作若欝多羅僧疎者僧伽梨當用緻物作若放恣諸根不好覆身入家内者越學法若狂癡心亂無罪是故說好覆身入家内應當學

佛住舍衛城廣說如上爾時六群比丘入白衣舍看象看馬看駱駝看鳥看技兒歌舞爲世人所譏云何沙門釋子東西顧視如似細作問言尊者爲失何物左右顧視如有所覓出家之人應諦視入家内此壞敗人爲有何道諸比丘以是因縁往白世尊佛言呼六群比丘來佛問比丘汝實爾不答言實爾佛言從今日後當諦視入家内佛告諸比丘依止舍衛城住者皆悉令集以十利故與諸比丘制戒乃至已聞者當重聞諦視入家内應當學諦視行時不得如馬低頭行當平視行防惡象馬牛當如擔輦人行不得東西視瞻若欲看時迴身向所看處若放恣諸根不學諦視入家内者越學法狂癡心亂無罪是故說

當諦視入家內應當學

佛住舍衛城廣說如上爾時六群比丘高聲大聲入白衣家內爲世人所譏作是言尊者如賈客失伴如放牛人高聲大喚汝出家人應小聲入家內此壞敗人爲有何道諸比丘以是因緣往白世尊佛言喚六群比丘來來已佛問比丘汝實爾不答言實爾佛言從今日後當小聲入家內應當學佛告諸比丘依止舍衛城住者皆悉令集以十利故與諸比丘制戒乃至已聞者當重聞小聲入家內應當學不得高聲大喚入家內若欲喚時應彈指若前人不聞者應語比坐人若放恣諸根不學小聲行入家內者越學法狂癡心亂無罪是故說小聲入家內應當學

佛住舍衛城廣說如上爾時六群比丘共調戲語笑入白衣家內爲世人所譏云何沙門釋子如王王子大臣婬欲放逸人共相調戲語笑入家內問言尊者何故現齗欲賣齒耶此中亦無技兒爲笑何等此壞敗人爲有何道諸比丘以是因緣往白世尊佛言呼六群比丘來佛問比丘汝實爾不答言實爾佛言汝云何聖人毗尼中現齒而笑相與調戲從今日後不得戲笑入家內佛告諸比丘依止舍衛城住者皆悉令集以十利故與諸比丘制戒乃至已聞者當重聞不得笑入家內應當學不得笑若有可笑事者不得出齗現齒訶訶而笑應制忍之當起無常苦空無我想思惟死想若不可止當自齧舌若復不能止者當以衣角遮口徐徐抑制若放恣諸根大笑入家內者越學法狂癡心亂無罪是故說

不得笑入家内應當學

佛住舍衛城廣説如上爾時六群比丘覆頭入白衣家爲世人所譏云何沙門釋子如放逸婬女如賊細作如新婦如採蜜人覆頭行入家内問言尊者患眼痛耶畏日炙頭耶何故覆頭此壞敗人何道之有諸比丘以是因縁往白世尊佛言呼六群比丘來佛問比丘汝實爾不答言實爾佛言從今日後不得覆頭入白衣家内佛告諸比丘依止舍衛城住者皆悉令集以十利故與諸比丘制戒乃至已聞者當重聞不得覆頭入家内應當學覆頭者盡覆及兩耳不得覆頭行入白衣家若大寒雨雪患頭風得覆半頭一耳若放恣諸根覆頭入家内者越學法狂癡心亂無罪是故説不得覆頭入家内應當學

佛住舍衛城廣説如上爾時六群比丘反抄衣入白衣家爲世人所譏云何沙門釋子如王子大臣婬泆女人賣色反抄衣入人家内坐露現肘脇問言尊者欲來共鬬耶何故反抄衣現脇肋此壞敗人爲有何道法諸比丘以是因縁往白世尊佛言呼六群比丘來來已佛問比丘汝實爾不答言實爾佛言從今日後不得反抄衣入家内佛告諸比丘依止舍衛城住者皆悉令集以十利故與諸比丘制戒乃至已聞者當重聞不得反抄衣入家内應當學抄衣者一邊抄兩邊反抄著肩上不得反抄衣行入家内若風雨時得抄一邊若偏袒右肩得抄左邊若通肩被得抄右邊不得令肘現乞食時畏汙衣故得反抄肘不現無罪若放恣諸根反抄衣入家内者越學

法狂癡心亂無罪是故說不得反抄衣入家内應當學

佛住舍衛城廣說如上爾時六群比丘脚指行入白衣家爲世人所譏云何沙門釋子如婬女偷人如蝦蟇行此壞敗人爲有何道諸比丘聞已以是因緣往白世尊佛言呼六群比丘來來已佛問比丘汝實爾不答言實爾佛言從今日後不得脚指行入白衣家佛告諸比丘依止舍衛城住者皆悉令集以十利故與諸比丘制戒乃至已聞者當重聞不得脚指行入家内應當學入内若泥水時不得先下脚指後下脚跟當先下脚跟後下脚指若脚心有瘡當側脚行作蔽瘡物繫之先下脚跟後下脚指若放恣諸根不學平脚行者越學法狂癡心亂無罪是故說不得脚指行入家内應當學

佛住舍衛城廣說如上爾時六群比丘叉腰入白衣家爲世人所譏云何沙門釋子如王子大臣力士叉腰入人家内此壞敗人何道之有諸比丘以是因緣往白世尊佛言呼六群比丘來來已佛問比丘汝實爾不答言實爾佛言此是惡事從今日後不聽叉腰入白衣家佛告諸比丘依止舍衛城住者皆悉令集以十利故與諸比丘制戒乃至已聞者當重聞不得叉腰入家内應當學叉腰者兩手叉腰不得叉腰行入家内若腰脊痛若風腫者得叉腰無罪若癰痤瘡癬以藥塗上畏汙衣故叉腰無罪若放恣諸根叉腰入家内者越學法狂癡心亂無罪是故說不得叉腰入家内應當學

佛住舍衛城廣說如上爾時六群比丘搖身入白衣家爲世人所譏云何沙門釋子如王大臣婬女搖身入家內此壞敗人何道之有諸比丘以是因緣往白世尊佛言呼六群比丘來來已佛問比丘汝實爾不答言實爾佛言從今日後不得搖身入家內佛告諸比丘依止舍衛城住者皆悉令集以十利故與諸比丘制戒乃至已聞者當重聞不得搖身入家內應當學若老病身振風雨寒雪搖無罪若放逸諸根搖身入家內者越學法狂癡心亂無罪是故說不得搖身入家內應當學

佛住舍衛城廣說如上爾時六群比丘搖頭入白衣家內爲世人所譏云何沙門釋子如婬泆人如鼠如鼠狼動頭入家內此壞敗人有何道法諸比丘以是因緣往白世尊佛言呼六群比丘來來已佛問比丘汝實爾不答言實爾佛言從今日後不得搖頭入白衣家內佛告諸比丘依止舍衛城住者皆悉令集以十利故與諸比丘制戒乃至已聞者當重聞不得搖頭行入家內應當學若老羸病若疲頭若風雨寒振搖頭無罪若放逸諸根搖頭入家內者越學法狂癡心亂無罪是故說不得搖頭入家內應當學

佛住舍衛城廣說如上爾時六群比丘掉臂入白衣家撥觸檀越面破他手中酥油瓶器爲世人所譏云何沙門釋子如力士兇人掉臂入家內此壞敗人有何道法諸比丘以是因緣往白世尊佛言呼六群比丘來來已佛問比丘汝實爾不答言實爾佛言從今日後不得掉臂入白衣家內佛告諸比丘依止舍

衛城住者皆悉令集以十利故與諸比丘制戒乃至已聞者當重聞不得掉臂入家內應當學不得掉臂行入家內若先是王子大臣本習未除應當教言汝今出家當捨此俗儀從比丘法若欲呼人不得雙舉兩手當以一手招若放恣諸根掉臂入家內者越學法狂癡心亂無罪是故說不得掉臂入家內應當學

內衣被上服　好覆諦視入　小聲不得笑覆頭反抄衣　指行及叉腰　不搖頭掉手學初跋渠竟

佛住舍衛城廣說如上爾時六群比丘著垢膩破衣露肘腰脅難陀優波難陀著細生踈衣身體露現共白衣家坐爲世人所譏云何沙門釋子如王子大臣貴人著細生踈衣見著弊衣者復言似如奴僕客作賤人著破壞垢衣肘脇露現坐家內沙門釋子應好覆身坐家內此壞敗人有何道法諸比丘以是因緣往白世尊佛言呼六群比丘來佛問比丘汝實爾不答言實爾佛言從今日後應好覆身坐家內佛告諸比丘依止舍衛城住者皆悉令集以十利故與諸比丘制戒乃至已聞者當重聞好覆身坐家內應當學好覆身者應用緻物作內衣若用踈物者應兩重三重若內衣踈者欝多羅僧應用緻物若欝多羅僧踈者僧伽梨應用緻物若僧伽梨踈者欝多羅僧應用緻物坐時不得坐衣上當一手褰衣一手案坐具然後安詳而坐若精舍中食上和尚阿闍梨長老比丘前應好覆身坐若放恣諸根不學好覆身家內坐者越學法

狂癡心亂無罪是故說好覆身家內坐應當
學
佛住舍衛城廣說如上爾時六群比丘白衣
家內坐看他婦女小兒行來出入上閣下閣
爲世人所譏云何沙門釋子如婬泆人如盜
賊在他家內坐看他婦女問言尊者爲失何
物東西顧視出家之人應諦視坐家內此壞
敗人有何道法諸比丘以是因緣往白世尊
佛言呼六群比丘來佛問比丘汝實爾不答
言實爾佛言從今日後應諦視坐家內佛告
諸比丘依止舍衛城住者皆悉令集以十利
故與諸比丘制戒乃至已聞者當重聞諦視
坐家內應當學諦視家內坐時不得如馬延
頸低視當平視勿令不覺檀越持熱器來搪
突手面若精舍中食上若在和尚阿闍梨長
老比丘前坐時不得左右顧視當平坐視若
放恣諸根不諦視坐家內者越學法狂癡心
亂無罪是故說諦視坐家內應當學
佛住舍衛城廣說如上爾時六群比丘白衣
家內坐高聲大聲共相謿話爲世人所譏云
何沙門釋子高聲大聲如商人失伴如放牧
人大喚問言尊者何故大喚出家之人應小
聲坐云何大喚此壞敗人有何道法諸比丘
以是因緣往白世尊佛言呼六群比丘來來
已佛問比丘汝實爾不答言實爾佛言從今
日後應小聲坐家內佛告諸比丘依止舍衛
城住者皆悉令集以十利故與諸比丘制戒
乃至已聞者當重聞小聲坐家內應當學不
得高聲大聲坐家內若欲喚者應彈指若前
人不覺者當語近邊人若精舍中食上若和

尚阿闍梨長老比丘前坐不得高聲大聲若欲語時語比坐如是展轉第二第三令彼得知若放逸諸根高聲大聲坐家內者越學法狂癡心亂無罪是故說小聲坐家內應當學

佛住舍衛城廣說如上爾時六群比丘白衣家內坐展轉調戲而共大笑爲世人所譏云何沙門釋子如王子大臣婬泆女人作訶訶而笑坐家內問言尊者此中有何事可笑何故出斷欲賣齒耶此壞敗人有何道法諸比丘以是因緣往白世尊佛言呼六群比丘來來已佛問比丘汝實爾不答言實爾佛言汝出家人云何賢聖毗尼中出斷大笑從今日後不得家內坐笑佛告諸比丘依止舍衛城住者皆悉令集以十利故與諸比丘制戒乃至已聞者當重聞不笑坐家內應當學不得白衣家內笑坐若精舍內食上和尚阿闍梨長老比丘前坐不得笑若有可笑事者不得出齗現齒大笑應當忍之起無常苦空無我想思惟死想當自齧舌若復不止者不得現齒大笑當以衣角遮口制之若放恣諸根白衣家內坐笑者越學法狂癡心亂無罪是故說不得笑坐家內應當學

佛住舍衛城廣說如上爾時六群比丘覆頭白衣家內坐爲世人所譏云何沙門釋子如婬泆女人覆頭坐家內如採蜜人問言尊者爲患頭痛爲畏日炙頭耶何故覆頭此壞敗人有何道法諸比丘以是因緣往白世尊佛言呼六群比丘來佛問六群比丘汝實爾不答言實爾佛言從今日後不得覆頭坐家內佛告諸比丘依止舍衛城住者皆悉令集以

十利故與諸比丘制戒乃至已聞者當重聞不得覆頭坐家內應當學覆頭者全覆頭乆兩耳不得覆頭坐家內若精舍中食上和尚阿闍梨長老比丘前不得覆頭坐若風寒雨時若病若頭患風不得全覆當覆半令一耳現若見長老比丘時當挽却若屏處私房覆頭無罪若放恣諸根覆頭坐家內者越學法狂癡心亂無罪是故說不得覆頭坐家內應當學

佛住舍衛城廣說如上爾時六群比丘抄衣白衣家坐爲世人所譏云何沙門釋子如王子大臣婬泆女人賣色抄衣坐家內露現肘脇此壞敗人有何道法諸比丘以是因緣往白世尊佛言呼六群比丘來佛問比丘汝實爾不答言實爾佛言從今日後不得抄衣坐家內佛告諸比丘依止舍衛城住者皆悉令集以十利故與諸比丘制戒乃至已聞者當重聞不得抄衣坐家內應當學抄衣者一邊抄兩邊抄不得抄衣坐家內若乞食若取食時畏汙衣故得抄衣但莫令肘現無罪若精舍中食上和尚阿闍梨長老比丘前坐不得抄衣若抄者得抄一邊不得抄兩邊若偏袒者抄左邊若通肩被者得抄右邊若見長老比丘應還下若放恣諸根反抄衣坐家內者越學法狂癡心亂無罪是故說不得反抄衣坐家內應當學

佛住舍衛城廣說如上爾時六群比丘抱膝坐白衣家內爲世人所譏云何沙門釋子如王子大臣憍逸俗人抱膝而坐此壞敗人有何道法諸比丘以是因緣往白世尊佛言呼

六群比丘來來已佛問六群比丘汝實爾不答言實爾佛言從今日後不得蹲坐家內佛告諸比丘依止舍衛城住者皆悉令集以十利故與諸比丘制戒乃至已聞者當重聞不得抱膝坐家內應當學抱膝者手抱衣抱不得抱膝坐家內若精舍中食上和尚阿闍梨長老比丘前不得抱膝坐若病時得衣裹若禪帶見長老比丘時當脫若屏處私房中得抱膝坐若見長老比丘來還正坐若放恣諸根抱膝坐家內者越學法狂癡心亂無罪是故說不得抱膝坐家內應當學

摩訶僧祇律卷第二十一

音釋

唄蒲拜切梵誦也　痿於為切痺濕病也　痍弋支切創痍也　襵陟葉切猶摺也　攏力踵切　藪蘇后切　緻直利切密也　齗語斤切齒根肉也　齧五結切噬也　跟古痕切足踵也　腫之隴切脹腫也　疚尤呪切顫動也　掉徒弔切搖也　搪揬搪徒郎切揬徒骨切　蹲祖尊切踞也

摩訶僧祇律卷第二十二

東晉三藏法師佛陀跋陀羅共沙門法顯 譯

佛住舍衛城廣說如上爾時六群比丘交脚白衣家坐爲世人所譏云何沙門釋子如王子大臣交脚坐家内此壞敗人有何道法諸比丘以是因緣往白世尊佛言呼六群比丘來佛問比丘汝實爾不答言實爾佛言從今日後不得交脚家内坐佛告諸比丘依止舍衛城住者皆悉令集以十利故與諸比丘制戒乃至已聞者當重聞不得交脚坐家内應當學交脚者髀著髀上膝著膝上腨腸著脚脛上脚著脚趺上不得交脚坐家内應正兩足若精舍中食上和尚阿闍梨長老比丘前不得交脚坐若病得交脚坐見上座來當正坐若塗足挑刺交脚無罪若放恣諸根交脚坐家内越學法狂癡心亂無罪是故說不得交脚坐家内應當學

佛住舍衛城廣說如上爾時六群比丘叉腰白衣家内坐爲世人所譏云何沙門釋子如王子大臣力士叉腰坐家内此壞敗人有何道法諸比丘以此因緣往白世尊佛言呼六群比丘來佛問比丘汝實爾不答言實爾佛言從今日後不得叉腰坐家内佛告諸比丘依止舍衛城住者皆悉令集以十利故與諸比丘制戒乃至已聞者當重聞不得叉腰坐家内應當學叉腰者一手叉兩手叉不得叉腰坐家内若精舍中食上和尚阿闍梨長老比丘前不得叉腰坐若老病若風動腰痛叉腰無罪臂瘗瘡癬以藥塗之畏汙衣故叉腰無罪若見上座來應下若放恣諸根叉腰坐

家内者越學法狂癡心亂無罪是故說不得叉腰坐家内應當學

佛住舍衛城廣說如上爾時六群比丘白衣家摇足坐舞手並行復折草為世人所譏云何沙門釋子如放逸伎兒在家内坐手足不住此壞敗人有何道法諸比丘以是因縁往白世尊佛言呼六群比丘來佛問比丘汝實爾不答言實爾佛言從今日後不得動手足白衣家坐佛告諸比丘依止舍衛城住者皆悉令集以十利故與諸比丘制戒乃至已聞者當重聞不得動手足坐家内應當學不得動手足家内坐者不得動手動足舞手舞足手並折草坐當安詳靖住若有所問者當先護戒隨順而答若問四塔者得指示是生處得道處轉法輪處般泥洹處無罪若檀越欲令比丘起精舍者應觀地形勢隨住便指示此中可起精舍此中可起講堂此中可起溫室此中可起僧房得指示無罪若放恣諸根動手足坐家内者越學法狂癡心亂無罪是故說不得動手足坐家内應當學

覆身内諦視　小聲不大笑　覆頭及抄衣翹脚抱膝蹲　叉腰動手足　第二跋渠竟

佛住舍衛城廣說如上爾時有檀越精舍中設供飯僧下食時六群比丘方索水洗手滌鉢檀越聞已即持熱飯筐撲地嫌言我廢家務就寺設供望衆僧齊同淨心修福今下食方有所索出家之人應專心受食云何食上多有所索諸比丘以是因縁往白世尊佛言呼六群比丘來佛問比丘汝實爾不答言實爾佛言從今日後應一心受食佛告諸比丘

依止舍衛城住者皆悉令集以十利故與諸比丘制戒乃至已聞者當重聞一心受食應當學一心受食時不得兩手案鉢在脚前當先淨洗手滌鉢行食至當一心受若直月監食人後來得索水洗手滌鉢無罪若放恣諸根不一心受食者越學法狂癡心亂無罪是故說一心受食應當學

佛住舍衛城廣說如上爾時有長者就精舍中飯僧六群比丘先多受羹後受飯受飯時鉢中溢出墮地檀越嫌言我奪妻子分飯食衆僧欲盡令食而令棄地尊者不知耶此一粒飯中而有百功諸比丘以是因緣往白世尊佛言呼六群比丘來佛問比丘汝實爾不答言實爾佛言從今日後羹飯等受佛告諸比丘依止舍衛城住者皆悉令集以十利故與諸比丘制戒乃至已聞者當重聞羹飯等受應當學羹飯等受者不得先取羹後取飯當先取飯案已後取半羹若國俗法先行羹後行飯者當取揵鎡拘鉢受若無者當作樹葉椀受復無葉者得以鉢受羹但受飯時應以手遮徐徐下鉢中莫令溢出若比丘病宜多須羹者多取無罪若放恣諸根不羹飯等受者越學法狂癡心亂無罪是故說羹飯等受應當學

佛住舍衛城廣說如上爾時有居士就精舍中設供飯僧時六群比丘剜四邊食留中央為世人所譏云何沙門釋子如放逸人周帀剜食留中央此壞敗人有何道法諸比丘以是因緣往白世尊佛言呼六群比丘來佛問比丘汝實爾不答言實爾佛言從今日後不

得徧䤧食佛告諸比丘依止舍衛城住者皆悉令集以十利故與諸比丘制戒乃至已聞者當重聞不得徧䤧食應當學䤧食者䤧四邊留中央當先受飯案著一邊後受羹合和而食若酥膩入飯中不得以美故徧䤧取當次第取若欲與人者得截半與若放恣諸根周帀䤧食者越學法狂癡心亂無罪是故說不得徧䤧食應當學

佛住舍衛城廣說如上爾時居士就精舍中設供飯僧時六群比丘口中迴食食爲世人所譏云何沙門釋子如放逸人如駝牛羊口中迴食食此壞敗人有何道法諸比丘以是因緣往白世尊佛言呼六群比丘來佛問汝實爾不答言實爾佛言從今日後不得口中迴食食佛告諸比丘依止舍衛城住者皆悉令集以十利故與諸比丘制戒乃至已聞者當重聞不得口中迴食食應當學口中迴食者舍飯團從一頰迴至一頰當一邊嚼即嚼邊咽若比丘食麨糗米者當一邊浸一邊嚼無罪若放恣諸根口中迴食食者越學法狂癡心亂無罪是故說不得口中迴食食應當學

佛住舍衛城廣說如上爾時居士就精舍中設供飯僧時六群比丘吐舌食爲世人所譏云何沙門釋子如放逸人如蛇如鼠如狗如猫吐舌食此敗壞人有何道法諸比丘以是因緣往白世尊佛言呼六群比丘來來已佛問汝實爾不答言實爾佛言從今日後不得吐舌食佛告諸比丘依止舍衛城住者皆悉令集以十利故與諸比丘制戒乃至已聞者

當重聞不得吐舌食應當學吐舌食者吐出舌以食著上然後合口若直月及監食人欲知生熟鹹淡甜酢得著掌中舌舐無罪若病得置甌掌中舐無罪若放恣諸根吐舌食者越學法狂癡心亂無罪是故說不吐舌食應當學

佛住舍衛城廣說如上爾時有居士就精舍設供飯僧時六群比丘大團飯食爲世人所譏云何沙門釋子如放逸人如牛羊駱駝如獄餓囚大團飯食此壞敗人有何道法諸比丘以是因縁往白世尊佛言呼六群比丘來來已佛問汝實爾不答言實爾佛言從今日後不得大團飯食佛告諸比丘皆悉令集以十利故爲諸比丘制戒乃至已聞者當重聞不得大團飯食應當學不得大不得小如婬女人兩粒三粒而食當可口食若比丘食熬米滿口無罪若放恣諸根大團飯食者越學法狂癡心亂無罪是故說不得大團飯食應當學

佛住舍衛城廣說如上爾時有居士就精舍設供飯僧時六群比丘張口待飯食爲世人所譏云何沙門釋子如放逸人如黿鼈蝦蟆張口待食此敗壞人有何道法諸比丘以是因縁往白世尊佛言呼六群比丘來來已佛問汝實爾不答言實爾佛言從今日後不得張口待飯食佛告諸比丘皆悉令集以十利故與諸比丘制戒乃至已聞者當重聞不得張口待飯食應當學不得張口待飯食比丘食時當如雪山象王食法食入口已並以鼻作後口分齊前食咽已續內後團不得張口

而待若口有瘡得豫張口無罪若放恣諸根張口待飯食者越學法狂癡心亂無罪是故說不得張口待飯食應當學

佛住舍衛城廣說如上爾時居士於精舍設供飯僧時六群比丘張口擲團食爲世人所譏云何沙門釋子如婬泆人擲團而食此壞敗人有何道法諸比丘以是因緣往白世尊佛言呼六群比丘來來已佛問汝實爾不答言實爾佛言從今日後不得挑團食佛告諸比丘皆悉令集以十利故與諸比丘制戒乃至已聞者當重聞不得挑團食應當學挑團者不得團飯遥擲口中若酸棗若蒲萄如是種種乃至熬豆挑擲噉無罪若放恣諸根擲團食者越學法狂癡心亂無罪是故說不得挑團食應當學

佛住舍衛城廣說如上爾時有居士於精舍設供飯僧時六群比丘嚙半食半還著鉢中爲世人所譏云何沙門釋子如放逸人嚙半食此壞敗人有何道法諸比丘以是因緣往白世尊佛言呼六群比丘來來已佛問汝實爾不答言實爾佛言從今日後不得嚙半食佛告諸比丘悉皆令集以十利故與諸比丘制戒乃至已聞者當重聞不得嚙半食應當學不得嚙半還著鉢中當段段可口食若麨團大當手中分令可口若欲食蓏甘蔗若根等得嚙無罪若餅當手作分齊令可口若放恣諸根嚙半食者越學法狂癡心亂無罪是故說不得嚙半食應當學

佛住舍衛城廣說如上爾時有居士於精舍設供飯僧時六群比丘含食語爲世人所譏

云何沙門釋子如放逸人如駝牛羊驢舍食鳴喚此壞敗人有何道法諸比丘以是因緣往白世尊佛言呼六群比丘來來已佛問汝實爾不答言實爾佛言從今日後不得舍食語佛告諸比丘皆悉令集以十利故與諸比丘制戒乃至已聞者當重聞不得舍食語應當學不得舍食語若食上和尚阿闍梨長老比丘喚時咽未盡能使聲不異者得應若不能得者咽已然後應若前人嫌者應答言我口中有食是故不即應若放恣諸根舍食語者越學法狂癡心亂無罪是故說不舍食語應當學

專意箸飯羹　帀刳迴頰食　吐舌及大團
張口與遙擲　嚙半舍食語　第三跋渠竟

佛住舍衛城廣說如上爾時有居士於精舍設供飯僧時六群比丘以指抆鉢食爲世人所譏云何沙門釋子如小兒食如獄中餓囚食問言尊者飲食極豐何以抆鉢此壞敗人有何道法諸比丘以是因緣往白世尊佛言呼六群比丘來來已佛問汝實爾不答言實爾佛言從今日後不得指抆鉢食佛告諸比丘皆悉令集以十利故與諸比丘制戒乃至已聞者當重聞不得指抆鉢食應當學不得抆鉢食者不得曲指抆鉢若酥油蜜著鉢者不得曲指抆當以指跑聚然後撮食若放恣諸根指抆鉢食者越學法狂癡心亂無罪是故說不得指抆鉢食應當學

佛住舍衛城廣說如上爾時有居士精舍中設供飯僧時六群比丘舐手食爲世人所譏云何沙門釋子如小兒得食舐手而食問言

尊者我自恣施食何故舐手此壞敗人有何道法諸比丘以是因緣往白世尊佛言呼六群比丘來來已佛問汝實爾不答言實爾佛言從今日後不得舐手食佛告諸比丘皆悉令集以十利故與諸比丘制戒乃至已聞者當重聞不得舐手食應當學不得反覆舐手食若酥油蜜石蜜著手者當就鉢緣上概聚著一處然後取食若放恣諸根舐手食者越學法狂癡心亂無罪是故說不得舐手食應當學

佛住舍衛城廣說如上爾時有居士於精舍設供飯僧時六群比丘嗽指食爲世人所譏云何沙門釋子如小兒嗽指食問言尊者我自恣施食何以嗽指此壞敗人有何道法諸比丘以是因緣往白世尊佛言呼六群比丘來來已佛問汝實爾不答言實爾佛言從今日後不得嗽指食佛告諸比丘皆悉令集以十利故與諸比丘制戒乃至已聞者當重聞不得嗽指食應當學不得嗽指食若比丘食羹臛甜膩物著指不得嗽當鉢緣上概聚一處然後取食若蜜石蜜鹽著指頭得嗽無罪若放恣諸根嗽指食者越學法狂癡心亂無罪是故說不得嗽指食應當學

佛住舍衛城廣說如上爾時有居士於精舍中設供飯僧時六群比丘嚀嗉作聲食爲世人所譏云何沙門釋子如豬鼠食聲此壞敗人有何道法諸比丘以是因緣往白世尊佛言呼六群比丘來來已佛問汝實爾不答言實爾佛言從今日後不得嚀嗉作聲食佛告諸比丘皆悉令集以十利故與諸比丘制戒

乃至已聞者當重聞不得噂噂䏶食應當學不得噂嚛作聲若放恣諸根噂嚛食者越學法狂癡心亂無罪是故說不得噂嚛作聲食應當學

佛住舍衛城廣說如上爾時有檀越於精舍中設供飯僧時六群比丘吸飯作聲食為世人所譏云何沙門釋子如駱駝牛驢吸食此壞敗人有何道法諸比丘以是因緣往白世尊佛言呼六群比丘來來已佛問汝實爾不答言實爾佛言從今日後不得吸食食佛告諸比丘皆悉令集以十利故與諸比丘制戒乃至已聞者當重聞不得吸食食應當學若食薄粥乳酪羹飲不得吸使作聲當徐徐咽若放恣諸根吸食食越學法狂癡心亂無罪是故說不得吸食食應當學

佛住舍衛城廣說如上爾時有居士於精舍中設供飯僧時六群比丘全吞食嗗嗗作聲為世人所譏云何沙門釋子如牛驢駱駝食嗗嗗作聲此壞敗人有何道法諸比丘以是因緣往白世尊佛言呼六群比丘來來已佛問汝實爾不答言實爾佛言從今日後不得全吞食佛告諸比丘皆悉令集以十利故與諸比丘制戒乃至已聞者當重聞不得全吞食應當學不得全吞食使嗗嗗作聲若比丘咽喉病作聲無罪若咽喉乾燥當以水通之然後咽食若放恣諸根全吞食者越學法狂癡心亂無罪是故說不得全吞食應當學

佛住舍衛城廣說如上爾時有居士於精舍中設供飯僧時六群比丘落飯食半入口中半墮地為世人所譏云何沙門釋子如放逸

人落飯食問言大德謂呼此食是無種錢作耶我奪妻子分布施求福計此一粒百功乃成應當盡食何故棄地此壞敗人有何道法諸比丘以是因縁往白世尊佛言呼六群比丘來來已佛問汝實爾不答言實爾佛言從今日後不得落飯食佛告諸比丘皆悉令集以十利故與諸比丘制戒乃至已聞者當重聞不得落飯食應當學受食時不得令一粒落地若淨人瀉時墮地無罪食著口中時勿令落地誤落者無罪若噉魚肉果蓏甘蔗時皮核滓骨不得縱横棄地當聚足邊若放恣諸根落粒食者越學法狂癡心亂無罪是故說不得落飯食應當學

佛住舍衞城廣說如上爾時有居士於精舍中設供飯僧時六群比丘振手食汙比坐比丘衣比坐即問長老何故振手爲蜈蚣蟽蝲所螫耶諸比丘以是因縁往白世尊佛言呼六群比丘來來已佛問汝實爾不答言實爾佛言從今日後不得振手食佛告諸比丘皆悉令集以十利故與諸比丘制戒乃至已聞者當重聞不得振手食應當學若振手時不得向比坐振若食著手當向已前振若鉢中抖擻若放恣諸根振手食者越學法狂癡心亂無罪是故說不得振手食應當學

佛住舍衞城廣說如上爾時有居士於精舍中設供飯僧時六群比丘看比坐鉢若見小者便言貞廉自節若飽不用當與我若見捉大鉢者復言咄咄此貪食人鉢如是大檀越所供正可滿是我等餘人當復那得諸比丘聞已慙愧以是因縁往白世尊佛言呼六群

比丘來來已佛問汝實爾不答言實爾佛言從今日後不得嫌心看比坐鉢佛告諸比丘皆悉令集以十利故與諸比丘制戒乃至已聞者當重聞不得嫌心看比坐鉢應當學不得嫌心視比坐鉢者若監食人看食何處得何處不得得看無罪若共行弟子若依止弟子病看其鉢中是應病食不看無罪若看上下坐爲得不無罪若放恣諸根嫌心看比坐鉢者越學法狂癡心亂無罪是故說不得嫌心看比坐鉢應當學

佛住舍衛城廣說如上爾時有居士於精舍中設供飯僧時有比丘置鉢在前迴顧共比坐語六群比丘取鉢著餘處行食次至不視鉢捫摸地汙手從檀越索水洗手時檀越棄飯筐著地嫌言我廢家務修福飯僧應齊集受食今行食時方索水洗手出家之人當端心觀鉢食此壞敗人有何道法諸比丘以是因緣往白世尊佛言呼六群比丘來來已佛問比丘汝實爾不答言實爾佛言從今日後當端心觀鉢食佛告諸比丘皆悉令集以十利故與諸比丘制戒乃至已聞者當重聞端心觀鉢食應當學端心觀鉢者不得放鉢在前共比坐語若有因緣須共左右語者左手撫鉢上若行食到第三人時當先滌鉢豫擎待至若放恣諸根不學端心觀鉢者越學法狂癡心亂無罪是故說端心觀鉢食應當學

佛住舍衛城廣說如上爾時有居士於精舍中設供飯僧時六群比丘索飯索羹爲檀越所譏云何沙門釋子食上索飯索羹問言尊者我自恣與食何故喚索諸比丘以是因緣

往白世尊佛言呼六群比丘來來已佛問汝實爾不答言實爾佛言從今日後不聽索食復次佛住迦維羅衛國釋氏精舍如來應供正遍知以五事利益故五日一行諸比丘房見一病比丘羸瘦萎悴佛知而故問比丘汝病何似答言世尊我病苦不適佛語比丘汝不能索隨病食隨病藥耶答言世尊制戒不聽索食佛言從今日後聽病比丘索食佛告諸比丘依止迦維羅衛城住者皆悉令集以十利故與諸比丘制戒乃至已聞者當重聞不得無病爲已索食應當學不得無病爲已索羹飯若病須多羹得索無罪若放恣諸根無病爲已索食者越學法狂癡心亂無罪是故說比丘不病不得爲已索食應當學

佛住舍衛城廣說如上爾時有居士精舍中設供飯僧時六群比丘先受魚肉羹後以飯覆上監食人看見已即問言長老得魚肉羹不答言長壽汝見色自知何故復問監食人問行食人何以不與此中魚肉羹答言何處不得此中未得又言我已與何故言不得諸比丘以是因緣往白世尊佛言呼六群比丘來來已佛問汝實爾不答言實爾佛言從今日後不得以飯覆羹更望得佛告諸比丘皆悉令集以十利故與諸比丘制戒乃至已聞者當重聞不得以飯覆羹更望得應當學若比丘迎食處汙衣者不得盡覆當露一邊若一切覆者前人問得未應答已得若放恣諸根以飯覆羹者越學法狂癡心亂無罪是故說不得以飯覆羹更望得應當學

佛住舍衛城廣說如上爾時有居士於精舍

中設供飯僧時六群比丘膩手捉飲器比坐惡不受諸比丘以是因緣往白世尊佛言呼六群比丘來來已佛問汝實爾不答言實爾佛言從今日後不得膩手取飲器佛告諸比丘皆悉令集以十利故與諸比丘制戒乃至已聞者當重聞不得膩手受飲器應當學不得膩手取飲器者比丘食時應護左手當以左手受飲器拄脣而飲不得口深含器緣亦不得令緣觸鼻額不得盡飲當留少許當口處瀉棄之更以水滌次行與下若左手病瘡者右手就鉢緣上淨攬去膩淨水洗若不淨以葉承取飲已如上說若放恣諸根以膩手取飲器者越學法狂癡心亂無罪是故說不得以膩手受飲器應當學

佛住舍衛城廣說如上爾時有居士於精舍中設供飯僧時六群比丘鉢中餘食蕩已棄地檀越嫌言尊者謂此食是無子錢作耶我奪妻子分爲福德故一粒百功云何瀉地此壞敗人有何道法諸比丘以是因緣往白世尊佛言呼六群比丘來來已佛問汝實爾不答言實爾佛言從今日後不得鉢中殘食瀉地佛告諸比丘皆悉令集以十利故與諸比丘制戒乃至已聞者當重聞不得以鉢中殘食棄地應當學不得鉢中殘食棄地者食時當稱腹而取不得多受若淨人卒與多者未噉時應減與比坐若比坐不取應與沙彌及園民若洗鉢時不得一粒瀉棄地若有者應聚著板上葉上若細粒若麨不可得聚者無罪若放恣諸根以鉢中殘食瀉地者越學法狂癡心亂無罪是故說不得以鉢中殘食棄

地應當學

嚼飯及作聲　全呑并落粒　振手看他鉢

端心爲巳索　覆羮膩手棄　四跋渠說竟

佛住毗舍離廣說如上爾時難陀優波難陀立爲坐離車童子說法爲世人所譏云何沙門釋子如伎人立爲坐人說法此壞敗人有何道法然此童子無恭敬心說如是微妙法時應與牀坐云何坐聽令彼立說諸比丘以是因緣往白世尊佛言呼難陀優波難陀來來已佛問上事汝實爾不答言實爾佛言汝云何立爲無病坐人說法從今日後不聽立爲坐人說法佛告諸比丘依止毗舍離城住者皆悉令集以十利故與諸比丘制戒乃至已聞者當重聞人坐比丘立不得爲說法除病應當學病者世尊說無罪說者爲前人開解其義分別演說欲令如說修行法者佛所說佛所印可佛所說者如來應供正遍知自說佛所印可者聲聞所說佛讚善哉是名印可不得立爲坐人說法前人病者無罪若比丘爲塔爲僧事詣王若地主彼言比丘爲我說法不得語令起恐彼疑故若邊有立人者卽作意爲立人說王雖聽比丘無罪若放恣諸根立爲無病坐人說法者越學法狂癡亂無罪是故說人坐比丘立不得爲說法除病應當學

佛住毗舍離廣說如上爾時難陀優波難陀坐爲卧人說法爲世人所譏云何沙門釋子如伎人坐爲卧人說法此壞敗人有何道法此聽法人無恭敬心聞說如是微妙法云何卧聽諸比丘以是因緣往白世尊佛言呼難

陀優波難陀來來已佛問汝實爾不答言實爾佛言汝云何坐爲無病卧人說法從今日後人卧比丘坐不得爲說法除病佛告諸比丘皆悉令集以十利故與諸比丘制戒乃至已聞者當重聞人卧比丘坐不得爲說法除病應當學病者世尊說無罪說法者如上說若比丘爲塔爲僧事若詣王若地主時彼言比丘爲我說法不得語令起恐生疑故若邊有坐人者當爲坐人說王雖聽比丘無罪若放恣諸根坐爲無病卧人說法者越學法狂癡心亂無罪是故說人卧比丘坐不得爲說法除病應當學

佛住毗舍離廣說如上爾時難陀優波難陀坐卑小牀爲高牀上軍將師子說法爲世人所譏云何沙門釋子如似伎兒自坐卑小牀爲高牀上人說法此壞敗人何道之有然此師子軍將無恭敬心聞如是微妙法時云何自坐高牀使彼坐卑小牀而爲說法諸比丘以是因緣往白世尊佛言呼難陀優波難陀來來已佛問汝實爾不答言實爾佛言汝云何坐卑下牀爲高牀上人說法從今日後人在高牀上已在下不得爲說法除病佛告諸比丘皆悉令集以十利故與諸比丘制戒乃至已聞者當重聞人在高牀比丘在卑牀不得爲說法除病應當學卑牀有二種一者下牀名卑二者麤弊亦名卑高者二種高大名高妙好者亦名高病者世尊說無罪說法者如上說不得坐卑牀爲坐高牀人說法病人無罪若比丘爲塔爲僧事詣王若地主彼言比丘爲我說法爾時不得語令易坐恐生疑

故若邊有人應作意爲下人說王雖坐高牀聽比丘無罪若放恣諸根在卑牀爲坐高牀人說法者越學法狂癡心亂無罪是故說人在高牀比丘在卑牀爲說法除病應當學

佛住毗舍離廣說如上爾時難陀優波難陀爲著革屣離車童子說法爲世人所譏云何沙門釋子如諸伎兒爲著革屣人說法此壞敗人有何道法而此童子聞說妙法無恭敬心不脫革屣聽法諸比丘以是因緣往白世尊佛言呼難陀優波難陀來來已佛問比丘汝實爾不答言實爾佛言汝云何爲無病著革屣人說法從今日後不得爲著革屣人說法除病佛告諸比丘皆悉令集以十利故與諸比丘制戒乃至已聞者當重聞不得爲著革屣人說法除病應當學革屣者若一重若兩重說法者如上說不得爲無病著革屣人說法病者佛說無罪若比丘爲塔事僧事乃至邊有淨人者當立意爲彼人說王聽無罪若比丘在險路恐怖處防衛人言尊者爲我說法彼雖著革屣爲說法無罪若放恣諸根爲無病著革屣人說法者越學法狂癡心亂無罪是故說不得爲著革屣人說法除病應當學

佛住毗舍離廣說如上爾時難陀優波難陀爲著木屐離車童子說法爲世人所譏云何沙門釋子如諸伎兒爲著屐人說法此壞敗人有何道法而此童子無恭敬心聞如是微妙法應當脫屐云何著屐聽法諸比丘以是因緣往白世尊佛言呼難陀優波難陀來來已佛問比丘汝實爾不答言實爾佛言汝云

何爲無病著屐人說法從今日後不得爲著屐人說法除病佛告諸比丘皆悉令集以十利故與諸比丘制戒乃至已聞者當重聞不得爲著屐人說法除病應當學病者世尊說無罪屐者十四種金屐銀屐摩尼屐牙屐木屐多羅屐皮屐欽婆羅屐綖屐芒屐樹皮屐婆迦屐草屐如是等種種屐是名屐說法者如上說若比丘爲塔爲僧事詣王若地主彼言比丘爲我說法不應語令脫屐恐生疑故若邊有淨人者應作意爲淨人說王聽無罪若放恣諸根爲無病著屐人說法者越學法狂癡心亂無罪是故說不得爲著屐人說法除病應當學

佛住毗舍離廣說如上爾時難陀優波難陀爲覆頭離車童子說法爲世人所譏云何沙門釋子如伎兒爲覆頭人說法此壞敗人有何道法而此童子無恭敬心聞如是微妙法應却頭上覆云何覆頭聽法諸比丘以是因緣往白世尊佛言呼難陀優波難陀來來已佛問汝實爾不答言實爾佛言汝云何爲無病覆頭人說法從今日後不得爲覆頭人說法除病佛告諸比丘皆悉令集以十利故與諸比丘制戒乃至已聞者當重聞不得爲覆頭人說法除病應當學病者世尊說無罪覆頭者一切覆說法者如上說得爲病人說法無罪若比丘爲塔爲僧事詣王若地主時乃至邊有淨人者當立意爲彼人說王聽無罪若比丘在怖畏險道行時防衞人言尊者爲我說法彼雖覆頭爲說無罪放恣諸根爲無病覆頭人說法者越學法狂癡心亂無罪是

故說不得爲覆頭人說法除病應當學
佛住毗舍離廣說如上爾時難陀優波難陀
爲纏頭離車童子說法爲世人所譏云何沙
門釋子如俳說人爲纏頭人說法此壞敗人
有何道法然此童子無恭敬心聞是妙法云
何纏頭聽說諸比丘以是因緣往白世尊佛
言呼難陀優波難陀來來已佛問汝實爾不
答言實爾佛言汝云何爲無病纏頭人說法
從今日後不得爲纏頭人說法除病佛告諸
比丘依止毗舍離城住者皆悉令集以十利
故與諸比丘制戒乃至已聞者當重聞不得
爲纏頭人說法除病應當學病者世尊說無
罪纏頭者若衣纏若綃纏說法者如上說得
爲病纏頭人說法無罪若比丘爲塔爲僧事
故詣王若地主彼作是言比丘爲我說法不
得語令解纏恐生疑心故若邊有淨人者當
作意爲彼說王雖聽無罪若比丘在怖畏險
道行時防衛人言尊者爲我說法彼人雖纏
頭爲說無罪若放恣諸根爲無病纏頭人說
法者越學法狂癡心亂無罪是故說不得爲
纏頭人說法除病應當學
佛住毗舍離廣說如上爾時難陀優波難陀
爲離車童子抱膝蹲人說法爲世人所譏云
何沙門釋子如俳說人爲抱膝蹲人說法此
壞敗人有何道法而此童子無恭敬心聞如
是妙法應如法坐云何抱膝聽諸比丘以是
因緣往白世尊佛言呼難陀優波難陀來來
已佛問汝實爾不答言實爾佛言汝云何爲
無病抱膝人說法從今日後不得爲抱膝人
說法除病佛告諸比丘皆悉令集以十利故

與諸比丘制戒乃至已聞者當重聞不得爲抱膝蹲人說法除病應當學病者世尊說無罪抱膝者手抱衣抱帶抱說法者如上說爲病人說無罪若比丘爲塔爲僧事詣王若地主時乃至邊有淨人應作意爲淨人王雖聽爲說無罪若放恣諸根爲無病抱膝人說法者越學法狂癡心亂無罪是故說不得爲抱膝蹲人說法除病應當學

佛住毗舍離廣說如上爾時難陀優波難陀爲翹脚坐離車童子說法爲世人所譏云何沙門釋子如俳說人爲翹脚人說法此壞敗人有何道法然此童子無恭敬心聞是妙法應正坐云何翹脚坐諸比丘以是因緣往白世尊佛言呼難陀優波難陀來來已佛問汝實爾不答言實爾佛言汝云何爲無病翹脚人說法從今日後不得爲翹脚人說法除病

佛告諸比丘皆悉令集以十利故與諸比丘制戒乃至已聞者當重聞不得爲翹脚人說法除病應當學病者世尊說無罪翹脚者脞著膝上膝著膝上腨著脛上脚著脚趺上說法者如上說不得爲無病翹脚人說法病者爲說無罪若比丘爲塔爲僧事詣王若地主彼言比丘爲我說法不得語彼令正坐恐生疑心故彼邊有淨人者當作意爲彼人說王雖聽無罪若放恣諸根爲無病翹脚人說法者越學法狂癡心亂無罪是故說不得爲翹脚人說法除病應當學

爲坐及眠說　高牀著革屣　著屐弁覆頭纏頭抱膝蹲　不爲翹脚說　第五跋渠竟

佛住毗舍離廣說如上爾時難陀優波難陀

爲持刀離車童子說法爲世人所譏云何沙門釋子如伎人爲捉刀人說法此壞敗人有何道法然此童子無恭敬心聞此妙法應當一心合掌云何如屠兒捉刀聽法諸比丘以是因緣往白世尊佛言呼難陀優波難陀來來已佛問汝實爾不答言實爾佛言汝云何爲捉刀人說法從今日後不得爲持刀人說法佛告諸比丘依止毗舍離城住者皆悉令集以十利故與諸比丘制戒乃至已聞者當重聞不得爲持刀人說法應當學持者手捉刀者大刀小刀劒說法者如上說不得爲持刀人說法若比丘爲塔爲僧事詣王若地主彼言比丘爲我說法不得語令放刀恐生疑心故若邊有淨人當作意爲淨人說王雖聽無罪若比丘險道恐怖處行時防衛人言尊者爲我說法彼雖捉刀爲說無罪若放恣諸根爲捉刀人說法者越學法狂癡心亂無罪是故說不得爲持刀人說法應當學

佛住毗舍離廣說如上爾時難陀優波難陀爲持弓箭離車童子說法爲世人所譏云何沙門釋子如伎人爲持弓箭人說法此壞敗人有何道法然此童子無恭敬心聞是妙法應放弓箭云何如獵師捉弓箭聽法諸比丘以是因緣往白世尊佛言呼難陀優波難陀來來已佛問汝實爾不答言實爾佛言汝云何爲持弓箭人說法佛言從今日後不得爲持弓箭人說法佛告諸比丘皆悉令集以十利故與諸比丘制戒乃至已聞者當重聞不得爲持弓箭人說法應當學持者手捉弓箭者防衛杖也說法者如上說不得爲持弓箭

人說法若比丘爲塔爲僧事詣王若地主時彼言比丘爲我說法不得語令放弓箭恐彼生疑若邊有淨人者應作意爲淨人說王雖聽無罪若比丘怖畏險道行時防衛人言尊者爲我說法彼雖持弓箭爲說無罪若放恣諸根爲捉弓箭人說法者越學法狂癡心亂無罪是故說不得爲持弓箭人說法應當學

佛住毗舍離廣說如上爾時難陀優波難陀爲持杖離車童子說法爲世人所譏云何少門釋子如伎人爲捉杖人說法此壞敗人有何道法然此童子無恭敬心聞是妙法應當捨杖云何捉杖聽法諸比丘以是因緣往白世尊佛言呼難陀優波難陀來來已佛問汝實爾不答言實爾佛言汝云何爲無病捉杖人說法從今日後不得爲持杖人說法除病佛告諸比丘皆悉令集以十利故與諸比丘制戒乃至已聞者當重聞不得爲持杖人說法除病應當學病者世尊說無罪捉杖者一切杖說法者如上說不得爲無病持杖人說法病者無罪若比丘爲塔爲僧事詣王若地主彼言比丘爲我說法不得語令放杖恐彼疑心故若邊有淨人者應作意爲淨人說王雖聽無罪若比丘在怖畏險道行時防衛人言尊者爲我說法彼雖捉杖爲說無罪若放恣諸根爲無病捉杖人說法者越學法狂癡心亂無罪是故說不得爲持杖人說法除病應當學

佛住毗舍離廣說如上爾時難陀優波難陀爲持蓋離車童子說法爲世人所譏云何沙門釋子如伎人爲持蓋人說法此壞敗人有

何道法然此童子無恭敬心聞是妙法應當却蓋云何捉蓋聽法諸比丘以是因縁往白世尊佛言呼難陀優波難陀來來已佛問比丘汝實爾不答言實爾佛言汝云何爲無病持蓋人説法從今日後不得爲持蓋人説法除病佛告諸比丘皆悉令集以十利故與諸比丘制戒乃至已聞者當重聞不得爲持蓋人説法除病應當學病者世尊説無罪蓋者樹皮蓋多羅葉蓋多梨葉蓋竹傘蓋疊傘蓋孔雀尾蓋如是等種種能遮雨日者皆名傘蓋説法者如上説不得爲無病捉蓋人説法病者無罪若比丘爲塔爲僧事詣王若地主彼言比丘爲我説法不得令却蓋恐生疑故若邊有淨人應作意爲淨人説王雖聽無罪若法師若律師風雨寒雪大熱時捉蓋爲説無罪若放恣諸根爲無病捉蓋説法者越學法狂癡心亂無罪是故説不得爲持蓋人説法除病應當學

佛住毗舍離廣説如上爾時難陀優波難陀隨離車童子後行説法爲世人所譏云何沙門釋子如伇人隨人後爲説法此壞敗人有何道法然此童子無恭敬心聞是妙法應當在後而聽諸比丘以是因縁往白世尊佛言呼難陀優波難陀來來已佛問汝實爾不答言實爾佛言汝云何隨無病人後爲説法從今日後人在前不得隨後爲説法除病佛告諸比丘皆悉令集以十利故與諸比丘制戒乃至已聞者當重聞人在前不得隨後爲説法除病應當學病者世尊説無罪後者人在前比丘在後説法者如上説不得隨無病人

後而爲説法病者無罪若比丘爲塔爲僧事詣王若地主彼言比丘爲我説法不得語令在後恐生疑心若邊有淨人者應作意爲淨人説王雖聽無罪若比丘在怖畏險道行時防衛人言此處賊常喜前發我當在前尊者在後爲我説法爲説無罪若比丘眼惡前人捉杖牽前爲説無罪若放恣諸根在無病人後説法者越學法狂癡心亂無罪是故説人在前比丘在後不得爲説法除病應當學

佛住毗舍離廣説如上爾時難陀優波難陀爲騎乘離車童子説法爲世人所譏云何沙門釋子如伎人爲騎乘人説法此壞敗人有何道法而此童子無恭敬心聞是妙法應當下乘云何騎乘聽法諸比丘以是因緣往白世尊佛言呼難陀優波難陀來來已佛具問上事汝實爾不答言實爾佛言汝云何爲無病騎乘人説法從今日後騎乘人不得爲説法除病佛告諸比丘皆悉令集以十利故與諸比丘制戒乃至已聞者當重聞騎乘人不得爲説法除病應當學病者世尊説無罪乘者有八種象乘馬乘牛乘驢乘船乘車乘輿乘輦乘説法者如上説不得爲無病騎乘人説法病者無罪若比丘爲塔爲僧事詣王若地主彼言比丘爲我説法不應語令下乘恐生疑心故若邊有淨人者應作意爲淨人説王雖聽無罪若比丘在怖畏險道行時防衛人言尊者爲我説法彼雖騎乘爲説無罪若放恣諸根爲無病騎乘人説法者越學法狂癡心亂無罪是故説不得爲騎乘人説法除病應當學

佛住毗舍離廣說如上爾時難陀優波難陀在道外爲道中離車童子說法爲世人所譏云何沙門釋子如伎人已在道外爲道中人說法此壞敗人有何道法而此童子無恭敬心聞是妙法應避道令比丘道中云何自在道中諸比丘以是因緣往白世尊佛言呼難陀優波難陀來來已佛問汝實爾不答言實爾佛言汝云何在道外人在道中爲說法從今日後不得道外爲道中人說法除病佛告諸比丘皆悉令集以十利故與諸比丘制戒乃至已聞者當重聞不得道外爲道中人說法除病應當學病者世尊說無罪道外者比丘在道外道中者前聽人說法者如上說不得道外爲無病道中人說法病無罪若比丘爲塔爲僧事詣王若地主彼言比丘爲我說法比丘不得語令在道外恐彼生疑若邊有淨人者當作意爲淨人說王雖聽無罪若比丘在怖畏險道行時防衛人言尊者在道外我在道中若有賊出我當拒之尊者爲我說法彼雖在道中爲說無罪若放恣諸根在道外爲無病道中人說法者越學法狂癡心亂無罪是故說不得在道外爲道中人說法除病應當學

佛住舍衛城廣說如上爾時波斯匿王欲詣車庫園林池觀語侍者言明當與夫人婇女出東園遊看可掃灑莊嚴敷施坐褥時六群比丘聞已先往到彼於輭草上涕唾復取樹葉裹不淨著池水中浮其日王出夫人婇女在宮日久常思遊看今得從意如囚出獄到園中見諸輭草各各馳趣並遥占言此是我

許此是我許即便坐上涕唾汙衣各趣池水洗手湔衣見池水上有諸葉裹又作是念將是諸年少聞我等當出必裹諸香著此水中以待我輩各各諍之此是我許此是我許競捉葉裹不淨潰出汙諸衣物展轉相謂奇事奇事本謂是香乃是不淨即白王言此是奇怪王先勑掃灑今不淨乃爾王問園民誰汙此園園民白王昨日六群比丘在此中戲良久乃出或是彼汙諸比丘以是因緣往白世尊佛言呼六群比丘來來已佛具問上事汝實爾不答言實爾佛言汝等云何生草上及水中大小便涕唾從今日後不聽生草上水中大小便涕唾佛告諸比丘皆悉令集以十利故與諸比丘制戒乃至已聞者當重聞不得生草上大小便涕唾應當學不得水中大小便涕唾應當學不得生草上大小便涕唾當在無草地若夏月生草普茂無空缺處者當在駱駝牛馬驢羊行處若復無是者當在塼瓦石上若復無者當在乾草葉上若復無者當以木枝承令糞先墮木上後墮地若比丘經行時不得涕唾生草上經行頭當著唾壺瓦石草葉以細灰土著唾壺中然後唾上若大小便涕唾汙手脚得拭生草水者十種如上說不得大小便涕唾水中當在陸地若雨時水卒浮滿當在土塊上若無是者當於瓦石上若竹木上先墮木上然後水中若掘地作溷廁底水出者比丘不得先在上起止當先使淨人然後比丘無罪若溷廁底有流水當以木承已後墮水中若大小便涕唾汙手脚得水洗水中洗大小行無罪若比丘入

水浴時不得唾中若遠岸者當唾手中然後棄若放恣諸根生草上大小便涕唾者越學法狂癡心亂無罪若放恣諸根水中大小便涕唾者越學法狂癡心亂無罪是故說不得生草上大小便涕唾應當學不得水中大小便涕唾應當學

佛住舍衛城廣說如上爾時六群比丘立大小便爲世人所譏云何沙門釋子如牛驢駱駝立大小便此壞敗人有何道法諸比丘以是因緣往白世尊佛言呼六群比丘來來已佛問汝實爾不答言實爾佛言汝云何立大小便從今日後不得立大小便佛告諸比丘皆悉令集以十利故與諸比丘制戒乃至已聞者當重聞不得立大小便應當學不得立大小便若脚有泥土畏汙衣者得立無罪脚若病若瘡若腫得立無罪若放恣諸根立大小便者越學法狂癡心亂無罪是故說不得立大小便應當學

捉刀持弓箭　持杖并傘蓋　後行騎乘人道外生草上　水中立便利　第六跋渠竟

七滅諍法第八

佛住舍衛城廣說如上爾時佛告阿難僧有諍事汝往斷滅令止諍事阿難白言云何僧諍事斷當令滅佛言六群比丘知僧如法如毗尼斷諍滅後更舉諸比丘諍事更起作是言是非法乃至是處羯磨非處羯磨如波夜提中廣說乃至世尊弟子僧無量常所行事一切七止諍法滅是名常所行事七止諍法滅是故說若比丘知僧如法如毗尼滅乃至後更舉波夜提七滅諍法竟法隨順法者如

二部毗尼隨順者順行此法也波羅提木叉分別竟

摩訶僧祇律卷第二十二

音釋

髀傍禮切股也 趺甫無切足也 臀徒渾切腿靨也 痤徂禾切小腫也 刳苦胡切判也 抆武粉切拭也 舐神帋切餂也 摡古代切戛摩也 嗽所角切吮也 矐虛郭切 嘷噍嘷補各切噍子立切嘷噍噍貌 嗗烏刮切飲聲 蓏郎果切音裸水實曰果草實曰蓏 蟽蝲蟽他達切蝲郎葛切 綖蘇佃切與線同 濽則肝切濺灑也 溷廁溷胡困切廁初吏切困廁圊也

摩訶僧祇律卷第二十三

東晉三藏法師佛陀跋陀羅共沙門法顯　譯

雜誦跋渠法第九之一

世尊成道五年比丘僧悉清淨自是已後漸漸爲非世尊隨事爲制戒立説波羅提木叉四種具足法自具足善來具足十衆具足五衆具足自具足者世尊在菩提樹下最後心廓然大悟自覺妙證如綖經中廣説是名自具足善來具足者佛住王舍城迦蘭陀竹園佛告諸比丘如來處處度人比丘比丘尼優婆塞優婆夷汝等亦當效如來廣行度人爾時諸比丘聞世尊教已遊行諸國見有信善男子求出家者諸比丘亦效如來喚善來比丘度人出家威儀進止左右顧視著衣持鉢皆不如法爲世人所譏作是言世尊所度善來比丘威儀進止左右顧視著衣持鉢皆悉如法諸比丘所度亦名善來威儀進止左右顧視著衣持鉢皆不如法爾時尊者舍利弗聞是語已在閑靜處跏趺而坐作是思惟俱是善來何故世尊所度善來比丘皆悉如法諸比丘所度善來比丘皆不如法云何令諸比丘度人善受具足皆悉如法共一戒一竟一住一食一學一説舍利弗晡時從禪覺已往詣佛所頭面禮足却住一面白佛言世尊我向靜處作是思惟俱名善來何故世尊所度皆悉如法諸比丘所度皆不如法云何使諸比丘度人善受具足皆悉如法共一戒一竟一住一食一學一説惟願世尊具爲解説佛告舍利弗如來所度阿若憍陳如五人善來出家善受具足共一戒一竟一住一食一

學一說次度滿慈子等三十人次度波羅柰城善勝子次度優樓頻螺迦葉五百人次度那提迦葉三百人次度伽耶迦葉二百人次度優波斯那等二百五十人次度汝大目連各二百五十人次度摩訶迦葉闡陀迦留陀夷優波離次度釋種子五百人次度跋渠摩帝五百人次度群賊五百人次度長者子善來是等如來所度善來比丘出家善受具足共一戒一竟一住一食一學一說舍利弗諸比丘所可度人亦名善來出家善受具足乃至共一說是名善受具足十衆受具足者佛告舍利弗從今日制受具足法十衆和合一白三羯磨無遮法是名善受具足欲受具足人初入僧中一一頭面禮僧足已先求和尚偏袒右肩胡跪接足作是言我從尊乞求和尚尊爲我作和尚與我受具足如是至三和尚應語發喜心答言我頂戴持和尚先已與求衣鉢與求衆與求戒師與求空靜處教師推與衆僧羯磨師應問誰與某甲空靜處作教師答言我能羯磨師應作是說大德僧聽某甲從某甲受具足若僧時到僧某甲和尚某甲某甲能空靜處作教師諸大德聽某甲和尚某甲某甲能空靜處作教師僧忍默然故是事如是持教師應將離衆不近不遠教有二種若略若廣云何略今僧中當問汝有者言有無者言無云何廣如後僧中一一說教師來入僧中白某甲問已訖自說清淨無遮法羯磨師應作是說大德僧聽某甲從某甲受具足某甲已空靜處教問訖若僧時到僧某甲和尚某甲某甲聽入僧中諸大德聽

其甲和尚其甲聽入僧中僧忍默然故是事如是持欲受戒人應入僧中一一頭面禮僧足已在戒師前胡跪合掌授與衣鉢教受作是言此是我鉢多羅應量受用乞食器今受持如是三說此是僧伽棃此是鬱多羅僧此是安陀會此是我三衣此三衣不離宿受持如是三說羯磨師應作是說大德僧聽其甲從其甲受具足其甲已空靜處教問訖若僧時到僧其甲和尚其甲欲從僧乞受具足諸大德聽其甲和尚其甲欲從僧乞受具足僧忍默然故是事如是持戒師應教乞作是言大德僧聽我其甲從和尚其甲受具足阿闍棃其甲已空靜處教問訖我其甲和尚其甲我今從僧乞受具足唯願僧與我受具足哀愍我故如是至三羯磨師應作是說大德僧聽其甲從其甲受具足其甲已空靜處教問訖已從僧中乞受具足若僧時到僧其甲和尚其甲欲於僧中問遮法諸大德聽其甲和尚其甲欲於僧中問遮法僧忍默然故是事如是持善男子聽今是至誠時是實語時於諸天世間天魔諸梵沙門婆羅門諸天世人阿脩羅若不實者便於中欺誑亦復於如來應供正遍知聲聞衆中欺誑此是大罪今僧中問汝有者言有無者言無父母聽不求和尚未三衣鉢具不是男子不年滿二十不非是非人不非是不能男不汝字何等答言字某和尚字誰答言字某不壞比丘尼淨行不非賊盜住不非越濟人不非自出家不不殺父母不不殺阿羅漢不不破僧不不惡心出佛身血不佛久已般泥洹故依舊文汝本曾受具足不若

言曾受不犯四事不若言犯應語去不得受具足若言不犯次問十三事一一事中有犯不若言犯受具足訖此罪能如法作不答言能本捨戒不答言捨汝非奴不非養兒不不負人債不非王臣不不陰謀王家不汝無如是諸病癬疥黄爛癩病癰痤痔病不禁黄病瘧病謦欶消盡顛狂熱病風腫水腫腹腫如是種種更有餘病著身不答言無羯磨師應作是說大德僧聽某甲從某甲受具足某甲已空靜處教問訖某甲已從僧中乞受具足父母已聽已求和尚三衣鉢具是男子年滿二十自說清淨無遮法若僧時到僧今與某甲受具足和尚某甲如是白白三羯磨乃至僧忍默然故是事如是持

佛住舍衞城廣說如上爾時有無歲比丘著好新淨染衣往世尊所禮拜問訊是比丘後於餘時著垢膩破衣往世尊所禮拜問訊佛知而故問比丘汝先著好新淨染衣來到我所今所著衣何故破壞乃爾白言此故是先衣但歲久破壞佛言汝不能補治耶白佛言能治但無物可補佛言汝不能巷中拾故弊衣淨浣染補耶白言世尊糞掃衣不淨我甚惡之不能受持佛語比丘止止莫作是語糞掃衣少事易得應淨無諸過隨順沙門法服依是出家爾時世尊往衆多比丘所敷尼師壇坐爲諸比丘具說上事佛告諸比丘如來應供正遍知欲饒益故於聲聞衆中正說制初依若堪忍直信善男子與受具足不堪忍者不應與受

佛住迦維羅衞尼拘類樹釋氏精舍如來應

供正遍知五事利益故五日一行諸比丘房何等五我聲聞弟子中不好有爲事不不樂說無益語不不樂著睡眠不爲看病比丘故爲信心善男子見如來威儀庠序發歡喜心故以是五事行諸比丘房見一比丘病瘮黄羸瘦佛知而故問比丘汝氣力調和不白言世尊我患飢氣力不足佛語比丘汝不能乞食耶白言世尊是拘薩羅國但乞人殘食不乞非殘是殘食不淨我不能噉是故羸瘦佛語比丘止止莫作是語乞殘食少事易得應淨無諸過隨順沙門法依是出家爾時世尊往衆多比丘所敷尼師壇坐爲諸比丘具說上事佛告諸比丘從今日如來應供正遍知欲饒益故於聲聞衆中正說制第二依若堪忍直信善男子與受具足不堪忍者不應與受

佛住舍衛城廣說如上如來應供正遍知五日一行諸比丘房見一比丘坐樹下作是語沙門出家修梵行在樹下苦晝則風吹日炙夜則蚊蝱所螫我不堪佛語比丘止止莫作是語樹下坐少事易得應淨無諸過隨順沙門法依是出家爾時世尊往衆多比丘所敷尼師壇坐爲諸比丘具說上事佛告諸比丘從今日如來應供正遍知欲饒益故於聲聞衆中正說制第三依若堪忍直信善男子與受具足不堪忍者不應與受

佛住迦維羅衞尼拘類樹釋氏精舍如來應供正遍知五日一行諸比丘房見一病比丘羸瘦瘮黄佛知而故問比丘氣力調和不答言世尊我病苦氣力不調佛問比丘汝不能

服隨病藥隨病食耶白言世尊我無藥直復無施者是故病苦佛問比丘汝不能服陳棄藥耶白言世尊是陳棄藥不淨我不能服佛告比丘止止莫作是語陳棄藥少事易得應淨無諸過隨順沙門法依是出家爾時世尊往衆多比丘所敷尼師壇坐爲諸比丘具說上事佛告諸比丘從今日如來應供正遍知欲饒益故於聲聞衆中正說制四依若堪忍直心善男子與受具足不堪忍者不應與受

佛住舍衛城廣說如上爾時都夷聚落有年少婆羅門求諸比丘出家受具足已然後受四依糞掃衣少事易得應淨無諸過隨順沙門法依是出家受具足是中盡壽能堪忍不答言不能忍問言汝何故出家答言我見沙門釋子著好細輭衣我貪著此衣是故出家諸比丘言何有一切比丘出家皆得此好衣復受第二依乞殘食少事易得應淨無諸過隨順沙門法依是出家受具足是中盡壽能堪忍不答言我不堪忍問言汝何故出家答言我見沙門釋子食白粇米飯種種餅肉飲食我貪此好食是故出家諸比丘言何有一切比丘出家皆得此好食復受第三依樹下坐少事易得應淨無諸過隨順沙門法依是出家受具足是中盡壽能堪忍不答言不堪忍諸比丘言汝何故出家答言我見沙門釋子坐大房舍重樓閣舍我貪住此舍是故出家諸比丘言何處一切比丘出家皆得此好舍復受第四依陳棄藥少事易得應淨無諸過隨順沙門法依是出家受具足是中盡壽能堪忍不答言不堪忍問言汝何故出家答

言我見沙門釋子服酥油蜜石蜜及餘種種藥我貧服此藥是故出家諸比丘言何處一切比丘出家皆得此好藥諸比丘以是因緣往白世尊佛言汝云何先與授具足後授四依從今日後不得先授具足後授四依當先授四依能堪忍者與授具足若言不堪不應與授若先受具足後受四依者得名受具足一切僧得越毗尼罪授四依時應先作求聽羯磨大德僧聽某甲從某甲受具足某甲已空靜處教問訖已於僧中乞受具足父母已聽已求和尚三衣鉢具是男子年滿二十自說清淨無遮法若僧時到僧某甲和尚某甲欲於僧中說四依諸大德僧聽某甲和尚某甲欲於僧中說四依僧忍默然故是事如是持善男子聽此是如來應供正遍知欲饒益故於聲聞衆中正說制四依若堪忍直信善男子與受具足不堪忍者不應與受糞掃衣少事易得應淨無諸過隨順沙門法依是出家受具足得作比丘是中盡壽能堪忍持糞掃衣不答言能若長得欽婆羅衣氎衣芻摩衣拘舍耶衣舍那衣麻衣軀牟提衣乞殘食少事易得應淨無諸過隨順沙門法依是出家受具足得作比丘是中盡壽能堪忍乞食不答言能若長得月八日十四日十五日說戒食籌食請食依樹下坐少事易得應淨無諸過隨順沙門法依是出家受具足得作比丘是中盡壽能堪忍樹下坐不答言能若長得大舍重樓閣舍門舍窟舍依陳棄藥少事易得應淨無諸過隨順沙門法依是出家受具足得作比丘是中盡壽能堪忍服陳棄藥

不答言能若長得酥油蜜石蜜生酥及脂依此四聖種當隨順學羯磨師應作是說大德僧聽某甲從某甲受具足某甲已空靜處教問訖已從僧中受具足父母已聽已求和尚三衣鉢具是男子年滿二十自說清淨無遮法已堪忍四依若僧時到僧今與某甲受具足和尚某甲白如是大德僧聽某甲從某甲受具足某甲已空靜處教問訖已從僧中乞受具足父母已聽已求和尚三衣鉢具是男子年滿二十自說清淨無遮法已堪忍四依僧今與某甲受具足和尚某甲諸大德忍僧與某甲受具足和尚某甲忍者僧默然若不忍便說是第一羯磨（不成就）第二第三亦如是說僧已忍某甲受具足竟和尚某甲僧忍默然故是事如是持善男子汝已受具足善受具足一白三羯磨無遮法衆僧和合非不和合十衆十衆已上汝今當敬重於佛敬重於法敬重於比丘衆僧敬重和尚敬重阿闍梨汝已遭遇莫復失人身難得佛世難值聞法亦難衆僧和合意願成就難頂禮釋子及諸聲聞衆已得具足如無憂華離於塵水當依倚修習泥洹善法已得具足此戒序法四波羅夷十三僧伽婆尸沙二不定法三十尼薩耆波夜提九十二純波夜提四波羅提提舍尼衆學七滅諍法隨順法我今略說戒教汝如是後和尚阿闍梨當廣爲汝說是名十衆

五衆受具足者

佛住王舍城尸陀林中時城中有居士名曰鬱虔宗室豪強財產無量聞如來出現於世在尸陀林中歡喜踊躍欲請佛及僧施設飯

食莊嚴室內灑掃塗地時舍衛城中有居士名阿那邠坻素與鬱虔時相親友來到其家見其悤務莊嚴灑掃即問言居士何故悤務欲嫁女娶婦請婆羅門請王大臣耶答言我不嫁女娶婦請婆羅門王及大臣也汝不聞白淨王子出家成佛號曰如來應供正遍知出現世間耶今在尸陀林中我今灑掃嚴飾正欲請佛及僧是故悤務邠坻聞已心大欣悅即便問言我欲禮覲可得見不答言可見佛者普潤見無不益宜知是時聞是語已敬心內發企遲明相佛照其心夜放光明普耀城內邠坻見明謂是天曉即便起行門自然開適向城門城門復開出門已有一天祠近道側欲先禮敬然後詣佛迴向祠門于時天地還暗彼即恐怖進退迷惑莫知所向時空中有天語邠坻言今正是時但行莫怖即說偈言

牛馬車百乘　皆七寶莊嚴　盡持用布施
計彼之功德　比汝行一步　十六不及一
雪山百龍象　亦以七寶嚴　持用行布施
功德之福報　比汝行一步　十六不及一
百好天玉女　七寶瓔珞身　持用行布施
計彼之福報　比汝行一步　十六不及一

爾時阿那邠坻聞此偈已倍生敬信尋詣佛所頭面禮足却住一面佛爲說法示教利喜白佛言世尊我欲還舍衛城起立精舍請佛及僧唯願世尊哀受我請願世尊遣一比丘鑒理處分如毗羅經中廣說乃至佛告舍利弗目連汝等往彼觀地形勢隨僧住便料理處分安置房舍舍利弗目連受教即往至彼

時居士邠坻以十八億金圖地十八億金作僧房舍十八億金供養衆僧合五十四億金是居士方欲更與供養故遣富樓那入海採寶佛威神護念故四大天王帝釋及梵天王衞護此人往還七反大獲珍寶不遭留難富樓那白邠坻言唯願居士聽我出家居士即許將至佛所頭面禮足却住一面白佛言此人欲出家唯願世尊哀愍度脫佛即度之既出家已白佛言世尊唯願爲我略說教戒我欲到輸那國土如說修行佛即爲隨順教戒如線經中廣說富樓那受教戒已到輸那國彼國中有一長者名曰闍婆爲立栴檀房此中應廣說億耳因緣乃至求請出家富樓那度令出家作沙彌乃至七年衆僧難得不得受具足七年已闍婆作栴檀房成莊校嚴飾廣請衆僧施設供養以房施富樓那爾時衆僧通持律十人富樓那因僧集故與億耳受具足受具足已即白和尚言我欲到舍衞禮覲世尊唯願聽許答言隨意汝持我名問訊世尊并乞五願億耳受教便行到佛所頭面禮足却一面住佛語阿難爲客比丘敷牀褥若語阿難敷牀褥者當知與世尊同房宿若語尊者陀驃摩羅子者當知隨次與房如來初夜爲諸聲聞說法中夜還房圓光常明佛問比丘汝誦經不答言誦誦何等經誦八跋耆經佛言汝可誦之即細聲誦已問於句義一一能答佛言善哉比丘汝所誦者文字句義如我先說爾時世尊即說偈言

聖人不樂惡　惡人不樂聖　善見世間過
發心趣泥洹

佛言善哉我弟子中捷疾解悟億耳第一億耳即起頭面禮佛足持和尚名從佛乞五願如來聞是語已晨起往衆多比丘所敷尼師壇坐佛告諸比丘富樓那在輸那國遣億耳來從我乞五願從今日後聽輸那邊國五願何等五一者輸那邊地淨潔自喜聽日日澡洗此間半月二者輸那邊地多壚石土塊及諸刺木聽著兩重革屣此間一重三者輸那邊地少諸敷具多諸皮韋聽彼皮韋作敷具此間不聽四者輸那邊地少衣物多死人衣聽彼著死人衣此間亦聽五者輸那邊地少於比丘聽彼五衆受具足此間十衆白受具足善來受具足十衆白三羯磨受具足輸那邊地五衆白三羯磨受具足是名四種受具足

復次佛住舍衛城廣說如上爾時尊者優波離有二沙彌一名陀婆迦二名婆羅迦此二沙彌小小長養年滿二十欲受具足作是念若當先與一受者後者必有恨心得同一和尚一戒師一衆一時並受具足不優波離作是念已往至佛所頭面禮足却坐一面具以上事白佛言世尊得共一和尚一戒師一衆得並受具足不佛言得如是二人三人亦得並受不得衆受是名受具足一人兩和尚三和尚衆多和尚不名受具足無羯磨師不名受具足二人三人共一羯磨師別和尚共一衆並受不名受具足二人羯磨二人三人羯磨三人別和尚共一衆並受不名受具足復有不名受具足和尚在十人數不名受具足以欲受具足人足十人數以比丘尼足十人

數以與欲人足十人數者不名受具足若不稱和尚名字不稱受具足人名字不稱僧名字不名受具足若和尚說羯磨受具足人說羯磨比丘尼說羯磨皆不名受具足若和尚在空中受戒人在空中僧在空中一切在空中皆不名受具足若半在地半在空中不名受具足若隔障不名受具足半在覆處中間隔障不名受具足半覆半露地伸手不相及不名受具足一切露處坐伸手不相及一切覆處離見聞處者不名受具足復次不名受具足者若眠若癡若狂若心亂若苦痛所纏不名受具足復次不名受具足者若受具足人不語若心念若大喚不名受具足復次不名受具足者若遣書印舉手作相不名受具足人不現前不問前人不欲非法不和合衆不成就白不成就羯磨不成就若一一不成就不名受具足復次不名受具足者壞比丘尼淨行賊盜住越濟人五逆六種不男太小太老截手截脚截手脚截耳截鼻截耳鼻若盲若聾若盲聾若瘂若躄若瘂躄若鞕瘢印瘢若拔筋刻筋曲脊王臣負債病外道兒奴身不具陋色

壞比丘尼淨行者

佛住毗舍離爾時菴婆羅離車童子壞法豫比丘尼弟子梵行時法豫比丘尼往世尊所頭面禮足却住一面白佛言世尊離車童子壞我弟子梵行作是語已禮佛而去佛語阿難汝取我僧伽棃來入毗舍離城阿難即取僧伽棃授與世尊如來應供正遍知從成佛以來未曾食後入城邑聚落爾時世尊與阿

難共入毗舍離城時五百離車集在論議堂上欲論餘事遥見世尊來展轉自相謂言如來有何事故食後入城故當有以時離車等即起與佛敷座往迎世尊胡跪合掌白佛言善來世尊唯願世尊坐此座上爾時世尊敷尼師壇坐諸離車頭面禮佛足却坐一面佛語離車汝等眷屬宜應防護如我弟子比丘尼亦應防護設人侵犯若欲不欲壞梵行者如我法中盡壽不共語不共住不共食離車白佛言如世尊法中壞梵行者不共語不共住不共食我俗法中亦復如是盡壽不共語不共住不共食爾時世尊爲諸離車隨順説法發歡喜心已而去去不久法豫比丘尼尋至離車所作是言諸居士菴婆羅離車童子壞我弟子梵行此是不善非是順法諸離車聞已自相謂言世尊向所説正爲此耳即大慚愧語比丘尼言欲使我等作何等治比丘尼言當易其姓唱非離車迴門西向破其食廚毀其屋簷周帀一肘答言受教即唱非離車迴門西向乃至毀其屋簷爾時世尊往衆多比丘所敷尼師壇坐以是上事具爲諸比丘説破尼淨行者若阿羅漢尼阿那含尼若初中後一切皆名壞尼淨行若斯陀含尼須陀洹尼凡夫持戒尼若初受樂者是名壞尼淨行中後不名壞爾時有摩訶羅本俗人時壞比丘尼淨行心生疑惑即白佛言世尊我本俗人時壞比丘尼淨行佛告諸比丘是摩訶羅自言壞比丘尼淨行驅出諸比丘即驅出若壞比丘尼淨行不應與出家若已出家者應驅出若度出家受具足越毗尼罪是名

壞比丘尼淨行

盜住者

佛住舍衛城廣說如上爾時有檀越就精舍中飯僧時有一人黑色大腹來在上座處坐須臾僧上座來問汝幾臘答言坐處食飲一種用若問歲爲上座威德嚴肅言咄汝下去復坐第二上座處須臾第二上座來問汝幾歲答言坐處食飲一種用若問爲如是展轉乃至沙彌中沙彌推排問言誰是汝師和尚誰是汝沙彌有幾戒沙彌應數有幾初名何等一者一切衆生皆仰食二二名色三三痛四四聖諦五五陰六六入七七覺意八八直行九九衆生居十十一切入沙彌法應如是數答言我是難陀優波難陀上衆弟子諸比丘以是因緣往白世尊佛言非難陀優波難陀上衆弟子此是自出家人若如是人比丘未曾入布薩自恣中後有好心得與出家受具足若曾入布薩自恣中者是名盜住不聽出家受具足若王子若大臣子避難故自著袈裟未經布薩自恣者得與出家若曾經布薩自恣者不聽出家若沙彌作是念說戒時論說何等即先入上座牀下盜聽若沙彌聰明若覺知初中後語者後不得受具足若暗鈍若眠若意緣餘念不記初中後語者後得受具足若盜住不應與出家若已出家者應驅出若度出家受具足者得越毗尼罪是名盜住

越濟者

佛住舍衛城廣說如上爾時有人食前著沙門標幟手捉黑鉢入聚落乞食食後著外道標幟手執木鉢復逐人入林中池水園觀處乞食爲世人所識云何沙門釋子入聚落中

從我家乞食今來入林復不得脱復有人言汝不知耶此沙門諂曲爲衣食故兼兩入諸比丘以是因緣往白世尊佛言此名越濟人捨沙門標幟執外道標幟捨外道標幟復執沙門標幟如是越濟人不應與出家若與出家者應驅出若度出家受具足者得越毗尼罪是名越濟人

五無間者

佛住舍衛城廣說如上爾時都夷婆羅門是舍利弗舊知識來至舍利弗所作是言尊者與我出家舍利弗答言此是好事汝婆羅門常與沙門反何處得信心從誰聞法發歡喜心世尊邊耶諸比丘邊耶婆羅門言我亦無信心復無歡喜亦不從他聞但我殺母欲除此罪是故出家舍利弗言待我問世尊還舍利弗以是因緣往白世尊佛言此人殺母作無間罪腐敗爛種於正法中不生聖法不應與出家

復次佛住舍衛城廣說如上都夷婆羅門是阿難舊知識詣阿難所作是言尊者我欲出家阿難言此是好事乃至佛告阿難此人殺父作無間罪腐敗爛壞於正法中不能生道根栽正使七佛一時出世爲其說法於正法中終不生善喻如多羅樹頭斷則不生不青亦不中種是五無間罪亦復如是於正法中不生聖種若作五無間罪者不應與出家已與出家者應驅出若度出家受具足越毗尼罪餘三無間亦如是是名五無間罪

六不能男者

佛住舍衛城廣說如上爾時諸比丘夜房中

眠有人來摸索脚摸索脞次至非處比丘欲捉取便走出去復到餘處堂上温室處處如是明日諸比丘共聚一處自相謂言諸長老昨夜眠時有人來處處摸索乃至非處正欲捉取即便走去復有比丘言我亦如是乃至衆多亦復如是有一比丘作是念我今夜要當伺捕捉取是比丘至暮先眠伺之諸比丘眠已復來摸索如前即便捉得作是語諸長老使持燈來來已問言汝是誰答言我是王女復問云何是女答言我是兩種非男非女復問汝何故出家答言我聞沙門無婦我來欲爲作婦諸比丘以是因緣往白世尊佛言是不能男者有六種何等六一者生二者捺破三者割却四者因他五者妬六者半月生者從生不能男是名生捺破者妻妾生兒共相妬嫉小時捺破是名捺破不能男割者若王若大臣取人割却男根以備門閤是名割却不能男因他者因前人觸故身生起是名因他不能男妬者見他行婬事然後身生起是名妬不能男半月者半月能男半月不能男是名半月不能男是中生不能男捺破不能男割却不能男此三種不能男者不應與出家若已出家者應驅出因他起不能男妬不能男半月不能男是三種不能男不應與出家若已出家者不應驅出後若婬起者應驅出是六種不能男不應與出家若度出家受具足者越毗尼罪是名六種不能男

太小者

佛住舍衛城廣說如上爾時諸比丘度小兒出家卧起須人扶持出入屎尿不淨汙僧卧

㝹眠起啼喚爲世人所譏嫌云何沙門釋子度小兒出家未知儀法語言好惡此壞敗人何道之有復有人言汝不知耶是沙門無兒養他小兒作已生想以自娛樂復有人言是諸沙門唯不度二種人一者死人二者前人不樂出家若不度者衆不增長是故多度諸比丘以是因緣往白世尊佛言呼是比丘來來已佛具問上事汝實爾不答言實爾佛言從今日後太小不應與出家太小者若減七歲若滿七歲不知好惡皆不應與出家若滿七歲解知好惡應與出家若小兒先已出家不應驅出若度出家者越毗尼罪是名太小

太老者

佛住舍衛城廣說如上爾時諸比丘度八十九十人出家頭白背僂脊屈隱現諸根不禁或小便時大便漏出進止須人不能自起若於房中溫室中洗脚處經行處短氣連嗽涕唾流涎汙僧淨地爲世人所譏云何沙門釋子度此老公頭白背僂欬嗽振尻卧起須人出家之人宜應康健坐禪誦經修習諸業比壞敗人何道之有復有人言汝不知耶沙門釋子出家無父養此老公當作父想復有人言此諸沙門唯二種人不度一者死人二者不欲出家若不度者衆不增長諸比丘以是因緣往白世尊佛言呼是比丘來來已佛具問上事汝實爾不答言實爾佛言從今日後太老不應與出家太老者過七十若減七十不堪造事卧起須人是人不聽若過七十能有所作是亦不聽年滿七十康健能修習諸業聽與出家若太老不應與出家若已出家

者不應驅出若度出家受具足者越毗尼罪是名太老

截手者

佛住舍衛城廣說如上爾時有比丘度截手人出家爲世人所譏云何沙門釋子度犯王法截手人出家出家之人應身體完具此壞敗人何道之有諸比丘以是因緣往白世尊佛言呼是比丘來佛問比丘汝實爾不答言實爾佛言從今日後截手人不應與出家截手者若截手若截腕若截小指若大指不應與出家若已出家不應驅出若度出家受具足者越毗尼罪是名截手

截脚者

佛住舍衛城廣說如上爾時有比丘度截脚人出家爲世人所譏乃至佛言從今日後截脚人不應與出家截脚者若截脚若截腕若小指若大指不應與出家若已出家者不應驅出乃至得越毗尼罪是名截脚

截手脚者

佛住舍衛城廣說如上爾時比丘度截手脚人出家爲世人所譏云何沙門釋子度犯王法截手脚人一事不具尚不得出家況復兩事此壞敗人何道之有諸比丘以是因緣往白世尊佛言呼是比丘來來已佛問比丘汝實爾不答言實爾佛言從今日後截手脚人不應與出家截手脚者若截右手左脚若截左手右脚若截左手左脚若截右手右脚不應與出家若已出家者不應驅出若與出家受具足者越毗尼罪是名截手脚

截耳者

佛住舍衞城廣說如上爾時有比丘度截耳人出家爲世人所譏云何沙門釋子度犯王法截耳人乃至佛言從今日後截耳人不應與出家截耳者若截耳若截耳輪若先穿耳決能令還合者得與出家截耳人不應與出家若已出家者不應驅出若度出家受具足者越毗尼罪是名截耳

截鼻者

佛住王舍城廣說如上爾時諸比丘度截鼻人出家爲世人所譏云何沙門釋子度犯王法截鼻人出家此壞敗人何道之有諸比丘以是因緣往白世尊乃至佛言從今日後截鼻人不應與出家截鼻者若截鼻若缺鼻不應與出家乃至是名截鼻

截耳鼻者

佛住舍衞城廣說如上爾時比丘度截耳鼻人出家爲世人所譏云何沙門釋子度截耳鼻人出家截一尚不得出家況復截兩此壞敗人何道之有諸比丘以是因緣往白世尊乃至佛言從今日後截耳鼻人不應與出家乃至是名截耳鼻

盲者

佛住舍衞城廣說如上爾時有比丘度盲人出家牽臂將行爲世人所譏云何沙門釋子度盲人出家不能自行捉手牽之出家之人應當諸根具足此壞敗人何道之有諸比丘以是因緣往白世尊佛言呼是比丘來來已佛問比丘汝實爾不答言實爾佛言從今日後盲人不應與出家盲者眼一切不見色若見手掌文者若雀目不得與出家若已出家

不應驅出若與出家受具足者越毗尼罪是名盲

聾者

佛住舍衛城廣說如上爾時比丘度聾人出家爲世人所識云何沙門釋子度聾人出家不聞善惡語言何能聽法此壞敗人何道之有諸比丘以是因緣往白世尊乃至佛言從今日後聾人不應與出家聾者不聞一切聲若聞高聲者得與出家乃至是名聾

盲聾者

佛住舍衛城廣說如上爾時有比丘度盲聾人出家爲世人所識云何沙門釋子度盲聾人出家不能見聞出家之人應當諸根具足盲尚不得況復盲聾此壞敗人何道之有諸比丘以是因緣往白世尊乃至佛言從今日後盲聾人不應與出家乃至是名盲聾

瘂者

佛住舍衛城廣說如上爾時比丘度瘂人出家手作相語爲世人所識云何沙門釋子度瘂人出家不能語言而作手相此壞敗人何道之有諸比丘以是因緣往白世尊乃至佛言從今日後瘂人不應與出家瘂者不能語用手現語相不應與出家若已出家者不應驅出乃至是名瘂

躄者

佛住舍衛城廣說如上爾時比丘度躄人出家爲世人所識云何沙門釋子度躄不能行人出家此壞敗人何道之有諸比丘以是因緣往白世尊乃至佛言從今日後躄人不應與出家躄者兩手捉屐曳尻而行不應與出

家若已出家不應驅出乃至是名躄

瘂躄者

佛住舍衛城廣說如上爾時諸比丘度瘂躄人出家乃至與出家受具足者越毗尼罪是名瘂躄

鞕瘢者

佛住舍衛城廣說如上爾時比丘度鞕瘢人出家爲世人所譏云何沙門釋子度犯王法鞕瘢人出家出家之人應當身體完淨此壞敗人何道之有諸比丘以是因緣往白世尊佛言呼是比丘來來已佛問比丘汝實爾不答言實爾佛言從今日後鞕瘢人不應與出家鞕瘢者若凸若凹若能治瘢還平復與皮膚不異者得與出家鞕瘢人不應與出家若已出家者不應驅出若與出家受具足者越毗尼罪是名鞕瘢

印瘢者

佛住舍衛城廣說如上爾時比丘度印瘢人出家爲世人所譏云何沙門釋子度犯王法印瘢人出家出家之人應當完淨此壞敗人何道之有諸比丘以是因緣往白世尊乃至佛言從今日後印瘢人不應與出家印瘢者破肉以孔雀膽銅青等畫作字作種種鳥獸像不應與出家若已出家者不應驅出若與出家受具足者越毗尼罪是名印瘢

刻筋者

佛住舍衛城廣說如上爾時有比丘度刻筋人出家曳脚而行爲世人所譏云何沙門釋子度刻筋人出家曳脚而行出家之人應當身體完具此壞敗人何道之有諸比丘以是

因緣往白世尊乃至佛言從今日後刻筋人不應與出家刻筋者刻脚踵筋不應與出家乃至越毗尼罪是名刻筋

拔筋者

佛住舍衛城廣說如上爾時比丘度拔筋人出家爲世人所譏云何沙門釋子度拔筋人出家若出家之人應當身體完具諸比丘以是因緣往白世尊乃至佛言從今日後拔筋人不應與出家拔筋者從脚跟抽至項䐈從項䐈抽至脚跟不應與出家乃至越毗尼罪是名拔筋

傴脊者

佛住舍衛城廣說如上爾時比丘度曲脊侏儒人出家爲世人所譏云何沙門釋子度王家戲弄曲脊人出家出家之人應當身體調直此壞敗人何道之有諸比丘以是因緣往白世尊乃至佛言從今日後曲脊人不應與出家曲脊者不正直也侏儒者或上長下短或上短下長一切最短者是不應與出家乃至越毗尼罪是名侏儒

摩訶僧祇律卷第二十三

音釋

晡 博孤切申時也 痔 池爾切後病也 瘧 魚約切痁病也 秔 古行切不黏稻也 邠坻 邠彼貧切坻直尼切 瘢 薄官切瘡痕也 涎 夕連切口液也 尻 苦刀切脽也 腕 烏貫切臂也 侏儒 侏陟輸切儒汝朱切侏儒短人也 䐈 追偽切 欬瘶 欬苦愛切瘶蘇奏切欬瘶氣逆喘也

摩訶僧祇律卷第二十四

東晉三藏法師佛陀跋陀羅共沙門法顯　譯

親誦跋渠法第九之二

王臣者

佛住王舍城迦蘭陀竹園廣說如上爾時有比丘度王臣出家受具足已禁官見已合捉比丘送與斷事官所作是言此沙門私度王臣斷事官言取和尚打三肋折取戒師挽舌出十衆各與八下鞭受具足者極法治罪爾時衆多人即衛送出城時頻婆娑羅王欲詣世尊見此衆人王問言是何等人即以上事具白王王聞已大瞋即勑令放從今日後欲出家者恣聽師度王言呼斷事官來來已王問言此國中誰是王答言大王是王復門若我是王者何故不白輒治人罪王即勑有司取斷事者奪其官位家中財物沒入官庫司官即如王教奪其官位籍其家財沒入官庫諸比丘以是因緣往白世尊佛語比丘何處一切王皆信心如是從今日後王臣不應與出家臣者四種或有名而無祿或有祿而無名或有名有祿或無名無祿是中有名無祿有名有祿者此國不聽出家餘國亦不聽有祿無名此間不聽餘處聽無名無祿此間聽餘處亦聽王臣不應與出家乃至越毗尼罪是名王臣

負債者

佛住舍衛城廣說如上爾時有比丘度負債人出家債主來見即捉將詣斷事官所作是言此人負我債不償而便出家斷事官信心佛法語彼人言此人捨棄財產出家何故復

債即便放去債主嫌言云何沙門釋子此負債人食我財盡而度出家此壞敗人何道之有諸比丘以是因緣往白世尊佛言呼是比丘來來已佛問比丘汝實爾不答言實爾佛言從今日後負債人不應與出家若來欲出家者當先問汝不負人債不若言負我家中有婦兒田宅財物自有償者應與出家若言不負應與出家出家已債主來者若是小小債持彼衣鉢償若復不足當自以衣鉢償若乞索助償若多不能得償者應語我先問汝非負債人不汝言不負汝自去乞求償之若負債人不應與出家若已出家不應驅出乃至越毗尼罪是名負債

病者

佛住王舍城迦蘭陀竹園廣說如上爾時有病人至耆域醫所作是言耆域與我治病當雇五百兩金兩張細氎答言不能我唯治二種人一者佛比丘僧二王王後宮夫人病人即向難陀優波難陀房到已難陀問言長壽四大調適不答言病不調適我往耆域所以五百兩金兩張氎雇治病而不肯治言唯治二種人病佛比丘僧王王後宮夫人難陀言汝用棄五百兩金兩張氎爲汝但捨二事一捨髮二捨俗衣病人言阿闍梨欲令我出家耶答言然即度出家受具足已晨起著入聚落衣到耆域所作是言童子我有共行弟子病與我治之答言可爾正當持藥往即持藥往見已便識問言尊者已出家耶答言爾讚言善哉今當爲治即與藥療治療治差已以兩張細氎施與作是言尊者於佛法中淨修

梵行受已即罷道脫去袈裟著兩張細氎巷中作如是罵言耆域醫師衆多人子我雇五百兩金兩張細氎而不肯治見我出家便與我治反更得氎耆域聞已心懐悵恨往世尊所頭面禮足却住一面白佛言世尊此人蒙我得治反見罵辱世尊我是優婆塞增長佛法故唯願世尊從今日後勿令諸比丘度病人出家爾時世尊爲耆域童子隨順說法示教利喜禮足而退時世尊往衆多比丘所敷尼師壇坐已具以上事爲諸比丘說佛言從今日後病人不應與出家病者癬疥黄爛癩病癰痤痔病不禁黄病瘧病謦欶消盡顛狂熱病風腫水腫腹腫乃至服藥未得平復不應與出家若瘧病者若一日二日三日四日中間不發時得與出家若病人不應與出家若已出家者不應驅出若度出家受具足者越毗尼罪是名病

外道者

佛住舍衛城廣說如上爾時有比丘度外道出家出家已在其前說外道過言外道不信邪見犯戒無慚無愧如是毀呰外道過彼聞已作是言長老莫作是語彼間亦有賢善亦有持戒一切盡有須陀洹斯陀含阿那含阿羅漢諸比丘以是因緣往白世尊佛言呼是比丘來來已佛具問上事汝實爾不答言實爾佛言汝云何外道不試而與出家從今日後外道不試不應與出家若外道來欲出家者當共住試之四月所投比丘應白僧白僧已僧先應與作求聽羯磨然後聽乞羯磨人應作是說大德僧聽某甲外道欲於如來法

中出家若僧時到僧某甲外道欲於僧中乞試四月諸大德聽某甲外道欲於僧中乞試四月僧忍默然故是事如是持此人應從僧中乞作如是言大德僧我外道某甲欲於如來法律中出家受具足我某甲從僧乞試四月住唯願大德僧哀愍故與我四月住法如是三乞羯磨人應作是說大德僧聽外道某甲欲於如來法中出家受具足已從僧乞試四月若僧時到僧今與外道某甲試四月住白如是大德僧聽外道某甲欲於如來法中出家受具足已從僧中乞試四月僧今與外道某甲試四月住諸大德忍僧與外道某甲試四月住忍者僧默然若不忍者便說僧已與外道某甲試四月住竟僧忍默然故是事如是持作羯磨已若能如沙彌隨僧作務者在沙彌下次第取食若不能者應語汝自求食應日日在前毀呰外道不信邪見犯戒無慚無愧如是種種毀呰若言長老莫作是語彼間亦有賢善亦有持戒一切盡有須陀洹斯陀含阿那含阿羅漢應語言汝還去彼間求阿羅漢若言實如長老所說外道邪見乃至無慚無愧作泥犁行長老願拔濟我若試滿四月心不動移者應與出家若中間得聖法者即名試竟若捨外道標幟著俗人服來者應與出家若著外道標幟來者不試四月與出家受具足者越毘尼罪是名外道兒者

佛住迦維羅衛國尼拘類樹釋氏精舍廣說如上爾時釋家童子父母不放諸比丘度出家後諸子輩父母教誨恨言世尊臨得轉輪

聖王猶捨出家我何所顧戀而不出家爾時釋種往白淨王所白言大王我子不放而諸比丘便度出家餘在家者不可教誨設加教誨懷恨出家而言世尊臨得轉輪王位猶捨出家我何所顧戀而不出家唯願大王從世尊乞願父母不放勿令出家爾時白淨王與衆多釋種往世尊所頭面禮足却坐一面王白佛言世尊諸比丘釋種童子父母不放而與出家餘在家者設有教誨懷恨出家言世尊臨得轉輪王位猶捨出家我何所顧戀而不出家世尊父母念子愛徹骨髓我亦曾爾世尊出家七年之中坐起食飲無日不啼唯願世尊制諸比丘父母不聽勿令出家爾時世尊爲白淨王隨順說法發歡喜心頭面禮足而退王去不久世尊往衆多比丘所敷尼

師壇坐具以上事爲諸比丘說佛言從今日後父母不放不應與出家兒者有三親兒養兒自來兒親兒者父母所生養兒者小小乞養自來兒者自來依附作兒是中親兒者此國不聽餘國亦不聽養兒自來兒此國不聽餘國聽若父毋不放不應與出家若已出家者不應驅出若與出家受具足者越毗尼罪是名兒

奴者

佛住迦維羅衛國尼拘類樹釋氏精舍廣說如上時釋種家奴不放諸比丘度出家後諸奴輩大家教誡或分處作務而不肯順從歡恨而言尊者闡陀猶尚出家我何所顧戀當捨出家反受禮拜恭敬供養時諸釋種往白淨王所白言大王我等家奴不放諸比丘度

出家餘者不可分處作務歎恨而言尊者闡陀猶尚出家我何所顧戀當捨出家反受禮拜恭敬供養大王我等釋種多諸奴僕賴此作使唯願大王從佛乞願奴主不放勿令出家爾時白淨王與諸釋種往世尊所頭面禮足却坐一面即以上事具白世尊唯願世尊從今日後制諸比丘奴主不放勿令出家爾時世尊爲白淨王隨順說法發歡喜心已王即頭面禮足而退王去不久世尊往衆多比丘所敷尼師壇坐具以上事爲諸比丘說佛告諸比丘從今日後奴主不放不應與出家奴者五種家生買得抄得他與自來家生者家中婢妾生買得者雇錢買得抄得者抄隣國得他與者他人與自來者自來作奴是中家生錢買抄得此三種此間不聽餘處亦不聽他與自來此二種此間不聽餘處聽若奴主不放不應與出家若已出家者不應驅出若與出家受具足者越毗尼罪是名奴

身分不端者

佛住舍衞城廣說如上爾時諸比丘度人出家種種身分不正爲世人所譏云何沙門釋子度人身分不端出家之人應身端嚴此壞敗人何道之有諸比丘以是因緣往白世尊佛言呼是比丘來來已佛具問上事汝實爾不答言實爾佛言從今日後身分不端正人不應與出家身分不端正者眼瞎僂背跛脚匡脚齵齒瓠盧頭如是種種身分不端正不應與出家若已出家者不應驅出若度出家受具足者越毗尼罪是名身分不端正

陋形者

佛住舍衛城廣說如上諸天世人之所供養爾時諸比丘度陋形人出家太黑太白太黃太赤太長太短太麤太細爲世人所譏云何沙門釋子度陋形人出家出家之人形應端嚴此人醜陋人不喜見壞敗之人有何道法復有人言此沙門唯二種人不度一者死人二者不樂出家若不度此衆不增長諸比丘以是因緣往白世尊佛言呼是比丘來來已佛具問上事汝實爾不答言實爾佛言從今日後陋形人不應與出家陋形者太黑太白太黃太赤太長太短太麤太細復次陋形之人喜人尚不喜見況復瞋恚時是陋形人不應與出家若已出家不應驅出若度出家受具足者越毗尼罪是名陋形是謂不名受具足是中清淨如法者名受具足羯磨羯磨事羯磨者

佛住舍衛城爾時瞻波比丘諍訟起不和合住一比丘舉一比丘二比丘舉二比丘衆多比丘舉衆多比丘諸比丘以是因緣往白世尊佛言從今日後不聽一人舉一人乃至衆多人舉衆多人

佛告諸比丘從今日後應作羯磨羯磨者四羯磨二羯磨白一羯磨白三羯磨四衆作羯磨五衆作羯磨十衆作羯磨二十衆作羯磨成就五非法不和合作羯磨已後悔成就五如法和合作羯磨已後不悔四羯磨者有非法和合羯磨有如法不和合羯磨有如法和合羯磨有不如法不和合羯磨是名四羯磨二羯磨者布薩羯磨恭敬羯磨是名二羯磨白一羯磨者有二十八何等二十八出羯磨

不離衣宿離衣宿示房處示作大房處有示作前房處行鉢人行舍羅試外道持杖絡囊典知牀褥典知監食典知差次食典知分房典知取衣典知賞衣典知分衣典知取氎典知擧氎典知分氎典知分華典知分香典知分果典知分温水典知分雜餅典知隨意擧典知分粥人典知分小小雜物是名二十八

白三羯磨有八何等八一折伏二不語三擯出四發喜五擧六別住七摩那埵八阿浮訶那是名白三羯磨

四衆羯磨者布薩羯磨一切拜人四人得作是名四衆羯磨

五衆羯磨者受自恣輸那邊地受具足一切尼薩耆五人得作是名五衆羯磨

十衆羯磨者比丘受具足比丘尼受具足十人得作是名十衆羯磨

二十衆羯磨者比丘阿浮訶那比丘尼阿浮訶那二十人得作是名二十衆羯磨

成就五非法作羯磨已後悔者人不現前不問不引過非法不和合是名五非法作羯磨已後悔

成就五如法作羯磨已後不悔者人現前問已自引過如法和合是名五如法作羯磨已後不悔

是中應二十衆作羯磨十衆作不成就應十衆作羯磨五衆作不成就應五衆作羯磨四衆作不成就應作白三羯磨白一不成就應作白一羯磨單白不成就應單白羯磨而作求聽羯磨不成就應作求聽羯磨白成就應作白羯磨白一羯磨成就應作白一羯磨作

白三成就應作四衆羯磨若五衆作成就應
五衆作羯磨十衆作成就應十衆作羯磨二
十衆作成就是名羯磨
羯磨事者比丘受具足羯磨事比丘尼受具
足羯磨事支滿羯磨事遮法清淨羯磨事不
名受具足清淨羯磨事不生羯磨事罪根羯
磨事不捨根羯磨事捨根羯磨事和合根羯
磨事
比丘受具足羯磨事者受具足人求和尚和
尚與求衣鉢與求衆求戒師與求空靜處教
師是諸事能生羯磨白羯磨是二俱名比丘
受具足羯磨事
比丘尼受具足羯磨事者比丘尼已與受具
足竟向比丘僧中僧應問比丘尼清淨無遮
法不答言已清淨是諸事能生羯磨白羯磨

是二俱名比丘尼受具足羯磨事
支滿羯磨事者受具足人已求和尚和尚已
與求衣鉢與求衆與求戒師與求空靜處教
師教師推與僧從僧中乞受具足問無遮法
已說四依是諸事能生羯磨白羯磨是二俱
名支滿羯磨事
遮法清淨羯磨事者遮法中清淨是諸事能
生羯磨白羯磨是二俱名遮法清淨羯磨事
不具足清淨羯磨事者支分不具足清淨是
諸事能生羯磨白羯磨是二俱名不具足清
淨羯磨事
不生戒羯磨事者壞比丘尼淨行盜住越濟
人五無間犯波羅夷沙彌惡邪見是諸事不
生羯磨白羯磨是二俱名不生戒羯磨事
罪根羯磨事者五衆罪波羅夷僧伽婆尸沙

波夜提波羅提提舍尼越毗尼罪是諸事生羯磨白羯磨是二俱名罪根羯磨事

不捨根羯磨事者比丘屏處三諫衆多人中三諫衆僧中三諫不捨是諸事生羯磨白羯磨是二俱名不捨根羯磨事

捨根羯磨事者屏處三諫衆多人中三諫僧中三諫捨是諸事能生羯磨白羯磨是二俱名捨根羯磨事

和合根羯磨事者比丘僧集行舍羅不來者與欲唱和合僧是諸事能生羯磨白羯磨是二俱名和合根羯磨事是謂羯磨事

折伏羯磨事者

佛住舍衞城瞻波比丘諍訟相言不和合住諸比丘以是因緣往白世尊佛言聽與作折伏羯磨羯磨有五事一切折伏羯磨

佛在舍衞城制何等五一習近八事二數數犯罪三太早入太冥出惡友惡伴非宜處行四諍訟相言五恭敬年少

習近八事者

佛住舍衞城爾時慈地比丘身習近住口習近住身口習近住身習近住者共牀坐共牀眠共器食迭互著衣共出共入是名身習近住口習近住者迭互染汙心語是名口習近住身口習近住者共牀坐共牀眠共器食迭互著衣共出共入語時展轉相爲迭互染汙心語是名身口習近住諸比丘諫言長老慈地莫身習近住口習近住身口習近住一諫不止乃至三諫不止諸比丘以是因緣往白世尊佛言是慈地比丘身習近住口習近住身口習近住三諫不止者僧應與作身習近

住折伏羯磨羯磨人應作是說大德僧聽是慈地比丘身習近住三諫不止若僧時到僧與慈地比丘身習近住作折伏羯磨白如是大德僧聽慈地比丘身習近住三諫不止僧今與慈地比丘身習近住作折伏羯磨諸大德忍僧與慈地比丘身習近住作折伏羯磨忍者僧默然若不忍者便說是第一羯磨第二第三亦如是說僧已與慈地比丘作身習近住折伏羯磨竟僧忍默然故是事如是持口習近住身口習近住亦如是說

復次佛住舍衛城爾時優陀夷與好生比丘尼身習近住口習近住身口習近住身習近住者伸手內共坐迭互著衣是名身習近住口習近住者展轉染汙心語是名口習近住身口習近住者伸手內共坐迭互著衣更相爲語共染汙心語是名身口習近住諸比丘諫言長老優陀夷莫與好生比丘尼身習近住口習近住身口習近住一諫二諫三諫不止諸比丘以是因緣往白世尊佛告諸比丘是優陀夷與好生比丘尼身習近住口習近住身口習近住三諫不止者僧應與作身習近住折伏羯磨羯磨人應作是說大德僧聽是優陀夷與好生比丘尼身習近住三諫不止若僧時到僧與優陀夷作身習近住折伏羯磨如是白白三羯磨乃至僧忍默然故是事如是持口習近住身口習近住亦如上說

復次爾時跋陀梨比丘與跋陀尸梨比丘尼身習近住口習近住身口習近住亦如上優陀夷中廣說

復次佛住舍衛城爾時蘇毗提比丘與蘇毗

提夷比丘尼身習近住口習近住身口習近住如好生比丘尼中廣說

復次爾時有比丘到居士家與婦人身習近住口習近住身口習近住身習近住者與女人伸手內坐以香華果蓏相授爲其走使是名身習近住口習近住者共染汙心語是名口習近住身口習近住者是上二事俱名身口習近住諸比丘諫言長老莫與婦人身習近住口習近住身口習近住如是三諫不止諸比丘以是因緣往白世尊亦如上優陀夷中廣說

復次佛住舍衛城爾時有比丘與不能男身習近住口習近住身口習近住身習近住者伸手內坐共出入是名身習近住口習近住者共染汙心語是名口習近住身口習近住者上二事俱是名身口習近住諸比丘諫言長老莫與不能男身習近住口習近住身口習近住乃至三諫不止諸比丘以是因緣往白世尊亦如上優陀夷中廣說

復次佛住舍衛城爾時優陀夷與共行弟子身習近住口習近住身口習近住亦如上慈地比丘中廣說

復次佛住舍衛城爾時闡陀與童子身習近住口習近住身口習近住亦如上慈地比丘中廣說是名八事習近住

數數犯罪者

佛住舍衛城爾時尸梨耶婆比丘五衆一一罪中數數犯諸比丘諫言長老五衆一一罪中莫數數犯一諫不止二諫三諫不止諸比丘以是因緣往白世尊佛告諸比丘是尸梨

耶婆五衆一一罪中若數數犯者作數數犯罪折伏羯磨羯磨人應作是說大德僧聽是尸梨耶婆比丘數數犯罪三諫不止若僧時到僧與尸梨耶婆比丘作數數犯罪折伏羯磨白如是大德僧聽尸梨耶婆比丘數數犯罪三諫不止僧今與尸梨耶婆比丘作數數犯罪折伏羯磨諸大德忍僧與尸梨耶婆比丘作數數犯罪折伏羯磨忍者僧默然若不忍者便說是第一羯磨第二第三亦如是說僧已與尸梨耶婆比丘作數數犯罪折伏羯磨竟僧忍默然故是事如是持是名數數犯罪

太早入太冥出惡友惡伴非處行者

佛住舍衛城爾時迦露比丘太早入聚落太冥出聚落惡友惡伴非處行太早入者太早入聚落乞太冥出者太冥出聚落惡友者與象子馬子偷兒劫賊摴蒱兒如是等共相親厚惡伴者如惡友同非處行者寡婦家大童女家婬女家不能男家醜名比丘尼醜名沙彌尼如是非處行諸比丘諫言長老莫太早入太冥出乃至醜名沙彌尼處行一諫不止二諫三諫不止諸比丘以是因緣往白世尊佛告諸比丘是迦露比丘太早入太冥出乃至非宜處行三諫不止者僧應作太早入折伏羯磨羯磨人應作是說大德僧聽迦露比丘太早入聚落三諫不止若僧時到僧今與迦露比丘作太早入聚落折伏羯磨如是白白三羯磨乃至僧忍默然故是事如是持如是太冥出惡友惡伴非宜處行亦如是

諍訟相言者

佛住舍衛城爾時馬宿比丘自高自用諍訟相言諸比丘諫言長老馬宿莫諍訟相言如是一諫不止二諫三諫不止諸比丘以是因緣往白世尊佛告諸比丘五法成就當知諍訟更起何等五如法羯磨言非法如法集言非法如法出過言非法如法捨言非法如法與言非法是名五非法反上五事名如法諸比丘應如是教長老比丘必應成就五法入衆何等五小聲入衆聞羯磨已當信信已奉行若羯磨不如法不能遮者應與欲若不能與欲者應與比坐見不欲比丘聞是教時便言我能善語何故小聲入衆我亦多聞何故聞羯磨已當信我善知法何故聞已當行我亦善於羯磨何故聞羯磨不如法不能遮應與欲我當自往何故與比坐見不欲我當遮

佛告諸比丘五法成就諍訟更起僧應與作折伏羯磨何等五一者自高二者麤弊兇性三者無義語四者非時語五者不親附善人是名五法成就僧應與作折伏羯磨羯磨人應作是言大德僧聽馬宿比丘自高諍訟相言三諫不止若僧時到僧今與馬宿比丘自高作折伏羯磨白如是大德僧聽馬宿比丘自高諍訟相言三諫不止僧今與馬宿比丘自高作折伏羯磨諸大德忍僧與馬宿比丘自高作折伏羯磨忍者僧默然不忍者便說是第一羯磨第二第三亦如是說僧已與馬宿比丘自高作折伏羯磨竟僧忍默然故是事如是持後四事亦如是說

恭敬年少者

佛住舍衛城廣說如上爾時闡陀比丘度年

少出家身自供給晨起問訊與出大小行器唾壺著常處與案摩身體授與衣鉢共入聚落令在前行到檀越家令在上座處受先供養供養已與收鉢湯滌還著常處食後與染衣熏鉢與敷牀褥日冥與然燈内唾壺大小行器諸比丘諫言長老莫供給年少年少應供給長老答言如長老語但此年少先樂人出家是故我愛念恭敬慚愧是故隨逐供給如是一諫不止二諫三諫不止諸比丘以是因緣往白世尊佛言呼闡陀來來已佛具問上事汝實爾不答言實爾佛言癡人汝於如來所無有愛念恭敬慚愧隨逐而更於年少所愛念恭敬慚愧隨逐佛告諸比丘是闡陀比丘於年少所愛念僧應與作愛念供給年少折伏羯磨羯磨人應作是説大德僧聽是闡陀比丘愛念供給年少三諫不止若僧時到僧今與闡陀比丘愛念供給年少作折伏羯磨白如是大德僧聽闡陀比丘愛念供給年少三諫不止僧今與闡陀比丘愛念供給年少作折伏羯磨諸大德忍僧與闡陀比丘愛念供給年少作折伏羯磨忍者默然若不忍者便説是第一羯磨第二第三亦如是説僧已與闡陀比丘愛念供給年少作折伏羯磨竟僧忍默然故是事如是持恭敬慚愧隨逐亦如是説是名折伏羯磨

不共語羯磨者

佛住舍衛城爾時馬宿比丘作折伏羯磨已不隨順行所應行事而不行所應捨事而不捨諸比丘以是因緣往白世尊佛言是馬宿比丘作折伏羯磨已不隨順行所應行事而

不行所應捨事而不捨僧應與作不共語羯磨羯磨人應作是說大德僧聽是馬宿比丘作折伏羯磨已不隨順行所應行事而不行所應捨事而不捨若僧時到僧與馬宿比丘作不共語羯磨白如是白三羯磨乃至僧忍默然故是事如是持

復次佛住舍衛城爾時有摩訶羅出家數犯小戒別衆食處處食停食食共器食女人同室宿過三宿共牀眠共牀坐不淨果食受生肉受生穀受金銀諸比丘諫言長老不應作是事答言長老當語我我當受行諸比丘言是摩訶羅有修學意後復數數犯小小戒別衆食乃至受金銀諸比丘復諫言摩訶羅不應作是事答言長老應語我我當受行後復數數犯諸比丘言是摩訶羅出家不知恩教不順教誨諂曲不實不欲修學諸比丘以是因緣往白世尊佛言是摩訶羅出家不知恩教不順教誨僧應與作不共語羯磨羯磨人當作是說大德僧聽是摩訶羅出家不知恩教不隨教語若僧時到僧與摩訶羅作不共語羯磨白如是白三羯磨乃至僧忍默然故是事如是持是名不共語羯磨

擯出羯磨者

佛住舍衛城爾時六群比丘在迦尸邑住作身非威儀口非威儀身口非威儀作身害口害身口害作身邪命口邪命身口邪命如上僧伽婆尸沙黑山聚落中廣說是名求出羯磨

發喜羯磨者　喜優婆夷　舍那階　油熬魚子　迦露　摩訶南　六群比丘

喜優婆夷者

佛住舍衛城爾時難陀遊行諸國還到舍衛時難陀著入聚落衣持鉢往至優婆夷家喜優婆夷見已歡喜問訊言善來阿闍梨何故希行即請令坐坐已難陀言我希行欲與我何物答言隨所須與若前食若後食若粥若餅若果隨所須當作難陀言我須前食當好作答言如教我當好作唯願明日早來作是語已便去後優婆夷晨起作好前食敷坐踟躕而待難陀多事遂忘不往優婆夷待見時過不來故即於此食中可停者舉不可停者便食如是第二第三日待不來便盡取食到第四日方來問言少病優婆夷嫌言阿闍梨受我請前食何故不來答言優婆夷瞋耶彼言瞋若瞋者我悔過優婆夷言向世尊悔過去難陀即便向佛悔過佛言何事悔過難陀具以上事白佛佛言癡人此優婆夷於佛比丘僧無所遺惜汝何故擾亂佛告諸比丘是優婆夷在家篤信難陀擾亂令發不喜僧今應與難陀作發喜羯磨羯磨人應作是說大德僧聽是難陀比丘擾亂俗人生不歡喜若僧時到僧與難陀作俗人發喜羯磨白如是大德僧聽難陀比丘擾亂俗人發不歡喜僧今與難陀作俗人發喜羯磨諸大德忍僧與難陀作俗人發喜羯磨忍者僧默然若不忍者便說是第一羯磨第二第三亦如是說僧已與難陀作俗人發喜羯磨竟僧忍默然故是事如是持是名喜優婆夷

舍那階者

佛住舍衛城爾時質帝隸居士請僧與藥時

六群比丘聞已自相謂言居士請僧與藥當往試之到時著入聚落衣持鉢往到其家共相問訊已作是言我聞居士請僧與藥審爾不答言爾阿闍梨有所須耶答言我須舍那喈一擔居士言須我辦當與比丘言奇怪不先辦藥而欲請僧汝不知耶一比丘服藥如雪山一大龍象食等汝不實施而但求名居士言阿闍梨王家庫中尚無儲藥況復我家待辦相與比丘言與以不與自隨汝意言已便出後居士遣人到拘隣提國象聚落得舍那喈來白阿闍梨已得舍那喈可來取之聞是語已相看面笑居士嫌言何故相看笑我未辦時慇懃共索今者已辦而笑不取我家所有於佛比丘僧無所愛惜尊者何故相試比丘言居士瞋耶答言瞋比丘言若瞋者我悔過居士言向世尊悔過如喜優婆夷中廣說

油熬魚子者

佛住舍衛城爾時質帝隷居士作百味食請僧僧食訖還精舍居士勑家中婦兒言遺餘飲食料理與諸比丘我欲往問訊世尊爾時六群比丘在祇洹門間俗論言話居士見已作是念此非毗尼人設我不往彼或有恨即往和南問訊比丘言善來檀越如大龍象居士問言尊者今日我家中食不答言往食復問尊者食適意不答言善好但少一種問少何等比丘答言若得油鹽熬魚子者便是名食施者得好名譽居士言尊者我先不知若當知者應益多作人與一鉢居士復言尊者聽我說譬喻過去世時有群雞依榛林住有

狸侵食雄雞唯一雌雞在後烏來覆之共生一子子作聲時公說偈言

此兒非我有　野父聚落毋　共合生兒子
非烏復非雞　若欲學公聲　復是雞所生
若欲學毋鳴　其父復是烏　學烏似雞鳴
學雞作烏聲　烏雞二兼學　是二俱不成

如是尊者非是俗人復非出家比丘言居士瞋耶答言瞋比丘言瞋者我悔過居士言向世尊悔過六群比丘即往佛所言悔過世尊佛言何故悔過六群比丘以是上事具曰世尊佛言癡人是質帝隸居士家中所有於佛比丘僧無所遺惜何故擾亂佛告諸比丘是居士以宿命通見六群比丘本昔時曾作雞烏子是故作如是說佛言僧應與六群比丘作俗人發喜羯磨如喜優婆夷中廣說

迦露者

佛住舍衛城爾時有乞食比丘時到著衣持鉢入城乞食次到一家門時夫在中庭坐語婦言汝施出家人食婦言何道出家夫言釋種出家婦言不與夫言何故不與婦言是人非梵行比丘言姊妹我非是非梵行婦人言尊者迦露尚不能修梵行況汝能修梵行耶比丘聞是語已惆悵不樂遂不乞食於是而還坐禪晡時禪覺已身極飢乏往世尊所頭面禮足却住一面佛知而故問比丘何故飢色白言失食世尊佛言汝不能乞食耶即以上事具白世尊佛告諸比丘是迦露比丘於俗人間令發不喜僧應與作俗人發歡喜羯磨如喜優婆夷中廣說是名迦露

摩訶南者

佛住舍衛城爾時摩訶南釋種請僧施藥時難陀優波難陀聞已自相謂言當往試之時到著入聚落衣往到其家共相問訊言我聞檀越請僧與藥審爾不答言爾尊者欲須藥耶答言須爾許瓶酥爾許瓶油爾許瓶蜜爾許石蜜爾許根藥葉藥華藥果藥答言尊者即日無爾許藥須辦相與優波難陀言異事檀越先不儲藥而請此丘僧汝不知耶一比丘服藥如雪山一大龍象食等汝不欲施但求名譽彼言尊者王家庫中尚無爾許藥何況我家須辦當與難陀言與之不與自任汝意作是言已便出居士後辦藥已白言尊者今可來取彼聞已相視而笑檀越嫌言何故試我相視而笑未辦之時慇懃苦索今辦而不取難陀言檀越瞋耶答言瞋若瞋者我悔過答言向世尊悔過難陀即往佛所悔過世尊言何故悔過即以上事具白世尊佛言癡人是釋摩訶南家中所有於佛比丘僧無所遺惜何故擾亂佛告諸比丘僧應與難陀作俗人發喜羯磨如喜優婆夷中廣說是名摩訶南

六群者

佛住舍衛城爾時六群比丘在迦尸邑身非威儀口非威儀身口非威儀身害口害身口害身邪命口邪命身口邪命乃至發俗人不歡喜佛告諸比丘僧應與六群比丘作俗人發喜羯磨如喜優婆夷中廣說是名六群比丘是謂發喜羯磨

具足不名受　支滿不清淨　羯磨及與事

折伏不共語　擯出發歡喜　初跋渠說竟

舉羯磨者

佛住舍衛城廣說如上爾時闡陀比丘五衆罪中犯一一罪諸比丘言長老見此罪不答言不見汝見用問我見不見爲諸比丘以是因緣往白世尊佛告諸比丘是闡陀比丘五衆罪中犯一一罪自言不見者僧應與作不見罪舉羯磨羯磨人應作是說大德僧聽是闡陀比丘五衆罪中犯一一罪而自言不見若僧時到僧與闡陀比丘作不見罪舉羯磨白如是大德僧聽是闡陀比丘五衆罪中犯一一罪而自言不見僧與闡陀比丘作不見罪舉羯磨諸大德忍僧與闡陀比丘作不見罪舉羯磨忍者僧黙然若不忍者便說是第一羯磨第二第三亦如是說僧已與闡陀比丘作不見罪舉羯磨竟僧忍黙然故是事如是持作舉羯磨已語諸比丘言長老我見是罪所應行事我隨順行哀愍我故與我捨不見罪舉羯磨諸比丘以是因緣往白世尊佛告諸比丘是闡陀比丘五衆罪中犯一一罪而言不見僧欲饒益故作舉羯磨彼所應行事已隨順行自言見罪僧應作捨不見罪舉羯磨羯磨人應作是說大德僧聽是闡陀比丘五衆罪中犯一一罪而言不見僧饒益故作不見罪舉羯磨所應行事彼隨順行今自見罪若僧時到僧與闡陀比丘欲於僧中乞捨不見罪舉羯磨諸大德聽闡陀比丘欲於僧中乞捨不見罪舉羯磨僧忍黙然故是事如是持此人應從僧中乞作是言大德僧聽我闡陀比丘五衆罪中犯一一罪而言不見僧欲饒益故作不見罪舉羯磨所應行事已

隨順行自說見罪今從僧乞捨不見罪舉羯磨唯願大德僧哀愍故與我捨不見罪舉羯磨如是三乞羯磨人應作是說大德僧聽是闡陀比丘五衆罪中犯一一罪自言不見僧欲饒益故作不見罪舉羯磨所應行事已隨順行今自見罪已從僧中乞捨不見罪舉羯磨若僧時到僧今與闡陀比丘捨不見罪舉羯磨白如是大德僧聽是闡陀比丘五衆罪中犯一一罪自言不見僧欲饒益故與作不見罪舉羯磨所應行事已隨順行今自見罪已從僧中乞捨不見罪舉羯磨僧今與捨不見罪舉羯磨諸大德忍僧與闡陀比丘捨不見罪舉羯磨忍者僧默然若不忍者便說是第一羯磨第二第三亦如是說僧已與闡陀比丘捨不見罪舉羯磨竟僧忍默然故是事如是持僧已與捨不見罪舉羯磨竟諸比丘語言長老此罪應如法作答言汝用教我如法作爲我不能作諸比丘以是因緣往白世尊佛告諸比丘是闡陀比丘五衆罪中犯一一罪不能如法作者僧應與犯罪不能作舉羯磨羯磨人應作是說大德僧聽是闡陀比丘五衆罪中犯一一罪不肯如法作若僧時到僧今與闡陀比丘犯罪不肯如法作舉羯磨白如是大德僧聽是闡陀比丘五衆罪中犯一一罪不肯如法作僧今與闡陀比丘犯罪不肯如法作舉羯磨諸大德忍僧與闡陀比丘犯罪不肯如法作舉羯磨忍者僧默然若不忍者便說是第一羯磨第二第三亦如是說僧已與闡陀比丘犯罪不肯如法作舉羯磨竟僧忍默然故是事如是持

摩訶僧祇律卷第二十四

音釋

僂力主切傴僂背曲也　跛布火切足偏廢也　齲驅雨切齒蠹也　瓠洪孤切瓠盧匏也　蓏郎果切果蓏木生曰果蔓生曰蓏　摴蒱摴丑居切蒱薄胡切摴蒱博戲也　踟蹰踟直離切蹰直誅切踟蹰猶豫也

摩訶僧祇律卷第二十五

東晉三藏法師佛陀跋陀羅共沙門法顯　譯

雜誦跋渠法第九之三

復次佛住舍衛城爾時阿棃吒比丘謗契經作是說言長老世尊說法我解知行障道法不能障道諸比丘語言長老莫謗契經謗契經者是惡邪見隋惡道入泥犂答言此是好見善見父母先師相承已來作如是見諸比丘以是因緣往白世尊佛告諸比丘是阿棃吒比丘作是說世尊說法我解知行障道法不能障道應屏處三諫衆多人中三諫衆僧中三諫屏處諫者應先問長老阿棃吒汝實謗契經作是說世尊說法我解知行障道法不能障道耶答言爾爾時屏處應諫作是言長老莫謗契經謗契經者此是惡邪見隋惡道入泥犂我慈心饒益故諫汝汝當捨此事一諫已過二諫在捨此事不答言此是好見善見父母先師相承已來作如是見我不能捨如是二諫三諫不止如是衆多人中三諫若不捨者僧中應作羯磨羯磨人應如是說大德僧聽是阿棃吒比丘謗契經作是說世尊說法我解知行障道法不能障道已屏處三諫衆多人中三諫不捨若僧時到僧亦應三諫僧中應問長老汝實謗契經作是說世尊說法我解知行障道法不能障道已屏處三諫衆多人中三諫不捨此事耶答言爾僧中應諫長老汝莫謗契經謗契經者此是惡邪見隋惡道入泥犂僧今慈心饒益故諫汝一諫已過二諫在捨此事不答言此是好見善見父母先師相承以來作如是見我不能

捨如是第二第三諫不止諸比丘以是因緣往白世尊佛告諸比丘是阿梨吒比丘謗契經已屏處三諫衆多人中三諫不捨者僧應作謗契經不捨舉羯磨羯磨人應作是說大德僧聽是阿梨吒比丘謗契經作是說世尊說法我解知行障道法不能障道已屏處三諫衆多人中三諫衆僧人中三諫而不捨若僧時到僧今與阿梨吒比丘作謗契經不捨舉羯磨白如是如是白三羯磨

復次佛住舍衛城爾時尸利耶婆惡邪見起作是說殺生自殺教人殺乃至作惡無殃爲善無福無今世後世善惡果報諸比丘言長老尸利耶婆莫起惡邪見惡邪見者是不善墮惡道入泥梨答言此是好見善見我父母先師相承以來作如是見諸比丘以是因緣往白世尊佛言是尸利耶婆起惡邪見乃至無善惡果報應屏處三諫衆多人中三諫僧中三諫屏處諫者應先問長老尸利耶婆汝實起惡邪見作是說殺生自殺教人殺乃至作惡無殃爲善無福無今世後世善惡果報耶答言爾是時應諫言長老莫起惡邪見起惡邪見者是不善墮惡道入泥犂我今慈心饒益故諫汝一諫已過二諫在捨此見不答言此是好見善見父母先師相承以來作如是見我不能捨如是第二第三諫不止衆多人中三諫如是不止者僧中應作羯磨羯磨人應作是說大德僧聽是尸利耶婆起惡邪見作是說殺生自殺教人殺乃至作惡無殃爲善無福無今世後世善惡果報已屏處三諫衆多人中三諫而不捨若僧時到僧今應

三諫是時應僧中問長老尸利耶娑汝實作是説殺生自殺教人殺乃至作惡無殃爲善無福無今世後世善惡果報已屏處三諫衆多人中三諫不捨此事耶答言爾僧中應諫長老汝莫起惡邪見此是不善墮惡道入泥梨中衆僧慈心欲饒益故諫汝一諫已過二諫在捨此見不答言此是好見善見父母先師相承已來作如是見我不能捨如是一諫不止乃至三諫不止諸比丘以是因緣往白世尊佛告諸比丘是尸利耶娑起惡邪見三諫不止僧應與作不捨惡邪見舉羯磨羯磨人應作是説大德僧聽是尸利耶娑比丘起惡邪見已屏處三諫衆多人中三諫衆僧中三諫不止若僧時到僧今與尸利耶娑作不捨惡邪見舉羯磨白如是白三羯磨乃至僧

忍默然故是事如是持

復次佛住舍衛城爾時摩樓伽子比丘起邊見作是説世界有邊世界無邊諸比丘言長老莫起邊見此是惡見墮惡道入泥犂答言此是好見善見父母先師相承已來作如是見我不能捨諸比丘以是因緣往白世尊佛告諸比丘是摩樓伽子起邊見作是説世界有邊世界無邊應屏處三諫衆多人中三諫衆僧中三諫屏處諫者應問長老汝實起邊見作是説世界有邊世界無邊耶答言爾爾時應諫言此是惡見墮惡道入泥犂我今慈心饒益故諫汝一諫已過二諫在捨此見不答言此是好見善見父母先師相承已來作如是見我不能捨如是第二第三諫不止衆多人中亦如是三諫若不止者僧中應作羯

磨羯磨人應作是說大德僧聽是摩樓伽子比丘起邊見說世界有邊世界無邊已屏處衆多人中三諫不止若僧時到僧亦應三諫僧中應先問長老汝實起邊見說世界有邊世界無邊已屏處衆多人中三諫不捨此見耶答言爾爾時應僧中諫長老莫起邊見此是惡見墮惡道入泥犂僧慈心饒益故諫汝一諫已過二諫在捨此見不答言此是好見善見父毋先師相承已來作如是見我不能捨如是第二第三諫不止諸比丘以是因緣往白世尊佛告諸比丘摩樓伽子比丘起邊見已屏處衆多人僧中三諫不止者僧應與作不捨邊見舉羯磨如上說是名舉羯磨

佛住舍衞城爾時尸利耶娑比丘數數犯僧伽婆尸沙罪語諸比丘言長老與我摩那埵諸比丘問言長老何故索摩那埵答言我犯僧伽婆尸沙罪諸比丘先知數數犯僧伽婆尸沙罪語言長老尸利耶娑僧和合集作羯磨難長老所犯一切盡說當一時作羯磨如是第二第三答言我正犯是罪作羯磨已作是念我何故再作羯磨應一切盡說一時作羯磨語諸比丘言長老與我摩那埵諸比丘問言何故復索摩那埵答言我犯僧伽婆尸沙罪諸比丘問長老何時犯答言爾時犯諸比丘言我先已語長老僧和合集作羯磨難長老所犯一切盡說當一時作羯磨爾時何故不說答言我慚愧故不盡說諸比丘以是因緣往白世尊佛言呼尸利耶娑來來已佛具問上事汝實爾不答言實爾佛言癡人犯時不知羞慚求清淨時何以羞慚此是惡事

非法非律非如佛教不可以是長養善法佛告諸比丘持律比丘與他出罪時他語有罪亦知無罪亦知覆亦知不覆亦知發露亦知不發露亦知應與別住亦知不應與別住亦知如法與別住亦知不如法與別住亦知如法行波利婆沙亦知不如法行波利婆沙亦知中間有罪亦知中間無罪亦知夜斷亦知夜不斷亦知隨順行亦知不隨順行亦知應與摩那埵亦知不應與摩那埵亦知如法與摩那埵亦知不如法與摩那埵亦知究竟摩那埵亦知不究竟摩那埵亦知中間有罪亦知中間無罪亦知夜斷亦知夜不斷亦知隨順行亦知不隨順行亦知應與阿浮呵那亦知不應與亦知如法與阿浮呵那亦知不如法與亦知共覆亦知不共覆亦知無量覆亦知毗舍遮脚亦知或有罪合非夜合或有夜合非罪合或有罪合夜亦合或有非罪合非夜合本罪中間罪比丘成就四法名爲持律何等四知罪知無罪知重知輕是名四法復次成就四法名爲持律知罪知無罪不以重罪作輕不以輕罪作重是名四法復成就四法知罪知無罪無罪人不言有罪有罪人不言無罪是名四法復成就四法不以重作輕不以輕作重不以不犯罪人作犯罪不以犯罪人作不犯罪是名四復成就五法名持律善知諍善知諍緣起處善知斷諍事善知斷諍分別善知斷諍滅止是名五復成就六法即上五事更增善斷諍結集是名六復成就七法知罪知無罪知重知輕不以重罪作輕不以輕罪作重善知羯磨是名七復成就

八法即上七事更增善誦波羅提木叉廣略毗尼識知緣起是名八復成就九法何等九即上八事更增善誦毗尼善知義不忘見徹善知羯磨是名九復成就十法即上九事更增善調伏諸根梵行滿足深知羯磨是名十復成就五法名持律何等五持戒知罪知無罪誦波羅提木叉略廣知其緣起善知羯磨是名五復成就四法何等四持戒知罪知無罪善知羯磨是名四復成就三法知罪知無罪知羯磨是名三復成就二法知罪知無罪是名二復成就一法何等一善知羯磨是名持律乃至成就十四法是名持律最第一除如來應供正遍知何等十四知罪知無罪知重知輕知覆知不覆知可治知不可治知得清淨知不得清淨得四禪功德住現法樂得天眼天耳宿命通盡有漏得無漏是名十四法一切持律中最第一除如來應供正遍知佛告諸比丘優波離比丘成就是十四法持律第一有罪亦知無罪亦知乃至盡有漏得無漏慧解脫有罪亦知者知五衆罪波羅夷僧伽婆尸沙波夜提波羅提提舍尼越毗尼波羅夷者婬盜斷人命自稱過人法僧伽婆尸沙者故出精相觸惡口語乃至聚落中汙他家波夜提者三十尼薩耆九十二純波夜提波羅提提舍尼者阿練若處無病比丘尼邊取食比丘尼指示食拜學家越毗尼者有十三事阿遮與偷蘭遮醜偷蘭不作不語突吉羅惡聲威儀非威儀惡威儀惡邪惡見心生悔毗尼阿遮與者如外道須深摩如尊者跋陀利如王舍城比丘尼如是並向佛悔過

是名阿遮與偷蘭遮者盜減五錢動五錢物不離地是名偷蘭遮醜偷蘭者染汙心弄身生是名醜偷蘭不作者和尚阿闍梨語作是事共法中應作若不作者越毗尼若語喚婦人來取酒來應語和尚阿闍梨我聞法中不得作是名不作不語者和尚阿闍梨共語聞而不報者越毗尼罪若口中有食若能使聲不異者應答若不能者咽已然後答若和尚阿闍梨作是語何以聞我語而不應應語和尚阿闍梨我口中有食是故不得答是名不語突吉羅者如世尊語優陀夷六群比丘及餘比丘等作是事不好是名突吉羅惡聲者作象聲馬聲牛驢駱駝如是一切畜生聲長引促斷促引長斷是名惡聲威儀者晨起當除洗大小便行處當益大小行處甕水應當掃塔院僧坊院若取與作事乃至紐一線不白和尚依止阿闍梨者越毗尼罪是名威儀非威儀者治髮莊眼作好色擣衣光生帛帶繫腰熏鉢現光以鏡照面是名非威儀惡威儀者身惡威儀口惡威儀身口惡威儀身害口害身口害身邪命口邪命身口邪命 是名惡威儀惡邪命者身曲口曲心曲現親愛悕望供養是名惡邪命惡見者斷常等一切諸見是名惡見心生悔毗尼者衆學威儀心念惡不故觸女人如是並皆名心悔是名心生悔毗尼

復次或有罪從欲生或有罪從瞋恚生或有罪從愚癡生或有罪不從欲瞋恚愚癡生或有罪是身行非口行或是口行作身行或是身口行或非身口行或有罪從自身生非他

身或從他身生非自身或從自身他身生或非自身非他身生或有罪從自口生非他口或有從他口非自口或從自口亦從他口或非自口非他口或有罪取心不取事或有罪取事不取心或有罪事重非心重或有心重非事重或有事重心亦重或有非事重非心重或有罪自物非他物或有他物非自物或自物亦他物或有非自物非他物或有罪是一處犯衆多或有衆多處犯一罪或有衆多處犯衆多或有一處犯一罪或緣無罪至有罪或緣有罪至無罪或緣有罪至有罪或緣無罪至無罪或有罪重而緣輕或有罪輕而緣重或有罪重緣亦重或有罪輕緣亦輕有受時罪有食時罪事成罪不受得罪受無罪不與得罪與無罪或有罪是聚落非阿練若

或有是阿練若非聚落或有是聚落亦阿練若或有非聚落亦非阿練若或有罪是時非非時或是非時非是時或是時亦非時或有罪亦非是時亦非非時或有罪是夜非晝或有罪是晝非夜或有罪是夜亦是晝或有罪亦非夜亦非晝或有罪是覆處非露處或有罪是露處非覆處或有罪亦是覆處亦是露處或有罪亦非覆處亦非露處或有罪是行非住或有罪是住非行或有罪亦是行亦是住或有罪亦非行亦非住或有罪是住非坐或是坐非住或是坐是住或非住非坐或有罪是坐非眠或是眠非坐或是坐是眠或非坐非眠或有罪是眠非行或是行非眠或亦是眠亦是行或非眠非行或有罪是屏處非衆多或是衆多非屏處或亦是屏處亦是衆

多或非屏處亦非衆多或有罪是衆多非僧中或是僧中非衆多或亦是衆多亦是僧中或非衆多亦非僧中或有罪是僧中非屏處或是屏處非僧中或是僧中亦是屏處或非僧中非屏處或有罪是冬非春或是春非冬或亦是冬亦是春或亦非冬亦非春或有罪是春非夏或是夏非春或有亦是春亦是夏或有亦非春亦非夏或有罪是夏非冬或是冬非夏或是夏亦是冬或亦非夏亦非冬或有罪從欲生者故弄身摩觸惡口自稱媒嫁一切染汙心語是名從欲生有罪從瞋恚生者無根謗毀呰兩舌鬪驅出知食已足故惱聚落驅出拳打手擬屏處聽等是名從瞋恚生有罪從愚癡生者愚癡心謂眞實世界有常世界無常如是一切見是名從愚癡生有罪非欲瞋恚愚癡生者阿羅漢犯罪是名非欲瞋恚愚癡生有罪是身非口者女人同室未受具足人過三宿同牀眠同牀坐處處食別衆食同器食是名身非口有罪是口非身者一切口跋渠是名口非身有罪是身口者無根謗毀呰兩舌鬪驅出知食已足故惱聚落驅出拳打手擬屏處聽等是名身口有罪非身口者從心生是名非身口有罪從自身非他身者瞋恚自打身是名從自身非他身有罪從他身非自身者見他婬盜殺人覆藏是名從他身非自身有罪從自身他身生者共女人同室未受具足人過三宿同牀眠同牀坐處處食別衆食同器食是名從自身他身生有罪非自身非他身者一切口跋渠除未受具足人說句法是名非自身非他身有

罪從自口非他口者一切口罪除未受具足人說句法是名從自口非他口有罪從他口非自口者若比丘僧中非法斷事不與欲復不與見不欲默然聽過是名從他口非自口有罪從自口從他口者與未受具足人說句法是名從自口從他口有罪非自口非他口者從身心生是名非自口非他口有罪取心不取事者應當問以何心盜何心殺人何心觸女人何心斷生草何心掘地是名取心不取事有罪取事不取心者不應問以何心婬何心非時食何心飲酒何心女人同室未受具足人過三宿若犯者當如法治是名取事不取心有罪事重非心重者比丘非時謂是時食者波夜提是名事重非心重有罪心重非事重者比丘時謂非時食越毗尼罪是名心重非事重有罪事重心亦重者非時謂非時食者波夜提是名事重心亦重有罪事輕心亦輕者衆學及威儀是名事輕心亦輕有罪從自物生非他物者比丘自財物盜心取犯偷蘭遮是名自物生非他物生有罪從他物非自物者比丘盜心偷他物減五錢偷蘭遮滿五錢波羅夷是名他物生非自物有罪從自物他物生者比丘共他物盜心取減五錢偷蘭遮滿者波羅夷是名從自物他物生有罪非自物非他物者比丘盜心取無主物越毗尼罪是名非自物非他物有罪是一處犯衆多者比丘一處併乞得八種好食各各別食者得八波夜提是名一處犯衆多有衆多處犯一罪者比丘衆多處乞得八種美食一坐食者得一波夜提是名衆多處犯一罪

有衆多處犯衆多者比丘八處乞得八種美食各各食者得八波夜提是名衆多處犯衆多罪一處犯一罪者一處乞得八種美食一坐食是名一處犯一罪緣無罪得罪者比丘無罪作罪悔過得越毗尼罪是名緣無罪而得罪緣有罪得無罪者小房大房旃一切乃至三諫是名緣有罪得無罪緣有罪至有罪者僧中說波羅提木叉時乃至三問有罪者如法作無罪者默然爾時有罪不如法作復不語人又不作念我待清淨同意人當如法作默然者得越毗尼罪是名緣有罪至有罪緣無罪得無罪者不作不犯是名緣無罪至無罪緣重至輕者比丘犯波夜提向惡邪邊見被舉人悔過是名緣重至輕緣輕至重者比丘犯越毗尼罪向謗線經人被舉人悔過得波夜提是名緣輕至重緣重至重者比丘犯波夜提向謗線經被舉人悔過得波夜提是名緣重至重緣輕至輕者比丘犯越毗尼罪向未受具足人悔過不名作更得越毗尼罪是名緣輕至輕受時罪者受生肉生穀金銀象馬駝驢牛羊奴婢婦女田宅屋舍是名受時罪有食時罪者別衆食處處食同器食不淨果食是名食時罪事成罪者作小房大房一切三諫是名事成罪有不受得罪受無罪者受迦絺那衣得捨五戒別衆食處處食離同食不白長衣離衣宿是名不受得罪受無罪不與得罪與無罪者比丘得新衣不三種壞色若一一重色作淨受用者波夜提是名不與得罪與無罪或有罪是聚落非阿練若者不著僧伽棃入聚落不著細入聚落不

著繫腰繩不持鉢不白離同食非時入聚落是名聚落非阿練若阿練若非聚落者比丘與賊伴與女人比丘尼共期道行是名阿練若非聚落亦阿練若亦聚落者拳打掌刀擬是名亦阿練若亦聚落有罪非阿練若非聚落者王門閫是名非阿練若非聚落有罪是時非非時者別衆食處處食同器食挑食不作淨果食是名時非非時有罪是非時非是時者不白非時入聚落非時食日冥教誡比丘尼是名非時非是時有罪亦是時亦非時者拳打掌刀擬是名亦時亦非時有罪非時非非時者正中時是名非時非非時有罪是夜非晝者女人同室未受具足人過三宿日没教誡比丘尼是名夜非晝有罪是晝而非夜者別衆食乃至不淨果食是名晝非夜有

罪亦是晝亦是夜者拳打掌刀擬是名亦是晝亦是夜有罪非晝非夜者明相出時是名非晝亦非夜有罪是覆處非露處者女人同室宿未受具足人過三夜内敷置婬處坐屏處坐是名覆處非露處有罪是露處非覆處者衆僧牀褥露地自敷若教人敷不白去離二十五肘波夜提是名露處非覆處有罪亦覆處亦露處者拳打掌刀擬云何罪非覆處非露處者屋簷下云何罪是行非住比丘與女人賊伴比丘尼共期道行僧和尚阿闍梨語莫去而去者得罪是名行非住云何罪是住非行婬女邊住酤酒邊摴蒱邊住獄囚邊住當門立住僧和尚阿闍棃語莫住而住得罪是名住非行云何罪亦行亦住拳打掌刀擬云何罪非行非住坐時眠時云何罪是立

非坐婬女邊立乃至和尚阿闍梨語莫立而立者得罪云何罪是坐非立坐過量牀兜羅綿貯褥皮坐具及婬女邊坐酤酒家擣蒲邊獄囚邊坐僧和尚阿闍梨語莫坐而坐者得罪云何罪亦立亦坐拳打掌刀擬云何罪非立非坐若行若眠時云何罪是坐非眠坐過量牀乃至僧和尚阿闍梨語莫坐而坐者得罪云何罪是眠非坐女人同室宿未受具足人過三夜過量牀兜羅綿貯褥坐皮坐具云何罪亦是坐亦是眠拳打掌刀擬云何罪非坐非眠行時立時云何罪是眠非行女人同室宿乃至皮褥上眠云何罪是行非眠比丘與女人賊伴乃至和尚阿闍梨語莫去而去者得罪云何罪亦眠亦行拳打掌刀擬云何罪非眠亦非行坐立時云何罪是屏處非衆多屏處三諫不捨云何罪是衆多非屏處衆多人中三諫不捨云何罪亦屏處亦衆多拳打掌刀擬云何罪非屏處非衆多衆僧中云何罪是衆多非僧中衆多人中三諫不捨云何罪是僧中非衆多僧中三諫不捨云何罪亦衆多亦僧中拳打掌刀擬云何罪非衆多非僧中屏處三諫不捨云何罪是僧中非屏處僧中三諫不捨云何罪是屏處非僧中屏處三諫不捨云何罪亦僧中亦屏處拳打掌刀擬云何罪非僧中非屏處衆多人中三諫不捨云何罪是冬非春比丘至八月十五日不捨雨浴衣至十六日捨得越毗尼罪云何罪是春非冬比丘受迦絺那衣至臘月十五日應捨若不捨至十六日者越毗尼罪云何罪亦冬亦春拳打掌刀擬云何罪非冬非春

安居時云何罪是春非夏比丘受迦絺那衣不捨至臘月十六日越毗尼罪云何罪是夏非春比丘至四月十六日應安居不安居者越毗尼罪到後安居復不安居者得二越毗尼罪云何罪亦是春亦是夏拳打掌刀擬云何罪非春非夏是冬時云何罪是夏非冬者於二安居而不安居得二越毗尼罪云何罪是冬非夏八月十五日應捨雨浴衣而不捨至十六日得罪云何罪亦是夏亦是冬拳打掌刀擬云何罪非夏非冬是春時是名罪非夏非冬復有罪名不攝身不攝口不攝身口身犯口犯身口犯身惡行口惡行身口惡行是名罪無罪者攝身攝口攝身口身不犯口不犯身口不犯身不惡行口不惡行身口不惡行是名無罪

佛告諸比丘持律比丘與他出罪時有罪亦知無罪亦知覆亦知不覆亦知覆亦知者比丘明相出時犯僧伽婆尸沙知是罪不作覆藏心至日出時作覆藏心至明相出時是名一夜覆復有覆名比丘明相出時犯僧伽婆尸沙知是罪不作覆藏心至食時作覆藏心至明相出時是名一夜覆藏如是中時晡時日沒初夜中夜時亦如是比丘至明相出時犯僧伽婆尸沙知是罪不作覆藏心乃至後夜知是罪作覆藏心至明相出時是名二時一夜覆復有覆名比丘明相出時犯僧伽婆尸沙不知是罪至日出時知是罪不作覆藏心到食時作覆藏心乃至明相出時是名一夜覆中時晡時日沒初夜時亦如是比丘明相出時犯僧伽婆尸沙不知是罪乃至中夜

知是罪不作覆藏心至後夜作覆藏心至明相出時是名三時一夜覆復有覆名比丘明相出時犯僧伽婆尸沙不知是罪乃至食時知是罪不作覆藏心至日中作覆藏心至明相出時是名一夜覆晡時日沒初夜亦如是比丘明相出時犯僧伽婆尸沙不知是罪乃至中夜知是罪不作覆藏心到後夜作覆藏心至明相出時是名四時一夜覆復有覆名比丘明相出時犯僧伽婆尸沙知是罪覆不覆猶豫至日出時作覆藏心乃至明相出時是名一夜覆如是食時中時晡時日沒時初夜中夜乃至後夜作覆藏心至明相出是名二時一夜覆復有覆名比丘明相出時犯僧伽婆尸沙不知是罪至日出時知是罪覆不覆猶豫到食時作覆藏心至明相出時是名一夜覆如是中時晡時日沒初夜亦如是比丘明相出時犯僧伽婆尸沙不知是罪乃至中夜知是罪覆不覆猶豫到後夜作覆藏心至明相出是名三時一夜覆復有覆名比丘明相出時犯僧伽婆尸沙不知是罪乃至食時知是罪覆不覆猶豫到中時作覆藏心至明相出時是名一夜覆如是晡時日沒初夜亦如是比丘明相出時犯僧伽婆尸沙不知是罪乃至中夜知是罪覆不覆猶豫到後夜作覆藏心至明相出時是名四時一夜覆復有覆名比丘明相出時犯僧伽婆尸沙知是罪作覆藏心至日出時得不覆藏心乃至後夜作覆藏心至明相出是名一夜覆復有覆名比丘犯僧伽婆尸沙若隔壁若隔壍若闇中小聲說他名某甲比丘犯僧伽婆尸沙是

不名發露知而妄語得波夜提是名覆復有不覆若隔障若隔塹若闇中小聲自稱說他名犯僧伽婆尸沙得名發露但諂曲作得越毗尼罪復有不覆名比丘犯僧伽婆尸沙不隔壁不隔塹不闇中不小聲不說他自說名字犯是名不覆復有不覆名非罪想罪疑覆不覆疑夜疑若發露是名不覆復有不覆不作覆藏心未得發露若忘若罷道若入定若命終是名不覆

佛告諸比丘持律比丘與他出罪時有罪應知無罪應知覆應知不覆應知發露應知不發露應知或有覆非發露或有發露非覆或有覆亦發露或有非覆非發露云何覆非發露比丘犯僧伽婆尸沙知是罪作覆藏心不向他說是名覆非發露云何是發露非覆比丘犯僧伽婆尸沙知是罪不作覆藏心向他說是名發露非覆云何是覆亦發露比丘犯僧伽婆尸沙知是罪覆藏已後向他說是名覆亦發露云何非覆非發露比丘犯僧伽婆尸沙知是罪不作覆藏心作是念待時待方待人當如法作是名非覆非發露

佛告諸比丘持律比丘與他出罪時有罪應知無罪應知覆應知不覆應知發露應知不發露應知與別住應知不與別住應知云何不應與無罪不應與不覆不應與罪不決定覆不決定夜不決定前人不索不問不應與云何應與有罪應與覆應與罪決定覆決定夜決定前人索問應與如法與不如法與云何不如法與無罪罪不決定覆不決定夜不決定前人不索不問衆不成就白不成就羯

磨不成就是名不如法與云何如法與有罪罪決定覆決定夜決定前人索問衆成就白成就羯磨成就若一一成就是名如法與不如法行波利婆沙如法行波利婆沙云何不如法行僧伽藍無比丘中間罪更舉與比丘同房同障住客比丘來不白時集非時集不白是名不如法行云何如法行僧伽藍有比丘住行波利婆沙中間不犯不舉與比丘別房別障住客比丘來白時集非時集白是名如法行夜斷夜不斷云何夜不斷僧伽藍中有比丘住乃至時集非時集白是名夜不斷云何夜斷僧伽藍中無比丘住乃至時集非時集不白是名夜斷中間有罪中間無罪云何中間有罪發露已僧未與波利婆沙更犯行波利婆沙中間犯是名中間有罪云何中間無罪中間不犯是名無罪

行波利婆沙比丘應隨順行七事何等七比丘事比丘尼事眷屬事入聚落事執衆苦事受拜事王事

云何比丘事不得受比丘禮不得說比丘罪不得與比丘語論不得說沙彌罪不得福罰沙彌不得與沙彌語論不得作比丘使不得在比丘前後行入聚落衆集時不得爲衆作說法人除別處是名比丘事

云何比丘尼事不得受比丘尼禮不得說比丘尼罪不得與比丘尼語論不得說式叉摩尼沙彌尼罪不得福罰式叉摩尼沙彌尼不得與式叉摩尼沙彌尼語論不得遮比丘尼布薩自恣不得遮比丘尼齊門止不得往教誡比丘尼若已受者不得往是名比丘尼事

云何眷屬事不得度人不得與人受具足不得受人依止及畜沙彌不得受比丘供給不得授人經不得從他受經本所誦經當細聲誦若先有依止弟子教令依他當斷眷屬是名眷屬事

云何入聚落事不得太早入聚落太晚出不得作前後行沙門人聚落不得到知識檀越家不得無比丘僧伽藍中住坐時食時在比丘下不得使人迎食不得與人迎食除次到是名入聚落事

云何執衆苦事晨起掃塔院僧院洗僧大小行處如是一切可作事應隨力作不得與欲不得受他欲除次到是名執衆苦事

云何受拜事不得受一切拜白一羯磨白三羯磨盡不得受是名拜事

云何王事不得恃王大臣居士凶人力勢不得嫌佛嫌法嫌僧嫌羯磨人但自責不得嫌他是名王事波利婆沙比丘行此七事是名隨順行不行者是名不隨順行

不應與摩那埵應與摩那埵云何不應與無罪不應與覆藏未與別住不應與半覆半不覆不應與罪不決定覆不決定夜不決定不應與波利婆沙不決定不應與不索不問不應與云何應與有罪覆行波利婆沙竟罪決定覆決定夜決定波利婆沙決定前人索問應與不如法與如法與云何不如法與無罪乃至不索不問衆不成就白不成就羯磨不成就若一一不成就是名不如法與云何如法與有罪乃至索問衆成就白成就羯磨一一成就是名如法與不究竟行摩那埵究竟

行摩那埵云何不究竟行摩那埵衆不滿不名行摩那埵中間犯更舉與比丘一房一障住不白客比丘時集非時集不白不日日白界内僧是名不究竟行云何究竟行衆滿是名究竟中間不犯不舉不共比丘一房一障客比丘來白時集非時集白日日白界内僧是名究竟行夜斷夜不斷云何夜斷中間衆不滿乃至不日日白界内僧是名夜斷云何夜不斷中間衆滿乃至日日白界内僧是名不斷中間有罪中間無罪云何中間有罪未與摩那埵中間犯與摩那埵中間犯究竟中間犯是名中間罪云何中間無罪無上諸事是名中間無罪行摩那埵比丘應隨順行七事如上說是名摩那埵比丘隨順行不行者是名不隨順

應與阿浮呵那不應與不應與者無罪不應與覆未與別住不應與摩那埵不究竟不應與不覆未行摩那埵不應與覆不覆不應與罪不決定覆不決定夜不決定別住不決定摩那埵不決定不索不問是名不應與阿浮呵那應與者有罪應與覆罪應與別住摩那埵究竟應與不覆摩那埵究竟應與罪決定覆決定夜決定別住決定摩那埵決定前人索問是名應與阿浮呵那如法與阿浮呵那不如法與阿浮呵那不如法與者無罪不應與乃至衆不成就白不成就羯磨不成就若一一不成就是名不如法與如法與者有罪應與乃至衆成就白成就羯磨成就若一一成就是名如法與

阿浮呵那共覆者比丘月一日犯僧伽婆尸

沙知是罪不作覆藏心如是二日三日乃至十日一切知是罪作覆藏心至明相出時是十罪一切共一夜覆應作十别住羯磨十摩那埵十阿浮呵那亦得作一别住羯磨一摩那埵一阿浮呵那是名共覆

復有共覆名比丘月一日犯一僧伽婆尸沙知是罪不作覆藏心如是二日犯二三日犯三乃至十日犯十僧伽婆尸沙一切知是罪一切作覆藏心至明相出時是五十五僧伽婆尸沙罪一切共一夜覆應作五十五别住羯磨五十五摩那埵五十五阿浮呵那亦得作一别住羯磨一摩那埵一阿浮呵那是名共覆

復有共覆名比丘月一日犯一僧伽婆尸沙不知是罪如是二日三日乃至十日一切知是罪一切作覆藏心至明相出時是十罪共一夜覆乃至亦得作一别住羯磨一摩那埵一阿浮呵那是名共覆

復有共覆名比丘月一日犯一僧伽婆尸沙不知是罪不作覆藏心乃至十日犯十僧伽婆尸沙一切知是罪作覆藏心至明相出時是五十五罪共一夜覆乃至亦得作一别住羯磨一摩那埵一阿浮呵那是名共覆

參差覆者比丘月一日犯一僧伽婆尸沙知是罪作覆藏心至二日向他説已復犯僧伽婆尸沙乃至十日向他説已復犯知是罪作覆藏心至十一日向他説是十僧伽婆尸沙如是一切各一夜參差覆應作十别住羯磨十摩那埵十阿浮呵那亦得作一别住一摩那埵一阿浮呵那是名參差覆

復有參差覆名比丘月一日犯一僧伽婆尸沙知是罪作覆藏心至二日向人說已復更犯如是乃至十日犯十僧伽婆尸沙知是罪作覆藏心至十一日向人說是五十五僧伽婆尸沙如是一切各一夜參差覆應作五十五別住羯磨五十五摩那埵五十五阿浮呵那亦得作一別住羯磨一摩那埵一阿浮呵那是名參差覆

無量覆者或憶罪不憶夜或憶夜不憶罪或憶罪亦憶夜或不憶罪亦不憶夜憶罪不憶夜者憶知犯罪多少不憶若干夜憶夜不憶罪者憶知爾許夜不憶罪多少亦憶罪亦憶夜者憶知罪多少憶知若干夜不憶罪不憶夜者不憶犯罪多少亦不憶若干夜是中憶罪不憶夜者應當問汝何時犯未有歲時耶若前人默然者應隨年與別住若言不爾更問一歲耶二歲耶五歲耶隨默然處與別住是名憶罪不憶夜憶夜不憶罪者隨夜多少應與作無量罪別住是名憶夜不憶罪憶罪亦憶夜者憶罪多少隨所憶夜與別住是名憶罪亦憶夜不憶罪不憶夜者應當問無歲時犯耶若默然者隨年與作無量罪別住若言不爾更問未有歲耶一歲二三四五歲耶隨默然處與作無量罪別住是名無量覆共覆無量覆是二俱名爲覆

別覆者比丘月一日犯一僧伽婆尸沙知是罪作覆藏心不向他說二日復犯知是罪作覆藏心不向他說乃至十日復犯知是罪作覆藏心不向他說是十罪各別覆最後罪一夜覆如是二夜三夜乃至初罪有十夜覆應

與作十別住羯磨十摩那埵十阿浮呵那亦得作一別住一摩那埵一阿浮呵那

復有別覆名比丘月一日犯一僧伽婆尸沙知是罪作覆藏心不向人說乃至十日犯十僧伽婆尸沙知是罪作覆藏心不向他說是五十五罪各別覆最後罪一夜覆如是二夜三夜乃至初罪有五十五夜覆應與五十五夜別住羯磨五十五摩那埵五十五阿浮呵那亦得作一別住一摩那埵一阿浮呵那是名別覆共覆別覆是二俱名覆

毗舍遮脚者或有罪長非夜長或有夜長非罪長或有罪長夜亦長或有非罪長非夜長罪長非夜長者比丘竟日犯僧伽婆尸沙知是罪向人說是名罪長非夜長有夜長非罪長者比丘犯一僧伽婆尸沙知是罪作覆藏心不向他說是名夜長非罪長有罪長夜亦長者比丘日日犯僧伽婆尸沙知是罪覆半說半是名罪長夜亦長有非罪長亦非夜長者比丘犯僧伽婆尸沙知是罪不作覆藏心向人說更不犯是名非罪長亦非夜長是中罪長夜不長罪亦長夜亦長者行波利婆沙時當少與食多與作務若故不止者當使淨人縛手脚著牀應語言若更犯者僧復重治汝是名毗舍遮脚

或有罪合非夜合或有夜合非罪合或有罪合夜亦合或有非罪合亦非夜合罪合非夜合者比丘犯十僧伽婆尸沙一切十夜覆僧合與百夜別住羯磨比丘言長老我羸病不堪得與我略行波利婆沙不應語言得百夜羯磨合作十夜別住是名罪合非夜合夜合

非罪合者比丘犯十僧伽婆尸沙一切十夜覆僧合與十夜别住比丘言長老我慙愧我欲廣行波利婆沙應語言得是名夜合非罪合罪合夜亦合者比丘犯十僧伽婆尸沙十夜覆藏僧合與作十夜别住是名罪合夜亦合非罪合非夜合者各各别作波利婆沙羯磨是名非罪合非夜合

摩訶僧祇律卷第二十五

音釋

閪（苦本切）門限也　壍（七豔切）坑也

摩訶僧祇律卷第二十六

東晉三藏法師佛陀跋陀羅共沙門法顯譯

雜誦跋渠法第九之四

本罪者比丘覆藏罪乞別住已復語比丘言長老我更有僧伽婆尸沙比丘問是本罪中間罪答言是本罪復問覆不覆答言覆比丘語言長老先別住者已如法行今所說覆者當更乞別住已是兩罪合行波利婆沙共行摩那埵共阿浮呵那是名別乞共行波利婆沙共行摩那埵共阿浮呵那比丘覆藏罪索別住行至半復語比丘言長老我更有僧伽婆尸沙比丘問言是本罪中間罪答言是本罪復問覆不覆答言覆比丘應語汝先別住者已如法行今所覆者應更乞別住已是兩罪合行波利婆沙共行摩那埵共阿浮呵那是名別乞共行波利婆沙共行摩那埵共阿浮呵那比丘覆藏罪乞別住行竟復語比丘言長老我更有僧伽婆尸沙比丘問言本罪中間罪答言本罪復問覆不覆答言覆應語言先別住者已如法行今所覆者應更乞別住行已是二罪合乞摩那埵共阿浮呵那是名別乞別行波利婆沙共行摩那埵共阿浮呵那比丘覆藏罪行波利婆沙竟乞摩那埵已復言長老我更有僧伽婆尸沙應問是本罪中間罪答言是本罪覆不覆答言覆應語先波利婆沙摩那埵已如法行今所覆者應更乞波利婆沙行竟更乞摩那埵是二罪合行已共阿浮呵那是名別乞別行波利婆沙別乞合行摩那埵共阿浮呵那比丘覆藏罪行波利婆沙竟乞摩那埵行至半復語比丘

言長老我更有僧伽婆尸沙乃至應語先摩那埵已如法行令所覆者應更乞波利婆沙行已更乞摩那埵是二罪合行摩那埵共阿浮呵那是名別乞別行波利婆沙別乞共行摩那埵共阿浮呵那比丘覆藏罪行波利婆沙摩那埵竟復語比丘言長老我更有僧伽婆尸沙乃至應語先波利婆沙摩那埵已如法行令所覆者應更乞波利婆沙摩那埵行已是二罪合乞阿浮呵那是名別乞別行波利婆沙摩那埵共阿浮呵那比丘覆藏罪行波利婆沙摩那埵阿浮呵那竟復語比丘言長老我更有僧伽婆尸沙乃至應語言先波利婆沙摩那埵阿浮呵那已如法行令所覆者應更乞波利婆沙摩那埵阿浮呵那是名別乞別行波利婆沙摩那埵阿浮呵那比丘覆藏罪與波利婆沙已語比丘言長老我更有二僧伽婆尸沙應問是本罪中間罪答言是本罪問言覆不覆答言一覆一不覆應語言先波利婆沙已如法行令不覆者停覆者更乞波利婆沙合行已共行摩那埵共阿浮呵那如是別住中別住竟摩那埵初中竟阿浮呵那竟亦如上說比丘覆藏罪與波利婆沙已復語諸比丘言長老我更有三僧伽婆尸沙應問是本罪中間罪答言是本罪復問覆不覆答言一覆一不覆一疑應語言先波利婆沙已如法行令不覆者停疑者當決定覆者當乞波利婆沙共行摩那埵共阿浮呵那如是別住中別住竟摩那埵初中竟阿浮呵那竟亦如上說是名本罪

中間罪者比丘覆藏罪行別住語比丘言長

老我更有僧伽婆尸沙應問是本罪中間罪答言是中間罪問言何時犯答言別住中犯問言覆不覆答言覆應語言長老先別住者已如法行但少一夜今覆者應更乞別住合行共行摩那埵共阿浮呵那是名別乞共行別住共行摩那埵共阿浮呵那比丘覆藏罪行別住已行摩那埵語比丘言長老我更有僧伽婆尸沙應問是本罪中間罪答言中間罪問言何時犯答言摩那埵中問言覆不覆答言覆應語長老先別住摩那埵已如法行但摩那埵中少一夜今覆者應更乞別住行已更乞摩那埵合行共阿浮呵那是名別乞別行別住別乞摩那埵共行摩那埵共阿浮呵那比丘覆藏罪行別住摩那埵阿浮呵那竟復語比丘言長老我更有僧伽婆尸沙應問是本罪中間罪答言中間問言何時犯答言別住中犯問言覆不覆答言覆應語言長老先別住已如法行但少一夜摩那埵阿浮呵那不成就今覆罪應更乞別住合行已更合乞摩那埵共阿浮呵那是名別乞共行別住合乞摩那埵共阿浮呵那比丘覆藏罪行波利婆沙摩那埵阿浮呵那竟復語比丘言長老我更有僧伽婆尸沙應問是本罪中間罪答言中間罪問言何時犯答言摩那埵中問覆不覆答言覆應語言先別住摩那埵者已如法行但摩那埵中少一夜阿浮呵那不成就今所覆者應更乞別住行已更乞摩那埵合行共阿浮呵那是名別乞別行別住別乞合行摩那埵共阿浮呵那比丘覆藏罪行別住中語比丘言長老我更有二僧伽婆尸沙

問言是本罪中間罪答言中間罪問何時犯答言別住中問覆不覆答言一覆一不覆應語先別住者已如法行但少一夜不覆者停覆者更乞別住合行共行摩那埵共阿浮呵那是名別乞合行別住共行摩那埵共阿浮呵那比丘覆藏罪行別住已行摩那埵中語比丘言長老我更有二僧伽婆尸沙應問是本罪中間罪答言中間問何時犯答言摩那埵中問覆不覆答言一覆一不覆應語先別住摩那埵已如法行但摩那埵中少一夜今不覆者停覆者應更乞別住行已更合乞摩那埵共阿浮呵那是名別乞別行別住合乞共行摩那埵共阿浮呵那比丘覆藏罪行別住摩那埵阿浮呵那竟語比丘言長老我更有二僧伽婆尸沙應問是本罪中間罪答言中間問何時犯答言別住中問言覆不覆答言一覆一不覆應語先別住已如法行但少一夜摩那埵阿浮呵那不成就今不覆者停覆者應更乞別住合行行已合乞摩那埵共阿浮呵那比丘覆藏罪行別住摩那埵阿浮呵那竟語比丘言長老我更有二僧伽婆尸沙應問是本罪中間罪答言中間問何時犯答言摩那埵中問覆不覆答言一覆一不覆應語先別住摩那埵已如法行但摩那埵中少一夜阿浮呵那不成就今不覆者停覆者應更乞別住行已合乞摩那埵共阿浮呵那復有比丘覆藏罪行別住中語比丘言長老我更有三僧伽婆尸沙應問是本罪中間罪答言中間問言何時犯答別住中問言覆不覆答言一覆一不覆一疑應語先別住者以

如法行但少一夜今不覆者停疑者當決定覆者應更乞別住合行共行摩那埵共阿浮呵那至摩那埵中更說亦如是比丘覆藏罪行別住摩那埵阿浮呵那竟語比丘言長老我更有三僧伽婆尸沙應問是本罪中間罪答言中間問何時犯答言別住中間覆不覆答言一覆一不覆一疑應語先別住已如法行但少一夜摩那埵阿浮呵那不成就不覆者停疑者當決定覆者應更乞別住合行共行摩那埵共阿浮呵那摩那埵中更犯三罪亦如上說是名別乞別行別住別行摩那埵共阿浮呵那是名中間罪

比丘故出精犯僧伽婆尸沙覆藏罪欲行別住應請善知羯磨比丘作是言長老與我作波利婆沙羯磨將得意比丘至戒場上作求聽羯磨羯磨人應作是說大德僧聽某甲比丘故出精犯一僧伽婆尸沙罪十夜覆藏若僧時到僧某甲比丘故出精犯一僧伽婆尸沙罪十夜覆藏欲從僧乞十夜別住法者諸大德聽某甲比丘故出精犯一僧伽婆尸沙罪十夜覆藏欲從僧乞十夜別住僧忍默然故是事如是持此人應偏袒右肩胡跪合掌作是言大德僧聽我某甲比丘故出精犯一僧伽婆尸沙罪十夜覆藏今從僧乞十夜別住哀愍故唯願僧與我十夜別住法如是三乞羯磨人應作是說大德僧聽某甲比丘故出精犯一僧伽婆尸沙罪十夜覆藏已從僧乞十夜別住若僧時到僧某甲比丘故出精犯一僧伽婆尸沙罪十夜覆藏與十夜別住白如是大德僧聽某甲比丘故出精犯一僧

伽婆尸沙罪十夜覆藏已從僧乞十夜別住法僧今與某甲比丘故出精犯一僧伽婆尸沙十夜覆藏與十夜別住諸大德忍某甲比丘故出精犯一僧伽婆尸沙十夜覆藏與十夜別住忍者僧黙然若不忍者便說是第一羯磨第二第三亦如是說僧已與某甲比丘故出精犯一僧伽婆尸沙罪十夜覆藏與十夜別住竟僧忍黙然故是事如是持羯磨已此人即入界內應白僧偏袒右肩胡跪合掌作是言大德僧我某甲比丘故出精犯一僧伽婆尸沙罪十夜覆藏我已從僧乞十夜別住僧已哀愍故與我十夜別住法大德僧我某甲比丘故出精犯一僧伽婆尸沙罪十夜覆藏我今行別住法僧憶念持如是三說白言我隨順行七事如是若二若三乃至犯十罪者應合乞別住羯磨羯磨人應作是說大德僧聽某甲比丘犯十僧伽婆尸沙罪故出精乃至十罪一切十夜覆藏若僧時到僧某甲比丘犯十僧伽婆尸沙罪故出精乃至十罪一切十夜覆藏欲從僧乞一切通合十夜別住諸大德聽某甲比丘犯十僧伽婆尸沙罪十夜覆藏欲從僧乞一切通合十夜別住僧忍黙然故是事如是持此人應從僧乞偏袒右肩胡跪合掌作是言大德僧憶念我某甲比丘犯十僧伽婆尸沙罪故出精乃至十一切十夜覆藏今從僧乞一切通合十夜別住哀愍故唯願僧與我一切通合十夜別住法如是三乞羯磨人應作是說大德僧聽某甲比丘犯十僧伽婆尸沙罪故出精乃至十一切十夜覆藏已從僧乞一切通合十夜別

住法若僧時到僧某甲比丘犯十僧伽婆尸沙罪十夜覆藏一切通合與十夜別住法白如是大德僧聽某甲比丘犯十僧伽婆尸沙罪故出精乃至十一切十夜覆藏已從僧乞一切通合十夜別住法僧今與某甲比丘犯十僧伽婆尸沙罪一切通合十夜別住諸大德忍某甲比丘犯十僧伽婆尸沙罪十夜覆藏一切通合與十夜別住忍者僧黙然若不忍者便說是第一羯磨第二第三亦如是說僧已與某甲比丘犯十僧伽婆尸沙罪十夜覆藏一切通合與十夜別住竟僧忍黙然故是事如是持若欲此中行者即日應白僧偏袒右肩胡跪合掌作是言大德僧我某甲比丘犯十僧伽婆尸沙罪故出精乃至十一切十夜覆藏已從僧乞一切通合乞十夜別住法僧已哀愍故與我一切通合十夜別住法大德僧聽我某甲比丘犯十僧伽婆尸沙罪故出精乃至十一切十夜覆藏我今合行別住法僧憶念持如是三說白言我隨順行七事此人當日日憶數滿應如是白大德僧我某甲比丘犯十僧伽婆尸沙罪故出精乃至十一切十夜覆藏我已從僧乞一切通合十夜別住法僧已與我十夜別住法我已行十夜別住法竟僧憶念持如是三說若此間衆滿者應行摩那埵若不滿者應求衆滿處應請善知羯磨比丘得意人將至戒場上若無戒場者不羯磨地不得作僧事羯磨地如上說羯磨人應問行別住滿不不空僧伽藍行別住不無本罪中間罪不不共比丘同一房一障住不客比丘來白不時集非時集白不

如是檢校如法已若犯一若二若三乃至十罪應合乞摩那埵羯磨人應作是說大德僧聽某甲比丘犯十僧伽婆尸沙罪故出精乃至十一切十夜覆藏已從僧乞十夜別住某甲比丘行十夜別住竟若僧時到僧某甲比丘犯十僧伽婆尸沙罪十夜覆藏行別住竟欲從僧乞通合六夜摩那埵諸大德聽某甲比丘犯十僧伽婆尸沙罪十夜覆藏行別住竟欲從僧乞通合六夜摩那埵僧忍黙然故是事如是持此人應從僧中乞偏袒右肩胡跪合掌作是言大德僧聽我某甲比丘犯十僧伽婆尸沙罪故出精乃至十一切十夜覆藏我已從僧乞十夜別住我已行十夜別住竟今從僧乞通合六夜摩那埵哀愍故唯願僧與我通合六夜摩那埵如是三乞羯磨人應作是說大德僧聽某甲比丘犯十僧伽婆尸沙罪故出精乃至十一切十夜覆藏已從僧乞十夜別住某甲比丘行十夜別住竟已從僧乞通合六夜摩那埵若僧時到僧某中比丘犯十僧伽婆尸沙罪故出精乃至十一切十夜覆藏行別住竟一切通合與六夜摩那埵白如是大德僧聽某甲比丘犯十僧伽婆尸沙罪故出精乃至十一切十夜覆藏已從僧乞一切通合十夜別住某甲比丘已行十夜別住竟已從僧乞一切通合六夜摩那埵僧今與某甲比丘犯十僧伽婆尸沙罪十夜覆藏行別住竟通合與六夜摩那埵諸大德忍某甲比丘犯十僧伽婆尸沙罪十夜覆藏行別住竟通合與六夜摩那埵忍者僧黙然若不忍者便說是第一羯磨第二第三亦

如是說僧與某甲比丘犯十僧伽婆尸沙罪十夜覆藏行別住竟通合與六夜摩那埵竟僧忍默然故是事如是持羯磨已應即日入僧中白作如是說大德僧我某甲比丘犯十僧伽婆尸沙罪故出精乃至十一切十夜覆藏已從僧乞十夜別住法我已行十夜別住竟已從僧乞通合六夜摩那埵僧已與我六夜摩那埵大德僧我某甲比丘犯十僧伽婆尸沙罪十夜覆藏行別住竟一切通合行六夜摩那埵僧憶念持如是三說白言我隨順行七事如是三說第二日應白作是說大德僧我某甲比丘犯十僧伽婆尸沙罪故出精乃至十一切十夜覆藏我已從僧乞十夜別住僧已與我十夜別住我已行十夜別住竟已從僧乞通合六夜摩那埵僧已與我六夜摩那埵我行摩那埵一夜已過五夜在僧憶念持如是三說如是日日應白乃至六夜應白作是說大德僧我某甲比丘犯十僧伽婆尸沙罪故出精乃至十一切十夜覆藏我已從僧乞十夜別住已僧與我十夜別住我已行十夜別住竟已通合乞六夜摩那埵僧已與我六夜摩那埵我已行六夜摩那埵竟至阿浮呵那僧憶念持若此間衆滿者應請善知羯磨人作是言長老與我作羯磨羯磨人應問不滅衆行摩那埵不究竟摩那埵不無本罪中間罪不不共比丘一房一障住不客比丘來時集非時集白不日日白界内僧不若一一如法者羯磨人應作是說大德僧聽其甲比丘犯十僧伽婆尸沙罪故出精乃至十夜覆藏已從僧乞十夜別住僧已與十夜

別住某甲已行十夜別住竟已從僧乞通合六夜摩那埵僧已與六夜摩那埵某甲比丘已六夜行摩那埵竟若僧時到僧某甲比丘犯十僧伽婆尸沙罪十夜覆藏行十夜別住摩那埵竟欲從僧乞通合阿浮呵那諸大德聽某甲比丘犯十僧伽婆尸沙罪十夜覆藏通合行別住摩那埵竟欲從僧乞通合阿浮呵那僧忍默然故是事如是持此人應從僧中乞偏袒右肩胡跪合掌作是言大德僧聽我某甲比丘犯十僧伽婆尸沙罪故出精乃至十一切十夜覆藏已從僧乞通合十夜別住僧已與我十夜別住我已行十夜別住竟已從僧中乞通合六夜摩那埵僧已與我六夜摩那埵我已行六夜摩那埵竟今從僧乞十夜覆藏罪通合阿浮呵那哀愍故唯願僧與我十夜覆藏罪通合阿浮呵那如是三乞羯磨人應作是說大德僧聽某甲比丘犯十僧伽婆尸沙罪故出精乃至十一切十夜覆藏已從僧乞通合十夜別住僧已與十夜別住法某甲比丘已行十夜別住法竟已從僧乞通合六夜摩那埵僧已與六夜摩那埵某甲比丘已行六夜摩那埵竟已從僧乞十夜覆藏罪通合阿浮呵那若僧時到僧某甲比丘犯十僧伽婆尸沙罪故出精乃至十一切十夜覆藏通合行別住摩那埵竟通合與阿浮呵那白如是大德僧聽某甲比丘犯十僧伽婆尸沙罪故出精乃至十一切十夜覆藏已從僧乞通合十夜別住僧已與十夜別住某甲比丘已行十夜別住竟已從僧乞通合六夜摩那埵僧已與六夜摩那埵某甲比丘

已行六夜摩那埵竟已從僧乞十夜覆藏罪通合阿浮呵那僧今與其甲比丘犯十僧伽婆尸沙罪故出精乃至十一切十夜覆藏通合行十夜别住六夜摩那埵竟通合與阿浮呵那諸大德忍某甲比丘犯十僧伽婆尸沙罪十夜覆藏通合行十夜别住摩那埵竟通合與阿浮呵那忍者僧默然若不忍者便説是第一羯磨第二第三亦如是説僧已與某甲比丘十夜覆藏一切通合十夜别住摩那埵阿浮呵那竟僧忍默然故是事如是持善男子聽汝已如法出罪一白三羯磨衆僧和合滿二十衆集僧作羯磨事難汝當謹慎莫復更犯是名别住摩那埵阿浮呵那毗尼攝竟

應羯磨不應羯磨者佛住舍衛城廣説如上

瞻波比丘相言諍訟不和合住一人舉一人二人舉二人衆多人舉衆多人諸比丘以是因緣往白世尊瞻波比丘非法生一比丘舉一比丘二比丘舉二比丘衆多比丘舉衆多比丘佛告諸比丘有四羯磨何等四有非法不和合羯磨有非法和合羯磨有如法不和合羯磨有如法和合羯磨非法不和合羯磨者比丘無事僧與作折伏羯磨諸比丘知非法故遮不來比丘不與欲持欲來不説比丘無事僧與作折伏羯磨不行隨順與捨諸比丘知非法故遮不來比丘不與欲持欲來者不説是二俱名非法不和合羯磨非法和合羯磨者比丘無事僧與作折伏羯磨諸比丘不知非法故不遮不來諸比丘與欲持欲來者説比丘無事僧與作折伏羯磨不行隨順

與捨諸比丘不知非法故不遮不來諸比丘與欲持欲來者說是名非法和合羯磨如法不和合羯磨者比丘有事僧與作折伏羯磨諸比丘不知如法故遮不來諸比丘不與欲持欲來者不說比丘有事僧與作折伏羯磨行隨順與捨諸比丘不知如法故遮不來諸比丘不與欲持欲來者不說是二俱名如法不和合羯磨如法和合羯磨者比丘有事僧與作折伏羯磨諸比丘知如法故不遮不來諸比丘與欲持欲來者說比丘有事僧與作折伏羯磨行隨順法與捨諸比丘知如法故不遮不來諸比丘與欲持欲來者說是二俱名如法和合羯磨是中如法和合羯磨是名應羯磨餘者不應

復有不應羯磨比丘非折伏事作折伏羯磨諸比丘知非法故遮人不現前不問不引過非法不和合衆不成就白不成就羯磨不成就若一一不成就是名不應羯磨行隨順已應捨捨者有六作折伏羯磨作不語羯磨作擯出羯磨作發喜羯磨作舉羯磨作別住摩那埵羯磨作折伏羯磨者應隨順行五事比丘事比丘尼事眷屬事羯磨事王事作折伏羯磨已應語言長老汝莫復更犯犯者僧更重治汝是五事應一一隨順行行已折伏下意僧應與作捨羯磨是名捨作不語羯磨者應隨順行五事比丘事比丘尼事眷屬事羯磨事王事作羯磨已應隨順行五事雖復百歲應驅依止持戒下至知二部律十歲比丘晨起應問訊與出大小行器唾壺舉置常處與齒木與掃地迎食浣衣熏鉢一切盡供給

唯除禮拜按摩若病時得令按摩應教二部律若不能者教一部律若復不能者應廣教五衆戒應教善知陰界入十二因緣應教善知罪相非罪相威儀應教非威儀應遮若學已即名爲捨作擯出羯磨者應隨順行五事比丘事乃至王事羯磨已應安著僧伽藍邊住隨順行五事一一如法已應與捨是名捨擯作發喜羯磨者應隨順行五事比丘事乃至王事羯磨已應遣到所犯俗人家悔過若俗人言尊者故在精舍中住耶若故在彼住者我當斷彼食及衣鉢物僧應語言此非僧過汝應更往向彼下意令其歡喜若彼喜者即名爲捨作舉羯磨者應隨順行五事比丘事乃至王事羯磨已應安著僧伽藍外邊門向阿練若處若來入塔院僧院中掃地者比丘應逆掃其跡若來盎洗脚處水大小行處水者應還瀉棄若共行弟子依止弟子者不得喚作和尚阿闍梨弟子不應語言被舉餘人應語隨順行應捨惡邪惡邪比丘不應共語不應共住不應共法食不共佛不共法不共僧不共布薩不共自恣不共羯磨得語外道欲坐便坐不得語被舉令坐若病者不應看病得語彼檀越若親里言被舉人病汝往看若無常者不應與華香供養屍不應爲作飲食非時漿供養僧不應分衣鉢不應與燒身取其所眠牀以屍著上衣鉢繫咽曳牀而出作是言衆僧事淨衆僧事淨於惡邪比丘不應起惡心何以故乃至燋炷不應起惡應作是念莫令後人習此邪見若放牧人取薪草人持衣鉢來施者得取即彼爲施主若被

舉人隨順行五事得正見心意調輭者得與捨行波利婆沙摩那埵比丘應隨順行七事比丘事乃至王事廣解如上說是名捨作他邏吡者佛住舍衛城廣說如上爾時須達居士語姊言姊住是聚落中爲我料理客僧時瞻波比丘衆來見已歡喜共相問訊善來大德與敷置牀褥請令就坐坐已與洗脚水塗足油非時漿夜與燈火已頭面禮足胡跪合掌作是言大德僧爲我故明日受我食即受請已須臾第二衆來復爲敷牀褥請令就坐與洗脚水塗足油非時漿已頭面禮足胡跪合掌作是言大德明日僧爲我故受我食此衆言我不共彼食問言何故答言是被舉人彼言我非被舉復言汝是被舉人何故言非如是被舉不舉竟夜共諍隣比俗人發不喜心居士姊聞已嫌言云何沙門竟夜共諍被舉不舉生不喜心晨起竟不與前食後食駕草馬車還舍衛城詣須達居士所具說上事乃至竟不料理居士聞已心懷不樂語姊言此是惡事應與何故不與是法非法事在沙門爾時須達往詣世尊所頭面禮足却坐一面具以上事乃至被舉不被舉具白世尊被舉人我等當云何恭敬供養唯願世尊具分別說佛告居士有義應知無義亦應知是法非法是律非律皆悉應知是中有義如法如律行者應供給無有方便被舉比丘得共從事佛告居士但當行施作諸功德是法非法沙門自知時大愛道比丘尼往世尊所頭面禮足却住一面白佛言世尊我等當云何乃至無有方便被舉比丘得共從事爾時

尊者阿難優波離往世尊所亦復如是爾時尊者舍利弗白佛言世尊被舉比丘我等云何得知乃至無有方便被舉比丘得共從事爾時舍利弗白佛言世尊云何名他邏吔佛語舍利弗有七事非他邏吔似他邏吔二他邏吔何等七或有狂故不著此衆不著彼衆謂是他邏吔是最初非他邏吔似他邏吔如是心亂鈍癡病病故不著此衆不著彼衆復次舍利弗或有人爲利故作是念若我著此衆失彼利若著彼衆失此利是二俱不著復次或有人得二衆利故作是念我爲得二邊利故不著此衆不著彼衆舍利弗是名七事非他邏吔似他邏吔二他邏吔者自護心待時自護心者見他是非作是念業行作者自知譬如失火但自救身焉知他事是名自護心待時者或有人見他諍訟相言作是念此諍訟相言時到自當判斷是名二他邏吔爾時舍利弗白佛言世尊云何名中他邏吔佛告舍利弗有一人共此衆法食味食亦共彼衆法食味食請斷當事復次舍利弗中他邏吔亦共此衆法食味食亦共彼衆法食味食人不請而斷當事時舍利弗白佛言世尊他邏吔比丘欲料理被舉比丘當云何佛告舍利弗被舉人行隨順法心柔輭欲料理者不得時集非時集爲料理當先於房若温室若講堂上若衆多集處應往誘問年少比丘長老頗聞汝和尚阿闍梨語若中間有人料理被舉人當聽不若言我聞和尚阿闍梨説若被舉人行隨順法心柔輭設有人爲語者令此人洽若聞是語默然而止若言我聞和尚

阿闍梨語被舉人行隨順法心柔輭可憐無人爲其料理聞是語者不得故集衆當因時集非時集如是舍利弗被舉人到布薩自恣日應至僧中作是言我被舉比丘行隨順法心柔輭與我捨如是三說已應還出出時不得默然而去應偏袒右肩合掌却行若衆中有人語者他邏哋比丘應問長老此人本何事故舉復有人嫌言此人被舉何故不知應被舉行隨順法心柔輭無人料理可與捨他當合治若聞是語應黙然止若言長老此人邏哋比丘應語言長老世尊說有二人剛强未治者應治已治柔輭者應捨若如是得衆人意者應作求聽羯磨已聽乞羯磨人應作是說大德僧聽某甲比丘有是事僧欲饒益故作舉羯磨行隨順法心柔輭若僧時到僧某甲比丘欲從僧乞捨舉羯磨僧忍黙然故是甲比丘欲從僧乞捨舉羯磨僧忍黙然故是事如是持此人應乞偏袒右肩胡跪合掌作是言大德僧我某甲比丘有是事僧欲饒益故作舉羯磨我已行隨順法心柔輭捨本惡見今從僧乞捨舉羯磨哀愍故唯願僧與我捨舉羯磨如是三說羯磨人應作是說大德僧聽某甲比丘有是事僧欲饒益故作舉羯磨彼行隨順法心柔輭捨本見已從僧中乞捨舉羯磨若僧時到僧與某甲比丘捨舉羯磨白如是大德僧聽某甲比丘有是事僧欲饒益故作舉羯磨彼行隨順法心柔輭捨本惡見已從僧中乞捨舉羯磨僧今與某甲比丘捨舉羯磨諸大德忍僧與某甲比丘捨舉羯磨者僧黙然若不忍者便說是第一羯磨

第二第三亦如是說僧已與其甲比丘捨舉羯磨竟僧忍默然故是事如是持是名他邏吔

異住者佛住舍衛城廣說如上爾時須達居士語姊言住是聚落中有客僧來爲我供給時瞻波比丘衆來見已歡喜請令就坐隨宜供給已胡跪合掌作是言唯願大德明日受我施食須臾第二衆來即請就坐種種供給已請明日食此衆言我不共彼衆食問言何故答言彼衆破僧彼言我不破僧復言汝實破僧何故言不如是竟夜共諍隣比俗人聞已發不喜心居士姊不悅遂不供給早起駕草馬車還舍衛城向須達具說上事居士聞已往世尊所頭面禮足却住一面即以上事具白世尊世尊此破僧人我等得恭敬供養不唯願世尊具分別說佛告居士有義應知無義應知是法非法是律非律皆悉應知此中有義如法如律應供給無有方便破僧人應與共住佛語居士但當行施作諸功德是法非法事在沙門爾時大愛道比丘尼白佛言世尊此破僧人我等云何得知如上廣說爾時尊者阿難舍利弗優波離往至世尊所頭面禮足却住一面白佛言世尊破僧人我等云何得知佛語優波離有義應知無義亦應知是法非法是律非律此中有義如法如律當行無有方便破僧人應共住爾時尊者優波離白佛言世尊云何名破僧佛告優波離有二事名破僧何等二一者憎惡法二者憎惡人復問非法衆滿如法衆減名破僧不不也復問非法衆減如法衆滿名破僧不不

也復問非法衆滿如法衆若減十若十五名破僧不不也復問非法衆滿如法衆滿若減十若十五是中若一一法語人坐名破僧不不也復問若非法衆滿如法衆滿若減十若十五是中若一一法語人不坐不與欲不與見不欲名破僧不不也復問若非法衆滿如法衆滿若減十若十五若一一法語人不坐不與欲不與見不欲強牽未受具足人足數名破僧不不也復問若非法衆滿如法衆滿若減十若十五若一一法語人不坐不與欲不與見不欲不強牽未受具足人足數一切盡欲破僧名破僧不不也佛告優波離非法衆滿如法衆滿若減十若十五若一一法語人不坐不與欲不與見不欲不強牽未受具足人足數復不一切欲破僧但一住處共一界別衆布薩別自恣別作僧事是名破僧若知是欲破僧人者諸比丘應語長老莫破僧破僧罪重墮惡道入泥犁我當與汝衣鉢授經讀經問事教誡若故不止者應語有力勢優婆塞言長壽此人欲破僧當往諫曉語令止優婆塞應語尊者莫破僧破僧罪重墮惡道入泥犁我當與尊者衣鉢病瘦湯藥若不樂修梵行者可還俗我當與汝婦供給所須若故不止者應拔舍羅籌驅出出已應當唱令作是言諸大德有破僧人來宜當自知若如是備猶故破僧者是名破僧若於中布施故名良福田於中受具足故名善受具足若覺已應去若不去者是名破僧伴是破僧伴盡壽不應共語共住共食不共佛法僧不共布薩安居自恣不共羯磨得語餘外道出

家人有牀坐欲坐便坐不得語彼坐是名異住

與波羅夷學者佛住舍衛城廣說如上爾時舍衛城中有難提不樂在家捨家出家行亦禪住亦禪坐亦禪卧亦禪時亦有衆多難提即名此禪難提如波羅夷中廣說比丘即驅出出已在祇洹門間立啼作是言長老我犯波羅夷無一念覆藏心我樂袈裟不欲捨離佛法時難提毋來復啼作是言我兒樂出家而世尊驅出難提姊復來亦啼作是言我弟樂作沙門而世尊驅出諸比丘以是因緣往白世尊佛言諸比丘是難提犯波羅夷無一念覆藏心僧應與波羅夷學悔羯磨此人應從僧乞偏袒右肩胡跪合掌作是言大德僧我難提犯波羅夷無一念覆藏心今從僧乞波羅夷學悔哀愍故唯願僧與我波羅夷學悔羯磨如是三乞羯磨人應作是說大德僧聽難提比丘犯波羅夷無一念覆藏心已從僧乞波羅夷學悔羯磨若僧時到僧與難提波羅夷學悔羯磨白如是大德僧聽難提比丘犯波羅夷無一念覆藏心已從僧乞波羅夷學悔羯磨僧今與難提比丘波羅夷學悔羯磨諸大德忍僧與難提比丘波羅夷學悔羯磨忍者僧默然若不忍者便說是第一羯磨第二第三亦如是說僧已與難提比丘波羅夷學悔羯磨竟僧忍默然故是事如是持此人應在一切比丘下坐一切沙彌上不得與比丘同屋過三宿復不得與沙彌過三宿比丘不淨食彼亦不淨彼不淨食比丘亦不淨得與比丘授食除火淨五生種及金銀彼

應從沙彌受食比丘不得向說波羅提木叉波羅夷罪僧伽婆尸沙乃至越毗尼罪得語言不得作非梵行不得盜不得殺不得妄語不得飲酒如是一一得教授若本誦波羅提木叉者不得高聲誦若敬法者得心誦不得聽布薩受自恣布薩受自恣自到僧中作如是言如我清淨僧憶持如是三說已還應四波羅夷中若有犯者應驅出十三僧伽婆尸沙已下一切作突吉羅悔是名與波羅夷學悔羯磨隨順行

覓罪相者佛住舍衛城廣說如上爾時尸利耶婆比丘數數犯僧伽婆尸沙罪僧集欲作羯磨尸利耶婆不來即遣使往喚作是言長老衆僧集欲作羯磨何故不來尸利耶婆言僧必為我故作羯磨耳即心生恐怖而來諸比丘問長老犯僧伽婆尸沙罪耶答言犯彼心生歡喜作是念諸梵行人於我起慈心舉可悔過罪非不可悔即白聽我小出出已諸比丘於後作是言此比丘輕躁不定出去須臾當作妄語應當三過定實然後作羯磨是尸利耶婆出外作念我何故而受是罪諸比丘數數治我罪我不應受諸比丘喚尸利耶婆入入已問言汝實犯僧伽婆尸沙罪不答言不犯復問汝何故僧中說有是罪而言不犯答言我不憶是事諸比丘以是因緣往白世尊佛言呼尸利耶婆來來已佛廣問上事汝實爾不答言實爾佛告諸比丘是尸利耶婆於衆僧中言見罪復言不見不見復言見作是語言不憶僧應與作覓罪相羯磨羯磨人應作是說大德僧聽尸利耶婆比丘僧中

見罪言不見不見復言見自言不憶若僧時到僧與尸利耶娑覓罪相羯磨白如是大德僧聽尸利耶娑比丘僧中見罪言不見不見言見自言不憶僧今與作覓罪相羯磨諸大德忍僧與尸利耶娑覓罪相羯磨忍者僧默然若不忍者便說是第一羯磨第二第三亦如是說僧已與尸利耶娑覓罪相羯磨竟僧忍默然故是事如是持此人盡壽應行八事何等八不得度人不得與人受具足不得與人依止不得受比丘按摩供給不得作比丘使不得受次第差會不得爲僧作說法人盡壽不與捨僧和合作覓罪相羯磨已行此八事盡壽不應與捨是名覓罪相隨順行

舉羯磨別住　摩那埵出罪　應不應隨順

他邏吔別住　學悔覓罪相　第二跋渠竟

舉事者佛住舍衛城廣說如上爾時瞻波比丘鬪諍相言不和合住一比丘舉一比丘二比丘舉二比丘衆多比丘舉衆多比丘作是言我舉長老我舉長老爾時尊者優波離以是因緣具白世尊瞻波比丘非法生一比丘舉一比丘乃至衆多比丘舉衆多比丘世尊有幾事比丘得舉他人佛告優波離有三事三因緣比丘得舉他人何等三事戒不淨見不淨命不淨何等三因緣見聞疑是名三復次比丘自身成就五法得舉他人何等五是實非虛是時非非時是饒益非不饒益是輭語非麤獷是慈心非瞋恚是名五法得舉他人又復成就五法得舉他人何等五淨身業淨口業正命多聞阿毗曇多聞毗尼優波離若身業不淨舉他者前人應語長老自身業

不淨何故舉他應先自淨身業然後舉他是故優波離欲舉他者先當淨身業淨口業正命亦如是若少聞阿毗曇舉他者前人應語長老何故少聞阿毗曇而舉他罪善哉長老先多聞阿毗曇然後舉他是故優波離欲舉他者先當多聞阿毗曇若少聞毗尼欲舉他者前人應語長老何故少聞毗尼而舉他罪長老亦不知因何事制此戒在何國聚落城邑制此戒善哉長老欲舉他者先當多聞毗尼然後舉他是故優波離欲舉他者應先多聞毗尼是名自身成就五法得舉他人復次優波離有五非法舉他何等五有罵而後舉有舉而後罵有即舉而罵有罵而不舉有舉而不罵罵而後舉者先惡罵已後五衆罪中若舉一一罪是名罵而後舉舉而後罵者先五衆罪中若舉一一罪已後惡罵是名舉而後罵即舉而罵者惡罵已汝犯波羅夷惡罵已汝犯僧伽婆尸沙罪乃至越毗尼罪是名即舉而罵舉而不罵者五衆罪中若一一罪舉而不惡罵是名舉而不罵罵而不舉者作種種惡罵而不舉罪是名罵而不舉是中先罵後舉舉已後罵即舉而罵者僧不應問不應受是中舉而不罵者應檢校若欲舉他時應先語長老我欲舉事聽舉不前人言欲舉者可爾若不問聽而舉者越毗尼罪優波離他戒不淨不見不實非時非饒益麤獷非輭語瞋恚非慈心舉人者越毗尼罪聞疑亦如是他見不淨不見非實非時非饒益麤獷非輭語瞋恚非慈心舉他者越毗尼罪聞疑亦如是他命不淨不見不實非時非饒益麤獷

非輭語瞋恚非慈心舉他者越毗尼罪聞疑亦如是優波離他戒不淨見實時是饒益是輭語非麤獷是慈心非瞋恚不語前人前人不印可舉者越毗尼罪聞疑亦如是他見不淨見實時是饒益是輭語非麤獷是慈心非瞋恚不語前人前人不印可舉者越毗尼罪聞疑亦如是他命不淨見實時是饒益是輭語非麤獷是慈心非瞋恚不語前人前人不印可舉者越毗尼罪聞疑亦如是復有五法成就衆僧中不應舉他何等五隨愛隨恚隨癡隨怖爲利故若成就此五事舉他者身壞命終墮惡道入泥犂復有五法成就得舉他何等五不隨愛不隨恚不隨癡不隨怖不爲利故若成就此五法得舉他身壞命終得生善道梵行人所讃歎是名舉

治事者云何治犯波羅夷罪應還俗人作沙彌僧應驅出犯僧伽婆尸沙罪若覆者與波利婆沙摩那埵阿浮呵那不覆者行摩那埵阿浮呵那犯尼薩耆波夜提罪者此長物應僧中捨已在長老比丘前偏袒右肩胡跪合掌作是言長衣過十日已衆僧中捨犯波夜提罪悔過前人問言汝見此罪不答言見語言莫更作答言我頂戴持乃至羯磨衣與一人後應還犯波夜提乃至越毗尼罪亦如是悔驅出者有七事壞尼淨行盜住越濟五逆不能男犯四波羅夷沙彌惡見是名七事應驅出

異住者佛住王舍城如提婆達多因緣中廣說乃至提婆達多向伽耶城佛於後向伽耶城其日應布薩佛告阿難汝去語提婆達多

來今日僧作布薩羯磨事阿難即往作是言長老今日僧作布薩羯磨世尊喚提婆達多答言我不去從今日後不共佛法僧不共布薩自恣羯磨從今日後波羅提木叉欲學不學從我意阿難聞是語已作是念此是奇事出是惡聲將無壞僧耶阿難還以上事具白世尊佛告阿難汝更往提婆達多所乃至阿難作是念奇事出是惡聲將無壞僧阿難還後六群比丘自相謂言沙門瞿曇必當三遣使來我等各各正意先作布薩事我等作後世名譽佛在世時提婆達多六群比丘共破僧即布薩竟阿難以是因緣具白世尊佛言汝更第三往語提婆達多來今日僧作布薩羯磨阿難即往作是言世尊喚今日僧作布薩羯磨答言我不去自今日後不共佛法僧不共布薩自恣羯磨從今日後波羅提木叉毗尼欲學不學從我意但我等已作布薩竟阿難聞已作是念奇哉已壞僧竟即以上因緣具白世尊世尊聞已即說此偈

清淨如月滿　清淨得布薩　身口業清淨
是乃應布薩

佛告阿難非法人已作布薩竟如法人應作布薩爾時提婆達多破僧六群比丘破僧伴黨是名異住

摩訶僧祇律卷第二十六

音釋

擯（必刃切斥也）輭（乳兗切柔也）褥（儒欲切裀褥也）籌（除留切削竹如箸曰籌）驅（虧于切逐也）躁（則到切不安靜也）獷（古猛切麤惡也）

摩訶僧祇律卷第二十七

東晉三藏法師佛陀跋陀羅共沙門法顯譯

雜誦跋渠法第九之五

羯磨法者佛住舍衛城廣說如上爾時瞻波比丘諍訟相言不和合住諸比丘以是因緣往白世尊佛語諸比丘從今日僧應羯磨優波離爲瞻波比丘斷當事羯磨人應作是說大德僧聽長老優波離五法成就若僧時到僧拜長老優波離爲瞻波比丘斷當事白如是大德僧聽長老優波離五法成就僧今拜優波離爲瞻波比丘斷當事諸大德忍僧拜優波離爲瞻波比丘斷當事忍者僧默然若不忍者便說是第一羯磨第二第三亦如是僧已拜優波離爲瞻波比丘斷當事竟僧忍默然故是事如是持羯磨法者有二十八白一羯磨如前說八白三羯磨拜斷事人拜教誡比丘尼拜一月羯磨栴羯磨癡羯磨發露羯磨覆鉢羯磨拜學家羯磨是八白三羯磨是中拜斷事人拜教誡比丘尼人衆僧應求不離衣宿羯磨一月栴羯磨前人應從僧乞癡羯磨說他罪羯磨是羯磨應內界僧現前作羯磨非外界學家羯磨覆鉢羯磨應界內僧現前作羯磨非外界斷事人受拜已不得停住若晨起受拜晡時應發晡時受拜晨起應發去去時不得從檀越逐迴道應從直道若直道有難者迴道無罪到彼已不得停住待客比丘食若晡時到者晨起應斷晨起到者晡時應斷不得染衣熏鉢坐禪誦經若事難斷中間閑者作無罪斷事竟還亦如是是名羯磨法園田法者佛住舍衛城廣說如上

爾時諸比丘以僧田地或借人或賣或自私受用諸比丘以是因緣往白世尊佛告諸比丘從今日後衆僧田地不得借人不得賣不得私受用正使一切集僧亦不得借人不得賣不得私受用若集僧借人賣私受用者越毗尼罪若園田地好惡人欲侵者得語檀越知是地若檀越言此是好園田何故知應答言此園田雖好惡人欲侵任檀越轉易復次佛住舍衛城廣說如上爾時僧地王地並王地入僧地中時王波斯匿語尊者阿難言王地入僧地中可持繩來共分地阿難答言須我白佛阿難以是事往白世尊佛語阿難汝往語王王是地主沙門釋子依王而住不應共王分地阿難受教即詣王所作是言佛語大王王是地主沙門釋子依王而住不得與王分地王言若然者一切併施與僧今日故名王園後人得知復次佛住舍衛城廣說如上爾時僧有空地時有長者來問是誰空地答言是僧地長者言若僧地者可與我我欲爲僧作房僧即與經久不作復有一居士問言是誰空地答言僧地居士言可與我我欲爲僧作房比丘答言本已有長者索但不作居士言尊者但與我何憂不作比丘即與居士爲功德傾家財實作好房舍辦種種飲食供養衆僧即以房舍施僧復請前長者來共隨喜長者見已問言尊者是誰作房答言某甲居士長者言此地已先與我何故復與居士諸比丘以是因緣往白世尊佛言何故不先作要持地與他從今日後不應不先作要持地與他人僧有空地若人來索與作僧房

者應先與要齊幾時得作若前人言齊爾許時作應語言若爾許時不作者當更與餘人若二人俱索一人言我爲衆僧作一重閣一人言我作二重閣僧應與二重者如是三四重乃至七重若俱言作七重者爾時當相望其人應與能成辦者若二人俱能成辦應與眷屬多者若不先作要與地者越毗尼罪復次佛住舍衛城廣說如上爾時比丘於僧地中作草屋時上座來次第付房此比丘不與諸比丘以是因緣往白世尊佛告諸比丘若僧地中作房上座來次第不與者應持草木更餘處去若僧地中作房上座來不次第與者越毗尼罪

田宅法者若衆僧有好田宅貴價與惡人隣接欲侵欺者得語檀越知是田宅若檀越言此貴價田宅何故欲知應語言此田宅雖好惡人隣接常欲侵奪若言欲轉易耶答言任檀越知若檀越轉易者無罪是名田宅法

僧伽藍法者佛住舍衛城廣說如上爾時比丘逼僧伽藍作房舊知事人語言長老莫逼僧住處起房此比丘言長老我爲僧作房莫於中作障礙二人共諍不解遂至佛所以上事具白世尊佛言從今日後不得逼僧舊住處爲僧作房舊比丘亦不得於中作障礙若二知事比丘意相得者得共一覆別障別覆共障共覆共障別覆別障若二人不相喜者別覆別障作若逼舊房爲僧作屋者越毗尼罪爲僧作房於中障礙者亦越毗尼罪復次佛住舍衛城廣說如上爾時比丘多人行處起聲聞塔諸居士來欲禮拜世尊見已嫌言

來欲禮拜世尊足未見世尊先見死人塜諸比丘以是因緣往白世尊佛告諸比丘汝云何多人行處先不羯磨地而起聲聞塔從今日後不聽多人行處先不羯磨地而起聲聞塔應當先作求聽羯磨羯磨人應作是說大德僧聽某甲比丘無常若般泥洹若僧時到僧某甲比丘無常若般泥洹於此處起聲聞塔諸大德僧聽某甲比丘於此處起聲聞塔僧忍默然故是事如是持若不和合者應語長老世尊說四人應起塔起相輪懸施旛蓋如來聲聞辟支佛轉輪聖王是無常比丘若是須陀洹應語須陀洹斯陀含阿那含阿羅漢應語阿羅漢若言持律若言法師若言營事德望比丘應語長老是人持戒賢善多供養僧執事有勞應與起塔如是語已當爲起

塔作聲聞塔不得先見塔後見世尊當令先見世尊後見塔不得在多人行處當在屏處不得在比丘經行處若多人行處起聲聞塔者越毗尼罪復次佛住舍衛城廣說如上爾時尊者迦露在迦尸者梨大邑住時有上座比丘來次第付房而不肯與瞋恚捉钁自斵房破諸比丘以是因緣往白世尊此比丘犯何等罪佛言破六種得偷蘭遮何等六破鉢破衣破塔破房破僧破界破鉢者鉢有三種上中下若一一瞋恚破者得偷蘭罪若鉢破欲綴誤鑚破者無罪若捎鉢多羅揵鎡塡破者越毗尼罪破衣者三衣中若一一衣瞋裂者偷蘭罪若欲易邊著中中著邊若補作兩重無罪若尼師壇及餘種種衣瞋裂破越毗尼罪破塔者若瞋恚破世尊塔者得偷蘭罪

業行罪報多若欲治更作好者無罪若尼揵塔及餘外道塔瞋恚破者越毗尼罪破房者瞋恚破僧房者偷蘭罪若欲更好作者無罪若瞋恚破外道僧房者越毗尼罪破僧者瞋恚破和合僧偷蘭罪業行果報一劫泥犂中破界者若瞋恚過界作不名作偷蘭罪得捨界已更羯磨界是名破六種偷蘭遮復次佛住舍衛城廣說如上爾時尊者羅睺羅跋耆國遊行漸漸至波羅奈林聚落此聚落中有一居士爲羅睺羅起房羅睺羅受已復遊行是居士以此房更施餘比丘羅睺羅還如縱經中廣說乃至羅睺羅白佛言世尊此房誰應得佛語羅睺羅若居士居士兒信心歡喜作房施僧施僧已還轉施衆多人是非法施非法受用若施衆多人已還轉與一人是非法施非法受用若施一人已轉與衆多人若施衆多已轉與衆僧是非法施非法受用施僧已不轉與衆多施衆多已不轉與一人是名如法施如法受用佛語羅睺羅前與者若施衆多已轉與衆僧是非法施非受用施僧已不轉與衆多施衆多已不轉與一人是施後與者非施是王地依止住是中前作前施功德日夜長羅睺羅汝應得房後者不應得是名僧伽藍法

營事法者佛住王舍城廣說如上如尊者達貳迦瓦師子作房如第二波羅夷中說乃至作是嫌言我辛苦作房不避寒暑作房纔成上座已奪如猫伺鼠諸比丘以是因緣往白世尊佛告諸比丘是營事比丘作房甚苦應羯磨與營事比丘五年住羯磨人應作是說

大德僧聽某甲比丘欲爲僧作房若僧時到僧某甲營事比丘爲僧作房欲從僧中乞五年住諸大德聽某甲營事比丘欲從僧乞五年住僧忍默然故是事如是持是比丘應乞偏袒右肩胡跪合掌作如是言大德僧聽我某甲比丘爲僧作房今從僧乞營事五年住哀愍故惟願僧與我營事五年住如是三乞羯磨人應作是說大德僧聽某甲比丘爲僧作房已從僧乞五年營事住若僧時到僧與某甲比丘五年營事住白如是大德僧聽某甲比丘爲僧作房已從僧乞五年營事住僧今與某甲比丘營事五年住諸大德忍僧與某甲比丘營事五年住忍者僧默然若不忍者便說是第一羯磨第二第三亦如是說僧已與某甲比丘五年營事住竟僧忍默然故是事如是持僧已羯磨與五年住還得自所作房復應次第得僧房若有上座來次第得者應與羯磨得者不應與若欲遊行者是二房應付僧隨次第住我來時當還取後來時足前日令滿若先是僧房破壞更易戶向二年三年隨功夫多少應羯磨與住若空房不任住治事者應與一時住若牀机枕褥垢膩破更浣染補治事者應與一時住若中間比丘嫌者越毗尼罪是名營事法

牀褥法者佛住舍衛城廣說如上爾時比丘安居中間上座來隨次第取房比丘運輦出房佛知而故問比丘是客比丘耶非也世尊是去比丘耶非也世尊是何等比丘運輦答言世尊隨次第取房是故運徙佛告諸比丘汝等云何一切時隨上座次第起從今日後

不聽一切時隨上座次第起僧應拜成就五法人知付房舍牀褥何等五不隨愛不隨瞋不隨怖不隨癡知得不得是名五羯磨人應作是說大德僧聽某甲比丘五法成就若僧時到僧拜某甲比丘典知付房舍牀褥白如是大德僧聽某甲比丘五法成就僧今拜典知付房舍牀褥諸大德忍僧拜某甲比丘典知付房舍牀褥忍者默然若不忍者便說僧已忍拜某甲比丘典知付房舍牀褥竟僧忍默然故是事如是持羯磨已從三月十六日已去應語檀越浣治牀褥房舍治禪坊講堂温室廁屋治門屋井屋僧伽藍所有及齋日飲食安居衣應一一條疏若城邑聚落僧住處遠者至四月十三日應付房若不相容受者得餘處去若住處相近者十五日應付房

應衆僧中讀此疏某甲僧伽藍有爾許房舍爾許牀褥爾許齋日飲食爾許衣上座應語付房舍共一安居施作是語已應付房舍不得與沙彌房若和尚阿闍梨言但與房舍我自料理得與若房舍多者一人與兩房若不肯取兩我止得一房足爾時應語是不爲受用故與爲治事故與若比丘多房舍少者應兩人三人共與一房若故不足應五人十人共與一房若止有一大堂者一切比丘應入中住上座應與臥牀餘者與坐牀若故不足者上座與坐牀餘者敷草蓐若故不足者上座敷草蓐餘者跏趺坐若復不足者上座跏趺坐餘者立住若復不足者上座立餘者出外樹下若空地若冬時付房舍治事故與受用故與若上座來隨次第住春時付房舍治

事故與受用故與若上座來隨次第住安居時付房舍治事故與受用故與上座來不應次第住若比丘不知法安居中索次第房不得即嫌應語住須我問知房舍人應語知房人言長老有客比丘上座來語我起知房人應呵責言長老汝不善知戒相云何安居中起他汝不知耶不得一切時驅他起若冬春上座來次第應起不起者越毗尼罪若比丘不善知戒相安居時驅他起者越毗尼罪是名牀褥法

恭敬法者佛在拘薩羅國遊行世尊初夜為聲聞說法中夜自還房爾時諸比丘有供給人先為取房聽法已各到房眠爾時尊者舍利弗目連無供給人初夜聽法已中夜到房敲戶問言是誰答言是舍利弗房已滿大智復有敲戶問言是誰答言我是大目連房已滿大神足二人不得房已一人在屋簷下坐一人在樹下坐時天夜雨簷下坐者說是偈言

簷下跏趺坐　屋漏兩膝頭　已得安樂住

當斷後邊身

樹下坐者說是偈言

樹下知止足　乞食草蓐坐　是二不貪著

當斷後邊身

時有優婆塞晨朝來欲禮覲世尊見已嫌言云何沙門釋子無恭敬法如是大德人而不與房住諸比丘以是因緣往白世尊佛言是正應為世人所嫌佛告諸比丘待我拘薩羅國遊行還舍衛城語我當為諸比丘制恭敬法還已諸比丘以是因緣往白世尊佛告諸

比丘誰應最上座先取水先受食誰應受禮誰應起迎誰應合掌低頭恭敬或有比丘言世尊子應受有比丘言世尊親里應受復有言世尊侍者應受復有言阿羅漢應受刹利出家者言刹利應受婆羅門出家者言婆羅門應受毗舍出家者言毗舍應受首陀羅出家者言首陀羅應受佛告諸比丘汝等各各長慢故作是語與世尊子乃至首陀羅非是人法如來應供正遍知當爲汝等說人法如綖經中廣說乃至佛告諸比丘從今日後制戒先出家者應受禮起迎合掌低頭恭敬先出家者應作上座應先受請先坐先取水先受食諸比丘歎言世尊能讚說應恭敬長老佛言不但今日能讚說恭敬長老過去世時已曾如是諸比丘白佛言願欲聞之佛告諸比丘乃往過去久遠世時有三獸蘋多鳥獮猴象共在尼拘類樹下象言我等三類共在一處此中誰大誰應受恭敬象言我曾騎此樹過獮猴言我本曾尿此樹上鳥言我本雪山下噉此果來放糞於此遂生此樹爾時鳥最大二獸恭敬鳥故命終皆生善處爾時象者我身是汝等應恭敬上座如是毗尼得增長是恭敬法初受請者有人來請應先請上座若檀越未曾爲福請年少比丘者應語上座處是名初受請在上座坐者敷座時不得使年少坐高上座坐卑應當上座坐高年少坐卑當令齊整正直坐具好者應與上座不好者與下坐若檀越家請爲知識比丘敷好牀褥者不得諍從施主意若五年大會時衆人猥多下至上座八人應當如法敷坐下座

隨宜是名上座坐法先受食者行食時應先與上座若檀越未曾設福先與年少者應當語上座處行飯時應取好者與上座如是行一切飯食時應教好者與上座若檀越家請食時差別與者從施家意不得與諍若五年大會時衆人猥多從上座下至八人應與好者下座隨宜與之是名先受食禮拜恭敬起迎低頭合掌者爾時禮滕禮脛諸比丘以是因緣往白世尊佛言從今日後應當禮足時諸比丘從他索足作禮擾亂修行者諸比丘以是因緣往白世尊佛言從今日後當口說和南時比丘調戲故作是言和南尊者和南尊者復擾亂他諸比丘以是因緣往白世尊佛言從今日後和南有三種身口心身者前人若坐若立住頭面禮足是名身口者若前人遠遙合掌低頭作是言和南是名口心者若以背去應合掌作敬是名身口心恭敬若見上座來不起迎和南恭敬者越毗尼罪是名恭敬上座法

舉他及治罪 驅出并別住 僧斷事田地
僧房拜五年 牀褥恭敬法 是名三跋渠

布薩法者佛住王舍城廣說如上爾時九十六種出家人皆作布薩時比丘不作布薩為世人所嫌云何九十六種出家人皆作布薩而沙門釋子不作布薩諸比丘以是因緣往白世尊佛告諸比丘正應為世人所嫌從今日後應作布薩所謂偈十四日十五日示布薩晝日布薩堂賊王阿那律二種數不利不一切利順逆欲聞初未受具足人太早說一住處二衆二已說二未說與欲取欲與欲多

欲等瞿師羅大愛道闡陀病阿練若不應與而與阿脂羅河十一事不名與欲轉欲宿與欲界外比丘尼未受具足持欲出與欲出取欲已還戒與欲已還戒失欲壞衆四布薩四說七事應語遮二事應語遮

偈者佛告比丘毗婆尸佛如來應供正遍知爲寂靜僧最初說波羅提木叉忍辱第一道涅槃佛稱最出家惱他人不名爲沙門第二尸棄佛如來應供正遍知爲寂靜僧最初說波羅提木叉譬如明眼人能避嶮惡道世有聰明人能遠離諸惡第三毗鉢施佛如來應供正遍知爲寂靜僧最初說波羅提木叉不惱不說過如戒所說行飯食知節量常樂在閑處心淨樂精進是名諸佛教第四拘留孫佛如來應供正遍知爲寂靜僧最初說波羅提木叉譬如蜂採華不壞色與香但取其味去比丘入聚然不破壞他事不觀作不作但自觀身行諦視善不善第五拘那含牟尼佛如來應供正遍知爲寂靜僧最初說波羅提木叉欲得好心莫放逸聖人善法當勤學若有智寂一心人爾乃無復憂愁患第六迦葉佛如來應供正遍知爲寂靜僧最初說波羅提木叉一切惡莫作當具足善法自淨其志意是則諸佛教第七釋迦牟尼佛如來應供正遍知爲寂靜僧最初說波羅提木叉護身爲善哉能護口亦善護意爲善哉護一切亦善比丘護一切便得離衆苦比丘守口意身不犯諸惡是三業道淨得聖所得道是名偈布薩

十四日十五日者佛住舍衛城廣說如上爾

時尊者阿難共行弟子欲行摩那埵白佛言世尊我共行弟子欲詣聚落中小住處行摩那埵時是十四日佛語阿難此十四日星宿隨順時隨順衆隨順應作布薩竟然後去十四日者冬第三布薩第七布薩春第三第七夏第三第七十五日者十八布薩一歲中二十四布薩六十四日十八日十五日是名十四日十五日布薩

示布薩者佛住王舍城耆闍崛山中爾時諸比丘不知布薩處或得布薩或不得布薩諸比丘以是因緣往白世尊佛告諸比丘耆闍崛山應羯磨示作布薩處羯磨人應作是說大德僧聽於是處若僧時到僧從今日耆闍崛山某處常作布薩白如是大德僧聽於是處僧今耆闍崛山某處常作布薩諸大德忍其處常作布薩忍者默然若不忍便說僧已忍其處常作布薩竟僧忍默然故是事如是持是名示作布薩處

晝日布薩者佛住王舍城耆闍崛山中爾時諸比丘夜作布薩道嶮倒地劣極而來以是因緣往白世尊得晝日布薩不佛言得若晝日布薩若僧遠住者應唱諸長老今日僧十四日若十五日若食前若食後爾許人影應集某處若講堂禪坊温室樹下若不唱者越毗尼罪是名晝日布薩

堂者佛住王舍城爾時阿闍世王耆闍崛山作布薩堂種種嚴飾作金蓮華鍱僧坐後世尊已坐諸比丘悉入欲作布薩有金華鍱墮地有惡比丘盜心取挾腋下佛比丘僧坐久不作布薩時尊者阿難從座起偏袒右肩胡

跪合掌白佛言世尊初夜已過僧坐疲久惟願世尊爲諸比丘説波羅提木叉作布薩時世尊默然如是中夜乃至後夜復白佛言世尊明相已出衆僧坐久惟願世尊説波羅提木叉作布薩佛告阿難衆不清淨爾時尊者大目連作是念爲誰故世尊説衆不清淨目連即入定觀見是惡比丘斂身衆中而坐見已即從坐起往到其所左手擒牽至戸右手推出説是言惡比丘從今日汝非沙門非比丘不復得在衆中驅出已佛言自今已後不聽�人佛語阿難從今日後汝等當自説波羅提木叉何以故如來應供正遍知衆不清淨不得爲説佛告阿難如來法律中猶如大海有八未曾有如縱經中廣説我諸弟子見已生愛樂心是名堂

賊者佛住王舍城耆闍崛山爾時諸比丘作布薩説波羅提木叉至波夜提後跋渠截已波夜提破已波夜提挽出已波夜提當誦時賊來誦人默然賊立須臾便出復重誦如是至三賊作是念此是惡沙門作是説截已破已挽出已波夜提正當截我破我挽我等耳即便入打諸比丘諸比丘心生疑惑賊前得説戒不以是因緣往白世尊佛言賊是林中王能作不饒益事得説汝等云何重誦本語從今日後不聽若比丘布薩説波羅提木叉時賊入者即應更誦餘經若波羅延若八跋耆經若牟尼偈若法句若賊知比丘法作是言沙門我已知但説先所誦者爾時比丘應急誦使章句不辯令彼不知初中後若更誦本語越毗尼罪是名賊

王者佛住王舍城耆闍崛山諸比丘作布薩羯磨時尊者阿那律不來諸比丘遣使往喚長老阿那律比丘僧集欲作布薩羯磨事答言世尊說清淨是布薩世間清淨者我即是我不去諸比丘以是因緣往白世尊佛言汝往喚來莫用天眼來是長老失肉眼故涉山嶮道極苦乃到佛語阿那律汝不恭敬布薩誰當恭敬佛言從今日布薩時盡應來若不來若病不與欲越毗尼罪是名阿那律二種數者佛語優波離汝誦毗尼不答言誦但雜碎句難持佛言當作籌數誦時優波離

即作籌數誦佛復問優波離汝作籌數誦毗尼不答言雜碎句籌數誦猶故難持佛言從今日後作二種數一者五百二者七百若欲誦時應先淨洗手已捉籌下至數齊五猶當洗手若有者應作香汁浴籌餘人欲捉籌者亦復如是是名二種數

不利者佛住舍衛城爾時聚落中有比丘住集欲作布薩羯磨語上座言說波羅提木叉答言我不利如是第二第三乃至下座亦復如是諸比丘心生疑惑以是因緣往白世尊佛言從今日後受具足已應誦二部毗尼若不能誦二部者應誦一部若復不能者應誦五緂經若復不能者應誦四三二一布薩時應廣誦五緂經若有因緣不得者應誦四三二一乃至四波羅夷及偈餘者僧常聞若不

誦作布薩者越毗尼罪若如是比舉衆不利者應遣上座出界外心念口言作布薩餘三人界内作三語布薩即是罰上座是名不利不一切利者佛住舍衛城爾時聚落中有比丘住僧集欲作布薩語上座誦波羅提木叉答言我一篇利復語第二上座答言我二篇利如是次第各誦一篇利即便遞誦共作布薩已心生疑惑諸比丘以是因緣具白世尊佛言從今日不聽合誦作布薩若有如是比者應共授一聰明人使利已令誦若誦時忘者餘人得授若合誦者布薩者越毗尼罪是名不一切利

順逆者佛住舍衛城爾時有比丘聚落中住僧集作布薩有一比丘誦波羅提木叉順逆誦從戒序乃至法隨順法從法隨順法乃至戒序布薩已心生疑悔諸比丘以是因緣具白世尊佛言從今日後不聽逆誦應順誦若誦時有忘失者得還補誦順逆誦作布薩者越毗尼罪是名順逆

欲聞初者佛住舍衛城爾時諸比丘僧集作布薩誦波羅提木叉乃至法隨順法時客比丘來言長老我在聚落中住未曾聞廣誦波羅提木叉願長老爲我廣誦誦者即爲更從戒序乃至法隨順法諸比丘心生疑惑以是因緣具白世尊佛言汝等云何爲欲從初聞者更誦從今日後不聽若比丘僧集作布薩誦波羅提木叉乃至法隨順法有客比丘來及坐者即名得布薩若客比丘言我聚落中住未曾聞廣説波羅提木叉願爲我廣誦待僧罷已然後與誦若僧未罷爲誦者越毗尼

罪是名欲聞初
未受具足者佛住舍衛城爾時比丘爲未受具足人說五衆罪波羅夷乃至越毗尼罪後比丘人聚落中俗人言長老汝犯波羅夷罪乃至越毗尼罪諸比丘聞已慙愧以是因緣具白世尊佛言汝等云何爲未受具足人說波羅提木叉五篇罪從今日後不聽向未受具足人說得教語汝不得作非梵行不得盜不得殺生不得妄語如是比得爲說若爲未受具足人說波羅提木叉五篇名者越毗尼罪是名未受具足
太早者佛住舍衛城爾時有一比丘在聚落中住晨起作布薩竟有客比丘來語舊比丘言長老來共作布薩答言我已布薩竟客比丘言長老布薩乃太早比丘以是因緣具白世尊佛言從今日後不應早作布薩若一比丘聚落中住者布薩日應掃塔及僧坦中若有者香汁灑地散華然燈待客比丘來共作布薩若無客比丘來有罪者應作是念若得清淨比丘此罪當如法除作是念已應心念口言今十五日僧作布薩我某甲比丘清淨受布薩如是三說若布薩竟有客比丘來者應隨喜言長老已作布薩我某甲隨喜若不隨喜應出界外作布薩若晨朝作布薩越毗尼罪是名太早
一住處者佛住舍衛城爾時諸比丘道路行天陰闇謂日暮入聚落至比丘住處作布薩布薩已天晴日故早諸比丘作是念我應前行去已須臾第二衆來復於此處作布薩即於中宿明日去與前布薩比丘相見見已謂

言長老汝昨何處宿答言某處何處布薩其處我亦彼處作布薩諸比丘心生疑惑以是因緣具白世尊佛言從今日後一住處不得再作布薩若比丘遠行布薩日入聚落至比丘住處作布薩已不得默然去應囑沙彌若園民若放牧者若有比丘來語令知此中已作布薩若無人者應書柱戶扇若散華作相若後來者應問應求相不得輒作布薩若前人不囑不作相後人不問不求相俱得越毗尼罪是名一住處

二衆者二衆客比丘來一衆十四日布薩一衆十五日布薩應從誰從前入者二衆同時入應從上座若無太小應從持律若俱持律應從先發聲者若十四日若十五日應從布薩是名二衆

二已說二未說者客比丘來客比丘十四日布薩舊比丘十五日舊比丘語客比丘長老共作布薩來客比丘不得言我已作布薩與和合若出界外若舊比丘十四日客比丘十五日客比丘言長老作布薩來舊比丘應言我已作布薩是客比丘應隨喜言長老已作布薩我隨喜若不隨喜應出界外作布薩是名二已說二未說

與欲者衆僧集布薩時有比丘爲衣鉢事不得往諸比丘以是因緣具白世尊佛言從今已後聽與欲與欲法者應作是言長老聽今日僧布薩若十四日十五日我比丘某甲與清淨布薩欲爲我說如是三說與欲時不得越與人應與能持欲入僧中說者若作衣鉢事布薩時不與欲者越毗尼罪是名與欲

取欲者佛住舍衛城爾時比丘僧集作布薩羯磨比丘病爲衣鉢事與欲比丘不受諸比丘以是因緣具白世尊佛言從今已後應取欲若取欲時應自思惟能傳欲不不得取衆欲得至三人與欲時應作是説長老憶念今日僧作布薩某甲比丘與布薩清淨欲若忘字者憶歲數應言爾所歲比丘若客言客若病言病比丘與布薩清淨欲若病爲衣鉢事與欲不取者越毗尼罪是名取欲

欲多者佛住舍衛城爾時比丘僧布薩時與欲者多集者少諸比丘以是因緣具白世尊佛言從今已後不聽與欲者多集者少作布薩作者越毗尼罪是名與欲多

欲等者佛住舍衛城爾時比丘僧布薩時與欲比丘與集者等作布薩諸比丘以是因緣具白世尊佛言從今已後不聽欲等作布薩應集者多若等欲作布薩者越毗尼罪是名欲等

瞿師羅者佛住俱睒彌瞿師羅園爾時比丘僧集作布薩斷事羯磨語聲高時瞿師羅居士來入僧黙然須臾還出僧復斷事高聲如前如是至三居士作是念我入便黙我出便高聲我今當入更不復出如瞿師羅問尊者阿難如六入綖經中廣説爾時諸比丘心生疑惑以是因緣具白世尊佛言如是大德勝人欲聽衆僧斷事者得聞斷事若衆中有辯才能語使事相分明者説若凡庶人前斷事者越毗尼罪是名瞿師羅居士

大愛道者佛住舍衛城爾時大愛道瞿曇彌與欲比丘不受時大愛道瞿曇彌往到世尊

所頭面禮足却住一面以是因緣具白世尊比丘不受我欲誰當受爾時世尊爲大愛道瞿曇彌隨順說法發歡喜心已頭面禮足而退佛言喚彼比丘來來已問言汝實爾不答言實爾佛言從今已後比丘尼與欲應受若上座應言我是僧上座不應受若教誡尼人若誦波羅提木叉人應各自說不應受若守房人若病人應言我不至僧中更與餘人若言我是乞食我是阿練若我是糞掃衣我是大德人不取欲者越毗尼罪若言我是上座是教誡尼人是誦戒人者不取無罪是名瞿曇彌

闍陀者佛住俱睒彌瞿師羅園爾時僧集作布薩時闍陀比丘不肯來諸比丘以是因緣具白世尊是犯何等罪佛言得偷蘭罪如是比丘布薩不肯來者得偷蘭罪若爲衣鉢事不來不與欲者越毗尼罪

病者佛住舍衛城爾時比丘僧集欲布薩有一比丘風病動語比房言長老我風病動與清淨欲比丘不受即往至上座前脫革屣胡跪合掌作如是言我某甲清淨僧憶念持如是三說已便去諸比丘心生疑惑以是因緣具白世尊得爾不佛言善已如法作竟但不受欲者越毗尼罪是名病

阿練若者佛住舍衛城阿練若聚落中比丘常共作布薩時阿練若人聚落作布薩已去去不久有客比丘來復於此處布薩即於中宿明日共相見問長老昨何處宿答此處何處布薩此處聞已心生疑惑以是因緣具白世尊佛言從今日後不聽一住處再布薩若

阿練若入聚落中布薩者不得黙然去應囑沙彌若園民若放牧人若後有比丘來者語令知此中已作布薩若無人者應書柱戶扇作字若散華作相後來者應問應求相若去不囑不作相後來者不問不求相俱越毗尼罪是名阿練若

不應與而與者佛住舍衛城爾時諸比丘時集與羯磨欲非時集與清淨欲諸比丘以是因縁具白世尊佛言從今日後不聽時集與羯磨欲非時集與清淨欲非時集應與羯磨欲時集應與清淨欲時集亦得與兩欲長老憶念今僧若十四日十五日作布薩我某甲比丘與布薩清淨欲與我說如是三與羯磨欲亦三說若非時集與清淨欲時集與羯磨欲越毗尼罪是名不應與而與

阿脂羅河者佛住舍衛城爾時諸比丘到阿脂羅河邊敷尼師壇坐誦波羅提木叉時水汎漲漸漸齊膝如是轉上齊口極苦乃竟還至佛所以是因縁具白世尊得立作布薩不佛言得得行住坐卧作布薩行者若比丘共商人行至布薩日有恐怖難商人行不待得行作布薩先應籌量齊幾許得誦戒竟若山若石作標幟伸手相及羯磨作布薩界羯磨已然後作布薩是名行布薩住者比丘多無牀坐一切伸手相及作布薩是名住布薩坐者有牀坐作布薩是名坐布薩卧者比丘老病不能久坐牀角相接得卧作布薩是名卧布薩是名阿脂羅河

十一事不名與欲轉欲者我與長老欲我向取其甲欲并與是名轉欲宿與者明日當布

薩今日與欲是名宿與欲界外者出界與欲是名界外比丘尼者與比丘尼欲是名比丘尼未受具足者與未受具足人欲是名未受具足持欲出者取欲已出界外是名持欲出與欲出者與欲已出界外是名與欲出取欲已還戒者取欲已還戒受具足是名取欲已還戒與欲已還戒者與他欲還戒受具足是名與欲已還戒夫欲者比丘病與欲已聞僧中法師說法持律說毗尼自力就聽坐久疲苦已先與欲默離坐去不名與欲應更與是名失欲壞衆者布薩日比丘僧集不來諸比丘與清淨欲若暴風雨若火若賊諸比丘盡驚散不名持欲到僧中若一人在是名到僧是名十一不名與欲四布薩者一人受二人說三人說四人廣誦一人受者有一比丘聚落中住至布薩日應掃塔及僧院若有者應香汁灑地然燈散華待客比丘若無來者有罪應作是念得清淨比丘者此罪當如法除作是念已胡跪合掌心念口言今僧若十四日十五日布薩我某甲比丘清淨受布薩如是三說是名一人受二人說者二比丘聚落中住至布薩日應掃塔及僧院若有者應香汁灑地散華然燈若有罪者展轉如法作已應胡跪合掌作是說長老憶念今僧若十四日十五日作布薩我某甲比丘清淨長老憶念持是名說三人亦如是廣誦者四人應廣誦波羅提木叉是名廣誦四說者一從戒序盡四波羅夷餘者僧常聞誦偈二者盡十三事二不定法餘者僧常聞誦偈三者盡三十尼薩耆餘者僧常聞誦偈四者入九十二波

夜提應盡廣誦是名四説布薩有七事應遮一者不共住人二者别住人三未受具足人四未説欲五未行舍羅六爲和合義故七和合未竟是名七應遮復次二事應遮布薩一者若作布薩者僧鬭諍二者僧破是名二事應遮是名布薩法與欲法受欲法

安居法者佛住舍衛城廣説如上爾時諸比丘雨時遊行多所踐害爲世人所嫌九十六種出家人尚知安居如鳥隱巢而自守住沙門釋子自稱爲善好而不安居諸比丘以是因縁具白世尊佛言正應爲世人所嫌從今巳後雨時應安居安居法者至四月十六日應偏袒右肩胡跪合掌應作是説長老憶念我某甲比丘於此僧伽藍雨安居前三月如是三説若比丘行道未到住處安居日至即於路側若依樹若車應受安居至明相出趣所住處到後安居日應偏袒右肩胡跪合掌作是言長老憶念我某甲比丘於此僧伽藍雨安居後三月如是三説比丘行道前安居日不受安居一越毗尼罪到所住處後安居日不受安居二越毗尼罪是人破安居不得衣施復次佛住舍衛城爾時有比丘依聚落雨安居有檀越營僧事須水漑灌求比丘白王通水時比丘衣鉢隨身數詣王門不時得見道路不近恐失安居時世尊見巳知而故問汝是客比丘耶非也世尊汝是去比丘耶非也世尊何故持衣鉢自隨比丘以上因縁具白世尊佛言從今巳後雨安居時若爲塔事爲僧事應作求聽羯磨大德僧聽某甲比丘於此處雨安居若僧時到僧某甲比丘於

此處雨安居爲塔事僧事出界行還此處住諸大德聽某甲比丘爲塔事僧事出界行還此處安居僧忍默然故是事如是持若有如是爲塔爲僧所求索者要有所得若衣若鉢若小鉢若揵鎡匙若腰帶等及諸一切要使得一物若不得者越毗尼罪如是事訖應還若半月若一月若二月乃至後自恣應還若不還者越毗尼罪若道路恐怖賊難畏失命者於彼自恣無罪是名安居法

自恣法者佛住舍衛城廣説如上爾時諸比丘俱薩羅國遊行見渠磨帝河邊有叢林林中有一大空中薩羅樹甚蔭厚密樹下平正寬博去叢林不遠不近作是念此中好可安居如是前人後人見者皆作是念至安居日一比丘先至修治空樹安置衣鉢敷草而坐須臾復有比丘來問長老欲此安居耶答言爾善好如是相續乃至六十人最初至者語後諸比丘言長老盡欲此中安居耶答言爾善好此樹中可容衣鉢其下左右足以安居受安居法已復作是言諸長老我等當作何法得安樂住諸人答言所生患惱皆由身口既得靜處宜共默然應立不語制立不語制竟三月已還舍衛城住世尊所頭面禮足却住一面佛知而故問比丘汝何處安居答言某處佛問比丘少病少惱乞食不苦行道如法安樂住不答言世尊少病少惱乞食易得默然樂住三月不語已別去佛言此是惡事如怨家共住法應共語復次佛住舍衛城廣説如上阿那律金毗盧跋提豫在塔山安居竟還舍衛城至佛所頭面禮足却住一面佛

知而故問何處安居答言某處復問比丘少病少惱乞食不苦行道如法安樂住不答言世尊少病少惱乞食易得黙然樂住三月不語別去佛言此是惡事如怨家共住從今日後不聽不共語欲方便少事不語得半月至布薩日應共語共相問訊事答事呪願過布薩日續復如前若憍慢若瞋恚不共語者越毗尼罪自恣法者佛告諸比丘從今日爲諸弟子制自恣法三月三語安居竟是處安居是處自恣從上座和合三月者從四月十六日至七月十五日三語者見聞疑安居竟者前安居從四月十六日至七月十五日後安居從五月十六日至八月十五日若安居衆中有一人前安居者至七月十五日舉衆應同比一人受自恣自恣訖坐至八月十五日

若一切後安居一切應八月十五日自恣是名安居竟是處安居是處自恣者若比丘聚落中安居聞城中自恣日種種供養竟夜說法衆欲往者應十四日自恣已得去若此處安居餘處自恣者越毗尼罪從上座者不得從小逆作次第應從上座次第下不得行行置人如益食法不得超越不得總唱言一切大德僧見聞疑罪自恣說是名從上座應拜五法成就者作自恣人若一若二不得過羯磨人應作是說大德僧聽某甲某甲比丘五法成就若僧時到僧拜某甲某甲比丘作自恣人諸大德聽某甲某甲比丘作自恣人僧忍黙然故是事如是持受羯磨人應作如是說大德僧聽自恣時至若僧時到一切僧受自恣白如是自恣人應從上座爲始上座應

偏袒右肩胡跪合掌作是說長老憶念今僧十五日自恣我比丘某甲長老及僧自恣說若見聞疑罪當語我憐愍故我若知若見當如法除如是三說次至第二人第二人若是下座應接足言大德爲異若二人作自恣人者一人受上座自恣一人應下座前立上座說已下座復說如是展轉次第下到自座處應受自恣不得受僧自恣竟然後自恣和合者不得不和合受自恣不得與欲受自恣若病者應將來若將來有危命憂者僧應往就若病人多者應舁牀來牀角相接若牀舁來危命憂者不病比丘應連坐相接若不周者不病比丘應出界外作自恣病比丘即界內自恣大衆者若一萬二萬應一切集在一處若講堂若食堂若浴室受自恣餘人並嚼齒木並大小行並食如是竟日通夜未離坐不得遠乃至明相未出於中自恣若大衆六萬八萬畏不竟者應減出界外作自恣若一人受自恣若二人說若三人若四人說自恣五人廣自恣一人受者若一比丘聚落中安居至自恣日應掃塔及僧院若有者應香汁灑地散華然燈若有罪者應作是念若得清淨比丘來者此罪當如法除作是念已胡跪合掌心念口言今僧十五日自恣我某甲比丘清淨受自恣如是三說二人說者有罪展轉如法作已偏袒右肩胡跪合掌言長老憶念今僧十五日自恣長老自恣說若見聞疑罪語我憐愍故我若知若見當如法除如是三說三人四人亦如是五人應廣自恣是名自恣法

摩訶僧祇律卷第二十七

音釋

晡奔胡切申時也
塜知隴切墳也
钁厥縛切大鉏也
斸竹角切斫也
綴株衛切聯綴也
鑽祖官切穿也
揵鎡梵語也此云四鐵鉢揵渠馬切鎡津之切
綖私箭切
嫌胡兼切憎也
机舉履切案屬
浣胡管切濯衣垢也
蓐儒欲切薦也
敲丘交切叩也
巔多年切
猥烏賄切雜也
鍱弋涉切
歛力冉切收也
擒渠金切捉也
拽羊結切拖也
挽武遠切引也
輒陟涉切專也
睒失冉切
屣所介切履也
標幟標卑遙切幟昌至切標幟猶表識也
瀩居代切澆灌也
弆羊諸切兩手對舉也
嚼疾雀切咀嚼也

摩訶僧祇律卷第二十八

東晉三藏法師佛陀跋陀羅共沙門法顯譯

雜誦跋渠法第九之六

迦絺那衣法者佛住俱睒彌瞿師羅園爲諸天世人所供養爾時俱睒彌王夫人以五百張氎奉上世尊佛告阿難汝持是氎與諸比丘諸比丘不受語阿難言世尊不聽畜長衣用是氎爲浣染未竟已不如法阿難以是因緣具白世尊佛告阿難從今已後長衣聽十日畜諸比丘長衣滿十日持是諸衣往白世尊此衣已滿十日佛言從今已後聽受迦絺那衣迦絺那衣者時衆僧衆多一人五事利新未受不停截淨染淨點淨刀淨時者從七月十六日至八月十五日是名時衆僧者僧作迦絺那衣不得與衆多不得與一人衆多作迦絺那衣不得與一人五事利者離五罪何等五別衆食處處食食前後行不白畜長衣離衣宿是名五事利新者新氎未受者未曾受作三衣不停者淨施衣捨已得作迦絺那衣僧伽棃欝多羅僧安陀會覆瘡衣雨浴衣如是等諸衣及拘剌未曾受用皆得作迦絺那衣截淨者截縷淨染淨者染作淨點淨者點角作淨刀淨者離角頭四指於一處三下刀斷三縷是名刀淨若外人施僧迦絺那衣裁不得默然受受者應作是說我今受僧迦絺那衣裁受已到僧中豎氎手捉長垂高聲應作是說大德僧聽僧得此時衣裁若僧時到僧取此迦絺那衣裁白如是大德僧聽僧得此時衣裁僧今取此迦絺那衣裁諸大德忍取此迦絺那衣裁忍者僧默然若不忍

者便說僧已取迦絺那衣裁竟僧忍默然故是事如是持僧中有能料理作迦絺那衣者一人若二人若三人羯磨人應作是說大德僧聽僧得此時衣裁若僧到時僧拜某甲某甲比丘及餘人作僧迦絺那衣白如是大德僧聽僧得此時衣裁僧今拜某甲某甲比丘及餘人作迦絺那衣諸大德忍某甲某甲比丘及餘人作迦絺那衣者默然若不忍者便說僧已忍某甲某甲比丘作迦絺那衣竟僧忍默然故是事如是持羯磨人中一人爲主受衣裁時應作是言受此迦絺那衣裁僧當受如是三說浣時應作是說浣是迦絺那衣僧當受如是截時縫時染時點作淨時隨所作衣如上說刀淨者離角頭四指一下刀時作是說此迦絺那衣僧當受第二第三亦如是說作時一一應作是說不說而作淨得名迦絺那衣得越毗尼罪若一一說而不作淨不名迦絺那衣得越毗尼罪若一一起心而作淨得名迦絺那衣無罪若僧得時衣作已一切和合羯磨人縱疊衣手捉長垂高擎應作是說大德僧聽僧得此時衣作竟若僧時到僧受此迦絺那衣白如是大德僧聽僧得此時衣作竟僧今受此迦絺那衣諸大德忍受此迦絺那衣者默然若不忍者便說僧已受迦絺那衣竟僧忍默然故是事如是持應襞疊此衣著箱中衆華散上應從上座次第作隨喜言長老憶念僧於此住處受迦絺那衣我某甲比丘隨喜受齋冬四月隨所住處滿我當捨如是三說若大衆一萬二萬和合難者衆多人得別作迦絺那衣一切如大衆

但稱衆多爲異四人已上不得別作若一人獨作者取時應言此迦絺那衣截今受如是三說截時縫時浣時染時點時刀淨時截時應作是言此迦絺那衣我當受縫時浣時染時點時刀作淨時如上說作成已應心念口言我比丘某甲受此迦絺那衣如是三說受迦絺那衣者有作時非受時有受時非作時有作時受時有非作時非受時作時非受時者是中有值作時受不值受時受得名受受時非作時者值受時受非作時受得名受有作時受時者值作時受時受是名作時受時非作時非受時者不值作時受受時受應隨喜言長老憶念是住處僧受迦絺那衣我某甲比丘隨喜齊冬四月隨彼住處滿我當捨是名迦絺那衣法

非迦絺那衣者佛住舍衛城廣說如上爾時尊者孫陀羅難陀持頭鳩羅生練也作迦絺那衣佛言不聽頭鳩羅作迦絺那衣爾時尊者阿難持輙劫貝作迦絺那衣復有比丘持小段物作復有比丘持故物作復有比丘持牂羊毛欽婆羅作復有比丘持髮欽婆羅作復有比丘持草衣作復有比丘持韋衣作復有比丘持樹皮衣作復有比丘持板衣作佛言如是一切不應作一切非衣不名迦絺那衣復有不名迦絺那衣非時作不截縷淨不染淨不點淨不刀淨是不名迦絺那衣

捨迦絺那衣法者佛住舍衛城廣說如上爾時有比丘數易衣著食前著異衣食後著異衣佛知而故問汝衣數數異是誰衣答言世尊是我衣佛言何故太多我受迦絺那衣佛

言汝云何一切時受迦絺那衣從今日後應捨捨者有十事何等十一衣竟捨二受時捨三時竟捨四聞捨五送捨六壞捨七失捨八出去捨九時過捨十究竟捨衣竟捨者受迦絺那衣時作是念我作衣竟當捨迦絺那衣作衣成已即名捨是名衣竟捨受時捨者作是念受此衣時當捨迦絺那衣受衣時即名捨是名受時捨時竟捨者作是念爾許時我當捨迦絺那衣期滿已即名捨是名時竟捨聞捨者作是念我聞和尚阿闍梨捨迦絺那衣時我當捨後聞和尚阿闍梨說今日僧捨迦絺那衣爾時即名捨是名聞捨送捨者作是念我是衣與他已當捨迦絺那衣後送衣已即名捨是名送捨壞捨者受迦絺那衣已中間自言我今捨迦絺那衣作是語時即名捨是名壞捨失捨者作是念是衣中間壞敗失不現我當捨後衣壞敗若失即名捨是名失捨出捨者作是念我此中住出去時當捨迦絺那衣若出去時即名捨是名出去捨時過捨者臘月十五日不捨至十六日即名捨越毗尼罪是名時過捨究竟捨者至臘月十五日應捨一人僧中應作是唱大德僧聽今日僧捨迦絺那衣如是三說是名究竟捨是十事名捨迦絺那衣法衣法者安居未竟安居竟是中安居畏失命畏失梵行非時衣時衣俱睒彌

安居未竟者佛住舍衛城廣說如上爾時六群比丘聚落中安居未竟至檀越所作是言長壽與我安居衣施答言尊者今非時待安居竟收獲訖人民歡喜念恩故生施心爾時

乃可有施耳比丘言長壽汝不知世間無常或王或水火偷劫如是我則失利汝便失福檀越言尊者但示我無常而自不見尊者欲速得安居物爲持餘處去爲故罷道忽忽乃爾奇哉可怪多欲無厭發不喜心已而去諸比丘以是因緣具白世尊佛問六群比丘汝實爾不答言實爾世尊佛言比丘汝云何安居未竟索安居施衣自今以後不聽安居未竟索安居施衣者越毗尼罪是名安居未竟安居竟者佛住舍衛城廣說如上爾時諸比丘祇洹精舍安居竟分安居衣時六群比丘餘處安居已來在坐中作如是言長老世尊制安居竟應得安居衣我亦安居竟應得安居衣與我安居衣分諸比丘以是因緣具白世尊佛言餘處安居不應得此處衣分隨安居處受分是名安居竟

是中安居者佛住舍衛城廣說如上六群比丘至安居時受房舍已著革屣染具及餘小小物置房中已作是言諸長老我此中安居莫復起厭患我知汝等常不喜我即請人取安居衣分便餘處安居諸比丘以是因緣具白世尊佛言要是中安居是處受衣分

畏失命者佛住舍衛城廣說如上爾時毗舍離大饑饉乞食難得諸比丘越舍衛城值祇洹比丘安居竟分衣毗舍離比丘在坐中祇洹比丘問言長老世尊制要是處安居得是處衣分汝何處安居答言長老我畏失命故來若不來者便飢死諸比丘以是因緣具白世尊佛言若爲失命故來應與衣分是名畏失命

畏失梵行者爾時王舍城有外道兒出家時父母欲罷兒道餘人言沙門重安居安居中必無東西爾時可罷其姊深信佛法語弟言父母欲罷汝道可速避去弟即趣舍衛值祇洹比丘安居竟分衣是比丘在坐中祇洹比丘問言長老世尊制要是處安居是處受衣分畏失命來者得分汝云何答言父母欲罷我道若不來者失梵行諸比丘以是因緣具白世尊佛言畏失梵行來者應與衣分是名畏失梵行

非時衣者佛住舍衛城廣說如上爾時有比丘在人間遊行載滿車衣來佛知而故問是誰衣答言世尊是我衣復問此是時衣爲非時衣答言世尊非時衣淨施未答言未佛言是一切衣應與衆僧是名非時衣

時衣者佛住舍衛城廣說如上爾時有比丘人間遊行載滿車衣來佛知而故問是誰衣答言世尊是我衣復問此是時衣非時衣答言時衣佛言是衣太多减半與僧是名時衣

俱睒彌者佛住舍衛城廣說如上俱薩羅國抄俱睒彌聚落至舍衛城有諸比丘先依此聚落安居即便隨來時祇洹比丘到此聚落索安居施俱睒彌比丘言長老我先依此聚落安居我應先索二人諍已共詣佛所以是因緣具白世尊佛言是中安居應先索然後餘人若二人共索者應共分若是中安居比丘未索餘人索者越毗尼罪復次時尊者劫賓那有二共行弟子有所嫌故捨戒不壞梵行還受具足時祇洹比丘安居竟分衣不與分彼作是言長老我有所嫌故捨戒不壞梵

行還受具足應與我分共往白佛佛言有所嫌故捨戒不壞梵行還受具足應等與分佛言有五事不應與何等五被舉罷道無常破安居去不囑舉者三見中若一一見謗縱經惡邪見邊見諫不捨作舉羯磨是名舉罷道者捨戒不應與若依王力若依大臣力若依賊黨力作是說沙門若不與我分我當作不饒益事如是人雖不應得應與是名罷道無常者死不應得分安居衣已集雖未分命垂終時囑與某甲死已應與是名無常破安居者比丘不前安居不後安居不應得若依王力大臣力賊力若不與我者當作不饒益事如是人雖不應得應與去不囑者不囑取衣分而去者不應與分物人應問誰取某甲分若有取者應問去時囑取不若言不囑應語

言汝莫憂是事若言囑者應相前人若是可信人者應與若非是可信人應語言汝莫憂是事若二人先是同意常相爲取者應與是名五事佛住舍衛城廣說如上爾時有一比丘安居竟往至本生聚落諸親里以此比丘來故廣設供養布施衣物此聚落中先住安居僧以坐後施故不與是比丘分諸親里問言得衣分不答言不得諸親里言我爲汝故設此供養何故不得諸比丘以是因緣具白世尊佛言檀越爲此比丘設供應與分佛言有五聲施是衣施安居僧是衣直施安居僧是物施安居僧是物直施安居僧是處安居者施是名五若施家欲通與餘比丘隨檀越意應與復有四種物隨語應屬現前僧何等四我施衣衣直物物直是名四種施屬現前

僧復有十種得應屬現前僧何等十時藥夜分藥七日藥盡壽藥死比丘物施住處大會非時衣雜物請食時藥者前食後食哆波那食現前僧應得是名時藥夜分藥者十四種漿應廣說是名夜分藥七日藥者酥油蜜石蜜生酥膏應廣說是名七日藥盡壽藥者呵梨勒鞞醯勒阿摩勒如第二戒中廣說是名盡壽藥死比丘物者若比丘死時所有衣鉢雜物現前僧應得是名死比丘物施住處者若檀越作僧房精舍已設大會以此住處及餘雜物施現前僧應得是名住處施大會者生大會菩提大會轉法輪大會阿難大會羅睺羅大會五年大會是中施物現前僧應得非時衣者無迦絺那衣十一月有迦絺那衣十月於中施物現前僧應得是名非時衣雜物者鉢鉢鍍匙腰帶刀子鍼筒革屣盛油革囊軍持澡瓶如是比雜物施現前僧應得是名雜物請食者檀越請現前僧次第住是名請食是名十事現前僧應得復次佛住王舍城爾時諸比丘不截縷作衣廣說如波夜提三種壞色中說復次佛住舍衛城廣說如上爾時有一比丘往至佛所頭面禮足白佛言世尊聽我著一衣少欲少事佛告比丘汝持三衣瓶鉢即是少欲少事復有比丘言聽我著二衣復有比丘言聽我著羺羊毛欽婆羅復有比丘言聽我著髮欽婆羅復有比丘言聽我著馬尾欽婆羅復有比丘言聽我著草衣復有比丘言聽我著樹皮衣復有比丘言聽我著韋衣佛言如是諸衣盡不應著復有比丘言聽我裸形少欲少事佛言比丘此是

外道法應持三衣瓶鉢即是少欲少事復次佛住舍衛城廣說如上爾時諸比丘著上色衣爲世人所嫌云何沙門釋子著上色衣如俗人無異諸比丘以是因緣具白世尊佛言不聽著上色衣上色者丘佉染迦彌遮染俱鞞羅染勒叉染盧陀羅染緋鬱金染紅藍染青染皂色華色一切上色不聽應用根染葉染華染樹皮染下至巨磨汁染復次佛住王舍城天帝釋石窟前經行見摩竭提稻田畦畔分明差互得所見已語諸比丘過去諸佛如來應供正遍知衣法正如是從今日後作衣當用是法復次爾時尊者大迦葉作僧伽棃世尊自手捉尊者阿難爲截復有比丘篸綴有比丘剌短有比丘剌長有比丘剌緣有比丘安紐緤復次有比丘作衣畫作緤佛言不聽畫作緤有比丘疊作緤佛言不聽疊作緤應割截有比丘對頭縫佛言不聽對頭縫應作緤極廣齊四指極狹如穬麥復有比丘一向作緤佛言不聽應兩向有比丘作衣橫緤相當佛言不聽五條應一長一短七條乃至十三條兩長一短十五條三長一短復有比丘作衣縫緤與衣相著佛言不聽後衣宣脫佛言應作馬齒有比丘衣上下破佛言應作緣有比丘作四種色衣佛言不聽應一種色有比丘得上色衣欲浣壞色佛知而故問此比丘欲作何等答言世尊制不聽著上色衣欲浣壞色佛言不須浣聽餘染壞色衣者有七種一欽婆羅衣二劫貝衣三芻摩衣四俱舍耶衣五舍那衣六麻衣七軀牟提衣是名衣法

布薩及羯磨 與欲說清淨 安居并自恣
受迦絺那衣 非迦絺那衣 捨迦絺那衣
安居竟施衣 第四跋渠竟
病比丘法者佛住舍衛城廣說如上佛語阿
難取戶鑰來如來欲按行僧房答言善哉世
尊即取戶鑰隨世尊後時世尊到一破房中
見有一病比丘卧糞穢中不能自起佛問比
丘氣力何似所患增損答言世尊患但有增
無損復問比丘今日得食不不得世尊昨日
得不不得世尊先昨得不不得世尊我不得
食來已經七日佛問比丘爲得已不食爲不
得以不食答言不得世尊佛問比丘汝此間
有和尚不無有世尊有同和尚不無有世尊
有阿闍梨不無有世尊有同阿闍梨不無有
世尊無比房比丘耶答言世尊以我臭穢不
喜故徙餘處去我孤苦世尊我孤獨修伽陀
佛語比丘汝莫憂惱我當伴汝佛語比丘取
衣來我爲汝浣爾時阿難白佛言置世尊是
病比丘衣我當與浣佛語阿難汝便浣衣我
當灌水阿難即浣世尊灌水浣已日曝時阿
難抱病比丘舉著露地除去糞穢出牀褥諸
不淨器水灑房内掃除已巨磨塗地浣曬牀
褥更織繩牀敷著本處澡浴病比丘徐卧牀
上爾時世尊以無量功德莊嚴金色柔輭手
摩比丘額上問言所患增損比丘言蒙世尊
手至我額上衆苦悉除爾時世尊爲病比丘
隨順說法發歡喜心已重爲說法得法眼淨
比丘差已世尊至衆多比丘所敷尼師壇而
坐以上事具爲諸比丘說問比房比丘是誰
答言我是世尊佛告比丘汝等同梵行人病

痛不相看視誰當看者汝等各各異姓異家信家非家捨家出家皆同一姓沙門釋子同梵行人不相看視誰當看者比丘譬如恒河遥扶那薩羅摩醯流入大海皆失本名合為一味名為大海汝等如是各捨本姓皆同一姓沙門釋子汝等不相看視誰當相看譬如刹利婆羅門鞞舍首陀羅各各異姓共入大海皆名海商人如是比丘汝等各各異姓異家信家非家捨家出家皆同一姓沙門釋子不相看視誰當看者若比丘病和尚應看若無和尚同和尚應看若不看者越毗尼罪若有阿闍梨阿闍梨應看若無阿闍梨同阿闍梨應看若不看者越毗尼罪若有同房同房應看若無同房比房應看若不看者越毗尼罪若無比房者僧應差看隨病人宜須幾人應與若不看者一切僧越毗尼罪佛語比丘汝還看本比房病比丘去佛不遠佛化作一病沙彌佛言汝通看是病沙彌此即福罰汝

復次佛住舍衛城廣説如上爾時南方有二比丘共來問訊世尊道中一比丘病一比丘待經二三日語病比丘言我欲前去問訊世尊汝差已後來病比丘言長老待我差已共去答言長老我不見世尊久思慕如渴不容相待汝差已後來彼比丘來詣佛所頭面禮足却住一面佛知而故問汝何處來比丘以上因縁具白世尊佛言比丘此是惡事若有比丘心懷放逸懈怠不精進不能執持諸根馳騁六欲雖近我所為不見我我不見彼若有比丘能執諸根心不放逸專念在道雖去我遠即為見我我亦見彼所以者何隨順如

來法身故破壞諸惡故離貪欲故修寂靜故汝等比丘同出家修梵行汝不相看誰當看者汝還看病比丘去復次佛住舍衛城廣說如上爾時鉢羅眞國有二比丘共作伴來問訊世尊至蜂聚落一比丘病一比丘待經二三日語病比丘言我欲前去問訊世尊汝差已徐來病比丘言長老待我差已共去答言長老我不見世尊久思慕如渴不容相待病比丘言汝必欲去者可爲我囑質帝利居士比丘即往至居士所作是言長壽我二人從遠來欲往詣佛今一人得病欲權留此長壽爲我經紀所須我欲前行問訊世尊居士言尊者宜住共相看視差已俱去答言居士不爾我不見佛久思慕如渴居士言尊者去世尊俱當遣還徒自疲勞比丘故去往至佛所頭面禮足却住一面佛知而故問汝從何來比丘以上因緣具白世尊佛言比丘此是惡事汝等各各異姓信家非家捨家出家同一釋種病痛不相看視誰當看者汝還看病比丘去復次佛住舍衛城廣說如上爾時有一比丘從北方來欲問訊世尊聞道邊有病比丘即作是念世尊制戒病者應看我若見看不得前進即迴道而去往到佛所頭面禮足却住一面佛知而故問汝從何來答言世尊我從北方來從何道來答言從其道來佛言有何因緣捨正道從迴道來比丘以上因緣具白世尊佛言比丘此是惡事如是乃至汝還看病比丘去

看病比丘法者若比丘共商人行至曠野得病同伴比丘不得相捨應當將去代擔衣鉢

應親近扶接不應遠離若不能行者應從商人假借乘䭾作如是言長壽是出家人病不堪及伴爲我載致使得脫難若得者善若言尊者我乘重應言長壽我當與穀草直若得者不得載犉牛車乘草馬等當載特牛車乘䭾馬若病篤無所分别者趣乘無罪若乘不可得者應留能看病人若一人若二人若三人汝看病人我到聚落當求乘來迎應留粮食使住者不乏若各言誰能棄身命於曠野無肯住者不得便爾捨去應作菴舍敷草蓐作烟火與取薪水留時藥夜分藥七日藥盡壽藥語病者言長老安意住我到前聚落當求乘來迎到聚落中不得繞塔問訊和尚阿闍梨應語聚落中諸比丘言曠野中有病比丘共迎去來若言在何處答言某處若言彼處多有虎狼恐當食盡萬無一在雖聞此語不得住要當往看若遥見烏鳥不得便還要到其所若已死者應供養屍若活者應將至聚落語舊比丘長老此是某處病比丘我於曠野供養已今來至此次長老看若不看者越毗尼罪若無比丘應語優婆塞長壽曠野中有病比丘借我乘往迎檀越言在何處如是乃至迎來至檀越家安别障處若人多應取二三人能看病者看若病人言須多人樂住者應盡住共勸化索前食後食時藥夜分藥七日藥盡壽藥供給使無渴乏若有客比丘來者不得便語長老汝看病比丘應言善來長老應代擔衣鉢爲敷牀坐與水洗足及塗足油若時來者應與前食後食若非時來者應與非時漿止息已應語言長老是病比

丘我看已久長老次復應看若無常者應供養舍利若比丘比丘尼共商人行若比丘尼病比丘不得捨去應語去去姊妹將接之宜如毗尼中說唯除抱撮若須按摩油塗身者應倩女人爲之若無常者彼有衣鉢應顧人闍維若無者應捨去有俗人嫌言何以留是死屍去若能作地想者應擔著遠處爾時尊者優波離白佛言世尊若大德比丘病者當云何看視佛告優波離大德比丘病不得著邊陋小房中不得著隱迴處應著顯現房中共行弟子依止弟子常侍左右掃灑房中巨磨塗地燒衆名香勿令臭穢敷置牀坐若比丘來問疾者應與前食後食非時來者應與非時漿若有問事病者應答病人力少應侍者答若優婆塞來問訊者應言善來長壽語令就坐而爲說法汝大得功德如世尊說看持戒病比丘如看我無異若有供養爲呪願受若病人患下問病者不得久停應速發遣若病人不能出應畜三除糞器一授病人一持出一洗已油塗日曝如是遞用一人應戶邊住莫令人卒入一人在病人邊住時時爲隨須說法如是優波離大德比丘病應如是看視時尊者優波離復問世尊小德比丘病當云何看視佛告優波離小德比丘病者不應著顯現處臭穢熏外不得著僻猥處死時人不知應安人中若病人有和尚阿闍梨若共行弟子依止弟子應看若無者衆僧應差看病人若一二三人看若病人衣鉢外有醫藥直者應取還供給若無者衆僧應與若僧無者彼有重價衣鉢應轉貿輕者供給病人

病人惜者應白衆僧言大德僧某甲病比丘不知無常慳惜衣鉢不肯貿易白僧已輭語說法使得開解然後貿易若復無者應乞與若不能得者應僧食中取好者與若復無者看病人應持二鉢入聚落乞食持好者與優波離是名看小德病比丘法病人成就五法難看何等五不能服隨病藥隨病食不從看病人語增損不知苦痛不能忍懈怠無慧是名五法病人難看病人成就五法易看何等五能服隨病藥隨病食隨看病人語人問知病增損能忍苦痛精進有慧是名五法病人易看五法成就不能看病何等五多汗不能出大小行器唾壷等不能爲病人索隨病藥隨病食不能時時爲病人隨順說法有悕望心惜自業是名五法不能看病五法成就能看病人少汗能出大小行器唾壷等能爲病人索隨病藥隨病食能時時爲病人隨順說法無悕望心不惜自業是名五法能看病人病人九法成就命雖未盡而必横死何等九一知非饒益食貪食二不知籌量三内食未消而食四食未消而擿吐五已消應出而强持六食不隨病食七隨病食而不籌量八懈怠九無慧是名九法成就而必横死復次成就九法終不横死何等九一知非饒益食便少食二善知籌量三内食消已而食四不强吐五不强持六不食不隨病食七食隨病食能籌量八不懈怠九有智慧是名成就九法終不横死佛語優波離有三種病人何等三有病人得隨病藥隨病食如法看病而死或有病人不得隨病藥隨病食如法看病而活

有病人得隨病藥隨病食得如法看病人病必差不得便死優波離病比丘中有不得如法看便死得如法看便活者是故應好看務令如法安隱即爲施命是故看病得大功德諸佛讚歎是名看病人法

藥法者佛俱薩羅國遊行爾時尊者舍利弗風動諸比丘以是因緣具白世尊佛問比丘宜須何藥答言世尊呵梨勒佛言從今日聽病比丘服呵梨勒佛告諸比丘待我還舍衛城時語我當爲諸弟子制藥法佛還舍衛城諸比丘白佛言世尊當爲諸弟子制藥法今正是時佛告諸比丘從今日聽諸病比丘服藥藥法者時根非時根如是莖皮葉果漿時根者蕪菁根葱根緊杈根阿藍扶根芋根磨豆羅根藕根如是等與食合者是名時根非時根者婆吒根華茇羅根尼俱律根佉提羅根蘇揵闍根如是等不與食合者是名非時根莖皮葉華果亦如是漿者時漿非時漿時漿者一切米汁粉汁乳酪漿是名時漿非時漿者一切豆一切穀一切麥漬頭不坼酥油蜜石蜜是名非時漿若比丘病醫言與食便活不與食便死者應淨洗器七遍淘穀緻囊盛繫已器中煑令頭不破然後與飲一切地亦時亦非時除八種灰餘一切灰亦時亦非時是名藥法

和尚阿闍黎共行弟子依止弟子法者佛住舍衛城廣說如上爾時有一歲比丘將無歲弟子兩肩上各有衣囊頭上戴一左手捉鉢及革屣右手提澡瓶及盛油革囊共詣佛所頭面作禮頭上衣囊墮世尊膝上世尊即自

却已知而故問是誰答言世尊是我共行弟子汝幾歲答言一歲弟子幾歲答言無歲佛語比丘喻如溺人而復救溺汝始一歲已畜無歲弟子佛告諸比丘不能自降欲降伏他無有是處不能自調而欲調御他人無有是處不能自度而欲度人者無有是處自未解脫欲解脫餘人者無有是處佛語比丘已能自降伏降伏餘人斯有是處能自調御調御餘人斯有是處已能自度兼度餘人斯有是處已自解脫解脫餘人斯有是處佛言從今日後不聽減十歲比丘度人出家受具足復次佛制戒不聽未滿十歲度人出家受具足爾時難陀優波難陀滿十歲度人出家受具足已不教誡如天牛天羊戴標蕩逸無制御者清淨不具足威儀不具足不知承事和尚阿闍梨不知承順長老比丘不知入聚落法不知阿練若法不知入衆法不知著衣持鉢法諸比丘以是因緣具白世尊佛言從今日有十法成就聽度人出家受具足何等十一持戒二多聞阿毗曇三多聞毗尼四學戒五學定六學慧七能出罪能使人出罪八能看病能使人看九弟子有難能送脫難能使人送滿十歲是名十事聽度人出家受具足下至滿十歲知二部律亦得復次佛住舍衛城廣說如上爾時有比丘命終有二共行弟子感思憂惱共坐樹下如商人失財佛知而故問是何等比丘諸比丘以是因緣具白世尊佛言從今日後聽請依止敬如和尚請依止法者應偏袒右肩胡跪接足作如是言尊憶念我某甲從尊乞求依止尊爲我作依止我

依尊故得住第二第三亦如是說復次有一歲比丘受無歲比丘依止乃至九歲比丘受八歲比丘依止諸比丘以是因緣具白世尊佛言從今日後不聽減十歲受人依止時六群比丘滿十歲受人依止已不教誡如天牛天羊乃至不知著衣持鉢法諸比丘以是因緣具白世尊佛言從今日後成就十法聽受人依止何等十持戒乃至滿十歲是名十事得受依止下至滿十歲知二部律亦得欲請依止時不得趣請有五法成就然後請何等五一愛念二恭敬三慚四愧五樂住是名五法應請依止阿闍棃有四何等四一依止師二受法師三戒師四空靜處教師復有四種阿闍棃何等四有阿闍棃不問而去有阿闍棃須問而去有阿闍棃苦住盡壽應隨有阿闍棃樂住雖遣盡壽不離不問而去者有師依止住無衣食病瘦湯藥復不能說出家修梵行無上沙門果法如是師不問而去問而去者有阿闍棃依止而住雖有衣食病瘦湯藥而不能說出家修梵行無上沙門果法如是師須問而去苦住者有阿闍棃依止而住雖無衣食病瘦湯藥善說出家修梵行無上沙門果法如是阿闍棃共住雖苦盡壽不應去有樂住者有阿闍棃依止而住能與衣食病瘦湯藥善說出家修梵行無上沙門果法如是阿闍棃雖驅遣盡壽不應去是名四復有四種何等四受法依止調伏貪欲瞋恚愚癡是中能爲弟子善說法除貪欲瞋恚愚癡如是阿闍棃最上最勝喻如從乳得酪從酪得酥從酥得醍醐醍醐最上最勝和尚阿闍

黎應教共住弟子依止弟子教法者不淨應遮非行處被羯磨惡邪見自解使人解自出罪使人出罪病自看使人看難起若自送若使人送王賊不淨應遮者弟子犯小小戒别衆食處處食女人同屋未受具足人過三宿截生草不淨果食應教言莫作是若言和尚阿闍梨我更不作者善若言和尚阿闍梨但自教教他爲若如是者應語知牀褥人奪牀褥知食人斷食若前人凶惡依王力大臣力能作不饒益者若是和尚應避去若是依止阿闍梨應擔衣鉢出界一宿還即離依止共住弟子依止弟子作不淨行和尚阿闍梨不教者越毗尼罪是名不淨應遮非行處者大女家寡婦家摴蒱家酤酒家惡名比丘尼惡名沙彌尼在是諸處往反者和尚阿闍梨應

教莫此處來往是非可習近處若受者善乃至出界一宿還即名離依止共住弟子依止弟子在非行處往反若不教者越毗尼罪是名非行處被羯磨者應料理僧若作折伏羯磨不語羯磨發喜羯磨擯出羯磨於三見中若一一見謗經惡邪見邊見諫不捨作舉羯磨和尚阿闍梨應爲弟子悔謝諸人諸長老此本惡見今已捨行隨順凡夫愚癡何能無過此小兒晚學實有此過從今日當教勑更不復作悦衆竟已求僧爲解羯磨共住弟子依止弟子僧作羯磨不爲解者越毗尼罪是名被羯磨惡邪見起自解使人解者若弟子起惡見若謗經若惡邪見若邊見和尚阿闍梨應教莫起此見此是惡事墮惡道入泥犂長夜受苦如是種種爲説捨者善若不

捨者應語彼知識如是言長老爲彼說令捨惡見若不自解不使人解越毗尼罪是名惡見自解使人解自出罪使人出者若弟子犯可治罪若犯僧伽婆尸沙覆藏者應自與波利婆沙若不覆藏者應與摩那埵乃至越毗尼罪應自治若不能者使人治若共住弟子依止弟子犯罪師不自與出不使人與出越毗尼罪是名自出罪使人出罪病自看使人看者若弟子病應自看使人看不得使人看已自不經勞一日應三往看語看病人汝莫疲厭展轉相看佛所讚歎若共住弟子依止弟子病師不看者越毗尼罪是名病自看使人看難起若自送若使人送者若弟子親里欲罷其道師應教遠避成就出家功德應自送若老病若知僧事應囑人送若不自送不使人送越毗尼罪是名難起若自送若使人送王賊若弟子爲王收録師不應便逐去應在外伺候消息至王家問誰是和尚阿闍梨爾時應入若事枉橫應求知識證明若須財物追逐應與衣鉢若無者應乞求與若弟子爲賊抄賣遠在他方者師應推求追贖若弟子王賊所捉和尚阿闍梨不救贖者越毗尼罪若和尚阿闍梨共住弟子依止弟子亦應如是諫不得麤語如教誡法應軟語諫和尚阿闍梨不應作是事若言子我更不作若爾者善若言止止汝非我和尚阿闍梨我當教汝汝更教我如逆捋竹節汝莫更說若是和尚者應捨遠去若依止阿闍梨應持衣鉢出界一宿還依止餘人若師有力勢應遠去若不去應依止有德重人若非行處應諫若被

羯磨應料理若起惡見當自解倩人解自出罪倩人出病不病應供給若師有難應送去若王賊捉應追救若共住弟子依止弟子師犯小小戒不諫乃至王賊捉不追救者越毗尼罪共住弟子依止弟子於和尚阿闍梨邊應行是事起迎報語作是事自作與他作衣鉢事自剃與他剃刀治與取受經授他與欲取欲服藥迎食與他迎食離境界大施不問去起迎者弟子遥見和尚阿闍梨應起迎若食五正食若受一食法不得起者應低頭若受一食法時應白師師應問汝堪一食不堪者應受若言不堪應語莫受若弟子見師不起者越毗尼罪是名不起迎報語者和尚阿闍梨共語弟子應報若口中有食能使聲不異者應報若不能者待咽已然後報師言何故闇我語不報應語言弟子口中有食若師語不報者越毗尼罪是名報語作事者和尚阿闍梨語弟子作是事如法應作若言喚彼女來取酒來應輒語言我聞如是等非法事不應作師若語作如法事不作者越毗尼罪是名作事自作與他作者若欲有所作應問我欲共某甲作是事師應觀相前人若不善持戒者應語莫與從事若是善持戒者應語共作若次到作維那直月應白師如威儀中廣說是名自作與他作衣鉢事者若欲熏鉢若取巨磨泥壚及熏時一一應白若不能一一白者但言我欲作熏鉢事一白通了熏鉢時應問和尚阿闍梨鉢欲熏不若言熏應問爲先熏後熏爲一處熏若言一處應問著上著下隨師教應作若欲染衣時應白若浣時

縫時煑染時一一應白若不能者但言我欲作染衣事一白通了染衣時應先問和尚阿闍梨衣欲染不若言染者應問欲前染後染爲一時若言一時應先浣和尚阿闍梨衣如是縫時染時舉時不得持師衣裹巳衣應持巳衣裹師衣作衣鉢事不白師越毗尼罪是名衣鉢事自剃與他剃者自欲剃髮時應白師師應問誰與汝剃答言某甲某甲知剃不答言此是眼見事師言不可若言知師應觀前人不善持戒亦言不可若善持戒應言剃若欲與他剃髮者應白師我與某甲比丘剃髮師應問汝能不答言此是眼見事何故不能應語不可若言我能應相前人若不善持戒者應言不可若善持戒者應言好用意若和尚阿闍梨入聚落後剃髮人來欲令剃髮者應白餘長老比丘我欲剃髮師還應白師行後得剃髮人剃髮是名自剃與他剃刀治者欲與他破瘡時應白師與某甲比丘破瘡師應問汝能不答言此眼見事何故不能師言不可若言能師應相前人若不善持戒者應語不可若善持戒者應問何處病若言猥處者應語離穀道邊各四指莫觸若刺頭出血若餘處癰痤等應作若自欲破瘡時應白師師應問在何處若言在猥處者應語不可若在餘處如上說是名刀治與取者若欲與他物時應白師師應問與誰若言與寡婦童女婬女摴蒱凶惡人惡名比丘尼惡名沙彌尼不持戒比丘應語不應與此人等相習近若父母不信三寶者應少經理若有信心者得自恣與無乏若欲取他物時應白師師應

問誰與汝若言大童女乃至不善持戒比丘與我應語莫與此人等相習近若言善持戒者應語取問齊幾許得不白與取半條綖半食是名不白與取與他迎食自迎食者若他倩迎食時應白師與某甲比丘迎食師應問彼比丘何故不去答彼閒食苦此閒食樂應語若求樂者莫爲請若爲維那若病人請者當相望其人不善持戒者應言不可若言當次與迎應語取彼鉢淨洗合自鉢持去若言彼善持戒者應言與迎若欲倩人迎食者應白師師應問汝何故不去答言彼閒食苦此閒食樂應語汝爲樂故不可若作維那若病應問使誰迎答言某甲若彼不善持戒應言不可若言彼次應與我迎食應語更倩餘人若同和尚阿闍梨若善持戒者迎是名迎食與他迎受經授經者若欲授他經時應白師師應問授誰經答言與某甲比丘授經授何經若言沙路伽耶陀應語不可世尊所不聽若言呪經應語可應教彼莫以此活命若言阿含師應相彼人不善持戒應言不可若善持戒者應問汝經利不答言不利他邊問已當授應言不可若言利者應語授若欲自受經時亦應白師如上說是名自受授他與欲取欲者若欲與欲取欲時應白師如上迎食中廣說服藥者欲服藥時當先白師若已坐欲先飲酥後食者雖不白而服無罪離境界者出僧伽藍門過二十五肘應白而去若經行若坐禪應白令知處所欲大小行時若在師前應低頭設敬而去不在師前不敬無罪作大施者若欲大施應白師言我一切所有

盡欲布施師應語出家人要須三衣鉢盂尼師壇漉水囊革屣弟子言我除是外一切盡欲布施師應相望若不善持戒不受誦習行道應言聽若善持戒能受誦習行道應語希施非是堅法汝依是諸物以備湯藥得坐禪誦經行道若言我有親里自供給我衣食病瘦湯藥師應語若爾者聽是名大施白去者若欲行時應白和尚阿闍梨不得臨行乃白應先前一月半月預白弟子欲至某方國土師應問何事故去若言此間僧作事苦受經誦若和尚阿闍梨復言少食少飲多覺少眠彼間住樂師應語汝爲是故出家何得辭苦若言和尚阿闍梨經營事務不授我經是故欲去若能授者應語莫去若不能者衆中有善持戒誦利者應語於彼受若復無者彼間有知識多聞比丘應遙囑若行時不白和尚依止阿闍梨而去者越毗尼罪是中共住弟子依止弟子於和尚阿闍梨所應行是事是名白和尚阿闍梨而去

摩訶僧祇律卷第二十八

音釋

氎達協切毛布也　絺丑遲切　鬱紆勿切　襞必益切揖疊衣也　輯而容切毴飾也　牂茲郎切母羊也　裸郎果切赤體也　鞞頻彌切　緋芳微切絳色也　畦奚圭切畦畛也　篸祖含切與鐕同可以綴著物者　紐女九切結曾也　緤私列切系也　刺緣刺七迹切針縫也緣俞絹切衣裳之側曰緣　⿺麥廣古猛切麥也　鑰弋灼切鍵鑰也　曝步木切日乾也　牸疾置切牝牛也　貿莫候切易也　悕香衣切冀也　蓽茇蓽壁吉切茇蒲撥切　漬疾智切浸也　拆恥格切開也　淘徒刀切汰也　緻直利切密也　摴蒱摴丑居切蒱薄胡切摴蒱博戲也　癰於容切癤也　痤才何切小腫也　漉盧谷切濾也

摩訶僧祇律卷第二十九

東晋三藏法師佛陀跋陀羅共沙門法顯譯

雜誦跋渠法第九之七

復次佛遊俱薩羅國爾時諸比丘持和尚衣阿闍梨衣鉢在前去界内聚坐待師畏失依止故不出界佛知而故問此是何等比丘聚坐諸比丘以是因緣具白世尊佛告諸比丘此非是離依止待如來俱薩羅國遊行還舍衛城時語我當為諸弟子制捨依止法還舍衛城諸比丘以上因緣具白世尊今正是時唯願世尊為諸比丘制捨依止法佛告諸比丘若和尚命終時離依止若罷道被舉和尚出界宿若共住弟子出界宿是名離依止若共依止阿闍梨若命終罷道被舉若出界宿若依止弟子出界宿若滿五歲善知法善知毗尼得離依止是名捨依止若比丘不善知法不善知毗尼不能自立不能立他如是比丘盡壽應依止住若比丘滿十歲善知法善知毗尼能自立復能立他如是比丘得受人依止是名和尚阿闍梨共住弟子依止弟子法

沙彌法者世尊不樂欲父母愛重為之泣淚臨得轉輪王捨家出家乃至尊者羅睺羅出家因緣應廣說佛告舍利弗汝去度羅睺羅出家舍利弗言我云何度羅睺羅出家佛言汝往教言我羅睺羅歸依佛歸依法歸依僧如是三說我羅睺羅歸依佛竟歸依法竟歸依僧竟盡壽不殺生不盜不邪婬不妄語不飲酒佛陀婆伽婆出家我羅睺羅隨佛出家如是三説佛婆伽婆出家我羅睺羅隨佛出

家捨俗服著袈裟盡壽不殺生持沙彌戒盡壽不盜持沙彌戒盡壽不婬持沙彌戒盡壽不妄語持沙彌戒盡壽不飲酒持沙彌戒盡壽不著華香持沙彌戒盡壽不觀聽歌舞作樂持沙彌戒盡壽不坐卧高廣牀上持沙彌戒盡壽不過時食持沙彌戒盡壽不得捉金銀及錢持沙彌戒如是憶念持復次佛住舍衞城廣說如上爾時尊者阿難有一知識檀越家合門疫病死盡唯有一小兒在恒在市肆前拾粒自活時尊者阿難行過時小兒見已隨後而喚公公阿難不聞遂去爲世人譏嫌言云何沙門釋子他有足時强親如父如子今見衰喪而不顧錄小兒追喚不已阿難顧視識之呼言子來時小兒隨後入祇洹精舍佛見已知而故問是誰小兒阿難以上因緣具白世尊此小兒得出家不佛告阿難汝作何心答言慈愍心佛言得出家世尊當云何與出家如上羅睺羅出家中廣說復次佛住舍衞城廣說如上爾時有摩訶羅出家聚落中安居竟欲詣世尊問訊將十沙彌爾時世尊在露處坐摩訶羅遥見世尊便指語諸沙彌言是汝祖公時諸小沙彌競前趣佛或捉牀坐或牽捉衣或摩足或捉澡罐佛知而故問是誰沙彌答言是我許佛言汝云何多度沙彌從今日不聽畜衆若畜一極至三聽畜若大德比丘多人宗重應語與餘人復白言我知有餘人但欲在阿闍梨下受誦經法增長修學是故與阿闍梨如是應語與餘人得自教授若畜衆沙彌得越毗尼罪復次佛住舍衞城廣說如上爾時有比丘將一沙彌

歸看親里路經曠野中道有非人化作龍右繞沙彌以華散上讚言善哉大得善利捨家出家不捉金銀及錢比丘到親里家問訊已欲還時親里婦言汝今還去道迴多乏可持是錢去市易所須沙彌受取繫著衣頭而去中道非人見沙彌持錢在比丘後行化作龍來左繞沙彌以土坌上說是言汝失善利出家修道而捉錢行沙彌便啼比丘顧視問沙彌汝何故啼沙彌言我不憶有過無故得惱師言汝有所捉耶答言持是錢來師言捨棄棄已非人復如前供養比丘以是因緣往白世尊佛言從今日後不聽沙彌持金銀錢若比丘使沙彌最初捉金銀錢者得越毗尼罪若見沙彌先已捉後使捉者無罪復次佛住舍衛城爲諸天世人之所供養廣說如上爾時尊者大目連共專頭沙彌食後到閻浮提阿耨大池上坐禪時專頭沙彌見池邊金沙便作是念我今當盛是沙可著世尊澡罐下尊者目連從禪覺即以神足乘空而還時專頭沙彌爲非人所持時目連迴視喚沙彌來答言我不能得來復問汝有所持耶言持是金沙汝應捨棄捨已即乘虛而去諸比丘以是因緣具白世尊佛言從今日不聽沙彌捉金銀及錢復次佛住迦維羅衛尼俱律樹釋氏精舍諸檀越設供飯僧時有沙彌在中逐烏驅蠅並拾遺飯骨菜果菰而噉時有諸母人情多憐愍見已作如是言沙門釋子無有慈心食不平等如畜犢子先乳後犖而今比丘畜此小兒獨食不與此壞敗人何道之有諸比丘以是因緣具白世尊佛言從今日後

出家人食應等與沙彌法者沙彌有三品一者從七歲至十三名爲驅烏沙彌二者從十四至十九是名應法沙彌三者從二十上至七十是名名字沙彌是三品皆名沙彌爾時尊者優波離知時而問世尊沙彌云何與安居衣分佛言若得比丘意應與若半若三分之一得比丘意者持戒能作淨事優波離復白佛言云何與沙彌非時衣分佛言等與若沙彌得多衣畏作非法去者若與半若三分之一若被和尚阿闍梨言等與是沙彌無他應隨師語與亡人衣分亦如是名沙彌法

鉢法者佛住尸利曼荼羅林中成佛不久時有商人一名帝棃浮裟二名跋棃伽應廣說乃至持麨蜜往詣世尊世尊作是念過去諸如來應供正遍知爲手受食爲器受食耶作是念已時四大天王各持金鉢來奉世尊佛言不應受如是銀鉢一切寶鉢皆不應受復各持石鉢來佛復作是念若受一鉢恐諸王意不悅即時受四鉢累置左手中右手按之合成一鉢令四際現佛受鉢已受商人麨蜜廣說呪願爾時商人歡喜前白佛言願賜爪髮還起支提佛即剪爪剃髮與之起塔復次佛住孫婆白土聚落爾時孫婆天神來至佛所白佛言世尊是過去中諸如來應供正遍知受用此間瓦鉢唯願世尊聽諸比丘受瓦鉢佛言從今日聽受瓦鉢復次佛住舍衛城爾時有比丘往至法豫瓦師所作如是言長壽爲我作鉢爾時作好瓦鉢令色如金作已即與比丘佛言不聽作金色復作銀色佛言不聽作銀色佛語諸比丘今是齋日喚法豫

優婆塞洗浴著淨衣受布薩時優婆塞洗浴著淨衣來至佛所受布薩已世尊示土處汝知是土如是和如是打如是埏如是作如是熏作鉢成就已作三種色一者如孔雀咽色二者如毗陵伽鳥色三者如鴿色佛言熏時當伺候使作如是色復次佛住舍衛城爾時有比丘優波尸波國土持鉢來白佛言世尊聽用是鉢不佛言聽用如是加絺那國持鉢來佛言聽用北方比丘持赤鉢來白佛言聽用是鉢不佛言不聽用復次佛住舍衛城五事利益故如來應供正遍知五日一行諸比丘房見一比丘疢手佛知而故問比丘汝安樂不答言世尊我手疢失鉢墮地破鉢故是以不樂佛言從今日聽諸比丘用鐵鉢用鐵鉢時應作鉢爐熏熏時當用阿摩勒核佉陀羅核巨摩竹根熏復次佛住王舍城爾時王阿闍世作大新堂竟作是念此堂誰當知其過失唯有諸沙門釋子聰明智慧能知此過失又作是念我不可直喚諸比丘來看此堂正當設會虛處著人微聽所說爾時諸比丘來入有一比丘作是言此堂都好唯一角差降一麴麥許復有一比丘作是言此堂都好唯閤道上戸楣額太下王刹利種羽儀扇蓋不得平行出入時有一摩訶羅比丘見地斷材頭作是念此好可作鉢比丘食訖還去爾時諸人各白王所聞王即喚巧匠以繩量度如說無異即勅巧匠使令改之王憶摩訶羅語諸比丘故當須鉢即喚巧師旋作木鉢作種種飲食盛滿鉢復持瓦鉢鐵鉢盛滿飲食遣人送往奉上世尊佛言不聽用木鉢受垢

臟故亦是外道標式故不得受此中淨者世尊即受不淨者不受復次佛住王舍城爾時阿闍世王未與毗舍離車有怨時南國商人持一段摩尼來與王阿闍世阿闍世得已作是念此寶是諸舅所須即遣人送與離車離車得已作是念此寶不可分即著摩尼庫中離車後行諸庫見摩尼已此寶可中作器飲釋伽羅漿即喚摩尼師來作器器成偶似鉢形離車作是念此是出家人器非俗所宜應與薩遮尼揵子復有言應與姊子尼揵復有言何故與噉酒糟驢應與世尊如是衆多各各不同即行籌取定與佛者多衆人議言我等不可空鉢與佛應當莊校即以碎寶滿鉢置寶籠中復持瓦鉢鐵鉢盛種種食奉獻世尊佛語諸離車此摩尼鉢不應受是中碎寶及寶籠亦不應受聽鐵鉢瓦鉢不聽寶鉢淨者應受不淨者不應受離車即持寶鉢還歸衆人議言應與姊子尼揵復有人言是噉酒糟驢不應與寶籠及碎寶應作繩絡囊盛空鉢與即作繩絡盛空鉢遣人送與時有一離車信敬尼揵先往具白此事彼送鉢來者慎莫與受鉢至已尼揵言是空鉢不應受麻繩作絡亦不應受先與瞿曇沙門後與我故亦不應受我今唯受一事若截諸年少離車舌合鹽油麨盛滿鉢來我當受信還具白諸離車諸離車言此是我姊子怨傷故作是言耳但當送與如是三反所言不異諸離車言此是奇事我以厚施反生怨毒即遣人往持塼打殺諸比丘以是因緣具白世尊云何薩遮尼揵子坐舌害身佛言非但今日坐舌害身

如舉吉羅本生經中廣説巔多梨鳥生經中説如鸖鵲生經中説如鸜鵒鳥生經中説復次佛住舍衛城爾時有比丘鉢中安隔盛種種食佛知而故問比丘汝鉢中作何等答言世尊是中一處安飯一處安羹一處安肉菜佛言汝貪著種種味耶從今日不聽鉢中安隔若安隔者越毗尼罪若以餅隔及飯隔者無罪復有比丘用生鉢食故而吐佛言應熏當用阿摩勒核熏佉陀羅核巨摩竹根熏爾時諸比丘鉢底盡佛言底應安曼荼羅鍱爾時諸比丘用金銀寶物作佛言不應用金銀作應用赤銅白鑞鉛錫爾時諸比丘盡通遍覆鉢佛言不聽一切遍覆極大者去緣四指極小者如尸舍樹葉諸比丘曼荼羅上作鳥獸形像佛言不聽作鳥獸形像若作鉢鍱者若方若圓曼荼羅法者若鉢無曼荼羅不得著地若著地者得越毗尼罪應著鉢鉸上若葉若草上若鉢安曼荼羅者著地無罪若泥地曼荼羅者著地無罪下至水灑地安鉢無罪若停鉢置地者越毗尼罪是名鉢法

粥法者佛住舍衛城時城内難陀母優婆斯一荼羅毋半月中三受布薩八日十四日十五日布薩日作食先飯比丘後自食至明日復作布薩食作釜飯逼上飯汁自飲即覺身中内風除宿食消覺飢須食作是念阿闍梨是一食人應當須粥取多水著少米合煎去兩分然後内胡椒蓽茇粥熟已盛滿堈持詣祇洹精舍至已稽首佛足却住一面白佛言唯願世尊聽諸比丘食粥佛言從今日後聽食粥其日有檀越精舍中飯僧諸比丘心生

疑世尊制戒不得處處食我等云何作淨得食佛言若粥初出釜畫不成字者是非處處食非別衆食非滿足食若粥初出釜畫成字者名處處食亦名別衆食滿足食爾時世尊說偈呪願

持戒清淨人所奉　恭敬隨時以粥施
十利饒益於行者　色力壽樂辭清辯
宿食風除飢渴消　是名爲藥佛所說
欲生人天常受樂　應當以粥施衆僧

復次佛俱薩羅國遊行漸漸至呵帝欽婆羅門聚落應廣說乃至婆羅門車載粳米豆胡麻酥油石蜜隨逐世尊六月中欲伺無人作供時我當作供佛在世人民信心歡喜多設供養前食後食都無空缺世尊還舍衛城時婆羅門家遣信來追種作時至宜應速還時婆羅門問尊者阿難世尊明日從何門出趣舍衛城阿難言婆羅門汝何故問婆羅門言我所有米豆欲散道中願佛比丘僧蹈上而去便爲受用阿難言婆羅門須我問佛爾時尊者阿難以是因緣具白世尊佛言阿難誰曾教化受彼供養答言尊者舍利弗佛問舍利弗汝曾受彼供養耶世尊我曾受彼一食佛言汝即是教化彼者可往語婆羅門明日能爲僧作粥不舍利弗即往說法乃至能爲衆僧作粥不婆羅門言我乃欲以米豆布地令佛及僧蹈上過作粥何以不能即夜辦種種粥酥粥乳粥油粥酪粥肉粥魚粥晨朝佛比丘僧坐已手自行粥佛知而故問米置何處答言此處何處煑答言此處佛言內宿不聽內煑亦不聽聽餘淨粥復次佛俱薩羅國

遊行至故名婆羅門聚落爾時有剃髮師摩訶羅父子出家住此聚落時摩訶羅聞世尊來即語兒言汝持剃髮具入聚落求豆米酥油石蜜世尊至當作種種粥兒即入聚落衆人問言汝剃髮欲得何物答言我須米豆酥油石蜜汝用何爲答言明日世尊至當作種種粥時諸居士聞已信心歡喜加倍與之即持還住處世尊至已摩訶羅自作種種粥至明旦佛比丘僧坐已摩訶羅自洗手躬自行粥佛知而故問比丘此何等粥答言世尊我本在家時供養諸比丘常作是念何時當得自手供養世尊今故作此粥佛言何處得米答言小兒客作剃髮得佛言内宿不聽内煑不聽自煑不聽客作得亦不聽餘淨粥淨作得食復次佛鶱求多羅國遊行時鷄尼耶螺髮梵志聞世尊來作種種粥酥粥胡麻粥乳粥酪粥油粥魚肉粥佛比丘僧坐已行種種粥諸比丘心生疑世尊制戒不得處處食我等云何得淨而食佛言若粥初出釜畫不成字者聽除肉粥魚粥餘一切粥非處處食非别衆食非滿足食若比丘乞食煑飯未熟合泔汁捲與食無罪若但取飯與食者名别衆食處處食滿足食是名粥法

餅法者佛住舍衛城世尊四月一剃髮剃髮時世人持種種餅食來看世尊時有一婆羅門問婦言家中有餅具不答言有粳米二斗油四升用作何等答言沙門瞿曇今日剃髮諸人悉持餅往汝可疾疾作我欲隨伴供養沙門瞿曇即作餅盛著器中以淨巾覆上持去爾時世尊大衆圍繞國王大臣刹利婆羅

門十八大聚落主悉在會中此婆羅門疑懼不敢近前獨在一處作是念若沙門瞿曇一切智一切見者常觀世間無不見無不知者若照世間我今亦是世間亦應知見我心佛知婆羅門心念已即遙喚婆羅門來來已佛知而故問婆羅門汝器中何等答言是餅世尊佛語婆羅門行與衆僧人人與一答言此大衆五百今餅甚少不能得遍佛言汝但行婆羅門即行餅人與一番餅故不減乃至三遍猶故不減時婆羅門作是念沙門瞿曇有大神力如是少餅大衆三遍猶故不減佛知婆羅門心歡喜已隨順說法示教利喜婆羅門即得須陀洹道諸比丘白佛言世尊云何婆羅門以少因緣得大果報佛言不但今日以少因緣得大果報過去世時已曾如是如本聚生經中說餅者大麥餅麵麥餅小麥餅米餅豆餅油餅酥餅摩睺羅餅鉢波勒餅牛耳餅波利斯餅芻徒餅曼坻羅餅歡喜丸肉餅如是比一切皆名餅除肉餅實茶餅餘一切餅非別衆食非處處食非滿足食是名餅法

菜法者佛住南山頻頭大邑爾時有二優婆夷一名婆婆居二名叉波能煑菜令如肉味煑好菜已奉諸比丘比丘不受心生疑悔世尊制戒不得處處食我等云何作淨得食以是事具白世尊佛言一切菜非處處食非別衆食非滿足食菜者乾菜蕪菁菜葱菜瓠菜如是比是名菜

麨者大麥麨小麥麨麵麥麨蒙具麨磨沙麨迦羅耶麨伊離麨胡麻麨如是比一切麨非

别衆食非處處食非滿足食是名匆法衆法者佛住王舍城爾時優伽梨居士作大施象馬奴婢各五百種種雜施中有衆停久諸比丘飲已醉悶以是因緣具白世尊佛言從今日後壞衆不聽飲復次佛住南山頻頭沙羅婆羅門聚落爾時沙羅聚落中婆羅門居士節會日飲食相餉爾時世尊時到著入聚落衣持鉢入村乞食時魔波旬作是念沙門瞿曇入聚落乞食我當先往聚落惑彼人心使不與食時世尊入聚落乞食遍無所得空鉢而出到一樹下坐時魔波旬復作是念沙門瞿曇乞食遍無所得我今當往嬈亂其意即到佛所在一面立作是言沙門瞿曇可往聚落乞食當令入村便得種種好食爾時世尊爲波旬說偈言

汝今無善利　以嬈如來故　自得無量罪
如來無苦事　離一切煩惱　常得安樂住
念法禪悅食　喻如光音天

時魔波旬忽然不現其日世尊失食諸比丘聞已食者悔食食半者止未食者不食時沙羅婆羅門聞佛比丘僧失食即持五百瓶石蜜奉獻世尊佛語比丘以水作淨受取病不病比丘盡得食復次佛住梨耆闍河邊時世尊鉢比丘鉢共在露處時有獼猴行見樹中有無蜂熟蜜來取世尊鉢諸比丘遮佛言莫遮此非惡意獼猴便持鉢取蜜奉獻世尊不受須待水淨猴不解佛意謂呼有蟲轉看見鉢邊有流蜜持到水邊洗鉢水濺鉢中持還奉佛佛即受取佛受已獼猴大歡喜却行而舞墮坑命終時諸比丘即說偈言

十力世雄在榛林　佛鉢僧鉢在露處
野獸殖德有情智　見好成熟無蜂蜜
直前往趣世尊鉢　比丘欲遮佛不聽
得鉢盛蜜來獻佛　如來慈愍爲受之
心悅歡喜却行舞　脚跌墜坑而命終
即生三十三天上　下生出家成羅漢

復次佛鶱求多羅國遊行爾時鷄尼耶螺髮梵志聞世尊來辦種種漿待世尊世尊至已以種種漿施佛及僧諸比丘心生疑世尊制戒不得飲壞漿我等云何得飲諸比丘以是因緣具白世尊佛言聽飲漿漿者有十四種何等十四一名奄羅漿二拘葉漿三安石榴漿四巔哆漿五蒲萄漿六波樓沙漿七揵揵籌漿八芭蕉果漿九榴伽提漿十劫頗羅漿十一波籠渠漿十二石蜜漿十三呵梨陀漿十四呿披梨漿是名十四種漿澄清一切聽飲若變酒色酒味酒香一切不聽飲若持漿來者應作淨若器底有殘水即名作淨若天雨墮中是名作淨若洗器有殘水亦名爲淨若車載石蜜被雨者即名爲淨若船載水濺即名作淨若淨人洗手水濺亦名爲淨是名漿法

蘇毗羅者佛住憍薩羅國遊行爾時尊者舍利弗風患動諸比丘以是因緣具白世尊佛言當須何藥治答言世尊須蘇毗羅漿佛言聽服佛告諸比丘待如來從憍薩羅國遊行還舍衛城語我我當爲諸弟子制蘇毗羅漿法行還已諸比丘白佛言世尊先勑還舍衛城時當爲諸比丘制蘇毗羅漿今正是時佛告諸比丘作蘇毗羅漿法者取麨麥輕擣却

芸塵土勿令頭破以水七遍淨淘置淨器中卧蘇毗羅漿時不得著東不得著北應著南邊西邊開通風道勿使臭氣來不得安著塔院中不得著顯現處應著屏處以呵梨勒鞞醯勒阿摩勒胡椒蓽茇羅如是比盡壽藥等置中以淨氎覆之以繩鷄足繫以木蓋上受蘇毗羅漿時隨漿多少以水中解然後飲若不與水解飲越毗尼罪若麥頭不破時非時得飲若麥頭破時得飲非時不得飲是名蘇毗羅漿法病藥和尚法阿闍梨共住弟子依止弟子法沙彌法鉢法粥法餅法漿法蘇毗羅漿法第五跋渠竟

非羯磨者佛住舍衛城爾時瞻波比丘同住不和更相諍訟一比丘舉一比丘言我舉長老二比丘舉二比丘衆多比丘舉衆多比丘諸比丘以是因緣具白世尊瞻波比丘非法生云何一人舉一人二人舉二人衆多人舉衆多人佛言諸比丘有四羯磨何等四有如法不和合羯磨有如法和合羯磨有非法和合羯磨有非法不和合羯磨孫陀羅難陀新染色此處舉餘處捨開眼林外道出家共期空靖想蘇河善法講堂師子軍將男兒離車童子四兇鬪人閣上轉石温泉婬女三婆蹉索油迎食看病鳥肉段賊肉段猪肉段蹴女人磨麨放犢捨婦摩訶羅隔壁布薩二蘇毗羅漿塼糞乞食鬱譎

孫陀羅難陀者佛住波羅㮈城爾時孫陀羅難陀在枳陀羅罽鉢精舍初夜後夜經行坐禪晨起結跏趺坐久頃卧身露形起眠不自覺時波羅㮈城有婬女姊妹二人一名加尸

二名半加尸夜出城外於園林中共諸年少行愛欲法晨朝還入因行過看半加尸見比丘身起語姊言我欲共比丘行此欲事姊小待我答言此是阿羅漢以除貪欲瞋恚愚癡不樂此事汝不聞釋迦孫陀羅難陀有好端正婦棄捨出家耶答言不爾但待我即往就上作世俗法比丘即覺以脚蹴墮破傷五處兩肘兩膝及頭上半加尸即起抖擻衣土往至姊所語姊言比丘見辱如是姊言我先不語汝耶今復怨誰比丘心生疑以是因緣語諸比丘諸比丘言汝犯波羅夷罪答言我是阿羅漢不受樂諸比丘以是因緣具白世尊佛言此比丘已除貪欲瞋恚愚癡是阿羅漢無罪如是毗尼竟是名孫陀羅難陀

新染色者佛住舍衛城廣說如上爾時有比丘時到著入聚落衣持鉢入舍衛城次行乞食至一家其家女人著新染色衣坐不正故形體露現比丘見已欲心起即語言姊妹太赤答言阿闍梨此新染色是比丘心生疑以是因緣具白世尊佛言汝以何心答言欲心佛言遣一比丘問彼女人解不比丘即往問姊妹有比丘來到此中耶答言有問言彼比丘說何等答言我著新染衣坐彼言太赤我言如阿闍梨語新染色如是時比丘以是因緣具白世尊佛言解義不解味偷蘭遮解味不解義偷蘭遮解義解味僧伽婆尸沙不解義不解味越毗尼罪如是毗尼竟是名新染衣色

餘處舉者爾時有比丘一處住僧與作舉羯磨已至餘處僧中作如是言長老我被舉我

今行隨順法心柔輭僧與我捨舉羯磨諸比丘即與作捨舉羯磨作已問長老汝爲何事故被舉答言長老僧已與我捨舉羯磨竟復問我爲諸比丘以是因縁具白世尊佛言如比丘語僧與捨舉羯磨時應先問若不問已捨不應復問汝等云何餘處僧作舉羯磨此處僧捨若餘處僧作舉羯磨此處僧捨者得越毗尼罪若比丘被舉至餘處僧者應作是語長老我被舉行隨順法心柔輭爲我捨僧應問長老汝以何事被舉答言我無事被舉應語長老汝無事被舉我共汝法食味食若言有事被舉僧應語長老汝還彼處僧中捨去若彼處僧伽藍空若無常若罷道若餘處去都無僧者應問汝何事被舉答言我以是事被舉心柔輭見過行隨順法已應與捨如是毗尼竟是名餘處舉羯磨

開眼林者爾時世尊未遮比丘尼阿練若處時大愛道瞿曇彌與五百比丘尼在開眼林中坐禪盡是釋種女摩羅女離車女出家皆年少端正初夜坐禪時有婬蕩年少來欲侵逼諸比丘尼比丘尼各以神足得脫如是中夜後夜復還坐年少復來若不眠利根者復以神足而去若眠鈍根者即被侵逼心生疑餘比丘尼語是比丘尼言汝等犯波羅夷答言我不受樂如是我不知諸比丘尼以是事語大愛道大愛道即以是因縁具白世尊佛言是阿羅漢尼已除貪欲瞋恚愚癡不受欲樂無罪如是毗尼竟是名開眼林

外道出家者佛住迦維羅衛釋氏精舍爾時有比丘時到著入聚落衣入迦維羅衛城時

外道出家女名孫陀利年少顔容端正著新染色衣捉三歧杖手執軍持在店肆前行比丘見已生欲心隨後而行有一新産牸牛以角觝比丘擲女人上爾時比丘心生疑諸比丘以是因緣具白世尊佛問比丘汝有何心答言欲心復問比丘牛角舉時汝有何心答言恐怖心佛言若欲心時無怖心若怖心時無欲心佛言欲心隨女人後行步步得越毗尼罪如是毗尼竟是名外道出家

共期者佛住舍衛城爾時有比丘時到著入聚落衣持鉢入舍衛城次行乞食至一家有一女人語比丘言作是事來答言我比丘法不得作是事女人言若不作是事者我當自傷破身大喚言比丘强牽我行欲比丘答言須我到精舍已當還女人言汝沙門釋子不妄語要當來答言爾比丘以是因緣具白世尊佛言此是非法語不應聽已聞不應許已許應將衆多比丘共往即將衆多比丘去到已如是言姊妹我已來女人言和南阿闍梨如是毗尼竟是名共期

空靜想者佛住舍衛城爾時有比丘獨坐樹下作空靜想言我得阿羅漢此比丘說是語時餘比丘聞已作是言長老汝不實自稱得過人法犯波羅夷罪答言長老我不自稱得過人法我獨坐樹下作空靜想言得阿羅漢耳諸比丘以是因緣往白世尊佛問比丘汝實不得過人法而稱得過人法耶比丘言世尊我不自稱得過人法我獨坐樹下作空靜想言得阿羅漢佛言是空靜想稱過人法者犯偷蘭罪如是毗尼竟是名空靜想

蘇河者佛住毗舍離爾時比丘僧集住一處爾時尊者大目連作如是言長老我入無色定聞蘇河邊龍象飲已抖擻耳聲諸比丘言無有是處入無色定過一切色想云何聞聲汝妄語不實應作舉羯磨即集比丘僧佛乘神足從空中來知而故問諸比丘汝作何等諸比丘以上因緣具白世尊乃至妄語不實作舉羯磨佛告諸比丘目連實得無色定不善知出入相出定聞非入定聞佛語目連汝當應善分別知如是毗尼竟是名蘇河

講堂者佛住舍衛城爾時諸比丘集在一處共作是論善法講堂柱柱梁不尊者目連言柱梁有一無歲比丘言不柱齊幾不柱如毛許即遣神足比丘往看爲柱不柱看已還來言不柱齊幾不柱如毛許不柱諸比丘語目連言不知柱不柱何故言柱汝妄語不實應作舉羯磨即集僧作舉羯磨佛乘神足從空而來知而故問諸比丘汝作何等答言尊者大目連乃至不柱言柱不實妄語欲作舉羯磨佛問無歲比丘汝云何知不柱答言世尊我曾一時在善法講堂坐禪佛語大目連汝何故不自看汝應審實如是毗尼竟是名善法講堂

師子軍將者佛住毗舍離城時阿闍貰王與毗舍離離車有怨時阿闍貰王將四種兵欲伐離車時毗舍離師子軍將聞王賊欲至即往尊者大目連所問言尊者誰得勝王得勝我得勝答言王得勝問言有何瑞應答言我見二國非人共鬪王非人勝王亦應勝師子軍將聞已即便國中募得五百健兒師子軍

將語諸人言我等寧作非丈夫而死寧作丈夫入火坑而活諸人答言寧作丈夫而活得濟眷屬時阿闍貰王聞大目連語寬閑不怖徐徐順恒水而上度河時師子軍將掩其未陣逆戰大破時阿闍貰王非濟而渡危而得免單馬還國即便嫌言坐是尊者大目連傾吾國事時毗舍離離車師子軍將破軍已大歡喜作是語目連恐怖我因此獲大利雖爲不實語蒙是虛誑恩時諸比丘聞阿闍貰王瞋離車復嫌諸比丘言尊者大目連不知誰勝誰不勝而作妄語不實集比丘僧欲作舉羯磨佛即乘神足來知而故問比丘汝等欲作何事答言世尊大目連乃至妄語不實欲作舉羯磨佛語諸比丘目連見前不見後佛語目連汝應審諦如是毗尼竟是名師子軍將

男兒者佛住舍衞城爾時大目連有知識檀越家婦妊身問阿闍梨我生男生女答言生男如是重問故言生男後至産時生女時母人嫌言目連長夜作妄語言生男而生女取悅人情而作是語諸比丘聞已云何尊者大目連不善分別而作妄語應作舉羯磨即集比丘僧佛乘神足來知而故問比丘汝作何等答言世尊大目連乃至妄語不實欲作舉羯磨佛言目連見前男兒不見中間尼彌素夜叉須女家持男與須男家持女與佛言汝去往語彼家世尊説言女是汝許男是我許即便往教共相貿易如是毗尼竟是名男兒離車童子者佛住毗舍離時到著入聚落衣持鉢與衆多比丘入毗舍離城爾時有離車

童子在重閣上與五百妓女共相娛樂佛遥見而笑諸比丘白佛言世尊有何因緣故笑佛言此人却後七日當命終入地獄阿難白佛言頗有因緣得不入不佛言此人若於如來法中出家者得不入佛告阿難汝往教化此人勸令出家阿難即受佛教往勸乃至出家已佛告阿難汝語諸比丘當守護此人勿令犯戒使得重罪時諸比丘受教已安此比丘置一房中外封閉其户此比丘命盡刀風解形時是比丘親里來見其命終甚大悲惱佛爲說偈言

若人百千歲　供養百羅漢　不如一夜中
出家修梵行　緣此之福祚　得離於六百
六千六十歲　三塗之苦惱

時閉户比丘心生疑悔以是因緣具白世尊佛問比丘汝以何心答言世尊饒益心恐彼犯戒得重罪故佛言外封閉户故越毗尼罪如是毗尼竟是名離車童子

四兇鬬人者佛住毗舍離四人捨鬬欲出家共入毗舍離城門中見本讎家時守門人有弓杖一人即捉弓一人張弓一人射而不死一人射斷命根是中一人射死一人射不死是二人不應度出家已出家者應驅出是中一人捉弓一人張弓是二人不應度出家已度出家者置若後作惡時應驅出如是惡人不應度出家若度出家受具足者得越毗尼罪是名四兇鬬人

閣上者佛住王舍城爾時有一比丘得不淨觀猒身故從閣上自投而下時閣下有父子二人竹作墮其父上其父即死兒即牽比丘

至王所作是言是比丘殺我父王問比丘尊者出家人云何殺人答言大王我自厭身閣上投下墮彼父上其實如是王言放比丘去其子稱怨大王云何殺人而不問罪王善方便欲解喻其意汝去上閣上令比丘在下汝便自投其上殺彼比丘以報父讎其人自愛命重不能自投時比丘心生疑悔以是因緣具白世尊佛言汝以何心答言世尊以厭身故佛言比丘汝不看下自投得越毗尼罪如是毗尼竟是名閣上

轉石者佛住王舍城爾時摩訶羅父子出家共上耆闍崛山兒在前行道中有石作是念我當除道使淨令婆路醯行無所礙安樂來上便轉石下坒殺摩訶羅其子懊惱心生疑悔我作二不饒益事殺人殺父以是因緣具白世尊佛言汝以何心答言世尊我爲父通道欲使得樂佛言道中轉石得越毗尼罪如是毗尼竟是名轉石

温泉者佛住王舍城迦蘭陀竹園爾時有比丘入温泉中洗浴欲心起動身生觸水失不淨心生疑悔以是因緣具白世尊佛言汝以何心答言世尊欲心佛言犯僧伽婆尸沙如是毗尼竟是名温泉

婬女者佛住王舍城爾時有比丘時到著入聚落衣持鉢入城次行乞食至一婬女家婬女言比丘共作是事來比丘言世尊制戒不得行婬女言我知世尊制戒不得行婬汝但來内作外棄比丘即共行欲已心生疑悔以是因緣具白世尊佛言内作外棄外作内棄内作内棄若入一節半節乃至如胡麻犯波

羅夷罪如是毗尼竟是名婬女

三婆蹉者佛住王舍城爾時尊者畢陵伽婆蹉在聚落中住時到著入聚落衣持鉢次行乞食得食已至一放牧家食其家女到尊者邊立啼即問女言何故啼答言阿闍棃令是節會日諸人集戲我無衣裳獨不得往那得不啼時尊者即化作種種衣服珠寶瓔珞金銀校飾與已便去乃至王聞聞已即喚女問汝何處得此好瓔珞答言尊者畢陵伽婆蹉見與王即喚比丘來問尊者何處得此好金非世所有比丘即捉杖打壁打牀一切化成金作如是言首陀羅何處得金此即是也王言阿闍棃有大神足還去放牧牛女還家諸比丘聞已見畢陵伽婆蹉現異乃至牧牛女被執應作舉羯磨即集比丘僧世尊乘神足來知而故問汝作何等答言世尊畢陵伽婆蹉現異乃至牧牛女被執佛問畢陵伽婆蹉汝實現異令牧牛女被執耶答言世尊我不故現異令牧牛女被執我慈心故耳佛言畢陵伽婆蹉大神足故無罪如是毗尼竟

復次尊者畢陵伽婆蹉在聚落中住自泥房舍時缾沙王來見尊者自泥治房舍問阿闍棃作何等答言首陀羅泥治房舍王言阿闍棃無人使耶我當與園民答言不須首陀羅如是至三猶故不受聚落中人聞已來到其所求言阿闍棃願取我等作園民我當供給比丘言汝等一切能持五戒者我當取汝答言能取以盡受五戒奉齋修德聚落殷富遂致外賊來劫抄掠婦女及財物聚落中人往告師言阿闍棃賊來劫我兒女錢財即日蕩

盡尊者畢陵伽婆蹉慈心入定見賊驅去比丘語賊言首陀羅汝何故劫我園民即化作大坑使園民在此岸賊在彼岸語言首陀羅汝去諸比丘聞已作如是言畢陵伽婆蹉賊復劫賊應作舉羯磨即集比丘僧檢校此事時世尊乘神足來知而故問汝作何等答言世尊畢陵伽婆蹉賊復劫賊欲作舉羯磨佛問畢陵伽婆蹉汝實爾不答言世尊我不賊劫賊但聚落人民啼來告我我慈心故佛言是大神足無罪如是毗尼竟

摩訶僧祇律卷第二十九

音釋

澡罐 澡子皓切罐古玩切澡罐洗濯之器　蓏 郎果切蔓實也　犢 徒谷切牛子也　犖 口候切取牛乳也　麨 尺沼切乾糧也　埏 尸連切和土也　疢 爰救切手顫也　核 下華切果實也　楣 旻悲切下橫楣也　額 鄂格切題也　鑞 力盍切錫也　鉛 余專切黑錫也　瓨 徒古切瓶也　螺 盧戈切　瓠 胡故切匏也　餉 式亮切饋也　濺 子賤切濽也　榛 鉏臻切木叢生也　跌 徒結切蹉跌也　擣 徒皓切舂也　蹴 子六切踏也　譸 職流切　抖擻 抖多口切擻思口切抖擻振舉貌　觝 典禮切觸也　讎 是周切仇讎也

摩訶僧祇律卷第三十

東晉三藏法師佛陀跋陀羅共沙門法顯譯

雜誦跋渠法第九之八

復次佛住王舍城爾時尊者畢陵伽婆蹉在聚落中住日日渡恒水乞食到恒水上作是言首陀羅住我欲過水即住過已作如是言首陀羅汝去如是水流如故水神不樂往到佛所頭面禮足却住一面白佛言世尊尊者畢陵伽婆蹉語太苦住首陀羅去首陀羅佛言呼畢陵伽婆蹉來來已佛言汝實爾不答言實爾佛言恒神如是嫌汝向懺悔畢陵伽婆蹉言我悔過首陀羅恒神言向首陀羅今首陀羅為有何異而言悔過畢陵伽婆蹉唯除佛八大聲聞餘一切盡言首陀羅和尚阿闍梨諸上座皆言首陀羅諸比丘言尊者畢陵伽婆蹉乃至和尚阿闍梨皆言首陀羅正有是一人婆羅門出家那尊者大迦葉舍利弗目連等如是比皆是婆羅門出家都不行是語應作舉羯磨即集比丘僧時畢陵伽婆蹉坐禪不來遣使往喚使便打戶言衆僧集喚長老時畢陵伽婆蹉即觀見比丘僧集欲與我作舉羯磨即以神力制使比丘著戶令不得去衆僧怪使久不還更遣比丘往喚後比丘至捉前使比丘手去來長老即復相著不得去如是使使相著皆不得去比丘嫌言衆中正有此一人大神足那尊者大目連豈無此力耶齊水際作福罰羯磨佛以神足乘空而來知而故問汝作何等答言世尊畢陵伽婆蹉唯除如來八大聲聞餘乃至和尚阿闍梨盡言首陀羅欲作舉羯磨僧集不來遣

使往喚神足復制便使使相著不來故欲作齊水際福罰羯磨佛言汝來畢陵伽婆蹉發心項在佛前立佛語畢陵伽婆蹉汝首陀羅語過諸梵行人嫌汝答言世尊我當如何我不憍慢亦不自大輕懱於人然我喚和尚阿闍梨諸長老比丘時發聲便成首陀羅佛語比丘是畢陵伽婆蹉非憍慢亦非自大輕懱餘人從五百世來常生婆羅門家首陀羅語習氣不盡佛語畢陵伽婆蹉汝本從無始生死以來貪欲瞋恚愚癡尚能永拔五百世習氣而不能除從今日後莫作首陀羅語聞世尊教恭敬故永不復作如是毗尼竟是名三婆蹉

一斗油者世尊涅槃後長老比丘毗舍離住爾時有一商人自恣請法豫比丘尼比丘尼有一依止弟子常遣往取所須時依止弟子不稱師名又不自稱直言須油檀越即與得已自用檀越後便檢校油不入師依止弟子心生疑悔語諸比丘尼諸比丘尼言汝犯波羅夷諸比丘尼不了往問長老比丘長老比丘言雖隱覆取檀越與故犯偷蘭罪如是毗尼竟是名油一斗

迎食者舍衛城爾時精舍中有檀越飯僧有一比丘自食已分復迎一分益食人問言長老爲誰取分答言我取食者誰分復言我分時比丘言汝犯波羅夷罪諸比丘不了往問長老比丘長老比丘言有不應得而取但有主與故得偷蘭罪如是毗尼竟是名迎食

看病者舍衛城爾時祇洹精舍有病比丘共看病比丘諍已時精舍中有檀越飯僧病比

丘作是念彼人今日何能爲我取食即更倩餘比丘取食時看病比丘作是念今日誰當與彼取食時二人俱取食益食人問看病比丘爲誰取食答言某病人食復問倩迎食人爲誰取食答言某病人食諸比丘言汝犯波羅夷時諸比丘不了往問長老比丘長老比丘言此倩取食者無罪病比丘共看病比丘諍已不語看病人更倩餘人者越毗尼罪看病人共病比丘諍已不問與迎食者越毗尼罪如是毗尼竟是名看病

鳥肉段者舍衞城祇洹精舍爾時有比丘時到著入聚落衣持鉢入城乞食時有鳥銜肉段墮比丘鉢中時比丘持還精舍煑已自食分諸比丘諸比丘言長老汝何處得此肉即具說上事諸比丘言汝犯波羅夷諸比丘不了往問長老比丘長老比丘言畜生無屬如是毗尼竟是名鳥肉段

賊肉段者世尊涅槃後長老比丘依王舍城住時有盜賊偷牛夜在尸陀林中殺噉有殘語林中坐禪比丘言尊者須肉不答言須即與滿鉢比丘取已持還精舍自食分與餘比丘餘比丘問言長老何處得此肉具說上事諸比丘言長老汝賊邊取物滿五錢波羅夷諸比丘不了往問長老比丘長老比丘言出家人前如法不如法有主施無罪如是毗尼竟是名賊肉段

豬肉者爾時俱睒彌提婆聚落邊有賊偷豬噉餘殘頭脚捨棄而去時有比丘見已持還精舍煑已自食亦分與諸比丘諸比丘言汝何處得此肉即具說上事比丘言直五錢得

波羅夷時諸比丘不了往問長老比丘長老比丘言汝何心取答無主想無主想取無罪如是毗尼竟是名豬肉

蹴女人者舍衛城祇洹精舍時有比丘到時著入聚落衣持鉢入城次行乞食到一家婦人言比丘來入共作如是事來比丘言世尊制戒不得行婬婦人言若不從我者當如是如是謗强牽我是比丘畏故便入入已婦人語婢守門我與比丘行欲女人入已欲心熾盛即卧比丘蹴已而去守門婢問尊者作事竟耶答言已竟時比丘心生疑悔往問長老比丘長老比丘言汝以脚蹴女人得偷蘭遮不作言作波夜提如是毗尼竟是名蹴女人

磨麨者舍衛城祇洹精舍時比丘著入聚落衣持鉢入城次行乞食至一家見女人蹲地磨麨衣不覆形比丘見已即生欲心語姊妹我欲食麨女人即與麨比丘心生疑悔往問長老比丘長老比丘言汝以何心答言欲心即遣使問彼女人女人答言我蹲地磨麨比丘乞麨我便與之使還答如上長老比丘言解義不解味偷蘭遮乃至不解義不解味得越毗尼罪如是毗尼竟是名磨麨

犢子者跋祇國有人去精舍不遠放犢子犢子來入精舍踐食華果觝突形像知事人語放犢人好看汝犢莫令縱暴如是再三語猶故不止知事人瞋牽犢子著房中反閉戶入聚落乞食在道中作是念房中多有夜叉不能殺是犢也即還精舍開戶見犢已死比丘怖畏即持著衆僧廁中便捨而去放犢人來問阿闍棃見我犢不答言不見比丘心生疑

悔問諸比丘諸比丘不能決往問長老長老言牽犢入房反閉戶得越毗尼罪持著僧厕中得偷蘭遮見言不見波夜提如是毗尼竟是名放犢

捨婦者迦尸耆利大邑時有摩訶羅端正捨婦出家其婦逐來在房外紡績摩訶羅語言汝去我出家人不須汝答言尊者我在此作有何妨事爲欲時時見尊者不能相離耳摩訶羅以是數數語猶故不去即持衣鉢棄捨而去有女人見已語言汝本夫已去聞已即逐及已便捉衣當前而立作是言阿闍梨爲我故莫去我當供給衣鉢病瘦醫藥摩訶羅言我出家人法不應爾如是猶故不放摩訶羅心生瞋恚舉衣鉢著一處熟打而去摩訶羅心生疑瞋具以上事問持律比丘耶舍耶舍言打婦人死者得波羅夷諸比丘言此非好斷汝欲決疑者可往枝提山中問持律尊者樹提陀婆必能決了聞已即去路經俱睒彌道逢一賣酪女女見摩訶羅端正便生欲心語沙門共行欲來摩訶羅作是念我已犯波羅夷復何在便共行欲前至持律所具白上事持律言云何耶舍制五波羅夷法瞋打婦人得偷蘭遮共賣酪女行婬得波羅夷如是毗尼竟是名捨婦

隔壁者弗迦羅國有比丘比丘尼精舍隔壁住時比丘起欲心通夜共比丘尼隔壁語比丘心生疑悔往問長老比丘長老比丘言汝有何心語答言欲心如是欲心語語得越毗尼罪如是毗尼竟是名隔壁

布薩者弗迦羅聚落比丘共阿練若比丘共

一布薩時阿練若住處比丘名弗絺虜有大德名稱聚落中比丘見得利養起嫉妬心時長老弗絺虜至十四布薩日來入聚落語聚落中比丘長老共作布薩來答言我十五日當布薩弗絺虜言我知日數今應十四日布薩答言我不作十五日當布薩如是至三不從弗絺虜便去去已聚落中比丘即布薩明日弗絺虜復來長老共作布薩來答言已布薩竟聚落比丘言汝叛布薩我不復與汝共法食味食時弗絺虜十四日便十四日來十五日便十五日來如是二十年中初不得布薩時有善鬼神敬重弗絺虜往至杖提山中尊者樹提陀婆所作是言尊者不善不隨順尊者在世聚落中比丘作如是非法常惱亂弗絺虜唯願尊者自往料理尊者樹提聞已即來便作是念我若先至阿練若處聚落中比丘凶惡聞者不共我法食味食作是念已即到聚落中比丘所時善鬼神語尊者弗絺虜尊者樹提陀婆今在聚落可往問訊聞已即往共相問訊問訊已一面坐樹提陀婆即問言汝是弗絺虜耶答言爾慧命汝叛布薩耶答言叛布薩不叛布薩今當知我二十年已來十四日布薩十四日來十五日布薩十五日來如是是叛布薩不叛布薩耶尊者自知答言慧命是順佛法但聚落中比丘不隨順二十年中受具足不名受具足羯磨不名羯磨如是毗尼竟是名布薩

二衆者爾時優闍尼國有人犯王法截手脚已持著屍陀林中近阿練若比丘處宛轉來至比丘所言阿闍梨我甚飢苦乞我少食答

言無食復言阿闍梨憐愍我我有二種苦痛一截手脚苦二飢苦答言無食正有蘇毗羅漿須不答言須即與漿不得食久飲已便死比丘心生疑悔問諸比丘不能得了往問長老比丘長老比丘言汝以何心與答言饒益心饒益心無罪如是毗尼竟復次憂闍尼國有人犯王法截手脚已持著屍陀林中近阿練若比丘住處時有摩訶羅出家次守房舍無手脚人宛轉來至其所作是言阿闍梨我甚苦痛不可堪忍頗有少藥施我我欲疾死答言我非旃陀羅殺人賊云何從我索藥不爾阿闍梨我苦痛難忍時摩訶羅起慈心作是念曾有如是比丘飲蘇毗羅漿便死即語言汝欲飲蘇毗羅漿不答言欲飲即與漿飲飲已便死摩訶羅心生疑悔往問長老比丘

長老比丘言汝以何心與答言慈心遂彼意長老比丘言汝雖有慈心無有智慧斷他命根得波羅夷如是毗尼竟是名二漿

塼者舍衛城祇洹精舍時比丘作房舍園民授塼比丘取捉不堅故落園民頭破即便死比丘心生疑悔往問長老比丘長老比丘言汝以何心落塼答言捉不堅故長老比丘言應堅捉如是毗尼竟是名塼

糞者舍衛城祇洹精舍五日一掃除糞穢時有年少比丘持糞擲牆外有病摩訶羅出家在牆下大小行糞來鎮上未能得起後糞續至如是便死當牆比丘以糞聚高恐賊盜登入即便除却見死比丘心生疑悔往問長老比丘長老比丘言汝以何心除糞答言不看長老比丘言若不看擲糞者得越毗尼罪如

是毗尼竟是名糞乞食比丘者佛般泥洹後諸比丘在迦維羅衛國釋氏精舍住時有比丘著入聚落衣持鉢入城次行乞食時有釋種女端正澡浴訖著新淨衣持食施比丘施已頭面禮足比丘見已欲心起不能自制失不淨落女頭上女無嫌心即持衣拭已作是言阿闍梨大得善利有如是欲心能於世尊法中修梵行時比丘心生疑悔往問長老比丘長老比丘言以何心答言我見前相心不能制長老比丘言應善觀相制伏其心如是毗尼竟是名乞食鬱譸者佛般泥洹後長老比丘在迦維羅衛尼俱律樹釋氏精舍爾時尊者鬱譸與一釋種知舊時釋種病有二兒各異母一兒是釋家女一兒是異姓女釋種垂終時囑尊者鬱譸阿闍梨我無常後是二兒中有愛樂佛法得阿闍梨意者示是地中藏命終後釋女兒與惡友相逐不樂佛法不來受經不樂讀誦時異姓女兒與善友相逐愛樂佛法來到鬱譸所受誦經戒得長老心即語汝父亡時囑我兒中有樂法者可示此藏即示處大得金銀珍寶家道富樂釋女兒聞已即白尊者阿難阿闍梨此非善非隨順尊者鬱譸持我父財與異姓母兒我釋家法釋家女兒應繼父業所有財物皆應屬我阿難言是非法分處我不共法食味食時羅睺羅來到鬱譸所二人同和尚即語羅睺羅言莫與尊者阿難同法食味食問言何故具說上因緣我無事阿難不共我法食味食羅睺羅我共汝法食味食阿難聞羅睺羅與鬱譸共法食味食時阿

難亦不共羅睺羅法食味食時有人送食與尊者阿難阿難語與世尊子羅睺羅去如是有送食與尊者羅睺羅者羅睺羅言持與世尊侍者去如是迦維羅衛國七年中不作布薩自恣尊者優波離在枝提山中住時釋種子往至尊者優波離所作如是言阿闍梨不善不隨順阿闍梨在世迦維羅衛是世尊生地云何七年中不作布薩自恣惟願尊者往和合優波離即來教諸釋種嚴飾大堂敷好坐具散華燒香爲飲客比丘并請尊者阿難先喚羅睺羅安一屏處抱一小兒放坐中地尊者阿難坐已見地小兒若言取者應語不取願尊者與羅睺羅和合者我當取如是教已尊者優波離坐已次尊者阿難坐諸比丘次第坐訖時釋家女抱孩兒手捉生酥而歠放坐中地兒便啼喚阿難見已愛念心生語言取此小兒答言不取若尊者與羅睺羅和合者當取不和合者不取阿難言此沙門法非汝俗人事但抱小兒答言不爾如是至三阿難言喚羅睺羅來來已尊者優波離語阿難言如阿難有檀越如是如是囑長老我命終之後長老如是與有何過失尊者鬱詩亦復如是阿難云何以是事與世尊子羅睺羅而不和合如是毗尼竟是名鬱詩是名毗尼法

障礙不障礙法者佛住舍衛城廣說如上爾時尊者難陀優波難陀遊行諸國還祇洹精舍著入聚落衣入舍衛城至喜悅優婆夷家優婆夷見已言善來阿闍梨何乃希現即請令坐頭面禮足却住一面共相問訊已比丘

言優婆夷我希行與我作何等好飲食優婆夷答言從阿闍梨教前食後食若餅若肉隨所須當辦即請言尊者明日受我食願時早來即便受請其家明日作種種飲食敷座而待時比丘多事因緣忘不來赴日時已過食可停者留不可停者便取食之如是二日三日待不來已便取盡食至第四日方來優婆夷見已心不悅作是言阿闍梨云何受我請而不來諸比丘聞已以是因緣具白世尊佛言喚難陀優波難陀來來已佛言是喜悅優婆夷於佛比丘僧都無愛惜何故於中嬈亂汝云何一向受請不開障礙因緣障礙因緣法者若有人言尊者明日受我請前食若須者應言爾彼復言尊者必當來應言中間無障礙當來如是後食一切請亦如是若比丘安居竟去時檀越言尊者後更來若欲來者答言爾檀越復言尊者其必當來應語若中間無障礙當來若言阿闍梨禮塔不得語言中間無障礙應語當禮若言尊者爲我禮塔應語言若憶當禮若言尊者禮長老比丘不得言無障礙應語當禮若言尊者爲我禮長老比丘應語若憶當禮若言尊者受經誦經持戒坐禪不得語中間無障礙當受誦經應語我爲是故出家若言學須陀洹斯陀含阿那含阿羅漢果不得語中間無障礙當學應語我爲是故出家是中應作障礙而不作應作而作俱越毗尼罪是名障礙不障礙法

比丘尼法者佛住迦維羅衛國釋氏精舍爾時大愛道瞿曇彌與五百釋女求佛出家如線經中廣說乃至佛告比丘尼從今日大愛

道瞿曇彌比丘尼僧上座如是持爾時大愛道瞿曇彌白佛言世尊爲比丘尼制八敬法我等得廣聞不佛言得八敬法者比丘尼雖滿百臘應向新受戒比丘起迎恭敬作禮不得言待我百臘然後向新受戒比丘作禮一切比丘尼應向長老中間年少比丘起迎恭敬作禮若比丘尼至比丘精舍時應頭面一一禮一切比丘足若老病不能者隨力多少禮餘不遍者得總禮應言我比丘尼某甲頭面禮一切僧足若比丘至比丘尼精舍時一切比丘尼應起迎禮足亦如上說若比丘尼作是分别是犯戒是醫師是摩訶羅無所知憍慢不恭敬起迎作禮者越敬法第一敬法竟

二年學者滿十八歲女欲於如來法律中受具足者和尚尼應供給所須與白僧料理尼衆中能作羯磨人應作是說阿梨耶僧聽十八歲女某甲欲於如來法律中受具足若僧時到僧某甲欲從僧乞二年學戒諸阿梨耶聽某甲欲從僧乞二年學戒僧忍默然故是事如是持此女人入僧中應一一頭面禮僧足禮僧足已胡跪合掌教作如是言阿梨耶僧憶念我滿十八歲女某甲欲於如來法律中受具足我今從僧乞二歲學戒唯願阿梨耶僧憐愍故與我二歲學戒如是三說尼羯磨師應作是說阿梨耶僧聽某甲女年滿十八已從僧乞二歲學戒若僧時到僧與某甲二歲學戒白如是阿梨耶僧聽某甲女年滿十八已從僧乞二歲學戒僧今與某甲二歲學戒阿梨耶僧忍與某甲二歲學戒和尚尼

某甲忍者僧默然若不忍便說第一羯磨竟第二第三亦如是說僧已與某甲二歲學戒竟僧忍默然故是事如是持是式叉摩尼得二歲學戒已應隨順行十八事何等十八一切大比丘尼下一切沙彌尼上於式叉摩尼不淨於大尼淨於大尼不淨於式叉摩尼亦不淨大尼得與式叉摩尼三宿式叉摩尼得與沙彌尼三宿式叉摩尼得與大尼授食除火淨五生種取金銀及錢自從沙彌尼受食尼不得語向說波羅夷乃至越毗尼罪得語不婬不盜不殺不妄語如是等式叉摩尼至布薩自恣日入僧中胡跪合掌作如是言阿梨耶僧我某甲清淨僧憶念持如是三說而去後四波羅夷犯者更從始學十九僧伽婆尸沙已下若一一犯隨所犯作突吉羅悔若破五戒隨犯日數更學何等五非時食停食食捉錢金銀飲酒著華香是名十八事是式叉摩尼二歲學戒滿已欲於如來法律中受具足者和尚尼應白僧乞畜弟子羯磨尼羯磨師應作是說阿梨耶僧聽某甲式叉摩尼二歲學戒滿二十欲於如來法律中受具足若僧時到僧和尚尼某甲欲從僧乞畜弟子羯磨阿梨耶僧聽某甲欲從僧乞畜衆羯磨僧忍默然故是事如是持和尚尼應胡跪合掌作如是言阿梨耶僧憶念是式叉摩尼二歲學戒滿二十欲受具足我某甲今從僧乞畜弟子羯磨唯願僧與我畜弟子羯磨如是至三羯磨人應作是說阿梨耶僧聽某甲式叉摩尼二歲學戒已滿二十欲於如來法律中受具足尼某甲已從僧中乞畜弟子羯磨

若僧時到僧與尼某甲畜弟子羯磨白如是阿棃耶僧聽某甲式叉摩尼二歲學戒已滿二十欲於如來法律中受具足尼某甲已從僧乞畜弟子羯磨僧今與尼某甲畜弟子羯磨諸阿棃耶忍與尼某甲畜弟子羯磨忍者默然若不忍便說是第一羯磨第二第三亦如是說僧已與尼某甲畜弟子羯磨竟僧忍默然故是事如是持是式叉摩尼二歲學戒已滿二十欲於如來法律中受具足者入僧中先頭面禮僧足禮僧足已先請和尚尼胡跪合掌作如是言尊憶念我某甲從尊乞求和尚尊爲我作和尚與我受具足如是至三和尚尼應語發喜心弟子言我頂戴持和尚尼已先與求衣鉢與求衆與求二戒師與求空靜處教師推與衆僧羯磨師應作是說此中誰能與某甲空靜處作教師答言能羯磨師應作是說阿棃耶僧聽某甲從某甲受具足若僧時到僧某甲和尚尼某甲某甲能空靜處作教師諸阿棃耶聽某甲和尚尼某甲某甲空靜處作教師僧忍默然故是事如是持教師應將欲受具足人離衆不近不遠教有二種若略若廣云何是略衆僧中當問汝有當言有無當言無云何是廣善女聽今是至誠時是實語時於諸天世間天魔諸梵沙門婆羅門諸天世人阿脩羅若不實者便於中欺誑亦復於如來應供正遍知聲聞尼衆中欺誑此是大罪今當問汝有者言有無者言無父母夫主在不若言在應問父母夫主聽不求和尚尼未五衣鉢具不學戒二歲滿不作畜衆羯磨未汝字何等答字某和尚尼

字誰答言字其汝不殺父母不不殺阿羅漢不不破僧不不惡心出佛身血不佛久已涅槃而故依舊文不壞比丘淨戒不非賊盜住不非越濟人不不自出家不本曾受具足不答言曾受應語去不得受具足若不者應問汝非婢不非養女不不負人債不非兵婦不非陰謀王家不汝是女不非石女不非嬾惰不非二道通不非破不不無乳不非一乳不非常血病不非無血不非一月常血不非不能女不汝無如是種種諸病著身不癬疥黄爛癩病癰痤痔病不禁黄病瘧病謦嗽消盡顛狂熱病風腫水腫腹腫如是種種更有餘病著身不答言無教師來入僧中白言某甲問已訖自說清淨無遮法羯磨師應作是說阿梨耶僧聽某甲從某甲受具足某甲已空靜處教問訖若僧時到僧某甲和尚尼某甲某甲聽入僧中阿梨耶僧聽某甲和尚尼某甲某甲入僧中僧忍默然故是事如是持此人入僧中一一頭面禮僧足在戒師前胡跪合掌授與衣鉢此鉢多羅應量受用乞食器我受持如是三說此是僧伽梨此是欝多羅僧此是安陀會此是覆肩衣此是雨衣此是我五衣此五衣盡壽不離宿受持如是三說羯磨師應作是說阿梨耶僧聽某甲從某甲受具足某甲已空靜處教問訖若僧時到僧某甲和尚尼某甲某甲欲從僧乞受具足諸阿梨耶僧聽某甲和尚尼某甲某甲欲從僧乞受具足僧忍默然故是事如是持羯磨師應教乞阿梨耶僧聽我某甲從和尚尼某甲受具足阿闍梨某甲已空靜處教問

訖我某甲和尚尼某甲今從僧乞受具足唯願僧哀愍故與我受具足如是至三羯磨師應作是說阿棃耶僧聽某甲從某甲受具足某甲已空靜處教問訖某甲已從僧乞受具足若僧時到僧某甲和尚尼某甲某甲欲於僧中問遮法阿棃耶僧聽某甲和尚尼某甲某甲欲於僧中問遮法僧忍默然故是事如是持善女聽今是至誠時是實語時乃至如是種種更有餘病著身不答言無羯磨師應作是說阿棃耶僧聽某甲從某甲受具足某甲已空靜處教問訖某甲已從僧乞受具足父母夫主已聽已求和尚五衣鉢具足是女人二歲學戒滿已作畜衆羯磨自說清淨無遮法若僧時到僧某甲和尚尼某甲某甲欲於僧中說三依法阿棃耶僧聽某甲和尚尼某甲某甲欲於僧中說三依法僧忍默然故是事如是持善女聽此是如來應供正遍知欲饒益故於聲聞尼衆中正說制三依若堪忍直信善女人與受具足不堪忍者不與受具足何等三依糞掃衣少事易得應淨無諸過比丘尼隨順法依是出家受具足得作比丘尼此中盡壽能堪忍持糞掃衣不答言能若長得欽婆羅衣氀衣芻摩衣俱舍耶衣舍那衣麻衣軀牟提衣依乞食少事易得應淨無諸過比丘尼隨順法依是出家受具足得作比丘尼此中盡壽能堪忍乞食不答言能若長得半月食八日十四日十五日說戒食籌食請食依陳棄藥少事易得應淨無諸過比丘尼隨順法依是出家受具足得作比丘尼是中盡壽能堪忍服陳棄藥不答言能若

長得酥油蜜石蜜生酥及脂依此三聖種當隨順學阿梨耶僧聽某甲從某甲受具足某甲已空靜處教問訖某甲已從僧乞受具足父母夫主已聽已求和尚尼五衣鉢具是女人二歲學戒滿已作畜弟子羯磨自說清淨無遮法已堪忍三依若僧時到僧與某甲受具足和尚尼某甲白如是阿梨耶僧聽某甲從某甲受具足某甲已空靜處教問訖某甲已從僧乞受具足父母夫主已聽已求和尚五衣鉢具是女人二歲學戒滿已作畜弟子羯磨自說清淨無遮法已堪忍三依僧今與某甲受具足和尚尼某甲諸阿梨耶忍與某甲受具足和尚尼某甲忍者僧默然若不忍便說是第一羯磨第二第三亦如是說僧已與某甲受具足竟和尚尼某甲僧忍默然故是事如是持

善女聽汝已受具足一白三羯磨無遮法和合僧十衆汝今當敬重於佛敬重於法敬重於僧敬重和尚敬重阿闍梨汝已遭遇人身難得佛世難值聞法亦難衆僧和合意願成就難以得具足當善隨順如無憂華離於塵水汝當依倚修習泥洹善法得具足此戒序法八波羅夷十九僧伽婆尸沙三十尼薩耆波夜提百四十一波夜提八波羅提提舍尼衆學七滅諍法隨順法我今略說戒教汝後和尚阿闍梨當廣教汝受具足已即日和尚尼應將到比丘僧所和尚尼應爲乞胡跪合掌作如是言大德僧憶念我已與某甲受具足今從僧乞爲某甲受具足哀愍故與某甲受具足如是三說羯磨師應問比丘尼衆清

淨無遮法不若不問者越毗尼罪羯磨師應作是說大德僧聽某甲從某甲尼受具足某甲已比丘尼衆中清淨無遮法尼某甲已從僧乞受具足若僧時到僧某甲和尚尼某甲某甲從僧乞受具足諸大德聽某甲和尚尼某甲某甲欲從僧乞受具足僧忍默然故是事如是持

羯磨師應教胡跪合掌作如是言大德僧憶念我某甲從和尚尼某甲受具足我某甲已從比丘尼衆中清淨無遮法我某甲和尚尼某甲某甲今從僧乞受具足唯願僧哀愍故與我受具足如是至三羯磨師應作是說大德僧聽某甲從某甲受具足某甲已比丘尼衆中清淨無遮法某甲已從僧乞受具足若僧時到僧某甲和尚尼某甲某甲欲於僧中問遮法諸大德聽某甲和尚尼某甲某甲欲於僧中問遮法僧忍默然故是事如是持羯磨師應問今是至誠時是實語時於諸天世間天魔諸梵沙門婆羅門諸天世人阿脩羅若不實者便於中欺誑亦復於如來應供正遍知二部僧中欺誑此是大罪我今僧中問汝有者言有無者言無父母夫主在不乃至除女人隱處餘如上盡問羯磨師應作是說大德僧聽某甲從某甲受具足某甲已比丘尼衆中清淨無遮法某甲已從僧乞受具足父母夫主已聽已求和尚五衣鉢具二歲學戒滿已乞畜衆羯磨竟自說清淨無遮法若僧時到僧某甲和尚尼某甲某甲欲於僧中說三依諸大德聽某甲和尚尼某甲某甲欲於僧中說三依僧忍默然故是事如是持善

女聽此是如來應供正遍知欲饒益故於聲聞尼衆中正説制三依若堪忍直信善女人與受具足不堪忍者不與受具足依糞掃衣少事易得應淨無諸過隨順比丘尼法依是出家受具足得作比丘尼是中盡壽能堪忍持糞掃衣不答言能若長得欽婆羅衣氎衣芻摩衣俱舍耶衣舍那衣麻衣軀牟提衣如是依乞食依陳棄藥如上廣説大德僧聽某甲從某甲受具足某甲已比丘尼衆中清淨無遮法某甲已從僧乞受具足父母夫主已聽已求和尚五衣鉢具二歲學戒滿已作乞畜衆羯磨竟自説清淨無遮法已堪忍三依若僧時到僧與某甲受具足和尚尼某甲白如是大德僧聽某甲從某甲受具足某甲已比丘尼衆中清淨無遮法某甲已從僧乞受具足父母夫主已聽已求和尚五衣鉢具二歲學戒滿已作畜衆羯磨竟自説清淨無遮法已堪忍三依僧今與某甲受具足和尚尼某甲諸大德忍與某甲受具足和尚尼某甲忍者僧黙然若不忍便説是第一羯磨第二第三亦如是説僧已與某甲受具足竟和尚尼某甲僧忍黙然故是事如是持善女聽汝已受具足善受具足一白三羯磨無遮法和合僧二部衆十衆已上汝今當敬重於佛敬重於法敬重於僧敬重和尚敬重阿闍梨汝已遭遇人身難得佛世難值聞法亦難衆僧和合意願成就難頂禮釋師子及諸聲聞衆已得具足如無憂華離於塵水汝當依倚修習泥洹善法得具足

佛住毗舍離大林重閣精舍爾時法豫比丘

尼弟子欲受具足時菴婆羅離車童子聞法豫弟子欲受具足便作是念此女於我有如是不饒益事今若出精舍門者我當更捉壞其梵行令不得受具足法豫比丘尼聞已往到世尊所頭面禮足却住一面白佛言世尊我有弟子欲受具足若出精舍者畏壞梵行彼間住此間僧得與遙受具足不佛言得先比丘尼衆與受具足已往比丘僧中乞使受具足尼僧與受具足已法豫即往白比丘僧乞使受具足羯磨人應作是説大德僧聽法豫比丘尼弟子某甲欲受具足若來者畏傷梵行若僧時到僧法豫比丘尼弟子某甲欲從僧乞使受具足諸大德聽法豫比丘尼弟子某甲欲乞使受具足僧忍黙然故是事如是持和尚尼應僧中胡跪合掌作如是言大

德僧憶念我法豫比丘尼弟子某甲欲受具足若來者畏傷梵行已比丘尼衆中受具足無遮法我某甲爲弟子某甲乞使受具足唯願大德僧哀愍故與我弟子某甲使受具足如是至三僧中應羯磨堪能者若二若三不得過羯磨衆羯磨人應作是説大德僧聽法豫比丘尼弟子某甲欲受具足已比丘尼衆中受具足無遮法若來者畏傷梵行法豫比丘尼爲弟子某甲已從僧乞使受具足若僧時到僧今羯磨某甲某甲比丘爲法豫弟子某甲受具足白如是大德僧聽法豫比丘尼爲弟子某甲受具足已比丘尼衆中受具足無遮法若來者畏傷梵行法豫比丘尼爲弟子某甲已從僧乞使受具足僧今羯磨某甲某甲比丘使爲法豫比丘尼弟子某甲受具

足諸大德忍羯磨某甲某甲比丘使爲法豫比丘尼弟子某甲受具足忍者僧默然若不忍便說是初羯磨第二第三亦如是說僧已羯磨某甲某甲比丘使爲法豫比丘尼弟子某甲受具足竟僧忍默然故是事如是持是比丘受羯磨竟即應往比丘尼精舍受具足人應向使乞胡跪合掌作如是言大德僧憶念我某甲從和尚尼某甲受具足我某甲已比丘尼衆中受具足清淨無遮法我若出此間者畏傷梵行此間住地某甲和尚尼某甲令從僧乞受具足唯願僧哀愍故與我受具足如是至三和尚尼應共使到僧中和尚尼應乞胡跪合掌作如是言大德僧憶念我法豫比丘尼弟子某甲欲受具足已比丘尼衆中受具足清淨無遮法若來者畏傷梵行彼間住我法豫弟子某甲今從僧乞受具足唯願僧哀愍故與受具足如是三乞羯磨人應作是說大德僧聽某甲從某甲受具足某甲已比丘尼衆中受具足清淨無遮法若來者畏傷梵行彼問住和尚尼某甲已從僧乞受具足若僧時到僧與某甲受具足和尚尼某甲白如是一白三羯磨已和尚尼共使還至比丘尼精舍作如是言善女聽汝已受具足一白三羯磨無遮法十衆以上和合二部衆受具足竟汝應恭敬三寶汝已遭遇人身難得佛世難值聞法亦難是名二歲學戒二部衆中受具足第二敬法竟

說罪者比丘尼不得說比丘實罪非實罪比丘得說尼實罪不得說非實罪尼不得說言醫師比丘犯戒比丘摩訶羅比丘若親里者

得輭語諫不得呵責若是年少應語汝今不學待老當學耶汝後當教詔弟子汝不學者後弟子亦當學汝作惡是故汝應隨順學受經誦經若比丘尼說比丘過言醫師比丘犯戒比丘摩訶羅比丘者越敬法比丘得說比丘尼實過不得呵責言剃髮老嫗婬蕩老嫗摩訶梨老嫗若是親里作非法者得語言莫作是事不得呵罵應輭語諫若年少者應語汝今不學待老當學耶汝後當教詔弟子汝不學者後弟子亦當學汝作惡是故當受經誦經若比丘呵罵比丘尼言剃髮老嫗婬蕩老嫗摩訶梨不善不識恩養者越毗尼罪是名比丘尼不得說比丘實罪非實罪比丘得說比丘尼實罪第三敬法竟

不先受者比丘尼不先比丘受食房舍牀褥若有人請比丘尼食者應語先請上尊衆若言我於彼無敬心正欲請諸尼者應語我亦不受若言我先已曾請僧前食後食以曾共人請未曾請諸尼若爾者應受下至先與僧一團食者比丘尼後得種種好食無罪若有人來言我欲與尼作房應語先與上尊衆作若言我於彼無敬心正欲與尼作應語我亦不受若言我先已曾與僧作房舍講堂溫室食堂門屋井屋廁屋洗脚處屋曾共衆人作未曾爲尼作若爾者應受下至先與僧一蚊厨後比丘尼受大房無罪若有人來與比丘尼牀褥者應語先與上尊衆若言我於彼無敬心應語我亦不受若言我先已曾與比丘僧牀褥枕俱攝卧具未曾與尼若爾者得受下至先與比丘僧一小牀比丘尼後受好牀

褥無罪若檀越未曾飯僧施牀褥比丘尼先受者越敬法是名比丘尼不先受食牀褥第四敬法竟

半月摩那埵者若比丘尼越敬法應二部衆中半月行摩那埵若犯十九僧伽婆尸沙應二部衆中半月行摩那埵比丘尼衆中行隨順法應日日白二部僧是名二部僧是名比丘尼二部衆中半月行摩那埵第五敬法竟

半月問布薩求教誡者比丘尼至布薩日若一切尼僧若遣使至比丘精舍禮塔已至知識比丘所與清淨欲作如是言一切比丘尼僧和合禮比丘僧足問布薩請教誡如是三說僧布薩時誦戒比丘應作是說大德僧聽今布薩爾所日已過餘爾所日在佛聲聞僧常所行事諸大德不來諸比丘說欲清淨誰與比丘尼取欲取尼欲人應至上座前偏袒右肩合掌作如是說比丘尼僧和合禮比丘僧足與清淨欲問布薩請教誡如是三說誦戒人應問誰教誡比丘尼若先有教誡人後人應問言尼何日來何處教誡先人應語某日來在某處若無教誡人者先取尼清淨欲比丘應語尼言姊妹無有教誡人當謹慎莫放逸若比丘成就十二法僧應羯磨作教誡人何等十二一持戒二多聞不忘三持律廣略四辯才能說五學戒六學定七學慧八能除惡邪九梵行清淨十不汙比丘尼淨行十一忍辱十二滿二十歲若過是名成就十二法僧應拜作教誡比丘尼人羯磨者應作是說大德僧聽某甲比丘十二法成就若僧時到僧拜某甲比丘教誡比丘尼如是白大德

僧聽某甲比丘十二法成就僧今拜某甲比丘教誡比丘尼諸大德忍拜某甲比丘教誡比丘尼忍者默然若不忍者便說第一羯磨第二第三亦如是說僧已拜某甲比丘作教誡尼人竟僧忍默然故是事如是持是比丘受羯磨已應教誡比丘尼教法者有八事何等八一非時二非處三過時四時未至五不和合六眷屬七長句說法八迎教誡非時者從日沒至明相未出教誡是名非時若比丘非時教誡比丘尼者波逸提非處者不得深猥處不得露現處當在不深不露處若講堂若樹下若比丘非處教誡比丘尼越毗尼罪是名非處過時者十四日十五日是名過時時未至者月一日若二日三日是名時未至應從四日至十三日往教誡時未至教誡比丘尼者越毗尼罪是名時未至不和合者比丘尼僧不和合不應教誡和合已然後教誡人到已應問尼僧和合未若言和合應遣使呼言比丘尼來聽教誡若老病服藥作衣鉢事不得來者應與欲如是言我某甲與教誡欲如是三說若比丘尼僧不和合教誡者越毗尼罪是名不和合眷屬者不得偏教誡應一切尼僧和合已然後教誡是名眷屬長句說者如尊者難陀長語教誡尼應作是說一切惡莫作諸善奉行自淨其意是諸佛教姊妹此是教誡欲聽者便聽去者任意若比丘長語教誡比丘尼者越毗尼罪是名長語說法迎教誡人法者若比丘尼城邑聚落住聞教誡比丘某日來若無供給人者應倩諸年少比丘賫持華香旛蓋往迎若無者隨其多

少下至合掌設敬代擔衣鉢若一由延半由延若一拘盧舍半拘盧舍下至出城邑聚落外迎若不迎者越毗尼罪來已應勸化作前食後食非時漿盡心供養及眷屬七日勿令有乏若無者出已衣鉢中餘持用供養若復無者下至合掌恭敬教誡尼法者若阿毗曇若毗尼阿毗曇者九部修多羅毗尼者波羅提木叉廣略教誡人若尼來時不得低頭而住應觀相威儀若見油澤塗頭莊眼著上色衣擣令光澤白帶繫腰如是者應呵若是年少者應語姊妹汝今年少不學待老當學耶汝後當教詔弟子汝不學者弟子亦當學汝作惡是故汝應隨順學受經誦經若有俗人者不得教勿令前人起不善心言沙門教勑婦若爾不得教應問餘尼此是誰共行弟子誰依止弟子問已應語彼和尚阿闍梨教呵令隨順行法勿令作非威儀事比丘教誡比丘尼時應如女想比丘尼於教誡人如佛想是名半月問布薩求教誡第六敬法竟

不依比丘不得住安居者若親里欲請比丘尼安居者尼應語檀越先請上尊若言我於彼無敬心正欲請尼尼應語我亦不去若爲親里欲去者應自請比丘到彼已應料理前食後食非時漿安居衣勿令有乏若親里不與者當自出已衣鉢中餘供給若安居中比丘若死若罷道若餘處去尼不得去三由延內有僧伽藍者應通結界半月應往問布薩若道路賊難恐怖畏奪命傷梵行有此等諸難者至彼安居未應往自恣若故有難衆者當語親里爲我請比丘來來已供給所須前

食後食及非時漿勿令有乏自恣已應還本處若比丘尼欲住安居處無比丘不得住安居若住安居者越敬法是名無比丘住處比丘尼不得安居第七敬法竟

比丘尼安居竟二部僧中受自恣者比丘尼至自恣日受自恣已明日清旦應一切往比丘僧所受自恣尼僧中應羯磨一尼能受自恣者羯磨人應作是說尼僧聽某甲比丘尼能爲尼僧作自恣人若僧時到僧羯磨某甲比丘尼爲尼僧作自恣人諸尼僧聽某甲比丘尼爲尼僧作自恣人僧忍默然故是事如是持比丘尼僧二衆各和合者應作是說比丘尼僧和合比丘僧和合自恣說若見聞疑罪僧當語我哀愍故若知見聞疑罪當如法除第二第三亦如是說者比丘僧和合衆多比丘尼者應作是說衆多比丘尼比丘僧和合自恣說若見聞疑罪僧當語我哀愍故若知若見當如法除第二第三亦如是說若比丘尼比丘僧和合一比丘尼者應作是說我比丘尼比丘僧和合自恣說若見聞疑罪僧當語我哀愍故若知若見當如法除第二第三亦如是說若衆多比丘比丘尼僧和合者應作是說比丘尼僧和合諸大德自恣說若見聞疑罪諸大德當語我哀愍故若知若見當如法除第二第三亦如是說若衆多比丘衆多比丘尼者應作是說衆多比丘尼諸大德自恣說乃至第二第三亦如是說一比丘乃至一切比丘尼者應作是說我比丘尼大德自恣說若見聞疑罪當語我哀愍故若知若見當如法除第二第三亦如是說比丘尼安居竟

應如是二衆中受自恣若比丘尼十六日不詣比丘僧受自恣至十七日往受自恣者越敬法是名比丘尼第八敬法竟

摩訶僧祇律卷第三十

音釋

懱莫結切輕傷也 蹲徂尊切踞也 紡績紡妃兩切辟纑也績則歷切緝麻也 叛薄半切背叛也 嗽所角切吮也 癬息淺切乾瘍也 癩落蓋切疥癩也 瘧魚約切痁病也 謦棄挺切謦欬也 嗽先奏切欬嗽也 腫之隴切脹也 嫗於武切老婦之稱

摩訶僧祇律卷第三十一上

東晋三藏法師佛陀跋陀羅共沙門法顯譯

雜誦跋渠法第九之九

内宿内煑自煑者佛住曠野精舍諸天世人之所供養爾時僧院内作食廚潘汁蕩器惡水流出巷中為世人所嫌云何沙門釋子住處食廚不別諸比丘以是因緣往白世尊佛告諸比丘汝等正應為世人所嫌從今日不聽内作淨廚潘汁流外作淨廚法不聽東方北方作應南方西方作若内作淨廚潘汁流外者越毗尼罪

復次佛俱薩羅國遊行至呵帝欽婆羅婆羅門聚落如上粥緣中廣説乃至不聽内宿内煑

復次佛俱薩羅國遊行至固石婆羅門聚落時有剃髮師摩訶羅父子出家聞佛來欲作粥如上粥緣中廣説乃至不聽内宿内煑自煑

復次佛鴦求多羅國遊行爾時枝尼耶螺髻梵志聞世尊來作僧房淨廚遣人請佛佛告優波離汝於先去為僧處分受食廚勿令初夜過若過者即名僧住處不得作時優波離白佛言世尊得一覆别隔不佛言得復問得通隔别覆不佛言得復問得通覆通隔不佛言得復問得别隔别覆不佛言得復問得一邊二邊三邊一切盡得不佛言得隔道得不佛言得得閣上閣下不佛言得或有樹根在淨地枝葉在不淨地或有樹根在不淨地枝葉在淨地或有樹根枝葉俱在不淨地或有樹根枝葉俱在淨地一覆别隔者僧得受作

淨屋如是乃至別隔別覆僧得受作淨屋一邊二邊三邊一切盡得作淨屋隔道者道兩邊淨中間不淨若置酥瓨油瓨在中間者應穿兩邊流入淨地者聽取若穀麥豆囊橫置中間者得解兩頭取若蘿蔔葱甘蔗在道中者得截取淨者閣上閣下者若閣上若閣下得受作淨屋樹根在淨地枝葉在不淨地者樹根在淨地生枝葉蔭不淨地若果落地者應時取內淨屋中若不取至初夜過者即名不淨樹根在不淨地枝葉在淨地者樹在不淨地生枝葉蔭淨地若果落地即名爲淨隨時欲取便取二俱不淨者樹不淨地生枝葉亦蔭覆不淨地果落者應時取內淨屋中若不時取至初夜過者即名不淨二俱淨者樹淨地生枝葉亦蔭覆淨地果落者即名爲淨隨時欲取便取是名二俱淨若不淨地生蘿蔔菘菜若取應時內淨屋中若不時內至初夜過即名不淨若賊來偷菜覺已恐怖捨菜而去應即取內淨屋中若言明日當取至初夜過者即名不淨若不覺菜時早晚即見時應取內淨屋中若不取至初夜過者即名不淨若不淨地中生若瓜瓠者摘取已應時內淨屋中若不內過初夜即名不淨若僧住處有檀越施僧穀寫著不淨地者應時取著淨屋中若不取至初夜過即名不淨若白衣持餅麨粮食來寄宿明日去持與比丘者即名淨若比丘作是念明日去必當與我若與者即名不淨持果菜來宿亦如是若運致穀米淨屋倉滿已若著講堂溫室若井屋薪屋中庭若非淨地者初中後夜隨時應徙若不徙

至初夜過者即名不淨若欲作新住處者營事比丘應以線量度作分齊爾許作僧淨屋爾許作僧住處應作是説此中爾許作僧淨屋受若不受者至初夜過即名不淨隨事定淨屋淨屋定如是住處温室講堂門屋浴室薪屋井屋井屋定若檀越言莫豫分處須待成設飯施僧已當隨意分處成已應作是説下閣中閣上閣僧淨屋受受已即名淨亦得住若復不受國土亂時王未立爾時得受若復一王遠一王衆人未舉爾時得受若復不受者住處聚落停廢二年得受是中或有聚落停廢非住處停廢或住處停廢非聚落停廢或聚落停廢住處亦停廢或非聚落停廢非住處停廢是中不受即名不淨若停可食物是名内宿内煑自煑者比丘不得自煑食若病應使淨人煑若無淨人者有淨銅器不受膩者應淨洗自炊令沸使淨人知著米著米已比丘不得自然應使淨人然沸已淨人欲去得受取自煑令熟當愼莫令不受物落中如是煑肉令歛菜令萎受已得自煑令熟下至煑薑湯亦不得自煑使淨人煑若乞食食冷得自煖無罪若淨人病應使淨人煑粥與若無淨人者淨米已得自煑若有長粥不得自食是名内宿内煑自煑

受生肉者佛住曠野爾時六群比丘持肉段生魚爲世人所嫌云何沙門不能乞食持肉段生魚而行此壞敗人何道之有諸比丘以是因緣往白世尊佛言呼六群比丘來來已佛問比丘汝實爾不答言實爾世尊佛告諸比丘從今日後不聽受生肉若比丘病得使

淨人知煑歛已受取得自煑令熟若比丘林中經行坐禪若見樹下有死麞鹿殘若須者不得自取當使淨人知若自取者不得自食應與園民若沙彌若見鷹殘亦如是若比丘乞食時得燥脯火上燎已得受有衆生名俱耶無腸肚吞肉段還完出若須者得受

不得受生穀穀者白米穀赤米穀𪍿麥小麥悉不聽受若生癰痤癤須小麥塗者應使淨人作淨已得自取研破塗之不聽受若淨屋中有穀𪍿麥𪍿若須者得自取不聽受若蒙具豆摩沙豆大豆小豆如是比若須者得受是名受生穀

自取更受皮淨者佛住舍衛城時王波斯匿有菴拔羅園時果茂盛王問園民諸比丘頗來食果不園民答言大王不請何由來食王言汝可往請比丘食果即往僧所頭面禮足胡跪合掌白言王請僧食果諸比丘即往就園食果狼藉棄地或復持還因是園民不得送果王問園民何故不送果民即以上事具白王王聞已心不悅作是言諸比丘但當食果何故棄地復持去與誰諸比丘以是因縁往白世尊佛言呼是比丘來來已佛具問上事汝實爾不答言實爾佛問比丘汝但當食果何故棄地復持還爲答言世尊我持來受已更食佛言汝云何自取已後受更食佛言從今日不聽食菴拔羅果

復次佛住王舍城耆舊童子菴拔羅園時耆舊童子問園民諸比丘食菴拔羅果不答言世尊不聽時耆舊童子聞是語已往到世尊所頭面禮足却住一面白佛言世尊菴拔羅

是時果頗世尊聽諸比丘食佛言從今日聽淨果皮食時諸比丘使淨人盡剥果皮而食淨人嫌言合皮可食何故使我盡剥皮爲諸比丘以是因緣往白世尊佛言不須盡去皮當爪淨聽食不聽自取後受食應先使淨人爪淨然後受若比丘園林中行見落地果若須者應使淨人取若自取者不得自食應與園民若沙彌若果熟落地傷破即名皮淨應受取却核得食若鳥啄若器中傷破下至如蚊脚即名皮淨却核得食若欲食核者火淨已聽食若皮淨不火淨食核者波夜提若火淨不皮淨皮核俱得食若不火淨不皮淨食者一波夜提一越毗尼若俱作無罪是名自取後受皮淨

毗尼斷當事　障礙非障礙　比丘尼内宿内煑并自煑　受生肉并穀　自取後更受皮淨并火淨　第六跋渠竟

重物者佛住舍衛城爾時比丘賣僧牀褥或借人或私受用諸比丘以是因緣往白世尊佛言呼比丘來來已佛問比丘汝實爾不答言實爾世尊佛言從今日不聽賣僧牀褥借人私受用設一切僧集亦不聽賣借人私用若賣借人私用越毗尼罪云何名重物牀褥鐵器木器瓦器竹器如盜戒中廣説是名重物若檀越施僧牀褥俱執氍氀枕疊腰帶刀子匙傘蓋扇革屣鍼筒剪爪刀澡鑵是中牀褥俱攝枕氍氀如是重物應入四方僧餘輕物應分若檀越言一切盡分應從施主意分若言一切施四方僧者不應分若比丘道路行俗人見比丘心生歡喜持種種雜物布施

比丘是中有重物應與隨近精舍當語檀越持是牀褥與某精舍比丘若言我已決意施復用問我爲比丘言亦可置此間供給客僧得其功德復言不能我已決意應語長壽此是重物難致可此間貿取直彼間還作不若言任意尊者得貿取直到彼住處牀直買牀褥直買褥如是一切隨直貿易若言一切盡分者應隨施主意分若言一切施四方僧者不應分請有二種一僧次二私請彼間得種種雜施僧次得物入僧私請得物自入已若牀褥多釜鑊少當語檀越令知已得轉牀褥作釜鑊若釜鑊多貿易牀褥亦如是若有破器得融作大者是名重物

無常物者佛住曠野爾時尊者阿若憍陳如在巨磨帝住時有放牧人名渠尼婦名尸婆離憍陳如時到著衣持鉢入聚落乞食得已常到放牧人家食時婦人信心歡喜常供給乳酪生酥熟酥食已還住處便作是念用是苦器久在世爲猒患此身便持衣鉢著一處在樹下以頭枕象團右脇著地心不亂即入無餘涅槃尸婆離知時節應來即敷坐牀掃地辦乳酪漿待時過不來時尸婆離便作是念阿闍梨常日日來今何故不來將不病耶不爲惡蟲所傷即往看之見樹下卧作是念阿闍梨故當眠黙然立聽不聞喘息以手摩心身體已冷便言奇哉已無常我當供養舍利即歸語夫取斧伐好薪積置一處即便闍維舍利在一面立看見四鳥種種異色從四方來烏身即自變白而去時夫渠尼若住不樂作是念是比丘衣鉢當輸王王法難了恐

復更索餘物即持詣王白言此憍陳如比丘無常有是衣鉢輸王王即平此衣鉢賈直五錢官斷言此沙門無常衣鉢還歸比丘即持還白僧言尊者阿若憍陳如無常有此衣鉢諸比丘見已識彼衣鉢即問言頗見異事不答言見我闍維時見有四鳥種種色乃至比丘以是因緣往白世尊是事云何佛告比丘此是四魔天來欲觀其識神不見已變白而去諸比丘白佛言此衣鉢應屬誰佛言應屬僧

復次佛住舍衛城時有病比丘語比丘言看我當與長老衣鉢時病比丘無常諸比丘僧集欲分彼衣鉢看病比丘言是比丘存在時語我言看我當與衣鉢諸比丘以是因緣往白世尊佛言與已未答言未佛言不與已無常得越毗尼罪彼不應得

復次佛住舍衛城時有病比丘語比丘言看我當與長老衣鉢即便與得已不作淨還置病人邊時病比丘無常乃至諸比丘以是因緣往白世尊是事云何佛言爲作淨不作淨答言不作佛言不應得

復次佛住舍衛城時有病比丘語比丘言看我當與長老衣鉢即便與得已作淨還置病比丘邊乃至佛問作淨不答言作佛言應得

復次佛住舍衛城有沙彌無常諸比丘問佛此衣鉢物應屬誰佛言屬和尚復次看病比丘作是恨言我看病不避寒暑執衆苦事求索湯藥乃至除大小行器其實如是是誰應得言衆僧得耶諸比丘以是因緣往白世尊佛言看病甚苦應以三衣鉢盂及受所殘藥

與時尊者優波離知時而問世尊病比丘得
囑與人物不佛言得復問得囑與醫藥不佛
言得若囑言我不差當與若差即名捨若囑
言我向彼聚落若不前到當與若到者即名
捨若囑言我行去若不還當與還者即名捨
若決定囑言我若死若活其心與如是決定
者應與若囑與衆多者最後人應得若與衆
多人在前者應得若比丘無常若般泥洹不
應便印閉其戸彼若有共行弟子依止弟子
持戒可信者得與戸鉤若不可信者當持戸
鉤與僧知事人已供養舍利料理竟然後出
彼衣物若有共行依止弟子持戒有信者使
出若不可信應使知事人出若比丘作是言
我此中亦有衣鉢者當觀前人持戒可信者
應與不可信者不應與若有可信人證明者
應先與然後僧受受有三種羯磨受分分受
貿易分受羯磨受者羯磨人應作是説大德
僧聽某甲比丘無常若般泥洹所有衣鉢及
餘雜物應現前僧分若僧時到僧現前羯磨
與某甲比丘受白如是大德僧聽某甲比丘
無常若般泥洹所有衣鉢及餘雜物現前僧
應分僧今現前持是衣鉢及餘雜物與某甲
比丘受諸大德忍持是衣鉢及餘雜物與某
甲比丘受忍者僧默然若不忍者便説僧已
忍持是衣鉢及餘雜物與某甲比丘受竟僧
忍默然故是事如是持是名羯磨受分分受
者作分已唱言各各自取分是名分分受貿
易分受者迭相貿易是名貿易分受若四比
丘聚落中住一比丘無常者三比丘應受應
作是説諸長老某甲比丘無常若泥洹有是

衣鉢及餘雜物現前僧應分此處無僧我等現前應得若三比丘住一比丘無常者二比丘應受應作是說乃至此處無僧我現前應得若二比丘共住一比丘無常者一比丘得受應心念口言某甲比丘無常若涅槃有此衣鉢現前僧應分此處無僧我現前應得若欲與看病比丘物者應行舍羅知人多少知已應與亡人所受持衣鉢及所受殘藥羯磨者應作是說大德僧聽某甲比丘無常若涅槃所有衣鉢現前僧應分若僧時到僧持是衣鉢及所受殘藥與看病比丘某甲如是白白一羯磨乃至僧已與看病比丘某甲衣鉢及餘殘藥竟僧忍默然故是事如是持看病人云何應得不應得不應得者暫作不應得差作不應得樂福德作不應得邪命作不應得暫作者暫作不作是名暫作差作者僧次差是名差作樂福德作者自為福德故看是名樂福德邪命者希望故看病是名邪命應得者佛言欲饒益故下至然一燈炷欲令病人差應得作羯磨已應量影若有客比丘來者應知在羯磨前在羯磨後或值死不值羯磨有值羯磨不值死或有值死羯磨或不值死不值羯磨是中值羯磨不值死值死值羯磨者應得是中值死不值羯磨不值死不值羯磨者不應得若為病人求醫藥若為塔事僧事去應與是名無常物法

癡法者佛住舍衞城爾時長老劫賓那有二共行弟子一名難提二名鉢遮難提癡病有時來有時不來破僧羯磨諸比丘以是因緣往白世尊佛語諸比丘難提鉢遮難提癡病

有時來有時不來破僧羯磨者僧應與作癡羯磨羯磨人應作是說大德僧聽難提鉢遮難提癡病有時來有時不來破僧羯磨若僧時到僧與難提鉢遮難提癡病羯磨白如是大德僧聽難提鉢遮難提癡病有時來有時不來破僧羯磨僧今與難提鉢遮難提癡病羯磨諸大德忍與難提鉢遮難提癡病羯磨者黙然若不忍者便說是第一羯磨第二第三亦如是說僧已與難提鉢遮難提癡病羯磨竟僧忍黙然故是事如是持作羯磨已若來不來不破羯磨若癡病差得本心即名捨是名癡羯磨

見不欲者佛住舍衛城爾時瞻婆比丘共諍相言同止不和一比丘舉一比丘二比丘舉二比丘衆多比丘舉衆多比丘諸比丘以是因縁往白世尊佛言從今日聽作見不欲見不欲者若僧中作非法羯磨事若有力者應遮言諸長老是非法非毗尼不應作若前人兇惡力勢恐有奪命傷梵行者應作見不欲作是說此非法羯磨我不忍與見不欲如是三說作見不欲時不得趣人邊作應同意人邊作不得衆作見不欲得二人三人作餘者當與如法欲已捨去若僧中非法斷事不遮不與欲不作見不欲越毗尼罪若作是念隨其業行如火燒屋但自救身得護心相應無罪是名見不欲

破信施者佛住舍衛城爾時鹿長者次請僧食時優波難陀次到其家長者問言欲此間食欲持去答言欲持去即取其鉢盛滿中種種飲食優波難陀得食已即持到婬女家問

言欲得食不答言欲得取汝器來即與飲食羅列槃上復更乞去時長者子食已往婬女家女言大家郎欲食不答言取來即持槃上食與見已便識問言汝何處得此食女言大家郎但食用問爲諸年少邊得不爾我欲知處問不止便言阿闍棃優波難陀見與長者子嫌言我以僧衆爲良福田而優波難陀反以婬女爲良福田

復次佛住王舍城時有無畏薩薄主施僧兩張細氎時優波難陀僧中知得已即持與婬女婬女得已便被著入市肆時無畏薩薄主見已便識問言汝何處得此氎答言大家郎何故問耶諸年少邊得復問不爾我欲知之問不止便言尊者優波難陀見與時薩薄主嫌言我以衆僧爲良福田而優波難陀反以婬女爲良福田諸比丘聞已以是因緣往白世尊佛言呼優波難陀來來已佛問優波難陀汝實爾不答言實爾佛言此是惡事汝云何壞信施物從今日不聽壞信施物信者信心與歡喜與施者有八種時食夜分乃至淨不淨破者欲心與婬女寡婦大童女不能男惡名比丘尼惡名沙彌下至欲心與畜生得越毗尼罪有人僧中乞食得與一團若人多者等分與若於前人有欲心者不應與若父毋貧苦無信心者得少多與若有信心者得自恣與有二種應與益者損者益者若檀越若優婆塞作塔事僧事應與損者若賊若王若兇惡人若不與者能作不饒益事此人應與是名破施信

華屣法者佛住王舍城時難陀優婆難陀著

金華屐行爲世人所嫌云何沙門釋子如王大臣貴勝人著金華屐諸比丘以是因緣往白世尊乃至佛言從今日以後不聽著金華屐

復次世人吉祥日時六群比丘有著種種異色革屐有著一重革屐者共期遊觀爲世人所嫌云何沙門釋子著種種革屐如王大臣見著惡者復作是言云何沙門釋子如下賤人著一重革屐此壞敗人何道之有諸比丘以是因緣往白世尊佛言從今日不聽著一重革屐

摩訶僧祇律卷第三十一上

音釋

麞（止良切麞屬）燥（先到切乾也）脯（方矩切乾肉也）燎（力照切猶燒也）麧（與力切麥糠也）啄（竹角切鳥齧食也）氍（巨俱切）氀（力于切氍氀毛布也）鍼（諸深切與針同）喘（尺兖切氣息也）

摩訶僧祇律卷第三十一下

東晉三藏法師佛陀跋陀羅共沙門法顯譯

復次佛住王舍城屍陀林爾時世尊身小不和耆舊童子往至佛所頭面禮足白佛言聞世尊不和可服下藥世尊雖不須爲衆生故願受此藥使來世衆生開視法明病者受藥施者得福爾時世尊默然而受耆舊復念不可令世尊如常人法服藥當以藥熏青蓮華授與世尊世尊三齅藥勢十八行下下已光相不悅爾時阿難語尊者大目連言世尊服藥何處有隨病食時目連即觀見瞻波國㲉奴二十億子日食五百味食是時目連即以神力到其前立時二十億子見尊者目連威儀神德心懷踊躍歎未曾有目連爾時而說偈言

天尊甚奇妙　無量功德聚　身中小不和
宜須隨病食　汝今得善利　當獲大果報
聲聞諸弟子　仰比於世尊　喻如須彌山
得一芥子分

時長者子聞說此偈心大歡喜歎言善哉今得斯利即辦餚饍請目連住食時目連作是念我爲世尊索隨病食不宜先食即便受食置虛空中然後自食二十億童子語尊者目連言我欲令世尊先食然後我食云何得知目連言此食器須臾當還自知食訖爾時目連屈伸臂頃到世尊所奉食世尊世尊食已器乘虛而還時㲉奴二十億童子遙見器還即起迎頂戴而受時瓶沙王來問訊世尊聞食香問言此何香答言食香佛語大王欲食如來殘食不白言欲食世尊我大得善利得

如來殘食食已白佛言世尊我生王家以來未曾得如是食世尊此爲是天食龍食鬱單越食鬼神食耶佛言此非天食乃至非鬼神食也此是王土怒奴二十億童子家常所食耳世尊即爲王說怒奴二十億童子脚下毛金色長四寸福德如是王聞已即欲往看臣白王言云何此是王境之民應當命來不宜自往即遣人往喚語父母言王欲見是童子父母言王喚正當欲方便罰我錢耳寧輸千萬不能令子詣王即遣車載金銀寶物送詣王所白王言童子輭弱不堪自致所有珍寶今送獻王王言我自有金銀寶物不須是爲但欲見童子身耳使還白王言童子是極樂人柔弱不堪車乘王言若爾者莊船載來若至不通船處鑿地作渠以芥子填滿牽來即便牽來至山口童子柔弱以衣褥敷地躡上而來遥見世尊在路地坐見已即却衣褥躡地而來世尊見已而發微笑諸比丘白佛言世尊何因而笑佛告諸比丘汝見此童子不答言見佛言此童子從九十一劫已來足未曾躡地今見如來恭敬故非是福德盡也前至佛所頭面禮足却坐一面佛爲隨順說法示教利喜得法眼淨佛教童子若王來入者當下地跏趺坐現脚時王來入童子即下地跏趺現脚而坐時王侍者即拔劒欲向王即呵之時童子見已心生恐畏即白王言聽我出家王言欲何道出家耶答言欲佛法出家王即遣使語其父母聽出家父母聽已即求佛出家受具足諸比丘白佛言是童子有何因緣九十一劫足不蹈地佛告諸比丘過去

世時九十一劫有佛名毗鉢施如來應供正徧知出現於世時有長者子九十人請佛及僧八十千衆三月安居一人供一日是長者子最後設供加以白氎敷地供養衆僧因是果報九十一劫生人天中未曾躡地爾時長者子即今恕奴二十億童子是也童子出家已在屍陀林中經行不倦脚底傷破血出在地佛見已知而故問比丘此誰經行處血出如是比丘答言是恕奴二十億童子經行處佛告諸比丘是恕奴二十億童子設使精進經行須彌山碎如粉塵不能得道況復傷皮時恕奴二十億童子聞是語已至一空靜處跏趺而坐作是思惟佛聲聞弟子中精進不懈無過於我世尊方言不能得道不如捨戒還家作諸功德供養佛及比丘僧佛知其心即以神足乘虛而來在其前坐佛語比丘我今問汝隨汝意答汝本能彈琴不答言能彈絃急時得成音不不也世尊復問絃緩時得成音不不也世尊復問比丘絃不緩不急得成音不答言爾佛告比丘精進太急心生結使精進太緩心生結使不緩不急心停鑒徹一切如增一線經中廣說佛告比丘汝信心捨二十億出家云何於正法中起增上慢自生苦惱佛告比丘我因汝聽諸比丘著革屣恕奴二十億童子白佛言但聽諸比丘著革屣我漸漸習行以當著革屣佛言從今以後聽著一重革屣時阿難邠坻姊聞世尊聽諸比丘著革屣持五百量革屣到世尊所頭面禮足却住一面白佛言唯願世尊受此革屣佛即爲說偈呪願

身口意離惡　清淨梵行人　革屣布施者
人天中受樂　金地種種報　莊嚴諸宮殿
得如意神足　清淨無障礙　施少得大利
清淨福田故　智者願清淨　能得福報果

復次佛住舍衛城爾時世尊五日一行諸比丘房見諸革屣狼藉在地知而故問比丘此何等革屣狼藉乃爾比丘答言世尊此革屣破畏兩重故不敢補佛言聽補

復次佛住舍衛城時南方比丘來禮拜世尊中路革屣破故脚底穿壞曳脚而來頂禮佛足佛知而故問何故曳脚而行答言世尊我著一重革屣中路破不敢著兩重是故脚破佛言從今日聽作尼目呵革屣法著福羅不聽遮前遮後革屣不聽羝羊角白羊角金革屣眞珠革屣瑠璃水精瑪瑙種種色革屣不聽若得新重革屣者不聽著應使淨人知著下至五六步然後著若得著者越毗尼罪是名革屣法

屐法者佛住王舍城耆舊童子菴拔羅園佛爲阿闍世王竟夜說沙門果經時優波難陀聽久疲極還自房宿至後夜起著屐而來琅琅作聲象馬聞已競驚而鳴時王聞已恐怖即還入城諸比丘以是因緣往白世尊佛言呼優波難陀來來已佛問優波難陀汝實爾不答言實爾世尊佛言從今日後不聽著屐

復次佛住王舍城時比丘在天帝釋石室邊坐禪有比丘著屐在前經行時坐禪比丘聞聲已心不得定諸比丘以是因緣往白世尊乃至佛言從今已後不聽著屐屐者金屐銀屐牟尼屐牙屐木屐皮屐馬尾屐麻屐欽婆

羅屐綖屐�草屐樹皮屐如是比一切屐不聽著脚穿屐時越毗尼罪若欲洗脚得橫屐躡上不犯比丘著革屐時應牽根上若不牽上者越毗尼心悔若著無根者得越毗尼罪是名屐法

浴法者佛住舍衛城時六群比丘至阿脂羅河上洗浴用揩石揩身爲世人所嫌云何沙門釋子用揩石揩身如王家鬭人力士此是壞敗人何道之有諸比丘以是因縁往白世尊乃至佛言從今以後不聽用揩石揩身揩石者木作若石若墼如是比皆不聽用若水中有柱亦不得就揩身若浴時當使一人揩揩時不得俱舉兩臂應一臂自遮次第而揩若無人者當自揩不得立浴如俗人法應坐亦應次第洗手臂若身體有垢膩者不得以拳揩應舒手揩若用揩石洗浴者越毗尼罪是名浴法

屑末者佛住舍衛城時難陀優波難陀持種種香屑來詣阿脂羅河上浴時有外道弟子見已作是念我等當共擾沙門優婆塞去即往其所作如是言誰師少欲知足時優婆塞言我師少欲知足外道弟子復言我師少欲知足優婆塞言汝師無慚無愧噉酒糟驢我師少欲知足有慚愧外道弟子言若汝師少欲者當共賭物答言欲賭何物外道答言欲賭五百舊錢優婆塞言可爾便共議言當作何等試之即作種種香屑末已欲先至誰師所外道弟子言先至我師即先遣人往語已師我持香屑末往可現少欲相慎莫受尋即持往語言諸師哀愍故願受香屑答言我出

家人非王子六臣用是香屑爲不受已復持詣祇洹精舍作如是言諸師哀我故受是香屑優婆塞質直先不語故比丘即打揵椎集僧欲分香屑有不來者有弟子爲迎分言與我和尚阿闍梨迎分如是競索語聲高大外道弟子見已拍手大笑我得子便今日得勝時優婆塞慚愧無言往到佛所頭面禮足却住一面具説上事白佛言世尊我不惜錢但外道得勝是故慚愧佛即爲優婆塞説法示教利喜發喜心已頭面禮足而退世尊往衆多比丘所敷尼師壇而坐具以上事爲諸比丘説佛告諸比丘從今日不聽用香屑

復次佛住舍衛城如來以五事利益故五日一行諸比丘房見比丘癬病知而故問比丘汝調適安樂住不答言世尊我病癬瘙得香屑末洗浴便瘥世尊制戒不得用香屑是故苦住佛言從今日聽病比丘用香屑香屑者於尸屑馬耳屑七色屑栴檀屑俱哆屑菴拔羅屑閻浮尸利屑阿溽屑伽頗羅屑如是比一切不聽若比丘病癬瘙須屑末塗浴瘥者得用無罪聽用迦羅屑摩沙屑摩瘦羅屑沙坻屑泥土是名末屑法

杖絡囊法者佛住王舍城爾時六群比丘難陀優波難陀持寶絡囊盛鉢復有持黑繩絡囊以杖擔肩上而行爲世人所嫌云何沙門釋子如王大臣持寶絡囊盛鉢肩上而行有見惡者復言云何沙門釋子如下賤使人持黑絡囊盛鉢擔肩上而行此壞敗人何道之有時諸比丘以是因緣往白世尊乃至佛言從今已後不聽以杖絡囊

復次佛住舍衛城如來五日一行諸比丘房見比丘疢手知而故問比丘調適安樂住不答言世尊我疢手故破鉢世尊復制不聽畜杖絡囊是故不樂佛言從今日後病比丘聽從僧乞畜杖絡囊僧應與作羯磨乞法者偏袒右肩胡跪合掌作如是言大德僧聽我某甲疢手故破鉢今從僧乞畜杖絡囊羯磨唯願僧與我羯磨第二第三亦如是說羯磨人應作是說大德僧聽某甲比丘疢手故破鉢已從僧乞畜杖絡囊羯磨若僧時到僧與某甲比丘畜杖絡囊羯磨如是白白一羯磨乃至僧已與某甲比丘畜杖絡囊羯磨竟僧忍默然故是事如是持作羯磨已欲行時手捉杖及絡囊不得舉著肩上而行若持杖者越毗尼心悔持絡囊者亦越毗尼心悔若持杖絡囊及鉢者越毗尼罪若道路行時得繫漉水囊杖頭手捉而行不聽著肩上若不作羯磨持杖者越毗尼罪持絡囊亦越毗尼罪若持杖絡囊者得二越毗尼罪是名持杖絡囊法

重物亡人衣　癡狂見不欲　壞信施革屣
著屐揩身石　香屑杖絡囊　第七跋渠竟

蒜法者佛住王舍城爾時珍祇居士請僧食蒜時六群比丘詣園食蒜狼藉棄地復持還歸時居士按行蒜園見已即問園民何故如是園民即具說上事居士言比丘但當食何故棄地如是復持去與誰諸比丘以是因緣往白世尊乃至佛告諸比丘從今日不聽食蒜

復次佛住舍衛城爾時世尊爲大衆說法時

有比丘食蒜在下風而坐畏熏諸梵行人佛知而故問此是何等比丘獨在一處如鬪諍人諸比丘白佛言世尊是比丘食蒜畏熏梵行人故在下風獨住佛語諸比丘當知是比丘若不噉蒜時當欲得失如是甘露法不答言不佛言是比丘以食蒜故失如是不死之法佛言從今已後不聽食蒜

復次佛住迦維羅衛釋氏尼俱律精舍如來五日一行諸比丘房見比丘病羸瘦痿黃佛知而故問比丘調適安樂住不答言世尊我病不調本俗人時食蒜便瘥世尊制不聽噉蒜是故不樂佛言從今日聽病比丘食蒜應隨順行蒜者若種生若山蒜如是比蒜及餘於一切若生若熟若葉若皮悉不得食若癰腫癬瘡得用蒜塗蒜塗已不得衆中住應在屏處瘥已當淨洗浴還入僧中病時醫言長老此病服蒜當瘥若不服不瘥更無餘方治者聽服服已應七日行隨順法在一邊小房中不得卧僧牀褥不得上僧大小便處行不得在僧洗脚處洗脚不得入温室講堂食屋不得受僧次差會不得入僧中食及禪坊不得入說法布薩僧中若比丘集處一切不得往不應繞塔若塔在露地者得下風遥禮七日行隨順法已至八日澡浴浣衣熏已得入衆中若比丘不病食蒜病食蒜不行隨順法二俱越毗尼罪是名蒜法

覆鉢法者佛住舍衛城時城内有法豫優婆塞常請僧次食比丘到已詰問其義能解釋者便大歡喜手自與種種食若不能答者便毀呰使下人與麤食以是故僧次上座應去

不去皆言下過乃至年少盡不能去因是便高聲大語佛知而故問何故高聲大語答言世尊法豫優婆塞常請僧次食乃至應去不去因是故高聲大語佛告諸比丘法豫優婆塞輕慢諸比丘僧應作覆鉢羯磨優婆塞有八事僧應與作覆鉢羯磨何等爲八現前誹謗比丘現前呵責比丘作如是言汝是惡行人現前瞋恚輕罵比丘斷比丘利養不樂與比丘共事罵佛罵法罵衆僧是名八事僧應作覆鉢羯磨羯磨者應作是說大德僧聽是法豫優婆塞輕慢比丘若僧時到僧與法豫優婆塞輕慢比丘與作覆鉢羯磨白如是白三羯磨乃至僧已與法豫優婆塞輕慢比丘作覆鉢羯磨竟僧忍默然故是事如是持法豫優婆塞常飯比丘已然後自食其日待

比丘時過不來便往佛所頭面禮足却住一面白佛言世尊諸比丘何故不來食佛言汝輕慢諸比丘僧欲饒益故與汝作覆鉢羯磨爾時去佛不遠有一羅漢佛語優婆塞汝往問是比丘云何名鹽鹽有幾種即往到和南阿闍梨比丘言善來便問言尊者云何名鹽鹽有幾種比丘言我知汝是法豫優婆塞輕慢比丘僧已與汝作覆鉢羯磨故不足耶我此間樂住復來惱我鹽正是鹽鬧比丘語已心懷罔然還到佛所佛知而故問汝問鹽義得悉意不答言世尊是比丘少聞未從師學問鹽故言鹽時去佛不遠復有一法師比丘名弗絺盧佛語法豫汝往問彼比丘鹽義即往到其所言和南阿闍梨答言善來大檀越即語令坐雖未問義且聞命坐便大歡喜尋

即就坐問言尊者鹽有何義比丘答言此是好問今當爲汝解鹽義者二種味性味者如海水同一鹹味性者黑鹽赤鹽辛頭鹽味拔遮鹽毗攬鹽迦遮鹽私多鹽比迦鹽略說二種若生若煑是名鹽聞已心中喜悅來至佛所頭面禮足却住一面白佛言世尊是比丘善解分別廣略鹽義順逆能答佛言此是凡夫於我法中未得法味前比丘者是阿羅漢而汝憍慢不識眞僞長夜作不饒益事於是法豫聞佛語已即生怖懼頭面禮足白佛言世尊我今懺悔唯願世尊哀愍我故令諸比丘從今以後還受我供養佛言汝還去沐浴著新衣與眷屬相隨往到僧中乞捨覆鉢羯磨僧當與汝捨法豫如教還歸沐浴著新淨衣來入僧中胡跪合掌作如是言大德僧憶念我優婆塞法豫輕慢比丘僧欲饒益故作覆鉢羯磨我今見過行隨順法心已柔輭唯願僧哀愍故與我捨覆鉢羯磨如是三乞已僧應語令在界内應安法豫置眼見耳不聞處現前僧與作羯磨非徒衆現前羯磨者應作是說大德僧聽是法豫優婆塞輕慢比丘僧欲饒益故先與作覆鉢羯磨今日見過行隨順心柔輭已從僧乞捨覆鉢羯磨若僧時到僧與法豫優婆塞捨覆鉢羯磨如是白白三羯磨乃至僧已與法豫優婆塞捨覆鉢羯磨竟僧忍默然故是事如是持若僧與作覆鉢羯磨已比丘比丘尼式叉摩尼沙彌沙彌尼優婆塞優婆夷盡不聽往應持袈裟繫其門上應巷中唱言某甲作覆鉢羯磨若有客比丘來者應語言某甲家作覆鉢羯磨不應

徃作覆鉢羯磨時不得趣作若彼言沙門不入我家者善如是人不應作若有愧慚者應與作若自見過已行隨順心柔輭應與捨是名覆鉢法

衣紐緤法者佛住舍衛城爾時有乞食比丘一手捉鉢一手捉俱鉢有旋風來吹衣去著内衣入祇洹佛知而故問比丘衣在何處答言世尊旋風吹去佛言從今以後應安紐緤爾時諸比丘便用金銀作紐緤結佛言一切金銀寶物不聽作紐緤結應用銅鐵白鑞若木竹具綖安紐作結不聽不著紐入聚落若無者應用鍼綴若復無鍼者下至手捉若衣無紐者入聚落得越毗尼罪如是若入家家隨得越毗尼罪若有而不著得越毗尼心悔不犯者若入比丘尼精舍外道精舍若檀越唱言隨所安者無罪是名衣紐緤結法

腰帶法者佛住舍衛城時有乞食比丘一手捉鉢一手捉俱鉢旋風吹内衣去著上衣入祇洹精舍佛知而故問比丘汝安陀會何處答言世尊旋風吹去佛言從今已後應著腰帶

復次諸比丘散縷紐縷作帶空中作者佛言散縷紐縷作盡不聽空中者應當中縫若織編作若團作盡聽著著時不聽四帀一帀繫應再帀乃至三帀若比丘身輭不堪繫者應持去至聚落邊欲入時應繫出已還解若不著腰帶入聚落越毗尼罪有而不著越毗尼心悔若一帀著越毗尼罪若再帀三帀著無罪是名腰帶法

帶結法者佛住舍衛城時比丘帶頭不作結

在店肆前行帶解曳地而行爲世人所嫌云何沙門釋子曳腸而行諸比丘以是因緣往白世尊佛言從今已後應帶頭作結
復次有比丘金銀作結佛言一切實物不聽即作繫帶頭若二若三結不聽作一結四結得越毗尼罪是名帶結法

乘法者佛住王舍城時節會日人民出看時六群比丘乘象乘馬有乘驢者爲世人所嫌云何沙門釋子如王大臣乘象馬行有見乘驢者復言是沙門釋子如下賤使人乘驢而行諸比丘以是因緣往白世尊佛言從今已後不聽騎乘
復次佛住王舍城耆舊童子菴婆羅園精舍如來五事利益故五日一按行諸比丘房見一比丘病瘦瘵黄佛知而故問比丘汝病增損氣息調不答言世尊我病苦氣息不調佛言汝不能到耆舊醫邊看病耶答言世尊制不聽騎乘我病苦不能得往佛言從今日聽病比丘騎乘乘者象乘馬乘驢乘駱駝乘船乘牛乘車乘輦乘如是一切乘不病不聽乘若病者得不聽乘雌乘應乘雄乘若病重不分別者乘無罪若有因緣上下水行及直渡應作是念我有是緣事爾時得乘渡若比丘不病乘乘者得越毗尼罪是名乘法

共牀卧者佛住舍衛城時六群比丘二人三人共牀而卧牀褥破故在地如來五事利益故五日一行諸比丘房見破牀在地知而故問比丘此是誰破牀狼藉在地諸比丘具説上事佛言從今日後不聽同牀眠牀褥者如上説一人應一牀眠若坐牀者二人得連三

牀眠但伸脚時不得過膝頭若橫褥者聽三人橫眠若方褥者得二人連三褥眠但伸脚時不得過膝若草敷各各敷尼師壇坐卧不犯若寒者得通覆上下不得太相近中間相去一肘不舒手大小降三臈得共牀坐不得共牀眠若共牀卧越毗尼罪是名共牀法

共坐法者佛住舍衛城時六群比丘三人四人共坐一牀牀坐折破如來五事利益故五日一行諸比丘房見牀破狼藉在地知而故問比丘此是何等破牀狼藉乃爾諸比丘聞已具白世尊佛言從今日後不聽共牀坐復次佛住舍衛城爾時世尊語優波離諸比丘受誦毗尼不答言誦但誦少佛語優波離何故少答言世尊制戒不聽共牀坐諸比丘一人獨固一牀是故受誦者少佛言從今日後聽降三歲比丘得共牀坐無歲比丘得共三歲比丘坐如是乃至七歲比丘得共十歲比丘坐若卧牀得三人坐坐牀應二人共坐若牀長一肘半相降三歲得二人共坐若減應并與上坐若卧牀過三肘得與降四歲比丘共坐若減者不得共坐若大會衆集牀坐少者得連牀相接繫令相著繫時當令堅牢勿使動搖得坐若方褥長三肘得共四歲比丘坐若減不得若散敷草地共坐無罪是名共坐法

摩訶僧祇律卷第三十一

音釋

齅許救切以鼻擸氣也 餚饍餚何交切饍時戰切餚饍美食也 鑿疾各切穿也 躡尼輒切蹈也 緩胡管切縱也 羝都黎切牡羊也 屐竭戟切木屐也 揩丘皆切擦也 賭董五切博財也 屑先結切碎也 瘙蘇到切疥瘙也 摜古患切摜帶也 蒜蘇貫切葷菜也

摩訶僧祇律卷第三十二

東晉三藏法師佛陀跋陀羅共沙門法顯譯

雜誦跋渠法第九之十

共食法者佛住舍衛城爾時六群比丘共食爲世人所嫌云何沙門釋子如世間婬妷人共食乃至佛言呼六群比丘來來已佛語比丘汝實爾不答言實爾世尊佛言從今日後不聽共食共食者共一器食食者五正食五雜正食應别器食若無鉢者應用鉤鉢若揵鎡若復無者應團飯著左手中右手食若復不能者應置鉢著草葉上更互取食不得俱下手離五正食五雜正食若麨若餅果菓共食無罪若共器食者越毗尼罪是名共食法

机食者佛住舍衛城如來以五事利益故五日一行諸比丘房見難陀優波難陀房中食机種種畫色佛知而故問此是誰食机種種畫色諸比丘答言是難陀優波難陀食机佛言從今日後不聽机上食復次佛住舍衛城如來五事利益故五日一行諸比丘房見一疚手比丘佛知而故問比丘調適安樂不答言世尊我疚手破鉢世尊制戒不聽机上食故不樂佛言從今日聽病比丘机上食不聽種種畫色若僧食机種種畫色無罪若私有聽一種色病比丘机上食時應先立心作念得用無罪若比丘不病一切不聽机上食若老病疚手刺頭出血若鉢重若滿若熱若冷得机上食無罪若比丘不病机上食者得越毗尼罪是名机法

食蒜并覆鉢　紐結及腰帶　騎乘同牀眠
共坐同器食　食机種種色　第八跋渠竟

爲殺者佛住舍衛城時難陀優波難陀遊行還舍衛時有一舊檀越名阿拔吒是比丘時到著入聚落衣持鉢入其家檀越見已作是言阿闍黎何故希行多時不見比丘言長壽我希行來欲與我作何等好食答言我明日當與阿闍黎作食比丘言汝莫作織師食便問言何等名織師食比丘言麤飯豆羹是檀越言我不與阿闍黎麤飯豆羹當與肉食比丘言汝莫與我冷肉答言我不與阿闍黎冷肉當熱煑與比丘言我所謂熱不謂此熱問言何等熱比丘答言新死熱肉檀越言若欲爾者明日早來當在阿闍黎前殺者可得熱比丘答言爾到明旦著衣持鉢往至其家檀越即牽羊豬鷄列在比丘前殺供養已去檀越嫌言沙門瞿曇無數方便毀呰殺生讚歎不殺而此沙門目前教殺與自殺何異諸比丘以是因緣往白世尊佛言呼難陀優波難陀來來已佛問比丘汝實爾不答言實爾世尊佛言比丘此是惡事乃至佛言汝云何現前教殺從今日後不聽爲殺爲殺者爲比丘殺爲比丘殺者一切比丘比丘尼式叉摩尼沙彌沙彌尼優婆塞優婆夷盡不得食如是乃至爲優婆夷殺一切比丘不得食乃至優婆夷亦不得食爲有三事見聞疑見者現前眼見爲殺不聽食是名見聞者耳自聞或從他聞爲殺不聽食若前人是不可信故欲擾亂比丘者不應受語當從可信人邊取定是名聞疑者比丘至檀越家常見羊後往正見頭脚在地見已心即生疑應問前所見羊爲在何處若言已爲阿闍黎殺者不應食若言

尊者我爲祠天故殺食不盡與得食是名疑如是一切衆生若見若聞疑亦如是是名爲殺

人肉者佛住舍衛城爾時舍衛城中有優婆塞名咦畀其婦亦名咦畀有客比丘來亦名咦畀時優婆塞聞已便作是念阿闍梨與我等同字當往請食即詣精舍請來家中設種種飲食供養已頭面禮足胡跪合掌白言尊者唯願受我四事請衣食牀卧病瘦湯藥比丘即便受請時夫主欲逐商人遠行囑婦言我遠行汝在後當好供養阿闍梨勿使有乏去後比丘不和欲服下藥語優婆夷言我欲服下藥能隨時次第料理食不答言可爾服下藥已隨次第應病與食清粥强粥次須肉持㕢利沙槃與婢言持是往買肉來其婢入市值齋日都無殺者不得而還時優婆夷心生不悦言阿闍梨服藥若不得隨病食者或能增動即磨蕪菁子以油漬之便入房内即以利刀割髀肉語婢言汝持此肉以蕪菁子油淨洗作食與阿闍梨問阿闍梨明日復須何等食其婢如教辦食送往問言明日更須何食答言止莫復更送時優婆夷患瘡而卧其夫商人行還作是念我常遠行還時婦出二門三門迎我今何故不出入房見婦卧牀上便瞋恚言汝何慢我不出耶其婦答言此行有何功夫欲使我迎答言我行得百千萬來其婦答言此是外財何足爲奇我自割身肉供給阿闍梨其夫問言爲割何處即便褰衣示之其夫見已迷悶倒地時有鬼神即語比丘時比丘聞已便入慈三昧定力感之平

復如故其婦語夫言起起勿怖阿闍梨威神
故我瘡已平復其夫起已見瘡平復即大歡
喜往到店肆上作如是言我家婦精進如是
割身供養衆人聞已嫌言云何沙門釋子噉
人肉諸比丘以是因緣往白世尊佛言呼是
比丘來來已佛問比丘汝實爾不答言實爾
世尊我不入定故佛言從今日後不聽食人
肉復次佛住波羅柰仙人鹿野苑時有比丘
黃病醫師言尊者服人血者可瘥若不服者
便死更無餘方時有人犯王事反縛兩手著
迦毗羅華鬘打鼓唱令詣其刑處比丘至魁
膾邊作是言長壽施我人血飲魁膾言若欲
食肉亦當相與何況血耶即坐罪人在地以
刀刺兩喉脉出血比丘兩手承取血飲爲世
人所嫌此非比丘是噉人鬼即以瓦石土塊

遙擲是比丘劣而得脫諸比丘以是因緣往
白世尊佛言呼是比丘來來已佛問比丘汝
實爾不答言實爾世尊佛言比丘此是惡事
愛命乃爾佛言從今已後不聽飲人血乃至
人髓一切不聽若比丘頭生瘡醫言須人骨
灰塗得瘥者得塗塗已不得衆中住應在邊
小房中住瘥已應淨洗浴還入衆中復次佛
住毗舍離時有一種姓食龍肉諸比丘亦有
食龍肉者以是故殺者衆多時有一龍女到
世尊牀前立住而啼佛知而故問汝何故啼
耶時龍女白佛言世尊毗舍離人食龍諸比
丘亦食以是故殺者衆多唯願世尊勿令諸
比丘食龍爾時世尊爲龍女隨順說法示教
利喜而去時世尊往到衆多比丘所敷尼師
壇而坐即爲比丘具說上事從今已後不聽

食龍肉龍血龍骨龍筋龍髓一切不聽食若身外有諸病須骨灰塗者得用無罪佛住王舍城時瓶沙王象死有諸小姓旃陀羅食肉諸比丘亦有食者時耆舊童子至佛所頭面禮足却住一面白佛言世尊瓶沙王象死有小姓旃陀羅噉肉諸比丘亦有噉比丘者是出家人人所敬重唯願世尊莫令食象肉世尊爲童子隨順說法示教利喜頭面禮足而退時世尊往至衆多比丘所敷尼師壇坐爲諸比丘具說上事佛言從今已後不聽食象肉乃至象髓亦不聽食聽以象牙骨作鉢支衣紐結無罪佛住王舍城時瓶沙王馬死亦如上象中說若外有癬疥病須馬血塗者無罪塗已不得衆中住應在邊小房中住佛住舍衛城時諸比丘食狗肉入聚落時爲狗逐競吠諸比丘以是因緣往白世尊乃至佛言從今已後不聽食狗肉乃至狗髓不聽食若爲狗所嚙須燒狗毛塗瘡者得用無罪佛住舍衛城時有比丘食烏肉比丘入聚落乞食或林中經行時群烏逐鳴諸比丘以是因緣往白世尊乃至佛言從今已後不聽食烏肉乃至烏髓亦不聽食若須翅翮外用者無罪佛住舍衛城時有比丘食鷲鳥肉比丘林中經行有諸群鷲逐比丘鳴喚諸比丘以是因緣往白世尊乃至佛言從今已後不聽食鷲鳥肉乃至鷲髓亦不聽食若須翅翮外用者無罪一人肉二龍肉三象肉四馬肉五狗肉六烏肉七鷲鳥肉八猪肉九獼猴肉十師子肉

蒜者生熟皮葉一切盡不聽食若須外用塗

瘡聽用若塗已不得衆中住當在邊小房中住瘥已應淨洗浴還聽入衆是名蒜

皮法者佛住舍衛城時難陀優波難陀至牧牛家坐一牀上有新生犢子見比丘衣色似毋跳踉來趣比丘即以手摩額上細滑觸手便作是言此皮輭好可作坐具時牧牛人便作是念此比丘是王大臣貴勝所識有大力勢故當欲得是皮即問阿闍梨欲須皮耶我當與比丘便言正與我此犢皮牧牛人言我家中有成死犢皮亦輭好當柔治相與比丘言審與我者正與我是更不須餘者時牧牛人便作是念此比丘有大勢力能作不饒益事畏難故即比丘前殺犢剝皮與之時犢毋放還不見其子順籬鳴喚牧牛人嫌言沙門釋子而無慈心使沙門在犢毋處者意當云何諸比丘以是因緣往白世尊佛言呼難陀優波難陀來來已佛問比丘汝實爾不答言實爾世尊佛言比丘此是惡事汝云何現前教殺從今已後不聽用皮皮者牛皮水牛皮虎豹皮熊皮鹿皮如是一切皮不聽坐唯聽怨奴邊地羊皮羊有二種一者羖羊二羺羊羖羊羺羊各有十種如上說若坐皮上越毗尼罪若坐皮兜羅褥上者二越毗尼罪若坐華毾上越毗尼罪若卧華毾上齊膝以上越毗尼罪膝以下無罪若皮織牀坐上無罪

揩脚物者佛住舍衛城時難陀優波難陀作種種揩脚物洗足外道弟子見已便作是念我等當共試擾亂優婆塞去如上屑末中廣說乃至佛言從今已後不聽用種種物揩洗脚揩物者若方若圓剋上如摩沙豆蒙具豆

形一切不聽用脚底有垢破得團草若塼瓦
聽用是名揩脚物
眼藥者佛住王舍城時世人節日男女出城
遊觀時六群比丘有以空青莊眼有以黑物
莊眼爲世人所嫌云何沙門釋子如貴勝童
子以空青莊眼有見黑物莊者復言沙門釋
子如下賤使人黑物莊眼而行此壞敗人何
道之有諸比丘以是因縁往白世尊乃至佛
言從今已後不聽莊眼復次佛住舍衛城時
耆舊童子菴婆羅園時諸比丘眼痛耆舊童
子言尊者可以此藥塗眼諸比丘言世尊制
戒不聽塗眼童子言我當往從世尊乞此願
即往佛所頭面禮足却住一面白佛言世尊
諸比丘是一食人眼是人之所重唯願世尊
聽諸比丘著眼藥佛言從今已後聽用眼藥
除空青若醫言尊者此眼痛得空青屑塗便
瘥更無餘方若爾者得塗塗已不得衆中住
應在邊小房中瘥已當淨洗得還入衆是名
眼
藥筒者佛住舍衛城時諸比丘持樹葉盛眼
藥佛知而故問比丘此是何等答言是眼藥
佛言眼藥是貴物應用筒盛時諸比丘作金
銀筒盛佛言金銀及一切寶不聽用應用銅
鐵白鑞竹葦筐鳥翮下至皮裹是名藥筒
眼藥籌者佛住舍衛城時有比丘持竹作眼
藥籌佛知而故問比丘此是何等答言世尊
是眼藥籌佛言眼是輭物應用滑物作籌時
有比丘便以金銀作佛言不聽金銀及一切
寶物作應用銅鐵牙骨梅檀堅木作揩摩令
滑澤下至用指頭是名眼藥籌法

蓋法者佛住王舍城世人節會日男女遊觀時六群比丘持種種雜色傘蓋有持樹皮傘蓋者爲世人所嫌云何沙門釋子如王子大臣持種種雜色傘蓋見持樹葉者復作是言云何沙門釋子如下賤使人持樹葉傘蓋行此壞敗人何道之有諸比丘以是因緣往白世尊乃至佛言從今巳後不聽持傘蓋復次佛住舍衛城時長老阿那律金毗羅在塔山安居竟還舍衛禮拜世尊佛知而故問比丘衣何故鹹汙乃爾比丘荅言世尊制戒不聽持傘蓋我乞食被雨是故如是佛言從今巳後聽持傘蓋傘蓋者樹皮蓋樹葉蓋竹蓋如是等傘蓋聽用不聽種種雜色傘蓋是名傘蓋法

扇法者世人節會日男女遊觀時六群比丘持雲母莊校扇有持草扇者爲世人所嫌云何沙門釋子如王子大臣持雲母莊校扇有見持草扇者復言云何沙門釋子如下賤使人持草扇行此壞敗人何道之有諸比丘以是因緣往白世尊乃至佛言從今日後不聽持扇復次佛住毗舍離諸比丘在禪房中患蚊子以衣扇作聲佛知而故問比丘作何等如象振耳作聲比丘荅言世尊制戒不得捉扇諸比丘患蚊故以衣拂故作聲佛言從今巳後聽捉竹扇葦扇樹葉扇除雲母扇及種種畫色扇若僧扇作種種色無罪若私扇聽一色若有持種種香塗扇來施者聽洗巳受用是名扇法

拂法者佛住王舍城世人節會日男女遊觀時六群比丘持白犛牛尾拂以金銀作柄有

持馬尾拂者爲世人所嫌乃至佛言從今日後不聽用拂復次佛住毗舍離諸比丘禪房中患蚊故以樹葉拂蚊作聲佛知而故問比丘此何等聲答言世尊制戒不聽捉拂是故諸比丘以樹葉拂蚊作聲佛言從今已後聽捉拂拂者�拂列氍拂芒草拂樹皮拂是中除白犛牛尾白馬尾金銀柄餘一切聽捉若有白者當染壞色已聽用捉拂時不得如婬女捉拂作恣作想是名拂法

爲殺食人肉　牛皮揩脚物　眼藥并筒籌

傘蓋及扇拂　第九拔渠竟

刀治者佛住舍衛城時有比丘痔病語醫言長壽能爲我刀治不答言爾醫便作是念此諸沙門聰明智慧見我治者便學得不復求我即遣諸比丘去已欲作非法時諸比丘即生疑喚諸比丘言長老來此醫欲作非法諸比丘聞即便來入醫怖畏棄刀而走諸比丘以是因緣往白世尊佛言呼彼比丘來來已佛問比丘汝實爾不答言實爾世尊佛言比丘汝云何用刀治愛處從今已後不聽用刀治愛處愛處者離穀道邊各四指若有癰痤㾦聽嚼小麥鷄屎塗上使熟當令同和尚阿闍梨摘破若餘處有癰痤㾦等諸病須刀治者聽用用刀治愛處者偷蘭罪是名刀治

灌筒者佛住舍衛城有比丘乾痟病語醫言長壽能爲我灌病不答言可爾即作是念此諸沙門聰明智慧見我灌者更不復喚我乃至棄筒而走諸比丘以是因緣往白世尊乃至佛言汝云何用筒灌病從今已後不聽用筒筒者牛皮筒水牛皮筒羊皮筒如是一切

不聽用灌若醫言此病須油灌者應在浴室中穿板盛油褰衣坐上口含甘蔗若復以氍衣絮等内著油中臨孔上按之令油流入者無罪若用筒灌者偷蘭罪是名灌筒法

剃髮法者佛住舍衞城南方國土有邑名大林時有商人驅八牛到北方俱哆國復有一商人共在澤中放牛時離車捕龍食之捕得一龍女龍女受布薩法無殺心能使人穿鼻牽行商人見之形相端正即起慈心問離車言汝牽此欲作何等答言我殺噉商人言勿殺我與汝一牛貿取放之令去捕者不肯乃至八牛方言此肉多美今爲汝故我當放之即取八牛放龍女去時商人尋復念言此是惡人恐復追逐更還捕取即自隨逐看其所向到一池邊龍變爲人身語商人言天施我命今欲報恩可共我入宫當報天恩商人答言不能汝等龍性卒暴瞋恚無常或能殺我答言不爾前人繫我我力能殺彼但以受布薩法故都無殺心何况天今施我壽命而當加害若不去者小住此中我今先入拼擋宫中即便入去是龍門邊見二龍繫在一處見已商人問言汝爲何事被繫答言此龍女半月中三日受齋法我弟兄守護此龍女不堅固爲離車所捕得以是故被繫唯願天慈語令放我此龍女若問欲食何等食者龍宫中有食盡壽乃消者有二十年消者有七年消者有閻浮提食若索者當索閻浮提人間食龍女拼擋已即便呼入坐寳牀褥上龍女白言天今欲食何等食爲欲一食盡壽乃至答言欲須閻浮提人間食即持種種飲食與問

龍女言此何故被繫龍女言天但食用問爲不爾我要欲知之爲問不已即語言此人有過我欲殺之商人言汝莫殺不爾要當殺之商人言汝放彼者我當食耳白言不得直爾放之當罰六月擯置人間即罰六月人間商人見龍宫中種種寶物莊嚴宫殿商人問言汝有如是莊嚴用受布薩爲答言我龍法有五事苦何等五龍生時龍眠時龍婬時龍瞋時龍死時龍一日之中三過皮肉落地熱沙暴身復問汝欲求何等答言我欲求人道中生所以者何畜生道中苦不知法故我已得人身應求何等龍女言出家難得又問當就誰出家答言如來應供正遍知今在舍衛城未度者度未脱者脱汝可就出家便言我欲還歸龍女即與八餅金語言此是龍金足汝父母眷屬終身用不盡語言汝合眼即以神變持著本國行伴先至語其家言入龍宫去父母謂兒已死眷屬宗親聚在一處悲號啼哭時放牧者及取薪草人見已先還語其家言某甲來歸家人聞已即大歡喜出迎入家入家已爲作生會作生會時以八餅金持與父母此是龍金截已更生盡壽用之不可盡也唯願父母聽我出家其父母不放即便起詣祇洹精舍比丘即度出家父母尋後逐來至精舍門問諸比丘汝識某甲不皆言不見不聞有比丘語言汝但此門間住若有者須臾自當出入即如其言須臾待之便見兒出作是嫌言沙門釋子妄語見言不見聞言不聞兒語父母莫作不饒益事我此間出家誰都得知即往至佛所頭面禮足却坐一面佛

爲説法示教利喜得法眼淨已即語兒言我等便是更生汝今出家大得善利諸比丘聞向嫌言以是因緣往白世尊佛言呼彼比丘來來已佛問比丘汝實爾不答言實爾佛語比丘汝云何不白僧度人出家從今日後不聽不白僧度人出家應白剃髮出家白者白一切僧下至白上座八人應語令使如法白剃髮不白出家得越毗尼罪若俱白出家俱無罪若都不白出家不白剃髮二越毗尼罪二俱白者無罪若出界度者無罪是名剃髮

佛住王舍城迦蘭陀竹園如來處處度人比丘比丘尼優婆塞優婆夷國王長者外道沙門婆羅門佛告比丘汝等從今已後亦當度人出家受具足爾時諸比丘亦學如來善來度人出家鬚髮故在佛語諸比丘何處一切得如來無畏口鬚髮自落從今已後應剃髮時諸比丘剃髮不剃鬚有比丘剃鬚不剃髮諸比丘以是因緣往白世尊佛言應一切剃剃者應先剃鬚後剃髮若剃髮人難共語者前剃髮無罪若欲新出家者不得便説出家樂應説出家苦一食一住一眠少食少飲多覺少眠長壽能不若言能應與剃比丘先剃髮後剃鬚無罪是名剃髮

剃髮具者佛在俱薩羅國遊行故名婆羅門聚落摩訶羅父子持剃髮具出家乃至佛言汝等云何剃髮人持作具與出家從今日後不聽合剃髮具與出家若剃髮人持剃髮具欲求出家者應語捨剃髮具然後與汝出家已後欲須時得從借用如是鍛師木師金銀師皮師織師如是工師皆不聽持作具度出

家若合度者越毗尼罪是名作具
破僧者佛住舍衛城爾時尊者優波離往至佛所頭面禮足却住一面白佛言世尊說破僧云何名破僧佛告優波離如大德比丘如法如律善解深理是比丘應禮拜恭敬隨順法教若比丘謂彼比丘所說非法不隨順行僧諍非破僧乃至一界一住同說戒共作羯磨我已制一界一住中別作布薩自恣羯磨是名破僧尊者優波離復白佛言破僧者得何等罪佛言一劫泥犁罪是名破僧
和合僧者佛住舍衛城爾時尊者優波離白佛言世尊說和合僧云何名和合佛告優波離我已制如大德比丘如法如律善解深理是比丘應禮拜恭敬諸比丘隨順行法共一界住共一布薩自恣共作羯磨是名僧和合尊者優波離往至佛所頭面禮足却住一面白佛言世尊和合僧有何功德佛言一劫善報是名和合僧
五百比丘集法藏者佛住王舍城爾時阿闍世王韋提希子與毗舍離有怨如大般泥洹經中廣說乃至世尊在毗舍離於放弓杖塔邊捨壽向俱尸那城熈連禪河側力士生地堅固林雙樹間般泥洹於天冠塔邊闍維乃至諸天使火不然待尊者大迦葉故時尊者大迦葉在耆闍崛山賓鉢羅山窟中坐禪時尊者大迦葉作是念世尊已捨壽欲何處般泥洹今在何處少病少惱安樂住不作是念已即入正受三昧以天眼觀一切世界見世尊在俱尸那竭城熈連河側力士生地堅固林中雙樹間天冠塔邊闍維乃至使火不然

見已悵然不悦復作是念及世尊舍利未散當往禮敬尋復念言我今往見世尊最後身不宜乘神足往宜應歩詣時尊者大迦葉語諸比丘言諸長老世尊已般泥洹各持衣鉢共詣俱尸那竭禮覲世尊諸比丘聞已皆言善哉時尊者摩訶迦葉即與衆多比丘俱詣俱尸那竭路經一聚落中有一摩訶羅比丘先在中住尊者摩訶迦葉告摩訶羅言持衣鉢來共汝詣俱尸那竭城禮覲世尊摩訶羅言長老大迦葉且待前食後食訖然後當去迦葉答言不宜待食摩訶羅殷勤至三迦葉故言不宜待時摩訶羅恚言沙門有何急事忽忽乃爾如烏死不直一錢且待須臾食已當去尊者大迦葉復言宜且置食摩訶羅世尊今已泥洹及未闍維宜應速往時摩訶羅比丘聞佛已般泥洹語尊者迦葉言我今求得解脱所以者何彼摩訶羅在時常言是應行是不應行今已泥洹應行不應行自在隨意時大迦葉聞此語已悵然不悦即彈右指火出右足蹈地摩訶羅見已大怖而走乃至大迦葉往詣佛所世尊即現兩足從棺雙出時尊者大迦葉見佛足已偏袒右肩頭面作禮説此偈言

如來足踝滿　千輻相輪現　指纖長柔軟
合縵網文成　是故我今日　頂禮最勝足
最勝柔軟足　曾遊行世間　大悲濟群生
從今永不會　是故我今日　稽首如來足
如來救濟我　解脱得應眞　我今最後見
永已不復覲　斷世衆疑惑　離欲中最上
利益一切衆　無不得歡喜　是故我今日

頂禮最勝足　佛有如是德　善答決衆疑
今日時已過　慈慧光永滅　是故我今日
稽首最勝足　我證四眞諦　說佛功德寶
偈讚禮敬訖　還攝雙足入
諸比丘各議言誰應闍維時尊者大迦葉言
我是世尊長子我應闍維是時大衆皆言善
哉即便闍維闍維已迦葉憶聚落中摩訶羅
比丘語乃至欲行便行不行即止即語諸比
丘言長老世尊舍利非我等事國王長者婆
羅門居士衆求福之人自當供養我等事者
宜應先結集法藏勿令佛法速滅尋復議言
我等宜應何處結集法藏時有言向舍衛有
言向沙祇有言向瞻婆有言向毗舍離有言
向迦維羅衛時大迦葉作是言應向王舍城
結集法藏所以者何世尊記王舍城韋提希
子阿闍世王於聲聞優婆塞無根信中最爲
第一又彼王有五百人牀卧供具應當詣彼
皆言爾世尊先語尊者阿那律言如來般泥
洹汝應守護舍利勿使諸天持去所以然者
過去世時如來般泥洹諸天持舍利去世人
不能得往失諸功德諸天能來人間供養世
人不能往彼除其神足是故應好守護侍者
阿難復以供養故不去時大迦葉即與千比
丘俱詣王舍城至刹帝山窟敷置牀褥莊嚴
世尊座世尊座左面敷尊者舍利弗座右面
敷尊者大目連座次敷長老大迦葉座如是
次第安置牀褥已辦四月供具結集法藏故
悉斷外緣大衆集已中有三明六通德力自
在者於中有從世尊面受誦一部毗尼者有
從聲聞受誦二部毗尼者有從世尊面受誦

二部毗尼者有從聲聞受誦一部毗尼者衆共論言此中應集三明六通德力自在從世尊面受誦二部毗尼者從聲聞受誦二部毗尼者集已數少二人不滿五百復議言應滿五百長老阿那律後到猶少一人時尊者大迦葉爲第一上座第二上座名槃頭盧第三上座名優波那頭盧時尊者大迦葉自昇已座唯留尊者舍利弗目連阿難座已諸比丘各隨次而坐時尊者大迦葉告尊者目連共行弟子梨婆提長老汝至三十三天呼唤提那比丘來世尊已般泥洹比丘僧集欲結集法藏即受命往三十三天白言長老世尊已般泥洹比丘僧集欲結集法藏故來相喚比丘聞已愴然不悅世尊已般泥洹耶答言爾便言世尊在閻浮提者當往世尊已般泥洹世間眼滅即以神足上昇虛空入火光三昧以自闍維見已即還來入僧中具說上事乃至言入火光三昧復遣至三十三天尸利沙翅宮喚憍梵波提次長老善見在香山長老頗頭洗那在遊戲山長老拔佉梨在瞻婆山復有長老鬱多羅在淨山尊者目連弟子名大光在光山尊者舍利弗弟子名摩藪盧在漫陀山尊者羅祉在磨羅山如是等乃至聞喚皆般泥洹復遣使往毗沙門天宮喚修蜜哆使至已作是言長老世尊已般泥洹比丘僧集欲結集法藏故來相喚比丘聞已愴然不悅言世尊已般泥洹耶答言爾便言世尊在閻浮提者我當詣彼世尊般泥洹世間眼滅即以神足上昇虛空入火光三昧以自闍維入無餘泥洹使還僧中具白僧如上大迦

葉言諸長老且止勿復喚餘諸聞喚者便自泥洹若更喚者復當泥洹如是世間便空無有福田有比丘言諸長老尊者阿難是佛侍者親受法教又復世尊記阿難有三事第一宜應喚來大迦葉言不爾如此學人入無學德力自在衆中喻如疥瘙野干入師子群中時尊者阿難料理供養訖來到一聚落中作是言我今此中宿明日當詣王舍城時有天來語阿難言大迦葉言尊者是疥瘙野干阿難作是念世尊已泥洹我今正欲依附云何持我作疥瘙野干心生不悦復作是念是大迦葉足知我眷屬姓字正當以我結使未盡故作是言耳時尊者阿難勤加精進經行不懈欲盡有漏時尊者阿難以行道疲苦又復世尊泥洹憂惱纒心先所聞持不復通徹尋

作是念世尊記我於現法中心不放逸得盡有漏用太苦爲心不捨定傾身欲卧頭未至枕得盡有漏三明六通德力自在即以神足乘空而去到刹帝窟戸外而説偈言

多聞有辯才　給侍世尊者　瞿曇子阿難

今在門外立　由不與開門

又復説偈言

多聞巧辯才　給侍世尊者　已捨結使擔

瞿曇子在外

爾時大迦葉而説偈言

汝捨煩惱擔　自説言得證　未入瞿曇子

來入瞿曇子

阿難入已禮世尊座訖次禮上座到已坐處便坐時大迦葉語阿難言我不自高亦不輕慢於汝故作是言但汝求道不進欲使精勤

盡諸有漏故說此言耳阿難言我亦知但以我結使未盡欲使精勤斷諸有漏時尊者大迦葉問衆座言今欲先集何藏衆人咸言先集法藏復問言誰應集者比丘言長老阿難阿難言不爾更有餘長老比丘又言雖有餘長老比丘但世尊記汝多聞第一汝應結集阿難言諸長老若使我集者如法者隨喜不汝法應遮若不相應應遮勿見尊重而不遮是義非義願見告示衆皆言長老阿難汝但集法藏如法者隨喜非法者臨時當知時尊者阿難即作是念我今云何結集法藏作是思惟已便說經言如是我聞一時佛住欝毗羅尼連河側菩提曼陀羅尊者阿難適說是言五百阿羅漢德力自在者上昇虛空咸皆喟歎我等目見世尊今已言聞悉稱南無佛已還伏本座爾時阿難說此偈言

勤修習正受　見諸法生滅　知法從縁起
離癡滅煩惱　勤修習正受　見諸法生滅
知法從縁起　證諸法滅盡　勤修習正受
見諸法生滅　知法從縁起　摧伏諸魔軍
勤修習正受　見諸法生滅　知法從縁起
如日除衆冥

尊者阿難誦如是等一切法藏文句長者集爲長阿含文句中者集爲中阿含文句雜者集爲雜阿含所謂根雜力雜覺雜道雜如是比等名爲雜一增二增三增乃至百增隨其數類相從集爲增一阿含雜藏者所謂辟支佛阿羅漢自說本行因縁如是等比諸偈誦是名雜藏爾時長老阿難說此偈言

所有八萬諸法藏　如是等法從佛聞

所有八萬諸法藏　如是等法從佛聞
如是等法我盡持　是佛所説趣泥洹
是名撰集諸法藏
次問誰復應集毗尼藏者有言長老優波離
優波離言不爾更有餘長老比丘有言雖有
長老比丘但世尊記長老成就十四法除如
來應供正遍知持律第一優波離言諸長老
若使我集者如法者隨喜不如法者應遮若
不相應應遮勿見尊重是義非義願見告示
皆言長老優波離但集如法者隨喜非法者
臨時當知尊者優波離即作是念我今云何
結集律藏五淨法如法如律隨喜不如法律
者應遮何等五一制限淨二方法淨三戒行
淨四長老淨五風俗淨制限淨者諸比丘住
處作制限與四大教相應者用不相應者捨
是名制限淨方法淨者國土法爾與四大教
相應者用不相應者捨是名方法淨戒行淨
者我見某持戒比丘行是法若與四大教相
應者用若不相應者捨是名戒行淨長老淨
者我見長老比丘尊者舍利弗目連行此法
與四大教相應者用不相應者捨是名長老
淨風俗淨者不得如本俗法非時食飲酒行
婬如是一切本是俗淨非出家淨是名風俗
淨如是諸長老若如法者隨喜若不如法應
遮諸比丘答言相應者用若不相應者臨時
當遮
時尊者優波離語阿難長老有罪清淨衆中
應當悔過阿難言有何等罪答言世尊乃至
三制不聽度女人出家而汝三請是越毗尼
罪時尊者大迦葉擲籌置地言是第一籌即

時震動三千大千世界復次佛在毗舍離佛告阿難毗舍離般樂放弓杖塔可樂若得四神足者可住壽一劫一劫有餘若佛在世世人得見汝言如是世尊如是修伽陀汝不請佛住世越毗尼罪次下第二籌復次汝右脚指躡世尊僧伽梨衣縫而汝不知是僧伽梨是諸天世人塔應恭敬耶是越毗尼罪次下第三籌復次佛告阿難取水來如是至三汝不與世尊取水是越毗尼罪下第四籌復次佛告阿難我臨般泥洹時當語我我當爲諸比丘捨細微戒而汝不白越毗尼罪下第五籌復次佛般泥洹而汝以佛馬陰藏示比丘尼是越毗尼罪下第六籌復次佛般泥洹已力士諸老母臨世尊足上啼淚墮足上汝爲侍者不遮是越毗尼罪下第七籌

爾時阿難不受二罪作是言長老過去諸佛皆有四衆是故三請度比丘尼佛在毗舍離三告不請佛住世者我爾時是學人爲魔所蔽是故不請是中犯五越毗尼罪長老如法作已

時尊者優波離作是言諸長老是九法序何等九一波羅夷二僧伽婆尸沙三二不定法四三十尼薩耆五九十二波夜提六四波逸提提舍尼七衆學法八七滅諍法九法隨順法世尊在某處爲某甲比丘制此戒不皆言如是優波離如是優波離復言毗尼有五事記何等五一者修多羅二毗尼三義四教五輕重修多羅者五修多羅毗尼者二部毗尼略廣義者句句有義教者如世尊爲利利婆羅門居士說四大教法輕重者盜滿五重減

五偷蘭遮是名五事記毗尼長老如是應學復有五毗尼何等五一者略毗尼二廣毗尼三方面毗尼四堅固毗尼五應法毗尼略毗尼者五偏戒廣毗尼者二部毗尼方面毗尼者輸奴邊地聽五事堅固毗尼者受迦絺那衣捨五罪別衆食乃至不白離同食應法毗尼者是中法羯磨和合羯磨是名應法毗尼餘者非羯磨如是集毗尼藏竟喚外千比丘入語言諸長老如是集法藏如是集毗尼藏有比丘言諸長老世尊先語阿難欲爲諸比丘捨細微戒爲捨何等有比丘言世尊若捨細微戒者正當捨威儀有言不正捨威儀亦當捨衆學有言亦捨四波羅提提舍尼有言亦應捨九十二波夜提有言亦應捨三十尼薩耆波夜提有言亦應捨二不定法時六群比丘言諸長老若世尊在者一切盡捨大迦葉威德嚴峻猶如世尊作是言咄咄莫作是聲即時一切咸皆默然大迦葉言諸長老若制復開者當致外人言瞿曇在世儀法熾盛今日泥洹法用頽毀諸長老未制者莫制已制者我等當隨順學此法從何處聞從尊者道力聞毗尼阿毗曇雜阿含增一阿含中阿含長阿含道力復從誰聞從尊者弗沙婆陀羅聞弗沙婆陀羅從誰聞從尊者法勝聞法勝從誰聞從尊者僧伽提婆聞僧伽提婆從誰聞從尊者龍覺聞龍覺從誰聞從尊者法錢聞法錢從誰聞從尊者提那伽聞提那伽從誰聞從尊者法護聞法護從誰聞從尊者耆婆伽聞耆婆伽從誰聞從尊者弗提羅聞弗提羅從誰聞從尊者耶舍聞耶舍從誰聞

從尊者差陀聞差陀從誰聞從尊者護命聞護命從誰聞從尊者善護聞善護從誰聞從尊者牛護聞牛護從誰聞從尊者巨舍羅聞巨舍羅從誰聞從尊者摩求哆聞摩求哆從誰聞從尊者摩訶那聞摩訶那從誰聞從尊者能護聞能護從誰聞從尊者目哆聞目哆從誰聞從尊者巨醯聞巨醯從誰聞從尊者法高聞法高從誰聞從尊者根護聞根護從誰聞從尊者耆哆聞耆哆從誰聞從尊者樹提陀婆聞樹提陀婆從誰聞從尊者陀婆波羅聞陀婆波羅從誰聞從尊者優波離聞優波離從誰聞從佛聞佛從誰聞佛無師自悟更不從他聞佛有無量智慧爲饒益衆生故授優波離優波離授陀婆波羅陀婆波羅授樹提陀婆樹提陀婆如是乃至授尊者道力道力授我及餘人

我等因師教　從無上尊聞　聞持誦毗尼
賢聖所行法　世尊內法藏　紹繼釋迦後
各各共護持　令法得久住

是名五百比丘結集法藏竟

摩訶僧祇律卷第三十二

音釋

妷（弋質切淫放也）罽（居例切）褰（起虔切摳衣也）魁膾（魁枯回切膾古外與魁膾義同）齧（倪結切噬也）翅（施智切翼也）翮（下革切鳥之勁羽也）鷲（疾僦切大鵰也）跳踉（跳他弔切踉龍張切）犛（莫交切長髦牛也）鍛（都玩切打鐵也）慘（七感切慼也）蹈（徒到切踐也）踝（戶瓦切腿兩旁曰內

外踝 縵談官切 嗽色角切 籔蘇后切 喟丘媿切歎息聲也 峻須閏切高也 頹徒回切摧也

摩訶僧祇律卷第三十三

東晉三藏法師佛陀跋陀羅共沙門法顯譯

雜誦跋渠法第九之十一

七百集法藏者佛般泥洹後長老比丘在毗舍離沙堆僧伽藍爾時諸比丘從檀越乞索作如是哀言長壽世尊在時得前食後食衣服供養世尊泥洹後我等孤兒誰當見與汝可布施僧錢物如是哀聲而乞時人或與一罽利沙槃二罽利沙槃乃至十罽利沙槃至布薩時盛著盆中持拘鉢量分次第而與時持律耶舍初至次得分問言此是何物答言次得罽利沙槃醫藥直耶舍答言過去問言何故過去施僧耶答言不叉問何故過去答言不淨諸比丘言汝謗僧言不淨此中應作舉羯磨即便爲作舉羯磨作舉羯磨已時尊者陀娑婆羅在摩偷羅國耶舍即往詣彼作是言長老我被舉行隨順法問言汝何故被舉答言如是如是彼言汝無事被舉我共長老法食味食耶舍聞是語已作是言諸長老我等應更集毗尼藏勿令佛法穨毀問言欲何處結集答言還彼事起處時摩偷羅國僧伽舍羯兩耆舍衛城沙祇爾時中國都有七百僧集有持一部毗尼二部毗尼者又從世尊面受者又從聲聞受者時有凡夫學無學人三明六通得力自在七百僧集毗舍離沙堆僧伽藍嚴飾牀褥爾時尊者大迦葉達頭路優波達頭路尊者阿難皆已般泥洹爾時尊者耶輸陀僧上座問言誰應結集律藏諸比丘言尊者陀娑婆羅應結集陀娑婆羅言長老更有餘長老比丘應結集諸比丘言雖

有諸上座但世尊記長老和尚成就十四法持律第一汝從面受應當結集陀娑婆羅言若使我結集者如法者隨喜不如法者應遮若不相應者應遮勿見尊重是義非義願見告示皆言爾時尊者陀娑婆羅作是念我今云何結集律藏有五淨法如法如律者隨喜不如法者應遮何等五一者制限淨乃至風俗淨作是言諸長老是九法序何等九從四波羅夷乃至隨順法世尊在某處某處爲某甲某甲比丘制我從和尚聞爲如是制此戒不皆言如是如是五事記毗尼廣說如上乃至諸長老是中須鉢者求鉢須衣者求衣須藥者求藥無有方便得求金銀及錢如是諸長老應當隨順學是名七百結集律藏

略說毗尼者佛在迦維羅衛尼俱律樹釋氏精舍時有二比丘尼一名難陀二名鬱多羅隨佛六月求教誡法白佛言善哉世尊願爲我略說毗尼使我得解佛告比丘尼貪欲不解因緣共相習狎論說俗事增長受陰多欲不知止足增貪欲瞋恚愚癡諍訟不和合非寂非覺非泥洹當知非法非毗尼非佛教當作是知無欲解因緣不相狎習離俗言論不長受陰少欲知足無貪欲瞋恚愚癡離諍訟和合寂靜覺泥洹如是當知是法是毗尼是佛教是名略說毗尼

刀治及灌筒　剃髮并作具　和合不和合
五百與七百　略說毗尼後　第十跋渠竟

毀呰者佛住舍衛城時六羣比丘方類毀呰比丘諸比丘以是因緣具白世尊佛言呼六羣比丘來來已佛問比丘汝實爾不答言實

爾佛言此是惡事從今日後不聽毀呰毀呰者業方面性形貌病罪罵結使業者說自解有人說者長老此中有旃陀羅竹師皮師瓦師乃至獄卒魁膾是名說自解者長老我非旃陀羅乃至獄卒魁膾是名自解又人者此中或有人是旃陀羅乃至獄卒是名有人如是方面性形貌病罪結使亦如是是中毀呰越毗尼罪是名毀呰

妓樂者佛住王舍城伽蘭陀竹園時六羣比丘先至作妓樂處視瞻如坐禪比丘妓兒既集作衆妓樂衆人悅樂喜笑比丘默然衆人笑已比丘方更拍手大笑衆人競看妓兒不得雇直嫌言坐是比丘令我等不得財物此壞敗人何道之有諸比丘聞已以是因緣具白世尊佛言呼六羣比丘來來已佛問比丘汝實爾不答言實爾世尊佛言此是惡事從今日後不聽觀看妓樂妓樂者打鼓歌舞彈琵琶鐃銅鈸如是比種種妓樂下至四人聚戲不聽看若比丘入城聚落若天像出若王出翼從作種種妓樂遇行觀見無罪若作方便看越毗尼罪若佛生日大會菩提大會轉法輪大會五年大會作種種妓樂供養佛若檀越言諸尊者與我和合翼從世尊爾時得與和合在坐若坐中有種種妓樂生染著心者即應起去是名妓樂

香華者佛住王舍城時節會日六羣比丘難陀優波難陀以香塗身著優鉢羅華鬘瞻蔔華鬘有著草華鬘共行爲世人所嫌云何沙門釋子著優鉢羅華瞻蔔華鬘猶如王子大臣又如作使賤人著草華鬘此壞敗人何道

之有諸比丘聞已以是因緣往白世尊佛言
喚六羣比丘來來已佛問比丘汝實爾不答
言實爾世尊佛言從今已後不聽著香華香
者栴檀沉水如是比一切香皆不應著若比
丘熱病醫言當須栴檀香塗爾時得用香塗
若欲塗時先應供養佛香塗塔然後塗身塗
身已不得在衆人中當在屏處病瘥淨澡浴
身然後入衆華者優鉢羅瞻蔔須摩那如是
一切華不應著若比丘患眼痛頭痛醫教言
當須華鬘繫頭瘥者得繫若欲繫者當先供
養佛塔然後得繫繫已不得在衆人中當在
屏處瘥已當捨若著香不著華一越毗尼罪
若著華不著香二越毗尼罪二俱著犯二俱
不著無罪是名香華法
鏡法者佛住舍衛城時祇洹精舍有檀越飯
僧打揵椎時難陀優波難陀照鏡自觀停久
不至爲檀越所嫌我捨棄家業故來飯僧而
諸比丘不時來集諸比丘以是因緣往白世
尊佛言喚難陀優波難陀來來已佛問難陀
優波難陀汝實爾不答言實爾佛言從今已
後不聽照鏡鏡者油中水中鏡中不得爲好
故照面自看若病瘥照面自看病瘥不瘥若
新剃頭自照看淨不淨頭面有瘡照看無罪
爲好故照鏡越毗尼罪是名鏡法
擔法者佛住曠野精舍爾時營事比丘持擔
輦塼泥土爲世人所譏云何沙門釋子如奴
僕使人客作人擔負泥土此壞敗人何道之
有諸比丘以是因緣往白世尊佛言呼營事
比丘來來已佛問比丘汝實爾不答言實爾
佛言從今已後不聽擔擔者繩囊擔籠擔擔

杖不擔囊越毗尼心悔擔囊不擔杖越毗尼心悔二俱擔越毗尼罪若精舍垣内石竹木重者得擔若僧次作使坻瓶得繩連擔若前後擔衣囊前後擔鉢俱越毗尼罪若長衣囊𣰽著肩上鉢串肩無罪是名擔法

抄繫衣者佛住曠野精舍時營事比丘抄繫衣輦墫石泥土爲世人所譏云何沙門釋子如奴僕使人抄繫衣作是壞敗人何道之有諸比丘聞已以是因緣往白世尊佛言呼營事比丘來來已佛問比丘汝實爾不答言實爾佛言從今已後不聽抄繫抄繫者一邊兩邊抄繫盡不得若泥土作若覆屋泥屋得抄繫内衣是名抄繫

上樹者佛住舍衛城爾時世尊往鬱單越乞食時諸比丘作是念世尊還者必乘神足來或上樹上墻遙望世尊世尊知諸比丘心念即隱身自坐本座佛知而故問諸比丘何處去比丘即以上事具白世尊佛言從今已後不聽上樹樹者樹共人等不得上若作菩提大會欲莊嚴菩提樹一脚登樹一脚登墻越毗尼心悔二脚上樹越毗尼罪二脚墻上無罪登梯亦如是若道路行失道迷不知方面得上樹望無罪若虎狼師子如是比恐怖得上樹無罪是名樹法

火者佛住舍衛城爾時世尊到時著入聚落衣持鉢入城次行乞食乞食還自併牀褥不語侍者及比丘僧往拘薩羅國波利耶娑羅林賢樹下受象王三月供養乃至非時寒雨諸比丘自然火向爲世人所嫌沙門瞿曇無量方便毀呰殺生讚歎不殺而今比丘然火

燒地擾傍一根諸比丘以是因緣往白世尊乃至佛言從今已後不聽然火火者薪火草火牛屎火糠火札火不得燒未燒地若次直温室若直月若熏鉢先使淨人知然後自燒無罪若持炬行欲抖擻炬者不得在未燒地當在灰上若甎上若炬火自落地即在上抖擻無罪若未燒地中然火越毗尼罪是名火法

銅盂法者佛住王舍城爾時鬱竭居士大施五百象五百馬五百牛五百水牛五百婢五百奴種種雜施中有銅盂諸比丘心生疑往問世尊是淨不淨應受不受佛言一切銅盂不聽受若施僧淨器應爲呪願受若私畜銅盂越毗尼罪得施淨人已用無罪是名銅盂法

迴向者佛住舍衛城諸天世人信心尊重持種種飯食來供養佛比丘僧尊者舍利弗大目連及諸比丘時六羣比丘晨朝至精舍門下立見世人持飯食來問言此食與誰答言與世尊即語言世尊應供養次問此復與誰答言與僧即言僧應供養次問此復與誰答言與尊者舍利弗大目連語言此人應供養次問此復與誰答言與某甲某甲比丘即便語言某甲老病不能噉食但棄汝食當施我我爲汝呪願使汝得食用功德時人直信即便施之有黠慧者不與作是言我何故與是無慚愧人諸比丘以是因緣往白世尊乃至佛問比丘汝實爾不答言實爾佛語六羣比丘此是惡事汝云何知物向他自迴向已從今日後不聽知物向他自迴向已物者八種

時食乃至淨不淨如上廣說若人問言尊者我欲布施當施何處答言施僧若復問言何處有持戒僧應語言無有犯戒僧汝但施若問言何處有比丘能常一處修習行業令物久在使我常見爾時得語某甲比丘可與知物僧自迴向已尼薩耆波夜提知物向僧迴向他波夜提知物向衆多人迴向衆多人知物向一人迴向一人越毗尼罪下至知物向畜生迴向餘畜生越毗尼心悔是名迴向法

毀呰觀妓樂　塗香并華鬘　擔持抄繫衣上樹自然火　銅盂迴向物　十一跋渠竟

衆生者佛住王舍城爾時鬱竭居士大施五百象乃至五百奴婢諸比丘心生疑悔往問佛淨不淨應受不應受佛言一切衆生不聽受衆生者象馬牛水牛驢羊麞鹿猪奴婢如是及餘一切衆生不應受若人言我施僧奴不聽受若言我施僧園民婢不聽受若言施僧奴不聽受若言施僧使人不應受若言供給僧男淨人聽受若別施一人婢不聽受若奴若使人若園民不聽受若施淨人爲料理僧故得受若施尼僧奴不聽受若施園民不聽受若施婢不聽受若言供給尼僧女淨人聽受若別施一比丘尼奴不聽受若園民不聽受若施淨女人爲料理僧故得受若檀越作佛生日大會菩提大會轉法輪大會羅睺羅大會阿難大會五年大會檀越信心歡喜莊嚴象馬布施衆僧不聽受若檀越持鸚鵡孔雀鷄羊麞鹿與不聽受若言不受者我當殺之應語言汝自放已應與水食守護勿令衆生傷害不得翦翅羽籠繫若能飛能行自

活放去莫拘制若受衆生者越毗尼罪是名衆生法

樹法者佛住舍衞城爾時檀越僧園中種菴婆羅樹有一比丘截取爲一居士作房房成施牀褥請僧供養時種菴婆羅樹檀越亦在會中見已問言尊者此是誰房比丘言是某甲居士房時檀越言尊者何故取我樹爲他作房此房即是我房心猶不悅即往詣佛所頭面禮足却住一面即以上事具白世尊佛爲說法示教利喜前禮佛足歡喜而去佛言呼彼比丘來來已佛問比丘汝實爾不答言實爾佛言汝云何斫截華果樹作房從今已後華果樹不聽斫華果樹者菴婆羅樹閻浮樹毗羅樹迦毗陀樹叵那婆樹椰子樹無憂樹瞻婆樹枳薩羅樹阿提目多樹如是比一切華果樹不聽斫作房若樹老無華果者應語檀越言長壽是樹已老又須作房舍安置比丘得大受用福若主聽得取不聽不得取若必須木用復妨他者使淨人以魚骨刺若灰汁澆若樹已死應語檀越言此樹已乾欲須用若聽者取用若比丘斫華果樹者越毗尼罪是名樹法

樵木法者佛住舍衞城爾時聚落邊有精舍客比丘來斫伐樵薪舊比丘言汝何故斫截我等勤苦種植汝客來但逐陰涼坐不能助愛護而狼藉稱意明日便去不知我苦如是語已舊比丘乞食去後客比丘乾生合斫房前積聚然火舊比丘乞食還見已即言汝何故乾生合斫積聚然火客比丘言汝何故自取然火而返遮我如是諍已二比丘往詣佛

所頭面禮足具白上事佛語諸比丘汝不得自取遮他亦應當護不得乾生合斫房前積聚然樵薪然法者然有准則爾許温室中然爾許廚下然爾許浴室中然爾許別房中然當分應從限不得過取若然無定限者多亦無罪不聽斫濕樹應取乾者僧坊内樹木觀望好者不得斫山林無主守護斫者無罪是名樵薪法

華法者佛住舍衛城聚落邊有僧伽藍時客比丘來取華舊比丘言汝何以取華我等勤苦種植守護漑灌汝客來但逐涼坐不欲料理狼藉稱意明日便去不知我苦如是語已舊比丘乞食去後客比丘成華不成華合折狼藉積置房前舊比丘乞食還見華聚即言汝何故聚華客比丘言汝何故自取而反遮我如是諍已俱往詣佛具白上事佛語比丘汝不得自取遮他應當愛護客比丘復不得成未成合折積聚房前有五法成就應拜作分華人何等五不隨愛不隨瞋不隨癡不隨怖知得不得是名五法羯磨者應作是說大德僧聽某甲比丘五法成就若僧時到僧拜某甲比丘作分華人如是白白一羯磨乃至僧忍默然故是事如是持是比丘受羯磨已應使淨人知華若華小者應器量分若手作准則優鉢羅瞻蔔鉢頭摩分陀利如是等大華應數分若佛華者應上佛若僧華者隨意供養若轉易若華多者可與華鬘家語言汝日日與我爾許鬘餘者與我爾許直得直已得用作別房衣若前食後食若猶多者當著無盡財中是名華法

果法者如上華中說乃至拜羯磨已當使淨人知果若細者當量分若以手爲限若大者如多羅果毗羅果椰子果婆那婆果菴婆羅果如是等當數分若多者應與販果人日日與我爾許果餘者與我爾許直得直已應著前食後食中若猶故多者當著無盡財中是名果法

種樹者佛住舍衛城爾時有比丘於僧地中種菴婆羅果長養成樹自取其果不令他取諸比丘言汝何故自取而遮他答言我種此樹護令長大諸比丘以此因緣往白世尊佛言此種植有功德一年與一年法者若比丘僧地種菴婆羅樹閻浮樹如是比果樹應與一年取若樹大不欲一年并取者聽年年取一枝枝徧則止若種一園樹者應與一年若言我欲年取一樹亦聽若種蕪菁若葱如是比菜應與一剪若種瓜瓠應與一番熟取是名種樹法

治罪法者身行口行身口行身不攝故犯口不攝故犯身口不攝故犯身作口作身口作是名罪法無罪者身無行口無行身口無行身攝故不犯口攝故不犯身口攝故不犯身不作口不作身口不作是名非罪治罪者波羅夷罪當云何治若作俗人若與作學沙彌若僧中驅出僧伽婆尸沙罪云何治若不覆藏應行摩那埵阿浮訶那覆藏者與别住行摩那埵阿浮訶那尼薩耆者當云何治隨前物應僧中捨已若上座應頭面作禮執足若下座應胡跪合掌作如是言長老我犯長衣已僧中捨波逸提罪我今悔過應問汝見是

罪不答言見應語言莫更作答言頂戴持波逸提波羅提提舍尼越毗尼罪但名差別亦如是治是名治罪法

衆生并種樹　新積與華果　種植聽一年罪非罪治法　十二跋渠竟

滅者有七何等七現前毗尼憶念毗尼不癡毗尼自言毗尼覓罪相毗尼多覓毗尼草布地毗尼是名滅

滅事者四諍事何等四相言諍誹謗諍罪諍常所行事諍是名四滅諍事

調伏者折伏羯磨不語羯磨驅出羯磨發喜羯磨舉羯磨別住羯磨是名調伏

調伏事者五衆罪波羅夷僧伽婆尸沙波逸提波羅提提舍尼越毗尼罪是名調伏事

聽法者佛住舍衛城爾時諸比丘白佛言世尊聽我作草屋不佛言聽如是作壁作戶楣格作戶扇作白泥作五種畫不佛言聽佛告諸比丘如過去世時有王名吉利為迦葉佛作精舍一重二重乃至七重彫文刻鏤種種彩畫唯除男女和合像種種者所謂長老比丘像蒲萄蔓摩竭魚鵝像死屍之像山林像如是比一切是名五種畫

佛住舍衛城聽作房毗舍離聽乳酪酥曠野聽魚肉如是一切聽一切制皆在八大城一舍衛二沙祇三瞻婆四波羅奈五拘睒彌六毗舍離七王舍城八迦毗羅衛是九部經若忘說處者是八大城趣舉一即名是處世尊所印是名聽法

塗面油者佛住舍衛城爾時精舍中檀越飯僧時難陀優波難陀聞揵椎鳴方以油塗面

住不時出故爲檀越所嫌諸比丘以是因緣往白世尊佛言呼是比丘來來已佛問比丘汝實爾不答言實爾佛言從今已後不聽油塗面油者胡麻油大麻油阿提目多華油瞻婆華油等如是等比香油爲好故塗面越毗尼罪若洗浴時得用油若澡豆屑末塗足油著手得用拭面無罪是名油法

粉法者佛住舍衛城爾時祇洹精舍有檀越設供飯僧時六羣比丘聞揵椎鳴方以粉拭面不時出爲檀越所嫌諸比丘以是因緣往白世尊乃至佛言從今日後不聽比丘以粉拭面粉者磨那石粉鈆錫粉如是比若爲好故乃至赤土塗面越毗尼罪若面有瘡癬痤疱起得塗無罪塗時不得在衆人中當在屏處是名粉法

刷法者佛在舍衛城乃至六羣比丘刷頭住不時出爲檀越所嫌諸比丘以是因緣往白世尊乃至佛言不聽比丘用刷刷頭刷者毛刷草根刷如是比下至手刷爲好故越毗尼罪若剃髮已得手摩無罪是名刷法

梳法者佛住舍衛城世尊制戒不聽用刷時有檀越飯僧難陀優波難陀聞揵椎鳴方以梳梳頭而住不時得出爲檀越所嫌乃至佛言不聽用梳梳者牙梳骨梳角梳木梳如是比一切梳不聽用下至以手梳頭爲好故越毗尼罪是名梳法

髮簪者佛住舍衛城世尊制戒不得用梳乃至六羣比丘用簪搔頭不時得出爲檀越所嫌乃至佛言不聽用簪簪者金銀銅鐵鍮石牙骨角竹木如是比一切不聽乃至以豪豬

鬚髮爲好故用刷頭越毗尼罪若手巳淨頭痒者得持物搔是名簪法

七滅并滅事　調伏調伏事　聽法油塗面粉刷梳以簪　十三跋渠竟

塔法者佛於拘薩羅國遊行時有婆羅門耕地見世尊行過持牛杖拄地禮佛世尊見巳便發微笑諸比丘白佛何因緣笑唯願欲聞佛告諸比丘是婆羅門今禮二佛諸比丘白佛言何等二佛佛告比丘禮我當其杖下有迦葉佛塔諸比丘白佛願見迦葉佛塔佛告比丘汝從此婆羅門索土塊并是地諸比丘即便索之時婆羅門便與之得巳爾時世尊即現出迦葉佛七寶塔高一由延面廣半由延婆羅門見巳即便白佛言世尊我姓迦葉是我迦葉塔爾時世尊即於彼處作迦葉佛塔諸比丘白佛言世尊我得授泥不佛言得授即時說偈言

眞金百千擔　持用行布施　不如一團泥敬心治佛塔

爾時世尊自起迦葉佛塔下基四方周帀欄楯圓起二重方牙四出上施槃蓋長表輪相佛言作塔法應如是塔成巳世尊敬過去佛故便自作禮諸比丘白佛言世尊我得作禮不佛言得即說偈言

人等百千金　持用行布施　不如一善心恭敬禮佛塔

爾時世人聞世尊作塔持香華來奉世尊世尊恭敬過去佛故即受華香持供養塔諸比丘白佛言我得供養不佛言得即說偈言

百千車眞金　持用行布施　不如一善心

香華供養塔
爾時大衆雲集佛告舍利弗汝爲諸人說法
佛即說偈言
百千閻浮提　滿中眞金施　不如一法施
隨順令修行
爾時座中有得道者佛即說偈言
百千世界中　滿中眞金施　不如一法施
隨順見眞諦
爾時婆羅門得不壞信即於塔前飯佛及僧
時波斯匿王聞世尊造迦葉佛塔即勑載七
百車塼來詣佛所頭面禮足白佛言世尊我
欲廣作此塔爲得不佛言得佛告大王過去
世時迦葉佛般泥洹時有王名吉利欲作七
寶塔時有臣白王言未來世當有非法人出
當破此塔得重罪唯願王當以塼作金銀覆

上若取金銀者塔故在得全王即如臣言以
塼作金薄覆上高一由延面廣半由延銅作
欄楯經七年七月七日乃成作成已香華供
養及比丘僧波斯匿王白佛言彼王福德多
有珍寶我今當作不及彼王即便作經七月
七日乃成成已供養佛比丘僧作塔法者下
基四方周帀欄楯圓起二重方牙四出上施
槃蓋長表輪相若言世尊已除貪欲瞋恚愚
癡用是塔爲得越毗尼罪業報重故是名塔
法
塔事者起僧伽藍時先規度好地作塔處塔
不得在南不得在西應在東應在北不得僧
地侵佛地佛地不得侵僧地若塔近死尸林
若狗食殘持來汙地應作垣墻應在西若南
作僧房不得使僧地流水入佛地佛地水得

流入僧地塔應在高顯處作不得在塔院中浣染曬衣著革屣覆頭覆肩涕唾地若作是言世尊貪欲瞋恚愚癡已除用是塔爲得越毗尼罪業報重是名塔事

塔龕者爾時波斯匿王往詣佛所頭面禮足白佛言世尊我得爲迦葉佛作塔龕不佛言得過去世時迦葉佛般泥洹後吉利王爲佛起塔四面作龕上作師子象種種彩畫前作欄楯安置華處龕內懸繒旛蓋若人言世尊貪欲瞋恚愚癡已除但自莊嚴而受樂者得越毗尼罪業報重是名塔龕法

塔園者佛住舍衛城爾時波斯匿王往至佛所頭面禮足白佛言世尊我得爲迦葉佛塔作園不佛言得作過去世時有王名吉利迦葉佛泥洹後王爲起塔塔四面造種種園林塔園林者種菴婆羅樹閻浮樹頗那婆樹瞻婆樹阿提目多樹斯摩那樹龍華樹無憂樹一切時華是中出華應供養塔若檀越言尊者是中華供養佛果與僧應從檀越語若華多者得與華鬘家語言爾許華作鬘與我餘者與我爾許直若得直得用然燈買香以供養佛得治塔若直多者得置著佛無盡物中若人言佛無婬怒癡用是華果園爲得越毗尼罪業報重是名塔園法

池法者佛住舍衛城乃至佛告大王過去迦葉佛泥洹後吉利王爲迦葉佛塔四面作池種優鉢羅波頭摩拘物頭分陀利種種雜華今王亦得作池池法者得在塔四面作池池中種種種雜華供養佛塔餘得與華鬘家若不盡得置無盡物中不得浣衣浴洗手面洗

鉢下頭流出處得隨意用無罪是名塔池
塔支提者佛住舍衛城乃至佛語大王得作
支提過去迦葉佛般泥洹後吉利王爲迦葉
佛塔四面起寶支提彫文刻鏤種種彩畫今
王亦得作支提有舍利者名塔無舍利者名
支提如佛生處得道處轉法輪處泥洹處菩
薩像辟支佛窟佛脚跡此諸支提得安佛華
蓋供養具若有言佛貪婬瞋恚愚癡已斷用
是精舍供養爲得越毗尼罪業報重是名塔
支提
供養具者佛住舍衛城乃至諸比丘白佛言
世尊得持塔供養具供養支提不佛言得若
佛生日得道日轉法輪日五年大會日當此
時得持供養中上者供養佛塔下者供養支
提若有言佛婬怒癡已盡用是旛蓋供養爲
越毗尼罪業報重是名支提
妓樂供養者佛住舍衛城時波斯匿王往詣
佛所頭面禮足却住一面白佛言世尊得持
妓樂供養迦葉佛塔不佛言得迦葉佛泥洹
後吉利王以一切歌舞妓樂供養佛塔今王
亦得佛言若如來在世若泥洹後一切香華
妓樂種種衣服飲食盡得供養爲饒益世間
令一切衆生長夜得安樂故若有人言世尊
無婬怒癡用此妓樂供養爲得越毗尼罪業
報重是名妓樂法
收供養具者佛住舍衛城爾時諸比丘白佛
言世尊我等得收支提供養具不佛言得收
者若佛生日得道日轉法輪日五年大會日
多出旛蓋供養支提若卒風雨一切衆僧應
共收不得言我是上座我是阿練若我是乞

食我是糞掃衣我是大德汝等依是活者自應收若風雨卒來應共收隨近房安不得護房言著先處濕者應曬塵土坌者應抖擻疊舉若言我是上座我是阿練若我是乞食糞掃衣我是大德得越毗尼罪是名收供養具

難者佛住舍衞城時尊者優波離往詣佛所頭面禮足白佛言世尊若塔物僧物難起當云何佛言若外賊弱者應從至求無畏王若言尊者但住莫畏若我後事不立者隨意爾時應量王力强弱强者便住弱者應密遣信往賊主所求索無畏王若言我今自恐不立何得無畏尊者自可從賊索救護者應看賊賊是邪見不信佛法不可歸趣者不可便捨物去應使可信人藏佛物僧物當先探候看賊不可令奄爾卒至若賊來急不得藏者佛物應莊嚴佛像僧坐具應敷安置種種飲食令賊見相當使年少比丘在屏處伺看賊至時見供養具若起慈心作是問有比丘不莫畏可來出爾時年少比丘應看若賊卒至不得藏物者應言一切行無常作是語已捨去是名難法

塔法并塔事　塔龕及塔園　塔池及支提
妓樂供養具　收檢香華難　十四跋渠竟
具足舉羯磨　舉事并布薩　病法毗尼罪
重物及食𦵔　爲殺并刀治　方面受衆生
滅偷婆法後

摩訶僧祇律卷第三十三

音釋

呰 將此切口毀也　䡐 唐何切負也　串 樞絹切貫也　𡲧 式視切與屎同

黠 胡八切慧也　椰 余遮切木名　彫 丁聊切刻也　鏤 郎豆切雕刻也

疱 皮教切瘡疱也　簪 緇岑切首笄也　搔 蘇曹切爬也　鬣 力涉切獸領毛

痒 余兩切膚欲搔也　楯 乳尹切欄檻也

摩訶僧祇律卷第三十四

東晉三藏法師佛陀跋陀羅共沙門法顯譯

威儀法第十之初

佛住舍衛城爾時比丘僧集欲作布薩比丘盡集時難陀爲僧上座不來有檀越持物來待僧和合已欲布施問僧集未答言未集復問誰不來答言僧上座不來檀越嫌言我待僧集欲有所施而上座不來待良久便布施而去上座逼暮方來竟不行舍羅復不唱不來諸比丘說欲清淨直略說四事而去年少比丘問言上座來未答言上座來已還去年少比丘嫌言云何上座來亦不使人知去亦不使人知諸比丘以是因緣往白世尊佛言呼難陀來佛問難陀汝實爾不答言實爾佛言從今已後僧上座應如是知云何如是知上座法應知今十四日若十五日布薩中間布薩若晝若夜當知處所若温室講堂若林中應廣誦五篇戒下至四事及偈餘者僧常聞若城邑聚落中有比丘者上座應令人唱今僧十四日若十五日若食前食後爾許人影在某處布薩應先使人掃地泥治散衆華已誰應呪願誦戒行舍羅上座應知說戒時僧未集有檀越來者上座應爲說法若相勞問若不能者應請第二上座若法師爲說法布薩時至者應問檀越欲去住若言去者應與呪願發遣令去住者應遣出已作布薩有者應香湯洗舍羅已行若坐希者應一人行一人收不得覆頭覆肩行籌應脫革屣偏袒右肩行籌受籌人亦如是先行受具足人籌然後行沙彌籌行已應白爾許受具足人爾

許沙彌合有爾許人僧上座應誦戒若不能者次第二上座誦若復不能乃至能者應誦誦時若逼暮天陰風雨有老病人不堪久坐住處遠有王難賊難爾時得略誦若日早無上諸難者應廣誦若上座自誦若餘人誦若和合竟夜說法論義問答呪願上座布薩法應如是若不如是越威儀法

佛住舍衛城爾時比丘僧集欲作布薩第一上座來第二上座不來時檀越持物來欲布施問僧集未答言未集問誰不來答言第二上座不來檀越嫌言我欲有少所施第二上座不來待良久不來便布施而去第二上座逼暮方來上座嫌言世尊獨制我第二上座便不問耶諸比丘以是因緣往白世尊佛言呼是比丘來來已佛問比丘汝實爾不答言實爾佛言從今日後布薩時第二上座亦應如是知云何如是知一切如上座中廣說但以第二上座爲異耳若僧上座不能者第二上座應知若不如是者越威儀法

佛住舍衛城爾時比丘僧集欲作布薩上座第二上座來餘人彷徉不時來集上座第二上座嫌言世尊獨制我不制餘人耶諸比丘以是因緣往白世尊佛言呼是諸比丘來來已佛問汝實爾不答言實爾世尊佛言從今日後布薩事一切僧應如是知云何如是應知月一日二日乃至十四日十五日布薩中間布薩日處所應知若人問今是幾日不得逆問昨日是幾日要當知若恐忘者應作籌繩穿懸講堂前若食廚前直月知事人日過一籌布薩日廣誦五篇戒乃至四事及偈餘

者僧常聞一切如上座中廣說但一切爲典若上座第二上座復不能者餘一切盡應知若不如是者越威儀法

佛住舍衛城爾時祇洹精舍檀越設供飯比丘僧第一上座不來羹飯已冷檀越言比丘僧集未答言未集誰不來答言第一上座不來檀越嫌言我捨家業來欲飯僧而比丘不集上座時至方來亦不歎食呪願狼狽食已便云年少問上座來未答言已來食竟便去年少嫌言上座來亦不令人知去亦不令人知諸比丘以是因緣往白世尊佛言呼難陀來來已佛問汝實爾不答言實爾佛言從今已後僧上座食應如是知云何如是知今日誰施食爲二部衆爲一部衆爲別房請聚落中若精舍中應知若有人請明日飯僧僧上座不得即受應知前請人姓名客舊巷陌處所恐有人試弄比丘故不應即受若有人識彼請人男女得受請受請已不得便隨去至明旦應遣直月若園民若沙彌往看之或遭縣官水火盜賊産生死亡不能得辦若有此難僧應自辦食若無者語令乞食使往問請主食辦未若言是何人是何食當知被誑若僧伽藍有食應辦當食若無應唱言比丘僧被誑各自乞食若請主言尊者正爾辦是時上座應知時若冬時應一切集已共去若春夏時應前後去若到彼請家日早食未辦欲餘行應白比丘我欲至其家若食辦者莫待我去已應早還入檀越家時上座應知坐左右若檀越作吉祥會右敷座者應坐若爲餓鬼會左敷座者亦應坐若敷長淨坐具急者

應以手按令緩徐徐坐不得使裂若不急者不得頓身坐或下有器物眼小兒先應一手按坐不得持膩鉢及餅果著上不得用拭手上座當知誰看房誰病應語與食若檀越惜者應語言長壽法應與不得不與若日早者應著行取若日晚者應先取發遣令去僧上座應知前人爲何等施當爲應時呪願若檀越行食時多與上座者上座應問一切僧盡得爾許不答言止上座得耳應語言一切平等與若言盡得者應受若須少取少下者應語多與若乳酪餅肉酥如是比好食盡應語平等與僧上座法不得隨下便食應待行遍倡等供已然後得食上座法當徐徐食不得速食竟住看令年少狼狽食不飽應相望看不得食竟便在前出去應待行淨水隨順呪願已然後乃出

若爲亡人施福者不應作是吉祥歎

賢善已無常　今是吉祥日　種種設餚饍

供養良福田

應作如是呪願

一切衆生類　有命皆歸死　隨彼善惡行

自受其果報　行惡入地獄　爲善者生天

若能修行道　漏盡得泥洹

若生子設福者不應作如是説

童子棄塚間　唼指七日活　不遭蚊蝱害

童子功德力

應如是呪願

童子歸依佛　如來毗婆尸　尸棄毗葉婆

拘樓拘那含　迦葉及釋迦　七世大聖尊

譬如人父母　慈念於其子　舉世之樂具

皆悉欲令得　令子受諸福　復倍勝於彼

室家諸眷屬　受樂亦無極

若入新舍設供者不得作是説

若火燒屋時　得出中所有　必爲已財寶

不爲火所焚

應作如是呪願

屋舍覆陰施　所欲隨意得　吉祥賢聖衆

處中而受用　世有黠慧人　乃知於此處

請持戒梵行　修福設飲食　僧口呪願故

宅神常歡喜　善心生守護　長夜於中住

若入聚落中　及以曠野處　若晝若於夜

天神常隨護

若估客欲行設福者不應作是説

一切諸方面　賊難不可行　今正是其時

出家修梵行　設作是説

諸方皆安隱　諸天吉祥應　聞已心歡喜

所欲皆悉得　兩足者安隱　四足者亦安

去時得安隱　來時亦安隱　夜安晝亦安

諸天常護助　諸伴皆賢善　一切悉安隱

康健賢善好　手足皆無病　舉體諸身分

無有疾苦處　若有所欲者　去得心所願

東方有七星常護世間令得如願一名吉利帝二名路呵尼三名僧陀那四名分婆唻五名弗施六名婆羅那七名阿舍利是名七星在東方常護世間今當護汝令安隱得利早還一切星宿皆當護汝復次東方有八天女一名賴車摩提二名尸沙摩提三名名稱四名耶輸陀羅五名好覺六名婆羅濕摩七名波羅浮陀八名阿毗呵羅是名八天女在東方常護世間有天王名提頭賴吒揵闥婆王及一切諸天當護汝等普令安隱得利早還

東方有支提名弓杖常出光明諸天恭敬供養是一切供養天當護汝令得財利安隱早還南方有七星常護世間一名摩伽二三同名頗求尼四名容帝五名質多羅六名私婆帝七名毗舍佉是名七星在南方常護世間今當護汝令安隱得利早還一切星宿皆當護汝南方有八天女一名賴車麑帝二名施師摩帝三名名稱四名名稱持五名好覺六名好寂七名好力八名非斷常護世間有天王名毗留茶俱麑茶鬼神王共護汝得利早還南方有支提名阿毗鉢施常放光明諸天恭敬供養一切供養支提諸天當護汝等安隱得利早還西方有七星常護世間一名不滅二名逝吒三名牟邏四名堅强精進五六同名阿沙荼七名阿毗闍摩是名七星常護世間當護汝等得利早還一切星宿皆當護汝西方有八天女一名阿藍浮婆二名雜髮三名阿利吒四名好光五名伊迦提舍六名那婆私迦七名旣色尼八名沙陀羅是八天女有天王名毗留博叉常護世間有龍王名婆留尼及一切諸龍當護汝等得利早還西方有山名饒益日月居中若有所求得心所願北方有七星常護世間一名檀尼吒二三同名世陀帝四名不魯具陀尼五名離婆帝六名阿濕尼七名婆羅尼是名七星常護世間當護汝等得利早還一切星宿皆當護汝北方有八天女一名尼羅提毗二名脩羅提毗三名俱吒毗四名波頭摩五名阿尼六名彼利七名遮羅尼八名迦摩是名八天女有天王名婆留那常護世間當護汝等得利早

還北方有山名枳羅蘇鬼神常居中一切諸
鬼神當護汝等得利早還二十八宿并日月
三十二天女并四大天王治世有名稱東方
提頭羅吒王西方毗留博叉王南方毗留荼
王北方婆留那王八沙門八婆羅門八大國
剎利八帝釋女等當護汝等得利早還若取
婦施者不應作是說
枯河無有水　國空王無護　女有兄弟十
亦名無覆護　應作是呪願　女人持信戒
夫主亦復然　由有信心故　能行修布施
二人俱持戒　修習正見行　歡樂共作福
諸天常隨喜　此業之果報　如行不賫粮
若出家人布施者不得作是說
使子孫繁熾　奴婢及錢財　牛羊諸六畜
一切皆滋多
應作是呪願
持鉢家家乞　值瞋或遇喜　將適護其意
出家布施難
僧上座應如是知若不如是者越威儀法佛
住舍衛城時檀越飯僧難陀爲上座先至優
波難陀及餘比丘不時集上座嫌言世尊獨
制我不制餘人耶乃至佛言從今日應一切
齊集食上座應如上說此中但以第二上座
及一切爲異乃至應留比坐坐處若行食人
過者不得默然而看比坐應語與是不得食
便先食要待遍已然後食若時逼者隨下隨
食無罪上座應呪願若不能者第二上座呪
願若復不能者下過乃至能者應呪願如是
一切食上座應知若不如是知者越威儀法
佛住舍衛城時優波難陀度人出家受具足

受具足已不教誡如天牛天羊威儀不具足不知承事和尚阿闍梨長老比丘法又不知入聚落阿練若法入衆著衣持鉢法諸比丘以是因緣往白世尊佛言呼優波難陀來來已佛問比丘汝實爾不答言實爾佛言從今日後和尚應如是教共行弟子云何教受具足已應教誦二部毗尼若不能者教誦一部復不能者教廣誦五篇戒復不能者教誦四三二下至四事日三教晨起日中向冥教教法者若阿毗曇若毗尼阿毗曇者九部經毗尼者波羅提木叉略廣若不能者應教知罪輕重知綖經義知毗尼義知陰界入義知因緣義教威儀非威儀應遮受經時共誦時坐禪時即名教若不受經共誦坐禪者下至應教莫放逸和尚不如是教共行弟子者越威

儀法復次佛住舍衛城時優波難陀共行弟子不數至和尚所優波難陀嫌言世尊獨制我不制弟子弟子來我當教不來我當教誰諸比丘以是因緣往白世尊佛言呼是比丘來來已佛問比丘汝實爾不答言實爾佛言從今日後共行弟子應如是事和尚云何事共行弟子法應晨起先右脚入和尚戶入已頭面禮足問安眠不若受經若問事已應出小行器唾壺著常處先以水灑地然後掃巨摩塗地洗手已授水齒木竟持鉢與迎粥食粥已洗器舉著常處若有請處者應往迎食欲入村時授入聚落衣捲疊院中衣著常處入聚落時應從師後行若欲乞食時當白和尚和尚應語如法莫放逸若先還者應與和尚敷坐牀取淨水辦草葉待和尚和尚還已

應授與院中衣取入聚落衣抖擻疊著常處若熱時應與水洗浴寒時應然爐火已若得好食者應授與和尚和尚看已應問汝何處得是好食若言某甲婬女家寡婦家大童女家不能男家惡名比丘尼邊惡名沙彌邊和尚應語此非行處不應取彼食若言為說法故得應語不得邪命取人食食時應授水洗手授食若是熱時與冷水以扇扇之食已收鉢取草葉洗鉢舉著常處和尚若欲入林坐禪時應取尼師壇著肩上持澡盥隨後到已若受經問義得已應在一處修習若欲共他並誦時白和尚和尚應問與誰共誦答言與某甲共誦和尚觀前人持律儀緩者應語莫去此人不可與作往反若持律儀好者應語誦還時應取尼師壇著肩上持澡盥隨還和尚欲禮塔時應與水洗手授華禮塔已與敷坐牀與洗脚與油塗足欲眠時應拂拭牀褥安枕應與然燈内唾壺小行器和尚安隱已然後受經問義分房當次得時先問和尚然後取二人共得房者和尚應問汝共誰得房舍答言共某甲應觀前人持戒緩者應語莫取生人過患若賢善者語取後更有上座來出去時亦當白若共行弟子於和尚所應如是作若不作者越威儀法若弟子衆多下至一拂牀是名事

佛住舍衛城時難陀優波難陀受人依止不教戒如天牛天羊一一如向和尚中廣說但以阿闍棃為異耳

佛在舍衛城爾時難陀優波難陀受人依止弟子不來師嫌言世尊獨制我不制弟子弟

子不來我當教誰如上共行弟子中廣說但此中以依止弟子爲異耳

上座布薩事　第二一切然　上座食上法第二一切法　和尚所教示　共行應隨順依止順法教　弟子應奉行

初跋渠竟

佛住舍衛城祇洹精舍如來五日一行諸比丘房見牀處處側地風飄日曝雨露其上蟲食烏鳥糞上佛知而故問比丘此是誰牀處處側地烏鳥糞上乃至佛告諸比丘從今日牀褥應如是知云何知不得見牀處處側地蟲噉日曝雨露風飄烏鳥糞上而置若處處者應收檢著一處側者當正日曝風雨飄者應著房內蟲噉者當支脚烏鳥糞上當抖擻內著房中不得看房舍漏壞不治若草覆者當草補瓦覆還用瓦補石灰覆者還用石灰補泥覆還泥補壁破者當泥治巨摩塗地衆僧牀褥不得趣爾受用以單故布覆上應以兩重尼師壇覆上若臥具眠時應以物廁裏不得令近身褥氍氀厚者不得屈敷破壞僧物褥枕拘執若垢膩者應浣破者應補已還成若僧牀褥臥具應如是舉持若不爾者越威儀法

佛住舍衛城祇洹精舍爾時諸比丘春末月不修治房舍如來五事利益故五日一行諸比丘房何等五一者我聲聞弟子中不貪著有爲事不二不著世俗言論不三不著睡眠不四爲看病比丘故五有信心年少比丘見如來威儀詳序發歡喜故是名五事行房見房舍破壞不治佛知而故問比丘是何等房

破壞不治諸比丘答言安居比丘自當治事佛言從今日後安居時房舍應如是治云何治若安居時欲至不得看房舍破壞不治而言安居人自當治若草房者當草覆乃至泥房者應泥補壁孔應泥治當塞鼠孔泥治地房中受用物應聚著一處五法成就應拜分房人何等五不隨愛不隨瞋不隨癡不隨怖得不得知是名五羯磨者應作是說大德僧聽某甲比丘五法成就若僧時到僧拜某甲作分房人如是白白一羯磨乃至僧忍默然故是事如是持是比丘得羯磨已應條房温室食堂講堂浴室井屋厠屋門屋經行處樹下蹤記多少若阿諫若住處離餘住處遠者四月十二日十三日應分房舍若不受者應餘處去若多近住處者十四日十五日分房應僧中讀蹤大德僧聽某甲精舍有爾所房爾所牀褥爾許食爾許齋日飲食有爾所安居衣上座應語分房舍共一施應分房從上座乃至無歲比丘不得與沙彌房若和尚阿闍梨言但與我當治事應與若房長者一人應與兩房若言我不須二得一便足應語言不私受用故與爲治事故與若房少者二人三人共一房如是復不受者五人六人共若復不受有大堂者一切盡共入大堂若復不受者上座敷大牀下座數小牀若復不受者上座小牀下座草褥若復不受者上座草褥下座應跏趺坐若復不受者上座跏趺坐下座應立若出樹下坐冬時分房治事故與受用故與上座來喚起便應去春時分房亦復如是夏時分房治事故與受用故與上座來

喚起去不應去若比丘春末月應如是治房若不如是者越威儀法

佛住舍衛城祇洹精舍爾時世尊五事利益故五日一行諸比丘房見房舍漏壞不治事雨潦彌滿水瀆不通門戶蟲噉牀褥壓青佛知而故問比丘是何等房不治漏壞如是乃至佛言從今日後夏安居中應如是治房舍牀褥云何如是治不得見房舍漏壞及以牀褥而不治事若草覆者應草補乃至泥覆者泥補通水瀆及長流若卧牀褥坐牀壓生者應日中曬令乾若房内濕者應令離壁支脚勿使蟲食應掃屋間臭𡘙蟲網半月應以巨摩塗地若乾者應以水合塗地若濕者淳用巨摩塗若房内濕者不得洗手洗足洗鉢不得閉户當時時開户使風得入不得以烟熏之若比丘夏安居房舍當如是治若不如是越威儀法

佛住舍衛城爾時比丘阿練若處安居竟不囑便去後野火來燒房舍諸比丘以是因緣往白世尊佛言比丘安居竟房舍應如是治云何治若比丘在阿諫若處安居竟至冬欲移就暖處者不得盡去當求兩人三人堪能者令住應與飲食勿令乏短若言不能我何故住此空野中爲若都無住者若有牀褥枕拘執銅鐵器物一切應寄聚落中精舍卧牀坐牀當離壁以物支足勿令蟲食安居竟不得見房舍漏壞不治事而去若草覆者應草補乃至泥覆者泥補泥治房舍作白色壁周帀尌火當囑託放牧人汝時時與我看視聚落中住處亦應如是治事若温室講堂食堂

白汙灑治事若精舍檀越在者應語令治若差人治若無主復不差人者一切僧應治當共分人得一肘二肘三肘令周徧卧牀坐牀緩壞者應更織令堅若牀褥枕拘執卧具膩應浣令淨若破者應補房中受用諸物應聚著一處若比丘安居竟房舍牀褥應如是治若不如是治越威儀法

佛住舍衛城爾時世尊五事利益故五日一行諸比丘房見卧牀坐牀處處狼藉側地佛知而故問是何等牀狼藉不舉答言世尊是舊比丘所安我是客佛言從今以後客比丘應如是知云何知乃至不得見卧牀坐牀狼藉蟲噉而置若狼藉者應收置一處若側者應正以物支足勿使蟲噉客比丘來至不得便持物著屋中當放物一處覓舊比丘得房舍已若地不平者應平若有鼠孔者應塞泥治若有臭煠蟲網應掃卧牀坐牀若緩者應織令急褥枕拘執應抖擻屋中應以水灑淨掃塗地若木衣架者當以物拭令淨若是竹滑者以手拭之應看壯堅者以鉢懸上若半夜住者亦應如是治竟去客比丘若不如是治越威儀法

佛住舍衛城祇洹精舍爾時如來五事利益故五日一行諸比丘房乃至言世尊是客比丘敷置非我舊比丘佛言從今已後舊比丘應如是知云何知舊比丘不得於牀敷處處棄捐令蟲噉食而置若處處星散者應聚一處若蟲噉者當以物支足舊比丘法不得自住好房好牀褥枕留弊壞垢膩者待客比丘來自當治當修治好者待客比丘舊比丘應

如是知若不如是越威儀法
佛住舍衛城祇洹精舍如來五事利益故五日一行諸比丘房乃至佛見已知而故問比丘是誰牀敷答言世尊是舊比丘敷我方始住佛言從今已後敷牀一切比丘應如是知云何知一切比丘不得令牀褥處處雨露日炙蟲噉若見散在地者應聚著一處若雨露日炙者應安覆處若蟲噉者當支足若房舍漏壞者應覆草覆者草補乃至泥覆者泥補壁穿壞者當補治泥地若牀褥枕拘執垢膩破壞者不得看置應浣染補治内毳當擗還褚牀繩緩者當織令堅緻打楗椎治牀褥時不得徐徐來應疾往集集已應當共治有應作繩者有應織者當共作若分者各自持去若如是打楗椎治牀褥時不得言我是阿諫若我乞食我大德我是上座不能治此中受用者自當治一切盡集共治有繩線者有縫者有上色者比丘應如是一切治若不如是越威儀法
佛住舍衛城爾時諸比丘處處大便爲世人所嫌云何沙門釋子似如牛驢便右無常處諸比丘以是因緣往白世尊佛言從今已後應作廁屋廁屋不得在東在北應在南在西開風道作法者若作坑若依高岸若坑底有水出者當使淨人先起止中然後比丘行若臨岸上底有流水者應安板令先墮板上後墮水中應作兩孔三孔孔廣一肘不舒手長一肘半屋中應安隔使兩不相見邊安廁篦屋下應安衣架爾時有比丘先在廁上後有比丘急行入廁便欲在先比丘上行彼比丘

言長老莫汙我比丘以是因緣往白世尊佛言從今已後上廁法應如是知云何如是知不得臨急已然後上廁應當如覺欲行便往往時不得默然入應彈指若內有人亦應逆彈指若大急者應背蹲先人應相容處不得未至便高舉衣來當隨下隨褰不得著僧卧具上廁不得廁上嚼齒木覆頭覆右肩應當偏袒不得在中誦經禪定不淨觀及以睡眠令妨餘人起時不得高舉衣起去應隨下隨起復次爾時諸比丘用竹作籌草傷破身諸比丘以是因緣往白世尊佛言從今已後不聽竹片竿片木札及骨應用滑物圓物不得用已放廁中應土毗夜置一處若是深坑高岸放中無罪大小行及涕唾當使正墮孔中不得汙兩邊若前人汙者當以木篦除令淨不得大小行已不用水而受用僧坐具牀褥應安水瓶若是坑者不得就中用水若臨岸者得用當用木石瓦作瓶蓋年少比丘次第益水時時當洗瓶若木蓋者不得日中曬勿令破若是瓦石者得著日中曬廁邊應著灰土巨摩若水器有蟲者不得言此中有蟲當持草橫上令知有蟲相不得多用水應裁量用若瓶水盡者當語知水家使人益若自益下至一澡盥水令得一人用若下部痔病不得洗者當用輭物拭若布若樹葉若無廁屋者應在房後若壁下便右不得並嚼楊枝及覆頭覆肩應偏袒若夜患下者應以瓦器盛棄之若無器者當在水瀆邊明當洗去若溫室講堂中卒下者當出若大急不得去者當在一處不得如牛隨行隨放曉當除却水洗

處持油塗之下至巨摩若繞塔時腹痛下者應當去若大急者應在一處不得如牛汙脚而去竟已當除去水洗香泥塗之若阿練若處無香者當持油塗若欲入聚落當先便右已而去入聚落中若大行者應往丈夫廁上不得入女人廁若無者應問人求隨所安處問時不得問年少婦女聞已當笑應問長宿若復無者當入空舍入時不得在淺露處不得深處使人謂呼是賊若復無者應在道邊墻下若有伴者令背向障若共賈客行時大便者應下道勿在上風熏人應在下風若宿時欲便右者不得默然去當語賈客勿呼是賊亦當在下風不得在上風若隨賈客船上行時若大便者當到大行處應用木板著下令先隨木上然後墮水若無木者乃至一廁草承若無廁草當用瓦器盛以棄之若塔院僧院內見不淨者應除去若二人共行見者下坐應除若下坐持戒緩者當自除若被毒醫言應服大便汁若自已許不須復受若他許者當受若比丘在廁上應如是若不如是越威儀法

佛住舍衛城爾時比丘處處小行爲世人所嫌云何沙門釋子如牛驢處處小行此壞敗人何道之有乃至佛言從今已後應作小行處作法者不得在北在東應在南在西開風道時有比丘小便復有比丘來於上欲小便先比丘言長老莫汙我諸比丘以是因緣往白世尊佛言從今已後小便法應如是知云何知不得臨急然後去如覺欲行當去應先彈指若先有人者亦逆彈指若急者應背先

人先人應容處不得覆頭覆右肩並嚼齒木應偏袒右肩當上行不得在上禪定睡眠誦經及不淨觀以妨後人竟當時去若無小便處者應以甖甌當安穿底甌別一甌中行以寫中若無甌者當用木杓寫中不得大行涕唾中年少比丘次第棄之棄時當著屏處不得棄塔院上流中寫已當水洗覆地若無者應人人求器若是甆者應洗已覆地若木者洗已著陰中勿令破當施援夜當内著牀下若無器者水瀆邊小便不得在塔上流若溫室講堂上欲小便時應出若急失者不得行失小便當住一處訖然後以水洗油塗乃至巨摩若繞塔欲小便者應去若急者不得並行應住一處訖以水洗之香塗若阿諫若處無香者當用油塗若欲入聚落當先小便已而去若聚落中欲小便者當在屏處若急不得至屏處者當向墻若有伴應背向障若共賈客道行欲小便者當在下風不得上風若夜宿時小便者當在下風起時當語人令知勿令人呼是賊若船行者當至小便處若無者當小便器中已寫棄比丘病醫言當服小便者不得取初後應取中若自已許承取即名受若在地及他許當受小便法應如是若不如是越威儀法

佛住舍衛城爾時六羣比丘嚼未斷治齒木爲世人所嫌云何沙門釋子如兇惡人含枝條嚼齒木諸比丘以是因緣往白世尊佛言從今日後不聽用齒木復次佛住舍衛城爾時世尊大會說法時比丘口臭在下風而住佛知而故問是何比丘獨在一處如嫌恨人

比丘答言世尊制戒不聽嚼齒木口臭恐熏諸梵行人故在下風佛言聽用齒木應量用極長者十六指復次爾時有檀越在阿練若處種樹比丘拔取作齒木用主見已心生不悅即往佛所以是因緣而白世尊佛爲隨順說法發歡喜心已禮佛而退佛言呼是比丘來比丘來已佛問汝實爾不答言實爾佛言汝云何取華果樹作齒木從今已後不聽用華果樹作齒木嚼齒木時不得在温室講堂食屋及僧前和尚阿闍梨前塔前像前不得覆頭覆肩應偏袒右肩在屏處若僧房内者應以器承嚼殘餘不得著器中不得著塔院中僧院中常行處刮舌時不得如婬欲人法刮已當洗著一處若齒木難得者當截所嚼處棄之洗已殘者明日更用復次爾時有比丘嚼齒木欲盡見世尊來以恭敬故咽之細木著咽喉不樂諸比丘以是因緣往白世尊佛言從今已後不聽嚼盡極長者長十六指極短者四指已上嚼時當在屏處先淨洗手齒木嚼已水洗棄之用時不得如婬欲人當以除口臭穢故嚼時不得咽若誤咽者無罪比丘病若醫言嚼齒木咽之當差應受已嚼咽若無齒木者當用灰鹵土塼薑石草木洗口已食若塔院僧院中見所嚼齒木當取棄之若二人共見小者應棄若下座持戒緩者當自取棄之齒木法應如是若不如是越威儀法

牀敷春末月　安居坐已竟　客比丘并舊
一切亦復然　廁屋大小便　齒木二跋渠

佛住舍衞城如來五事利益故五日一行諸

比丘房見比丘敷衣地鋪佛言從今日應作席作法應用竹葦長十肘廣六肘欲縫衣時應講堂上若温室禪房中敷席已張衣上縫當洗脚坐上若不洗當背屋上勿令脚近不得在上曬穀曬衣染衣不得使日炙雨露鳥獸汙上縫衣竟當内著覆處若無席者應在牀上作若復無者温室講堂上巨摩塗地縫衣時應如是若不如是越威儀法

佛住舍衛城爾時比丘坐禪還持冷脚熨他彼比丘心驚不安諸比丘以是因緣往白世尊佛言從今已後當作障隔作法者應用葦竹若氈豎四角施簾繩繫坐禪時還開入中還閉不得晝閉應舉夜當下障隔法應如是若不如是越威儀法

佛住舍衛城爾時世尊五事利益故五日一行諸比丘房見房舍漏壞不治佛知而故問是何房舍漏壞乃爾從今日後房舍應如是知云何如是知不得見房舍漏壞不治若草覆者草補乃至泥覆者泥補應時時掃屋間蟲網塵埃地高下者應平治塞鼠穴泥治半月當一巨摩塗地若地燥者當水和塗若濕者溥用若是上屋地作紺青色者當以物裹牀足不得在中然燈經行及著革屣不得唾地當用唾壺若是中屋者得洗足洗手面蕩鉢下屋者得然燈經行洗足洗手面蕩鉢房舍應如是若不如是越威儀法

佛住舍衛城爾時世尊五日一行諸比丘房見房舍講堂壁上涕唾淋落垂地佛知而故問是何涕唾不淨乃爾佛言從今已後涕唾法應如是知云何如是知壁泥以不泥盡不

得唾若地不泥者當唾一處以脚摩之不得處處汙若作地者應用唾壺唾壺底當安沙若灰薑石當數棄之勿令臭穢生蟲青醋淨洗覆乾不得在中嚼齒木若禪房中欲唾者應唾華縱底拭地若地有覆者當用唾壺若在食上欲唾者不得大𠻳著地使比坐比丘惡心應唾兩足中間以脚摩之若太多出不止者當出外唾已還坐若和尚阿闍梨前欲唾者當至屏處若聚落中欲唾者應唾足邊以脚摩之若是末土無罪若塔院中僧院中見涕唾者應以足摩之若二人共見小者應摩若小者持戒緩者當自摩比丘唾時應如是若不如是越威儀法

佛住舍衛城爾時比丘舉鉢著向孔中旋風來吹墮地即破聞食粥揵椎聲欲取鉢正見一聚碎尾諸比丘以是因緣往白世尊佛言呼是比丘來佛問比丘汝實爾不答言實爾佛言從今日後鉢應如是知云何知不得舉著向孔中岸邊危處不得著開戶扇處及行來處不得用灰洗令脫色當用樹葉汁無沙巨摩洗洗時不得在岸邊危處石上塼上不得在多羅樹下迦毗陀樹下那梨樹下洗鉢應踞坐若胡跪離地一搩手應先洗和尚阿闍梨鉢然後自洗不得持自鉢中殘水寫和尚阿闍梨鉢中當持和尚阿闍梨鉢中殘水洗已鉢乾時亦先收和尚阿闍梨鉢盛時應先盛和尚阿闍梨鉢盛時當踞坐持鉢囊帶摜臂著膝上盛之若著卧牀上若坐牀上鉢囊當用兩重三重作欲懸鉢時當先搖鎖橛堅不然後安之若無懸處者當著牀上若向

中有櫳䟽遮者得安若有鉢龕者得安勿令相㲉鉢龕當作緣不得闇中取鉢不得不淨手取應淨洗手若以葉捻取取鉢時一手捉兩一手捉一不得捉四授鉢時不得卒放應問言捉未若言捉已乃放不得持鉢盛不淨物亦不得用盛水剃髮洗足手面浴室中用及洗小便處用護鉢如護眼應當如是若不如是越威儀法

佛住舍衛城爾時六羣比丘呰毀粥若見薄者作是言此非粥此是逕浮那河若見强者便言此非粥是飯折人齒諸比丘以是因緣往白世尊佛言呼是比丘來佛問比丘汝實爾不答言實爾佛言從今已後粥應如是知云何知若聞打食粥揵椎聲時當知此是二部僧粥爲是一部僧爲是師徒眷屬知已應去到已不得形相𡨥薄隨得應取不得越次取取時不得覆頭覆肩著革屣應脫革屣偏袒右肩取若行粥人去使者下至脫革屣根若不及脫者待還時取若倩人取若坐者次第取若薄者不得言太清如逕浮那河見月影若强者不得言此是飯折人齒隨得應取粥法應如是若不如是越威儀法

佛住王舍城迦蘭陀竹園爾時比丘在帝釋石窟山邊坐禪時有比丘在前立住坐禪比丘心不得定諸比丘以是因緣往白世尊佛言呼是比丘來來已佛問言汝實爾不答言實爾佛言從今已後當如是住云何如是住不得在坐禪比丘前立不得在僧中當前立不得當徒衆坐前立不得當和尚阿闍梨前立及長老比丘前立不得著革屣叉腰覆頭

放兩手在邊若病者無罪不得在婬女前住摴蒱兒前沽酒家前屠兒前獄囚前殺人前住不得在深邃處立住住法應如是若不如是越威儀法

摩訶僧祇律卷第三十四

音釋

彷徉（彷蒲光切徉余章切彷徉徙倚之貌）狼狽（狼魯堂切狽博蓋切狼狽猝遽貌）蚊蝱（蚊無分切蝱眉庚切）竝（皮命切與並同）潦（魯皓切霪雨也）瀆（徒谷切溝瀆也）塺（謨杯切塺也）炱煤（炱堂來切煤謨杯切炱煤灰集屋也）尠（息淺切少也）毳（充芮切細毛也）擗（博厄切分擗也）褚（直呂切與褚同以綿裝衣也）廁（初吏切圊也）箆（邊迷切竹箆也）甖（於耕切瓦器也）甌（烏侯切小碗也）鹵（郎古切鹹土也）熨（紆勿切）醾（音迷醭也）軟（他計切唾聲也）臭（尺救切惡氣也）橛（其月切杙也）櫳（盧紅切房室之疏窻也）𣪠（宅耕切觸也）龕（苦含切）邃（雖遂切深也）

摩訶僧祇律卷第三十五

東晋三藏法師佛陀跋陀羅共沙門法顯譯

威儀法第十之二

佛住王舍城迦蘭陀竹園爾時有比丘著多羅屐在坐禪比丘前經行比丘心不得定諸比丘以是因緣往白世尊佛言呼是比丘來來已問言汝實爾不答言實爾佛言從今已後應如是經行云何如是不得坐禪比丘前經行衆僧前徒衆前和尚阿闍梨前長老前經行若病服酥服吐下藥得在前經行行時不得背迴應面向右迴若共和尚阿闍梨經行時不得在前不得共並當隨後行迴時不得先迴應在後面向右迴不得在婬女前經行摴蒱兒前沽酒前屠肆前獄卒前殺人前不得深邃處經行當在不深不淺處經行經行法應如是若不如是越威儀法

佛住舍衛城爾時六羣比丘在禪房中作駱駝坐諸比丘以是因緣往白世尊佛言呼是比丘來來已問言汝實爾不答言實爾佛言從今以後不得作駱駝坐應跏趺坐若坐久虛極者當互舒一脚不得頻舒兩脚若起經行不得覆頭禪房中坐若老病得覆半頭一耳若屏處樹下覆頭無罪和尚阿闍梨上座長老比丘若坐若立不得坐不得在婬女前乃至深邃處坐當在不深不淺處坐比丘應如是坐若不如是越威儀法

佛住舍衛城爾時六羣比丘覆卧仰卧左脇卧諸比丘以是因緣往白世尊佛言呼是比丘來來已問言汝實爾不答言實爾佛言從今已後當如是卧云何卧不聽餓鬼卧不聽

阿脩羅卧不聽貪欲人卧若仰向者阿脩羅卧覆地者餓鬼卧左脇卧者貪欲人卧比丘應如師子獸王順身卧敷時不得左敷應右敷頭向衣架不得以脚向和尚阿闍梨長老比丘不得初夜便唱言虛極而卧當正思惟業至中夜乃卧以右脇著下如師子王卧累兩脚合口舌柱上齶枕右手舒左手順身上不捨念慧思惟起想不得眠至日出至後夜當起正坐思惟已業若夜惡眠不自覺轉者無罪若老病若右脇有癰瘡無罪比丘卧法應如是若不如是越威儀法

衣席簾障隔　房舍及涕唾　鉢龕粥行住坐卧三跋渠

佛住舍衛城爾時六羣比丘閉僧房門共坐言話客比丘來打門喚不聞即踰墻入舊比丘問言長老從何處入答言踰墻入舊比丘言汝何故踰墻入客比丘言汝何故閉門喚而不應如是共諍往白世尊佛言從今已後不得閉門語話亦不得踰墻而入從今已後客比丘應如是舊比丘應如是云何如是客比丘行時應持户鉤漉水囊鉞筒行伴一人有者一切無罪乃至都無者舉衆有罪道路若病者當代擔衣鉢不得在前遠去應扶將而去若不能行者當借索乘致之若道中有露濕者年少當在前若畏賊虎狼時老者應在中央若欲使賊起慈心者應老者在前若經聚落路邊見有支提者當案常道行不得下道左旋右旋暮欲宿時當先遣二年少比丘在前求宿處索非時漿及塗足油前食後食去者當著衣鉤紐白非時入聚落得已應

還報言已得住處若有池水井水當澡洗著衣紐展轉相白而入若欲飲石蜜漿者當在外飲勿使人生疑呼出家人非時食不得擔荷而入當分衣物餘持共入若得唱言隨所安者後人不白無罪不得餘道去若道上有覆無罪若聚落中有精舍者應往若阿練若處者邊有池水井水亦當澡洗而入不得擔荷當共分張衣物脱革屣杖貫若有支提者當右旋不得高語大聲入見舊比丘不得唱咄咄汝故在此也汝此中生還此中死不離此野干食舊比丘不得言咄咄如囚脱枷鎖已四五年不可得見客比丘不得言汝幾歲我應得此房不得問明日誰作前食後食有好食不舊比丘不得閉門語話若欲舍後泥作及作餘事者當使園民若沙彌維那守門若閉門者客比丘不得踰墻入應持門鉤開入若喚開門入已舊比丘應問汝幾歲應答言我爾許歲舊比丘言若爾許歲者得如是牀褥當問大小行處不得臨時方問次應問衆僧制限舊比丘應語僧一切制限某甲家覆鉢羯磨莫往某甲家狗惡某甲家不信客比丘早起不得便乞食去應問是住處有前食後食不舊比丘應語長老莫乞食乞食疲苦或不如意此中有前食後食若行伴已去者不得語言長老賈客已去故可及應語長老可小停息正爾復有伴耳若有急事必欲去者應給粮食囑累行伴如是客比丘舊比丘法當如是若不如是越威儀法

佛住舍衞城爾時六羣比丘洗脚而並俗話抒水諸比丘以是因縁往白世尊佛言從今

日洗脚當如舍利弗法也
佛住王舍城迦蘭竹園時舍利弗著入聚落衣持鉢入城乞食威儀詳審來去視瞻屈伸俯仰著衣持鉢守攝諸根心不外亂似得妙法潤澤之相婆羅門見已作是念是沙門釋子在於人間現持威儀至屏處已必無法則我當逐看若見放恣當以手拍頭即便尋後於是舍利弗在聚落中及阿練若處威儀不改到住處已持鉢置一處抖擻僧伽梨襞疊置常處敷坐牀持洗脚板及槃水自近而坐復取革屣抖擻放地次取巾拭腨還取革屣以底相搭合捉以巾拂之次以水漬巾拭一隻革屣鼻及綱紐次拭根次拭第二者亦如是還復拭初捉者脚指處次拭脚根處還拭第二者亦爾次浣巾挍已曬之次洗手洗手已以右手瀉水左手洗左腨次洗右腨次洗脚婆羅門見已發歡喜心言尊者淨潔如是此殘水亦當可飲我婆羅門事淨水法不及是淨時舍利弗因婆羅門發歡喜心而爲說法得法眼淨諸比丘白佛言世尊甚善婆羅門見舍利弗洗脚威儀淨故發歡喜心乃至如是佛言非但今日歡喜過去世時已曾如是如生經中廣說爾時長者子舍利弗是爾時賊者今婆羅門是時諸天見已而說偈言

淨潔好威儀　因是得善利　如水清影現
學威儀最勝　來時懷害心　既見反歡喜
不學善威儀　必爲賊所害

若比丘聚落中還時應脱入聚落衣抖擻襞疊著常處著園中衣敷坐牀取洗脚板盛水槃自近以巾拂脚塵土次捉革屣以底相搭

持巾拂之次漬巾拭一隻鼻綱紐次拭根次拭第二隻亦如是還復取初捉者先拭脚指處次拭脚跟處次拭第二者亦爾次浣巾絞捩曬之勿令塵生蟲食然後洗手若水器在右邊應先洗左踵次洗右踵然後洗脚不得以捉水手揩脚應一手瀉水一手摩若二人者一人澆一人洗不得多用棄水當籌量用之不得覆頭覆右肩當偏袒坐不得洗脚時坐禪睡眠不淨觀及誦經竟當避去勿妨餘人若最在後洗者得誦經無罪若水盡者不得默然置之當語知水家令益若不能者乃至自益一澡灌水使得一人用直洗脚法應如是若不如是越威儀法

佛住舍衛城爾時六羣比丘洗脚濕脚著革屣革屣染色脫著脚汙僧牀褥諸比丘以是事往白世尊佛言呼是六羣比丘來來已佛問比丘汝實爾不答言實爾世尊佛言從今日後洗脚時應如是當竪革屣耳令脚乾已乃著革屣若多人待者當以手捋水以巾拭之然後著革屣不得以濕脚蹈僧淨好作地當令燥已乃入若是一人洗處者不應拭當待燥已著革屣應護塵土若急欲坐禪誦經經行者乃至手拭巾拂塵土而去洗脚法應如是若不如是越威儀法

佛住舍衛城爾時僧淨水曼荼羅諸比丘取水洗脚洗手面洗鉢用已紐繫瓮頭印封户而入聚落乞食後有客比丘來瞋嫌言何故閉淨水屋印封而去諸比丘以是因緣往白世尊乃至佛言從今已後春月當如是安水若大瓮小瓮若瓶當以淨物覆口以繩紐繫

之若瓦若石若木作蓋覆上內應置杅水器水中應著波多梨華瞻婆華須摩那華如是比令水香美有名水如巴連弗邑有輸奴水王舍城有溫泉水波羅奈城有佛遊行下池水瞻婆國有恒水舍衛城有石蜜水沙祇國有懸注水僧伽施國有石蜜水摩偷羅國有遙扶那水如是比水不聽洗脚手面及鉢若病須水應與滿鉢若食上欲行水者當淨洗手洗器然後行水受水人當護左手令淨受水若手汙者當洗若以葉承取亦用葉拭膩口飲時不得沒脣不得使器緣著頟當拄脣而飲飲時不得盡飲當留少許摇蕩已從口處棄之行水人當好護淨器若見沒脣著頟者當放置一處以草作識令人知不淨若能以水洗者可更行若非時行飲者行飲人先淨洗手洗器而行受飲人亦應淨洗手受若不洗者當以葉若淨衣承器底受如上乃至口處棄若浴室中行飲者當以葉承器底拄脣而飲餘如上說若禪房中行飲時地有覆者應持器承若坐相離者一人行器一人行水餘如上說如是名好水不得用洗脚手面蕩鉢亦不得作餘用棄之若有作衣鉢事須者可權貸用還償若水自恣用者隨意取無罪水應如是用若不如是越威儀法

佛住王舍城耆舊童子菴婆羅園爾時耆舊童子往至佛所頭面禮足却住一面白佛言世尊願聽諸比丘溫室浴能除冷陰得安樂住佛言聽溫室浴復次佛住舍衛城爾時世尊聽溫室浴時六羣比丘聞打洗浴揵椎時便先入浴室頓著薪炭已閉户取汗而住外

比丘索開户不肯與開而言諸長老且住待火然便多用薪炭屑水都盡方開户而喚言諸長老可入諸比丘既入復於外閉户諸比丘熱悶喚索開户答言長老且住取汗能愈疥癬而復於外用水屑都盡以器覆地然後開户言長老可出出已熱悶求水復語言長老稍用如世尊所說乃至水亦當節量用諸比丘以是因緣往白世尊乃至佛言浴室應如是作浴法應如是浴室應方作若圓作當安户作向向法內寬外小若一若二安開向物通烟道屋內應以塼石砌底作竈令底廣上狹去地半肘通烟道邊安火七若竈在右邊左邊安户扇若在左邊右邊安户扇短作户扂令易開閉前應作衣屋安龍牙橛懸衣處若欲浴時使園民先掃屋間塵埃蟲網以水灑地淨掃應辦薪炭釜鑊瓮甕先著薪炭然後打揵椎不得太早著火令然盡乃打揵椎打揵椎時應知爲浴一切僧爲浴徒衆爲別屋隨事應去若一切浴者應次第去應各自以賫帶繫衣作記安衣架上入時不得掉兩臂而入一手遮前而入一人入一人出有入者先人應與處不得越器物及長老比丘上過當徐徐入若和尚阿闍梨在內者不得在外待言何時當出應脫衣入與揩洗若欲與人揩者當白和尚阿闍梨若先白者無罪若火熾者年少當近火若火弱者長老應近當徐徐用水不得汙濺邊人若弟子揩時不得一時舉兩手當先令揩一臂一手覆前竟已次揩一臂內水已閉户而坐令身汗當行油若以瓫盂子若以手等行屑末亦爾若檀越

言自恣與當籌量用水若覺量分用者當齊所得器不得長用餘分若言各自辦水者有水者得入無者不得入若有弟子言和尚阿闍梨但入我當與水亦當籌量用若優婆塞園民言但入我當與水雖爾亦應節用若近池水注水得自恣用無罪不聽露地裸浴若水齊臋腋得浴無罪若坐水中至臍亦得出已自取衣著他衣整理而去洗浴已若直月若園民應舉浴器物若比丘後來言長老但去我自舉者應去後者拼擋以物覆火浴法應如是若不如是越威儀法

佛住舍衛城爾時世尊五日一行諸比丘房見淨廚器物處處狼藉知而故問是何器物狼藉乃爾乃至佛言從今日不得令器物縱橫如是若摩摩帝若直月當使園民若沙彌拼擋若摩摩帝若直月不用意見者便應使淨人拼擋若銅鐵釜鑊銚器應使淨人淨洗以泥塗上覆著淨廚屋內若瓦釜銚鑊亦爾覆地以塼鎭之木瓫木杓亦應淨洗舉之若箄蓆當應日曬懸舉竹筐簸箕漉米箕亦當懸舉勿使蟲噉飯篋飯匕淨洗懸舉囊襆及漉水囊亦應懸舉勿令蟲食擣藥杵臼不得用已放地當淨洗覆常處食廚淨屋不得視穿漏不治若草覆草補乃至泥覆者當泥補穿壞者當塞當數掃除若內樵薪時當拼擋著一處煑染器及盛染瓫不得用已捨去當淨洗治覆置常處浣衣木瓫用已亦當淨洗舉置常處曬衣繩亦不得用已繚亂放地當靜卷置常處斫斧鋸鑿鍬钁梯隥此是四方僧物用已當拼擋著常處後人須者取易得

不致疲苦若須用者當與若二人一時索者當先與上座若上座用久年少小用者當先與年少若二人俱小用者當先與上座器物法應如是若不如是越威儀法

佛住舍衛城爾時衆多比丘共一房住時有比丘衣架上自取衣拽他衣墮地餘比丘夜出大小行脚蹈上衣主求衣不見乃於地得之諸比丘以是因縁往白世尊佛言從今已後衣應如是若衆多人共一房住者衣應各自襞疊以葉著內若拽衣架上以胥繩繫之復不得持和尚阿闍梨衣裏已衣當持已衣覆和尚阿闍梨衣上若春時多塵土者當持已衣覆上若夏地濕當持已衣著下不得使房中有塵土當數數水灑之巨磨塗地不得持衣捻捉唾壺大小便器捉革屣不得盛糞掃拾巨磨若有垢膩當數浣染縫裭衣當如皮想衣法應如是若不如是越威儀法

客比丘并舊　洗足并拭足　淨水及飲法

温室并洗浴　淨廚并衣法　第四跋渠竟

佛住舍衛城爾時聚落比丘阿練若比丘共一施時阿練若比丘常以時來聚落比丘忽早打揵椎而食阿練若比丘食時欲至方到問言打揵椎未答言已食竟時阿練若還去明便早來盡持食去聚落比丘來索食淨人言阿練若比丘已盡持去聚落比丘言長老何故早起來盡持食去阿練若言汝何故早起打揵椎食不待我耶二人共諍往至佛所以是因緣具白世尊佛言從今日後阿練若比丘應如是聚落比丘應如是云何如是若阿練若比丘聚落比丘共一施者聚落中比

丘不得早起打揵椎前食後食及差請食應待阿練若阿練若比丘不得言我徐徐往自當待我應先往若倩人請分若囑留坐處聚落比丘應問阿練若比丘來至未若倩人迎食若囑留坐處應示處若優婆塞請僧者聚落比丘應語阿練若比丘言長老明日早來某甲請前食後食莫餘乞食阿練若比丘聞已當早來早來已若食未熟者不得守住應禮塔誦經問法聚落比丘應先釜中著水然火待至然後著米阿練若比丘或有鬼難水火難賊難不得來者而棄米若飲食已熟者檀越欲打揵椎當語長壽日故尚早可待阿練若至若日時逼者應打揵椎阿練若應以樹若墻壁影作准則知日早晚應來設未來者當留坐處若阿練若處作食者亦應如是

阿練若比丘不應輕聚落中比丘言如汝必利舌頭少味而在此住應讚汝聚落中住說法教化爲法作護覆陰我等聚落比丘不應輕阿練若言汝在阿練若處住希望名利麞鹿禽獸亦在阿練若處住汝在阿練若處從朝竟日正數歲耳數月耳應讚言汝遠聚落在阿練若處閑靜思惟上業所崇此是難行之處能於此住而息心意阿練若應如是聚落比丘應如是若不如是越威儀法

佛住舍衛城爾時舊比丘共諍口有客比丘來接足而禮後日客比丘復禮問言汝來幾日答言四五日舊比丘言汝來爾許日何以不見我答言我已見禮竟長老共諍口故不見我耳舊比丘言汝何以見我共諍而向我禮答言汝何以共諍不視我禮耶二人便共

諍往詣佛所乃至佛言從今日後應如是禮應如是相問訊云何如是禮如是問訊前人共諍共語時不得禮當低頭小敬前人若止應作禮若浣作時不應禮如是一切作熏鉢浣衣煑染染衣縫衣澡洗油塗身洗足洗手面洗鉢禮塔食時含咽著眼藥讀經誦經寫經經行下閣上閣時上廁時不著衣時著一泥洹僧時盡不應禮闇中不應禮授經時不應禮著泥洹僧時著衣時疾行時不應禮不得覆頭覆右肩著革屣作禮不得禮膝禮脚禮脛當接足禮若前人脚上有瘡當護勿觸觸受禮人不得如啞羊不語當相問訊相訊時不得作如是語何處有多美飲食應問少病少惱安樂不道路不疲苦也客比丘應問何者是僧上座第二第三上座應禮足舊比丘應問長老幾歲若客比丘小者應與座令坐若有者應與前食後食塗足油非時漿客比丘舊比丘應如是若不如是越威儀法

佛住舍衛城爾時六羣比丘展轉作俗人相喚阿公阿母阿兄阿弟諸比丘以是因緣往白世尊佛問六羣比丘汝實爾不答言實爾佛言從今已後應如是共語問訊共公語時不得喚阿公阿郎摩訶羅應言婆路醯多共母語時不得言阿母阿婆應言婆路醯帝共兄語時不得言阿兄當言婆路醯多共姊語時不得言婆鞞應言婆路醯帝共和尚語時不得言跋檀帝當言優波上若共阿闍梨語時不得言跋檀帝當言阿闍梨若有衆多阿闍梨者當言某甲阿闍梨共下座語時得喚字喚臣帝喚歲共上座語時應喚跋檀帝若

慧命若阿闍梨若有人喚時不得應言何道何物若和尚喚時應言諾若阿闍梨喚時應言諾若上座喚時亦應言諾若年少喚時應言何故喚母人男子喚時應言何故喚有人問言汝和尚阿闍梨字何等不得直道和尚阿闍梨字應言義因緣故字某甲語法應如是若不如是越威儀法

佛住舍衛城爾時刹利衆集欲有所論時難陀優波難陀先到而坐時諸人嫌言我等今集欲有所論而此沙門妨我議論事諸比丘以是因緣往白世尊乃至佛言從今日後當如是入刹利衆云何如是入刹利衆若有事緣應往當先語其中大者道來情事若言可來應往不得持傘蓋著革屣入應脱著一處不得言男子樂不若示坐處應坐不得毀譽軍陣鬪法若見好射不得稱讚應言刹利種是上姓如來應供正遍知常在二家生刹利婆羅門家有二種輪力輪法輪諸出家人賴力輪護故得以自安欲有論事說已當去入刹利衆應如是若不如是越威儀法

佛住舍衛城爾時婆羅門衆集難陀優波難陀先至而坐諸婆羅門嫌言我等欲有所論而此沙門妨廢我等事乃至佛言從今日後應如是入婆羅門衆若有事緣欲往時當先語其中其大者道其事情若聽者應往未至時當併傘蓋脱革屣不得見已方却又不得借蓋革屣往不得言樂不男子不得毀譽天祠不得形相婆羅門多我慢故當生六趣若雞若狗若豬野干駝驢地獄中應言如來應供正遍知二種家生若刹利家若婆羅門家

欲有所論當說而去入婆羅門衆法應如是若不如是越威儀法
佛住舍衛城乃至佛言從今日入居士衆若有緣應往乃至示坐處而坐不得言汝淨洗手脚坐店肆用輕秤小斗欺誑於人甚於盜賊應言有二種輪法輪食輪得食輪已乃轉法輪如世尊說告諸比丘婆羅門居士供給衣食卧具疾病湯藥饒益甚多是難爲事我依汝等在如來法中修梵行度生死流皆是汝等信心之恩若有所論言已而去入居士衆應如是若不如是越威儀法
佛住舍衛城乃至佛言入外道衆應如是云何如是乃至示坐處已應坐不得毀譽彼見又不得形呰言汝等邪見不信無慚無愧應譽其實事汝等能出家解縛捨於俗服寘心空閑甚是難事如是得稱一切實事不得說其過若欲論事言已便去入外道衆法應如是知若不如是越威儀法
佛住舍衛城乃至佛言從今日後應如是入衆云何入衆若欲衆僧中有所論事當於外斷令決了不得便入僧中斷若事難了應語其和尚阿闍梨若是事不須僧斷者應語令止若事必須徹僧舉事人復是可信應爲說和合如法如律事和尚阿闍梨聽已當往僧上座前言我欲有所說聽不上座應觀察前人語乃至入衆時不得著革屣覆頭覆右肩當脫革屣偏袒入衆入衆法應如是知若不如是越威儀法

阿練若聚落　禮足相問訊　相喚刹利種
婆羅門居士　外道賢聖衆　第五跋渠竟

佛住舍衛城爾時六羣比丘脫園中內衣已露身求入聚落內衣從聚落出已脫入聚落內衣露身求園中內衣諸比丘以是因緣往白世尊乃至佛言應如是著衣云何如是著衣入聚落時不得脫園中內衣露身求入聚落內衣不得脫入聚落內衣露身求園中內衣欲入聚落時當先取入聚落內衣自近不得著聚落衣已於下挽園中內衣出應隨一邊著一邊脫出聚落時脫入聚落內衣著園中內衣亦爾著內衣法應如是若不如是越威儀法

佛住舍衛城爾時六羣比丘欲入聚落脫園中衣著一內衣求入聚落衣出聚落還脫入聚落衣著一內衣求園中衣諸比丘以是因緣往白世尊乃至佛言從今日後應如是著衣不得脫園中衣著一內衣求入聚落衣應先取入聚落衣自近脫園中衣襞疊舉著常處然後著入聚落衣從聚落出已應取園中衣自近已抖擻入聚落衣著常處著園中衣著衣法應如是若不如是越威儀法

佛住舍衛城爾時優波難陀入聚落中拽衣行泥土汙色值鉤處挽裂值刺處使穿狹窄巷中搪揬而過弟子嫌言我勤苦浣染縫治而不愛護諸比丘以是因緣往白世尊乃至佛言從今日入聚落時應如是著衣云何如是乃至不得聚落中拽衣使穿破若春時離聚落遠者當襞疊著肩上持去近聚落已若有池水汪水洗手脚已著衣安紐而入若無水者樹葉若草拭脚塵土然後著入若冬時應著衣去若逢奔馳象馬車乘當在上風勿

令塵土泥塗坌汙若鉤刺棘不得挽裂而去
道巷迮者不得搪揬而過若門狹小當側身
而過若下者當曲身而過入聚落著衣法當
如是若不如是越威儀法
佛住舍衛城爾時難陀優波難陀不敷坐具
而坐以衣承爛果膩餅而汙衣弟子嫌言我
勤苦浣染治而不愛護諸比丘以是因緣往
白世尊乃至佛言從今日入白衣家內衣應
如是云何如是若牀有塵土不淨不敷物不
得坐若是親舊應語言令敷若彼言此沙門
憍恣難事者當自拂拭敷坐洗手而坐不得
以衣承取一切餅果濕華碎末拭口白衣家
坐護衣應如是若不如是越威儀法
佛住舍衛城爾時優波難陀語難陀共行弟
子言我欲共汝入聚落乞食我於彼若作非
威儀者莫向人說我是汝叔父答言設使我
父及祖公作非威儀者我亦當道如上廣說
乃至答言實爾世尊佛言從今日後前沙門
應如是後沙門應如是云何前後沙門應如
是前沙門若能得食者當共食若不能得者
當早遣令還索食後行沙門不得去前者太
遠使不相見不得大逼相躡脚跟當相去一
舒手以外前有惡象馬牛當言和尚阿闍梨
前有惡物當避一處若前行沙門羸老者當
在前與遮若前有禮者當語某甲禮若有人
請食後沙門應憶還住處已應語向某甲家
請若前沙門不能呪願語令呪願者呪願不
得言汝在前坐前取水前食而使我呪願應
當呪願前沙門後沙門應如是若不如是越
威儀法

佛住舍衛城爾時比丘倩他迎食與鉢已而捨去彼迎食比丘持食來求覓而不知處置鉢禪堂上便捨而去至明日比丘語言可還我鉢不答言我置禪堂上復言汝何以持我鉢放空禪堂中彼言汝何故使我迎食已而捨我去二人共諍往至佛所即以上事具白世尊佛言從今已後倩人迎食應如是與人迎食應如是云何倩人迎食與人迎食應如是不得倩人迎食已捨去又不得與人迎食已置鉢空禪堂上而捨去與他迎食者當先語長老我今取食莫餘行嚴辦待我迎食人應知時若逼時者應先持來若時早者當依次坐次第取取時不得合和各令異處自食已持來若日逼者不得彼食當持二分食來來時當相望日足及時至者應來若不及者便於彼食勿使二人俱失食倩迎食者不得言我已倩得而捨去當先嚼齒木辦水敷坐牀洗手而待當數看日若日時欲逼者當持澡灌水往逆若道中逢者共食若故早者當待至已食若有長者當與取食人不得與餘人若不須者可與餘人迎食法應如是若不如是越威儀法

佛住舍衛城六羣比丘入城乞食低頭直進入白衣家搪揬前人爲世人所嫌言沙門釋子猶如羝羊直前觸人諸比丘以是因緣往白世尊佛言從今日後乞食法應如是云何如是不得如羝羊直頭逕前不得復太遠離於不見處當在現處住不得言與我食當得大福應默然而立不得左顧右視使人生疑謂是賊細作當攝六情觀於無常亦不得大

久住若其家婦女有舂擣作事未視之頃可小停住若彼見已復舂作者當去若見婦人紡綖纏已復紡者此無與心應去若女人見已入舍空出者當去若是富家處處多有寶物者不得便去呼語見已應去乞食者法應如是若不如是越威儀法

佛住舍衛城爾時優波難陀與共行弟子入聚落乞食優波難陀持食出還覓弟子不見嫌言我持食來捨我而去諸比丘以是因緣往白世尊佛言從今已後乞食時後沙門應如是云何如是前沙門乞食時不得太遠離不得太近邊看令主人生念言不能乞食望得他殘耳當在現處住若請食應食若不請者當乞食若井若池水邊食已洗鉢而去無罪食時相待應如是若不如是越威儀法

內衣聚落衣　入聚落著衣　白衣家護衣
前沙門及後　請迎并與取　乞食與相持

第六跋渠竟

佛住舍衛城爾時諸比丘暗中入禪房倒地諸比丘以是因緣往白世尊佛言從今日聽然燈時六羣比丘當直然燈以口吹滅以手扇滅以衣扇滅復放下風擾亂諸坐禪比丘比丘以是因緣往白世尊佛言從今已後然燈法應如是云何如是應從最下次第當直當直人應預辦木鑽牛屎於食屋中宿火不得頓然當置火一邊漸次然之然燈時當先然照舍利及形像前燈禮拜已當出滅之次然廁屋中若坐禪時至者應然燈禪房中應唱言諸大德呪願燈隨喜次然道經行處然閣道頭若多油者廁屋中當竟夜然若油少

者人行斷當滅滅已次滅道經行處次滅閤道頭次滅禪房中滅禪房中燈時不得卒滅當言諸大德敷褥欲滅燈便以手遮唱言燈欲滅燈欲滅不聽用口風滅手扇滅及衣扇滅當藕折頭燋去至後夜時當復先起然廁屋次然道經行處次然閤道頭次然禪房中然禪房中時不得卒入然當唱言諸大德燈欲入燈欲入次唱說偈曉欲滅時當先滅閤道頭次滅行處次滅廁屋中次滅禪房中然燈法應如是若不如是越威儀法

佛住舍衞城爾時諸比丘禪房中坐禪低仰而睡諸比丘以是因緣往白世尊佛言從今已後應行禪杖六羣比丘行禪杖時擣比丘脇肋彼即驚喚殺我長老諸比丘以是因緣往白世尊乃至佛言從今日後應如是行禪杖作禪杖法應用竹若葦長八肘物裹兩頭下坐應行行時不得覆頭覆右肩著革屣當偏袒右肩若有睡者不得卒急喚起不得擣脇當併邊以杖住前三捶復不覺者若在左邊當拄右膝若右邊當拄左膝舉已當起取杖而行亦不得覆頭覆右肩當偏袒而行若睡者衆多不得如牛一時併起應兩人三人起年少應行杖若和尚阿闍梨睡亦應令起恭敬法故應起取杖弟子不得與杖當自行行杖人不得隨瞋愛而求其過當攝六情正念思惟若有睡眠者應與彼取杖人不得嫌恨當作是念彼今與我除陰蓋饒益不少念已應起行若有睡者應與行禪杖法應如是若不如是越威儀法

佛住舍衞城爾時比丘行禪杖天寒手戰諸

比丘以是因縁往白世尊佛言從今巳後應作丸六羣比丘行丸時擲胷擲面比丘驚言殺我諸比丘以是因縁往白世尊佛言從今日後作丸法擲丸法應如是云何如是作丸應用若綖若毛若氀作不得令太堅不得太輭行法當先與中央人若有睡者不得趣擲頭面當擲前人恭敬法故當取起取巳還坐若和尚阿闍梨睡者不得罵亦應與丸彼恭敬法故應起弟子應代行丸彼應還坐不得挾恨求過得丸者當作是念彼今與我除陰覆饒益不少行丸法應如是若不如是越威儀法

佛住舍衛城爾時六羣比丘禪房户前脫革屣以底相拍如提乾魚而入亂坐禪比丘諸比丘以是因縁往白世尊乃至佛言從今巳後禪房中脫革屣應如是云何如是不聽禪房户前拍革屣若地有覆者當脫持入不得如捉乾魚當以底相搭衣覆而入當著右邊尼師壇下若地無覆者當徐徐著入脫巳而坐禪房內革屣應如是若不如是越威儀法

佛住舍衛城六羣比丘禪房內立抖擻尼師壇作聲亂諸比丘諸比丘以是因縁往白世尊佛言從今日後禪房中尼師壇應如是云何如是不得禪房中抖擻尼師壇當中襞疊置肩上而去到巳中屈疊敷而坐來時亦當襞疊著肩上而還若欲置常處者當中挑之還時當徐舒而坐禪房中尼師壇應如是若不如是越威儀法

佛住舍衛城爾時六羣比丘禪房中故大謦欬作聲亂諸比丘諸比丘以是因縁往白世

尊乃至佛言從今已後禪房中謦欬應如是云何如是若欲謦欬時不得放恣故大作聲當掩口徐徐出聲若大不可制當起出出已謦欬竟還入若猶故不止者當語知事人已去謦欬法應如是若不如是越威儀法

佛住舍衛城爾時六羣比丘以草根以縷以屑散著鼻中連嚏作聲亂坐禪比丘諸比丘以是因緣往白世尊佛言從今已後嚏應如是云何如是禪房中嚏者不得故恣大嚏若嚏來時當忍以手掩鼻若不可忍者應手遮鼻而嚏勿使涕唾汙濺比坐若有嚏者不得言語若上坐嚏者應言和南下坐者默然嚏法應如是若不如是越威儀法

佛住舍衛城爾時六羣比丘禪房中欠呿張口舒臂頻伸骨節作聲亂諸比丘諸比丘以是因緣往白世尊乃至佛言從今已後頻伸欠呿法應如是云何如是若坐禪房內坐欠呿欲來時不得放恣大欠呿頻伸作聲應當自制若不可忍者當手覆口徐徐欠呿不得亂比坐頻伸時當先舉一手下已次舉一手欠呿頻伸法應如是若不如是越威儀法

佛住舍衛城爾時六羣比丘禪房中坐爬搔扢扢作聲亂諸比丘諸比丘以是因緣往白世尊乃至佛言從今日後應如是爬搔云何如是不得大爬搔令扢扢作聲不得用指甲及木爬搔若大痒者當以手摩若指頭刮爬搔法應如是若不如是越威儀法

佛住舍衛城爾時六羣比丘飡麨敢豆多飲酪漿在禪房四角頭坐迭互放氣麤細作聲而言長老此聲調和甚好以手把氣而拄他

鼻言長老香不諸比丘以是因緣往白世尊乃至佛言從今已後下風事應如是云何如是不得故食多氣物用作調戲禪房中若急下風來者當制若不可忍者當向下坐若下坐處有僧上坐者應還向上坐放氣時不得令大作聲擾亂比坐若食上下風來者亦向下坐勿令擾亂比坐若和尚阿闍梨長老比丘前者當出去在下風勿令晁熏若共賈客道行不得在前縱氣若氣來不可忍者當下道在下風泄之放下風法應如是若不如是越威儀法

然燈行禪杖　擲丸持華屣　尼師壇謦欬　嚏及頻伸欠　爬搔及下風　第七跋渠竟

云何是威儀非威儀威儀者二部毗尼隨順行是名威儀不隨順行是名非威儀威儀學越惡心無心觸女人一切心悔

比丘威儀竟

摩訶僧祇律卷第三十五

音釋

撁蒲撁抽居切撁蒲博戲也　脇虛業切腋下也　齶五各切齒根肉也　鉤古侯切　漉盧谷切濾也　紐女久切結也　抒神呂切挹也　抖擻抖音斗擻音叟抖擻振舉貌　甖烏莖切瓦器　腨市兗切腓腸也　漬疾智切浸也　捩練結切紾也　曬所賣切日乾也　絞古巧切捩也　塺莫杯切塵也　捋郎括切摩捋也　瓫蒲奔切與盆同　揵椎梵語也此云磬亦云鐘隨有瓦木銅鐵鳴者皆曰揵椎揵巨寒切椎音槌　匕畢履切匙也　扂徒點切戶牡也　橛其月切杙也　甕烏貢切罌也　拼擋拼音併擋丁浪切　銚徒吊切燒器也　簞徒點切竹席也　簸箕簸補過切箕居之切簸箕揚米器也　襆房玉切帕也　釿音斤斫木斧也　鍬钁鍬七宵切臿也钁居縛切大鉏也　梯隥梯天黎切木階也隥都鄧切登陟之道也　拽羊列切挽也　捻奴協切指捻也　𣪘直庚切與振同　搪揬搪音唐揬音突　倩七政切假借使人也　紡縒紡夫罔切紏絲令緊也縒音綫與線同　䩭居宜切　燋即消切與焦同　嚏都計切噴嚏也　欠呿欠去劒切呿丘據切欠呿張口運氣也　爬音杷搔也　扢古忽切　痒餘兩切膚欲搔也　麨尺小切乾粮也

摩訶僧祇律卷第三十六

東晉三藏法師佛陀跋陀羅共沙門法顯譯

比丘尼毗尼初

婆伽婆三藐三佛陀從本發意所修習者皆悉成就住迦維羅衛釋氏精舍爲諸天世人恭敬供養廣說如上爾時大愛道瞿曇彌與闡陀夷闡陀波羅陀婆闡陀闡陀母如是等五百釋女往詣佛所頭面作禮却住一面時大愛道白佛言世尊佛興難值得聞法難今遭如來出世演甘露妙法令諸衆生成就寂滅妙證如大愛道出家線經中廣說乃至佛言從今日後大愛道比丘尼僧上座如是持爾時大愛道瞿曇彌白佛言世尊以爲諸比丘制四墮重法我等得廣聞不佛言得瞿曇彌若信心善女人欲得五事利益者當盡受持此毗尼何等五若信心善女人欲建立佛法者當盡受持此毗尼欲令正法久住者當盡受持此毗尼不欲有疑悔請問於他人者當盡受持此毗尼諸有比丘尼犯罪恐怖爲作依怙者當盡受持此毗尼欲遊化諸方而無罣礙者當盡受持此毗尼是名篤信善女人受持此毗尼五事利益餘如上比丘尼初五緣中廣說若比丘尼不還戒戒羸不出受婬法乃至共畜生是比丘尼犯波羅夷不應共住比丘尼者受具足善受具足一白三羯磨無遮法和合二部衆如法非不如法和合非不和合滿二十非不滿二十是名比丘尼不還戒戒羸不出者如上比丘中廣說受者欲心受婬者非梵行若比丘尼與人男眠覺死如是非人男畜生男眠覺死人非人畜生

不能男眠覺死三瘡門若口若小行道大行道若一一受樂者是比丘尼波羅夷不應共住波羅夷者謂於法智退没墮落無道果分是名波羅夷如是乃至盡智無生智於彼諸智退没墮落無道果分是名波羅夷又復波羅夷者於涅槃退没墮落無道果分是名波羅夷又復波羅夷者於梵行退没墮落是名波羅夷波羅夷者所可犯罪不可發露悔過故名波羅夷若比丘尼染汙心欲看男子越毗尼心悔若眼見若聞聲越毗尼罪裸身相向偷蘭罪乃至入如胡麻波羅夷若比丘尼不說還戒不說不還戒戒羸便作俗人隨其所犯得罪若作外道亦如是若裹不覆若覆不裹亦覆亦裹不覆不裹乃至入如胡麻皆波羅夷若比丘尼不還戒戒羸不出便作俗人形服而犯者隨其犯得罪若比丘尼於比丘邊强行婬者比丘尼波羅夷比丘受樂者亦波羅夷若比丘比丘尼共行婬者俱波羅夷比丘尼共沙彌行婬者比丘尼波羅夷沙彌驅出俗人亦如是若比丘尼共三種行婬人非人畜生復有三種上中下道復有三種若覺若眠若死皆波羅夷比丘尼若眠心狂入定有人就上行婬比丘尼覺若初中後受樂者波羅夷比丘尼若眠心狂入定人就上行婬覺已初不受樂中後受樂亦波羅夷比丘尼若眠心狂入定人就上行婬覺已初中不受樂後受樂者亦波羅夷比丘尼若眠心狂若入定人就上行婬覺已初中後不受樂無罪云何受樂云何不受樂受樂者譬如人飢得種種美食彼以食爲樂又如渴人得種

種好飲彼以飲爲樂受欲樂者亦復如是不受樂者譬如好淨之人以種種死屍繫其頸有如破癰熱鐵烙身不受樂者亦復如是若比丘尼受婬若買得若雇得若恩義得若知識得調戲得試弄得未更事得如是一切得而受婬者皆波羅夷若心狂不覺者無罪是故說若比丘尼不還戒戒羸不出受婬法乃至共畜生是比丘尼犯波羅夷不應共住第二第三第四如比丘戒中廣說若比丘尼於聚落空地不與取隨盜物王或捉或殺或縛或擯出咄女人汝賊汝癡也比丘尼如是不與取波羅夷不應共住若比丘尼自手奪人命求持刀與殺者歎死歎死咄人用惡活爲死勝生作如是意如是想方便歎譽死快因是死非餘是比丘尼波羅夷不應共住若比丘尼未知未了自稱得過人法聖智見殊勝如是知如是見彼於後時若檢校若不檢校犯罪欲求清淨故便作是言阿梨耶我不知言知不見言見空誑不實語除增上慢是比丘尼波羅夷不應共住

佛住迦維羅衛國尼拘類樹釋氏精舍爾時世尊制戒不聽比丘尼阿練若處住時賴吒比丘尼聚落中未有精舍寄釋種家住授釋種年少經賴吒比丘尼身色端正而未離欲年少亦復端正俱未離欲一日之中三來受經時比丘尼數數見已欲心躭着遂至成病顏色痿黃諸比丘尼問訊阿梨耶何所患苦須何等藥若須酥油蜜石蜜當相給與答言不須自當差耳優婆塞優婆夷問亦如是時釋種年少問言阿梨耶何所患苦須何等藥

當相給與家中有者與若無者當餘處求索與答言長壽非如是等藥能差復問阿梨耶是病非是身病故當是心病耳答言如汝所説復問此病云何當差比丘尼言汝欲使我差不答言欲使差又復語言我當須何物令求相與比丘尼言共作是事來年少答言不敢餘出家人披袈裟者我尚不生此心而況是師我所尊重者復言若不能者但抱我嗚捉我上下捫摸答言但須爾者我能爲之即便抱嗚捻捉兩乳上下摩捫得適意已後數數如是如世尊説念色不忘染汙起如女人憶男男憶女人從是已後數數不止餘比丘尼語言阿梨耶莫作是事此不得爾答言我作此事便得悦樂比丘尼即以此事語大愛道大愛道聞已往白世尊佛言喚賴吒比丘

尼來來已問言汝實漏心漏心男子邊肩以下膝以上摩觸受樂耶答言實爾世尊佛言賴吒此是惡事汝常不聞我無量方便呵責婬欲爲迷醉欲如大火燒人善根欲爲大患我常種種方便稱讚離欲斷欲度欲汝今云何作此惡事此非法非律不可以是長養善法佛語大愛道瞿曇彌依止迦維羅衛住比丘尼皆悉令集集已爾時世尊以是因縁向諸比丘尼廣説過患事起種種因縁呵責過患事起已爲諸比丘尼隨順説法有十事利益如來應供正遍知爲諸弟子制戒立説波羅提木叉法何等十一攝僧故二極攝僧故三令僧安樂故四折伏無羞人故五有慚愧人得安隱住故六不信者令得信故七已信者增益信故八於現法中得漏盡故九未生

諸漏令不生故十正法得久住故為諸天世人開甘露門故是為十以是十事如來應供正遍知為諸弟子制戒立說波羅提木叉法乃至未聞者當聞已聞者當重聞若比丘尼漏心漏心男子邊肩以下膝以上摩觸受樂者是比丘尼波羅夷不應共住比丘尼者如上說漏心男子者欲心肩以下者乳房已下膝以上者大髀上至臍摩觸者移手摩捫受樂者覺快樂染著是比丘尼波羅夷波羅夷者如上說不共住者不得共比丘尼住法食味食如前後亦如是前後亦如是波羅夷罪不應共住若比丘尼漏心漏心男子肩以下膝以上摩觸受樂者波羅夷不應共住如是不能男及女人偷蘭遮比丘尼漏心男子不漏心亦波羅夷不能男及女人偷蘭遮比丘尼無漏心男子有漏心偷蘭遮不能男及女人越毗尼罪比丘尼無漏心男子無漏心越毗尼罪不能男及女人越毗尼心悔若比丘尼使男子剃髮時兩女人痛按令覺女人不覺男子如是刺頭出血刺臂刺脚時當使女人急捉令覺女人不覺男子肩以上膝以下若有癰瘡使女人捉男子破無罪隱處不得隱處者肩以下膝以上若是處有病者當使女人治是故說

佛住毗舍離諸天世人恭敬供養廣說如上爾時賴吒波羅比丘尼授梨車童子經乃至說餘出家人著袈裟者我尚不生此心而況是師所尊重者比丘尼言若不爾者近我住共語捉我手捉我衣來歡喜請坐曲身就共期行彼答言但如此者可爾如是適意已數

數不止如世尊說念色不忘染汙起如女憶男男憶女諸比丘尼語大愛道大愛道以是因緣往白世尊佛言呼賴吒波羅比丘尼來來已佛具問上事汝實爾作是事不答言實爾佛言此是惡事汝云何漏心漏心男子邊伸手內住乃至共期從今已後不聽漏心漏心男子邊伸手內住乃至共期佛告大愛道瞿曇彌依止毗舍離比丘尼皆悉令集以十利故與諸比丘尼制戒乃至已聞者當重聞若比丘尼漏心與漏心男子伸手內住共語受捉手捉衣來歡喜請坐曲身就共期去是比丘尼波羅夷不應共住比丘尼者如上說比丘尼漏心漏心男子者二俱欲心伸手內住者舒手所及處語者共耳語受捉手者若捉手若捉腕若大指若小指若捉衣者僧伽

梨欝多羅僧安陀會僧祇支雨浴衣來歡喜者善來欣悅常數數來請坐者我已敷牀褥可坐曲身者亞身往就期去者若店肆前園澤中若常行來處是比丘尼波羅夷不應共住波羅夷者如上說若比丘尼漏心漏心男子伸手內住諸受捉手捉衣來歡喜請坐曲身共期去是比丘尼波羅夷不應共住如是不能男及女人偷蘭遮比丘尼漏心男子不漏心亦波羅夷不能男及女人偷蘭遮比丘尼無漏心男子漏心偷蘭遮不能男及女人越毗尼罪俱無漏心越毗尼罪不能男及女人越毗尼心悔若比丘尼漏心漏心男子伸手內住乃至共期去波羅夷若一一次第犯八事波羅夷若間犯滿者亦波羅夷若犯一即悔偷蘭遮悔已復犯乃至第七偷蘭遮滿

八者波羅夷是故說

佛住毗舍離廣說如上爾時離車初生二男次生一女以爲不吉心自念言今此不祥之女誰當取者有人語言汝欲安處此女不答言欲得若爾者可持與迦利比丘尼當與汝養育即便呼迦利來白言阿梨耶我今生此不吉之女無人取者與我長養度令出家我自給衣食比丘尼即取養育便與出家家中日日送食年年與衣長大與學戒次受具足女人之法婬欲偏多年遂轉大欲情亦熾不能自制即白師言我結使起不樂出家今欲還俗師言怪哉俗中猶如火坑何由可樂從是以後漸與俗人及諸外道交通遂便有娠比丘尼即便驅出語其師言汝不知弟子與俗人外道私通耶答言我亦早知但其家日日送食年年得衣若當白僧便當驅出我利此二事是故不說比丘尼即語大愛道大愛道即以是事往白世尊佛言呼迦利來來已問言汝實爾不答言實爾世尊佛言此是惡事迦利汝云何知比丘尼犯重罪覆藏此非法非律不可以是長養善法佛語大愛道依止毗舍離比丘尼皆悉令集乃至已聞者當重聞若比丘尼知比丘尼犯重罪不向人說是比丘尼若離處若死若罷道後作是言我先知是比丘尼犯重罪不向人說不欲令他知是比丘尼波羅夷不應共住比丘尼者如上說知者若自知若從他聞重罪者八波羅夷中若犯一一不向人說者不向一人若衆多若僧中不說離處者若驅出死者無常罷道者離此法律作俗人外道已後便言我先

知其犯罪但不欲令人知是比丘尼波羅夷不應共住波羅夷者如上說若比丘尼明相出時見比丘尼犯重罪不作覆藏心至日出時作覆藏心至明相出時是比丘尼犯波羅夷是名二時如是乃至八時如比丘覆藏中廣說若比丘尼見比丘尼犯重罪應向人說若見共住弟子依止弟子犯重罪便作是念我若向人說者比丘尼便當驅出以愛念故覆藏其罪得波羅夷是比丘尼聞是語已語知識比丘尼言某甲犯重罪若我語人者比丘尼僧當驅出是以我覆藏彼比丘尼聞已復作是念我若說者是二人俱驅出即便覆藏俱得波羅夷罪如是一切展轉覆藏皆波羅夷若比丘尼見他犯重罪語餘比丘尼言我見某甲犯重罪此比丘尼即呵言汝今作惡何故語我莫復說得偷蘭遮若比丘尼見比丘尼犯重罪應向人說若犯罪人凶惡可畏有勢力恐奪其命傷梵行者當作是念行業罪報彼自應知喻如失火燒屋且當自救焉知他事得捨心相應者無罪是故說

佛住拘睒彌瞿師羅園爾時闡陀五衆罪中犯若一若二諸比丘言長老闡陀汝見是罪不答言汝用問我見不見爲我不見諸比丘以是因緣往白世尊佛語比丘是闡陀於五衆罪中若犯一一而言不見者僧應與作不見罪舉羯磨僧與作不見罪舉羯磨已往詣比丘尼精舍言婆路醯帝僧與我作舉羯磨不共法食味食即言怪哉今我共汝法食味食即便隨順比丘尼諫言闡陀母是闡陀僧和合如法作舉羯磨未作如是法莫隨順答

言我是其母是我所生我不隨順誰當隨順比丘尼即語大愛道大愛道即以是事往白世尊佛言是闡陀母比丘尼僧如法作舉羯磨而隨順者汝應屏處三諫多人中三諫僧中三諫令捨此事屏處諫者應問言汝實知闡陀僧如法作舉羯磨而隨順也答言實爾應諫言闡陀母僧如法作舉羯磨未作如法莫隨順我今慈心諫汝欲饒益故一諫已過二諫在捨此事不如是第二第三諫亦如是衆多人中三諫亦如是若不捨者僧中應作求聽羯磨應作是說阿梨耶僧聽僧與闡陀如法作舉羯磨未作如法闡陀母與隨順已屏處三諫多人中三諫令捨此事而不捨若僧時到僧今亦當三諫令捨此事僧中應問闡陀母汝實知和合僧如法舉闡陀作舉羯磨未作如法而汝隨順已屏處三諫衆多人中三諫令捨此事而不捨耶答言實爾即應諫言僧和合如法與闡陀作舉羯磨汝莫隨順僧欲饒益故諫汝汝當隨順僧語一諫已過二諫在汝捨不答言不捨如是第二第三諫猶言不捨比丘尼以是因緣往白世尊佛言呼來來已問言汝實爾不答言實爾佛言此是惡事汝常不聞我無量方便毀呰佷戾難諫稱譽易諫耶此非法非律非如佛教不可以是長養善法汝云何被舉比丘而隨順從今已後不聽隨順被舉比丘佛語瞿曇彌依止拘睒彌比丘尼皆悉令集乃至已聞者當重聞若比丘尼知僧和合如法毗尼與比丘作舉羯磨未作如法而隨順諸比丘尼應諫是比丘尼阿梨耶是比丘僧和合如法毗

尼作舉羯磨未作如法莫隨順是比丘諸比丘尼諫時作是語我不隨順誰當隨順諸比丘尼如是第二第三諫捨是事好若不捨者是比丘尼波羅夷不應共住比丘尼者如上說知者若自知若從他聞和合者非别衆如法毗尼者不見罪不作罪三見不捨者謗契經邪見邊見被舉者不共住未作如法者未隨順僧未解隨順者共法食味食諸比丘尼諫是比丘尼作是語阿梨耶是比丘僧如法毗尼作舉羯磨未作如法莫隨順法食味食諫時便作是語我不隨順誰當隨順應重諫乃至三捨者善若不捨者是比丘尼波羅夷波羅夷者如上說屏處三諫捨者善若不捨者諫諫越毗尼罪衆多人中亦如是僧中初諫時越毗尼罪諫竟偷蘭遮第二初諫時越

毗尼諫竟偷蘭遮第三初諫時偷蘭遮諫竟波羅夷若屏處衆多人中僧中一切越毗尼一切偷蘭遮成一重罪名波羅夷若中間捨者隨事治婬盜斷人命不實稱過人肩下膝已上漏心八事滿覆重并隨順八波羅夷竟受使行如比丘中廣說是故世尊說若比丘尼受使行和合男女若取婦若私通乃至須臾頃是法初罪僧伽婆尸沙二無根如比丘中廣說是故世尊說若比丘尼瞋恨不喜故於清淨無罪比丘尼以無根波羅夷謗欲破彼比丘尼淨行彼於後時若檢校若不檢校便作是言是事無根我住瞋恨故作是語是法初罪是故世尊說若比丘尼瞋恨不喜故以異事分中小小事非波羅夷比丘尼以波羅夷法謗欲破彼梵行彼於後時若檢校若

不檢校以異分中小小事是比丘尼住瞋恨故是法初罪

佛住舍衛城比丘尼僧伽藍外道尼住處中隔墻崩爾時偷蘭難陀比丘尼語外道尼言汝當補治汝等無羞人徒衆來往裸形出入我此衆善好有慚羞見汝等結使增長彼答言今是雨時不可得作須雨時過當作比丘尼言今當使作不得待後彼言我不能作比丘尼瞋言短壽噉酒糟驢汝敢不作無慚愧邪見不信汝速治去外道尼言衆多人子大腹沙門尼汝便殺我終不與汝作比丘尼即往斷事官所具說上事長壽爲我勑彼作隔墻時斷事官信於佛法即録外道尼來來已語言弊惡短壽噉酒糟驢邪見外道何不作墻隔汝等無羞裸形出入是阿梨耶梵行人設見汝等增長結使汝急作去若不治者當加汝罪外道尼即作晝成已夜雨便壞如是夏三月作不能使成於是外道嫌責語諸優婆塞言看汝福田倚恃官力驅我泥作三月諸優婆塞婦女聞已語諸比丘尼比丘尼聞已向大愛道說大愛道即以是事具白世尊佛言呼比丘尼來來已佛問偷蘭難陀汝實爾不答言實爾佛言此是惡事汝云何共鬪相言此非法非律不如佛教不可以是長養善法佛告大愛道依止舍衛城住比丘尼皆悉令集以十利故與諸比丘尼制戒乃至已聞者當重聞若比丘尼諍訟相言若俗人若出家人晝日須臾乃至與園民沙彌共鬪相言是法初罪僧伽婆尸沙比丘尼者如上説諍訟者口諍俗人者在家人出家人外道出

家乃至闍致羅晝日者齊日没須臾者乃至須臾頃下至沙彌園民初罪者不待三諫僧伽者謂八波羅夷婆尸沙者是罪有餘僧應羯磨治故説僧伽婆尸沙復次是事僧中發露悔過故亦名僧伽婆尸沙若比丘尼至王家斷事官所相言者僧伽婆尸沙道説偷蘭遮若至優婆塞家信心家道説越毗尼罪心嫌者越毗尼心悔若比丘至王家相言越毗尼罪嫌説者越毗尼心悔是故世尊説

佛住舍衛城爾時賴吒比丘尼妹嫁適異村得病遣信呼賴吒言及我未死早來看我可得相見便即往看未得至間而妹命終到已其妹壻語賴吒言汝妹命過誰當料理家内看視兒子唯願賴吒爲我料理以代妹處比丘尼便作是念此人出是惡聲或能强見侵掠即懷怖懼佯如出外便還舍衛城語諸比丘尼言異哉幾當壞我梵行諸比丘尼問言以何事故便具説上事諸比丘尼聞已向大愛道説大愛道即以是事具白世尊佛言呼是比丘尼來來已問言汝實爾不答言實爾世尊佛言汝云何道路獨行從今日後不聽獨行復次諸比丘尼道路行有一年少比丘尼下道便利在後諸賈客來見比丘尼端正即便遮問汝年少端正正應受欲何以出家請説其故比丘尼言我出家何用問爲復言不爾會當有意語我答亦如初如是戲弄已須臾放去到聚落已心生疑悔語大愛道大愛道即以是事具白世尊佛言不欲無罪復次諸比丘尼共道行有比丘尼病不及伴獨在後來已心生疑悔語大愛道大愛道即以

是事具白世尊佛言病無罪佛語大愛道依止舍衛城比丘尼皆悉令集乃至已聞者當重聞若比丘尼無比丘尼伴行不得出聚落界除餘時餘時者不欲病是名餘時是法初罪僧伽婆尸沙比丘尼者如上說無比丘尼伴者獨一人道行如上廣說除餘時者不欲病世尊說無罪僧伽婆尸沙者如上說若比丘尼著道行時未出界無罪若到聚落城邑界時當相去在伸手內若相離伸手外一足過偷蘭遮二足過僧伽婆尸沙一人界中間住偷蘭遮如是餘人過偷蘭遮是故世尊說

佛住王舍城王舍城中有人名羯暮子取得羯暮女爲婦端正少雙持食與夫世尊到時著入聚落衣持鉢入城乞食次到其家時婦作是念若我夫見佛者必當起看妨廢飲食當戶而立於佛有緣世尊即放光明照其舍內其夫闚看見佛便語婦言汝大不善但欲減損於我其婦言我非欲相損我畏見世尊已妨廢食耳其夫瞋言女人情淺欲少饒益而傷損不少婦語夫言大家即聽我出家夫語婦言汝欲何道出家婦言佛法中夫言相聽即往優鉢羅比丘尼所求出家即度出家受具足初夜後夜精勤不懈至八日得盡有漏自知作證三明六通心得自在依樹下坐時釋提桓因往到其所即說頌曰

帝釋天營從　來下稽首足　觀是羯暮女
出家始八日　優鉢善比丘　漏盡證六通
所作已成辦　德力心自在　折伏諸情根
閉目樹下坐　是故今稽首　世間良福田

此比丘尼有好清聲善能讚唄有優婆塞請

去唄已心大歡喜即施與大張好氍時諸天於虛空中說頌曰

今汝得善利　福德甚巍巍　一切染著盡
清淨奉施衣　今王舍城中　清信諸士女
何不來勸請　微妙善法音　親近能離苦
不請則不說　聞已如修習　則致勝妙處

是時諸人家家讚唄聞歡喜已大得利養諸比丘尼各生嫉心便作是言此妖豔歌誦惑亂衆心諸比丘尼以是因緣往白世尊佛言呼是比丘尼來來已問言汝實作世間歌說耶答言我不知世間歌說佛言是比丘尼非世間歌說過去世時有波羅奈城王名吉利有七女一名沙門二名沙門友三名比丘尼四名比丘尼婢五名達磨友六名須達摩七名僧婢於迦葉佛前發願如七女經中廣說

時比丘尼人復將去離衆獨宿有比丘尼語大愛道大愛道即以是事往白世尊佛言呼是比丘尼來來已問言汝實離衆獨宿不答言實爾佛言從今日不聽離衆獨宿

復次瑠璃王伐迦維羅衛國應廣說爾時諸比丘尼城外獨宿乃至除王難

復次爾時諸比丘尼著道行老病不及伴獨宿心生疑悔問大愛道大愛道即以是事往白世尊佛言不欲無罪佛語大愛道瞿曇彌依止舍衞城住比丘尼皆悉令集乃至已聞者當重聞若比丘尼離比丘尼一夜宿除餘時餘時者若病時賊亂圍城時是名餘時是法初罪比丘尼者如上說一夜宿者日未沒至明相出除餘時者不欲離宿老羸病亂賊圍城若城內不得出城外不得入是名餘時

是法初罪僧伽婆尸沙僧伽婆尸沙者如上說若比丘尼離比丘尼宿日未没至明相出僧伽婆尸沙日没已離至明相出偷蘭遮若比丘尼僧伽藍中共房宿當相去一伸手内一夜中當三以手相尋看不得一時頓三當初夜一中夜一後夜一初夜不尋看越毗尼罪中夜不尋看亦越毗尼罪後夜不尋亦越毗尼罪一切時看無罪若上閣下閣異宿者一夜當三過往如是僧伽藍中宿偷蘭遮是故世尊說

佛住舍衛城王舍城中有長者名曰須提那有婦年少端正其夫無常婦不樂男子叔欲攝取即語餘婦人言我不樂男子而叔欲取我爲婦女人語言汝欲得離不答言我欲離即語言汝往舍衛城就迦利比丘尼所當度汝出家此婦人似如出行便詣舍衛城問人言何者是比丘尼僧伽藍即示處入已問言何者是迦利比丘尼房即示房處入已問言阿梨耶是迦利耶答言是爲何故問答言我欲出家即度出家受具足其叔欲於後求不知處有人語言舍衛城迦利比丘尼已度出家便往舍衛城問人言何者是比丘尼僧伽藍即示處入已問言何者是迦利比丘尼房即示處入已問言阿梨耶是迦利耶答言是何故問便言我不放婦何故度我婦出家尼言長壽汝何處來答言王舍城來比丘尼罵言短壽物汝是賊王舍城人恒來喜作細作伺國長短即語弟子取我僧伽梨來繫此短壽閉著獄中其人即恐便作是念此人眼目可畏或能必爾眼並眄之漸漸却行出外已

瞋恚言此比丘尼盜度我婦又欲繫我諸比丘尼聞已語大愛道大愛道即以是事往白世尊佛言呼比丘尼來來已佛問汝實爾不答言實爾佛言迦利此是惡事汝云何主不聽而度人從今日不得主不聽而度佛語大愛道依止舍衛城比丘尼皆悉令集乃至已聞者當重聞若比丘尼其主不聽而度是法初罪僧伽婆尸沙比丘尼者如上說不聽者未嫁女當問父母已出嫁者當問壻姑妐及叔不聽度者度出家受具足者僧伽婆尸沙僧伽婆尸沙者如上說是法初罪若比丘尼主不聽而度者越毗尼罪與學戒者偷蘭遮受具足者僧伽婆尸沙是故世尊說

佛住舍衛城爾時阿摩羅邑力士婦年少端正與人私通其夫語言汝莫復作若作者我當如是如是治汝其婦故作不止其夫即伺合男子捉取便送與斷事官語言我婦與是人通願官與我如法治罪如法治罪者言若女人共他私通者應七日二衆前集集會七日已於二家衆前中列其身官便語婦言汝且還歸若家有者可往辦具布施飲食若無者隨意滿七日已當於二衆前中列汝身即便還家具辦飲食施於二衆此婦於屏處啼泣諸母人問言汝何故啼耶答言我那得不啼滿七日已當於二衆前中列我身母人言汝欲得活不答言爾便語言汝往舍衛城迦利比丘尼所求索出家可得活衆人酒醉於是女人似如小出即詣舍衛城問人言比丘尼僧伽藍在何處示處入已問言何者是迦利比丘尼房即示處入已白言阿梨耶我欲

出家問言主聽汝未答言云何聽比丘尼言若未出嫁父母聽已嫁者姑妐夫主叔聽是則聽答言若爾者已自是聽諸宗親都欲中列我身棄捨竟比丘尼言若爾者已好放汝即度出家受具足其人求覓欲治罪不見聞舍衛城比丘尼已度出家即詣舍衛城問人言何者是比丘尼精舍人即示處入已問言何者是迦利比丘尼房示言此是入已問言阿梨耶是迦利比丘尼耶答言何以故問彼言我不放婦何以度出家長壽汝家在何處答言在阿摩勒邑便語言短壽汝是賊汝不知耶阿摩勒人恒喜來此伺求國便欲爲細作便語弟子取我衣來我當告王繫此短壽其人聞已念言此比丘尼眼目角張或能作惡漸漸却行出外瞋恚罵詈此沙門尼盜度我婦及欲繫我諸比丘尼聞已語大愛道大愛道即以是事具白世尊佛言呼比丘尼來來已佛言迦利此是惡事汝云何知人犯罪衆親欲治而度出家此非法非律非如佛教從今已後不聽犯罪女人衆欲治罪而度出家復次釋迦揵提邑有女人如上說乃至語比丘尼言度我出家比丘尼言先已有比如此犯罪不聽出家復向餘比丘尼都無度者便向外道求出家其人欲取治罪而不知處聞在舍衛城外道已度出家其夫念言此婦本是優婆塞家女而今墮外道邪見即是治罪便不復尋求諸外道法飲米泔汁及蕩釜水裸形無恥而復妻掠無度其婦厭患言此非出家之法即捨向比丘尼精舍白言我墮深坑崩岸當墮泥犁唯願牽我出家諸比丘

尼無敢度者便詣大愛道白言阿梨耶我是
親里釋家女今墮落坑願度我出家大愛道
即以是事往白世尊佛言得若先外道度後
聽出家佛告大愛道依止舍衛城比丘尼皆
悉令集乃至已聞者當重聞若比丘尼知犯
罪女衆親欲治而度除餘時餘時者先外道
度是名餘時是法初罪比丘尼者如上說知
者若自知若從他聞衆者二衆集父母衆夫
家親衆者婆羅門宗姓刹利宗姓毗舍宗姓
首陀羅宗姓治罪者或以薄裹而燒或沙囊
繫頸沉著水中或火燒頭或截耳截鼻或燒
熱鐵鑠小便道或中裂其身如是國法種種
不同除先在外道出家者世尊說無罪外道
者尼犍帝梨檀遲伽如是比外道是法初罪
僧伽婆尸沙者如上廣說若比丘尼知犯罪

女應治度出家者越毗尼罪與學法者偷蘭
遮受具足者僧伽婆尸沙是故世尊說
佛住舍衛城爾時衆多女人在阿耆羅河彼
岸此岸比丘尼僧集時偷蘭難陀比丘尼脱
衣放地截流浮渡諸女人共相謂言看是偷
蘭難陀比丘尼浮渡而來來已於露處坐已
須臾復還渡諸女人嫌言云何是偷蘭難陀
比丘尼如凶惡人渡已復還諸比丘尼聞已
語大愛道大愛道即以是事具白世尊佛言
呼偷蘭難陀來來已佛言此是惡事汝云何
於船渡處而獨浮渡從今日後不聽於船渡
處而獨浮渡佛告大愛道依止舍衛城比丘
尼皆悉令集乃至已聞者當重聞若比丘尼
於船渡處獨渡河者是法初罪僧伽婆尸沙
比丘尼者如上說獨渡者出界到彼岸僧伽

婆尸沙

佛住舍衛城爾時伽利比丘尼於聚落中遊行去後有依止弟子僧與作舉羯磨師還弟子白言僧與我舉作羯磨不共法食味食即呵言汝且默然但使集僧即便集僧諸比丘尼各作是念是比丘尼行還集僧常喜有施物我等今日當得何物皆喜速集集已即作是唱阿梨耶僧聽某甲比丘尼僧作舉羯磨若僧時到僧與某甲比丘尼捨舉羯磨如是白阿梨耶僧聽某甲比丘尼僧與作舉羯磨僧今與某甲比丘尼捨舉羯磨阿梨耶僧忍與某甲比丘尼捨舉羯磨者默然若不忍者便說是第一羯磨如是三羯磨諸比丘尼見此比丘尼眼目可畏無敢遮者諸比丘尼展轉相謂此是何語皆言我亦不知此諸比丘尼白大愛道大愛道以是因緣往白世尊佛言呼是比丘尼來來已佛問汝實爾不答言實爾佛言此是惡事汝云何知比丘尼僧如法毗尼作舉羯磨未行隨順未作如法先不語僧自捨羯磨從今日後不聽佛告大愛道依止舍衛城比丘尼皆悉令集乃至已聞者當重聞若比丘尼知比丘尼僧和合如法毗尼作舉羯磨未作如法先不語僧自與捨是法初罪僧伽婆尸沙比丘尼者如上說知者若自知若從他聞和合者非別衆如法毗尼者不見罪不作三見不捨舉羯磨者不共住未作如法者未行隨順心未調伏僧未與捨先不語者僧僧中未作求聽羯磨而自僧中捨是法初罪僧伽婆尸沙者如上說若弟子僧和合作舉羯磨者若和尚尼阿闍梨尼應

至長老比丘尼所作是言誰無愚癡恒無有過慧心常存不知故爾更不復作如是遍語諸人已令心柔輭然後於僧中作求聽羯磨當作是説阿梨耶僧聽某甲比丘尼有是事故僧舉作羯磨彼行隨順心柔輭捨若僧時到僧某甲欲從僧乞捨舉羯磨諸阿梨耶聽某甲欲從僧乞捨舉羯磨僧忍默然故是事如是持然後應乞若有人遮者和尚應輭語令止若比丘尼知僧和合如法毗尼作舉羯磨而自捨者越毗尼罪

佛住王舍城爾時有一長者欲心請樹提比丘尼與衣鉢飲食疾病湯藥作是言阿梨耶知我以何故與比丘尼言知復問云何知答言以福德故復言如是然復兼爲欲故時樹提是離欲人故聞是語其心倐然不持經懷然復不遮諸比丘尼即以是事語大愛道大愛道即以是事往白世尊佛言呼樹提來來已具問上事汝實爾不答言實爾世尊佛言此是惡事汝不爲後世人作軌則耶此非法非律不如佛教不可以是長養善法佛語大愛道依止王舍城比丘尼皆悉令集乃至已聞者當重聞若比丘尼無漏心漏心男子邊取衣鉢飲食疾病湯藥者是法初罪僧伽婆尸沙比丘尼者如樹提比丘尼無漏心者無欲心鉢者上中下衣者僧伽梨鬱多羅僧安陀會僧祇支雨浴衣飲食者佉陀尼食蒲闍尼食藥者酥油蜜石蜜生酥及脂是法初罪若人與比丘尼衣鉢飲食疾病湯藥作是言我爲是故與不應受應作是言我不須餘家自得若受者僧伽婆尸沙若不語動手脚足

眨眼振手彈指畫地作字如是相者知有欲心於我此不應受受者偷蘭遮信心清淨諸情審諦受者無罪若女人欲心與比丘若動手足瞬眼與者當知有欲心不受受者越毗尼罪若信心清淨諸根審諦受者無罪是故世尊說

摩訶僧祇律卷第三十六

音釋

痿邕危切痺濕病也　捫摸捫音門摸音莫　睒失冉切　佷戾佷胡懇切戾郎計切佷戾不聽從也　妖豔妖於喬切巧也豔以贍切美也　妐職容切夫之兄也　佉丘迦切　蒱音蒲

摩訶僧祇律卷第三十七

東晉三藏法師佛陀跋陀羅共沙門法顯譯

比丘尼毗尼之二

佛住王舍城爾時世尊制戒不聽漏心男子邊取衣鉢飲食疾病湯藥時樹提比丘尼不取長者施衣時偷蘭難陀比丘尼語樹提言何不取此男子施男子漏心不漏心何豫人事但使汝無漏心取已隨因緣用諸比丘尼諫是比丘尼莫作是語男子漏心不漏心何豫人事但使汝無漏心可取此施隨因緣用如是二諫三諫不止諸比丘尼以是事語大愛道大愛道即以是事往白世尊佛言呼比丘尼來來已佛問汝實爾不答言實爾佛言此是惡事汝云何勸彼取漏心人施此非法非律不如佛教不可以是長養善法佛語大愛道依止王舍城住比丘尼皆悉令集乃至已聞者當重聞若比丘尼語比丘尼作是語可取此男子施漏心不漏心何豫汝事但汝莫漏心可取施已隨因緣用諸比丘尼應諫是比丘尼莫作是語應取是施男子漏心不漏心何豫人事但使汝無漏心可取施已隨因緣用如是應第二第三諫捨是事好若不捨者是法初罪僧伽婆尸沙作是語比丘尼者如偷蘭難陀比丘尼取施者如樹提比丘尼諸比丘尼諫是比丘尼令捨是事若不捨者是法乃至三諫僧伽婆尸沙是故世尊說

佛住王舍城破僧相助如比丘中廣說是故世尊說若比丘尼欲破和合僧故勤方便執持破僧事故共諍諸比丘尼應語是比丘尼阿梨耶莫破和合僧勤方便執持破僧事共

諍當與僧同事何以故僧和合歡喜不諍共一學如水乳合如法說安樂住是比丘尼諸比丘尼諫時堅持不捨者應第二第三諫捨者善若不捨者是法乃至三諫僧伽婆尸沙諸比丘尼同意相助若一若二若衆多同語同見欲破和合僧是比丘尼諸比丘尼諫持是同意比丘尼言阿梨耶莫說是比丘尼好惡事何以故是法語比丘尼律語比丘尼是比丘尼所說皆是我等心所欲是比丘尼所見欲忍可事我等亦欲忍可是比丘尼知說非不知說諸比丘尼應諫是同意比丘尼阿梨耶莫作是語法語比丘尼律語比丘尼何以故此非法語比丘尼律語比丘尼阿梨耶莫助破僧事當樂助和合僧何以故僧和合歡喜不諍共一學如水乳合如法說安樂住是比丘尼諸比丘尼諫時堅持不捨者應第二第三諫捨是事善若不捨是法乃至三諫僧伽婆尸沙

佛住舍衛城爾時偷蘭難陀比丘尼有鬪諍事僧如法毗尼與作羯磨羯磨竟瞋恚非理謗僧而作是言阿梨耶僧隨愛隨瞋隨怖隨癡僧依愛依瞋依怖依癡是故呵責此非法斷事是比丘尼諸比丘尼諫言阿梨耶莫作非理謗僧僧不隨愛不隨瞋不隨怖不隨癡僧不依愛瞋怖癡非法斷事如是第二第三諫不止諸比丘尼以是因緣語大愛道大愛道以是事往白世尊佛言汝去應屏處三諫多人中三諫僧中三諫令捨此事屏處諫者屏處應問汝實瞋恚非理謗僧僧隨愛隨瞋隨怖隨癡僧依愛依瞋依怖依癡耶答言實

爾屏處應諫言汝莫瞋恚非理謗僧僧不隨愛隨瞋隨怖隨癡僧不依愛瞋怖癡非理斷事我今慈心諫汝欲饒益故一諫已過二諫在捨是事不答言不捨如是第二第三諫多人中亦如是僧中應作求聽羯磨阿梨耶僧聽偷蘭難陀比丘尼瞋恚非理謗僧隨愛隨瞋隨怖隨癡僧依愛瞋怖癡已屏處三諫多人中三諫令捨此事而不捨若僧時到僧今亦應三諫僧中應問汝實瞋恚非理謗僧隨愛隨瞋隨怖隨癡乃至非法斷事已屏處三諫多人中三諫而不捨耶答言實爾僧中應諫言汝莫瞋恚非理謗僧僧不隨愛不隨瞋不隨怖不隨癡乃至非理斷事僧今慈心諫汝欲饒益故當取僧語一諫已過二諫在捨是事不答言不捨第二第三諫猶故不捨諸

比丘尼以是因緣往白世尊佛言呼是比丘尼來來已佛具問上事汝實爾不答言實爾佛語偷蘭難陀此是惡事汝常不聞我無量方便呵責佷戾稱歎輭語耶汝云何佷戾此非法非律非如佛教不可以是長養善法佛告大愛道依止舍衛城住比丘尼皆悉令集乃至已聞者當重聞若比丘尼瞋恚非理謗僧作是言僧隨愛隨瞋隨怖隨癡僧依愛嗔怖癡是故呵責是比丘尼諸比丘尼應諫作是言阿梨耶莫作是語僧隨愛隨瞋隨怖隨癡僧依愛瞋怖癡何以故僧不隨愛瞋怖癡汝莫瞋恚非理謗僧是比丘尼諸比丘尼諫時堅持不捨者應第二第三諫捨是事善若不捨是法乃至三諫僧伽婆尸沙比丘尼者如偷蘭難陀瞋恚非理謗僧屏處三諫不捨

者諫諫越毗尼罪多人中亦爾僧中初諫時亦越毗尼罪諫竟偷蘭遮第二初諫時亦越毗尼諫竟偷蘭遮第三初諫偷蘭遮諫竟僧伽婆尸沙成僧伽婆尸沙已屏處多人中僧中一切越毗尼罪偷蘭遮除八謗僧偷蘭遮餘一切合成一僧伽婆尸沙治罪若中間止者隨止處治罪是故世尊說

佛住拘睒彌闡陀母比丘尼諸比丘尼共法中如法毗尼教當學莫犯自身作不可共語如闡陀戾語中廣說乃至若比丘尼自用戾語諸比丘尼共法中如法如律教便自用意作是言汝莫語我若好若惡我亦不語汝若好若惡諸比丘尼應諫彼比丘尼言阿梨耶諸比丘尼共法中如法如律教汝莫自用諸比丘尼教汝汝當信受汝亦應如法如律教諸比丘尼何以故如來弟子中展轉相教展轉相諫共罪中出故善法得增長故是比丘尼諸比丘尼諫時堅持不捨者應第二第三諫捨是事善若不捨是法乃至三諫僧伽婆尸沙如比丘戒中廣說是故說

佛住舍衛城爾時有二比丘尼一名真檀是釋家女二名鬱多羅身習近住口習近住身口習近住迭相覆過身習近者共牀眠共牀坐同器食迭互著衣共出共入口習近住者染汙心語迭相覆罪此犯彼覆彼犯此覆身口習近住者二事俱比丘尼諫言阿梨耶莫身習近住口習近住莫身口習近住莫迭相覆過何以故不生善法一諫二諫三諫不止諸比丘尼語大愛道大愛道即以是因緣往白世尊佛言呼是比丘尼來來已問言汝實

爾不答言實爾佛言此是惡事汝云何身口習近住迭相覆過此非法非律不如佛教不可以是長養善法佛告大愛道依止舍衛城住比丘尼皆悉令集乃至已聞者當重聞若二比丘尼習近住迭相覆過諸比丘尼應諫是比丘尼言阿梨耶莫習近住迭相覆罪習近住不生善法是比丘尼諫時堅持不捨應第二第三諫捨是事善若不捨是法乃至三諫僧伽婆尸沙

佛住舍衛城爾時世尊制戒不聽習近住時眞檀釋家女鬱多羅比丘尼各自别住偷蘭難陀比丘尼言阿梨耶但習近住互相藏過莫相遠住不妨生善法餘人亦有如是相近住僧不能遮輕易汝故共相禁制耳諸比丘尼諫是比丘尼阿梨耶莫作是語但習近共住互相藏過莫相遠住不妨生長善法乃至輕易汝故共相禁制如是一諫不止二諫三諫不止諸比丘尼語大愛道大愛道即以是事往白世尊佛言是眞檀釋家女鬱多羅比丘尼相遠住偷蘭難陀比丘尼勸令習近共住不妨生善法者當屏處三諫多人中三諫僧中三諫令捨此事屏處諫者應作是言偷蘭難陀汝實語眞檀比丘尼鬱多羅比丘尼言但習近住互相藏過莫相遠住不妨生善法餘人亦有如是相近住者僧不能遮輕易汝故共相禁制耶答言實爾應諫言汝莫作是語相習近住互相藏過莫相遠住不妨生善法餘人亦有如是相習近住者僧不能遮輕易汝故共相禁制我今慈心饒益故諫汝一諫已過二諫在汝捨不答言不捨如是第

二第三多人中亦如是諫若不捨者僧中應作求聽羯磨唱言阿梨耶僧聽偷蘭難陀比丘尼勸眞檀釋家女鬱多羅比丘尼相習近住互相藏過不妨生善法已屏處三諫多人中三諫不止若僧時到僧今亦應三諫令捨此事僧中應問偷蘭難陀汝實勸相習近住乃至僧今慈心諫汝欲利益故一諫已過二諫在汝捨不答言不捨第二第三諫故不捨諸比丘尼以是因緣往白世尊佛言呼是比丘尼來來已問言汝實爾不答言實爾佛言此是惡事乃至佛告大愛道依止舍衛城比丘尼皆悉令集乃至已聞者當重聞若比丘尼見相遠住便勸作是言當習近住互相藏過莫相離住不妨生長善法餘人亦有如是相習近住者僧不能遮輕易汝故相禁制耳

諸比丘尼應諫是比丘尼言阿梨耶某甲相遠住莫勸習近住迭相覆過習近住不妨生善法莫作是語餘人亦有習近住僧不能遮輕易汝故相禁制耳是比丘尼諸比丘尼諫時堅持不捨應第二第三諫捨者善若不捨者是法乃至三諫僧伽婆尸沙相遠住者如眞檀釋家女鬱多羅比丘尼勸者如偷蘭難陀比丘尼習近住者身相習近口相習近身口相習近覆者身口過此身口過彼覆藏彼身口過此覆藏是比丘尼者如偷蘭難陀比丘尼諸比丘尼者僧多人一人三諫者屏處三諫多人中三諫僧中三諫屏處諫者屏處應問汝實勸某甲某甲比丘尼莫相遠離住乃至答言實爾屏處應諫作是語莫爾阿梨耶某甲某甲相遠住作是教言相習近住乃

至一諫不止二諫三諫不止多人中亦爾僧中三諫不止是法乃至三諫不止僧伽婆尸沙僧伽婆尸沙者如上說若比丘尼屏處三諫諫諫越毗尼罪多人中三諫諫諫越毗尼罪僧中初諫越毗尼罪諫竟偷蘭遮第二初諫越毗尼罪諫竟偷蘭遮第三初諫偷蘭遮諫竟僧伽婆尸沙合成僧伽婆尸沙已屏處多人中僧中一切越毗尼罪偷蘭遮合成一僧伽婆尸沙罪治若中間止隨止處治罪是故說

佛住迦維羅衛尼拘類樹釋氏精舍時釋種女母子出家母在外道中出家語女言今我母子如何生離汝可來此共住其女白言我不得無故而來當待有所因而來於是女還與比丘尼共鬬瞋言我今捨佛捨法捨僧捨說捨共住共食捨經論我非比丘尼非釋種諸外道亦有勝法修梵行處我用是沙門尼釋種爲我當於彼而修梵行諸比丘尼諫是比丘尼言阿梨耶莫捨佛捨法捨僧乃至莫捨釋種捨佛者不善乃至捨釋種者不善一諫不止二諫乃至三諫亦不止諸比丘尼語大愛道大愛道即以是事具白世尊佛言汝去先屏處三諫多人中三諫僧中三諫令捨此事屏處諫者屏處應問言汝實瞋恚言我捨戒我捨佛乃至用沙門尼釋種爲當於餘勝處修梵行耶答言實爾屏處應諫汝莫捨戒捨佛捨法捨僧乃至捨沙門尼釋種捨佛者不善乃至捨沙門尼釋種不善我今慈心欲利益故諫汝一諫已過二諫在捨是事不答言不捨第二第三亦如是多人中三諫亦

爾若不捨者僧中應作求聽羯磨問如屏處中說猶故不止諸比丘尼以是因縁往白世尊佛言呼比丘尼來來已具問上事汝實爾不答言實爾佛言此是惡事乃至非法非律不如佛教不可以是長養善法佛告大愛道依止迦維羅衛住比丘尼皆悉令集乃至已聞者當重聞若比丘尼瞋恚欲捨戒作是言我捨佛捨法捨僧捨說捨共住共食捨經論捨沙門尼釋種用是沙門尼釋種爲餘更有勝處我於彼中修梵行諸比丘尼應諫是比丘尼言阿梨耶莫瞋恚捨戒作是言我捨佛乃至捨沙門尼釋種捨佛者不善諸比丘尼如是諫時故堅持不捨應第二第三諫捨是事好若不捨是法乃至三諫僧伽婆尸沙比丘尼者如釋種女欲捨戒捨佛乃至捨沙門尼諸比丘尼者若僧多人及一人三諫者屏處三諫多人中三諫僧中三諫捨者善不捨者是法乃至三諫僧迦婆尸沙僧伽婆尸沙者如上說屏處諫時捨者善不捨者諫諫越毗尼罪多人中亦爾僧中初諫越毗尼諫竟偷蘭遮第二初諫亦越毗尼諫竟偷蘭遮第三初諫偷蘭遮諫竟僧伽婆尸沙僧伽婆尸沙罪起已屏處多人中僧中成一重罪作僧伽婆尸沙治若中間止隨止處治是故世尊說阿梨耶僧聽已說十九僧伽婆尸沙法十二是初罪七乃至三諫若比丘尼犯一一罪半月二部衆中行摩那埵次到阿浮呵那二十衆二部僧中應出罪稱可衆人意二十人中若少一人此比丘尼不名出罪諸比丘比丘尼應呵責是名時是中清淨不第二第三

亦問是中清淨不是中清淨默然故是事如
是持
使行二無根　相言獨行宿　不聽犯罪女
度河并自捨　受漏心人施　勸彼令取施
十二是初罪　破僧并相助　瞋恚而謗僧
戾語習近住　勸住瞋還戒　第二篇說竟
比丘尼三十事初
十日離衣宿　非時捉金銀　賣買并乞衣
聽乞得取二　辦衣二居士　王臣次第十
如比丘中廣說初跋渠竟
佛住舍衛城爾時偷蘭難陀比丘尼在聚落
中住爲僧勸化索牀褥語婦人言優婆夷汝
當施僧牀褥枕拘執時婦人信心歡喜即與
牀褥枕拘執直得已持作衣鉢飲食湯藥時
比丘尼次行乞食到其家諸婦人問言阿梨
耶我與偷蘭難陀牀褥拘執枕直爲作未比
丘尼言那得作但自買衣鉢飲食湯藥諸比
丘尼聞已語大愛道大愛道即以是事往白
世尊佛言呼偷蘭難陀比丘尼來來已問言
汝實索牀褥拘執而作餘用耶答言實爾佛
言此是惡事汝常不聞我無量方便毀呰多
欲稱歎少欲汝云何作惡不善法此非法非
律非如佛教不可以是長養善法從今日後
不聽爲牀褥乞而作餘用佛告大愛道瞿曇
彌依止舍衛城比丘尼皆悉令集乃至已聞
者當重聞若比丘尼爲牀褥乞而自作衣鉢
飲食疾病湯藥者尼薩耆波夜提比丘尼者
如上說牀褥枕拘執如上比丘中廣說乞者
勸化求索後自用作衣鉢飲食湯藥者尼薩
耆波夜提尼薩耆波夜提者此物應僧中捨

波夜提悔過不捨而悔越毗尼罪波夜提者如比丘中廣説若比丘尼爲牀褥乞而自用作衣鉢飲食湯藥者尼薩耆波夜提若爲此索不得作彼用若爲牀索作褥爲褥索作枕爲枕索作拘執越毗尼罪若勸化乞多得牀褥枕直當一一示人記識此是牀直此是褥直此是枕直此是拘執直若不爾者一一越毗尼罪得貸用治房舍及釜鑊如法貸用若比丘尼爲牀褥乞而餘用者越毗尼罪得如法貸用是故説

佛住舍衛城爾時偷蘭難陀比丘尼著垢膩穿穴弊衣而行乞食婦人見已語言阿梨耶我施衣直知衣復有人言我施鉢直知鉢得已但作飲食用盡不作衣鉢有比丘尼乞食婦人問言偷蘭難陀我先與衣鉢直作未報言但作飲食那得作衣鉢比丘尼聞已語大愛道大愛道以是因緣往白世尊佛言呼比丘尼來來已問言汝實爾不答言實爾世尊佛言此是惡事汝不聞我無量方便讃少欲毀呰多欲耶汝云何得衣鉢直而作餘用從今日後不聽佛語大愛道依止舍衛城住比丘尼皆悉令集乃至已聞者當重聞若比丘尼人爲作是與而作彼用者尼薩耆波夜提比丘尼者如上説爲是與者爲衣鉢直與作餘用者作飲食湯藥尼薩耆波夜提此物僧中捨波夜提悔過若比丘尼人與衣直鉢直酥直油直衣直應知衣鉢直應知鉢酥直應知酥油直應知油若作異用者尼薩耆波夜提若檀越言隨意用無罪若無所適爲隨作無罪若比丘人與衣直鉢直酥直油直衣直

應作衣乃至酥直知酥若作異用者越毗尼罪若隨意用者無罪無所適爲者無罪是故世尊說

佛住舍衛城爾時偷蘭難陀比丘尼勸化作食語婦人言優婆夷我欲與僧作食諸優婆夷信心歡喜與食直作是言阿梨耶至作食日語我我當來行食比丘尼得已自作食及買衣鉢餘殘作麤食至其日自來行食見已問言阿梨耶我前與食直多何故食麤乃爾諸比丘尼言何處得好食但自作衣鉢食噉諸比丘尼聞已語大愛道大愛道即以上事往白世尊佛言呼是比丘尼來來已問言汝實爾不答言實爾佛言此是惡事乃至佛告大愛道瞿曇彌依止舍衛城比丘尼皆悉令集乃至已聞者當重聞若比丘尼爲食乞作衣鉢飲食湯藥受用者尼薩耆波夜提比丘尼者如上說爲食者爲僧作食乞者勸化求索異用者衣鉢自飲食尼薩耆波夜提尼薩耆波夜提者如上說若比丘尼爲僧索作食而自買衣鉢飲食者尼薩耆波夜提隨本欲作應用作若迴前食作後食迴後食作前食者越毗尼罪若迴食直作牀褥若春夏冬若衣分若食分隨先所向應用而不稱施主本心與越毗尼罪若比丘尼爲僧勸化得食應盡作若有長飲食酥油應示檀越檀越若持去者當默然若言我與阿梨耶應言與僧復言我以自與僧竟此與阿梨耶如是取者無罪是故說

佛住舍衛城爾時有客比丘尼來次第應得房先住下坐比丘尼言阿梨耶待我移鉢乃

至明日問言移鉢竟未答言我移鉢未竟客比丘尼言汝欲持是鉢居瓦肆去耶用爾許鉢爲諸比丘尼聞已語大愛道大愛道往白世尊佛言呼是比丘尼來來已問言汝實爾不答言實爾佛言汝云何畜長鉢從今日後不聽畜長鉢佛告大愛道瞿曇彌依止舍衛城住比丘尼皆悉令集乃至已聞者當重聞若比丘尼畜長鉢尼薩耆波夜提比丘尼如上說畜長鉢者名嵩婆鉢烏婆嵩婆鉢憂鳩吒夜鉢婆耆夜鉢如是鐵瓦等是名鉢有鉢名上中下過鉢減鉢隨鉢畜者尼薩耆波夜提比丘尼得畜十六枚鉢一受持三作淨施四過鉢四減鉢四隨鉢若過畜者尼薩耆波夜提尼薩耆波夜提者如上說比丘尼畜長鉢有齊限比丘多畜淨施用無罪是故世尊說佛住舍衛城如上廣說乃至語言汝欲居衣店肆耶諸比丘尼聞已語大愛道大愛道以是事往白世尊佛言呼是比丘尼來來已問言汝實爾不答言實爾佛言汝云何畜長衣從今日後不聽畜長衣佛告大愛道瞿曇彌依止舍衛城住比丘尼皆悉令集乃至已聞者當重聞若比丘尼畜長衣尼薩耆波夜提比丘尼者如上說衣者欽婆羅衣氎衣憍奢耶衣芻摩衣舍那衣麻衣驅牟提衣畜者過限畜尼薩耆波夜提尼薩耆波夜提者如上說比丘尼聽畜二十衣五衣受持十五衣淨施已受用若過是畜尼薩耆波夜提比丘無限齊淨施受用無罪是故世尊說

佛住舍衛城爾時偷蘭難陀比丘尼僧伽梨破不浣染補治擲棄墻下作是言若欲取者

便取時樹提比丘尼著破衣餘比丘尼言阿梨耶可持此衣浣染補治受用即取補治浣染而著偷蘭難陀比丘尼言還我衣來語諸比丘尼言異事試看是衣物都不得放地須臾捨去汝屋中得滿未即奪取僧伽梨諸比丘尼語大愛道大愛道即以是事往白世尊佛言呼是比丘尼來來已問言汝實爾不答言實爾世尊佛言此是惡事乃至佛告大愛道瞿曇彌依止舍衛城住比丘尼皆悉令集乃至已聞者當重聞若比丘尼於住止處棄故僧伽梨唱言有欲取者取後還奪者尼薩耆波夜提比丘尼者如上說住處者精舍內棄者放捨在地人取已後還奪者尼薩耆波夜提尼薩耆波夜提者如上說若比丘尼棄物已有人取用不得還奪若無人取後須用而取者無罪若比丘精舍內棄衣鉢革屣及餘小小物人取已後還奪取者越毗尼罪若無人取後還取者無罪是故世尊說

佛住舍衛城爾時有比丘尼有垢汙僧伽梨擿已於日中曬風起吹去諸比丘尼語大愛道大愛道即以是事往白世尊佛言呼是比丘尼來來已問言汝實爾不答言實爾世尊佛言汝云何擿故僧伽梨已不自縫不使人縫從今已後不聽擿衣浣復次爾時有釋種女摩羅女本是樂人浣僧伽梨僧伽梨厚重難浣語大愛道大愛道往白世尊佛言從今日後聽至五六日佛告大愛道瞿曇彌依止舍衛城住比丘尼皆悉令集乃至已聞者當重聞若比丘尼故僧伽梨若自擿若使人擿過五六日不自縫不使人縫除病尼薩耆波

夜提比丘尼者如上說故僧伽梨者欲浣若自擿若使人擿五六日者限齊六日不還自縫不使人縫尼薩耆波夜提尼薩耆波夜提者如上說若比丘尼浣故僧伽梨若輕薄者不聽擿若厚重者聽擿擿已當浣浣已應舒置簿上若席上以石鎮四角乾竟當呼共行依止弟子同和尚阿闍梨諸知識比丘尼速疾共成若老病無人佐者無罪是故世尊說

佛住舍衛城爾時學戒尼語偷蘭難陀言阿梨耶與我受具足偷蘭難陀言汝與我衣當與汝受具足即便與衣後不與受具足學戒尼言與我受具足如是經久諸比丘尼語大愛道大愛道即以是事往白世尊佛言呼是比丘尼來來已問言汝實爾不答言實爾佛言此是惡事乃至佛告大愛道依止舍衛城住比丘尼皆悉令集乃至已聞者當重聞若比丘尼語式叉摩尼言汝與我衣當與汝受具足取衣已不與受具足者尼薩耆波夜提比丘尼者如上說式叉摩尼者受學戒衣者七種衣如上說復有衣名僧伽梨乃至雨浴衣許受具足者後自不與受不使人受尼薩耆波夜提尼薩耆波夜提者如上說若比丘尼取式叉摩尼衣許與受具足後應與受若老病無力不能受者應語餘人汝取是衣與受具足若前人不欲受還索衣者當還若比丘許沙彌不與受具足者越毗尼罪

佛住毗舍離爾時有北方商人持貴價好欽婆羅而行賣之人問此索幾許答言百千時國王王子大臣及餘大商人主皆嫌貴不買在店上愁憂而坐人問言汝何故而有憂色

答言我買此欽婆羅大有價直輸稅亦多而今賣不可售是以不樂人言汝欲令售不答言欲令售即語汝可持詣跋陀羅沙門尼所彼當買之即持往問人言何者是比丘尼精舍人示處已問言何者是跋陀羅比丘尼房人示處已問言何者是跋陀羅跋陀羅比丘尼答言何故問耶答言欲買是欽婆羅不問言索幾許答言百千亦不與高下即語弟子言汝去語婆路醯肆上取百千與之有人問言汝賣欽婆羅售未答言已售問言誰取答言沙門尼跋陀羅其人即嫌言出家人有此愛好之欲諸比丘尼聞已語大愛道大愛道即以是事往白世尊佛言呼是比丘尼來來已佛問汝實爾不答言實爾佛告比丘尼汝不爲後世人作軌則耶從今已後不聽出四羯利沙槃買重衣佛告大愛道瞿曇彌依止毗舍離城住比丘尼皆悉令集乃至已聞者當重聞若比丘尼過四羯利沙槃市重衣尼薩耆波夜提比丘尼者如上說四羯利沙槃者四四十六故錢重衣者欽婆羅衣市者知取也若過十六故錢取者尼薩耆波夜提尼薩耆波夜提者如上說若比丘尼不得過十六故錢市重衣若不乞自與雖貴價無罪比丘尼有限比丘無限雖貴價知取受用無罪是故世尊說

佛住毗舍離爾時南方有商人持細鵝相文氎來有人問言此衣索幾許答言百千以價貴故王家不買及諸大臣諸商人主都無買者以不售故於店肆上愁憂而坐有人問言汝何故憂色答言我貴買此衣輸稅亦多而

令賣不售問言汝欲令售不答言欲令售語言汝可持詣跋陀羅沙門尼所當與汝買即往問人何者是比丘尼住處知已入問何者是跋陀羅沙門尼房人即示處到已言和南阿梨耶是跋陀羅不答言是何以問答言我有此鵝相丈氍能買不問言汝索幾許答言我索百千比丘尼亦不求減即語弟子言汝往白娑路醯店上取百千與有人問言汝得售耶答言已售問言誰取答言跋陀羅沙門尼有人嫌言出家之人何乃愛好如是比丘尼聞已語大愛道乃至佛語跋陀羅比丘尼汝不爲後世人作法則耶從今日後不聽過兩羯利沙槃半市細輕衣佛告大愛道瞿曇彌依止舍衛城住比丘尼皆悉令集乃至已聞者當重聞若比丘尼過兩羯利沙槃半市細輕衣者尼薩耆波夜提比丘尼者如上說兩羯利沙槃半者十六古錢市者知取若過者尼薩耆波夜提尼薩耆波夜提者如上說若比丘尼市細輕衣者應以兩羯利沙槃半知取不得過若不乞自與設得貴價細衣受用無罪比丘貴價市衣受用無罪

牀褥乞自用　衣鉢直異用　爲衆減自用
畜鉢并畜衣　棄衣後還取　擿衣受具足
重衣及細輕　第二跋渠竟

佛住舍衛城爾時有載薪人駕車於店肆前過商人問言此賣索幾許答言一羯利沙槃商人語言汝載此薪詣我家寫之還過此當與汝價賣薪人即乘車經比丘尼精舍前過時偷蘭難陀比丘尼問言長壽汝薪有主買未答言已有得幾答言一羯利沙槃即語言

我與汝兩羯利沙槃主貪利故即以與之其人下薪已還經店前過商人語言汝持直去答言我已賣與餘人問言賣得幾許言得兩羯利沙槃問言誰取答言偷蘭難陀比丘尼商人嫌呵言此沙門尼何乃饒錢如是比丘尼聞已語大愛道大愛道即以是事往白世尊佛言呼比丘尼來來已問言汝實知他買已而益買取耶答言實爾佛言此是惡事汝云何知他市得而抄買耶此非法非律不如佛教不可以是長養善法佛告大愛道瞿曇彌依止舍衛城住比丘尼皆悉令集乃至已聞者當重聞若比丘尼知他市得而抄買者尼薩耆波夜提比丘尼者如上說知者若自知若從他聞市得者如店上商人若比丘尼欲市物知他已市不得橫抄應待前人不得得取亦應問前人汝故取不若言故欲取爲欲堅之耳此不應取若言不復取取者無罪若比丘尼買衣鉢還自相抄者越毗尼罪若僧中上價取者除和尚阿闍梨無罪若比丘市物抄截他市者越毗尼罪是故說

長鉢減五綴　七日　瞋奪衣　賣金并乞縷
繳織及急施　抄市迴僧物　第三跋渠竟

從比丘尼取衣及浣染淳黑三分白憍奢耶六年尼師壇三由旬擘羊毛雨浴衣阿練若處此十一事應出不說更有十一事應內旃跋渠殘促初跋渠初跋渠中出取比丘尼衣捉金銀補出浣故衣以賣買補後跋渠中出雨浴衣以賣金補出阿練若處以抄市補處一跋渠二跋渠數不減尼薩耆者世尊說比丘尼三十事竟

比丘尼百四十一波夜提初

妄語及種類　兩舌更發起　斷命向說法
自稱過人法　未足説麤罪　與遮輕呵戒
初跋渠竟

破種異語惱　嫌責露地敷　露處强牽出
先敷尖脚牀　蟲出澆草泥　疑悔使不樂
第二跋渠竟

一食及處處　與衣不捨用　不作殘食勸
不受非時食　停食兩三鉢　藏物別衆食
第三跋渠竟

然火過三宿　與欲後瞋恚　入聚落遣還
障道見不捨　沙彌三壞色　取寶恐怖他
第四跋渠竟

飲蟲水外道　婬處坐屏處　觀軍過三宿
牙旗及相打　掌刀水中戲　第五跋渠竟
相指示賊伴　掘地四月請　不從學飲酒
輕他默然聽　斷事不攝耳　第六跋渠竟
離同食王宮　鍼筒過八指　兜羅及坐具
覆瘡効如來　僧殘謗迴向　第七跋渠竟

同比丘戒中廣説

佛住毗舍離爾時跋陀羅伽比丘尼不語依止弟子輒著僧伽梨入聚落有比丘尼呼言某甲乞食去來答言阿梨耶待我取僧伽梨即求衣不見正見師衣作是念師必著我衣去即生念師可得著我衣我不得著師衣語言汝去我不去何故耶言我無衣即語著汝師衣來言我所尊重不敢著汝自去一日失食諸比丘尼語大愛道大愛道即以是事往白世尊佛言呼是比丘尼來來已問言汝實爾不答言實爾世尊佛言此是惡事汝云何

不語著他衣從今已後不聽佛告大愛道依止毗舍離住比丘尼皆悉令集乃至已聞者當重聞若比丘尼不語主而著他衣波夜提比丘尼者如上說不聽不語他而著弟子僧伽梨若欲著時應語我著汝衣汝若行者可著我僧伽梨如是一切衣若欲浣衣染衣縫衣有事緣著弟子衣者當語言汝住當與汝持食來若比丘尼著他衣不語者越毗尼罪是故世尊說

摩訶僧祇律卷第三十七

音釋

擿（他歷切挑也）售（音授賣物去手也）緻（直利切密也）

摩訶僧祇律卷第三十八

東晉三藏法師佛陀跋陀羅共沙門法顯譯

比丘尼百四十一波夜提之二

佛住舍衛城爾時有人名竭住在外道中出家父母在佛法中出家時竭住盛寒時無衣往至母所禽獸而住母即慈念有新浣染作淨鬱多羅僧便脫與之得已即著入酒店中坐爲世人所嫌言此邪見噉酒糟驢而著聖人幖幟諸比丘尼聞已語大愛道大愛道即以是事往白世尊佛言呼是比丘尼來來已問言汝實爾不答言實爾佛言此是惡事汝云何持衣與出家外道從今已後不聽自手與外道衣佛告大愛道瞿曇彌依止舍衛城比丘尼皆悉令集乃至已聞者當重聞若比丘尼自手與俗人外道沙門衣波夜提比丘尼者如上說俗人者在家人外道者外道出家自手與者手與手受沙門衣者賢聖幖幟波夜提者如上說不得自手與俗人外道沙門衣若比丘尼有戒德婦女小兒欲乞破衣段以禳灾者不得自手與應遣淨女人與若比丘尼自手與俗人外道沙門衣者越毗尼罪若有戒德比丘尼人索破袈裟段欲以禳灾者應使淨人與不得與大段當與小者是故世尊說

佛住舍衛城爾時有比丘尼如女人著衣爲世人所嫌云何比丘尼著長衣曳縷而行如世間女人此壞敗人何道之有比丘尼聞已語大愛道大愛道即以是事具白世尊佛言呼比丘尼來來已問言汝實爾不答言實爾佛言從今日後不聽合縷作衣當應量作佛

告大愛道瞿曇彌依止舍衛城比丘尼皆悉令集乃至聞者當重聞若比丘尼作安陀會應量作長四修伽陀搩手廣二搩手若過作截已波夜提比丘尼者如上說安陀會者世尊所聽作者若自作若使人作應量者長四修伽陀搩手修伽陀者善逝廣二搩手若過量作截已波夜提悔過波夜提者如上說若比丘尼長應量廣過量作成波夜提受用越毗尼罪如是廣應量長過量如是邊應量中過量中應量邊過量如是屈量皺量水灑量乾已欲令長廣波夜提受用越毗尼罪是故世尊說

佛住舍衛城爾時有比丘尼年少端正著衣道行時雨乳現出男子見已笑之諸比丘尼聞已語大愛道大愛道即以是事往白世尊乃至佛言從今已後比丘尼應作僧祇支復次爾時諸比丘尼留縷作僧祇支長廣乃至佛言從今日後截縷應量作佛告大愛道瞿曇彌依止舍衛城比丘尼皆悉令集乃至已聞者當重聞若比丘尼僧祇支應量作長四修伽陀搩手廣兩搩手若過作截已波夜提

波夜提如上安陀會中廣說

佛住毗舍離爾時跋陀羅比丘尼於蘇河浴爾時有五離車童子於河上看已見生欲心比丘尼言長壽汝去答言我不去欲看阿梨耶形體比丘尼言汝用看是臭爛身九孔門爲復言不爾我甚欲見良久不去比丘尼作是念此凡夫愚淺即以手掩前後而出其人見已迷悶倒地血從口出諸比丘尼語大愛道大愛道即以是事往白世尊乃至諸比丘

尼問佛云何是五離車童子有欲心迷悶倒地乃爾佛言非但今日有此欲心過去世時已曾如是諸比丘尼白佛言願欲聞之佛言過去久遠爾時有一天女端正殊特時有五天子一名釋迦羅二名摩多梨三名闍僧耶帝四名鞞闍耶帝五名摩吒見已各生欲心便作是念此非可共物欲心重者當以與之各言可爾於是釋迦羅即說頌曰

我憶婬欲時　坐卧不自寧　乃至睡眠時
欲退始得安

摩多梨復說頌曰

釋迦汝眠時　猶故有暫泰　我憶婬欲時
如陣戰鼓音

僧闍耶帝復說頌曰

摩多鼓音喻　猶故常有間　我心染欲時
如駛流漂木

鞞闍耶帝復說頌曰

汝喻漂浮木　或時有稽留　我憶欲念時
如蛸蟲不瞬

於是摩吒復說頌曰

汝等諸所說　全是安樂想　我耽婬欲時
不覺死與生

於是諸天子言汝最重者即并與之佛告諸比丘尼爾時五天子者今五離車是諸比丘尼白佛言是比丘尼有何行業端正如是在大姓家生以信出家得證無漏佛告諸比丘尼過去時有城名波羅柰有長者家初取新婦常有一跡頭人給與飲食時有辟支佛名宣絺詣門乞食其婦見之不大端嚴無恭敬心既不與食亦不語去跡頭人見已語言新

婦可施與食答言醜陋不好我不能與即言賜我食分我欲與之答言隨意亦可棄著水中其人得食即施辟支佛於是受食乘空而逝見其飛騰心大歡喜即發誓言願我後身生大姓家身體端正見佛聞法得盡有漏於是命終即生天上於百千天女五事最勝壽命色力名稱辯才天上命終生波羅柰城婆羅門家值迦葉佛出世時父母出行遊觀時女在家迦葉佛入城乞食次到其家宿植德故見大歡喜淨洗銅槃盛種種好食及憍舍耶衣奉上世尊即說頌曰

今奉食與衣　衆施中最勝　今供牟尼尊
結習盡得證　如是漏盡證　願我亦復然

此女後嫁適婆羅門家姑嫐嚴惡難事乃至我用此活爲不如自殺即持瓔珞及塗身香井自絞繩欲行自殺遇見迦葉佛塔即持嚴身之具供養佛塔然後自絞命終之後即生婆羅門家乃至自說頌曰

瓔珞衣香華　信供迦葉塔　緣此福德故
今禮世尊足

佛言從今巳後應作浴衣乃至巳聞者當重聞若比丘尼作雨浴衣應量作長四修伽陀搩手廣二搩手若過作截巳波夜提如上僧祇支中廣說

佛住舍衛城爾時比丘尼僧語偷蘭難陀言汝能爲僧乞迦絺那衣不答言能即往無信家語言大福德汝能施僧迦絺那衣不答言能僧自恣巳語偷蘭難陀言得迦絺那衣未答言我知即到其家語言長壽迦絺那衣辦未答言我知尋復往索比丘尼復言我知如

是衣時已過諸比丘尼語大愛道大愛道即以是事往白世尊佛言呼比丘尼來來已問言汝實爾不答言實爾佛言汝云何至不能辦衣家爲僧索迦絺那衣從今已後不聽佛告大愛道瞿曇彌依此舍衛城住比丘尼皆悉令集乃至已聞者當重聞若比丘尼詣不能辦衣家爲僧乞迦絺那衣波夜提比丘尼者如上說不信者無力與悕望處弱衣者欽婆羅衣氎衣乃至軀牟提衣乞者爲僧求迦絺那衣衣時過不得者波夜提波夜提者如上說若比丘尼能爲僧求迦絺那衣者應好著意求不得至不信家求當至有信家眷屬多者乞若前人言我自知當語言汝定與不勿令過衣時亦當相望其人必不能辦者當更餘處求亦應自籌量不能辦者不應與僧求若已許僧索衣不自勤求不使人求又不自語僧令衣時過者波夜提若比丘尼詣不信家爲僧求迦絺那衣者越毗尼罪是故世尊說

佛住舍衛城爾時比丘尼著上下衣來禮世尊足後失火燒衣諸比丘尼語大愛道大愛道即以是事具白世尊佛言呼是比丘尼來來已問言汝實爾不答言實爾佛言汝云何所受持衣而不隨身從今已後不聽所受持衣而不隨身復次爾時有比丘尼釋種女摩羅女先是樂人出家僧伽梨重不能勝甚以爲苦乃至佛言從今已後聽病時佛告大愛道瞿曇彌依止舍衛城住比丘尼皆悉令集乃至已聞者當重聞若比丘尼不病所受衣不隨身者波夜提比丘尼者如上說所受衣

者僧伽梨鬱多羅僧安陀會僧祇支雨浴衣病者世尊說無罪不隨身者波夜提波夜提者如上說若比丘尼不病所受持衣不持者波夜提若禮塔若經行若晝日坐禪處界内無罪是故世尊說

佛住毗舍離爾時跋陀羅比丘尼家中常與送食時已更煑更熬更煎調和其兄弟伯叔來見已言我欲食答言可爾即取而食覺氣味異常問言何處得此好食答言故是家中所送耳即便瞋恚言我家從來作食徒棄錢財初不得好食即還家鞭打奴婢罵言虛棄錢物而不可食其使人瞋恚言坐此比丘尼得若惱如是諸比丘尼聞已語大愛道大愛道即以是事往白世尊佛言呼跋陀羅比丘尼來來已問言汝實爾不答言實爾佛言此是惡事從今已後不聽自煑煎熬復次佛住舍衛城爾時有比丘尼是釋種女摩羅女行乞食得宿飯宿羹宿菜食已吐逆諸比丘尼語大愛道大愛道往白世尊得聽我等温食不佛言得佛告大愛道瞿曇彌依止毗舍離比丘尼皆悉令集乃至已聞者當重聞若比丘尼得佉陀尼食蒲闍尼食更煑使人煑更熬使人熬更煎使人煎不病比丘尼食者波夜提佉陀尼者五佉陀尼食蒲闍尼食更煑者若自煑使人煑熬者若自熬使人熬煎者若自煎使人煎病者世尊說無罪云何病老病羸瘦食冷吐逆不樂不病比丘尼煑食食者波夜提波夜提者如上說不聽爲美食故更煑更熬更煎若冷得温不聽銚釜中煑者用銅盂若拘鉢揵鎡中温若比丘尼爲美故

自更煑更熬更煎越毗尼罪若使淨人知者無罪若乞食時食冷更温無罪是故世尊說

佛住舍衛城爾時夫婦二人釋種中出家時夫摩訶羅食比丘尼在邊行水以扇扇之摩訶羅說往時事比丘尼瞋即以水灑面以扇拍頭呵言汝不知恩義故說往時之事不應說者而便說之比丘尼見已語言阿梨耶此上尊衆不得如是復言是摩訶羅不善不知恩義不應說者而今說之諸比丘尼語大愛道大愛道即以是事往白世尊佛言呼比丘尼來來已問言汝實爾不答言實爾佛言此是惡事汝云何比丘食以水扇供給此非法非律非如佛教不可以是長養善法從今已後不聽佛告大愛道瞿曇彌依止舍衛城住者皆悉令集乃至已聞者當重聞若比丘尼比丘食以水扇供給波夜提比丘尼者如上說比丘食者五正食五雜正食水扇者持水瓶行水以扇扇之波夜提波夜提者如上說若比丘尼持水瓶不持扇者越毗尼罪持扇不持水者亦越毗尼罪二俱持者波夜提二俱不持無罪是罪一比丘一比丘尼若衆多比丘行水扇者無罪若衆中有父兄者以扇扇無罪是故世尊說

佛住王舍城爾時有半者蒜商人請比丘尼僧與蒜時六羣比丘尼就園噉蒜踐蹈狼藉時商人來行蒜見此狼藉即問園民何故乃爾答言前請比丘尼與蒜或就中食或持去踐蹈如是商人嫌言我請與蒜但當食之何故持去踐蹈如是諸比丘尼聞已語大愛道大愛道即以是事具白世尊乃至答言實爾

佛語比丘尼此是惡事從今已後不聽食蒜乃至已聞者當重聞若比丘尼食蒜者波夜提比丘尼者如上說蒜者種蒜山蒜如是比一切蒜不聽食熟不聽生亦不聽重煑亦不聽燒作灰亦不聽若身有瘡聽塗塗已當在屏處瘡差淨洗已聽入是故世尊說

他衣外道衣　祇支安陀會　浴衣迦絺那
持衣不隨身　更煑捉水扇　食蒜八跋渠

佛住舍衛城爾時賴吒波羅姊無常乞種種飯食與姊子爲世人所嫌云何沙門尼受他信施施與俗人比丘尼聞已語大愛道大愛道即以是事往白世尊佛言呼比丘尼來來已問言汝實爾不答言實爾佛言從今已後不聽自手與俗人食復次佛住舍衛城爾時竭住外道到母邊其母見來以種種飯食滿鉢而與其子得已即持至酒店上自食復與人有人問言汝何處得此好食語言汝默世人以沙門尼爲福田沙門尼復以我爲福田爲世人所嫌云何沙門尼用人信施與不增長福處諸比丘尼聞已語大愛道大愛道即以是事往白世尊佛言呼比丘尼來來已問言汝實爾不答言實爾佛言此是惡事汝云何自手與外道食從今已後不聽自手與外道食佛告大愛道瞿曇彌依止舍衛城住比丘尼皆悉令集乃至已聞者當重聞若比丘尼俗人外道自手與食波夜提比丘尼者如上說俗人者在家人外道者出家外道自手者手與手受器與器受食者佉陀尼食蒱闍尼食波夜提者如上說若比丘尼有親里來欲與食者不聽自手與當使淨女人與若無

淨女人者應語此中自手取食若畏取多者應語取爾許來受取餘者置受得已放地令自取若外道來者不聽自手與當使淨女人與若無淨女人者應語此中自取食若畏取多者應語取爾許來餘者舉置手中者放地與之若親里嫌恨言汝作旃陀羅相遇耶應語汝出家處不好世尊制戒不得與得使外道作食語言汝授與我餘者自食是故世尊說

佛住拘睒彌爾時闡陀母比丘尼善知治病持根藥葉藥果藥入王家大臣家居士家治諸母人胎病眼病吐下熏咽灌鼻用針刀然後持此諸藥塗之由治病故大得供養諸比丘尼呵言此非出家法此是醫師耳諸比丘尼語大愛道大愛道以是因緣往白世尊佛言呼是比丘尼來來已問言汝實爾不答言實爾佛言此是惡事從今已後不聽作醫師活命佛告大愛道瞿曇彌依止拘睒彌比丘尼皆悉令集乃至已聞者當重聞若比丘尼作醫師活命波夜提比丘尼者如上說醫者持根藥葉藥果藥治病復有醫呪蛇呪毒乃至呪火呪星宿日月以此活命如闡陀母者波夜提波夜提者如上說比丘尼不得作醫師活命若有病者得教語活法比丘作醫師活命者越毗尼罪是故世尊說

佛住拘睒彌爾時世尊制戒不得作醫師活命有人呼闡陀母治病比丘尼言世尊制戒不聽復言若不聽者授我方即授與俗人外道醫方諸比丘尼言但誦醫方此非出家法諸比丘尼語大愛道大愛道即以是事往白

世尊佛言呼比丘尼來來已問言汝實爾不答言實爾佛言從今日後不聽授俗人外道醫方佛告大愛道瞿曇彌依止拘睒彌比丘尼皆悉令集乃至已聞者當重聞若比丘尼授俗人外道醫方者波夜提比丘尼者如上說俗人者在家人外道者出家外道授醫方者呪蛇呪毒乃至呪火呪星宿日月波夜提波夜提者如上說比丘尼不得授俗人外道醫方不得教語若比丘授俗人外道醫方者越毗尼罪是故世尊說

佛住舍衛城爾時毗舍佉鹿母請二部僧時比丘尼晨朝往到其家語優婆夷言汝今日請二部僧我等當以何報之鹿母言阿梨耶但誦經行道便是報恩答言實爾然復更以餘事薄報即共上閣取其劫貝中有擘者有紡者中有紡者成縷丸已而與之言我欲報者今已作竟優婆夷言此事非是報欲報者食已坐禪受經誦經是乃爲報諸比丘尼聞已語大愛道大愛道即以是事具白世尊佛言呼是比丘尼來來已問言汝實爾不答言實爾佛言此是惡事從今日後不聽於俗人家作世俗作佛告大愛道瞿曇彌依止舍衛城比丘尼皆悉令集乃至已聞者當重聞若比丘尼爲俗人作者波夜提比丘尼者如上說俗人者白衣家爲俗人作者擘劫貝紡劫貝及紡若舂若磨若浣衣如是皆俗人家作者波夜提波夜提者如上說比丘尼不得爲俗人作若檀越欲供養佛故言阿梨耶佐我作供養具者爾時得佐結華鬘得佐研香若比丘尼佐俗人作者越毗尼罪是故世尊說

佛住舍衛城爾時有夫婦二人日中時自於屋内無人想處欲行婬事爾時偷蘭難陀比丘尼先不語卒爾便入其夫見之忿恚妨我行欲身生猶起不息即逐欲捉比丘尼比丘尼畏之急走來還住處語諸比丘尼言今日殆壞我梵行諸比丘尼語大愛道大愛道即以是事往白世尊佛言呼是比丘尼來來已問言汝實爾不答言實爾佛言此是惡事汝云何知食家不先語而入從今已後不聽佛告大愛道瞿曇彌依止舍衛城比丘尼皆悉令集乃至已聞者當重聞若比丘尼知食家先不語而入者波夜提比丘尼者如上說知者若自知若從他聞食者女人是丈夫食丈夫是女人食家者剎利家婆羅門家毗舍家首陀羅家如是比先不語而入波夜提波夜提者如上說若比丘尼先不語不得入若欲入者應語守門者我欲入若守門者白已言入乃入若守門者不還不得入若聞房中語聲當彈指動脚作聲若彼默然者不得入若來出迎得入若比丘先不語而入者越毗尼罪是故世尊說

佛住舍衛城爾時伽利比丘尼度離車第三生女出家與俗人外道習近住諸比丘尼語大愛道大愛道即以是事具白世尊佛言呼比丘尼來來已佛問比丘尼汝實爾不答言實爾世尊佛言此是惡事從今已後不聽習近住佛告大愛道瞿曇彌依止舍衛城比丘尼皆悉令集乃至已聞者當重聞若比丘尼與俗人外道習近住若竟日若須臾下至園民沙彌波夜提比丘尼者如上說俗人者在

家人外道者出家外道晝日者齊日沒乃至須臾者須臾間習近住者身習近住口習近住身口習近住下至園民沙彌者波夜提波夜提者如上說若比丘尼習近住者波夜提若比丘尼習近住展轉相樂住者和尚尼阿闍梨尼應離別送著異方若比丘習近住者越毗尼罪是故世尊說

佛住舍衛城爾時偷蘭難陀比丘尼共餘比丘尼諍鬪便相呪誓言南無佛指佛誓指阿闍梨誓袈裟邊誓若我作是者我不在袈裟中死不得斷苦邊得殺父母罪得背恩罪得謗賢聖罪入泥犁墮餓鬼墮畜生我若爾者我當入是諸趣汝若爾者亦當入是諸趣中諸比丘尼聞已語大愛道大愛道即以是事往白世尊佛言呼是比丘尼來來已問言汝實爾不答言實爾佛言此是惡事汝云何出家人作此呪誓此非法非律不如佛教不可以是長養善法乃至已聞者當重聞若比丘尼自呪誓呪他者波夜提比丘尼者如上說自呪誓者南無佛指佛誓指阿闍梨誓我若爾者當得如提婆達多罪得妄語罪得背恩罪得兩舌罪我若爾者梵行不成就不在袈裟中死入泥犁墮畜生餓鬼若汝謗我者亦當得是罪作是誓者波夜提若比丘作誓者越毗尼罪是故世尊說

佛住舍衛城爾時偷蘭難陀共諸比丘尼鬪諍瞋恚自打自抓大啼哭淚出諸比丘尼聞已語大愛道大愛道即以是事往白世尊佛言呼是比丘尼來來已問言汝實爾不答言實爾佛言汝云何瞋恚自打而啼哭淚出此

非法非律不如佛教不可以是長養善法佛告大愛道瞿曇彌依止舍衛城住比丘尼皆悉令集乃至已聞者當重聞若比丘尼自打而啼泣淚波夜提比丘尼者如上說自打者若拳打若手摶若拳拷若杖若土塊若鞭如是比丘尼自打而啼者波夜提波夜提者如上說若比丘尼自打不啼者越毗尼罪啼而不打者亦越毗尼罪自打而啼者波夜提不打不啼無罪若比丘自打而啼越毗尼罪是故世尊說

佛住舍衛城爾時偷蘭難陀比丘尼到俗人家稱說樹提比丘尼賢善持戒精進乃至威儀庠序左顧右視著衣持鉢審諦安詳省於言語天人供養檀越見已生恭敬心給施衣鉢飲食疾病湯藥偷蘭難陀威儀不具足著穿破垢衣大腹乳脅露現舉止卒暴多於言語生不敬心不請與衣鉢飲食疾病湯藥便作此言我至檀越家稱歎樹提故得此供養而樹提但道說我不好事故我不得供養樹提言阿梨耶我不道說何故說汝惡事諸比丘尼聞已語大愛道大愛道即以是事往白世尊佛言呼是比丘尼來來已問言汝實爾不答言實爾佛言此是惡事汝云何不審諦而便嫌責此非法非律不如佛教不可以是長養善法佛言從今已後不聽不審諦聞而嫌責他佛告大愛道瞿曇彌依止舍衛城住比丘尼皆悉令集乃至已聞者當重聞若比丘尼語比丘尼作是言阿梨耶共住某甲家彼於後不忍某甲比丘尼無因緣不審諦聞而呵責者波夜提比丘尼者如上說偷蘭難

陀比丘尼家者剎利家婆羅門家毗舍家首陀家後不忍者不忍如樹提比丘尼不忍事者九惱非處起瞋第十無因緣者不審諦聞後嫌責者波夜提波夜提者如上說若比丘尼不審諦聞而呵責波夜提若比丘不審諦而呵責者越毗尼罪是故世尊說

佛住舍衛城爾時偷蘭難陀比丘尼時至著衣持鉢詣大家門前立有比丘來乞食作如是言上尊衆可入此家爲尊者作食與食已然後自食若比丘尼來復言阿梨耶入去檀越爲汝作食施食已然後自食或語言餘家亦有食何必共在此如是一切外道乞食皆如是慳嫉心護他家諸比丘尼聞已語大愛道乃至答言實爾世尊佛言此是惡事汝云何慳嫉心護他家從今已後不聽佛告大愛道依止舍衛城住比丘尼皆悉令集乃至已聞者當重聞若比丘尼慳嫉心護他家者波夜提比丘尼者如上說家者四種姓家慳嫉心者如偷蘭難陀比丘尼波夜提者如上說比丘尼不得慳嫉心護他家若比丘尼問者當語實若外道問時若恐染著外道邪見而呵叱者無罪若比丘慳悋心惜他家者越毗尼罪是故世尊說

手與食醫師　授方佐俗作　不語入習近
自呪自打啼　呵責護他家　第九跋渠竟

佛住舍衛城爾時有夫婦出家時夫摩訶羅來與食在邊而立其夫說先時女人惡事聞已不喜便作是言短壽摩訶羅不識恩義不應說者而說之諸比丘尼呵言阿梨耶此上尊衆不得作此罵詈即語比丘尼言此短壽

摩訶羅不知恩義不應說者而說諸比丘尼語大愛道大愛道即以是事往白世尊佛言呼來來已問言汝實爾不答言實爾佛言此是惡事從今日後不聽比丘尼對面呵罵比丘佛告大愛道依止舍衛城住比丘尼皆悉令集乃至已聞者當重聞若比丘尼對面呵罵比丘者波夜提比丘尼者如上說對面者四目相對呵罵者言短壽摩訶羅不善不識恩義波夜提波夜提者如上說比丘尼不得對面呵罵比丘若弟兄親里出家其人不持戒行亦不得呵罵應當輭語教誨若是年少者應語沙路醯多莫作此事汝今不學何時當學耶汝後弟子亦當學汝作不善若老者應語沙路醯多汝今不學者待至老死時乃學耶比丘亦不得對面呵罵比丘尼言剃髮婦女婬嫉婦女乃至言摩呵梨汝不善不知恩義可得輭語教如上說若比丘對面呵罵比丘尼越毗尼罪是故世尊說

佛住舍衛城爾時比丘尼一歲二歲三歲便畜弟子不教戒如天牛天羊而自放恣淨不具足威儀不具足不知恭奉和尚尼阿闍梨尼不知恭奉長老比丘尼不知入聚落法阿練若法不知入僧中不知著衣持鉢諸比丘尼以是因緣往白世尊佛言呼是比丘尼來來已問言汝實爾不答言實爾佛言從今已後不聽減十二雨畜弟子佛告大愛道瞿曇彌依止舍衛城比丘尼皆悉令集乃至已聞者亦當重聞若比丘尼減十二雨畜弟子者波夜提比丘尼者如上說減十二雨者減十二年減十二年是名減十二雨比丘尼減十

二雨滿十二年亦名減十二雨比丘尼減十二雨過十二年亦名減十二雨比丘尼冬時受具足數冬爲十二未經自恣是名減十二雨若春時受具足數春十二未經自恣是名減十二雨初安居時受具足未經初安居受自恣是名減十二雨後安居受具足未經後安居受自恣是名減十二雨比丘尼滿十二雨減十二年是名滿十二雨比丘尼滿十二雨滿十二年如是過十二年是名滿十二雨比丘尼冬受具足經安居竟受自恣是名滿十二雨若春時受具足經安居竟受自恣如是初安居受具足已經初安居竟受自恣後安居受具足經後安居受自恣是名滿十二雨比丘尼畜受具足者波夜提波夜提者如上說若比丘尼減十二雨度人者越毗尼罪

受具足者波夜提若比丘減十二雨度人受具足者越毗尼罪是故世尊說

佛住舍衛城爾時世尊制戒不得減十二雨畜弟子時六羣比丘尼及餘比丘尼滿十二雨十法不滿畜弟子不教戒猶如天牛天羊乃至不知著衣持鉢諸比丘尼以是因緣語大愛道乃至答言實爾世尊佛言從今已後不聽十法不具足而畜弟子佛告大愛道瞿曇彌依止舍衛城住比丘尼皆悉令集乃至已聞者當重聞若比丘尼滿十二雨十法不具足而畜弟子者波夜提比丘尼者如上說滿十二雨者如上說十法不具足者十法不成就何等十一持戒二多聞阿毗曇三毗尼四學戒五學定六學慧七能自出罪能使人出罪八弟子親里欲罷道能自送若使人送

至他方九能看弟子病若使人看滿十二雨若過是名十法若十法不滿度弟子越毗尼罪受具足波夜提若比丘十法不具足度人越毗尼罪是故世尊說

佛住舍衛城爾時世尊制戒滿十二雨十法具足得畜弟子爾時比丘尼滿十二雨十法具足畜弟子諸比丘尼嫌言汝滿十二雨十法具足誰能知汝諸比丘尼聞已語大愛道大愛道即以是事往白世尊乃至答言實爾世尊佛言從今日後畜弟子應作求聽羯磨然後乞畜弟子羯磨羯磨者應作是說阿梨耶僧聽某甲比丘尼成就十法若僧時到僧某甲比丘尼欲從僧乞畜弟子羯磨阿梨耶僧聽某甲比丘尼十法成就欲從僧乞畜弟子羯磨僧忍默然故是事如是持此比丘尼應從僧乞胡跪合掌作是言阿梨耶僧聽我某甲滿十二雨十法成就今從僧乞畜弟子羯磨唯願僧與我畜弟子羯磨如是三乞羯磨者應作是說阿梨耶僧聽某甲比丘尼滿十二雨十法成就已從僧乞畜弟子羯磨若僧時到僧某甲比丘尼十法成就與畜弟子羯磨如是白阿梨耶僧聽某甲比丘尼滿十二雨十法成就已從僧乞畜弟子羯磨僧今與某甲比丘尼畜弟子羯磨阿梨耶僧忍與某甲比丘尼畜弟子羯磨忍者僧默然若不忍者便說是初羯磨第二第三亦如是說僧已與某甲比丘尼畜弟子羯磨竟僧忍默然故是事如是持佛告大愛道瞿曇彌依止舍衛城住比丘尼皆悉令集乃至已聞者當重聞若比丘尼十法具足不羯磨而畜弟子者

波夜提比丘尼者如上說十法具足者亦如上說不羯磨者不僧中作羯磨名不羯磨十法不具足者亦名不羯磨雖作羯磨若不白成就衆不成就羯磨不成就亦名不羯磨畜弟子者受具足不羯磨與受具足者波夜提是故世尊說

佛住毗舍離爾時迦利比丘尼度梨車第三生女與受學法已捉戶鉤開他房戶共俗人外道住比丘尼嫌呵言此人犯戒捉他戶鉤開他房共男子住云何與受具足諸比丘尼語大愛道大愛道以是事具白世尊佛言呼迦利來來已問言汝實爾不答言實爾佛言此是惡事汝云何知犯戒捉戶鉤開他房戶與外道共住而與受具足從今已後不聽犯戒而與受具足佛告大愛道依止毗舍離比丘尼皆悉令集乃至已聞者當重聞若比丘尼知他犯戒捉戶鉤開他房戶共男子住與受具足者波夜提比丘尼者如上說犯戒者戒不具足越戒捉戶鉤開房者開他房男子者俗人若外道出家人共住者習近住與受具足者波夜提波夜提者如上說若共俗人外道習近住者不聽與受具足若能使此人梵行全者當先離別然後與受具足若比丘知沙彌犯戒與女人習近住不更與出家而與受具足者越毗尼罪是故世尊說

佛住舍衛城爾時比丘尼度十歲十二歲童女出家與受具足女人輭弱不堪苦事淨不具足威儀不具足不知奉事和尚尼阿闍梨尼不知入聚落不知阿練若不知入衆不知著衣持鉢諸比丘尼語大愛道乃至佛言呼

是比丘尼來來已問言汝實爾不答言實爾佛言從今已後不聽不滿二十童女與受具足佛告大愛道瞿曇彌依止舍衛城住比丘尼皆悉令集乃至已聞者當重聞若比丘尼與減二十雨童女受具足者波夜提比丘尼者如上說減二十雨者減二十年是名減二十雨童女減二十雨滿二十年亦名減二十雨童女減二十雨出二十年亦名減二十雨冬時生通數冬二十未經自恣是名減二十雨童女春時生亦爾前安居時生數前安居二十未經自恣後安居時生數後安居二十未經自恣是亦名減二十雨童女若減二十雨童女一切作減二十想與受具足一切波夜提罪此人不名受具足若減二十雨半減想半滿想與受具足減想者波夜提滿想者無罪此人名受具足減二十雨童女一切滿想與受具足一切無罪是人名受具足滿二十雨減二十年是名滿二十雨童女滿二十雨滿二十年滿雨過二十年是名滿二十雨童女冬時生經安居自恣已滿二十與受具足春時亦如是前安居生經前安居竟自恣已後安居生經後安居竟自恣已滿二十雨童女半減想半滿想減想者越毗尼罪滿想者無罪此人名受具足滿二十雨童女一切謂不滿想與受具足一切越毗尼罪此人不名受具足一切滿想一切無罪此人名善受具足童女者未壞梵行與受具足者波夜提若童女欲於如來法中受具足者應問汝何時生若不知者應看生年板若無者當問父母親里若復不知者當問何王時大豐時大

儉時若復不知者不可相形若是樂人家女年小而形大當相其手足骨節是故世尊說

佛住舍衛城爾時世尊制戒不聽減二十兩童女受具足時諸比丘尼滿二十兩童女與受具足諸比丘尼嫌言汝滿二十兩不滿二十兩誰得知者諸比丘尼語大愛道大愛道即以是事往白世尊乃至佛言從今已後十八童女欲於如來法中受具足者應從僧乞二年學戒先作求聽羯磨已然後聽乞羯磨人應作是說阿梨耶僧聽某甲十八歲童女欲於如來法律中受具足若僧時到僧某甲欲從僧乞二年學戒阿梨耶僧聽某甲十八歲童女欲從僧乞二年學戒僧忍默然故是事如是持此女人應從僧乞作是言阿梨耶僧聽我某甲十八歲童女欲於如來法律中受具足今從僧乞二年學戒唯願僧哀愍故與我二年學戒如是至三羯磨人應作是說阿梨耶僧聽某甲十八歲童女欲於如來法律中受具足已從僧乞二年學戒若僧時到僧與某甲二年學戒羯磨白如是阿梨耶僧聽某甲十八歲童子欲於如來法律中受具足已從僧乞二歲學戒僧今與某甲二歲學戒阿梨耶僧忍僧與某甲二歲學戒忍者默然若不忍者便說是第一羯磨第二第三亦如是說已與某甲二歲學戒竟僧忍默然故是事如是持佛告大愛道瞿曇彌依止舍衛城比丘尼皆悉令集乃至已聞者當重聞若比丘尼滿二十歲童女不與學戒而與受具足者波夜提滿二十歲者滿二十兩滿二十兩減二十年亦名滿二十兩乃至後安居時

生後安居受自恣已數滿二十是名滿不與學戒者不羯磨與學戒是名不與十法不具足亦名不與學戒雖羯磨衆不成就白不成就羯磨不成就若一一不成就而與受具足者波夜提是故世尊說

佛住舍衞城爾時比丘尼與受學戒不滿學與受具足乃至已聞者當重聞若比丘尼受學戒不滿學與受具足者波夜提受學戒者與受學戒十法滿衆成就白成就羯磨成就若一一成就是名與受學戒不滿學者與受學戒已一歲應隨順學十八事何等十八一切比丘尼下一切沙彌尼上飲食於其不淨比丘尼淨於比丘尼不淨於其亦不淨得與比丘尼同室三宿與沙彌尼亦齊三宿得與比丘尼授食除火淨五生種已從沙彌尼受食不得向說波羅提木叉從波羅夷乃至越毗尼罪得語言不得婬不得盜不得殺人如是比丘得教不聽布薩自恣至布薩自恣日至上座前頭面禮僧足已作是言我某甲清淨憶念持如是三說已却行而去後四波羅夷若一一犯者應更受學法若十九僧伽婆尸沙已下一切作突吉羅若破五戒何等五非時食停食食受金銀及錢飲酒著香華隨其犯日從始學滿減者減二兩學是名不滿學不滿學與受具足者波夜提是故世尊說

摩訶僧祇律卷第三十八

音釋

幖幟（幖卑遙切幟昌志切）曳（音裔拖也）磔（陟格切）皺（側救切縮也）

駛（踈士切疾也）漂（音飄浮也）蝱（眉庚切）鶿（疾資切與鷀同）蒜（音筭葷菜）

抓（側巧切亂搔掐也）搏（音博擊也）拷（音考打也）

摩訶僧祇律卷第三十九

東晋三藏法師佛陀跋陀羅共沙門法顯譯

比丘尼百四十一波夜提之三

佛住舍衛城爾時世尊制戒不聽不滿學與受具足爾時比丘尼十八雨童女學戒滿二十雨與受具足諸比丘尼嫌言汝學戒滿不滿誰得知者諸比丘尼以是因緣語大愛道乃至佛言從今已後學戒滿二十雨童女欲於如來法律中受具足作比丘尼者先作求聽羯磨然後從僧乞滿學戒受具足羯磨者應作是說阿梨耶僧聽某甲二十歲童女學戒滿欲於如來法律中受具足若僧時到僧某甲欲從僧乞學滿受具足阿梨耶僧聽某甲二十歲童女學戒滿欲從僧乞學戒滿受具足僧忍黙然故是事如是持應從僧乞胡跪合掌作是言阿梨耶僧聽我某甲二十歲童女學戒滿欲於如來法律中受具足今從僧乞學滿受具足唯願僧哀愍故與我學戒滿受具足如是三乞羯磨者應作是說阿梨耶僧聽某甲二十滿雨童女學戒滿欲於如來法律中受具足作比丘尼以從僧乞學滿受具足若僧時到僧與某甲學戒滿受具足羯磨曰如是阿梨耶僧聽某甲滿二十雨童女學戒滿欲於如來法律中受具足作比丘尼以從僧乞學滿受具足僧今與某甲學滿受具足阿梨耶僧忍與某甲學滿受具足者黙然若不忍便說是第一羯磨第二第三亦如是說僧已與某甲學滿羯磨竟僧忍黙然故是事如是持佛告大愛道瞿曇彌依止舍衛城比丘尼皆悉令集乃至已聞者當重聞

若比丘尼學戒滿不羯磨與受具足者波夜提學戒滿者二兩中隨順行十八事不羯磨者不作羯磨與受具足者波夜提波夜提者如上說是故世尊說

佛住舍衛城爾時釋種女拘梨女摩羅女梨車女先已嫁出曾任苛苦事故而有黠慧大愛道瞿曇彌問佛世尊已嫁女減二十兩得與受具足不佛言得爾時比丘尼與曾嫁八歲九歲女受具足大小輭弱不堪諸比丘尼語大愛道大愛道以是事往白世尊乃至已聞者當重聞若比丘尼適他婦減十二兩與受具足者波夜提減十二兩者如減二十兩中廣說適他婦者壞梵行與受具足者波夜提波夜提者如上說若適他婦欲於如來法律中受具足者應先問乃至看手足骨節是故世尊說

佛住舍衛城爾時世尊制戒不聽減十二兩適他婦受具足爾時比丘尼適他婦滿十二兩與受具足諸比丘尼嫌言汝滿十二兩適他婦滿與不滿誰知者諸比丘尼語大愛道大愛道往白世尊乃至佛言從今已後滿十二兩適他婦應與二年學戒佛告大愛道依止舍衛城比丘尼皆悉令集乃至已聞者當重聞若比丘尼適他婦滿十二兩不學戒與受具足者波夜提如上童女不學戒中說

面罵不滿度　十法不具足　不羯磨畜衆
犯戒減二十　不學不滿學　滿學不羯磨
減十二不學　第十跋渠竟

佛住舍衛城爾時迦梨比丘尼度王臣須提那婦出家與受學戒本在家有娠轉轉腹大

諸比丘尼嫌言已受學戒而有娠體應驅出答言我出家已來不知是法諸比丘尼語大愛道大愛道以是因緣往白世尊佛言此出家已來不知是法此在家時事若有如是比者未應與受具足待娩身已若生女者出草褥已與受具足若生男者待兒能離乳然後與受具足若親里姊妹言取是小兒來我自養活如是者應與受具足佛告大愛道瞿曇彌依止舍衛城比丘尼皆悉令集乃至已聞者當重聞若比丘尼已適他婦受學戒不滿學與受具足者波夜提如上童女學戒不滿中廣說

佛住舍衛城爾時世尊制戒不聽滿十二雨適他婦二年學戒不滿與受具足爾時比丘尼與適他婦二年學戒滿與受具足諸比丘尼嫌言汝學戒滿與不滿誰能知者諸比丘尼語大愛道大愛道以是事往白世尊乃至佛告大愛道瞿曇彌依止舍衛城住比丘尼皆悉令集乃至已聞者當重聞若比丘尼已適他婦學戒滿不羯磨與受具足者波夜提如上童女不羯磨中廣說

佛住舍衛城爾時比丘尼多畜弟子不教戒如天牛天羊淨不具足威儀不具足不知承事和尚阿闍梨不知承事長老比丘尼不知入聚落法阿練若法不知著衣持鉢法比丘尼語大愛道大愛道即以是事往白世尊佛言呼是比丘尼來來已佛問汝實爾不答言實爾世尊佛言此是惡事汝云何度人而不教戒從今日後應二年教戒佛告大愛道瞿曇彌依止舍衛城住比丘尼皆悉令集乃至

已聞者當重聞若比丘尼與弟子受具足已應二年教戒若不者波夜提比丘尼者如上說弟子者共住弟子二年者二雨時教戒者若阿毗曇若毗尼阿毗曇者九部修多羅毗尼者波羅提木叉廣略威儀應教非威儀應遮若不教戒者波夜提若弟子不可教不欲學者應驅出若比丘共住弟子不教勅越毗尼罪是故世尊說

佛住舍衛城爾時比丘尼度弟子弟子受具足已棄餘處去時和尚尼嫌言世尊制戒應教戒弟子弟子捨我去我當教戒誰諸比丘尼語大愛道大愛道即以是事具白世尊佛言呼是比丘尼來來已問言汝實爾不答言實爾佛言此是惡事汝云何受具足已而餘處去應二年事和尚尼佛告大愛道瞿曇彌依止舍衛城比丘尼皆悉令集乃至已聞者當重聞若比丘尼受具足已應二年供給隨逐和尚尼若不供給隨逐波夜提受具足者共住弟子二年者二雨時供給者供給和尚尼應隨逐者不遠離不供給隨逐者波夜提若和尚尼不善持戒不欲學弟子作是念我和尚尼但非威儀處行我若隨逐或傷我梵行欲全梵行故捨去無罪若比丘不供給和尚隨侍越毗尼罪是故世尊說

佛住舍衛城爾時比丘尼年年度弟子受具足心生疑悔爲得爲不得即問大愛道大愛道往白世尊佛言呼是比丘尼來來已問言汝實爾不答言實爾佛言從今已後不聽年年度人受具足當作間佛告大愛道依止舍衛城比丘尼皆悉令集乃至已聞者當重聞

若比丘尼年年畜弟子波夜提年年者兩兩時畜弟子者受具足波夜提者如上說不聽年年畜弟子應作一兩時間若比丘尼有福德一年與學戒弟子二年與受具足雖年年無罪是故世尊說

佛住王舍城爾時樹提比丘尼欲與弟子受具足語偷蘭難陀比丘尼言阿梨耶爲我請僧與弟子受具足後比丘尼僧與受具足偷蘭難陀比丘尼請得六羣比丘樹提問言爲我請得僧未言已得得誰答言得六羣比丘語言我不用至明日更請善比丘受具足諸比丘尼語大愛道大愛道即以是事往白世尊佛言呼比丘尼來來已問言汝實爾不答言實爾佛言樹提此是惡事汝云何一衆清淨已停宿受具足而復輕衆從今日後不聽一衆清淨停宿受具足亦不聽輕衆佛告大愛道瞿曇彌依止王舍城比丘尼皆悉令集乃至已聞者當重聞若比丘尼一衆清淨停宿受具足波夜提比丘尼者如上說一衆清淨者比丘尼衆中受具足停宿者至明日比丘衆中受具足者波夜提波夜提者如上說不聽一衆清淨停宿受具足復不聽輕衆復不得請惡比丘衆與受具足應當先求善比丘若不可得當求半若過半許而作羯磨若王賊難不得者停宿無罪比丘亦不得輕衆應得半若過半而作羯磨輕衆者越毗尼罪是故世尊說

佛住毗舍離爾時迦梨比丘尼度梨車第三生女出家與俗人外道習近住諸比丘尼語迦梨比丘尼汝知是弟子與俗人外道習近

住汝何故不別離送於異方諸比丘尼語大愛道大愛道即以是事往白世尊佛言呼是比丘尼來來已問言汝實爾不答言實爾佛言此是惡事汝云何知弟子共俗人外道習近住而不離別從今已後不聽佛告大愛道依止毗舍離住比丘尼皆悉令集乃至已聞者當重聞若比丘尼度弟子有事不自送不使人送下至五六由旬波夜提比丘尼者如上說度人者和尚尼弟子者共行弟子有事者弟子欲罷道若父母親里欲罷道若壻若叔罷道送者若不自送不使人送下至五六由旬者極齊六若弟子習近住者應送遊行若身老病不能去者應囑人當教誡汝可遊方多有功德禮諸塔寺見好徒衆多所見聞我若不老者亦復欲去若比丘共住弟子有事不自送不使人送者越毗尼罪是故世尊說

佛住舍衛城爾時偷蘭難陀比丘尼十法不滿度弟子不教誡如天牛天羊乃至比丘尼語阿梨耶汝十法不具度弟子何不教誡使如法偷蘭難陀言汝妬我度弟子而責數我諸比丘尼語大愛道大愛道即以是事往白世尊佛言呼是比丘尼來來已問言汝實爾不答言實爾佛言此是惡事乃至汝云何十法不具度弟子不教誡而嫌責他從今已後不聽嫌他佛告大愛道瞿曇彌依止舍衛城比丘尼皆悉令集乃至已聞者當重聞若比丘尼語比丘尼作是語阿梨耶十法不具度弟子應教誡而反嫌責者波夜提比丘尼者若僧若衆多人若一人是比丘尼者如偷蘭

難陀比丘尼十法不具者十法不成就度弟子者受具足作是諫時而嫌責者波夜提波夜提者如上說比丘如是者越毗尼罪是故世尊說

佛住舍衛城爾時有學戒尼語偷蘭難陀言阿梨耶我學戒滿與我受具足答言可爾後學戒尼言阿梨耶我學戒滿與我受具足聞是語已自不與受不使人受又不發遣諸比丘尼言汝先許與受具足何以不與聞此語猶故不與諸比丘尼語大愛道大愛道即以是事具白世尊佛言呼是比丘尼來來已問言汝實爾不答言實爾佛言此是惡事汝云何許他受具足而不與受從今日後不聽佛告大愛道依止舍衛城比丘尼皆悉令集乃至已聞者當重聞若比丘尼語式叉摩尼言學戒滿當與汝受具足後不與受不使人受又不遣去者波夜提比丘尼者如上說式叉摩尼者隨順行十八事二歲學作是語者如偷蘭難陀比丘尼許與受具足後不與受不使人受波夜提波夜提者如上說若比丘尼語式叉摩尼當與汝受具足若後無力者當使人受若不自受不使人受者應語令去更餘處受具足若比丘尼許式叉摩尼受具足後不與受者波夜提若比丘許沙彌受具足後不與受者越毗尼罪是故世尊說

佛住毗舍離爾時跋陀羅伽毗梨比丘尼載好上乘到親里家爲世人所嫌云何沙門尼出家故如俗人載好上乘多欲如是諸比丘尼聞已語大愛道大愛道即以是事具白世尊佛言呼是比丘尼來來已問言汝實爾不

答言實爾佛言此是惡事從今已後不聽復次爾時釋種女比丘尼道路行羸老病不及伴後被賊乃至佛告大愛道依止舍衛城比丘尼皆悉令集乃至已聞者當重聞若比丘尼不病載乘者波夜提比丘尼者如上說病者若老羸病若樂人不能行世尊說無罪乘者八種乃至船乘是名八種載者波夜提不聽不病比丘尼載病者不得載特牛乘得載牸牛車及雌馬駱駝若病不覺雌雄無罪若乘船直度無罪若上水下水作因緣受持得去若比丘不病載者越毗尼罪是故世尊說

不滿不羯磨　和尚不教戒　弟子不隨逐
年年畜弟子　停宿受具足　有事不遣送
嫌責許具足　載乘最在後　十一跋渠竟

佛住毗舍離爾時跋陀羅伽毗梨比丘尼持傘蓋著華屣往親里家爲世人所嫌云何沙門尼似如俗人如是多欲諸比丘尼語大愛道大愛道即以是事往白世尊佛言呼是比丘尼來來已問言汝實爾不答言實爾佛言從今已後不聽持傘蓋著華屣

復次佛住舍衛城釋種女摩羅女先是樂人出家道路行時天極熱甚大疲苦諸比丘尼語大愛道大愛道即以是因緣往白世尊佛言從今已後聽病時佛告大愛道依止舍衛城比丘尼皆悉令集乃至已聞者當重聞若比丘尼不病持傘蓋著華屣者波夜提比丘尼者如上說病者老羸病尩弱世尊說無罪傘蓋者樹皮蓋多梨蓋竹蓋摩樓蓋樹葉蓋氍傘蓋如是比餘蓋等華屣者一重兩重持者受用波夜提波夜提者如上說持蓋不持

華屣越毗尼罪持華屣不持傘蓋亦越毗尼罪二俱持者波夜提不持者無罪若比丘持莊嚴傘蓋兩重華屣者越毗尼罪是故世尊說

佛住毗舍離爾時跋陀羅伽毗梨比丘尼往至親里家敷高佉唃羅牀褥兩三重蹬上爲俗人外道所嫌云何沙門尼出家猶如俗人多欲如是諸比丘尼語大愛道大愛道即以是事往白世尊佛言呼是比丘尼來來已問言汝實爾不答言實爾佛言汝云何過量佉唃羅牀上坐從今已後不聽佛告大愛道瞿曇彌依止毗舍離比丘尼皆悉令集乃至已聞者當重聞若比丘尼過量佉唃羅牀褥上若坐若卧波夜提比丘尼者如上說過量者過八指佉唃羅牀褥者佉唃十四種乃至崩求羅佉唃崩求羅牀若坐若卧波夜提波夜提者如上說若竟日坐一波夜提若起已更坐隨坐得波夜提若過量牀得埋脚坐若比丘坐過量佉唃羅牀上越毗尼罪是故世尊說

佛住舍衛城爾時六羣比丘尼共一牀一敷眠褥枕破裂牀復折壞諸比丘尼以是因緣語大愛道乃至佛言呼是比丘尼來來已問言汝實爾不答言實爾佛言此是惡事乃至佛告大愛道依止舍衛城比丘尼皆悉令集乃至已聞者當重聞若比丘尼同敷褥牀卧波夜提敷者同一敷一覆一牀牀者十四種乃至脂蘭牀波夜提波夜提者如上說不得同牀卧一牀一人卧三坐牀得二人卧展脚不得過膝若方褥三褥得二人卧展脚不得

過膝若地敷者不得多取地當相去一舒手自敷坐具而卧若寒時得上通覆於下各自別覆無罪若比丘共牀卧越毗尼罪是故世尊説

佛住舍衛城爾時迦梨比丘尼受僧房已閉户而去後客比丘尼上坐來次第與房見户閉即嫌言此僧房舍何以閉户而去諸比丘尼語大愛道乃至佛言呼是比丘尼來來已佛問汝實爾不答言實爾佛言此是惡事乃至汝云何僧房舍不捨閉户而行從今已後不聽佛告大愛道依止舍衛城比丘尼皆悉令集乃至已聞者當重聞若比丘尼僧房牀褥不捨而去波夜提比丘尼者如上説僧牀褥者卧牀坐牀枕褥拘執不捨者不還不白餘處去者波夜提波夜提者如上説若比丘尼欲行去當捨牀褥與知牀褥人已而去若不捨而去者波夜提若房不空尋有人住者越毗尼罪是故世尊説

佛住舍衛城爾時竭住毋比丘尼先不語卒爾而入竭住父比丘房而摩其背即反顧視之見已言咄咄遠我比丘尼言我先常與洗浴今摩觸何苦語言本是俗人今日出家不得如先諸比丘尼語大愛道大愛道即以是事往白世尊佛言呼是比丘尼來來已問言汝實爾不答言實爾佛言此是惡事乃至汝云何先不白入比丘僧伽藍從今已後不聽乃至已聞者當重聞若比丘尼先不白入比丘僧伽藍者波夜提比丘尼者如上説比丘僧伽藍者下至一比丘住處先不白者先不語不呼入入者如竭住毋比丘尼波夜提波

夜提者如上說若比丘尼欲入比丘住處者當到門屋先白言和南比丘尼白入願聽比丘當籌量若比丘尼賢善自無事著衣服者聽入若有事或泥作或裸露當語言姊妹小住應唱言諸長老比丘尼欲入各自著衣若比丘尼不善無威儀者應語莫入有事若先不語輒初入者波夜提後來者無罪不白而入者舉一足越毗尼罪兩足波夜提若還去者越毗尼罪若比丘先不語而入比丘尼住處者越毗尼罪應住門屋下遣淨女人語是故世尊說

佛住舍衛城爾時比丘尼在道行暮至村中欲求宿處至一家語婦人言借我宿處婦人言我夫行去暮或能還比丘尼復重借言故當不來可寄一宿即與宿處夫主暮還爲結所使與婦共行欲事比丘尼未離欲聞聲不悅還已語諸比丘尼比丘尼語大愛道乃至佛言呼是比丘尼來來已問言汝實爾不荅言實爾佛言汝云何知食家婬處宿從今已後不聽

復次佛住舍衛城爾時諸比丘尼道路行至暮於聚落中遍求無丈夫家而不能得便在溝陌邊宿夜暴風雨起有諸年少來相侵觸傷於梵行諸比丘尼以是因緣語大愛道乃至佛言從今已後除餘時乃至已聞者當重聞若比丘尼知食家婬處宿除餘時波夜提餘時者風時雨時奪命時傷梵行時是名餘時比丘尼者如上說知者若自知若從他聞食者女人是丈夫食丈夫是女人食家者四種姓家婬處者夫婦宿處除餘時波夜提餘

時世尊說無罪風時雨時失命時疑男子傷梵行時是名餘時不得食家婬處宿若疑是聚落中有放蕩男子畏宿者無罪是故世尊說

佛住舍衛城爾時毗舍離比丘尼安居竟欲向舍衛城禮拜世尊到比丘精舍中和南我聞尊者欲詣舍衛城禮拜世尊審爾不答言何故問我欲隨去比丘言世尊制戒不得與比丘尼共道行又問何時當發答言某日即記識其日預持衣鉢於路側而待比丘至其日食已而去見比丘尼並相謂言此比丘尼欲隨我等去當急脚行諸年少比丘尼奔走而逐諸老病樂人不能得及於後爲賊所剝諸比丘尼語大愛道大愛道以是因緣往白世尊乃至呼是比丘尼來來已佛言汝實爾不答言實爾佛言汝云何無商人伴於空迥處向餘國行從今已後不聽佛告大愛道依止舍衛城比丘尼皆悉令集乃至已聞者當重聞若比丘尼無商人伴向異國行波夜提

比丘尼者如上說無伴者無商人伴餘國者異王境界去者波夜提若比丘尼欲行時當先求商人伴若前人言阿梨耶但來我當料理使令得去當相望其人若語太善視瞻不好者不應去更求善人將女婦者共去若去時卒不得善察至迥處方覺者不得便捨去當待近聚落已方便捨去若問言欲那去當語言我乞食耳若比丘尼無商人伴行者越毗尼罪至所在波夜提若比丘於空迥處無伴行者越毗尼罪是故世尊說

佛住舍衛城時爾時比丘尼共女人到園池

處看諸女人在水邊飲食比丘尼往故村舍中看時有諸年少從林中出擾亂比丘尼比丘尼語大愛道乃至已聞者當重聞若比丘尼自境內觀園林故墟波夜提比丘尼者如上說境內者自王境內園者菴波羅園乃至阿提目多園林者種種林樹故墟者空屋宅中觀看去者波夜提波夜提者如上說若比丘尼不得往園林坵宅中看去時越毗尼罪到彼波夜提若檀越婦女請共去者無罪若比丘往坵墟園林觀看爲樂者越毗尼罪是故世尊說

佛住毗舍離爾時須闍帝比丘尼是優陀夷本二語優陀夷言尊者我明日當守房可來有時比丘尼盡入聚落乞食時優陀夷著衣持鉢入比丘尼精舍二人共在房後各出身生蹲踞相向欲心相視時有老病比丘尼出欲小便見已羞慚却行而去以是因緣語大愛道乃至佛言呼是比丘尼來來已佛言此是惡事乃至已聞者當重聞若比丘尼共一比丘空靜處坐波夜提一者共一比丘更無人設有人眠醉狂癡心亂苦痛嬰兒非人畜生故名爲一空靜者僻猥無人處坐者共坐波夜提波夜提者如上說若比丘尼共比丘竟日坐一波夜提若中間起還坐隨坐一一波夜提若比丘尼獨在房中坐卒有比丘來入坐者比丘尼當速起欲起時當先語勿使比丘怪若言何故起當語世尊制戒我不得共比丘獨坐若減七歲男亦犯齊幾時名坐如取食乞出家人頃若有淨人作事來出入不斷若房戶向道有行人不斷者無罪若行

人斷者波夜提若淨人眠時當彈指令覺若在閣上下人見若在閣下上人見三人展轉相見無罪或見非聞或聞非見或亦見亦聞或非見非聞見非聞者遥見比丘比丘尼坐不聞語聲聞非見者聞語聲而不見如是廣說見而不聞越毗尼罪聞而不見亦越毗尼罪見聞無罪非見非聞波夜提是罪亦聚落亦阿練若亦晝亦是夜亦時亦非時是覆處非露處是一人非衆多是近處非遠處是故世尊說

佛住毗舍離爾時跋陀羅比丘尼到親里家共弟兄姊妹兒於屏處坐比丘尼嫌言云何出家人與俗人隱處坐猶如俗人以是因緣語大愛道乃至佛言從今已後不聽共男子屏處坐乃至已聞者當重聞若比丘尼與丈夫屏處坐者波夜提如上比丘中廣說是故世尊說

持傘佉啁牀　同敷牀不捨　不白婬處宿無伴故墟看　比丘靜處坐　男子亦復然

十二跋渠竟

佛住毗舍離爾時跋陀羅比丘尼到親里家與弟兄姊妹兒伸手內住共耳語奴婢嫌言此出家人耳語正當說我等過耳諸比丘尼聞已語大愛道瞿曇彌乃至已聞者當重聞若比丘尼與男子伸手內住若耳語波夜提比丘尼者如上說伸手內者共伸手內住耳語者耳邊共語波夜提比丘尼不得與男子伸手內住共語共耳語若欲共語者當在伸手外若欲論密事當隔籬隔壁隔樹隔縵比丘尼波夜提比丘尼與女人伸手內共語耳

語越毗尼罪是故世尊說

佛住毗舍離爾時跋陀羅比丘尼到親里家兄弟姊妹兒在闇處無燈先不語卒爾而入時親里羞慚諸比丘尼語大愛道乃至答言實爾佛言汝云何知男子在闇中無燈而入從今已後不聽乃至已聞者當重聞若比丘尼知闇中男子坐無燈而入波夜提比丘尼者如上說男子坐者常眠卧處闇處者不相見處無燈者無油燈及餘種種燈入者波夜提波夜提者如上說不得入闇地男子坐處若有因緣事須入者若聞內人高聲大聲當入若不聞語者應先遣人語若彈指若作燈明現相有人呼入者當入若不語不彈指不作燈明而入者波夜提若比丘不語而入者越毗尼罪是故世尊說

佛住王舍城爾時六羣比丘尼先到作妓樂處瞻顧坐處妓兒戲時高聲大笑衆人效笑人笑時便復嘿然似如坐禪人笑適止還復拍手大笑於是衆人捨妓樂而觀比丘尼時妓兒不得顧直瞋恚嫌責坐是沙門尼令我失顧直諸比丘尼語大愛道乃至答言實爾佛言此是惡事汝云何觀妓樂從今已後不聽觀妓樂乃至已聞者當重聞若比丘尼觀妓樂行波夜提比丘尼者如上說妓樂者舞妓歌妓鐃盤打鼓如是一切下至四人共戲觀看者波夜提波夜提者如上說不得觀妓樂若比丘尼乞食值王王夫人若天像出有妓樂者遇見無罪若下處就高作意闚望逐看波夜提若檀越欲供養佛作衆妓樂研香結鬘語比丘尼言阿梨耶佐我安施供養具

爾時得助作若於彼間聞樂有欲著心者當捨去若比丘觀妓樂者越毗尼罪是故世尊說

佛住舍衛城爾時比丘尼諍鬪不和合住時大愛道瞿曇彌衆主諍事已起者不能滅未起者不能令不起諸比丘尼以是因緣往白世尊佛言呼大愛道瞿曇彌來來已佛語瞿曇彌汝實爾不答言實爾佛言汝云何諍事起而不斷滅未起者不能方便令不起從今已後諍事起當斷滅佛告大愛道依止舍衛城比丘尼皆悉令集乃至已聞者當重聞若比丘尼諍鬪不和合住衆主不斷料理斷滅者波夜提比丘尼者如上說諍者口諍鬪者展轉取勝不和合住是法非法是毗尼非毗尼是罪非罪是輕是重是可治不可治有殘無殘如法羯磨非法羯磨和合羯磨不和合羯磨應羯磨不應羯磨是處羯磨非處羯磨衆主者衆之標望得自從不料理斷滅者不自滅不使人滅波夜提波夜提者如上說若比丘尼諍鬪不和合住不得視置當料理斷滅使展轉悔過若復不止事須羯磨者當集僧料理若自不能者當餘衆請有德比丘尼若比丘若優婆塞優婆夷令滅若諍事難斷當作是念衆生業行待時待熟自當滅如是者無罪若比丘尼鬪諍衆生不料理滅者越毗尼罪是故世尊說

佛住毗舍離爾時跋陀羅比丘尼到親里家觀看洗浴諸婦人言我與阿梨耶揩身體使我得功德此比丘尼端正諸女人欲看其身體故便聽使揩即用種種香油塗身諸比丘

尼嫌責言出家人猶故多欲諸比丘尼語大愛道乃至答言實爾世尊佛言汝云何使俗人家婦女揩摩身體從今已後不聽乃至已聞者當重聞若比丘尼使俗人婦女塗香油揩摩洗浴除病時波夜提比丘尼者如上說俗人婦女者四種家女揩摩洗浴者以種種香油揩摩洗浴若老病者無罪若不病揩摩浴波夜提波夜提者如上說若身體有瘡疥得持藥揩摩洗浴若熱病得摩耶披脣塗若風病得以小麥脣塗若雜病者以雜藥塗無罪塗已不得在衆人中住當在邊房病差洗已當入若比丘不病使俗人揩摩越毗尼罪是故世尊說

佛住毗舍離爾時世尊制戒不聽俗人婦女揩摩洗浴時跋陀羅比丘尼使比丘尼揩摩

諸比丘尼以是因緣往白世尊乃至已聞者當重聞若比丘尼不病使比丘尼揩摩洗浴者波夜提若揩而不摩越毗尼罪摩而不揩亦越毗尼罪二俱者波夜提若比丘不病令比丘揩摩者越毗尼罪是故世尊說沙彌尼亦如是乃至已聞者當重聞若比丘尼不病令沙彌尼揩摩者波夜提沙彌尼者隨佛出家受十戒使揩摩者如比丘尼中說式叉摩尼亦如是乃至已聞者當重聞若比丘尼不病令式叉摩尼揩摩者波夜提式叉摩尼者隨順行十八事二年學戒使揩摩者如上比丘尼中說俗人婦女亦如是乃至已聞者當重聞若比丘尼不病令俗人婦女揩摩者波夜提俗人婦女者四種姓家女人揩摩如比丘尼中說

佛住王合城爾時比丘尼僧集欲作布薩羯磨時樹提比丘尼不來僧遣信喚言阿梨耶比丘尼僧集欲作布薩可來樹提言世尊制戒世間清淨者得布薩我即清淨不能去大愛道以是事具白世尊乃至答言實爾佛言此是惡事乃至汝不恭敬布薩誰當恭敬乃至已聞者當重聞若比丘尼半月清淨布薩不恭敬者波夜提清淨布薩者十四日十五日不病比丘尼不來恭敬布薩者波夜提病者老羸病服藥刺頭出血服酥應與清淨若不病不來設病不與清淨欲波夜提若比丘尼不來布薩病不與清淨欲波夜提若比丘不來布薩病不與欲越毗尼罪是故世尊說

伸手內無燈　妓樂主不滅　香油比丘尼
沙彌尼學戒　女婦不布薩　十三跋渠竟

佛住舍衛城爾時長老比丘教戒比丘尼爾時六羣比丘不得教戒次便作是言我等教戒去又言世尊制戒不聽不差而教戒我等當出界外展轉相拜而去即出界外展轉相拜已晨朝著衣往到比丘尼住處語比丘尼言姊妹盡集我當教戒時六羣比丘尼即便速集善比丘尼不來而作是言我不能非毗尼人邊受教戒時六羣比丘共六羣比丘尼作世俗語已須臾間而去爾時長老難陀著衣持鉢來到精舍言姊妹集僧我欲教戒於是善比丘尼盡集六羣比丘尼不來長老問言比丘尼僧集未答言不集誰不集言六羣比丘尼即遣信呼姊妹來我欲教戒答言我不去已六羣阿闍梨邊受教戒竟時長老言尼僧不和合即起而去佛知而故問汝教戒

何以速答言世尊我至時著衣往欲教戒善比丘尼皆集唯六羣比丘尼不來比丘尼僧不和合故不得教戒佛言呼六羣比丘尼來來已問言汝實爾不答言實爾乃至已聞者當重聞若比丘尼半月僧教戒而不恭敬來者波夜提比丘尼者如上說半月者十四日十五日僧教戒者教戒比丘尼不恭敬不來者波夜提波夜提者如上說若老羸病服藥剃頭出血服酥應與欲作是言我某甲與教戒欲如是三說若不病不去病不與欲波夜提若至布薩日應差比丘尼持欲詣僧作如是言比丘尼僧和合頭面禮比丘僧足問布薩請教戒如是三說比丘僧中有教戒尼者應語姊妹當往若有比丘成就十二部法者應羯磨教戒若無者當語言無教戒比丘尼人莫放逸是故世尊說

佛住王舍城爾時樹提比丘尼隱處生癰諸比丘尼入聚落乞食後有治癰師來比丘尼言長壽與我破癰答言可爾即與破癰洗著塗藥已而去諸比丘尼乞食還見地膿血問言此何等膿血答言我破癰瘡諸比丘尼嫌言汝云何隱處有癰不白善比丘尼而破諸比丘尼語大愛道乃至答言實爾世尊佛言汝云何膝以上肩以下有癰瘡先不白聽而破癰瘡從今已後不聽乃至已聞者當重聞若比丘尼膝以上肩以下隱處有癰瘡先不白聽男子破洗者波夜提比丘尼者如上說膝以上者髀以上肩以下者乳房以下先不白者不白善比丘尼聽者不僧中作求聽羯磨隱處有癰欲破者應先僧中作求聽羯磨

羯磨者應作是說阿梨耶僧聽某甲比丘尼隱處有癰若僧時到僧某甲比丘尼欲從僧乞破癰羯磨阿梨耶僧聽某甲比丘尼欲從僧乞破癰羯磨僧忍默然故是事如是持若隱處有癰者當令可信人若依止弟子若同和尚阿闍梨以錐若指甲破之以藥塗若使男子破癰波夜提波夜提者如上說若肩已下膝已上有癰瘡若刺頭出血若欲刺臂當使婦人急案男子破無罪是故世尊說

摩訶僧祇律卷第三十九

音釋

黠（胡八切）娩（音免生子分身也）牸（音字牝牛也）尩（音汪弱也）啁（陟交切）蹲踞（蹲音存踞音據）髀（步米切股也）

摩訶僧祇律卷第四十

東晉三藏法師佛陀跋陀羅共沙門法顯譯

比丘尼百四十一波夜提之四

佛住舍衛城爾時迦梨比丘尼安居中受僧牀褥已而捨遊行諸比丘尼以是因緣語大愛道瞿曇彌乃至答言實爾佛言汝云何安居中遊行從今已後不聽乃至已聞者當重聞若比丘尼安居中遊行者波夜提安居者前安居後安居行者下至聚落宿波夜提波夜提者如上說若比丘尼安居中離界一宿波夜提若王難餘方賊來若恐奪命若畏失梵行者去無罪比丘尼安居中無有求聽羯磨法爲塔僧事而遊行是故世尊說

佛住舍衛城爾時比丘尼舍衛城安居竟來詣毗舍離往到跋陀羅比丘尼親里家其家人問何處安居答言舍衛城問舍衛城何似好不比丘尼言祇園樹木華果茂盛池水清涼精舍如是世尊住處如是尊者舍利弗大目連如是須達居士如是檀越言此是眞出家今我跋陀羅此處生此處長如無手足人初不肯出諸比丘尼以是因緣往白世尊乃至答言實爾佛言汝云何安居竟而不遊行從今已後不聽乃至已聞者當重聞若比丘尼安居竟不遊行者波夜提安居竟者三月竟不遊行者下至不出聚落行波夜提波夜提者如上說安居竟下至不離一宿行波夜提若羸老病不能行無罪是故世尊說

佛住舍衛城爾時偷蘭難陀語樹提言此間安居即往檀越家歎譽樹提比丘尼賢善持戒汝當供養於是樹提威儀庠序舉動瞻視

不失儀法見已生歡喜乃至後嫌呵惱觸諸比丘尼以是因緣往白世尊乃至答言實爾佛言此是惡事乃至已聞者當重聞若比丘尼語比丘尼作是語阿梨耶此處安居後嫌呵惱觸波夜提若比丘尼語是中安居安居中惱觸惱觸者若自身口若使人身口惱觸波夜提若前人不持戒畏作非法雖驅遣無罪若式叉摩尼沙彌尼越毗尼罪下至俗人越毗尼心悔是故世尊說

佛住舍衛城爾時迦梨比丘尼到欲安居時餘行去受安居已還房舍已分竟方來索言是我房舍還我住者言我已受不可得於是鬪諍有善比丘尼呼言阿梨耶可就此房住入已持巨磨柴草積聚房中先住者言阿梨耶此不用物不須安即言賢善汝買得此房耶答言我當次得此僧房若是僧房者我何以不安於是以身口擾亂諸比丘尼以是因緣往白世尊乃至答言實爾佛言此是惡事汝云何知他先安居已後來擾亂從今已後不聽乃至已聞者當重聞若比丘尼知比丘尼先安居已後來若自擾亂使人擾亂波夜提知先安居者前安居後安居擾亂者若自身口若使他身口擾亂波夜提若擾亂比丘尼波夜提式叉摩尼沙彌尼越毗尼罪下至俗人越毗尼心悔是故世尊說

佛住舍衛城爾時有比丘尼不先看擲棄大小便時有婆羅門新洗浴著新淨衣巷中行正墮頭上婆羅門瞋罵言衆多人子沙門尼汙我如是諸比丘尼往白佛乃至答言實爾世尊佛言此是惡事汝云何不審諦觀而棄

不淨從今已後不聽乃至已聞者當重聞若比丘尼隔墻不觀擲棄不淨波夜提隔墻者隔籬墻擲不淨者大小便涕唾糞掃及洗手足水髮指甲不觀者不先看而擲棄若欲擲棄物時當先諦視若多人行者當待斷乃擲若行人希者當彈指乃擲若不視不彈指而擲者波夜提若比丘不視而擲者越毗尼罪是故世尊說

佛住舍衛城爾時波斯匿王東園池不禁比丘比丘尼入爾時六羣比丘尼往彼園中作世俗語話大小便涕唾生草上復以藕葉裹不淨物放池水中明旦波斯匿王與後宮夫人共詣園池遊觀時後宮人閉在深宮不出來久始得一出遊戲熙怡喜勇競各瞻顧生草此是我許而往捉之汙泥其手詣水欲洗復見水上有裹便作是念諸年少等聞我等出必裹衆香以待我等即往捉取而汙衣手即往白王此是何物不淨如是王即呼守園人問誰汙此園白言更無餘人昨日六羣比丘尼在中洗浴言戲而去諸比丘尼以是因緣往白乃至佛言此是惡事乃至已聞者當重聞若比丘尼生草上大小便波夜提若比丘尼水中大小便波夜提比丘尼者如上說草者一切草大小便涕唾波夜提若雨時生草覆地者當在無草處行若無空處者當在瓦上塼石上乾草木牛馬屎上人行處若復無是者下至一木枝令先墮木枝後墮草上若經行處有草者當於經行頭安唾器是故世尊說比丘尼如上說水者有十種如上說若水中大小便涕唾波夜提若雨時水漫溢

者當於高處大小便若無是者當於瓦石乾草木上牛馬屎上若復無是者當以草木枝承令先墮木枝後墮水中若掘廁下有水出者不得先於中大小便當先令淨人行然後比丘尼行若廁下有流水者當安板木令先墮板上後墮水中若船上行時有廁處者當安板木承令先墮板上後墮水中若無板者當以木枝承令先墮木枝上後墮水中是故世尊說

佛住舍衛城爾時六羣比丘尼遊行勸化女人言與我物爲諸比丘作食女人即與作是言至作食日語我我當行食時請尊者舍利弗大目連離婆多劫賓那尊者羅睺羅復請六羣比丘敷二座一與長老比丘一與六羣比丘爾時長老比丘時到著衣持鉢到舍次第而坐與尊者舍利弗白米飯蒙巨羹酥乳酪如是轉與麤食尊者目連與麤米飯摩沙羹油乳餘比丘與赤米飯摩沙羹或有得飯不得羹有得羹不得飯乃至尊者羅云與赤米飯麻粇菜羹時諸婦人復持種種好食來問言與誰比丘尼便以身障長老比丘示六羣比丘與白米飯好羹酥乳酪自恣與諸比丘食已而去佛知而故問舍利弗得好食滿足不答言已食世尊如是三問答亦如是如是一一問諸長老比丘答皆如此乃至問羅云何故色力不足得好食飽滿不答言世尊食油得力食酥有色食麻粇菜無色無力又問六羣比丘得好食不答言世尊我得白米飯好羹酥酪種種好食皆是姊妹信心恩力佛言上座是誰答言尊者舍利弗佛問舍利

弗汝實爾不答言實爾世尊佛言此非法食汝云何看是擾亂比丘僧而入捨心舍利弗言若世尊言此非法食者若一劫若過一劫不可得消於是即取鳥翮擿而吐之佛言呼六羣比丘尼來來已問言汝實爾不答言實爾佛言此是惡事汝云何知衆利而迴與一衆從今已後不聽乃至已聞者當重聞若比丘尼知衆利迴與一衆波夜提比丘尼者如上說知者若自知若從他聞衆者比丘衆比丘尼衆利者八種時藥夜分藥七日藥終身藥隨身物重物不淨物淨不淨物迴者撰物向處已定而迴與餘衆波夜提波夜提者如上說若人來問我欲布施當施何處應言隨汝心所信樂處若言何處功德大當言施僧若問何處有好持戒僧當言都無犯戒僧若言何處有比丘比丘尼自守少事坐禪誦經不大遊行恒使我得見此物得語言與其甲若比丘尼知物向僧迴向已尼薩耆波夜提若迴向餘人波夜提衆迴向餘衆波夜提眷屬迴向眷屬亦波夜提一人物迴向一人越毗尼罪比丘迴衆物與餘衆越毗尼罪是故世尊說

教戒隱處癰　離宿不遊行　安居後嫌責
安居已後來　隔墻棄不淨　草水迴僧物

十四跋渠竟

比丘同戒七十不同戒七十一百四十一波夜提修多羅說竟

比丘尼八提舍尼初

佛住舍衛城爾時佛告大愛道如來一時在舍衛城時六羣比丘尼酥市乞酥油市乞油

蜜市乞蜜石蜜市乞石蜜肉市乞肉魚市乞魚乳市乞乳酪市乞酪而食爲世人所譏云何沙門瞿曇稱歎少欲毀呰多欲如比丘緣中廣說瞿曇彌比丘尼亦應如是學瞿曇彌我一時住迦維羅衛釋氏精舍聽病比丘索好食佛告大愛道瞿曇彌依止舍衛城比丘尼皆悉令集乃至已聞者當重聞若比丘尼不病爲身白衣家乞酥若使人乞若噉若食是比丘尼應向餘比丘尼悔過如是言阿梨耶我墮可呵法此法悔過是波羅提提舍尼法如是二油三蜜四石蜜五乳六酪七魚八肉爲身者自爲向身病者世尊說無罪云無病老羸病服吐下藥刺頭出血如是比病家者四種姓家酥者牛酥水牛酥羊酥乞者若自乞若使人乞若噉若食者是比丘尼應向餘比丘尼悔過言阿梨耶我墮可呵法此法悔過前人應問汝見此罪不答言見汝莫更作我頂戴持波羅提提舍尼者此罪應發露是名悔過若比丘尼熱病須酥者得乞不得到不信家乞當至有信家若乞食時見量酥人言長壽無病問言阿梨耶欲得何物答言乞食主人言我無食正有酥須者與得取滿鉢亦得勸與餘人量油亦得如是若風病起亦得乞油不得從壓油家索應從有信家索若乞食時見量油人當言無病長壽問言阿梨耶欲須何物言我乞食若言我無食正有油須者當與得取滿鉢無罪當時亦得勸與伴如是蜜者若水病時得乞蜜不得至採密家索當到有信家乞乃至得勸與伴如是石蜜若病醫言應服石蜜得乞石蜜不得於石

蜜家乞當到有信家若乞食時見稱石蜜人乃至得勸與伴若病醫言當服乳得乞乳若乞食時見放牛家犛乳應言長壽無病問言阿梨耶欲得何物言我乞食若言我無食正有乳須者得取若索酪漿言無有酪漿正有乳得取若病醫言當須酪得乞酪若乞食時見量酪人言長壽無病問言阿梨耶欲得何物言我乞食若言我無食正有酪須者得取亦得勸與伴若乞酪下清汁與酪者得取若比丘尼服吐下藥醫言當須魚汁得乞若乞食時乞酪漿得魚者得取若刺頭出血醫言當須肉得乞不得至屠兒家乞當詣有信家乞若乞食時得索菜汁若言無菜汁正有肉汁須者得取若自知我某時病當發爾時藥必難得得豫乞無罪若不病乞病時食越毗尼罪病時乞不病時食無罪病時乞病時食無罪不病時乞不病時食波羅提提舍尼不隨病熟隨病食無罪隨病熟不隨病食越毗尼罪隨病熟隨病食無罪不隨病熟不隨病食出家人仰他活命無罪是故世尊說酥油蜜石蜜乳酪魚肉是名八比丘尼波羅提提舍尼法竟衆學法廣說如比丘中唯除六羣比丘尼生草上水中大小便餘者盡同七滅諍法現前毗尼憶念毗尼不癡毗尼自言毗尼覓罪相毗尼多覓毗尼布草毗尼法隨順法如比丘中廣說比丘尼波羅提木叉分別竟

比丘尼雜跋渠初坐法者

佛住舍衛城爾時比丘尼初夜後夜跏趺而坐時有蛇來入瘡門中諸比丘尼語大愛道

大愛道以是事往白世尊佛言應與某甲藥虵不死而還出即與藥而去佛言汝云何跏趺而坐從今已後不聽坐法者當屈一脚以一脚跟奄瘡門若比丘尼跏趺坐越毗尼罪

簟蓆法者

佛住舍衛城爾時比丘尼敷簟蓆縫衣竹篾傷小便道血出諸比丘尼以是因縁往白世尊佛言從今日後不聽比丘尼不得坐竹蓆若欲縫衣時若在講堂温室巨摩塗地已縫若無者當敷著牀上若膝上縫若坐竹簟蓆上越毗尼罪是名簟蓆法

佛住舍衛城爾時偷蘭難陀與衆多女人到阿耆羅河脱衣洗浴比丘尼先出取女人莊嚴腰物纏腰已語諸女人言看我好不諸女人言我貪欲人纏腰使細欲令夫主愛念阿梨耶用是何爲比丘尼聞已以是事具白大愛道乃至答言實爾世尊佛言此是惡事從今已後不聽比丘尼纏腰若用女人纏腰物纏腰越毗尼罪若有癰瘡纏腰無罪

佛住舍衛城爾時偷蘭難陀比丘尼共衆多女人到阿耆羅河邊脱衣放一處入水洗浴先出岸上著女人胯衣語諸婦人言看我宜著不女人言我是俗人著此已欲令夫主愛念汝用著何爲諸比丘尼以是因縁往白世尊乃至答言實爾佛言從今已後不聽著胯衣胯衣者珂貝瑠璃真珠玉金銀摩尼如是比莊嚴陰衣不聽著下至結縷作陰衣想越毗尼罪若陰上有癰瘡裹者無罪是名胯衣

佛在舍衛城乃至洗浴先出著女人嚴飾服諸比丘尼以是因縁往白世尊乃至答言實

爾佛言從今日後不聽著女人嚴飾服女人服者頭上光鏁額耳鐶鈴瓔珞指鐶釧臂釧如是比一切女人嚴飾服不聽著若著者越毗尼罪若身有癰瘡以藥塗纏無罪是名女人嚴飾服

佛住舍衛城爾時比丘尼度釋種女摩羅女離車女大富家女合嚴飾服而度出家時諸貧家有女出門及節會日行來皆從借債爲世人所譏此賃衣人非出家法諸比丘尼以是因緣往白世尊乃至答言實爾佛言從今日後不聽合女人嚴飾服度出家當令捨已而度捨者若女人來欲出家者應令捨俗人嚴身具若作是念其時或穀貴乞食難得或老病當須湯藥女人少能得物當置出家若女人持俗嚴飾服來令度出家者越毗尼罪是名合嚴飾服出家

佛住舍衛城爾時釋種女摩羅女離車女貴人女將使人出家使人端正令與外人交通以自活命爲世人所譏此非出家人是婬女耳諸比丘尼以是因緣往白世尊乃至答言實爾佛言汝云何畜婬女以自活命從今日後不聽畜婬女活命若畜者越毗尼罪是名婬女

佛住舍衛城爾時世尊制戒不聽畜婬女爾時比丘尼便私畜園民女於外婬蕩以自活命爲世人所譏此非出家法是婬女耳比丘尼以是因緣往白世尊乃至答言實爾佛言從今日後不聽私畜園民女淨人女使人女作婬女以自活命若畜者越毗尼罪是名園民女

佛住舍衛城爾時有年少比丘尼端正乳出人皆見笑諸比丘尼以是因緣往白世尊乃至答言實爾佛言從今已後當作僧祇支作法者如上說應先著覆乳衣然後著餘衣若不畜僧祇支越毗尼罪有而不著亦越毗尼罪是名僧祇支法

佛住毗舍離如跋陀羅比丘尼緣中廣說佛言不聽裸身浴當用浴衣不聽裸形入河若池水中浴當著雨浴衣若裸浴越毗尼罪若避隱無人處裸浴無罪是名浴衣法

坐法并竹篲　纏腰覆膀衣　著俗嚴飾具合嚴飾具庋　使人園民女　僧祇支浴衣雜跋渠初竟

佛住舍衛城爾時比丘尼住處與俗人隔壁比丘尼欲心起自手拍陰時丈夫聞聲即語婦人言此是何聲答言不知何故作聲耶其夫言此出家人修梵行欲心起不能自制拍陰聲耳諸比丘尼聞以是因緣往白乃至佛言汝實爾不答言實爾佛言從今已後不聽拍陰拍者手拍若拘鉢相拍若犍菟拍以歇欲心者越毗尼罪是名手拍

佛住舍衛城爾時比丘尼欲心起作胡膠身生縛著牀許後失火畏燒牀褥出之時俗人看火起何處被燒何處不被燒見已嫌呵云何出家人作此惡事諸比丘尼以是因緣往白乃至答言實爾佛言從今日後不聽作胡膠形胡膠形者若胡膠作若銅鈆錫白鑞若牙若蠟蜜如是比作身生以歇欲心者偷蘭遮是名胡膠形

佛住舍衛城爾時大愛道往至佛所頭面禮

足却住一面時大愛道白佛言世尊女人形臰得聽洗不佛言得洗時比丘尼洗外內猶故臰以是因緣往白乃至言得洗內不佛言得洗洗法者得齊一指節不得令過若過洗以歇欲心者偷蘭遮是名洗法

佛住舍衛城爾時比丘尼有月期汙牀褥大愛道往詣佛所白佛言世尊得作月期不淨衣不佛言得當持故布作不得持堅物作又不得深內作婬欲想當用輭物障小便道若用堅物深內以歇欲心者偷蘭遮是名月期衣法

佛住舍衛城爾時比丘尼往女人洗浴處浣月期衣女人嫌言是沙門尼汙此水赤乃如是諸比丘尼以是因緣往白乃至佛言從今已後不聽女人洗浴處浣月期衣若浣者越毗尼罪是名女人浣月期衣法

佛住舍衛城爾時世尊制戒不聽女人洗處浣月期衣便往男子洗處浣乃至若比丘尼往男子洗處浣者越毗尼罪是名男子法

佛住舍衛城爾時世尊制戒不聽男子洗浴處浣月期衣時比丘尼到客浣衣處浣乃至不聽客浣衣處浣月期衣當取瓫餘瓦器中於屏處浣浣時不得持水灑地當著水瀆中無人見處衣當曬令乾後須時當用若比丘尼於客浣衣處浣月期衣者越毗尼罪是名客浣衣處

佛住舍衛城爾時比丘尼欲心起以小便道承懸注水即失不淨心生疑悔諸比丘尼語大愛道大愛道往白世尊佛言從今日後不聽以小便道承懸注懸注者水懸注下若比

丘尼於懸注水中浴時當持物遮若以小便道承懸注水屋簷漏以歇欲心者偷蘭遮若於懸注水屋簷漏浴者不得以身向水當背上令洗背上若以身向水以歇欲心者偷蘭遮是名懸注水

佛住舍衛城爾時比丘尼於急流水中浴欲心生逆水而行失不淨諸比丘尼以是因緣往白乃至佛言從今日後不聽於急流水中逆水觸小便道流水者若山水若急流水若向流逆水以歇欲心者偷蘭遮若於急流水洗時不得向流當背若向流者越毗尼罪是名流水

佛住舍衛城爾時比丘尼種種觸身出精或蕪菁根葱根種種諸根內小便道中出精比丘尼以是因緣往白乃至佛言從今已後不聽若比丘尼用蕪菁根葱根內小便道中出精以歇欲心者偷蘭遮是名根法

拍陰胡膠形　齊節月期衣　女人洗處浣男處浣亦然　客浣衣處浣　懸注及急流種種根出精　第二跋渠竟

佛住舍衛城爾時諸比丘集不知作舉羯磨令比丘尼作已比丘尼心生疑悔語大愛道大愛道即以是事往白世尊佛言此上尊衆汝云何舉作舉羯磨從今已後不聽與比丘作舉羯磨若比丘中都無能者得授使誦作羯磨時若不得者得遥授無罪若比丘尼與比丘作羯磨者越毗尼罪比丘得與比丘尼作羯磨無罪是名羯磨

佛住毗舍離爾時跋陀羅比丘尼著憍舍耶衣到親里家道路值暴雨如視水精舉見身

體衆人圍繞欲看於是蹲地依止弟子在邊而障諸比丘尼以是因緣往白乃至答言實爾世尊佛言從今已後比丘尼不聽著憍舍耶衣憍舍耶者有二種一者生二者作生者細絲作者紡絲著細絲憍舍耶越毗尼罪著紡絲越毗尼心悔比丘著無罪

佛住舍衛城爾時偷蘭難陀比丘尼大乳著一僧祇支於閣上經行俗人遥見自相謂言看是似如水上浮瓠諸比丘尼以是事往白乃至佛言從今日後當作覆肩衣覆肩衣者襞疊他覆肩上若不作不著越毗尼罪不聽比丘尼高處著一重僧祇支經行若屏處著一重僧祇支無罪是名僧祇支

佛住舍衛城爾時釋種女摩羅女離車女貴勝家女出家善知莊嚴有嫁女取婦皆借倩莊嚴得好飲食爲世人所譏此非出家人是客莊嚴人耳諸比丘尼以是因緣往白乃至佛言從今已後不聽莊嚴女人莊嚴者梳頭莊眼粉面朱脣著嚴飾服以自活命者越毗尼罪若有頭痛眼痛得摩著藥無罪是名莊嚴法

佛住舍衛城爾時釋種女摩羅女大姓女出家種優鉢羅華取而賣之爲世人所譏此非出家之人此是賣華女耳諸比丘尼以是因緣往白世尊乃至答言實爾佛言從今已後不聽種華賣以自活命若比丘尼種優鉢羅華活命者越毗尼罪若爲塔供養佛故無罪是名優鉢羅華

佛住舍衛城爾時比丘尼種須曼那華乃至爲塔供養佛故無罪

佛住舍衛城爾時世尊制戒不聽種華樹爾時釋種女摩羅女出家結華鬘賣以自活命爲世人所譏此非出家人此是賣華鬘女耳諸比丘尼以是因緣往白乃至佛言從今日後不聽結鬘鬘者優鉢羅華摩梨華須曼那華結作鬘賣活命者越毗尼罪若佛生時大會菩提大會轉法輪大會阿難大會羅睺羅大會五年大會檀越言阿梨耶佐我結鬘爾時得結種種鬘無罪是名結華鬘法

佛住舍衛城爾時釋種女摩羅女離車女出家紡縷而賣爲世人所譏此非出家人此是賣縷人諸比丘尼以是因緣往白乃至佛言從今已後不聽紡縷紡縷者刼貝縷芻摩憍舍耶縷舍那縷麻縷紡縷賣活命者越毗尼罪若欲作漉水囊腰帶紡者無罪是名紡縷

佛住舍衛城爾時須提那死婦出家其叔常欲使罷道時比丘尼入聚落乞食叔遇見之即欲捉取便走入大家內語婦人言異事幾當壞我梵行問何故答言叔欲罷我道婦人言莫恐我當相護比丘尼言我欲向和尚邊去婦人言汝欲去者當著俗服假異幖幟乃可得脫即著辟釧耳鐶俗人服飾又將四五侍人而去其叔於外見之念言此非比丘尼此俗人耳到住處已諸比丘尼呵言汝何故著此答言我叔欲取我方便自護故假著此耳諸比丘尼語大愛道大愛道即以是事具白世尊佛言呼比丘尼來來已佛問汝實爾不答言實爾佛言汝云何壞威儀從今已後不聽壞威儀若決定壞威儀者非比丘尼若方便自護故壞威儀越毗尼罪故名比丘尼

若比丘尼決定壞威儀者偷蘭遮若方便自護無罪

羯磨憍舍耶　僧祇支客嚴　種華須摩那
結髮弁紡縷　壞威儀最後　第三跋渠竟

佛住舍衛城爾時偷蘭難陀比丘尼乞食詣一大家時有婦人墮胎語言爲我棄之答言不能又請我當顧爾許物即取以鉢盛之而去時大迦葉乞食恒作此念最初得食當施與若比丘比丘尼見此比丘尼已語言取鉢來即覆不示又復便呼亦復不示大迦葉性有威風厲聲而喚即戰掉而視見已言咄汝何故作此惡法時大迦葉語諸比丘尼諸比丘尼以是因緣往白世尊乃至答言實爾佛言此是惡事非法汝云何覆鉢從今已後不聽覆鉢復不聽露捉得食已當覆若見比丘尼時當舉覆示之若露持鉢越毗尼罪見比丘不示亦越毗尼罪是名鉢事

佛住舍衛城爾時有大臣犯王法其家財物盡應沒官王即遣人守護時偷蘭難陀比丘尼乞食次到其家婦人語言阿梨耶我家有事犯王罪應至死財物入官我欲寄少寶物嚴飾之具若我得脫當相顧直我若死者即持相施時比丘尼即與鉢盛雜寶覆已而去時守門人見之問言鉢中何物而不示之又復叱喚畏而示之比丘尼聞已往白乃至答言實爾佛言從今日後不聽覆鉢寶物若有犯官事未被收録又未籍其財爾時寄者得取若王收録又籍其財應語言世尊制戒不得受是若言我與塔與僧施汝得取得已不得覆上而去當露持去若有問者當言塔物

僧物我物若聽去者善若不聽者當還是名覆鉢法

佛住舍衛城爾時比丘尼作廁以物覆上諸女人持死胎放中後有賤人旃陀羅抒廁見已言是沙門尼自墮胎擲中諸比丘尼以是因緣往白乃至佛言從今日後不聽覆廁當開口作若閉口作者越毗尼罪是名廁法

佛住舍衛城爾時釋種女摩羅女於浴室浴時有年少入中破其梵行諸比丘尼語大愛道乃至從今日後不聽入浴室若病者得房內然火油塗而揩若比丘尼入浴室浴者越毗尼罪是名浴室法

佛住舍衛城爾時未制戒比丘尼阿練若處聚落中未有住處時五百比丘尼大愛道爲上首於王園中住諸釋種女摩羅女年少端正有諸年少初夜伺便欲捉比丘尼見已乘空而去中夜復來亦復如是後夜復來中有鈍根不時入定及睡眠者不得即去爲所侵掠大愛道以是事往白世尊佛言從今日後不聽比丘尼在阿練若處住若四衆集竟夜說法者得住爾時不得在屏處若比丘尼在阿練若處住者越毗尼罪是名阿練若處比丘受迦絺那衣非比丘尼比丘尼受迦絺那衣非比丘比丘捨非比丘尼比丘尼捨非比丘比丘阿提訶魯阿那提訶魯非比丘尼比丘尼阿提訶魯阿那提訶魯非比丘

覆鉢并竇鉢　開廁入浴室　阿蘭若住處
比丘受迦絺　非是比丘尼　比丘捨迦絺
非是比丘尼　第四跋渠竟

食於比丘不淨比丘尼淨比丘尼不淨比丘

淨比丘得使比丘尼授食除金銀及錢五生種火淨比丘尼得從比丘受食除金銀及錢火淨五生種有三因緣非比丘何等三心決定捨戒有實事僧驅出形轉爲女是名三非比丘應遣詣比丘尼精舍不得共比丘尼同覆障應別若後還得男根者當還比丘僧中故名具足亦復本歲有三因緣非比丘尼何等三心決定壞威儀有實事僧驅出轉形爲男如比丘中說比丘尼無有作殘食法一坐足自恣食

佛住舍衛城阿耆羅河彼岸請二部僧食比丘比丘尼俱欲渡比丘言世尊制戒不得共船載比丘二人三人輕船而渡渡盡比丘尼渡已問歲數日時已過爾時大愛道失食飢羸往到世尊所頭面作禮却住一面佛知而故問何故飢色即以是事具白世尊佛言從今日後上座八人當次第如法餘者隨到而坐若五年大會多人集比丘尼上座八人當次第坐餘者隨著坐若八人不隨次第坐越毗尼罪是故世尊說

二衆淨不同　三非比丘僧　三非比丘尼
無殘八上座　第五跋渠竟

比丘雜跋渠中別住蒜傘蓋乘刀治革屐同牀卧坐妓樂第九應出不說餘殘十三跋渠比丘尼別五雜跋渠威儀中阿練若浴室廁屋縫衣簟應出不說餘盡同比丘尼二部修多羅及學五百戒世尊分別說戒序八波羅夷十九僧伽婆尸沙三十尼薩耆百四十一波逸提八波羅提提舍尼六十四衆學七止諍法隨順法偈在後比丘尼毗尼竟

摩訶僧祇律私記

中天竺昔時暫有惡王御世諸沙門避之四騎三藏比丘星離惡王既死更有善王還請諸沙門還國供養時巴連弗邑有五百僧欲斷事而無律師又無律文無所承案即遣人到祇洹精舍寫得律本于今傳賞法顯於摩竭提國巴連弗邑阿育王塔南天王精舍寫得梵本還揚州以義熙十二年歲在丙辰十月於鬪場寺出之至十四年二月末都訖共禪師譯梵爲秦焉故記之

佛泥洹後大迦葉集律藏爲大師宗具持八萬法藏大迦葉滅度後次尊者阿難亦具持八萬法藏次尊者末田地亦具持八萬法藏次尊者舍那婆斯亦具持八萬法藏次尊者優波掘多世尊記無相佛如降魔因緣中說而不能具持八萬法藏於是遂有五部名生初曇摩掘多別爲一部次彌沙塞別爲一部次迦葉維復爲一部次薩婆多（薩婆多者此言說一切有）所以名一切有者自上諸部義宗各異薩婆多者言過去未來現在中陰各自有性故名一切有於是五部並立紛然競起各以自義爲是時阿育王言我今何以測其是非於是問僧佛法斷事云何皆言法應從多王言若爾者當行籌知何衆多於是行籌取本衆籌者甚多以衆多故故名摩訶僧祇摩訶僧祇者大衆也（此下舊有犯戒罪報輕重經一紙今勘與世高譯者似同此不書入）

摩訶僧祇律卷第四十

音釋

粇所臻切粉滓也　𤛓音搆取牛羊乳也　胯苦故切與袴同脛衣也　鍱音葉　菁音精蕪菁菜名　瓠壺護二音　𩣺音奔